HEYNE

Das Buch

Für Anna Catalano bricht eine Welt zusammen, als sie ihren Freund eines Tages auf frischer Tat zusammen mit ihrer besten Freundin im Bett ertappt. Dieser Betrug trifft sie jedoch doppelt schwer, denn er ruft auch noch eine schmerzvolle Erinnerung in ihr wach: Vor knapp zwanzig Jahren hatte sie ihren Vater zusammen mit ihrer geliebten Tante Rose in einer ähnlichen Situation überrascht, während ihre Mutter schwer krebskrank im Sterben lag. Anna hatte ihrer Tante nie verzeihen können – und ist deshalb umso erstaunter, als sie ausgerechnet von ihr das Angebot erhält, in einem kleinen italienischen Restaurant in ihrer alten Heimat in Maryland Geschäftsführerin zu werden. Obwohl Anna von der neuen Aufgabe wenig begeistert ist, nimmt sie den Job an, um Abstand von ihrer privaten Enttäuschung zu bekommen. Doch kaum ist sie dort angekommen, warten Überraschungen auf sie. Sie macht die Bekanntschaft mit einem wundervollen Mann und erfährt ein Geheimnis, das ihr die Lebensgeschichte ihrer Tante Rose erklärt.

Die Autorin

Patricia Gaffney arbeitete als Englischlehrerin und Gerichtsreporterin, bevor sie sich ganz dem Schreiben widmete. Mit ihren Romanen *Garten der Frauen* und *Fluss des Lebens* landete sie zwei phänomenale Erfolge. Patricia Gaffney lebt mit ihrem Mann in Pennsylvania, USA.

Im Heyne Verlag erscheinen von Patricia Gaffney:
Der Duft der Wälder, Garten der Frauen, Fluss des Lebens und *Sommer der Hoffnung*.

Patricia Gaffney

Das Glück
von morgen

Roman

Aus dem Amerikanischen
von Maja Ueberle-Pfaff

WILHELM HEYNE VERLAG
MÜNCHEN

Die Originalausgabe
FLIGHT LESSONS
erschien bei HarperCollins, New York

Umwelthinweis:
Dieses Buch wurde auf
chlor- und säurefreiem Paper gedruckt.

Redaktion: lüra – Klemt & Mues GbR

2. Auflage
Taschenbucherstausgabe 08/2004
Copyright © 2002 by Patricia Gaffney
Copyright © der deutschsprachigen Ausgabe 2003 by
Wilhelm Heyne Verlag, München,
in der Verlagsgruppe Random House GmbH
Printed in Germany 2005
Umschlagillustration: photonica/Johner
Umschlaggestaltung: Eisele Grafik Design, München
Satz: Franzis print & media, München
Druck und Bindung: GGP Media GmbH, Pößneck

ISBN: 3-453-87788-8

Immer für Jon

Nach einem guten Essen kann man jedem verzeihen,
selbst seinen eigenen Verwandten.

OSCAR WILDE

1

Das Problem war, dass die Umstände einen Riss durch ihr Leben verursacht hatten. Und auch sie selbst war seitdem immer wie zerrissen: hoffnungsvoll und skeptisch, optimistisch und pessimistisch zugleich. Vielleicht hatte sie aber mittlerweile auch ein Gleichgewicht gefunden und gelernt, mit den Zufällen des Lebens besser umzugehen. Dass sich ihr Lebensthema oder Muster, wie man es auch nennen wollte, erst so spät herauskristallisiert hatte, war allerdings keine große Hilfe. Anna hatte wieder einmal zwei liebe Menschen, denen sie vertraute, zusammen im Bett überrascht.

Zweimal war ihr das passiert, und das ergab eigentlich noch kein Muster, sondern hätte eher in eine Seifenoper gepasst. Anna versuchte, ihre Situation weniger banal wirken zu lassen, indem sie sich in Gedanken mit Sylvia Plath in Verbindung brachte. Nicht dass Anna an Selbstmord dachte. Wegen Jay? Also bitte! Aber es tat gut, sich vorzustellen, dass sie und Sylvia – sie nannte sie Sylvia, so verbunden fühlte sie sich mit ihr – in einem vergleichbaren Umfeld existierten. Eigentlich war ihre, Annas, Lage sogar schlimmer, denn im Londoner Winter von 1963 konnte es nicht im Entferntesten so kalt gewesen sein wie in Buffalo nach einem Schneesturm Anfang April – Anfang April, man stelle sich das vor! Und Sylvias Wohnung konnte nicht eisiger gewesen sein als der zugige Loft, in dem Jay Anna schnatternd vor Kälte zurückgelassen hatte, während er sich mit der lüsternen

Nicole vergnügte, deren Apartment einen Kamin *und* eine Zentralheizung hatte.

Jays Idee, dieser Loft. Im ersten Jahr, ihrer glücklichen Zeit, hatten sie in einer schmuddeligen Ecke gelebt – den Rest der schlecht isolierten Etage brauchte Jay als Atelier. Dann wuchsen seine Metallskulpturen darüber hinaus, nahmen gigantische, dinosaurierhafte Ausmaße an. Die Decke war für die besonders monströsen nicht hoch genug, sodass sie eine eigene Scheune benötigten. Also mietete er einen alten Lagerschuppen am See als Werkstatt, und seitdem, das hieß seit fast einem Jahr, hatten sie diesen ganzen bewohnbaren Basketballplatz für sich.

Abgesehen von den Sommermonaten verbrachten sie die meiste Zeit im Bett. Mit Schlafen, Lesen, Essen, Sex usw. usf., aber vor allem mit dem Versuch, sich gegen die Kälte zu schützen. Waren Sylvias Fenster etwa innen vereist gewesen? Hatte sie etwa fröstelnd die Decke über sich und ein tickendes Heizöfchen gezogen, als säße sie in einer Schwitzhütte, immer in der Angst, in Flammen aufzugehen? Wenn ja, dann verstand Anna jetzt, warum der Herd seinen lockenden Ruf an sie ausgesandt hatte, ihr zugeflüstert hatte, er sei die warme Antwort, der Ausweg. Leg deinen Kopf flach auf das Metallgitter, wie auf einen Truthahn-Bräter, schließ die Augen. Versuche, nicht auf den Gasgeruch zu achten. Schlaf einfach ein.

Nicht dass Anna sich das Leben nehmen wollte. Aber sie war auf die grausamste Weise verraten worden, die einer Frau widerfahren konnte (nein, auf die zweitgrausamste; jener Lebensriss mit zwanzig war noch schlimmer gewesen). Und wenigstens hatte Ted Hughes den Anstand besessen, seine Affären nicht unmittelbar vor Sylvias Augen auszuleben, und nicht mit Frauen, mit denen sie befreundet war oder die ihre Chefin waren. Gewisse Anstandsformen wurden gewahrt. Jene britische Zurückhaltung eben, die in ihrem Fall fehlte. Anna hatte Jay und Nicole, ihre Chefin, *in flagranti* in ihrem eigenen Bett erwischt, und das drei Stunden, nachdem sie nach einer Bauchspiegelung wegen einer Eierstockzyste aufgewacht war. In der Klinik. Als ambulante Patientin, sicher, aber sie hätte an der Narkose sterben können, so etwas kam schließlich vor. Falls sich Jay um sie Sorgen machte, hatte er eine vitalisierende Ablenkung gefunden.

Was für eine abgeschmackte, langweilige Geschichte. Allerdings gab es noch eine andere Möglichkeit, ihr ein wenig Würde zu verleihen – indem sich Anna in der Rolle der tragischen Heldin sah. In einem Stück von … irgendeinem Griechen: Sophokles, Aischylos oder so, mit ihrer klassischen Bildung war es so viele Jahre nach dem College nicht mehr weit her. Ihre Mutter war mit sechsunddreißig, Annas jetzigem Alter, an Eierstockkrebs gestorben, und Anna hatte Jays Untreue an eben jenem Nachmittag entdeckt, an dem sie vollkommen überzeugt davon war, dass sie dieselbe Krankheit hatte, und schicksalsergeben den Anruf ihres Arztes erwartete. Sie hatte keinen Krebs, die Zyste war gutartig, kein Anlass zur Besorgnis, sie würde vermutlich von allein verschwinden – aber das wusste Anna in diesem Moment noch nicht. War das nicht alles ein bisschen zu viel, zu bedeutungsschwer, musste man nicht den Eindruck bekommen, dass sie zum Spielball von launischen Göttern geworden war, die *Literatur* aus ihrem Leben machten und hier und dort zum Spaß ein paar Metaphern, Parallelen und klischeehafte Omen einstreuten?

Unsinn, nein. Es war die reinse Seifenoper. Ihr Leben entsprach höchstens dann einer griechischen Tragödie, wenn man eine Zusammenarbeit zwischen Homer und Harold Robbins annahm. Und hier saß sie nun und versuchte, sich am geräumigen Schauplatz des Verbrechens warmzuhalten, lauschte den Graupelschauern, die gegen die von Eis überzogenen, klappernden Fenster klatschten, durch deren undichte Rahmen der Wind pfiff, und bemühte sich, nicht an Jay und Nicole zu denken.

Aber das war schwer, da sie kurz zuvor noch hier gewesen waren. Und sich offenbar gut amüsiert hatten. So gut, dass sie den langsamen Aufstieg des rasselnden Aufzugs nicht gehört hatten, nicht einmal gehört hatten, als die wackeligen Metalltüren quietschend auseinander strebten. Der Loft war wie ein einziger großer offener Raum, aber Jay hatte eine

Trennwand eingebaut, um das Bett abzuschirmen vor den Blicken von – nun ja, Leuten wie Anna. Eindringlingen. Er hatte die Wand aus großen, rostenden Stahlträgern gebaut, die wie Baumstämme aussahen, und sie mit bunten Vögeln und rankendem Grün bemalt – ah, eine Laube, dachte man, wie romantisch. Bis man näher herantrat und sah, dass die Vögel Menschenköpfe hatten, mit irren Augen und debilem Grinsen, und in dem Grünzeug alle möglichen obszönen Dinge miteinander anstellten. Wie surreal, dachte man dann weiter, wie lächerlich, wie grotesk. Wie typisch für Jay.

Anna erinnerte sich nur an sehr wenig, an fast nichts von dem, was sie über die Trennwand hinweg von dem Liebespaar gesehen hatte. Vorübergehende Amnesie, vermutete sie, wie bei Unfallopfern, die sich an nichts mehr erinnern, nur noch daran, wie die Ampel rot wurde. Jay musste unten gelegen haben, denn Anna hatte ein verschwommenes Bild seiner ausgebreiteten Rasputinmähne vor sich, die wie auf einer Radierung das Kopfkissen schraffierte, schwarz auf weiß. Aber waren ihre nackten Körper sichtbar gewesen? Oder sittsam unter der Decke versteckt? Sie wusste es nicht. Gott sei Dank: Diesmal gab es kein Bild, das sich in ihr Hirn graben würde, nur die Tatsache des Betrugs, sonst nichts.

Sie zuckte zusammen, als Jays Kater auf dem Kopfkissen landete und ihr ins Ohr schnurrte, während er rhythmisch mit den Pfoten die Decke knetete. Er war nur nett zu ihr, wenn ihm kalt war. Der Apfel fällt nicht weit vom Stamm. Sie hob die Decke und ließ ihn darunter kriechen und sich an ihrer Hüfte zusammenrollen. »Vermisst du dein Herrchen, hm?«, fragte sie und kraulte ihn sanft unter dem Kinn. »Pech für dich.«

Das Telefon klingelte. Es konnte nicht Jay sein, er hatte schon angerufen, und so wie die Dinge lagen, würde er sich so bald nicht wieder melden. Frühestens in ein paar Jahren. Anna griff nach dem Telefonhörer auf dem Nachttisch und zog den Arm so schnell wie möglich wieder unter die Decke zurück. Als sie »Hallo« sagte, sah sie ihren Atem.

»Hallo, mein Schatz, ich bin's wieder. Wie geht es dir heute?«

Warum nur hatte sie Tante Iris von der Sache mit Jay erzählt? Ein Riesenfehler. Aber Tante Iris hatte sie am Abend zuvor in einem schlechten Moment erwischt, und Anna war mit der Wahrheit herausgeplatzt, kaum dass ihre Tante gesagt hatte: »Kleines, du hörst dich ja furchtbar an, ist etwas passiert?«

Nun zwang sie mühsam etwas Dynamik in ihre Stimme und sagte: »Oh, hallo, Tante I. Viel besser. Ehrlich, es geht bergauf.«

»Gut, denn ich habe großartige Neuigkeiten. Deine Tante Rose braucht eine Geschäftsführerin für das Bella Sorella.«

»Was? Was sagst du da?«

»Ja, Schätzchen, das hat sie mir gerade erzählt. Der alte hat am Wochenende gekündigt, und er hat sowieso nicht viel getaugt, deshalb schaut sie sich jetzt nach jemandem um. Natürlich habe ich ihr von deiner Situation erzählt.«

Natürlich. Tante Iris war ihre Vermittlerin, seit Anna und Rose nicht mehr miteinander sprachen. Nein, das war nicht ganz richtig, ihr Verhältnis war ausgesprochen herzlich, wann immer eine Hochzeit oder eine Beerdigung anstand und Anna es nicht vermeiden konnte, nach Hause – an die Ostküste von Maryland – zu fahren, zum letzten Mal vor ungefähr zwei Jahren. Sie schickten sich gegenseitig Weihnachtskarten – »Ich wünsche dir wunderschöne Feiertage! Hoffentlich wird das neue Jahr das beste, das du je hattest!« – und Rose vergaß nie einen Geburtstag. Tante Iris allerdings war diejenige, die die Einzelheiten ihrer jeweiligen *wahren* Lebensumstände weitergab oder wenigstens so viel, wie sie ihr anvertrauen mochten. Anna achtete immer sehr darauf, was sie Tante Iris erzählte, und nahm an, dass Rose es ebenso hielt. Es war im Grunde absurd und erinnerte sie an billige TV-Serien: »Sag deinem Vater, er soll das Salz herüberreichen«; »Sag deiner Mutter, sie soll es sich selbst holen.« Aber so funktionierte es nun einmal.

»Meine Situation«, wiederholte Anna langsam. »Also du sagst, Rose denkt, ich … sie will, dass ich …« Das Ende des Satzes wollte ihr nicht über die Lippen.

»Nicht nur Rose, mein Schatz. Alle finden, dass du nach Hause kommen solltest.«

»Wer sind alle?«

»Ich. Die Familie.«

Anna lächelte und stellte sich das knochige, herrische Gesicht der siebzigjährigen Tante Iris vor, ihre eindringlichen Gesten. Sie hatte sich bestimmt wie immer den Hörer zwischen Kopf und Schulter geklemmt, weil sie beide Hände zum Reden brauchte. »Aber was hat Rose denn gesagt?«, fragte Anna. »Über das Restaurant, meine ich.«

»Sie findet das Timing perfekt. Du brauchst einen Job, sie hat einen Job, sie steckt sogar ein bisschen in der Klemme. Und du hast ein Haus, in dem du wohnen kannst. Ein hübsches, *warmes* Haus«, sagte sie betont. »Was ist denn bei euch da oben schon wieder los, ein Hurricane? Ein Orkan? Ruhe!«, fuhr sie die Hunde an, die wie bei jedem Gespräch mit Tante Iris im Hintergrund bellten. Sie züchtete als Hobby Kreuzungen zwischen Labrador Retrievern und Border Collies.

»Sag Rose, dass es ein Unterschied ist, ob man ein richtiges Restaurant leitet oder ein Café mit vierzig Plätzen.« Tante Iris schnaubte spöttisch. »Aber danke ihr für das Angebot. Wenn es eines war.« Unterdessen hatte in Annas Brust eine kleine Explosion stattgefunden. Ihre Haut kribbelte unter den Nachwehen, und sie musste sich anstrengen, ihre Stimme beiläufig klingen zu lassen. Das Letzte, was sie wollte, war, dass Iris Rose berichten würde: »Sie schien interessiert!«

»Du sagst nicht Nein, oder? Komm wenigstens nach Hause und denk darüber nach. Dieser Makler, der dein Haus vermietet, hat es vor die Hunde gehen lassen. Ich mache keine Witze, die Leute reden schon. Womöglich zeigt dich jemand an! Du musst unbedingt kommen und die Sache in die Hand nehmen, manches kann man einfach nicht telefonisch erledigen, nicht auf Dauer jedenfalls. Hör zu, Anna, du weißt, ich würde dir nie vorschreiben, was du zu tun hast …«

»Nie.«

»Habe ich nicht Recht?«

»Ich sagte doch, nie.«

»Aber mit diesem Unterton! Du bist eine erwachsene Frau, es steht mir nicht zu, dir Ratschläge zu geben. Aber ich muss es dir zu deinem eigenen Besten sagen: Verlass diesen *scioc-*

co, mit dem du zusammenlebst, und komm nach Hause, zu Menschen, die dich lieben, und zu einem Job, den du mit links schaffst. Du bist eine Fiore, dir liegt das im Blut.«

»Eine Catalano, aber …«

»Fiore von der Seite deiner Mama, und die Fiores leiten Restaurants.«

»Du nicht«, hielt Anna ihr entgegen.

»Ich habe zu jung geheiratet und meine Berufung verpasst. Kleines, komm nach Hause. Es ist Zeit.«

»Oh Gott.« Ein Teil von ihr wollte es. Ein anderer Teil von ihr wollte bleiben und sich mit Jay versöhnen. Auf der einen Seite hätte sie ihn am liebsten in der Luft zerrissen, auf der anderen wünschte sie sich einen stummen Abgang mit hocherhobenem Haupt. »Ich bin so unschlüssig«, sagte sie.

»Dann sei zu Hause unschlüssig.«

»Zu Hause, zu Hause, wieso glaubst du bloß, ich würde …« Anna senkte ihre Stimme um eine Oktave. »Na gut, ich lasse es mir durch den Kopf gehen, aber jetzt muss ich aufhören, ich bekomme einen Anruf auf der anderen Leitung.« Sie gab sich nicht einmal Mühe, überzeugend zu klingen.

»Und was soll ich Rose sagen?«

»Weiß ich nicht. Irgendwas.«

»Ich sage ihr, du denkst darüber nach.«

»Von mir aus.«

Frustriertes Schweigen. Tante Iris würde nie zugeben – denn das würde ihre Rolle als Vermittlerin gefährden –, dass sie auf Roses Seite stand. Anne wusste das. Im tiefsten Inneren hielt Iris Annas beharrliche Feindseligkeit für kindisch, sie hätte sie inzwischen überwinden sollen. Über die Sache war Gras gewachsen, der Tod ihrer Mutter hatte sieben Jahre zurückgelegen, als ihr Vater und Rose endlich zusammen glücklich werden konnten.

Leider sprachen sie nicht mehr über das Thema, sonst hätte Anna Iris über einiges aufklären können. Die Chronologie zum Beispiel, die Reihenfolge der Ereignisse. Iris glaubte, alles zu wissen, aber da irrte sie sich.

»Theo geht es nicht gut«, sagte Iris, anstatt aufzulegen.

»Wer war noch mal Theo?«

Iris schnalzte mit der Zunge. »Also Anna! Du weißt doch, wer Theo ist.«

»Ach, du meinst Roses Freund? *Der* Theo?« Sie wusste durchaus, wer Theo war, und ihr war selbst nicht klar, warum sie sich immer dumm stellte. Aber diese ganze Geschichte mit Theo missfiel ihr – und das war genauso albern. Als müsse Rose Annas Vater auch nach dessen Tod noch die Treue halten, so viele Jahre, nachdem sie ihn ihrer Schwester geraubt hatte. Diebesehre oder etwas in der Art – Anna konnte ihrer eigenen Argumentation nicht recht folgen.

Iris sagte: »Theo wohnt immer noch auf seinem alten Boot, und Rose kann ihn nicht dazu überreden, umzuziehen. Sie hat große Angst, dass er hinfällt.«

Theo hatte Parkinson oder etwas Ähnliches. »Das tut mir Leid«, sagte Anna.

»Sie ist in letzter Zeit häufig bei ihm. Das nimmt ihr viel Kraft.«

»Wie bedauerlich.«

»Anna!«

»Was? Erwartest du, dass ich heimkomme und das Bella Sorella führe, damit Rose mehr Zeit für ihren Freund hat?«

»Wenn es drauf ankommt, hält eine Familie zusammen.«

»Oh …« Gemeinheiten sammelten sich in ihrem Rachen, bitter wie Essig.

»Aber das tut nichts zur Sache. Du solltest hier sein, Kleines, nicht da oben. Wir lieben dich und wollen, dass du heimkommst.«

Anna verabschiedete sich erneut unter dem Vorwand, dass es auf der anderen Leitung klingele, und legte auf.

»Ich war mal ein entscheidungsfreudiger Mensch«, erklärte sie dem überhitzten, griesgrämigen Kater, als er unter der Decke hervorgekrochen kam. »Ich konnte Entscheidungen treffen. Ich ging Risiken ein.«

Jetzt war es ihr schon zu viel, aus dem Bett zu krabbeln und ins Bad zu gehen. Sie müsste Socken und Hausschuhe und ihren Wollmorgenmantel anziehen, sich auf die eisige Klobrille setzen und hinterher mit eiskaltem Wasser die Hände waschen. Zu mühsam.

Leichter war es, hier zu liegen und über die Widrigkeiten des Lebens nachzugrübeln. Merkwürdig – das Bild von Jay und Nicole, die noch vor zwei Tagen nackt in diesem Bett gelegen hatten, hatte sich fast schon aufgelöst. Doch dafür stand ihr der nackte Körper einer anderen Person gestochen scharf vor Augen, fast wie eine Fotografie: Rose, wie sie hastig aus dem Bett steigt, als die zwanzigjährige Anna die Tür zum Schlafzimmer ihres Vaters aufstößt. Sechzehn Jahre waren seither vergangen, und immer noch sah sie Roses heftig gestikulierende lange Arme und ihre langen weißen Beine, den schmalen Rücken, und wie sie in Panik ein Hemd vom Boden aufhob, um sich damit zu bedecken. Rose trug das Haar immer hochgesteckt, mal zu einem Zopf, mal zu einem Knoten oder Chignon, sie kannte tausend verschiedene Frisuren – aber an jenem Tag hing es ihr wirr über die Schultern, und das war auf gewisse Weise noch schockierender als ihre nackte Haut und ihr tragisches, entsetztes Gesicht.

Der Winkel des Handgelenks, als sie den Hemdkragen gegen das Herz drückte, dieser angespannte Griff der weißen Hand, bei der die Knochen hervorstanden wie freigelegte Nerven – das habe ich schon einmal gesehen, hatte Anna gedacht. Und in diesem Augenblick teilte sich der nebelhafte Vorhang vor einer viel älteren Erinnerung, und alles änderte sich. Das war der Tag, an dem das Ende der Illusionen ihr Leben in zwei Hälften teilte.

Was hatte Nicole von sich gegeben, als sie Anna über die Trennwand blicken sah? Irgendetwas wie »Oh nein«, »Oh Gott«, nichts Denkwürdiges und ganz sicher nichts Entschuldigendes.

Rose hatte gesagt: »Oh, es tut mir so Leid! Es ist … genau das, wonach es aussieht. Aber ich wollte nicht, dass du es so erfährst, Anna. Wir … Paul …« Das war alles, was sie hervorstoßen konnte, bevor die Treppe unter den Schritten von Annas Vater knarrte.

Was hatte Jay gesagt, als er Anna sah? Gar nichts, soweit sie sich erinnerte. Er war nicht dumm, er wusste, wie nutzlos Worte waren, aber mehr noch, er kannte die Gefahr, sich lächerlich zu machen. Jay wollte sich keinesfalls lächerlich machen. Deshalb hatte er ein würdevolles und sogar ansatzweise gekränktes Schweigen bewahrt.

Ihr Vater wiederum war wie erstarrt in der Tür stehen geblieben. Er trug einen dunkelbraunen Trainingsanzug und neue, blaue Turnschuhe, und unter seinem Arm klemmte eine Zeitung. In der Hand hielt er eine fettige Papiertüte mit Kaffee und Croissants aus dem Deli ein paar Häuser weiter. Unter den Bartstoppeln war sein Gesicht aschgrau, bis auf einen rosaroten Flecken auf jeder Wange. Er sagte: »Annie, was für eine Überraschung! Ich … ich bin gerade erst angekommen, war seit Donnerstag in Newport. Hallo, Rose.« Anna stieß ein entsetztes »Daddy!« hervor, aber er redete immer weiter. »Nein, nein, Rose war letzte Nacht hier, das weiß ich. Was machen die Fledermäuse? Stell dir vor, deine Tante hatte eine Fledermaus in ihrer Wohnung, vielleicht sogar mehr als eine, könnte ein Nest sein …« Und dann sagte Rose: »Oh, Paul, nicht.« Und das war das Ende vom Lied gewesen.

Jetzt wollte Rose, dass sie nach Hause kam. Einfach so. Weitermachen, wo sie aufgehört hatten, die Vergangenheit ruhen lassen. Warum? Weil sie Anna »liebte«? Annas zynische Hälfte hatte dafür nur Spott und Hohn übrig. Aber die widerwillige Optimistin in ihr drückte die Hände gegeneinander und spekulierte. Vielleicht hatte Tante Iris Recht, vielleicht war es an der Zeit. Wenn nicht für eine Versöhnung, dann für eine Abrechnung. Welche Ironie – Muster hin oder her, eine Ironie war es allemal –, dass dasselbe billige Klischee, das sie mit zwanzig aus der Stadt vertrieben hatte, sie nun mit sechsunddreißig wieder dorthin zurücktrieb.

Konnte sie wirklich zusagen? Alles in ihr sträubte sich dagegen, es verstieß gegen jedes liebevoll polierte Prinzip oder Vorurteil, das sie hegte. Aber es wäre ja kein Aufenthalt von Dauer – ja, das war die Lösung. So würde sie es überstehen. Sie würde für Rose arbeiten, während sie ihr Haus in Ordnung brachte und zum Verkauf herrichtete. Länger als ein paar Monate würde das nicht dauern. Dann würde sie wieder die Kurve kratzen. Solange alle wussten, dass sie nur vorübergehend aushalf, konnte sie sich darauf einlassen.

Trotzdem hatte Anna das Gefühl, dass sie sich geschlagen gab. Sie überlegte, wie sie die Sache in ein besseres Licht rücken könnte, damit ihre Rückkehr nicht so sehr nach einer Niederlage aussah. Doch ihr fielen keine schmeichelhaften Vergleiche ein, die sie vor einer Demütigung bewahren würden. Verdammt. Sie musste wohl tatsächlich als normale Erwachsene zurückkehren, nicht als eine von launischen Göttern verfolgte Sterbliche, nicht als leidenschaftliche, romantische, todessüchtige Dichterin. Als Erwachsene. Wenn sie nicht in der Lage war, alte Sünden zu vergeben, dann musste sie um des lieben Friedens willen wenigstens bereit sein, so zu tun, als seien sie nie begangen worden.

Rose war schlau. Anna hatte ihr so viel Cleverness gar nicht zugetraut.

2

Iris rief an, als Rose sich gerade die Haare föhnte. »Wie geht's dir? Was machst du?«

»Ich komme mir vor, als hätte ich ein Rendezvous«, gab Rose zu. »Ich habe mich schon dreimal umgezogen und bleibe jetzt doch bei meiner ersten Wahl, meinem alten schwarzen Kostüm. Glaubst du«, fragte sie verlegen lachend, »dass Anna auch so einen Zirkus macht?«

»Ich verstehe nicht, warum du so nervös bist. Sie weiß doch, wie du aussiehst.«

»Natürlich, aber das ist Jahre her. Ich will nicht, dass sie mich für eine alte Schachtel hält.«

Iris schnaubte.

»Sie soll nicht denken, dass es mit mir bergab geht.«

»Mein liebes Kind, mit dir geht es stetig bergauf!«

»Ich will nicht, dass sie den Job aus Mitleid annimmt.«

Schweigen. Dann erwiderte Iris: «Ich glaube, diese Gefahr besteht nicht.«

»Warum? Was hat sie gesagt?«

»Nichts. Ich meine nur … Wenn Anna den Job annimmt, dann, weil sie ihn will. Außerdem ist sie hier, und sie ist bestimmt nicht extra hergekommen, um dir abzusagen.«

Das war auch Roses Hoffnung. Dass die Entscheidung bereits gefallen war. »Ich bin in Eile, Iris, ich muss vorher noch Theos Mittagessen holen und es ihm bringen.«

»Gut, dann lauf los. Aber ruf mich heute Abend an und erzähl mir, wie es war.«

»Natürlich – obwohl Vince dir sicher vor mir Bericht erstatten wird.«

»Ich bin seine Mutter. Vincent erzählt mir nie etwas. Ruf mich an, ja? Und um Himmels willen, sei locker. Anna ist doppelt so nervös wie du.«

»Meinst du?«

»Du lieber Himmel, ihr beide seid unglaublich. Das ist doch wirklich lächerlich! Es war schon immer lächerlich.«

»Ich bin es nicht, die …«

»Das weiß ich. Sie ist es, aber sie ist endlich auch erwachsen und bereit, sich wie eine reife Frau zu benehmen. Vielleicht begräbt sie ja das Kriegsbeil.«

»Es ist nicht ihre Schuld.«

»Oh, fangen wir nicht wieder davon an, wessen Schuld irgendetwas ist. Ich weiß nicht, warum du sie immer verteidigst. Wenn du mich fragst, darf jeder Mensch im Leben einen Moment der Selbstgerechtigkeit haben, aber dann geht's weiter. Man wird erwachsen und lebt sein Leben.«

»Du hast Recht, fangen wir nicht wieder davon an«, sagte Rose, und sie legten auf.

Sie föhnte ihre Haare weiter, die ihr plötzlich übertrieben jugendlich und viel zu kurz vorkamen. Theo hatte gesagt, sie solle sie nicht abschneiden, und er hatte Recht gehabt. Anna würde sie für eine alte Närrin halten, die unbedingt smart und jung aussehen wollte. Vielleicht etwas Make-up? Rose benutzte sonst nur Wimperntusche und Lippenstift, aber vielleicht war heute ein Tag für Lidschatten? Sie kaufte ständig welchen und benutzte ihn dann nicht. Das ist ein Fehler, dachte sie, noch während sie sich vorbeugte und glänzendes, braungraues Puder auf ihre Lider tupfte. Besser? Nein. Sechzig Jahre alt und immer noch nicht imstande, Make-up aufzulegen.

Aber es hatte ihr ja auch niemand beigebracht. Iris war verheiratet und längst ausgezogen, als Rose fünfzehn wurde und Mama ihr erlaubte, ein wenig Lippenstift zu tragen. Lily, nur zwei Jahre älter, hätte es ihr zeigen können, aber die schöne Lily betrachtete ihre kleine Schwester schon damals als Konkurrentin. Schon damals? Vielleicht ging das sogar bereits seit ihrer Kindheit so. Rose wusste es nicht, und Lily hatte ihre Geheimnisse mit ins Grab genommen.

Und was war mit diesem schwarzen Kostüm los? Es stand ihr überhaupt nicht, es machte sie blass, und der Rock war zu lang. Aber jetzt war es zu spät, und es hatte auch keinen Sinn mehr, sich umzuziehen: Heute war einer jener Tage, an denen sie sich nicht leiden konnte. Das kam in letzter Zeit immer häufiger vor. Vielleicht war es in ihrem Alter unvermeidlich, aber hart war es trotzdem. Das Leben hatte ein ziemlich unbequemes und wenig menschliches Tempo angeschlagen. Rose verlor plötzlich zu vieles gleichzeitig.

*

»Viermal musste ich letzte Nacht raus und pinkeln. Weißt du, was ich machen sollte, Rose?«

»Was?«

»Zwischen dem Bug und meinem Schwanz einen Schlauch montieren. Würde 'ne Menge Zeit sparen.«

»Gute Idee«, sagte sie und schwenkte Theos Geschirr in dem kleinen Kombüsenspülbecken. Wenn sie schnell arbeitete, war sie in der Regel fertig, bevor das heiße Wasser ausging. Theo hasste die proteinarme, kohlehydratreiche Diät, auf die ihn der Neurologe gesetzt hatte, aber er hatte die Steinpilz-Polenta, die sie ihm als Mittagessen gebracht hatte, aufgegessen und fast den ganzen Salat dazu. Was auch immer er allmählich verlor, sein Appetit gehörte nicht dazu. »Oder du könntest das Boot hier lassen und zu mir ziehen«, fügte sie sanft hinzu.

»Und wozu zum Teufel soll das gut sein? Was wäre der Sinn und Zweck? Was würdest du machen, wenn ich pinkeln muss – das verdammte Klo ins Schlafzimmer zerren?«

»Nein.«

»Also wieso würde das helfen?«

Sie wusste, dass er sie gern angeschrien hätte. Sie wünschte, er könnte es, sie hätte sich so gefreut, wenn er getobt und geschimpft und seinen ganzen Ärger aus sich herausgebrüllt hätte! Aber seine Stimme war nur noch zu einem gedämpften, angestrengten Raunen fähig, und an seinen schlimmsten Tagen gelang ihm nur noch ein Flüstern.

Rose sah zu, wie er mit beiden Händen ein Knie hochzog und den Fuß gegen die Polsterbank hinter dem abgeräumten Tisch stemmte. Dabei kehrte er ihr den Rücken zu. Seine Haare mussten geschnitten werden. Sie rasierte ihn jeden zweiten Tag – seine Hände zitterten zu sehr –, aber die dicken, struppigen Haare hatte sie ihm seit Wochen nicht mehr geschnitten. Oder den langen herabhängenden Schnurrbart gestutzt, der sein ganzer Stolz war. Gewesen war. Theo war mit keinem Teil seines Körper mehr zufrieden.

Ihr gefiel er immer noch. Er hatte nicht abgenommen, er sah immer noch so kompakt und robust aus wie eh und je, mit den stämmigen Beinen, den muskulösen Schultern, der breiten, behaarten Brust. Mit seinem kleinen, gedrungenen Körper war er von ihrem früheren Männerideal – von Paul – so weit entfernt wie nur möglich, und dennoch hatte sie Theo von Anfang an attraktiv gefunden. Was sie bedauerte, war ihre Ziererei zu Beginn, als sie sich lange regelrecht umkreist hatten. Sie hatte so viel Zeit vergeudet, indem sie ihn warten ließ! Vorsicht war eine Tugend, die sich nur junge Leute leisten konnten.

Jetzt behauptete er, sein Körper sei nicht mehr sein eigener, er gehöre einem alten, kranken Mann, nicht Theophilus Xenophon Pelopidas, Fährmann, Seemann, Reisender, Fischer, Bootsbauer, Holzschnitzer, großer Liebhaber schöner Frauen. Rose freute sich, wenn er so redete, wenn er stolz war auf sich, auf seine alte Stärke, sein altes Leben. Doch sogar diese Erinnerungen verblassten allmählich, und Rose wusste nicht, was grausamer war – der allmähliche Abbau seiner Nervenzellen oder der Verfall seines Selbstbewusstseins.

»Ich hab dir Panna Cotta als Dessert mitgebracht«, sagte sie und wickelte die Folie vom Teller. Calcium und Kohlehydrate, genau, was der Doktor vorschrieb. »Iss, solange es noch schön kalt ist. Möchtest du Kaffee? Ich koche dir eine Tasse.«

»Wenn du eine mittrinkst?«

»Das kann ich nicht, ich muss zurück. Anna kommt um eins.«

Theo schniefte, um zu demonstrieren, was er davon hielt.

Sie stellte den Teller vor ihm auf den Tisch. »Rück rüber«, sagte sie und quetschte sich auf der schmalen Polsterbank neben ihn. Sein altes Segelboot hieß *Expatriot*. Es bot nur knapp Platz für zwei und wies nicht den geringsten unnötigen Komfort auf. Rose hatte vier Jahre gebraucht, bis sie sich nicht mehr den Kopf an Schotten und Hängeschränken stieß, doch wie jemand ständig in derart beengten Verhältnissen leben konnte, war ihr ein Rätsel. Alles auf dem Boot war fantastisch sauber und ordentlich, das musste sie Theo allerdings lassen. Tadellos. Ihre eigene kleine Wohnung war nicht halb so durchdacht eingerichtet wie Theos Mini-Kabine. Und dabei sah er selbst geradezu wild und abgerissen aus.

»Wie schmeckt's?«, fragte sie und beobachtete, wie er, den Löffel in die starre Faust geklemmt, die Creme zum Mund führte und mühsam schluckte.

»Wer hat sie gemacht, du oder Carmen?«

»Ich.«

»Dann ist sie gut. Die beste, die ich je gegessen habe. Zergeht auf der Zunge.« Er verzog die Lippen zu einem schiefen Grinsen, mehr schafften seine Gesichtsmuskeln derzeit nicht. Es war sein Versuch, sich bei ihr für seine Grobheit zu entschuldigen. »Du siehst hübsch aus. Noch hübscher als sonst.« Sie dankte ihm, indem sie seinen Oberschenkel drückte. »Aufgetakelt für Ihre Hoheit.«

Sie zog die Hand zurück. »Sie wird dir gefallen, du wirst schon sehen. Lass dich überraschen.«

»Das bezweifle ich.«

»Sie ist reizend.«

»Ich weiß, was du vorhast, Rose, aber es funktioniert nicht.«

»Was meint du damit?«

»Du kannst die Zeit nicht zurückdrehen.«

»Stimmt.« Sie seufzte. »Aber wäre das nicht schön? Nein, ich weiß, aber … Anna hätte nicht weggehen sollen, das war nie so geplant.«

»Von wessen Plan sprichst du?«

»Vom Familienplan. Sie sollte das College abschließen und dann nach Hause kommen und das Restaurant mit mir zusammen führen. Ich hätte gekocht, sie gemanagt.« Ein perfektes Arrangement: Beide hätten das getan, was sie am besten konnten und was ihnen am meisten am Herzen lag.

Theo gab einen Laut des Widerwillens von sich. »Du gibst dir für alles die Schuld. Für jede Kleinigkeit, die im Leben dieses Mädchens schief gelaufen ist. Das ist Blödsinn.«

»Ich weiß.« Ihr Verstand wusste es ja wirklich. »Ich liebe dich. Du bist besser als jeder Priester, weißt du das? Was wäre ich ohne dich?«

»Besser dran.« Theo tätschelte ihr die Hand mit seiner rauen, verkrümmten Pranke, an der der kleine Finger fehlte. Über den Verlust dieses Fingers hatte sie drei oder vier verschiedene Geschichten gehört, unter anderem die von einer beißwütigen Krabbe von der Größe eines Beachballs in einem Gezeitentümpel vor Tilghman Island. Sie liebte all seine Unvollkommenheiten, all seine Narben, seine wettergegerbte Haut und seine knirschenden alten Gelenke. Aber was sie am meisten an ihm liebte, war, dass er all ihre geheimen Verfehlungen kannte. Außer ihm war nur Anna noch im Bilde, aber Theo verzieh ihr. Nein, so konnte man das nicht ausdrücken. Theo fand nicht, dass sie etwas getan hatte, das man ihr verzeihen musste. Er hielt sie für unschuldig.

»Bin ich zu aufgedonnert?«, fragte sie. »Ich hab doch nur einen Rock angezogen … Zu auffällig? Ich will nicht so aussehen, als hätte ich mir zu viel Mühe gegeben.«

»Du siehst gut aus, ist doch ganz egal, was sie denkt.«

Wieder dieser Ton. »Ich muss los.« Rose stand auf und hielt die Hände still, streckte sie nicht nach ihm aus. Er ließ sich nach hinten gegen die Lehne fallen, um sich mit Schwung auf die Beine zu stemmen. Und sie ging auch voraus, als er ihr bedeutete, zur Kajütstreppe zu gehen, obwohl sie die vier Stufen lieber hinter ihm hochgestiegen wäre. Nur für den Fall. Sie lebte in der ständigen Angst, er würde stürzen – und was dann? Wenn ihm schwindelig wurde und er stolperte, sich den Kopf anschlug, sich verletzte, und niemand wäre in der Nähe, der ihm helfen konnte? Was würde er tun? Sie hatte ihn hundertmal gebeten, zu ihr zu ziehen. Und sein Stiefsohn Mason auch. Aber Theo wollte nicht einmal darüber reden. »Dann geh ich lieber ins Pflegeheim«, raunzte er, »und lass mir von Fremden die Spucke vom Kinn wischen.«

»Was hast du heute Nachmittag vor?« Sie stand neben ihm im Cockpit und roch die frische, salzhaltige Luft über dem Chesapeake. Cork, Theos alter, grauschnäuziger Köter, halb Spaniel, halb alles andere, lag ausgestreckt und steifbeinig an einem Sonnenplätzchen und klopfte mit dem Schwanz seinen Willkommensgruß auf Deck. Mehrere Boote weiter hörte man ein Hämmern, und aus irgendeinem Radio wehte Reggae-Musik herüber. Das warme Frühlingswetter trieb zum ersten Mal die Bootsbesitzer her, die ihre Boote seit dem letzten Jahr nicht mehr inspiziert hatten. Möwen kreischten über ihnen.

»Heute Nachmittag? Vielleicht 'ne Runde Golf.« Theo hielt sich mit einer Hand an der Heckreling fest, während er Cork mit der anderen hinter den Ohren kraulte. »Oder 'ne Runde Pickup Basketball mit ein paar Kumpels.«

Sonst lachte Rose über solche Bemerkungen, aber diesmal legte sie ihm die Arme um die Hüften und drückte ihr Gesicht gegen die knubbelige Wolle seines Pullovers. Er verkrampfte sich. Doch gleich darauf fühlte sie seine Hand auf ihrem Rücken, die sie mit leichtem, hilflosem Druck tätschelte.

Theos Augen waren von einem blassen, ausgebleichten Blau, als habe er zu viele Jahre auf Meer und Himmel gestarrt, auf zu viele Horizonte. »Unglaublicher Frühling«, sagte er staunend und hielt sich die Hand schützend über die Augen. »Riech mal diese Luft, Rose. Das Wasser erwärmt sich, das weckt die Krabben auf. Was würde ich nicht …« Er schüttelte den Kopf und brach ab.

Was würde er nicht darum geben, auf seinem alten Krabbenkutter in die Bucht hinauszutuckern, vor Sonnenaufgang die Schnüre zu legen, in seine Reusen zu sehen und auf einen guten Fang von frühen Blaukrabben zu hoffen. Das Leben auf dem Chesapeake fing für seine Bootsfreunde im April an, und dieses Jahr würde er zum ersten Mal, seit Rose ihn kannte, nicht mit dabei sein.

»Soll ich heute Nacht herkommen?«, fragte sie. »Es wird sicher spät werden, aber wir könnten ein bisschen herumfahren, wenn du magst. Wie wär's?«

Er zuckte die Achseln. »Heute früh hab ich einen Drosseluferläufer gesehen. Den ersten in diesem Jahr. Man erkennt ihn daran, wie sein Schwanz auf und ab hüpft.« Rose sah ihn von der Seite an. »Ja, ich hab mit Mason geredet«, gab Theo zu. Sein Stiefsohn wusste alles über Vögel, inzwischen sogar mehr als Theo. Er verdiente seinen Lebensunterhalt damit, sie zu fotografieren. »Sie fliegen allein oder zu zweit, nicht in Schwärmen, sagt Mason. Die Weibchen ziehen los und schlafen mit … allen Männchen, die sie finden können, das sind die reinsten Swinger.« Er verstummte und holte ein paarmal mühsam Luft. »Und wenn sie dann Eier ins Nest legen, lassen sie den Vater zum Brüten draufsitzen!«

»Schlaue Vögel. Kommt Mason später noch her?« Körperliche Bewegung war das Einzige, was Theo für sein Gleichgewicht noch tun konnte, und Mason ging oft mit ihm im Bootshafen spazieren.

»Wahrscheinlich. Schau her.« Er hob ganz langsam den rechten Arm und deutete über die schwankenden Masten der Fischerboote und Vergnügungsyachten, die an den benachbarten Liegeplätzen vor Anker lagen. »Gelbschenkel. Siehst du sie?« Drei oder vier kleine, graue Vögel saußten vor ihren Augen über das Wasser. »Ich hatte mal einen. Hab ihn um diese Jahreszeit freigelassen, damit er mitziehen kann.«

»Du hattest einen?«

»Es gibt größere und kleinere. Ich hab mal einen von den kleineren in den Salzsümpfen gefunden – Schnabel war kaputt, und eine Angelschnur hatte sich um Flügel und Bein gewickelt. Hab ihn den ganzen Winter behalten und im Frühling freigelassen. Sie ziehen jetzt die Küste hoch, in Schwärmen. Nach Kanada zum Brüten.«

»Ist er zurückgekommen?« Manchmal kamen sie wieder oder wollten gar nicht erst fort, wenn Theo sie freizulassen versuchte, all die verletzten Seeschwalben und Möwen, die er häufig verarztete. Verarztet hatte – jetzt konnte er das nicht mehr. Seine Hände zitterten zu sehr, sagte er, er konnte sie nicht mehr sanft genug halten. Jetzt war Mason der Vogel-doktor.

»Nein. Na ja, sie kommen im Herbst zurück, wie alle anderen auch. Komisch. Ich lasse sie frei, und Mason fängt sie wieder ein. Versucht's jedenfalls.«

»Auf einem Film, meinst du.«

»Irgendwie kommen sie immer wieder.«

»Oder sie fliegen immer weg«, sagte Rose.

»Wie man's nimmt.«

Mason sah die Dinge vielleicht anders, überlegte sie. Immerhin war er mit einem Stiefvater aufgewachsen, der ihn ungefähr so regelmäßig wie ein Zugvogel allein gelassen hatte. Der vermutlich immer noch ständig kommen und gehen würde, wenn er nicht zu krank wäre, um sich wieder auf den Weg zu machen.

»Ich muss los«, sagte sie noch einmal und sah sich nach ihrer Handtasche um. »Ruf mich nach dem Abendessen an, oder ich rufe dich an. Ist dein Telefon eingesteckt? Spül nicht weiter ab, ich mach das heute Abend. Du liebe Zeit, schon zwölf. Sag ehrlich, Theo, bin ich zu aufgedonnert?«

»Du siehst gut aus, und ich spüle jetzt das verdammte Geschirr. Ich bin schließlich noch kein Krüppel.«

Sie legte ihm die Hand an die Wange, und sofort glättete sich seine zerfurchte Stirn. »Alter Schnauzer«, sagte sie liebevoll, »mein alter Schnauzer.«

»Alter Schoßhund. Du meinst wohl, du kannst mich um den Finger wickeln.«

»Ach, schön wär's.« Sie beugte sich vor und legte ihren Mund auf seine trockenen, aufgesprungenen Lippen. »Sei brav, bis Mason kommt, ja? Versuchst du's?«

»Noch so ein Hundesitter.«

»Und fall nicht über Bord.«

Er schmunzelte, aber sie konnte sich kein Lächeln abringen. »Wir fahren vielleicht später zu ihm und arbeiten an dem Boot«, sagte er.

»Das wäre schön. Ein herrlicher Tag dafür.« Er und Mason bauten gemeinsam ein altes Segelboot um – beziehungsweise Mason baute, und Theo sah meistens zu. Er saß auf einem

Stuhl in Masons Schuppen und gab Anweisungen. Rose küsste ihn rasch noch einmal und überließ ihm ihren Arm, während sie auf den Steg hochstieg.

»Ich mag dich im Rock«, stieß Theo mühsam hervor, als sie sich auf den Weg machte. »Nettes Fahrgestell für so ein altes Mädchen!«

Sie antwortete mit einer Geste, die er für obszön hielt – vor langer Zeit hatte sie ihm das weisgemacht. Er war jedes Mal entzückt davon. Bevor sie durch die Absperrkette zum Parkplatz ging, warf sie noch einen Blick zurück. Theo hielt sich mit beiden Händen an der Reling fest und ließ sich langsam und vorsichtig auf das sonnengebleichte Holz seines Cockpitsitzes sinken, neben seinen alten Hund.

Theos Anlegestelle lag ungefähr anderthalb Kilometer vom Stadtzentrum entfernt auf einer flachen Halbinsel, deren nördliches Ende durch eine zweispurige Zugbrücke mit der Stadt verbunden war. Die Brücke war selten hochgezogen, aber heute, da Rose es eilig hatte, war sie natürlich oben, damit ein eleganter, hochmastiger Schoner aus dem flachen Wasser in den Fluss und die Bucht gleiten konnte. Ungeduldig mit den Fingernägeln auf das Lenkrad trommelnd, wartete Rose, bis die Ampel umschaltete. Sie versuchte, das Wasser, die verankerten Boote, die Brücke, die Fußgänger zu betrachten, als wäre sie neu in der Stadt und sähe alles zum ersten Mal. Fast wie Anna. Sie war zwar hier aufgewachsen, aber fast zwei Jahrzehnte lang nur sporadisch, zu möglichst kurzen Stippvisiten, wiedergekommen. Würde sie ihre Heimatstadt sehr verändert finden? Alles war viel größer und geschäftiger als früher, und mittlerweile war die Stadt das ganze Jahr über von Touristen belagert, nicht nur im Sommer. Würde ihr das gefallen? Oder würde sie sich darüber ärgern?

Die Ampel sprang um. Rose fuhr über die Brücke und steuerte vorsichtig durch das Stadtzentrum, immer auf der Hut vor Fußgängern, die Stadtpläne in den Händen hielten. Denn in ihrem Eifer, die hübschen Segelboote am Hafen zu erspähen, liefen sie womöglich noch blindlings in ein Auto. Das

Restaurant Bella Sorella lag nicht am Hafen, hatte keinen Blick aufs Wasser und keinen Quadratzentimeter Blau vorzuweisen. Aber es lag an der Severn Street, einer bogenförmigen Einbahnstraße, die an beiden Enden in die touristische Hauptdurchgangsstraße des Ortes einmündete. Touristen und Einheimische schlenderten hier entlang, weil die Straße auf halbem Weg zwischen dem Hafen und dem Einkaufsviertel lag. Die Lage konnte wirklich nicht besser sein. Doch warum florierte der Laden dann nicht?

Rose bremste, als sie am Restaurant vorbeifuhr, und versuchte, es mit Annas Augen zu sehen. Carmen gefiel die braune Markise über der Tür, sie fand sie elegant, aber Rose war sich nicht sicher. Plötzlich war sie überzeugt, dass Anna sie schrecklich finden würde. Angeberisch, das war sie, zu groß für die schmale Backsteinfassade. Die gelben Stiefmütterchen im Topf neben der Tür wirkten nicht einladend, sondern staubig und heruntergekommen. Louis hatte vergessen, sie zu gießen. Er hatte allerdings die Metallbeschläge an der Tür poliert – Halleluja! – und die bronzen getönten Fensterscheiben geputzt. Hatte er auch den Gehweg gefegt? Schwer zu sagen.

Rose bog in die schmale, schwer zugängliche Seitenstraße zwischen dem Antiquitätengeschäft und dem Blumenladen ein, dann noch einmal rechts in eine Sackgasse, und parkte schließlich auf ihrem kleinen Stellplatz hinter dem eingezäunten Müllbereich. Zwanzig nach zwölf. In vierzig Minuten kam Anna. Zum Glück war Mittwoch, der ruhigste Tag der Woche. Sie würden in aller Ruhe essen – erst die Drei-Zwiebel-Tarte, Carmens pikanteste Vorspeise, dann einen damenhaften Krabbensalat – und sich dazu an den Ecktisch am Fenster setzen, den besten im ganzen Haus. Zitronenkuchen zum Nachtisch und Cappuccino – wenn Dwayne es schaffte, die Maschine, die langsam ihren Geist aufgab, noch einmal zum Leben zu erwecken. Sie würden erst nach dem Essen, wenn sie sich in Roses Büro zurückgezogen hatten, über Geschäftliches sprechen. Rose würde Anna ein Angebot unterbreiten, und Anna würde …

Sie hatte keine Ahnung, was Anna tun würde. Iris hatte

geschworen, dass sie interessiert war. Das musste wohl so sein, sonst wäre sie nicht gekommen. Oder? Es konnte nicht nur am Haus liegen, das hätte sie telefonisch erledigen können. Rose hatte nach ihrer Ankunft gleich mit Anna telefoniert, und sie hatte nett geklungen. Freundlich. Aber das hatte noch gar nichts zu bedeuten. Sie pflegten seit sechzehn Jahren einen freundlichen Umgangston.

Noch bevor sie die Hintertür geöffnet hatte, wusste sie, was passiert war. Brennendes Öl hat nun mal einen unverkennbaren Geruch.

»Das Öl hat gebrannt«, bestätigte Jasper, der, lässig gegen den Wäscheschrank gelehnt, gerade eine Zigarette rauchte. Er war für kalte Gerichte zuständig. Rose stürzte an ihm vorbei, aber seine träge Pose machte ihr Mut. Wenn die Küche abgebrannt wäre, sähe er sicher eine Spur aufgeregter aus …

Die Küche stand noch, aber der massive Grill und die rostfreie Stahlwand dahinter waren schwarz und verbrannt unter einer schmierigen Schicht klebrigen weißen Löschmittels. Marco und Carla blickten mit mitfühlendem Gesichtsausdruck von ihren Vorbereitungen auf und sagten »Hallo«, und Dwayne rief Rose über das Rumpeln der Geschirrspülmaschine zu: »Die Sardine war schuld!« Er ließ beim Grinsen seinen Goldzahn blitzen.

Carmen legte den Fleischklopfer weg, mit dem sie Hühnchenbrüste bearbeitete. »Es ist nicht so schlimm, wie es aussieht. Wenigstens war der Brand gelöscht, bevor der Rauch die Sprinkleranlage eingeschaltet hat.«

»Gott sein Dank.« Das wäre ein Albtraum gewesen. »Wie hat es angefangen?«

Luca, der Mann am Grill – von seinen Kollegen »Sardine« genannt, weil er klein war und aus Sardinien stammte –, hörte auf, fettigen Schaum von der Wand zu wischen, und richtete sich auf. »E' colpa mia«, murmelte er. »Zu viel Fett, das Feuer ist zu hoch gegangen.« Seine Ohren waren knallrot, und er ließ deprimiert die Schultern hängen. »Tut mir so Leid, Chef.«

»Schon gut«, sagte Rose kurz angebunden, »machen wir

uns an die Arbeit. Meine Güte, was für ein Chaos.« Carmen hatte ihm bestimmt schon den Marsch geblasen, da hatte es keinen Sinn, ihn noch weiter abzukanzeln. Und der arme Luca war so empfindlich, dass er beim leisesten Vorwurf kündigte und glaubte, er täte ihr damit einen Gefallen. Er kam zwar immer wieder zurück, aber heute durfte er gar nicht erst gehen. »Wisch zuerst dieses Zeug vom Boden auf, damit niemand ausrutscht, das andere kann bis nach dem Mittagessen warten. Wenn jemand etwas vom Grill bestellt, nimmst du den Bratofen. Oder die Sauteuse. Lass dir was einfallen.«

Lucas Gesicht hellte sich auf, bis er Carmens sarkastisches Schnorcheln hörte. Dann wurden seine Ohren wieder dunkelrot. »Okay, Chef.« Mit gesenktem Kopf machte er sich erneut daran, den klebrigen Schaum aufzuwischen.

»Shirl hat sich krank gemeldet«, informierte Carmen sie als Nächstes. Shirl war die Pasta-Köchin.

»Kannst du das übernehmen?«

»Ich oder Luca, in Ordnung. Es ist ja ruhig heute.«

»Noch was?«

»Du hast einen Kellner weniger. Nur Vonnie und Kris, und Tony räumt ab.«

»Das sollte reichen, wenn nicht mehr Betrieb ist. Alles andere läuft? Keine Probleme?«

»Nichts von Bedeutung.« Die schwergewichtige, schwitzende, rotgesichtige Carmen hieb auf einen Streifen Hühnchenfleisch ein, als habe er sie persönlich beleidigt. Sie war *sous-chef*, Roses Stellvertreterin in der Küche, zugleich ihre Cousine und ebenfalls eine alte Jungfer, weshalb sie beide noch den Namen Fiore trugen. Zum Glück für Carmen hatte ihre Mutter, im Gegensatz zu Roses Mutter, ihre Kinder nicht nach Blumen genannt. Zum Glück – denn man konnte sich schwer eine Blume vorstellen, die zu Carmen gepasst hätte und bei ihrem Gewicht von fast zwei Zentnern nicht wie ein gemeiner Witz geklungen hätte. Aber sie bewegte sich flink und war stark wie ein Mann. Die Köche zitterten vor ihr und nannten sie hinter ihrem Rücken aus offensichtlichen Gründen »Feldwebel« – und vermutlich Schlimmeres, was Rose noch nicht hinterbracht worden war. Carmen war jähzornig und bärbeißig, und Rose kannte niemanden, der Inkompetenz so wenig duldete wie sie. Doch war auch niemand loyaler als Carmen – was das Restaurant betraf, aber vor allem Rose gegenüber. Sie konnte sich die Küche nicht ohne ihre Cousine vorstellen.

»Gab es bei Sloans ein paar schöne Krabben?«, fragte Rose auf dem Weg zum Kühlschrank. »Ich wollte den Salat auf dieser Sauerteig-Bruschetta machen, wenn …«

»Keine Krabben. Ich hab Seezunge. Kein Problem, ich brate sie mit Zitrone und Lorbeer.«

»Was? Oh nein. Seezunge? Nein, ich wollte doch etwas Leichteres und … ich weiß nicht, etwas von hier. Seezunge?« Sie verzog das Gesicht und hoffte, dass Carmen ihr die Zweifel ausreden würde.

»Ich kann auch keine Zwiebel-Tarte machen, es gibt keinen Lauch. Stattdessen könnte ich einen Zucchini-Parmigiano-Salat herrichten, aber dazu gibt es nur Pinienkerne, weil niemand Walnüsse eingekauft hat.« Carmens zusammengepresste Lippen sahen weniger betrübt als zufrieden aus, was Roses Vermutung nur bestätigte: Sie war noch weniger begeistert von Annas Besuch als Theo. Das störte Rose, aber wie konnte sie ihnen deshalb Vorhaltungen machen? Carmen und Theo glaubten, sie, Rose, beschützen zu müssen. Sie glaubten, Anna werde ihr das Herz brechen.

»Ist wenigstens der Tisch gedeckt?«, fragte sie resigniert.

»Ich weiß nicht. Frag Vonnie.«

»Also gut. Brauchst du mich hier noch?« Rose wollte frischen Lippenstift auflegen, sich das Haar kämmen, sich im Badezimmer ein paar Minuten sammeln. »Du bist nervös wie ein Teenager«, hatte Theo sie heute Vormittag gescholten. Er hatte Recht.

Carmen grinste. »Flaco ist spät dran, du könntest ihm beim Salatputzen helfen. Müsstest dir allerdings 'ne Schürze umbinden.« Aus blassen, von rötlichen Wimpern umrandeten Augen musterte sie amüsiert, wenn nicht gar verächtlich, Roses schwarzes Kostüm.

»Es ist nur irgendein Rock!« Rose machte eine abwehrende Handbewegung und stolzierte aus der Küche.

Vonnie hatte den Ecktisch mit kobaltblauen Gläsern und handbemalten Tellern gedeckt, und unter dem guten Besteck lagen, hübsch gefaltet, safranfarbene Servietten. Es gab genug von diesem Geschirr für kleinere Gesellschaften, aber nicht genug für den gesamten Speisesaal, der siebenundneunzig Personen fasste. In der Tischvase standen Freesien, nicht die übliche Nelke, und die Strahlen der Mittagssonne fielen, wie Rose fand, in einer weichen, irgendwie raffinierten Diagonale über das gestärkte, weiße Tischtuch. Sie fing Vonnies Blick auf und nickte ihr lächelnd zu – gut gemacht. Vonnie, ihre beste Kellnerin, hielt den Daumen hoch und grinste selbstzufrieden.

Nicht viele Gäste bisher, das Restaurant war nur zu einem Drittel besetzt. Das war unter den gegebenen Umständen günstig und zudem nicht ungewöhnlich für die Wochenmitte, besonders in den ersten Monaten des Jahres, bevor die Bootsbesitzer im Mai in größerer Zahl das Restaurant besuchten, aber – was würde Anna davon halten? Sie würde glauben, dass die Geschäfte nicht gut liefen, und sie hätte Recht. War Roses Restaurant nicht gut genug für sie? Sie hatte in einem Bistro mit sehr modisch klingendem Namen gearbeitet, es hieß Coffee Factory oder so ähnlich, und war vermutlich an schicke Szeneleute gewöhnt, an hohe Preise und an europäische Tanzmusik. Das Bella Sorella würde ihr hoffnungslos veraltet vorkommen. Schäbig. Langweilig. Wenn sie den Job annahm, dann allenfalls aus Mitleid.

Durch das Fenster sah Rose ein halbes Dutzend älterer Damen – eine mit einer Gehhilfe –, die langsam am Gebäude vorbeizockelten und unter der Markise stehen blieben. Sie hielten eine kleine Konferenz ab, begutachteten die Speisekarte, lasen den Namen an der Tür. Dann beschlossen sie einzutreten, und Rose dachte: Gut, Anna wird denken, dass wir ordentlich Umsatz machen. Sie ging quer durch den Raum auf die Frauen zu, um sie zu begrüßen, und gleich darauf betrat eine zweite, ganz ähnliche Gruppe von Frauen das Restaurant. »Guten Tag«, hieß Rose das erste Trüppchen weißhaariger Frauen mit niedrigen Absätzen, Reiseführern und Stadtplänen willkommen. Touristinnen.

»Hallo«, meldete sich die Anführerin, eine lebhafte Sechzigjährige. So alt wie Rose … »Hätten wir reservieren müssen?«

»Nein, ich glaube nicht. Heute nicht. Wie viele sind Sie denn?«

»Sechsundzwanzig, wenn die anderen mit dem Schiffsmuseum fertig sind.«

»Kein Problem«, erklärte Rose mit einem warmen, Vertrauen erweckenden Lächeln, während sich ihre Gedanken überschlugen. Vince kam heute früher, er konnte Eddie ablösen, und Eddie würde dann an den Tischen helfen. Das wären drei Kellner plus Tony, und Flaco könnte abräumen …

»Wir wollten eigentlich anrufen, aber meine Schwester wohnt hier und sagte, es sei für gewöhnlich nicht überfüllt.«

»Wie reizend.« Mittlerweile drängten ganze Trauben von Frauen nach, einige mit Gehstöcken, eine im Rollstuhl, und ganz zum Schluss zwei alte Männer. Rose stand schließlich mit dem Rücken zum Empfangspult. »Setzen Sie sich doch – willkommen, hallo – setzen Sie sich bitte, wohin Sie möchten. Sie werden gleich bedient.«

»He, Boss, ich mach mich vom Acker.«

Rose schenkte Eddie, dem Barmann und Teilzeitkellner, ein flüchtiges Lächeln, während sie die Vinaigrette vom Rand eines Tellers mit Mesclun und Ziegenkäse abwischte, und schob den Teller auf den Pass. »Noch einen, Jasper, und drei Gemischte mit italienischer. Eddie, wenn deine Getränkebestellungen weniger werden, hilf Vonnie und Kris. Wo ist Vince? Er müsste doch längst da sein.«

»Eh, 'tschuldigung, Boss, ich muss wirklich abdüsen.«

»Abdüsen? Was, jetzt? Spinnst du?«

»Tut mir echt Leid, aber ich hab einen Arzttermin, und der ist wirklich wichtig. Ich hab das mit Vince besprochen, er muss jeden Moment hier sein.«

Die Bons mit Bestellungen kamen schneller, als Vonnie und Kris sie ans Brett heften konnten. »Dann bleib, bis er da ist.«

»Aber wenn ich jetzt nicht gehe, komm ich zu spät.«

»Bilde dir bloß nicht ein, dass du jetzt wegkannst.«

»Komm schon, diese alten Tanten kippen schließlich nicht einen nach dem anderen.«

»Du sorgst für die Getränke, bis Vince kommt. Das ist mein letztes Wort. Hier!«, rief sie, bevor er durch die Tür verschwand. »Nimm die mit – für Tisch sechs.«

»Wer kriegt was?«

»Lies die Bons.« Rose wandte sich ab, um Luca zu helfen, der schon im Verzug war, obwohl noch nicht einmal die Hauptgerichte dran waren. Vonnie kam und brachte weitere Bons mit. »Die Ravioli sind aus!«, rief Rose ihr zu. »Nur noch drei Hühnchen à la Carmen, und ich bin nicht sicher, ob die Fettuccini ...« Sie verstummte. Vonnies hübsches, sanftes Gesicht war kalkweiß. »Was ist denn? Was ist passiert?«

»Der Typ an Tisch vier mit den zwei Frauen und dem Mann ...«

»Ja?«

»Kris glaubt, das ist der Restaurantkritiker vom *Stadtanzeiger*.«

»Nein! Oh nein, nein, bitte nicht. Du lieber Gott. Carmen?«

»Ich hab's gehört.« Auch ihr Gesicht war vor Entsetzen bleich geworden. Die drei Frauen sahen sich sekundenlang starr vor Schrecken an.

»Also gut.« Rose hatte sich als Erste wieder gefangen. »Hört mal alle zu ...«

Eddie boxte die Tür von außen auf und rief von der Schwelle aus: »Vince ist da, ich bin jetzt weg. Da ist gerade 'ne Frau gekommen, sie sitzt an der Bar. Die sieht aus wie du, Boss, echt verblüffend. Vince sagt, sie ist seine Cousine. Was ist sie dann von dir? Deine Nichte?«

3

Bei Roses Anblick wurde Anna schlagartig ruhig. Nach all den Befürchtungen und Zweifeln der letzten Zeit empfand sie nun, als sie ihre Tante winkend und strahlend mit ihrem raumgreifenden, immer noch jugendlichen Gang durch den Speiseraum kommen sah, die Erleichterung des Soldaten, der nach einer endlosen Nacht des Wartens im schlammigen Schützengraben endlich die erste Granate bersten hört. *Es ist nur Rose*, dachte sie. Rose, die mit ihrem frohen Gesicht und den besorgten Augen gar nicht mehr bedrohlich wirkte. *Sie hat mehr Angst als ich.*

»Anna!«, rief sie schon von weitem und breitete die Arme aus. »Anna, endlich!«

Vielleicht war ihre Haltung steif, vielleicht war es ihr Blick – auf jeden Fall schüttelten sie sich nur die Hände, anstatt sich zu umarmen, und in dem Augenblick, in dem Rose Anna küssen wollte, ließ diese los und trat zurück. Verlegen setzten beide ein strahlendes Lächeln auf.

»Ich freue mich wirklich, dich zu sehen«, sagte Anna, mit verschränkten Armen gegen die Bar gelehnt. »Du hast dich gar nicht verändert.« Falsch. Roses große, dunkle Augen und ihre dramatische Hakennase waren noch dieselben, und ihr liebes, melancholisches Lächeln hatte seine entwaffnende, lähmende Kraft nicht verloren, wenn man dumm genug war, sich eine Blöße zu geben. Aber sie sah müde aus. Das Geheimnisvolle an ihr, diese Aura einer dunklen Madonna, die so fasziniert und gelockt hatte, war schwächer geworden, und

die Glätte ihrer Haut konnte diese Entwicklung nicht verbergen oder auch nur aufhalten. Sie war älter geworden, und
das sah man jetzt auch.

»Du bist wirklich da, ich freue mich so, und wie hübsch
du aussiehst!« Ihre Stimme war noch unverändert, voll und
dunkel, anheimelnd wie eine streichelnde Hand an der Wange. Anna hatte vergessen, wie leicht sie sich früher davon einwickeln ließ. »Ich habe mir die Haare schneiden lassen, aber
mittlerweile wünschte ich, ich hätte es nicht getan. Wie schick
du bist, Anna, dieser Anzug ist fantastisch!«

»Danke.« Sie hatten sich fast identisch gekleidet, bemerkte Anna missmutig, nur dass sie zu ihrem schwarzen Blazer
und der cremefarbenen Hemdbluse eine Hose statt eines
Rocks trug. Auch das hatte sie vergessen: Sie hatten denselben Geschmack, was Kleidung betraf. Und sie konnten sich
beide nur schwer zurückhalten: Falls sich Rose nicht geändert hatte, waren Kleiderkäufe auch *ihr* größtes Laster.

»Hat sich Vince um dich gekümmert? Tut mir Leid, dass
ich nicht vorn war, als du ankamst, aber es ist gerade ein bisschen hektisch in der Küche, nichts Schlimmes, nur – ach, du
weißt ja, das Übliche.«

»Mach dir keine Gedanken. Kann ich irgendwie helfen?«

»Nein, nein, bleib sitzen und entspanne dich. Willst du eine
Kleinigkeit vorab, bis das Essen fertig ist, einen Salat oder
etwas …«

»Nein, vielen Dank.«

»… weil es vielleicht noch etwas länger dauern könnte.
Macht dir das was aus? Du hast keinen Termin, oder? Du
musst nicht noch irgendwohin?«

»Nein, ich habe nichts vor. Kümmere dich einfach um deine Pflichten, ich bin ganz und gar zufrieden.«

»Das ist nett von dir. Ich beeile mich, so gut es geht.« Roses
flatternde Hände verrieten ihre Nervosität. Sie machte den
Eindruck, als wolle sie nicht gehen, als sei diese erste Begegnung nicht so verlaufen, wie sie es sich gewünscht hatte. Als
könne sie das noch ausbügeln, wenn sie länger bliebe. Anna
empfand dieselbe vage Unzufriedenheit, aber sie verspürte
nicht den Wunsch, etwas dagegen zu unternehmen. Sie war

wegen einer Arbeitsstelle gekommen, nicht, um ihr Verhältnis ins Lot zu bringen.

Vince, der Getränke an einen Tisch gebracht hatte, kam zurück. »Hallo, Tante Rose.« Er beugte sich über die Theke und fuhr in leiserem Ton fort: »Vonnie hat Carmen gesagt, dass *er* Muscheln bestellt hat, und seine Begleiterin will das Kalbskotelett.«

Roses Lächeln erstarrte.

»Wer?«, fragte Anna.

»Niemand, nur ein Gast.« Sie gab Anna mit einer Geste zu verstehen, dass sie sich ruhig hinsetzen sollte. »Ich bin gleich wieder da. Da drüben ist unser Tisch, du kannst hier bleiben oder dich schon mal setzen, wie du möchtest. Magst du immer noch Strega Sour? Sag Vincent einfach, was du willst …«

»Nun geh schon«, forderte Anna sie freundlich auf.

Rose lächelte dankbar und eilte davon.

Vince war Annas Lieblingscousin. Dieses dreißigjährige »Baby«, das jüngste von Tante Iris' fünf Kindern, war ein linkischer, magerer Teenager gewesen, als Anna von zu Hause wegging, aber sie hatte ihn am liebsten, weil er so lustig war. Und vom Glück verwöhnt, dieser gutmütige, kleine Kerl. Er hatte ihr Schach beigebracht, als sie fünfzehn war und er neun, und sie hatte ihm die ersten Tanzschritte gezeigt. Im College hatte sie ihm per Telefon Ratschläge zum Umgang mit Mädchen gegeben, offenbar mit durchschlagendem Erfolg, denn mittlerweile umschwärmten ihn, das behauptete jedenfalls Tante Iris, die Frauen wie die Motten.

»Lass dich anschauen«, sagte er, während er Gin, Strega und Zitronensaft in einen Shaker goss. »Du siehst toll aus, Anna. Alle sind so froh, dass du zurückgekommen bist.« Er hatte kurze, weiche braune Haare und riesige, sanfte braune Augen, ein knochiges Gesicht und einen sehr coolen Bart: zwei dünne Streifen, die an der Kinnlinie entlang liefen und über der Oberlippe endeten. Er war immer noch dünn, aber er hatte breite, wohlgeformte Schultern. Und schöne Hände. Anna konnte sich vorstellen, wie die Frauen hier saßen und einen Drink nach dem anderen bestellten, nur damit sie ihm bei der Arbeit zuschauen konnten.

»Schön, dich zu sehen, Vince. Ich weiß nur nicht, ob ich bleiben werde«, stellte Anna gewissenhaft klar. »Ich bin hier, das ist …« – sie lächelte und vollführte mit der Hand eine unbestimmte Geste – »… alles, was ich momentan sagen kann.«

»Ja, klar, ich weiß, aber ich hoffe doch. Wir hoffen alle, dass du bleibst.«

»Danke. Wir werden sehen.«

»Heute geht's verrückt zu«, sagte er und zapfte Limonade aus dem Hahn.

»Das sehe ich. Was ist denn los?« Das Restaurant war überfüllt, aber Anna sah nur zwei Bedienungen, und die kamen kaum hinterher. Sie registrierte die kontrollierte Panik unter dem Lächeln der beiden, den schnellen Gang, der verriet, dass sie am liebsten gerannt wären. »Ist es mittags immer so? Ich meine … ein Haufen alter Frauen?«

»Nein, das ist eine Reisegruppe aus Baltimore, Leisure City oder so. Sie sind einfach reingeschneit, ohne Reservierung, ohne irgendetwas.«

»Himmel!« Anna warf im Spiegel einen verstohlenen Blick auf Rose, die anmutig im Zickzack von Tisch zu Tisch ging, die Gäste fragte, ob sie etwas brauchten, ob es ihnen schmeckte. Sie hatte eine Art, Menschen zu berühren, ihre Schulter kaum wahrnehmbar zu streifen, ihre Hand sanft zu tätscheln, die völlig Fremde hypnotisieren, beruhigen oder zähmen konnte oder was immer Rose für notwendig hielt. Das sanfte Gegenstück zu einem Viehstachel, und das Resultat war dasselbe: Die Leute taten, was Rose wollte.

Sie war bei einem Vierertisch mit zwei Paaren stehen geblieben, und Anna, heimgesucht von den widersprüchlichsten Gefühlen, musste unwillkürlich die fürsorgliche Neigung von Roses Kopf bewundern, die beiläufige, interessierte, aber nie unterwürfige Körperhaltung, die vor dem Bauch zusammengelegten Hände, die sich jetzt schelmisch auf die Hüften legten, während sie mit genau der richtigen Dosis Verbindlichkeit über den Scherz eines der Männer lachte. Sie sah wie fünfzig aus, keinen Tag älter, immer noch hoch gewachsen, gerade, jungenhaft schlank. Sie hatte sich nie die Haare gefärbt, und ihre neue, ungekünstelte Frisur, bei der die silbernen Strähnen im Schwarz gut zur Geltung kamen, passte zu ihrem markanten Gesicht, ließ sie verwegen, fast punkig aussehen. Anna hatte sich *irgendetwas* erhofft, aber jetzt wusste sie nicht mehr, was – dass Rose in den zwei Jahren seit ihrer letzten Begegnung gebrechlich und altersschwach geworden war? Dass sie sich überhaupt nicht verändert hatte? Weder das eine noch das andere traf zu. Sie sah müde aus, aber um herauszufinden, was sich sonst an ihr verändert hatte, waren genauere Beobachtung und Aufmerksamkeit notwendig.

Groll war ein bitteres, unergiebiges Gefühl. Es stieg in Anna auf, als sie begriff, dass sie niemand anderen kannte, der so interessant war wie Rose. Niemanden, den sie lieber beobachten würde. Wie ärgerlich.

»Tja, zuerst sind diese Touris über uns hergefallen«, sagte Vince gerade, »und dann hat auch noch jemand den Kritiker entdeckt.«

»Ein Kritiker? Ach du lieber Gott!« Anna erschauerte, von spontanem Mitgefühl überwältigt.

»Wer? Der da drüben?« Der rotblonde, schwergewichtige Mann, zu dem sich Rose gerade beugte?

»Ich glaube, der oder der andere am Tisch muss es sein. Ich weiß, dass er Gerber heißt und eine Kolumne für den *Stadtanzeiger* schreibt. Und wir haben nicht genug Leute für den Service, und die Pasta-Köchin hat um zwölf angerufen und sich krank gemeldet, wegen Krämpfen oder so was. Und das ist noch längst nicht alles.«

»Keine Kalbskoteletts«, vermutete Anna.

»Ein Feuer hat heute früh den großen Grill lahm gelegt. Aber es kommt noch schlimmer.« Vince stellte die Gläser auf ein rundes, braunes Serviertablett und nahm einen Wodka Tonic in Angriff. Anna konnte sich nicht vorstellen, was noch schlimmer kommen konnte. »Die Pasta-Köchin, Shirl, diese dämliche Tussi – warte nur, bis du sie kennen lernst –, die kann richtig gut schreiben, wie eine Kalligraphin, also hat sie die Tagesgerichte auf die Tafel geschrieben. Du musst sie beim Hereinkommen gesehen haben.«

Anna nickte. Linguini al pesto, Kamm-Muscheln Parmigiano, Muscheln in Knoblauch-Tomaten-Sauce. Nicht besonders aufregend, hatte sie gedacht. »Und wo liegt das Problem? Oh. Oh, Scheiße.«

»Genau. Sie hat das nicht heute geschrieben, weil sie ja nicht gekommen ist, und niemand hat daran gedacht, es zu ändern. Jetzt will der Restaurantkritiker Muscheln, und das war das Tagesgericht von *gestern*. Es gibt keine mehr.«

»Oh, Vince.« Nichts war schlimmer – oder potenziell auch besser – für ein Restaurant, als der Überraschungsbesuch eines Gastro-Kritikers. Anna erinnerte sich an eine Familiengeschichte von vor ihrer Geburt, als der Kritiker einer Zeitung in Baltimore im Flower Café aufgetaucht war – der ersten Inkarnation des Bella Sorella auf der Severn Street, eine simple Pizzeria ohne Barausschank. Als Liliana, Annas Großmutter, ein außerordentlich zähe Person, die so schnell nichts aus der Fassung brachte – eine andere Familienlegende berichtete, dass sie im Ristorante ihres Vaters in Ventimiglia den Hühnern mit bloßen Händen den Hals umdrehte –, als eben diese Liliana hörte, dass ein Kritiker im Haus war, ging sie vor die Tür und übergab sich. Dann kam sie wieder herein und machte sich an die Arbeit.

Vince sagte kopfschüttelnd: »Um ehrlich zu sein, könnten wir eine gute Kritik zurzeit wirklich gut gebrauchen. Wenn er auch nur einen einzigen netten Satz schreibt, können wir den mit einer Anzeige in der Zeitung schalten. Das wäre eine große Hilfe.«

Ein einziger netter Satz. Selbst wenn Rose Mr Gerber mit ihrem geballten Charme von Muscheln und Kalbskotelett abbringen konnte, ohne dass er es merkte – was ihr durchaus zuzutrauen war –, konnte sich Anna in seiner Kolumne gut Sätze vorstellen wie: *Ein Ort, an dem sich ältere Herrschaften wohl zu fühlen scheinen. Ungewöhnlich langsamer Service. Überforderte Kellner.*

Rose hatte die Honneurs am Tisch des Kritikers beendet und bewegte sich demonstrativ gemächlich wieder auf die Küche zu.

Anna stand auf, zog ihr Jackett aus, hängte es an die Stuhllehne und folgte ihr.

In der Küche herrschten Hitze, Lärm und Chaos. Jeder Posten war belegt, die Teller stapelten sich auf dem Pass, die Bons mit den Bestellungen hingen am Brett wie chinesische Lotterietickets. »Rüber mit Nummer acht!«, schrie eine Frau. »Nimmt endlich mal jemand Nummer acht, verdammt!« Sie kehrte Anna ihren breiten Rücken zu, aber Carmen war mühelos an ihrem Gebrüll zu identifizieren. Anna war als Teenager oft genug zusammengezuckt, wenn sie in der Küche aushalf oder als Kellnerin einsprang. Rose stand vor dem begehbaren Kühlraum und warf sich eine Schürze über den Kopf, die sie mit fliegenden Fingern zweimal um die Taille band. Als sie Anna sah, wich der kämpferische Elan aus ihren Zügen, und ihre dunklen, ausdrucksvollen Augen verdüsterten sich. Anna hatte ihnen noch nie wiederstehen können.

»Gut, dass ich Uniform trage«, legte Anna los, bevor Rose sie mit einem freundlichen »Nein, danke« wegschicken konnte. »Schwarze Hose, weißes Hemd. Sieh mal, und sogar flache Absätze.«

»Nein, Anna.«

»Ihr kommt nicht nach, also lass mich helfen, okay? Sind die Tischnummern noch dieselben? Jemand kann mir rasch Tische zuweisen. Ich stelle bestimmt nichts an – was sind schon ein paar Scherben oder ein bisschen Suppe auf der Bluse!«

Rose fuhr sich fahrig und unentschlossen durch die Haare. Dann lachte sie. »Nimm die ersten vier Tische am Gang, eins bis vier, von hinten nach vorne. Platz eins ist sechs Uhr, es geht im Uhrzeigersinn.«

»Verstanden.«

»Zuerst Suppe und Salat, wenn noch welche auf dem Pass sind. Und hilf Tony, er ist dein Abräumer – ich glaube, manche Tische haben noch nicht mal Brot.«

»Gut.« Anna wollte gerade loslaufen, als Rose sie an den Schultern fasste und schnell und verlegen umarmte, bevor sie sich entziehen konnte. *Hab ich dich.* Anna musste grinsen.

»Danke, Anna – *es tut mir so Leid*.«

»Schon gut, es macht mir doch Spaß. Ich war mal eine

ziemlich gute Kellnerin, weißt du noch?« Sie wandte sich erschrocken ab, als sie Roses entzücktes Lächeln sah. *Mist*, dachte sie, jetzt habe ich damit angefangen. Eigentlich war doch *Rose* hier für die nostalgischen Reminiszenzen zuständig. Und Anna wollte ihre Bemühungen mit leeren, verständnislosen Blicken im Keim ersticken. So hatte sie es zumindest geplant.

Rose hatte Recht, ihre erste Begegnung verlief überhaupt nicht nach Plan.

4

Hör auf, sie anzustarren, befahl sich Rose, aber es war nicht leicht. Der Massenandrang war vorbei, sie hatten sich endlich hingesetzt, und Anna war wirklich hübsch anzusehen. Ihre Wangen waren gerötet, die schwarzen Augen funkelten. Mit den schweren Haaren, die, von zwei Schildpattspangen gebändigt, ihr Gesicht umrahmten, sah sie nicht mehr kultiviert oder distanziert oder cool aus, sondern wie Anna eben. Sie lachte sogar Vonnie an, die ein Aqua Madonna vor sie hinstellte und ihr Lachen erwiderte. In den hektischen siebzig Minuten, in denen sie gemeinsam bedient hatten, hatten sie sich angefreundet. Rose hörte sich ihr Geplänkel schweigend an und bemühte sich, ihre unbändige Freude unter einem milden Lächeln zu verstecken. Anna zog sich schließlich normalerweise zurück, wenn sie wahrnahm, dass Rose sich über sie freute. Und Roses Zuneigung duldete sie nur zu ihren eigenen Bedingungen: in kleinen Portionen.

»Oje, jetzt weiß ich wieder, warum ich das nie so schaffen könnte wie du«, sagte Anna gerade zu Vonnie. »Ich kann kaum noch laufen, so weh tun mir die Füße, und ich war gerade mal eine Stunde auf den Beinen. Wie *machst* du das bloß?«

»Ach, weißt du, heute war's wirklich übel«, tröstete Vonnie sie, eine Hand auf die ausladende Hüfte gestützt, ein Tablett unter den Arm geklemmt. »Hast du jemals so viel über Allergien gehört? Und alle brauchten irgendwelche Enzyme. Aber süß waren sie, oder?«

Rose bat immer Vonnie, die Neuen einzuweisen, denn niemand sonst brachte die Geduld dazu auf. Die geschiedene, mütterliche, unendlich gutmütige Vonnie riss gern Scherze über das »Zen der Kellnerei«, aber sie arbeitete tatsächlich in einer Art Entrückung, in einem Zustand natürlicher Anmut. Sie stand zu ihrem Job und war nicht auf dem Absprung wie die anderen, die auf eine bessere Arbeit warteten. Vonnie wartete auf gar nichts, sie war einfach da.

»Und, Herzchen, hast du Trinkgeld bekommen?«, fragte sie Anna.

»Ja, aber nur genug, um für die kaputten Gläser zu zahlen.«

Sie brachen in Gelächter aus – Musik in Roses Ohren. Vonnie sagte: »Ihr zwei seid bestimmt schon am Verhungern, ich bringe euch gleich den Salat«, und sauste davon.

Rose warf einen Blick in den fast leeren Speiseraum, überprüfte das Abräumen, fing Vinces Blick auf, aber was sie ersehnte, waren ein, zwei Stunden in Annas Gegenwart. In denen sie sich an ihrem Anblick laben konnte, bis sie das Mädchen in ihr wiedererkannte.

Aber das durfte sie nicht zeigen. Der Schlüssel zum Erfolg war vorgetäuschte Gleichgültigkeit. *Das alles hier ist nicht so wichtig, bleib oder geh wieder, was du von mir hältst, ist unerheblich.* Sie waren wie ein geschiedenes Paar, das sich nach einer schmerzhaften Trennung viele Jahre später wieder trifft und so tut, als gehörten all die verworrenen Emotionen der Vergangenheit an. Rose jedenfalls wahrte den Schein. Der Himmel allein wusste, was in Annas Kopf vorging.

Schon hatte sie sich wieder ein Stück zurückgezogen, wenn dies auch nur daran sichtbar wurde, dass sie die Ärmel ihrer Bluse herunterkrempelte und den eleganten Blazer anzog. *Kommen wir zur Sache.* Sie sahen sich auffallend ähnlich, Tante und Nichte, das fanden alle. Auch Rose entdeckte eine oberflächliche Ähnlichkeit mit sich selbst in Annas dunklen, von schweren Lidern überschatteten Augen und vor allem in den tief eingegrabenen Falten neben den Mundwinkeln. Vermutlich waren sie durch Lächeln entstanden, obwohl sie in Roses Gegenwart bisher nicht viel gelächelt hatte. Sie suchte nach einem Wesenszug von Paul, einer Spur seines Humors und seiner Wärme – es gab sie irgendwo, das wusste sie. Aber sie versteckten sich.

Was sie nie in Anna gesehen hatte – weder jetzt noch vor zwanzig oder dreißig Jahren –, war Lily. Das blonde Kind mit dem Engelsgesicht. Lily sei die weiblichere Tochter, hatte es geheißen, mit ihrer blassen Haut, dem hohen, runden Busen, den ruhelosen Augen voller Geheimnis und Ungeduld. Eine andere Spezies als der Rest der Fiore-Frauen, die dunkel, langgliedrig und melancholisch waren, im Vergleich zu Lily sogar fast männlich. Wie das Anna erbittern musste! Wie sie es hassen musste, ihrer treulosen Tante ähnlicher zu sehen als der Mutter mit dem Heiligenschein!

»Iris hat mir erzählt, dass die letzten Mieter dein Haus in einem schrecklichen Zustand hinterlassen haben«, begann Rose harmlos – aber welch eine Erleichterung, endlich direkt mit Anna zu sprechen und nicht durch Iris!

»Stimmt, und das ist noch eine Untertreibung«, erwiderte Anna entrüstet. »Was waren das für Leute, Landstreicher? Das Haus ist eine Ruine, ich würde den Makler verklagen, wenn ich es mir leisten könnte.«

»Oje. Hast du größere Schäden entdeckt?« Das schmale Schindelhaus im Kolonialstil, das Lily und Paul gehört hatte, grenzte an den historischen Stadtkern, aber es war nicht denkmalgeschützt. Nur alt.

»Was du dir nur vorstellen kannst, ist kaputt. Das Dach ist undicht. Der Ofen macht komische Geräusche, und ich brauche einen neuen Boiler und wahrscheinlich neue Rohre. Und neue Stromleitungen. Und die Geräte geben eins nach dem anderen den Geist auf.«

Rose schüttelte mitfühlend den Kopf. Vonnie brachte die Salate, und sie aßen eine Weile schweigend. »Ist es …« Rose nahm einen Schluck Wasser und räusperte sich. »Findest du es schwierig, wieder da zu wohnen? In dem alten Haus? Ich könnte mir vorstellen, dass es einen traurig macht. Ein bisschen jedenfalls.«

»Nein, traurig nicht. Warum auch? Es ist ein fremdes Haus, alles ist überstrichen oder neu getäfelt, Rose. Die Catalanos sind schon längst ausgetrieben.«

Rose hatte sie gesagt. Nicht Tante Rose. Schon lange nicht mehr. »Ich hätte hingehen sollen und mich darum kümmern. Es ist mir nicht in den Sinn gekommen. Makler! Das Einzige, was sie interessiert …«

»Warum hättest du dich um mein Haus kümmern sollen?« Anna tat so, als sei das eine ganz normale Frage, sie betonte weder *du* noch *mein*. Das war auch nicht nötig.

»Ach, ich weiß nicht«, erwiderte Rose leichthin. »Ich hätte Hilfe holen können, wenn ich, sagen wir mal, gesehen hätte, wie jemand in deinem Garten Bomben bastelt.«

Endlich lächelte Anna. »Wenn du wüsstest, wie nah du damit der Wahrheit kommst! Der Teppich in meinem alten Kinderzimmer ist voller Luftdruckmunition. Immer wenn ich staubsauge, finde ich mindestens noch hundert Kügelchen.«

»Munition?«

»Da muss ein Teenager drin gewohnt haben. Er hat wahrscheinlich eine große Dose auf dem Teppich verschüttet und es nie seiner Mutter erzählt.«

»Weißt du noch …« Rose hustete, wie um die Worte zu tilgen. Heute waren keine Erinnerungen erlaubt. Aber sie konnte sich ein Lächeln nicht ganz verkneifen, als sie daran dachte, wie Anna im Alter von sechs oder sieben Jahren im Büro des Restaurants einmal eine ganze Flasche Olivenöl aus den Händen gerutscht war. Rose war dazugekommen und hatte gesehen, wie sie den schweren Schreibtisch verschieben wollte, um den sich ausbreitenden Fleck zu verdecken. »Ich … ich wollte nur die Sachen anders stellen«, hatte sie gestammelt und war in Tränen ausgebrochen. Rose hatte sie in die Arme genommen und die Wahrheit erfahren – dass sie für ihre Mutter als Überraschung einen »Aufguss« aus Olivenöl und Basilikum machen wollte, in einem hübschen Krug, den sie schon mit einem Band geschmückt hatte. »Sag Mami nicht, dass ich's vergossen hab, ja, Tante Rose?« Und Rose hatte es versprochen. Sie hatten gemeinsam das Öl aufgewischt, und Rose hatte Anna mit in die Küche genommen und ihr gezeigt, wie man ein richtiges Kräuteröl herstellt, indem man frisches Rosmarin und Majoran in der großen Küchenmaschine püriert. Sie erinnerte sich nicht mehr, ob

Lily, die damals die Bücher des Restaurants führte, je von dem Missgeschick erfahren hatte. Höchstwahrscheinlich – denn das Büro hatte tagelang nach Basilikum gerochen, und dem Teppich sah man das Malheur auch an. Aber wenn sie es erfahren hatte, dann nicht von Rose.

»Das Dach ist nur das erste Problem auf einer sehr langen Liste«, sagte Anna.

Rose hatte eine Idee. »Ich kenne jemanden, der dir dabei helfen könnte. Und bei anderen Sachen auch.«

»Ein Dachdecker?«

»Nein, ein Freund. Der Freund eines Freundes. Er hat sein Haus selbst gebaut, er muss also praktisch veranlagt sein.«

»Wenn er ein altes Schieferdach reparieren kann, ist er hiermit engagiert. Gib mir seine Nummer.«

»Nein, du müsstest zu ihm fahren. Es ist nicht weit. Er ist immer zu Hause, aber er geht nicht ans Telefon. Meistens jedenfalls nicht.«

Anna runzelte die Stirn.

»Weil er sich häufig in seinem Studio aufhält. Er ist Fotograf.«

»Aber er repariert auch Dächer?«

»Vielleicht.« Rose lächelte achselzuckend. »Es wäre einen Versuch wert. Mason Winograd heißt er, ich gebe dir die Adresse.«

»Okay«, sagte Anna zweifelnd. »Aber ich würde ihn lieber anrufen.«

»Du hast mehr Glück, wenn du hinfährst.«

Carmen hatte die Seezunge mit Zitrone, Oregano und Lorbeer gewürzt und gegrillt. »Mmm, köstlich«, schwärmte Anna und schien es ernst zu meinen. Sie sprachen leise, beiläufig über neutrale Themen, sehr höflich, sehr wachsam. Schließlich hatte sich Rose ausreichend entspannt und wagte eine Bemerkung. »Das mit deinem Freund Jay tut mir sehr Leid. Dass ihr euch getrennt habt. Die Umstände …«

Anna nickte. »Ich vermisse ihn nicht«, sagte sie kühl.

»Ihr wart doch eine ganze Weile zusammen.«

Anna griff nach ihrem Glas und nippte. »Zwei Jahre. Seinen Großvater vermisse ich mehr als ihn.«

»Seinen Großvater?«

»Ein netter alter Mann. Wir waren Freunde.«

»Zwei Jahre ist aber eine lange Zeit.« Soweit Rose wusste, die längste, die Anna bisher mit einem Mann zusammen gewesen war, und auch ihr längster Aufenthalt in ein und derselben Stadt nach ihrem Weggang von zu Hause. Mit zunehmendem Alter hielten ihre Liebesbeziehungen zum Glück allmählich etwas länger. Es gab eine Zeit, als Anna Anfang zwanzig gewesen war, da hatte sie praktisch jede Woche einen anderen gehabt, jedenfalls war das Rose so vorgekommen. Sie hatte es Rose natürlich nie anvertraut, damals herrschte Schweigen zwischen ihnen. Doch Iris als ihre Dolmetscherin hatte höllische Geschichten zu erzählen gehabt. Eine indirekte Form der Bestrafung, hatte Rose immer geargwöhnt, und eine sehr wirksame. Aber mittlerweile war das glücklicherweise vorbei.

»Es muss schwer für dich gewesen sein, aus Buffalo wegzuziehen«, wagte sie einen Vorstoß. »Deine Freunde, deine Arbeit …«

»Nein, eigentlich nicht.« Anna sah sie aus zusammengekniffenen Augen an, und Rose merkte zu spät, dass sie in die Falle getappt war. »Weggehen fällt einem nicht schwer, wenn zwei Leute, denen man vertraut, einem das Messer in den Rücken stoßen.«

Rose stieg die Röte ins Gesicht. »Oh, Anna!« Wie dumm zu glauben, dass sie etwas von ihrer Verbitterung abgelegt hätte. »Wir müssen uns aussprechen, ich weiß … ich hatte nicht gedacht, dass wir …«

»Nein, Rose, wir müssen uns nicht aussprechen. Wir müssen uns ganz und gar nicht aussprechen. Wir haben schon alles gesagt, weißt du das nicht mehr?«

Als hätte sie es vergessen können. Nach Pauls Tod, in der Nacht nach seiner Beerdigung, hatten sie sich gegenseitig alle möglichen verletzenden, entlarvenden Dinge an den Kopf geworfen. Danach hatte es Jahre gedauert, bis sie auch nur zu einem höflichen Umgangston zurückgefunden hatten.

Die Bissen, die sich Rose in den Mund steckte, schmeckten nach Kreide. Doch nach einem kurzen Schweigen verloren Annas Schultern ihre kämpferische Anspannung. Der Wein sei hervorragend, erklärte sie, ein Sancerre? Sie müsse noch so viel auspacken, es sei erstaunlich, wie ein einzelner Mensch nur so viele Besitztümer anhäufen konnte. Wie herrlich der Frühling schon sei – sie vermisse Buffalo überhaupt nicht –, und kamen ab Mai immer noch so viele Touristen?

Fast zu Tränen gerührt vor Dankbarkeit über diese Friedensangebote ging Rose auf ihren Small Talk ein, und der unangenehme Moment verstrich. Aha, dachte sie, ist das also unser zukünftiger Umgangston? Würden sie ihr beiderseitiges Fehlverhalten – auf ihre alten Tage hatte sie gelernt, die Schuld ein wenig aufzuteilen und nicht mehr alles sich allein anzulasten – als etwas behandeln, das ausreichend besprochen und damit sozusagen verjährt war und nicht mehr erwähnt werden musste? Das wäre sicher die einfachste Lösung. Und noch etwas kam mit dem Alter: Die Abneigung gegen Risiken nahm zu. Aber war das durchzuhalten? Es ging Rose eigentlich völlig gegen den Strich, Offensichtliches zu ignorieren und sich ständig auf die Zunge zu beißen, selbst wenn alles auf dem Spiel stand. Und in dieser Hinsicht – das würde Anna nicht hören wollen, aber es stimmte nun einmal – glichen sie sich aufs Haar.

✳

»Du weißt, dass ich noch nie ein Restaurant geleitet habe, oder?«

»Aber ein Café.«

»Die Coffee Factory war winzig, es gab einfache Sandwiches, Artischocken vom Holzkohlengrill und Selleriewurzel auf Mohnbaguettes – eigentlich war es mehr eine Kunstgalerie als ein Restaurant. Das meine ich ganz wörtlich: Im hinteren Raum wurden Bilder ausgestellt.«

»Aber du warst Geschäftsführerin.«

»Ja.« Anna gestand Rose achselzuckend diesen Punkt zu. Sie tranken Kaffee in Roses Büro, in dem alles lagerte, was nicht mehr in den Wäscheschrank, die Speisekammer oder den Keller passte. Anna saß in jener Ecke des Sofas, die nicht von Akten, Papierstapeln und Pappschachteln beladen war, und Rose hockte auf der freigeräumten Schreibtischkante. »Aber warum kannst du das Restaurant nicht selbst managen?«, fragte Anna. »Ich verstehe nicht, warum du überhaupt eine Geschäftsführerin brauchst. Du sagst, dass Carmen fast das ganze Kochen übernimmt – warum kannst du dann nicht hinten *und* vorn arbeiten? Die Gäste hattest du doch weiß Gott schon immer gut im Griff.«

»Danke«, sagte Rose, obwohl Annas letzter Satz nicht gerade wie ein Kompliment geklungen hatte. Aus ihrer Sicht *manipulierte* Rose die Menschen – das hatte Rose vor Jahren von Iris erfahren, als Annas Unrechtsempfinden seinen Höhepunkt erreicht hatte. »Aber die Sache ist die – ich habe keine Zeit für beides. Ich möchte ab und zu kochen, das will ich auf keinen Fall ganz aufgeben. Wenn ich etwas aufgeben müsste, dann lieber das Geschäftliche. Deshalb brauche ich jemanden, dem ich diesem Bereich anvertrauen kann. Mein letzter Geschäftsführer war eine Katastrophe.«

»Warum musst du denn entweder mit dem einen oder mit dem anderen aufhören?«

Anna wirkte ehrlich verwirrt, und Rose beschloss, das jetzt als Kompliment aufzufassen. »Meine Liebe«, sagte sie, »ich bin sechzig.«

»Und?«

Sie lachte. »Vielen Dank.«

»Nein, sag ehrlich, bist du krank?«

»Ich nicht. Aber ich habe einen Freund, der krank ist. Ich verbringe weniger Zeit im Restaurant und bin stattdessen bei ihm. Ich kann nicht mehr alles allein machen wie früher, und die Situation ist so, dass es … nicht mehr besser werden wird.«

»Oh. Das ist … ich hab den Namen vergessen, der, den Tante Iris erwähnt hat, jemand, den du …«

»Theo.« Rose bezweifelte sehr, dass Anna den Namen vergessen hatte.

»Theo, richtig. Ich wusste nicht, dass es so ernst ist. Es tut mir Leid.«

»Wir müssen lernen, damit zu leben.«

Ein kurzes Schweigen, das Anna beendete. »Gut, dann lass

hören. Wie läuft das Geschäft? Wie viele Gedecke gebt ihr ungefähr am Tag aus? Wie hoch sind die Wareneinsatzkosten? Wie viel Personal beschäftigst du insgesamt, Vollzeit und Teilzeit?«

»Ungefähr fünfunddreißig Angestellte – ja, ich will, dass du alles siehst, du sollst dir die Bücher anschauen, die ganze Situation verstehen.« Rose stand auf. »Ich zeige dir …«

»Ich will die Bücher jetzt nicht sehen. Erzähl du's mir.«

Rose holte tief Luft. »Also gut. Die Geschäfte gehen schleppend. Das hat vor ein, zwei Jahren angefangen. Nein, schon vor drei Jahren. Unser Standort ist immer noch gut, sogar besser denn je, und die Stadt wächst wie verrückt, wie du siehst. Am Hafen hat im letzten Herbst ein neues Restaurant eröffnet, Brother's, sehr groß und protzig. Es läuft super.«

»Nimmt es dir Gäste weg?«

»Nein, eigentlich nicht – na ja, ein paar sind abgewandert. Der Besitzer hat noch ein kleines Einkaufszentrum im Westen, Kinos und Bürogebäude in der Innenstadt. Er hat mir erklärt, er wolle uns aufkaufen und den Laden dann Brothers 2 nennen.«

»Na toll.«

»Ich verkaufe nicht, ich denke nicht daran. Aber es kommt einem so vor, als ob die Geier schon kreisen. Jedes Jahr wird die Miete erhöht. Wenn wir größere Renovierungen vornehmen, erhöht sich der Wert des Gebäudes, und dann steigt die Miete *noch* mehr. Ich brauche zum Renovieren einen Kredit, und die Banken geben kleinen unabhängigen Betrieben wie uns ungern Geld, sie bevorzugen die großen Ketten.«

»Dann arbeitest du also mit Verlust?«

Rose nickte.

»Warum? Was meinst du, was schief gelaufen ist?«

»Ich weiß es nicht, ich kann es nicht genau benennen. Neben dem Waterman's Pub sind wir das älteste Restaurant in der Innenstadt. Das schon immer derselben Familie gehört hat, meine ich.« Es gab ältere Gebäude mit Restaurants, aber sie waren nicht seit vierzig Jahren ununterbrochen bewirtschaftet wie das Bella Sorella. »Das Alter – darauf läuft es wahrscheinlich hinaus. Wir brauchen frisches Blut – im

Management, weil ich mir einen sexy, berühmten Chefkoch nicht leisten kann.«

»Und du meinst, *ich* bringe neues Blut?« Anna lächelte schief. »Du brauchst eine fitte Fünfundzwanzigjährige, Rose, glaub mir.«

»Vielleicht. Aber die haben wir in der Familie nicht mehr.« Sie registrierte, dass Anna sich ihre Reaktion darauf gut überlegte. Dass sie zur Familie gezählt worden war, mochte sie gar nicht, aber Rose hatte das Wort absichtlich gewählt. »Das Personal will den Namen ändern«, fuhr sie fort. »Sie glauben, das wird alle Probleme lösen.«

»Den Namen ändern? Nicht mehr Bella Sorella?«

»Sie haben sogar einen Wettbewerb angezettelt. Wer einen Namen findet, der mir gefällt – ich entscheide nämlich –, bekommt bis ans Ende seiner Tage freie Drinks an der Bar.«

Anna lachte. »Ich weiß nicht, ob eine Namensänderung so schlau ist. Darüber muss ich erst nachdenken.« Sie sah Rose unerschrocken in die Augen. »Vielleicht ist es an der Zeit, den Laden zu schließen. Es war eine lange Zeit für dich. Warum verkaufst du nicht und ziehst nach Florida? Nimm deinen Freund Theo mit. Leg dich in die Sonne und lies Romane.«

Rose lachte.

Eine Sekunde verstrich. Dann lachte auch Anna. Über die Absurdität dieser Idee.

Rose überkam ein leichter Schwindel. Seit sechzehn Jahren waren sie sich nicht so nahe gewesen.

Anna stand auf. Sie konnte nicht auf und ab laufen, dazu fehlte der Platz, aber sie konnte sich drehen und wenden und eine finstere Miene aufsetzen und gestikulieren. »Okay. Wie sieht es aus? Du hast keine jungen Gäste. Und schon gar nicht Leute mit Geld. Du hast keine Identität. Was willst du: Paare? Familien? Italienisch, Fisch, Kraut und Rüben? Die Speisekarte sagt wirklich nicht viel aus. Eigentlich überhaupt nichts. Wann hast du sie zuletzt geändert?« Rose machte den Mund auf, aber Anna ließ sich nicht aufhalten. Rose schwang die Beine zur Seite, um ihr mehr Raum zu geben. »Es war wie ein Déjà-vu-Erlebnis, als ich heute Nachmittag reingekommen bin. Ich konnte kaum glauben, wie vieles noch gleich ist. *Genau* gleich. Sogar die Musik – war das nicht ›O Terra Addio‹?«

Rose wurde rot. »Ich mag *Aida*.«

»Du hast zu viele Angestellte, fünfunddreißig brauchst du nicht. Ich weiß, was du meinst in Bezug auf Kredite, aber etwas Geld könntest du auftreiben, und ich denke, du könntest zudem einiges unternehmen, was nicht viel kostet. Zum Beispiel als Erstes die Backsteinwände weiß streichen, weil es so zu dunkel ist, Rose, und nicht gut aussieht. Behalt die Keramik und die Bilder, wenn du willst, aber häng die Landkarten von den italienischen Provinzen ab. Sie sind furchtbar. Wirf den Teppich weg, und zwar *sofort*, lass den Boden blank, wenn du nichts Neues willst. Und sind das immer noch dieselben gelben Schilder an den Toiletten, mit Signore und Signori? Lieber Himmel, Rose, also wirklich … Und es ist zu ruhig, die In-Restaurants sind heutzutage unglaublich laut. Oder mach es noch ruhiger als jetzt, wenn du willst, aber zuerst musst du *wissen*, was du willst, und dann darauf zusteuern.«

Sie könnten in dieser Umgebung durchaus anspruchsvollere Gäste anlocken, Leute von Ende zwanzig bis Mitte vierzig, die Generation X, der das Geld locker sitzt, die Reisen, Mode und Theater schick findet. In fünf Jahren könne Rose sich um die Generation Y kümmern, riet Anna, aber sie sollte bis dahin nicht die New-Economy-Leute vergessen. Und die Dotcom-Millionäre – sie waren hier im Ort noch nicht anzutreffen, aber sie ankerten mit ihren brandneuen Yachten im Hafen und suchten abends garantiert einen angesagten Italiener.

»Und zieh die Möglichkeit in Betracht, dass die Preise zu niedrig sind. Die meisten Leute mit Geld zahlen gern viel, das gibt ihnen das Gefühl, zu bekommen, was sie verdienen.«

»Aber wenn wir die Preise erhöhen, verlieren wir die Stammkunden.«

»Sicher, ein paar. Wenn du sie behalten willst, könntest du Bar Specials anbieten, aber dann verzettelst du dich. Das

Wichtigste ist: Du kannst es nicht allen recht machen. Du musst dich entscheiden.«

Anna kam immer wieder auf diesen Punkt zurück – die Notwendigkeit, zu *entscheiden*, was das Bella Sorella war, und es dann mit aller Kraft *umsetzen*. »Früher wusste ich es«, seufzte Rose wehmütig. »Wir waren ein nettes, familiäres italienisches Restaurant. Sonst nichts.«

»Ich weiß. Das waren wir.«

»Angefangen hat alles mit dem kleinen Krabbenimbiss deines Großvaters im Osten der Stadt – den hast du nie gesehen. Er hat ihn Fiore's genannt. Er besaß später noch zwei weitere Restaurants, eins immer ein bisschen erfolgreicher als das vorige, bevor er dieses hier kaufte und The Flower nannte. Aber das war nicht italienisch genug, deshalb hat er es erst in Il Fiore umgetauft und dann in Tre Fiori. Schließlich blieb er bei Bella Sorella, und natürlich haben wir uns als kleine Mädchen immer gestritten, nach welcher schönen Schwester er es genannt hat, nach Lily, Iris oder mir. Er sagte, er hätte uns alle gemeint, wir seien alle schön.« Sie lachte. »Du erinnerst dich nicht an ihn, oder? Du warst noch klein, als er starb.«

»Nein, ich erinnere mich überhaupt nicht an ihn.«

Genug davon. Rose konnte Annas Gedanken nicht ergründen. Ihre Nichte starrte auf den Boden, hatte die Hände auf dem Rücken in den Hosenbund gesteckt, und eine Haarlocke verdeckte ihr Gesicht.

»Vielleicht hätten wir es so lassen sollen«, sagte Rose kläglich. »Ein nettes, familiäres italienisches Restaurant. Aber ich habe wohl das Image verhunzt, weil ich mit der Zeit gehen wollte. Indem ich neumodische Sachen wie Mesclun und Arugula einführte« – Anna lachte – »und Bier aus kleinen Privatbrauereien und einen Holzofen, für den ich keinen Platz habe und von dem sowieso nie jemand was bestellt.«

»Das ist alles ganz in Ordnung, Rose, du musst nur konsequent sein.«

»Und du hast Recht – auf unserer Tageskarte stehen Pasta al Pomodoro und Grill-Sandwiches einträchtig nebeneinander. Sie hat kein Profil. Sie zeigt nur, dass wir unentschlossen sind.«

Anna legte den Kopf schief und sah Rose an. »Weißt du, vielleicht klappt es nicht, egal, was du unternimmst. Restaurants durchlaufen Zyklen – vielleicht ist der Zyklus des Bella Sorella einfach beendet.«

»Nein.«

»Oder vielleicht ist diese Version am Ende. Vielleicht solltest du wirklich einen neuen Namen suchen, zum Beispiel … Piccolo, mit Steak und Pommes frites als Spezialität.«

»Nein.«

»Bist du sicher?«

»Ganz sicher.«

»Gut. Weil das blanker Unsinn wäre. Es funktioniert nie, es zögert nur das Ende hinaus.«

»Warum hast du es dann …«

»Weil es ein schnelleres Ende wäre, gewissermaßen ein Gnadenschuss. Wenn du es stattdessen auf die harte Tour versuchen willst, wünschst du dir, falls es abwärts geht, womöglich, du hättest diesen Weg eingeschlagen. Und dir ist hoffentlich klar, dass es erst einmal abwärts gehen wird.«

»Aber dann wieder aufwärts.«

»Das weiß ich nicht. Keine Garantie.«

»Ich erwarte keine. Willst du es als Geschäftsführerin versuchen?«

Darauf waren sie zugesteuert, und dennoch sah Anna einen Moment lang überrascht und schutzlos aus, als hätte Rose sie überrumpelt. Anna war alles andere als zerbrechlich, aber wie sie jetzt in ihrem maskulinen Hosenanzug vor ihr stand, mit den spitzen Ellbogen, groß und schlank, mit dicken Haaren und dünnem Hals, sah Rose in ihr plötzlich das linkische Mädchen von einst, und der Hals wurde ihr eng. *Und wenn sie nun überfordert war?* Sie machte sich nicht so sehr um sich selbst Sorgen, sie war alt und an Enttäuschungen gewöhnt, sie hatte sich sozusagen schon vor langer Zeit mit ihnen angefreundet. Aber diesmal musste es gut gehen. Sie brauchten dringend etwas Schönes, das sie *gemeinsam* erleben konnten, das war ihre einzige Chance. Sie wünschte es auch für die anderen, für Carmen und Vonnie, Vince, den verrückten Dwayne, für alle, die von ihr abhängig waren – aber Anna sah gerade so verletzlich aus. Was, wenn der Job, den Rose ihr so flehentlich antrug, ihre Kräfte überstieg?

»Ja«, erwiderte Anna.

»Ja? Du machst es?« Rose sprang auf. All ihre Zweifel verflogen, sie verspürte nur noch ein Triumphgefühl. »Wunderbar, oh, Anna, ich bin so froh! Ich habe etwas …« Sie trat an den Schreibtisch und zog die unterste Schublade auf. »Hier, und Gläser auch. Wir müssen darauf anstoßen.«

»Nein! Puh, du wirst mir doch nicht etwa Grappa einflößen!«

»Doch! Sag nicht Nein! Wir müssen das feiern.«

»Warum schlürfen wir nicht einfach ein bisschen Benzin aus meinem Tank?«

»Und du willst Italienerin sein! Sieh dir diese wunderschöne Flasche an, das mundgeblasene Glas ist exquisit!«

»Gute Idee, sehen wir uns einfach die Flasche an.«

»Hier.« Rose drückte Anna ein Glas in die Hand. »Auf das Bella Sorella. Auf den Erfolg.« Oh, dabei hätte sie es belassen sollen. »Auf deine Rückkehr. Anna, ich bin so froh, dass du wieder zu Hause bist.«

»Augenblick mal.«

Rose hielt inne, obwohl sie nichts lieber getan hätte, als einen Schluck zu nehmen. Als könne sie durch den bitteren Trester den Handel besiegeln. Doch sie war zu weit gegangen.

»Eines sollten wir klarstellen«, sagte Anna frostig. »Dies ist ein vorübergehendes Arrangement. Wie auch immer es ausgeht, ich bin nicht auf Dauer hier. Ich helfe dir gern aus, aber ich habe andere Optionen. Das wollte ich nur gleich klären – wenn du glaubst, dass wir über etwas Langfristiges sprechen, wäre das ein Missverständnis.«

»Ah.« Rose lachte leichthin. »Nichts auf der Welt ist von Dauer.« Sie hob wieder ihr Glas.

»Nein, aber ich möchte sicher sein, dass wir uns verstehen. Ich habe eine Freundin, die mal im Café gearbeitet hat – sie ist jetzt Küchenchefin und lebt wieder in San Diego. Sie heißt Shelly. Im Moment versucht sie, das Kapital für ein eigenes Restaurant aufzutreiben, und sobald das geregelt ist, will sie, dass ich komme und es führe.«

»San Diego?«

»Aber du weißt, wie das ist, vielleicht klappt es auch nicht, gut möglich. Doch selbst wenn nicht, habe ich noch andere Möglichkeiten und ich werde auch ein paar Bewerbungen losschicken, sobald ich mich etwas eingelebt habe.«

»Ach so. Und dein Haus?«

»Wenn es renoviert ist, verkaufe ich es. Aber das kann noch Monate dauern. Ich kann mich also ohne weiteres auf einige Monate verpflichten. Wir haben April. Zwei Monate bis Juni, dann fängt die Hochsaison an, richtig? Juni, Juli, August. So oder so werden wir am Labor Day wissen, ob wir die Kurve kriegen. Nicht, ob wir sie gekriegt haben, sondern ob wir es schaffen *können*. Was danach kommt, muss ich offen lassen.« Endlich hob sie ihr Glas. »Auf den Sommer.« Als Rose sich nicht bewegte, streckte Anna die Hand aus und ließ die Gläser klirren. Trank einen Schluck. »Grrr. Lieber Himmel«, keuchte sie mit feuchten Augen. »Der reinste Diesel.«

»Auf den Sommer«, wiederholte Rose schwach und nippte ebenfalls an der farblosen Flüssigkeit. Sie fühlte sich betrogen.

»Wann soll ich anfangen? Und wie viel willst du mir zahlen? Ich brauche einen ordentlichen Lohn, Rose, kein Knausern, weil ich zur Familie gehöre. Ich kann jederzeit anfangen, aber es ist wohl besser, bis Montag zu warten, ich würde gern wegen des Hauses ein paar Sachen regeln, Termine mit den Handwerkern vereinbaren und so weiter. Und ich habe noch nicht alles ausgepackt. Aber ich könnte am Sonntag vorbeikommen, wenn es ruhig ist, und mir alles ansehen. Habt ihr montags immer noch geschlossen? Das solltet ihr mal überdenken. Wann fängt der Abend-Service an? Jetzt ist es« – sie warf einen Blick auf die Uhr – »drei Uhr, ich könnte etwa bis vier bleiben und die Abendcrew kennen lernen. Willst du mich bis dahin der Mittagscrew vorstellen?« Sie bewegte sich auf die Tür zu. »Ich hatte kaum Gelegenheit, mit Carmen ein Wort zu wechseln. Es ist erstaunlich, sie hat sich überhaupt nicht verändert.«

Jetzt fühlte Rose sich nur noch halb betrogen. »Weil ich zur Familie gehöre«, hatte Anna gesagt, vermutlich ohne es zu merken. Das war doch ein Anfang.

✳

»Du bist besser als jeder Priester«, hatte Rose am Vormittag zu Theo gesagt. In dieser Nacht lag sie, weil keiner von beiden schlafen konnte, mit dem Telefonhörer am Ohr im Bett und flüsterte ihm im Dunkeln ein paar ihrer bisher unerwähnten Sünden zu. Und dachte, wie seltsam es doch war, dass die einzige Person, der sie etwas über ihre erste große Liebe anvertrauen konnte, zugleich ihre letzte Liebe war.

»Paul ist so unerwartet gestorben, er war im Auto unterwegs. Anna und ich waren nicht darauf vorbereitet, wir konnten uns nicht von ihm verabschieden. Wir waren ganz krank vor Trauer, aber wir waren außerstande, uns gegenseitig zu trösten. Wir konnten uns nicht berühren, nur wehtun. Wir hatten in der Nacht nach seiner Beerdigung einen schrecklichen Streit – sie hat mich heute daran erinnert. Sie findet, wir hätten damals schon alles gesagt und müssten es nicht wieder ausgraben.«

»Endlich bin ich mal ihrer Meinung«, brachte Theo ächzend hervor.

»Aber wir haben danach nicht mehr miteinander gesprochen. Jahrelang. Ich würde alles darum geben, die hässlichen Worte auszulöschen, die ich ihr an den Kopf geworfen habe. Ich sagte, sie habe ein hartes Herz. Ein kleines Herz.« *Ich bin so enttäuscht von dir*, hatte Rose gesagt, *dass du deinen Vater sterben lässt, ohne ihm zu vergeben. Es ist selbstsüchtig von dir, dass du ihn durch deinen Schuldspruch bestrafst.*

»Ich habe sie so wütend gemacht, Theo, dass sie schließlich ein Geheimnis preisgab. Sie hatte es lange gehütet, aber in jener Nacht ist es ihr herausgerutscht.«

»Was für ein Geheimnis?«

»Dass sie über Paul und mich Bescheid wusste. Sie hatte

es schon seit Jahren gewusst, lange vor dem Tag, an dem sie mich im Schlafzimmer entdeckte. Sie wusste es, seit sie dreizehn war. Vor Lilys Tod.«

Theo war für eine Weile still. Rose wartete gespannt sein Schweigen ab, auf Vorwürfe gefasst. »Wieso hat sie dir das vorher nicht gesagt? Sie hat es sieben Jahre für sich behalten?«

»Nein, nur zwei. Paul hat nur noch zwei Jahre gelebt, nachdem sie das mit uns herausgefunden hatte. Als kleines Mädchen hat sie nicht verstanden, was sie da gesehen hatte, es ist ihr erst später klar geworden. Als wir sie damit überrumpelt haben.«

»Das begreife ich nicht. Was ist passiert, als sie dreizehn war?«

»Ich wusste es zuerst auch nicht, ich konnte mich nicht erinnern, was sie gesehen haben könnte. Sie hat mich eine Lügnerin und Heuchlerin genannt.« *Meine Mutter lag oben im Sterben, und du warst schon mit ihm zusammen. Ich habe euch gesehen – und ich dachte immer, du hättest ihn getröstet!* »Aber dann fiel es mir wieder ein. Ich war eines Abends, nachdem das Restaurant geschlossen hatte, zu ihnen gegangen, um Paul etwas zu Essen zu bringen. Er war gerade von einer seiner Geschäftsreisen zurückgekommen.«

»So wie du mir immer Essen bringst. Du bist die Lady, die das Essen bringt.«

»Nur hungrigen Männern, die ich liebe.« Rose lächelte matt in die Dunkelheit.

»Was hat Anna gesehen?«, fragte Theo heiser.

»Im Grunde nichts. Nichts Konkretes. Sie hat nur ein Gefühl wahrgenommen, eine Atmosphäre. Paul und ich waren noch kein Liebespaar, es war noch ganz am Anfang. Aber sie muss etwas *gespürt* haben, und entweder war sie noch zu jung, um es zu verstehen, oder sie hat es verdrängt und sieben Jahre lang ignoriert. Vermutlich eher Letzteres.«

Rose hatte häufig an jenen Abend gedacht. Er hatte ihr Leben in eine andere Bahn gelenkt und Pauls Leben ebenfalls, und das war ihr nur fair und natürlich vorgekommen. Gerecht. Verdient. Nicht fair war gewesen, dass dadurch auch durch Annas Leben ein Riss gegangen war. Kein Wunder, dass sie keinen Mann gefunden hatte, den sie länger als ein, zwei Jahre lieben konnte, und keinen Ort zum Bleiben. Hatte Anna überhaupt eine enge Freundin? Sie hatte alles, was sie über ihre Eltern, ihre geliebte Tante, ihre halbe Kindheit zu wissen glaubte, neu deuten müssen. Durch Rose und Paul musste sie eine sehr schlimme Lektion lernen – dass das, was man für wahr hält, es möglicherweise nicht ist. Und dass die Menschen, die man liebt, wohl nicht so sind, wie sie zu sein scheinen.

An jenem Abend hatte Rose Paul sein Abendessen gebracht und ihn dann in der Küche allein gelassen, um oben nach Lily zu sehen. Sie lag im Sterben, und alle außer Anna hatten die Hoffnung auf ein Wunder aufgegeben. Pauls Beruf brachte es mit sich, dass er oft tagelang unterwegs war, deshalb lag der Hauptteil der Pflege in den Händen der Frauen: Mama war während des Tages zuständig, Anna nach der Schule, Rose nachts nach der Arbeit. Paul, wann immer er konnte. Lily war im ruhigen Stadium der letzten Tage angelangt, dem Stadium zwischen der letzten Chemotherapie und den starken Schmerzmitteln. Meistens schlief sie. Am Ende musste ihr Nachttischlämpchen die ganze Zeit brennen, weil sie die Dunkelheit nicht ertrug. Im schwachen, goldenen Licht jener Nacht hatte sie noch jünger ausgesehen, als sie war – und sie war schließlich erst sechsunddreißig. Entkräftet und schwach, durch die Medikamente ihrer Haare beraubt, sah sie aus wie ein kleines Vögelchen, nur noch bläulich weiße Haut und Knochen. *Das ist meine Schwester*, hatte Rose gedacht, aber es war ihr unwirklich vorgekommen. Wie kann ich sie verlieren, *wie ist das möglich*? Sie hatte sie auf die Stirn geküsst, und Lily hatte die Augen aufgeschlagen. »Hallo«, hatten sie beide gleichzeitig gesagt, und Lily hatte geflüstert: »Ich habe gerade über dich gesprochen.«

»Du meinst im Traum? Du hast von mir geträumt?«

»Mmmm.« Sie schloss die Augen und ließ Rose ihr Gesicht streicheln, die Furchen glätten, die der Schmerz zwischen die Augenbrauen gegraben hatte. »Wir haben Poker gespielt. Im alten Haus. Der weiße Küchentisch ... weißt du noch? Pauley war dein Partner. Du hast die Karten hingelegt und gesagt: ›Ich gewinne.‹«

Rose strich mit der Hand sanft über die weichen Härchen auf Lilys Kopf. »Beim Poker hat man keinen Partner.«

Lily öffnete die Augen ganz. Sie lächelte. »Du hast gewonnen«, sagte sie deutlich. Dann drehte sie das Gesicht zur Seite und sank wieder in Schlaf.

Auch in Annas Zimmer hatte noch Licht gebrannt. Sie hatte für die Schule gelernt und war darüber eingeschlafen. Sie trug noch eine weiße Bluse und einen marineblauen Trägerrock, die Uniform ihrer Konfessionsschule. Bücher und Kugelschreiber lagen verstreut auf der Bettdecke, und Annas Kopf war auf ein aufgeschlagenes Heft gesunken. Alles andere im Zimmer war auf unnatürliche, bedrückende Weise aufgeräumt. Anna sorgte im ganzen Haus fanatisch für Ordnung, viel gründlicher, als Lily es getan hatte – es war ihre Art, Ordnung in das Chaos zu bringen, in das sich ihr Leben verwandelt hatte. Ihre Noten wurden immer schlechter, aber niemand half ihr, nicht einmal Rose. Niemand hatte Zeit für irgendetwas anderes als Lily. Wie kann ausgerechnet ich ihr helfen?, hatte sich Rose unablässig gefragt. Wie kann ich souverän und ruhig sein, wenn ich mich selbst wie ein Kind fühle? Ihre eigene Mutter war vom Kummer überwältigt und keine Hilfe für Rose oder Anna oder sonst jemanden. Manchmal fand Rose, dass Anna stärker war als sie alle zusammen. Wenigstens hatte sie noch ihren Glauben. Sie betete Rosenkränze für Lily, ging jeden Morgen in die Messe, fastete, erlegte sich geheime Bußübungen auf. Mama, Rose, Paul, Iris – alle hatten aufgegeben, nur Anna nicht. Sie klammerte sich immer noch an die Hoffnung, dass sie ihre Mutter durch ihre Gebete ins Leben zurückholen könnte.

Rose war nahe daran gewesen, sie zu wecken und ihr zu sagen, sie solle sich ausziehen und unter die Bettdecke schlüpfen. Stattdessen holte sie eine Wolldecke und legte sie über Annas schlaffen Körper und ihre langen Beine, an denen noch die Schuhe steckten. »Hab dich lieb«, flüsterte sie und strich ihr das Haar aus dem Gesicht. Dunkle, kräftige Locken, genau wie ihre – die sie beide nicht leiden konnten. »Hab dich lieb, Baby.« Anna hatte im Schlaf gelächelt.

Unten stand Paul im Wohnzimmer und blickte aus dem Fenster. Es regnete. Die Straßenbeleuchtung ließ die feinen Wasserstreifen auf dem Glas blau aufleuchten, und Pauls Gesicht wirkte geisterhaft. Das Haus war von bleierner Schwere erfüllt, als drücke Lilys Sterben alles nieder und presse die Luft aus den Räumen. Rose durchquerte das Zimmer, um Licht zu machen, aber Paul sagte: »Nicht.« Sie brauchte sein Gesicht nicht zu sehen, um zu wissen, dass er weinte. In all der langen Zeit, seit sie ihn kannte, hatte sie ihn noch nie weinen sehen.

Sie war zögernd neben ihn getreten und hatte ihn am Ärmel berührt. »Sie schlafen beide. Es geht ihnen gut.« Sinnloser Trost, aber es war alles, was sie ihm geben konnte. Er nickte.

Er legte die Stirn gegen die Scheibe und versuchte zu lächeln. »Ich wünschte, Lily hätte glücklich sein können«, sagte er, »ich konnte nie …«

»Du hast sie glücklich gemacht.«

»Ich konnte sie nie davon überzeugen, dass ich sie liebe.«

»Du hast sie geliebt. Du liebst sie. Das weiß sie.« Rose hatte nichts anderes gewollt als ihn trösten, aber in ihrem Mund sammelten sich Worte wie ein Stapel Spielkarten, und sie musste die Hand auf die Lippen pressen, damit sie nicht herausschnellten.

Paul ergriff ihre Hand, die auf der Fensterbank lag, und betrachtete sie im wässrigen Licht, hielt sie mit gesenkten Augen zwischen seinen beiden Händen. »Rose, ich habe nie etwas getan, um es sie wissen zu lassen. Sie weiß es trotzdem.«

»Was, Paul?«, fragte Rose ängstlich.

»Ich habe es ihr nie gesagt oder gezeigt, ich habe nie etwas getan, wodurch sie es gemerkt hätte. Zumindest habe ich mich bemüht.«

Würden sie sich *jetzt* all diese Dinge sagen? Zuerst war sie schockiert. Nach all den Jahren, in denen sie es geheim gehalten hatten – nicht voreinander, das war unmöglich, aber vor Lily – war *das* der Zeitpunkt, an dem sie sich gegenseitig die

Wahrheit gestehen würden, sie in Worte fassen? Paul hatte natürlich Recht, Lily wusste es. *Du hast gewonnen*, waren ihre Worte gewesen. Sie hatte es geträumt.

»Ich war ihr immer treu.«

Sie nickte. »Ja«, sagte sie, »natürlich.«

»Aber, Rose, *du* warst es. *Dir* war ich treu.«

Ihre Augen schwammen in Tränen. Auch sie war ihm treu gewesen, obwohl es in ihrem Leben Männer gegeben hatte. Rose und Paul verflochten ihre Finger, und Rose dachte an die vielen Jahre, in denen sie sich diesen Wunsch verboten hatte. Zuerst war es leicht gewesen, weil sie so wütend auf ihn war – er hatte die falsche Schwester geheiratet –, aber mit der Zeit waren sie wieder Freunde geworden, und nichts im Leben hatte sie je wieder so belastet wie diese Verstellung: so zu tun, als liebe sie Paul nicht. Abgesehen von dem Wissen, dass es ihm genauso ging.

Sie küssten sich nicht, obwohl Rose es sich gewünscht hatte. Sie hatte wissen wollen, ob es noch wie früher zwischen ihnen war oder ob sich alles verändert hatte. Sie waren dem Zauber erlegen, sie hatten ein Netz aus Wahrhaftigkeit um sich gesponnen, einen Kokon aus Gefühlen, nicht einmal mehr aus Worten. Das war es, was Anna mitbekommen und sieben Jahre später korrekt interpretiert hatte. Damals hatte es ihnen genügt, sich in tiefster Verbundenheit an den Händen zu halten, und sie hatte kaum gewagt, an ihr Glück zu glauben. Lilys dunkler Schatten hatte sich für einen Moment von ihnen gehoben, und sie waren traurig und verzweifelt genug, den Augenblick zu nutzen. Wenn das eine Sünde war, dann war Rose damals zu überwältigt gewesen und jetzt zu alt, um sie zu bereuen.

»Daddy? Mama ruft nach dir. Du sollst ihr vorlesen.« Anna hatte plötzlich am Fuß der Treppe gestanden.

Sie fuhren auseinander. Voller Schuldgefühle schon damals, obwohl sie nichts anderes getan hatten als Sehnsucht und Verlangen zu empfinden. Roses Hand war an ihre Brust geflogen. Anna hatte es gesehen. »Oh, du hast mich erschreckt«, hatte sie gesagt und gelacht – ein echtes, glaubwürdiges Lachen, denn sie war trotz ihres Erschreckens glücklich, geradezu von Euphorie überwältigt, weil die Maskerade zwischen ihr und Paul endlich vorüber war. Sie ließ ihn im Schatten stehen und ging auf Anna zu, versperrte ihr dabei die Sicht auf ihn. »Möchtest du heiße Milch?«, fragte sie und legte Anna beide Hände auf die Schultern. *Schau in meine glänzenden Augen. Stell dir einfach vor, sie glänzen, weil ich geweint habe.* »Lass uns heiße Milch kochen, das wird uns gut tun. Und dann gehst du gleich wieder ins Bett.«

»Ich habe mich oft gefragt«, sagte sie nun zu Theo, »ob ich es wieder tun würde – Pauls Geliebte werden, während Lily noch lebte, und keine Anstandspause einhalten.«

»Und was ist die Antwort?«

»Ich weiß es nicht. Eher nicht, aber es ist schwer zu sagen. Alles ging in die Brüche, nachdem Anna uns zusammen gesehen hatte. Es war ihr letztes Schuljahr – in jenem Sommer wollte sie mit einer Freundin nach Europa fahren, und ich sollte sie im August in Italien treffen. Anna und ich wollten in wunderbare Restaurants gehen und Ideen und Rezepte für ein neues Bella Sorella mitbringen. Ich wollte kochen und sie managen.« Rose schloss die Augen. »Oh, Theo! War das nicht ein fantastischer Plan?«

»Hat nicht geklappt. Du kannst dir nicht die Schuld geben.«

»Natürlich kann ich das.«

»*Sie* ist doch weggelaufen. Warum hat sie nicht gleich gesagt, dass sie über Paul und dich schon länger Bescheid wusste? Warum hat sie damit gewartet, bis er tot war? Ich mag sie nicht.«

Rose wartete, bis sich sein Atem beruhigt hatte, dann sagte sie: »Ich glaube, sie hat es für sich behalten, weil ihre heimliche Wut alles war, was ihr blieb. Die konnte sie gegen uns einsetzen. Und sie wusste sicher – wenn sie uns die Wahrheit gesagt hätte, hätte sie uns vergeben müssen. Wir hätten sie dazu gebracht. Sie hat ein weiches Herz, Theo. Wirklich. Und sie fühlte sich betrogen. Sie wurde betrogen.«

»Blödsinn! Sie war eine erwachsene Frau. Und sie war nicht deine Mutter. Was hat sie denn schon gewusst? Lily hat es nie erfahren, und das ist es, was zählt.«

»Nein. Ach … ich weiß auch nicht.« Rose streckte in ihrem leeren Bett Arme und Beine aus. »Bist du müde?«

»Ja.«

»Gut. Lass uns auflegen, damit du schlafen kannst. Schlaf durch, steh bloß nicht zum Pinkeln auf.«

»Sie übernimmt also den Job, und du bist glücklich.«

»Sie übernimmt den Job, ja. Ich bin glücklich.«

»Du hast bestimmt schon alle möglichen Pläne im Kopf, wie ihr euch versöhnt und wieder Freundinnen werdet.«

»Nein, keine Pläne.«

»Sei vorsichtig.«

»Warum? Was soll denn passieren?«

»Sei einfach vorsichtig. Du bist nicht mehr so jung wie damals.«

»Du bist heute wirklich besonders nett.«

»Du weißt schon, was ich meine. Innen drin.«

Theo tat sich schwer, bestimmte Dinge auszusprechen. »Meine Leber?«, riet Rose. »Der Magen?«

Sie hörte ihn fast mit den Zähnen knirschen. »Herz«, sagte er halblaut.

»Wie bitte? Sagtest du *Herz*?«

»Pass auf dich auf.«

Von ihren Gefühlen überwältigt, stieß sie ein Seufzen aus. »Ich wünschte, du wärst hier. Was würde ich nicht darum geben! Ich würde dich gern jetzt küssen.«

Er grunzte. Das Wort »Herz« hatte ihn schon so viel gekostet, dass er jetzt keine weiteren Worte mehr fand.

»Liebst du mich, Theo?«

»Das weißt du.«

»Hab ich ein Glück«, sagte sie.

5

Jay hatte Anna angekündigt, er werde sie anrufen. So könnten sie doch nicht auseinander gehen, sie müssten miteinander reden, wenn etwas Zeit vergangen wäre und sie sich beruhigt hätte. Doch sie hatte ihm nicht geglaubt, sie hatte angenommen, er habe einfach nicht den Mumm, einen klaren Schlussstrich zu ziehen. Aber als das Telefon klingelte und sie sein kultiviertes Neuengland-Näseln hörte, das er nicht abschütteln konnte – eine Zeit lang hatte er versucht, sich einen hartgesottenen New-Yorker- oder New-Jersey-Akzent zuzulegen, weil er hoffte, die Leute würden dann seine Skulpturen für die Werke eines proletarischen Künstlers halten –, als sie seine Stimme hörte, dachte sie sofort *Hab ich's nicht gewusst* und fing an, sich auf alle möglichen Alternativen einzustellen. Er wollte sie zurück, er wollte sie heiraten, er rief sie aus einer Telefonzelle vor ihrem Haus an. Als das alles nicht zutraf, kam sie sich albern vor, war aber nicht enttäuscht.

Er fragte, wie es ihr ginge. *Gut.* Er sagte, er vermisse sie. *Ach, wirklich.* Er sagte, er habe Colossus III an eine Bank in Boise verkauft. *Herzlichen Glückwunsch.* Er sagte: »Mac hatte einen Herzanfall.«

»Was? Oh, Jay! Wie geht es ihm, hat er es überstanden?« Mac, Jays einundachtzigjähriger Großvater, war Anna lieb und teuer.

»Ja, sein Zustand ist stabil, heißt es. Es war wohl eine kleinere Attacke.«

»Gott sei Dank! Wann ist das passiert?«

»Vorgestern. Sie entlassen ihn morgen, aber er kann noch nicht gleich in seine Wohnung zurück. Er braucht zuerst noch eine Zeit lang Pflege.« Anna fragte sich, ob Jay sie angerufen hatte, um zu fragen, ob sie Macs Pflege übernehmen könnte. Sie hatte dem alten Mann so nahe gestanden wie eine Schwiegertochter – die Trennung von ihm war ihr noch viel schwerer gefallen als die Trennung von Jay. Jay liebte ihn natürlich auch, aber Anna war es gewesen, die ihn jede Woche angerufen und besucht und zum Essen in den Loft eingeladen hatte.

»Jay, ich weiß nicht, ich glaube nicht, dass ich …«

»Ganz in der Nähe der Klinik ist eine Reha-Einrichtung, dorthin bringen sie ihn morgen Nachmittag im Krankenwagen. Möchtest du die Telefonnummer der Reha?«

»Oh ja, gern. Und die Adresse.« Sie schrieb beides auf. »Dann hast du ihn schon besucht?«

»Natürlich habe ich ihn besucht.«

»Und wie geht's ihm? Wie ist sein Zustand?«

»Ganz gut, würde ich sagen. Er ist immer noch ein alter Mistkerl.«

Anna lächelte, weil sie wusste, dass Jay das liebevoll meinte.

»Er reibt mir nach wie vor unter die Nase, was ich für ein Arschloch bin.«

Anna wickelte das Telefonkabel um den Finger. »In welcher Hinsicht?«

»Dass ich Mist gebaut habe. Was uns angeht.«

»Das weiß er?« Sie traute ihren Ohren nicht. »Du hast Mac von Nicole erzählt?«

»Nein, nein, das hätte doch niemandem etwas genutzt. Ich habe ihm nur gesagt – na, was du ihm auch gesagt hast.«

»Woher weißt du, was ich ihm gesagt habe?«

»Weil er es mir erzählt hat.«

»Und was hat er gesagt?«

»Er sagte, ich sei ein Arschloch.«

»Nein, Jay, das habe ich nie …«

»Ich weiß, Anna. Du hast gesagt, dass es nicht mehr zwischen uns klappt und du für eine Weile weggehen müsstest, um nachzudenken. Mein Großvater kann durchaus seine eigenen Schlüsse ziehen.«

»Ach so. Ja, tut mir Leid.« Was eigentlich? Mac vermutlich.

Es entstand eine lange, peinliche Pause. Anna hatte das deutliche Gefühl, dass jetzt von ihr so etwas wie *Ich verzeihe dir* erwartet wurde.

»Nicole ist bei mir eingezogen.«

Sie nahm diese Information zur Kenntnis, und ihr fiel dazu nicht Besseres ein als »Aha«.

»Das schien unter den Umständen das Beste.«

»Es ist sicher bequemer.«

Er atmete hörbar, so wie er es immer tat, wenn Anna *kompliziert* war. »Sie wollte es so. Offensichtlich stärkt es ihren Glauben, dass das, wobei du uns überrascht hast, keine bedeutungslose, kurzfristige Affäre war.«

Atemberaubend. »Du hast es also für sie getan. *Zweifellos*.«

Noch mehr künstliches Geseufze.

»Du bist schon bemerkenswert, weißt du.«

»Anna, ich versuche dir zu sagen, dass ich bedauere, was geschehen ist.«

»Ich weiß. Das ist es ja, was mich so verblüfft.« Sie erinnerte sich an eine der Geschichten, die er gern erzählt hatte, weil er so stolz darauf war. Als er in Columbia aufs College ging, hatte er für ein Performance-Projekt Passanten auf der Straße interviewt. In einem Stadtviertel mit Bewohnern unterschiedlicher Herkunft hatte er von allen, die er befragte, ein Foto gemacht. Später vergrößerte er die Bilder und hängte sie als Poster überall auf, und darüber standen wörtliche Aussagen der Abgebildeten. Manche Kommentare waren rassistisch, alle auf die eine oder andere Weise dumm oder erniedrigend. Welche Absicht steckt dahinter?, hatte Anna entsetzt gefragt. Die Leute sollen erkennen, wie sie in Wirklichkeit klingen, hatte er geantwortet. Sie sollen die Wahrheit über sich selbst erfahren. Wie gemein, hatte sie gedacht. Ein fieser Trick.

»Anna«, sagte Jay, »lass uns später darüber reden.«

»Lieber nicht«, erwiderte sie und legte auf.

Wie hatte sie ihn nur jemals lieben können? Welche Frau erkannte nicht gleich, was für ein selbstsüchtiger, unsensibler, dickfelliger Flegel er war? Und wenn sie es doch jetzt erkannt hatte – warum brannte sein Verrat dann immer noch wie Säure? Damit sie nicht gleich wieder mit ihren Selbstvorwürfen anfing, rief sie sich schnell seine guten Seiten in Erinnerung. Anna kannte sie alle aus ihrer Anfangszeit in Philadelphia, wo sie sich kennen gelernt hatten und wo Jay nur aus Charme, Begehren und dunkler, aufregender Leidenschaft zu bestehen schien. Anna war mit Begeisterung zu ihm nach Buffalo gezogen, als er sie darum bat. Sie hatte ihre Freunde, doch vor allem einen langweiligen Job und jede Menge gescheiterter Beziehungen ohne einen Funken Bedauern hinter sich gelassen. Nicole und die Coffee Factory waren ihr wie eine unvermutete Goldader vorgekommen. Fast zu viel des Glücks: ein aufregender neuer Mann *und* eine Arbeit, die Spaß machen und ihr mit der Zeit womöglich sogar etwas bedeuten würde. Jays Vorzüge: Er war intelligent. Er war talentiert. Er sah gut aus. Leider hatten all diese Vorzüge auch ihre Schattenseiten: Er war überheblich und herablassend, weil er intelligent war, er war eitel, weil er gut aussah.

Und er liebte seinen Kater. Immerhin – eine reine, makellos positive Eigenschaft. Und vollkommen selbstlos, denn der Kater erwiderte seine Zuneigung immer nur dann, wenn es *ihm* passte. Kein Wunder, dass sie so gut miteinander auskamen.

Verbittert. Ja, sie war verbittert. Sie würde nie über Jay hinwegkommen, und das machte sie maßlos wütend. Er war es nicht wert, er war es wirklich nicht wert, aber Jay McGuare war ein Name, an den Anna sich noch auf dem Sterbebett erinnern würde, und wenn sie hundert wurde. Das ging ihr mehr als alles andere gegen den Strich. In der vorigen Nacht hatte sie geträumt, er forme aus ihren Haaren eine Skulptur. Strähne um Strähne hatte sie es ihn aus der Kopfhaut ziehen lassen und so getan, als täte das nicht weh, als sei mit ihr alles in Ordnung. Sie wachte auf, bevor er ihr auch noch die Haut abziehen konnte.

Anna war noch nicht bereit, darüber nachzudenken, wie viel von dem, was zwischen ihnen schon seit langem schief gelaufen war, auf ihr Konto ging. Trotzdem durchzuckte sie hin und wieder eine Ahnung jener Nuancen von Mitschuld. Wie die meisten Frauen hatte sie zum Beispiel ständig behauptet, sie wolle Nähe, aber sie hatte Jay gleichzeitig auf Armeslänge von sich weggehalten. Sie hatten ihr Geld nie zusammengelegt, nie ein gemeinsames Konto geführt, immer alles durch zwei geteilt, obwohl er viel mehr verdiente als sie. Und sogar während ihrer hoffnungsvollsten und idyllischsten gemeinsamen Zeit, als sie *beide* von Heirat sprachen, hatte sie nie aufgehört zu verhüten.

Die tiefere, interessantere Frage war das *Warum*, aber vorläufig hatte Anna keine Lust, darüber ernsthaft nachzudenken. Manchmal allerdings konnte sie eine alarmierende Antwort auf die Frage nicht ganz ausschließen – dass Rose und ihr Vater ihr vor Jahren beigebracht hatten, immer auf das Schlimmste gefasst zu sein. Vorsicht ist besser als Nachsicht. Natürlich musste diese Haltung mit der Zeit in das Bewusstsein des Partners eindringen, wie sehr er auch um sich selbst kreisen mochte. Und dann war es nicht mehr weit bis zu dem Punkt, an dem er sich in die weicheren, wärmeren, vertrauensvolleren Arme einer anderen stürzte. Bis die Furcht vor Verrat und Treulosigkeit zu einer sich selbst erfüllenden Prophezeiung wurde.

∗

In Bezug auf das Haus hatte Anna Rose angelogen. Zwar sah wirklich nichts mehr aus wie früher, aber sie hatte einen Röntgenblick und sah durch die Farbe und die grässliche Täfelung und die schäbigen Teppichböden hindurch, durch all diese Verkleidungen, die das Herz des Hauses verbergen sollten. Sein Catalanoherz. Aber als Anna behauptet hatte, das Nachhausekommen habe sie nicht traurig gemacht, war sie ehrlich gewesen. Trotz seiner Verunstaltungen und Verstümmelungen erinnerte das Haus sie an etwas, das sie interessanterweise gern vergaß: Sie hatte eine glückliche Kindheit gehabt.

Der Kamin funktionierte nicht mehr, das hing mit der unzulänglichen Isolierung zusammen, aber wenn Anna auf dem karierten Polstersofa saß, sah sie wieder, wie ihre Mutter eine alte Popcornpfanne mit Deckel über die Flammen hielt, während ihr Vater mit dem Schürhaken im Feuerholz stocherte und ihr sagte, sie solle das Ding ein bisschen höher halten. »Nö, wir mögen sie aber verbrannt«, erwiderte ihre Mutter dann und zwinkerte Anna zu, und ihr Vater stöhnte und tat so, als stünde er unter der Fuchtel seiner Frauen. Das war eines seiner Lieblingsspiele gewesen, und natürlich liebte Anna es auch. Mit gerade mal drei Jahren scheuchte sie ihn im Spiel umher und schikanierte ihn wie eine hochnäsige Königin. »*Du* musst das machen«, lautete der Standardsatz, »du bist bloß der Mann. Du bist nur der, der die Brötchen heimbringt.«

Das Klavier hatte sie schon vor langer Zeit verkauft. Es hatte früher einmal in der Ecke zwischen dem Erkerfenster und dem Porzellanschrank gestanden, ein alter Stutzflügel, den die Eltern ihres Vaters ihm und Lily zur Hochzeit geschenkt hatten. Zu Annas Entzücken konnte ihr Vater Ragtime und Boogie spielen, aber noch besser gefiel es ihr, wenn spätabends, nachdem sie schon ins Bett gegangen war, seine »sanften Stücke« nach oben drangen. Sie waren für Mami bestimmt, und das war gut so, aber beim Einschlafen redete sich Anna ein, er würde sie für sie spielen.

Das jetzige Arbeitszimmer war einmal ein verglaster Wintergarten gewesen. Anna erinnerte sich, wie sie ihrer Mutter an einem hellen, verschneiten Morgen dorthin gefolgt war und zum ersten Mal im Leben begriffen hatte, was »kalt« bedeutete. »Brrr, ist das kalt!«, hatte ihre Mutter ausgerufen und war, nachdem sie die Arbeit, derentwegen sie in den Wintergarten gegangen war, erledigt hatte, armereibend wieder ins Haus gestürzt. Und Anna hatte sie nachgemacht und gerufen »Brrr, ist das kalt« und genau verstanden, was das bedeutete.

Die winzige, gelb gestrichene Küche war der Raum, den die Jahre und die Mieter am wenigsten verändert hatten. Anna besaß keine Erinnerungen an ihre Mutter am Küchenherd, oder wie sie gebeugt vor dem Kühlschrank stand oder an der Arbeitsplatte etwas schnippelte. Ihre Mutter hasste das Kochen, sie brachte Essen aus dem Restaurant mit und wärmte es im Herd auf. Daddy beklagte sich oft grummelnd, weil er vier oder fünf Tage pro Woche unterwegs war und dann zu Hause nicht mal eine selbst gekochte Mahlzeit vorgesetzt bekam. Aber Anna hatte dagegen überhaupt nichts einzuwenden. Sie bekamen, was Nonna und Tante Rose für ihre Gäste im Bella Sorella zubereiteten, und das war der Himmel auf Erden. All ihre Freunde fanden, dass sie ein Riesenglück hatte. Sie fand das auch.

Warum konnte sie diesem Glück heute nicht trauen? Warum hatte das, was später passiert war, es so gründlich getrübt wie ein farbverschmierter Pinsel das klare Wasser? Warum hatte sie sich in den anderthalb Jahren, die sie mit einer Therapie verschwendet hatte, mit nichts anderem beschäftigt als mit kleinlichen Frustrationen und kindischen Enttäuschungen, aber nie mit den guten Zeiten – warum konnte sie nicht einmal *zugeben*, dass sie gute Zeiten erlebt hatte?

Geschichtsklitterung nannte man das. Mit zwanzig hatte Anna ihre Vergangenheit umgeschrieben, um einen ungeheuerlichen Akt des Verrats zu verkraften, der sich zugetragen hatte, als sie dreizehn war. Vielleicht sogar früher – das war der heikle Punkt. Der Joker im Kartenstapel. Vielleicht viel früher, vielleicht schon von Anfang an, woher sollte sie das wissen? Gewisse Dinge fangen nicht unbedingt erst dann an, wenn man sie bemerkt. Und jetzt konnte sie die Wahrheit nicht mehr in Erfahrung bringen. Ihr Vater war tot, und Rose – nun ja. Rose war keine verlässliche Zeugin.

Erinnerungen an ihren Vater fanden sich überall im Haus, auch wenn Anna unter Zeitschichten und billiger Tünche danach suchen musste. Das Fenster über dem Spülbecken klemmte immer noch – sie erinnerte sich lebhaft an die beiden Male, an denen er sich den Rücken verrenkt hatte, als er sie zu öffnen versuchte. Der erdige, ölige Geruch im Keller rief all die vielen Reparaturen und Modernisierungen wach, die ihr Vater begonnen und in der Regel nicht zu Ende gebracht hatte. Am unteren Ende der Küchentür, unter wer weiß wie vielen Farbschichten, waren immer noch die tiefen Kratzspuren sichtbar, die von der streunenden Hündin stammten, die er einmal mit nach Hause gebracht hatte. Stinky hatten sie sie genannt, und sie war genau zwei Tage geblieben, dann hatte ihre Mutter sie ins Tierheim befördert. Anna erinnerte sich, wie sie im Wohnzimmer todtraurig bei ihrem Vater auf dem Schoß gesessen und in sein Hemd geschnieft hatte, während er ihr eine lange, weitschweifige Geschichte über Stinkys neues Zuhause erzählte – wie glücklich sie dort war und wie liebevoll ihre neuen Besitzer mit ihr umgingen. Um seinetwillen hatte sie so getan, als glaube sie das alles und fände darin Trost, aber das stimmte nicht. Mit sechs war sie alt genug, um zu begreifen, dass auch er untröstlich war.

Es war nicht fair, aber sie hatte sich von Anfang an mehr von Rose verraten gefühlt als von ihm. Gewissermaßen als Stellvertreterin ihrer Mutter hatte sie ihr die Täuschung mehr verübelt. Der Gedanke, dass ihr Vater hinter dem Rücken ihrer unschuldigen, ahnungslosen Mutter ein Verhältnis hatte, war eine zu fundamentale, zu schmerzhafte, zu unerträgliche Verletzung, und so hatte Anna lange Zeit den Löwenanteil der Schuld auf Rose geschoben. Es war *Roses* Fehltritt gewesen. Viel schlimmer, eine Schwester zu betrügen als eine Ehefrau. Die Blutsverwandtschaft machte die Sache zu einem gemeineren, elementareren Betrug. Männer sind nun mal so. Ja, das war eine sexistische Vorstellung, aber es war auch, nach Annas eigener unglücklicher Erfahrung, die unbestreitbare Wahrheit. Und so erinnerte sie sich an ihren Vater mit Liebe und Trauer und nur wenig Zorn und machte Rose für jeden Millimeter verantwortlich, den er vom Pfad der Tugend abgewichen war.

Es regnete in der Nacht, nicht stark, aber ausreichend, um ihr den letzten Anstoß zu geben. Am nächsten Morgen suchte sie gegen Roses Rat Mason Winograds Nummer im Telefonbuch und rief an. Keine Antwort. Anna schaute auf der Landkarte nach und fand seine Straße, eine Sackgasse an einem der kleinen Flussarme nördlich der Stadt. Dort mussten neue Häuser entstanden sein, denn zu ihrer Zeit war die Gegend hinter der Brücke praktisch unbebaut gewesen und hatte überwiegend aus Wäldern und Feuchtgebieten bestanden.

Mason Winograd hatte keine direkten Nachbarn, oder, besser gesagt, weit und breit überhaupt keine Nachbarn. Eine bis zum Boden durchhängende Kette verband zwei Pfosten rechts und links der Einfahrt zu seinem Haus. Anna rollte vorsichtig darüber und weiter auf eine holprige Zufahrt, die auf beiden Seiten von knospendem Ahorn und niedrigem Lorbeer gesäumt war. Ab und zu glitt die Morgensonne über die Windschutzscheibe und blendete sie. Es war erst elf Uhr, aber schon warm. Durch das offene Autofenster drang Vogelgezwitscher, das sogar die knirschenden Reifen übertönte, und sie fragte sich, ob diese Lautstärke für die Jahreszeit normal war oder ob Mr Winograd mehr als die übliche Anzahl Vögel auf seinem Grundstück beherbergte. Vielleicht lockte er sie ja mit Futter und anderen Attraktionen, damit er sie fotografieren konnte. Sie hatte keine Ahnung von Vögeln. Vögel als einziges künstlerisches Objekt – eine eigenartige Vorstellung. Vielleicht war er ein Exzentriker.

Nein, er war *ganz bestimmt* ein Exzentriker. Anna lachte laut auf, als sie sein Haus sah, aber mehr aus Befremden als aus Vergnügen. Die lange, gewundene Zufahrt hatte sie etwas Interessantes, vielleicht sogar Herrschaftliches erwarten lassen, aber sicher nicht diese schmale, blinde Festung – drei durchgehend mit verwitterten Schindeln bedeckte, fensterlose Etagen mit nichts als einer großen Tür in der Mitte, die diese graue Eintönigkeit unterbrach. *Keine Fenster?* War das überhaupt legal? Hatte Rose ihr einen Streich gespielt? Der Freund eines Freundes, hatte sie gesagt, der Stiefsohn von irgendwem. Er hatte dieses Haus gebaut, deshalb war er »praktisch veranlagt«. Na, bis zu einem gewissen Grad möglicherweise. Allerdings nicht, wenn es um Fenster ging.

Für ihr Auto gab es keinen Parkplatz, also stellte sie sich hinter einen neuen, gelben Jeep auf einem Kiesplatz neben dem Haus. Als sie den Schlüssel abzog, nahm sie aus dem Augenwinkel eine Bewegung hinter dem Haus wahr. Am Ende einer Grasfläche ragte ein Holzsteg in den Flussarm. Wasser, das wie ein Band aus Spiegelscherben funkelte, floss aus der kleinen Bucht hinaus. Vor der Anlegestelle war ein unfertiges Segelboot aufgebockt, dessen Bugspriet aus einem Schuppen oder einer Garage ragte. Sägen und anderes Werkzeug lag verstreut auf dem Boden neben zwei Holzböcken, auf denen ein langes, unbearbeitetes Brett lag. Überall Sägespäne. Ein Mann lief rasch von der Scheune zum Haus. Anna registrierte schnelle Beine, einen unbekleideten Oberkörper und lange, flatternde Haare. Dann verschwand die Gestalt um die Hausecke.

Mr Winograd, nahm sie an. Normalerweise hätte sie vermutet, dass im Haus das Telefon geklingelt hatte und er hingelaufen war, nur – er ging ja nicht ans Telefon. Außerdem wirkte es eher so, als habe er etwas Erschreckendes oder Alarmierendes gesehen – sie – und sei auf der Flucht. Nichts Gutes ahnend, stieg sie aus.

Vielleicht gehörte ein fensterloses Äußeres zu einem neuen, modernen Architekturstil – wild gewordener Minimalismus. Sie würde Jay fragen müssen. Sie folgte einem gepflasterten Weg über den Rasen bis zu einer leicht erhöhten Betonveranda. Die breite Vordertür war – was sonst – fensterlos. Anna klopfte ein paarmal mit dem Fingerknöchel dagegen und war nicht erstaunt, als eine halbe Minute verstrich und sich nichts rührte.

Ob sie wieder gehen sollte? Sie fühlte sich leicht gekränkt und auf jeden Fall ausgegrenzt. Sie kehrte auf dem gepflasterten Weg zur Zufahrt zurück und folgte dem Weg um das Haus herum bis auf den abschüssigen Rasen. Schön war es hier, mit dem glitzernden Fluss im Hintergrund, der an der Anlegestelle von Buschwerk befreit, aber ansonsten von knospenden Weiden und Platanen überwachsen war. Um den Bootsschuppen herum drängten sich auf hohen Pfosten eine Menge Vogelhäuschen. Und siehe da – ein Fenster! Luftig und weit geöffnet im Erdgeschoss, völlig normal, sogar anheimelnd, vielleicht ein Küchenfenster, und daneben an der Rückwand des Hauses eine von Fliegengittern umschlossene Veranda. Blühende Ranken zogen sich an dem verwitterten Holzgestell empor, und Bienen summten in den süß duftenden, trompetenförmigen Blüten. Sehr hübsch.

Der Mann hatte die Fliegengittertür zur Veranda halb offen gelassen. »Hallo?«, rief Anna. Als keine Antwort kam, trat sie ein. Nach der blendend hellen Sonne brauchte sie einige Sekunden, um an der Rückwand einen schneeweißen Schau-

kelstuhl mit bunt karierten Kissen zu erkennen. Sie sah ein
Tischchen mit einem leeren Plastikbecher darauf, und einen
Korbschemel. Kein anderes Mobiliar, nur ein großer Pappkarton in der hinteren Ecke und daneben auf dem Boden ver-
streute Handtücher und Lappen.

Durch die gegenüberliegende Tür erspähte sie eine Küche.
Sie überquerte die Veranda und blieb auf der Türschwelle
stehen. »Mr Winograd? Hier ist Anna Catalano. Meine Tante schickt mich, Rose Fiore. Hallo? Ist jemand zu Hause?«

Ein leises Geräusch lenkte ihre Aufmerksamkeit nach
rechts. Dort stand nur die Spüle unter dem Fenster, an dem
sie gerade vorbeigegangen war. Nein, da war noch ein Stück
Holz, ein Zweig, der rechtwinklig vom Fenstersims abstand.
Und nun sah sie auch, dass zwei kleine Wesen darauf hock-
ten. Vögel. Zwei Vogelbabys, dicht nebeneinander, die Anna
stumm anblickten. Reglos. Sie waren bestimmt nicht echt.

»Kann ich etwas für Sie tun?«

Sie fuhr in die Höhe und konnte kaum einen Aufschrei
unterdrücken. In der Tür zum nächsten Zimmer, dem Wohnzimmer oder was auch immer es war, stand plötzlich ein
Mann. *Der* Mann, wie ihr seine nackten Füße und die Jeans
verrieten, aber er hatte ein Hemd übergezogen und wirkte
äußerst gelassen und gefasst, ganz und gar nicht mehr wie
auf der Flucht. Er lehnte mit gekreuzten Armen am Türrahmen, den Kopf fragend geneigt. Eine professionell ausse-
hende Kamera hing an einem Trageriemen über seiner Schulter. Vielleicht hatte er gerade einen interessanten Vogel
entdeckt und war ins Haus gelaufen, um seine Kamera zu
holen. Wenn Anna ihm in der Sternstunde seiner gesamten
Laufbahn, vor dem brillantesten Foto aller Zeiten, in die Quere gekommen war, konnte sie verstehen, warum er bei ihrem
Anblick kein sehr erfreutes Gesicht machte.

Ihr Herzklopfen ließ nach, und sie sagte lächelnd »Hallo«,
bemüht, möglichst harmlos auszusehen. »Ich dachte, ich hätte jemanden gesehen, deshalb hab ich, äh, einfach geklopft
und bin reingekommen. Ich bin Anna.«

»Anna.« Er musste sich räuspern, damit seine Stimme nicht
mehr so kratzig war. »Roses Nichte.«

»Ja.«

»Sie sehen ihr sehr ähnlich.«

»Ja, das sagen alle.« Anna war es leid, das zu hören. »Und Sie sind …«

»Mason.«

»Freut mich, Sie kennen zu lernen.«

Er sagte nichts dergleichen. Und gab ihr auch nicht die Hand. Ihr war nicht klar, ob er feindselig oder schüchtern war, gefährlich, verrückt oder einfach nur abgrundtief gelangweilt. Er hatte schöne, grau melierte Haare, aber er trug sie zu lang, sie fielen ihm glatt auf die Schultern und verbargen zudem eine Gesichtshälfte. Sogar wenn er nicht lächelte, hatte er Krähenfüße um die hellen, verschleierten Augen. Eine tiefe, grimmige Falte trennte seine geraden, schwarzen Augenbrauen – das passte zu den zusammengepressten Lippen, zwischen denen er ein gequältes »Mmm« hervorstieß.

»Hören Sie, es tut mir Leid, wenn ich Sie gestört habe, aber meine Tante sagte, Sie reparieren Dächer. Dächer«, wiederholte sie, als er sie verständnislos anstarrte. »Meines ist am Schornstein undicht.«

»Was hat sie gesagt?«

»Oh.« Dann war es also ein Scherz gewesen. »Tut mir Leid«, wiederholte Anna lachend und tat so, als sei sie amüsiert, »ich glaube, ich habe einen Fehler gemacht.« Vielleicht war sie im falschen Haus? »Oder es ist ein Missverständnis, ich hätte geschworen …«

»Ich habe mal Roses Fenster repariert. Im Restaurant.«

»Ja?«

»Kinder hatten es kaputtgemacht. Ich habe eine neue Scheibe eingesetzt.«

»Ah.« *Weil Sie sich so gut mit Fenstern auskennen*, dachte sie.

Er hielt mit einer Hand die an der Hüfte baumelnde Kamera fest und fuhr mit langen, nervösen Fingern liebevoll – oder zwanghaft? – über das silberne Metall. Abgesehen von den Sägespänen im Haar sah er aus wie ein hagerer, leidgeprüfter Revolverheld. Diesen leicht arroganten Zug um den Mund, seine Art, sie anzusehen, diese Verwegenheit à la

James Dean fand Anna gleichermaßen anziehend wie irritierend. Dann hatte er scheinbar genug von seinem lässigen Gangstergehabe und richtete sich auf, aber eigenartigerweise blieben seine Schultern auf ungleicher Höhe, die linke hing ein ganzes Stück tiefer als die rechte.

Das Telefon klingelte.

Jetzt fuhr *er* zusammen, denn es hing an der Wand, keinen Meter von seinem Ohr entfernt. Sie starrten sich an, während zwischen dem ersten und dem zweiten Klingeln eine schier endlose Zeit verstrich. Anna verschränkte die Arme. Er rieb sich mit der flachen Hand über dem Herzen die Brust. Anna spürte, dass sie einerseits Lust hatte, ihn herauszufordern: Nur zu, spiel den Sonderling. Aber ein anderer Teil von ihr, der sich aus irgendeinem Grund zu ihm hingezogen fühlte, wollte sich lieber mit ihm solidarisieren, sich in einer merkwürdigen Art von Verschwörung mit *ihm* gegen *die da draußen* stellen.

Er nahm ab.

»Theo!« Seine Stimme war leise, herzlich, dankbar – die pure Erleichterung. »Wie geht's dir? Nein, ich bin hier, ich hab's draußen im … nein, ich bin ohne reingekommen. Wie geht es dir?«

Er war *ohne sein Telefon* hereingekommen! Theo hatte ihn auf dem Handy angerufen, das Mr Winograd vermutlich im Bootsschuppen gelassen hatte, und jetzt rief er ihn im Haus an. Auf dem Apparat, den er nie abhob.

»Bestens. Genau das mache ich gerade. Im Moment ist es kein … ich weiß, aber das hätte ich sowieso getan. Ich hol dich ab, du kannst bei mir essen. Nein, das macht keine Mühe, ehrlich. Überhaupt nicht. Gut. Ja. Bis bald.«

Er legte den Hörer sorgfältig auf. »Das war Theo«, erklärte er in einem freundlicheren Ton als alles, was er bisher von sich gegeben hatte.

Anna nickte. »Wer ist Theo?« Er war Roses Freund, das wusste sie. Dann war dieser Mann hier der Stiefsohn von Roses Freund.

»Er ist mein Stiefvater. Ich dachte, Rose hätte ihn erwähnt.«

»Warten Sie mal, vielleicht hat sie das auch getan. Er wohnt auf einem Boot, stimmt's? Und es geht ihm nicht gut, ich glaube, sie sagte, dass er krank ist oder …«

»Er hat ein chronisches Leiden.«

»Ja. Das tut mir Leid. Ich hoffe, es geht ihm bald besser.« Um nicht vom Thema abzukommen, sprach sie rasch weiter. »Ich weiß nicht, warum Rose mir erzählt hat, dass Sie mein Dach reparieren können, aber es ist so.«

»Ich kann Ihr Dach reparieren.«

»Tatsächlich?« Nun, da war noch ein heikles Thema, aber … »Und sie hat gesagt, dass Sie dieses Haus hier selbst gebaut haben.«

Er nickte.

»Ja, ähm, es hat eine interessante Fassade.«

Er strich sich mit den Fingern über die Oberlippe, als hätte er einen unsichtbaren Schnurrbart. Zwischen den Haaren und der schützenden Hand konnte sie seinen Gesichtsausdruck kaum erkennen. »Ich setze Fenster ein«, glaubte sie ihn murmeln zu hören. »Nächstes Projekt.«

»Ah. Weil Sie beim ersten Mal …?« Sie lächelte. »Die Fenster vergessen haben?«

Er blinzelte ein paarmal. »Lange Geschichte.«

»Hmmm«, sagte sie mit interessierter Stimme. Aber er rieb sich wieder die Brust und sprach nicht weiter.

Anna sah sich in seiner Küche um, die elegant und gut ausgestattet war, kein Schnickschnack, dafür viel rostfreier Stahl und jede Menge überdimensionierte High-Tech-Geräte. Kein schmutziges Geschirr, nichts lag herum, alle Oberflächen glänzten. Nur eines wirkte fehl am Platze.

»Diese beiden Vogelbabys über der Spüle …«

»Rauchschwalben.«

»Ah. Was ist mit der Mutter?«

»Weiß ich nicht. Jemand hat sie gefunden und mir gebracht.«

»Fliegen sie nicht weg? Und fallen sie nicht auf den Boden, so ohne Käfig?«

»Nein.«

Eines der graublauen Vogeljungen war ans Zweigende gehüpft, um aus einem Kuchenförmchen auf der Schieferplatte Wasser zu trinken. Anna lachte. »Es watschelt wie Charlie Chaplin.«

Mason lächelte auch. Die Temperatur im Raum stieg um ungefähr zehn Grad.

»Ich bin gerade zurückgekommen«, sagte sie, ermutigt von der neuen Wärme. »Ich bin hier in der Stadt in der Day Street aufgewachsen.«

»Ich weiß.«

Er musste von Rose via Theo eine Menge über sie erfahren haben. All die blutrünstigen Details über Jay, kein Zweifel, alles über die verlorene Tochter, die heimgekehrt war. »Und was ist mit Ihnen?«, fragte sie, trotzig ihr Kinn vorreckend. »Leben Sie schon immer hier?«

»Nein, ich war zwischendurch weg. Wie Sie.«

»Und jetzt sind Sie wieder da. Zurück aus …«

»New York.«

»Warum sind Sie zurückgekommen? Gibt's hier die interessanteren Vögel?«

Wie aufs Stichwort fing etwas an zu kreischen. Nicht die Rauchschwalben, die saßen brav auf ihrem Stängelchen und wackelten mit ihren Kugelköpfchen. Mason Winograd ging im großen Bogen um Anna herum. Sie folgte ihm auf die rückwärtige Veranda. »In New York war ich kein Fotograf«, sagte er in auffällig ruhigem, leisem Ton, und hockte sich neben den Pappkarton, der ihr zuvor schon aufgefallen war.

Sie trat näher. »Was waren Sie denn?« Er rückte zur Seite, um für sie Platz zu machen, und sie lugte ihm vorsichtig über die Schulter. »Oh«, flüsterte sie, »der arme Kerl. Was ist mit ihm?« Ein etwa dreißig Zentimeter großer Vogel hockte dort auf einem Zweig, aber in dem großen Karton wirkte er kleiner. Um seinen Körper und einen seiner Flügel war ein dünner, weißer Streifen gewickelt. »Ist sein Flügel gebrochen?«

»Ich war Anwalt. Ja, der Flügel ist gebrochen.«

»Was ist das für einer?«

»Ein Eisvogel. Ich fand ihn am Flussufer, er hat versucht zu fliegen.«

»Und Sie haben ihm einen Verband angelegt?« Es war ein wunderschöner Vogel, mit bläulich silbernen Federn, einem weißen Bauch und einem weißen Streifen um den Hals. Er öffnete und schloss immer wieder seinen langen, schwarzen Schnabel. Mason schraubte ein Marmeladenglas auf und nahm ein Stück Fisch heraus – jedenfalls roch es wie Fisch. Er legte es auf den Boden des Kartons, aber der Vogel rührte sich nicht, er starrte Mason nur aus leuchtend schwarzen Augen an. Die Beine des Vogels waren kurz, er schien nur aus Kopf und Rumpf zu bestehen, und der unordentliche, blaue Federschopf gab ihm ein verwegenes Aussehen.

»Manchmal …«, begann Mason und holte noch ein kleineres Stück Fisch aus dem Glas. Anna erschrak, als der Eisvogel plötzlich danach hackte und das Stück mit zurückgelegtem Kopf verschluckte, aber Mason bewegte keinen Muskel. »Manchmal muss man ihm den Anfang erleichtern.« Der Vogel hüpfte ungeschickt von seinem Zweig herab und verschlang das Stück Fisch auf dem Boden des Kartons. Mason legte weitere Fischstücke dorthin und dann dünne Streifen von etwas Rötlichem, Blutigem, wahrscheinlich Rindfleisch.

»Wie haben Sie das mit dem Verband geschafft? Hat er sich nicht bewegt? Ist er nicht herumgeflattert? Oder war er bewusstlos?«

»Ich habe ihn in eine Socke gesteckt.«

»In eine Socke?«

»Ich habe für den Kopf die Zehen abgeschnitten und ein Loch für den kaputten Flügel gemacht. Das hat ihn beruhigt. Ich habe ihm ein Taschentuch über den Kopf gelegt, während ich mit ihm beschäftigt war, damit er mich nicht sehen konnte. Bewegung ängstigt sie.«

»Und dann haben Sie ihn – verbunden?«

»Da unter dem Flügel ist ein kleines Stückchen Pappe, sehen Sie? Das ist die Schiene. Er hatte einen ganz einfachen Bruch zwischen der Flügelspitze und dem äußeren Gelenk. Keine Hautverletzung, keine Infektion. Er hatte auch keinen Schock.«

»Pappe als Schiene, das ist erstaunlich. Und er wird wieder fliegen können, wenn das verheilt ist?«

»Denke schon. In einer Woche ungefähr stellt es sich heraus.«

Er beugte sich langsam, in einer fließenden Bewegung nach unten, um ein verschmähtes Stück Futter aus dem Karton zu holen, und strich sich mit der anderen Hand die Haare aus dem Gesicht. Für den Bruchteil einer Sekunde sah Anna die linke Seite seines Gesichts. Narben. Du lieber Himmel, Narben von der Schläfe bis zum Kinn, knubbelige Wülste faltiger, runzliger Haut, abwechselnd aschgrau und glänzend weiß, eine einzige Kraterlandschaft.

Er sah auf, bevor Anna den Blick abwenden konnte. Was immer ihr Gesicht verriet, er bemerkte es. Auch den Schock? Hoffentlich nicht, aber sie *war* schockiert, das ließ sich nicht leugnen.

Er legte ein Drahtgitter über den Karton, stand auf und ging zurück in die Küche. Ob er wohl wiederkam? Sie überlegte, was sie tun sollte, wenn nicht. Am besten wegfahren, was sonst …

Er kam wieder. Mit einer brennenden Zigarette im Mund ging er zur Fliegengittertür und lehnte sich gegen den Rahmen, rauchte und blinzelte in die Sonne. Anna zögerte und stellte sich dann absichtlich in seine Nähe. Damit er nicht dachte, sie fühle sich abgestoßen oder habe Angst oder etwas ähnlich Dummes. Auf der anderen Seite des Türrahmens lehnte sie sich, seine Haltung imitierend, gegen ihre im Rücken übereinander gelegten Hände. »Sie waren also Anwalt, aha. Wofür?«

Er warf ihr nur einen flüchtigen Blick zu. »Versicherungen.«

»Versicherungen. Das klingt … gewichtig. Haben Sie es gern gemacht?«

Er antwortete nicht.

Sie sprach weiter, als hätte sie die Frage gar nicht gestellt. »Der Job, von dem Rose will, dass ich ihn annehme, ist anders als alles, was ich bisher gemacht habe, deshalb weiß ich ehrlich gesagt nicht, woher sie ihr Vertrauen nimmt. Aber irgendwie kreise ich um diese Art von Arbeit, seit ich mit der Schule fertig bin. Einmal war ich Assistentin des Direktors einer Firma, die Restaurants beliefert, deshalb, na ja … Zuletzt war ich Geschäftsführerin eines Cafés, aber das ist auch das Einzige, mehr habe ich nicht aufzuweisen. Trotzdem habe ich den Job wohl irgendwie schon immer angesteuert. Ohne es zu wissen.«

Wenigstens sah Mason sie jetzt an und tat nicht mehr so, als sei sie nicht vorhanden.

»In meiner frühesten Erinnerung sitze ich in der Küche des Bella Sorella und spiele mit Papierpuppen, während um mich herum Frauen kochen – meine Großmutter, Rose, Carmen, sogar meine Mutter, wenn es eng wurde. Also muss ich wohl …«

Anna war sich nicht sicher, ob sie das alles selbst glaubte, aber es schien wichtig, den Redefluss nicht zu unterbrechen. »Man könnte sagen, dass mir der Beruf in die Wiege gelegt wurde. Oder dass man seinem Schicksal nicht entgehen kann. Irgendwie so.«

Mason räusperte sich wieder. Offenbar redete er nicht viel. »Dann nehmen Sie den Job an?«

»Ja. Für eine Weile.«

»Und dann tschüs?« Sein schiefes Lächeln war nicht gerade freundlich.

»Ja, dann tschüs. Was ist daran auszusetzen?«

»Nichts. Das können Sie sicher gut.«

Sie richtete sich auf. »Wow. Lassen Sie mich raten, von wem Sie das haben.«

Er hob die Hände.

»He, Sie glauben wohl, dass Sie eine Menge über mich wissen.«

»Nein.«

»Tun Sie auch nicht. Rose auch nicht, sie bildet es sich nur ein.«

»Tut mir Leid, wenn ich …« Er schwieg mit gefurchter Stirn, und sie wartete, wie er es formulieren würde. Sie wusste selbst nicht recht, wofür er sich entschuldigen musste oder warum er sie so wütend gemacht hatte. »… etwas für selbstverständlich gehalten habe«, schloss er endlich.

»Schon gut. Vergessen Sie's.«

Sie starrten sich gegenseitig auf die Füße.

»Wollen Sie wissen, was ich über Sie gehört habe?«

»Nein«, log sie.

»Ich weiß von Rose, dass Sie noch nichts gefunden haben, wo Sie bleiben wollen. Dass Sie unzufrieden sind.«

Anna schnaubte. Dafür brauchte man keine Kristallkugel.

»Und von Theo – aber das wollen Sie wahrscheinlich nicht hören.«

»Jetzt gerade.«

»Dass Sie Ärger machen werden.«

»Ärger machen?« Sie sah, dass Mason ein Schmunzeln unterdrückte, und das brachte sie zum Lächeln. »Ich kann's gar nicht abwarten, den Mann kennen zu lernen.«

»Er glaubt, dass er Sie unausstehlich finden wird. Aber das glaube ich nicht – wenn er Sie erst sieht.« Unvermittelt wurde Masons Gesicht verschlossen, und ein grimmiger Zug legte sich um seinen Mund. Er war verlegen. Weil er etwas gesagt hatte, was fast wie ein Kompliment klang? Er hielt den Kopf nach links gewandt. Aber jetzt, da sie von den Narben wusste, konnte sie sie leicht erkennen, auch durch den schützenden Haarvorhang hindurch. Was war wohl passiert? Rose kannte die Geschichte sicher, aber Anna würde ihr nicht die Genugtuung geben, sie zu fragen. Warum hatte sie sie überhaupt hierher geschickt? Wozu sollte es gut sein, die Einsamkeit dieses merkwürdigen Mannes zu stören? Weil er ihr *Dach* reparieren sollte? Rose hielt es vermutlich für eine therapeutische Maßnahme, aber für Anna war es schlichtweg beleidigend.

»Wissen Sie, ich glaube, Rose hat mir Ihren Namen nur genannt, weil sie mir helfen wollte, weil sie dachte, Sie arbeiten für wenig Geld«, verkündete sie und lachte auf. »Doch offensichtlich haben Sie Besseres zu tun.« Sie deutete vage auf die Umgebung – er hatte ein Segelboot zu bauen, verletzte Vögel zu füttern. Sonst noch etwas? »Deshalb will ich Sie jetzt nicht weiter stören …«

»Was für ein Dach ist es?«

»Schiefer. Ich werde …«

»Wie viele Stockwerke?«

»Zweieinhalb, aber ich will nicht, dass Sie es übernehmen … trotzdem vielen Dank für das freundliche Angebot. Ich rufe einen Dachdecker an.«

Mason sagte nichts. Er lehnte wieder wie ein Cowboy am Türpfosten, die Arme gekreuzt, die staubigen Füße ebenfalls. Inzwischen war sich Anna ziemlich sicher, dass es sich um eine Pose handelte, aber was er damit verbergen wollte, war nicht leicht zu erraten.

»Ja dann … Hab mich gefreut, Sie kennen zu lernen, Mason.« Aus irgendeinem Grund streckte sie ihm die Hand hin. Er musste sie ergreifen, er hatte keine andere Wahl, aber er zuckte leicht zusammen – sie hatte ihn aus seiner Marlboro-Mann-Darbietung aufgeschreckt. »Ganz meinerseits«, murmelte er.

Anna ging die beiden Holzstufen hinunter auf den Rasen und steuerte um das Haus herum auf ihr Auto zu. Sie war noch nicht weit gekommen, als sie ein leises, metallisches Klacken hörte. Sie wirbelte herum. Mason senkte gerade die Kamera.

»Haben Sie mich gerade fotografiert?«

Er stützte die Hände auf die Hüften, blickte nachdenklich zu Boden und dann wieder hoch zu ihr. »Nein.« Schiefe Schultern, schiefes Lächeln.

Sie lachte, weil die Lüge so ins Auge sprang.

»Da drüben im Baum war ein Reiher.« Er deutete über ihre Schulter. »Den habe ich fotografiert.«

Anna machte sich nicht die Mühe hinzuschauen.

»Ein Schmuckreiher, glaube ich. Aber vielleicht auch ein Kuhreiher. Schwer zu sagen von hier aus. Ist schon weg.«

»Wenn Sie den Film entwickelt haben, müssen Sie mich wissen lassen, welcher es war.«

»Wenn Sie das wirklich interessiert?«

»Außerordentlich.« Sie sah ihm unverwandt in die Augen und versuchte, ihn noch einmal zum Lächeln zu bringen. Vergebens. Beim Weitergehen lauschte sie gespannt, aber er drückte nicht noch einmal auf den Auslöser.

6

Was ist das, Rose? Ein Beschwerdebriefkasten? Ich wusste gar nicht, dass wir einen haben.«

Rose blickte von ihrer Inventarliste auf. »Viel ist nie drin. Schau rein.«

Anna zögerte. »Soll ich wirklich? Ist das nicht privat?«

»Ja, manchmal, aber du bist die Geschäftsführerin. Du bekommst jetzt alle Beschwerden.« Rose räkelte sich mit übertriebener Zufriedenheit. »Ich nicht mehr.«

»Wo ist der Schlüssel?«

Sie fand ihn in der Schreibtischschublade, und Anna öffnete den kleinen Metallkasten, den Rose im Angestelltenschrank aufbewahrte. Sie nahm einen zerknitterten, gelben Merkzettel heraus und las: »›Venezia. Vesuvio. Sorrento. Adriatico. Alpi. Padua. Genova. Napoli. Toscana. Billy‹.« Sie starrte Rose verständnislos an. »Billy?«

»Billy Sanchez, der Koch vom Bratposten. Er kommt nur einmal die Woche, er war krank, du hast ihn …«

»Der Kleine mit dem Toupet?«

»Oh, das darfst du nicht laut sagen. Er glaubt, dass es niemand merkt.«

»Okay, aber was ist Venezia, Vesuvio …«

»Vorschläge. Ich hab dir doch erzählt, dass wir einen Wettbewerb laufen haben. Namen für das Restaurant.«

»Ach, richtig. Gefällt dir einer davon?«

»Nein.«

»Gut.« Anna holte den nächsten Zettel hervor. »›Liebe

Rose, was hältst du von Café Mittendrin? Es muss doch etwas geben, wovon das Bella Sorella die Mitte ist. Liebe Grüße, Vonnie.‹« Anna lachte. »Gar nicht schlecht. Vonnie ist wirklich super.«

»Ich wäre verloren ohne sie. Ist das alles?«

»Nein, eins noch.« Anna kniff die Augen zusammen und las: »›Ich finde es nicht fair, dass wir Tony fünfzehn Prozent geben müssen, wenn er nie da ist und dauernd mit Suzanne im Wäscheschrank steckt. Das habe ich mit eigenen Augen gesehen. Und letzte Woche kam Fontaine zu spät, und ich hab gesehen, wie Luca für sie gestempelt hat.‹«

»Anonym«, vermutete Rose. »Lass mich mal sehen.« Sie warf einen kurzen Blick auf die verkrampfte Schrift. »Elise. Tony ist ihr Abräumer. Ich behalte sie für die Tagesschicht, da kann sie weniger anrichten.«

»Das bleiche Mädchen mit den weißen Haaren? Die dauernd davon redet, dass ihre wahre Berufung Modedesign ist?«

»Genau die.«

»Okay, sie ist unzufrieden, weil sie nicht in der Schicht arbeitet, die Geld bringt, aber Rose, was ist mit der Konditorin Fontaine, oder wie heißt sie? Ganz niedlich, sieht aus wie sechzehn.«

»Ach, Fontaine. Sie hat eine Menge Probleme.« Und die hatten alle mit Männern zu tun.

»Gestern hat Vonnie ihr gesagt, dass sich jemand beschwert habe, die Biscotti seien matschig, und sie ist in Tränen ausgebrochen. Sie ist rausgerannt und nicht wiedergekommen. Sie hat herzzerreißend geschluchzt und war absolut untröstlich. Schließlich hat Luca sie wieder geholt.«

»Arme Fontaine.«

»Was ist mit ihr? Ich meine, hat sie psychische Probleme?«

»Sie ist schwanger.«

»Oh.« Anna hockte sich auf die Sofalehne, weil der Rest des winzigen Büros wie immer belegt war. »Das erklärt alles. Wie weit?«

»Ungefähr im vierten Monat.«

»Meine Güte, sie ist doch selbst noch ein Baby!«

»Sie ist noch keine zwanzig.«

»Wer ist der Vater?«

»Das verrät sie nicht. Soviel ich weiß, hat sie bisher sogar niemandem außer mir erzählt, dass sie schwanger ist, deshalb ...«

»Deshalb werde ich diskret sein.« Anna verschränkte die Arme. »Du bist hier die große Beichtmutter, stimmt's?«

Ihre Miene war amüsiert, nicht kritisch, deshalb lächelte Rose unbekümmert zurück. »Das war ich, aber ich übergebe dir gern den Beichtstuhl. Meiner werten Nachfolgerin.«

»Oh nein, kommt nicht in Frage. Ich bin erst Novizin. Niemand vertraut mir – und warum sollten sie auch? Ich bin die von auswärts. Die Fremde.«

Sie machte Spaß, aber Rose ergriff die Gelegenheit, um etwas Ernsthaftes loszuwerden. »Seltsamerweise ist das nicht wahr. Ich dachte, es würde länger dauern, aber du musst zugeben, dass es ein bemerkenswert fließender Übergang war. Vonnie hat gestern gesagt: ›Es kommt mir vor, als wäre sie schon Monate da und nicht erst eine Woche.‹« Anna beugte sich vor, um einen Fleck von ihrer Schuhspitze zu wischen und Rose konnte ihr Gesicht nicht sehen. »Findest du nicht, dass es gut läuft? Ernsthaft.«

»Manches schon«, gab Anna widerwillig zu. »Aber Carmens Kooperation lässt ziemlich zu wünschen übrig.«

»Ich weiß, aber du musst Geduld haben. Manchmal hat sie etwas gegen Veränderungen.«

»Ha! Gib mir das bitte schriftlich!«

Auch Rose musste lachen. Es war die Untertreibung des Jahrhunderts. »Und was hast du mit Dwayne angestellt? Er ist das reinste Lämmchen.«

»Dwayne! Du lieber Gott, der erschreckt mich zu Tode. Er könnte den Riesenkühlschrank hochstemmen.« Anna legte die Hände auf die Knie, stellte die Ellbogen nach außen und machte Dwaynes kehliges Grunzen nach: »Hatten nich grade verdammt viel Hunger, was?« Rose kicherte los. Dwayne war seit anderthalb Jahren bei ihr, eine Rekordzeit für einen Tellerwäscher, aber er war launisch. Wenn ein halb voller Teller zurückkam, war er beleidigt, obwohl er mit der Zubereitung des Essens gar nichts zu tun hatte. Dann schimpfte er stets ehrlich empört: »Hatten nich grade verdammt viel Hunger, was?« Das war ein Insiderwitz geworden, inzwischen zitierten ihn alle in allen möglichen Situationen. Und abgesehen von Dwayne konnten immer noch alle darüber lachen.

»Aber seit du hier bist, hat er wenigstens nicht mehr gedroht, jemanden umzubringen«, erklärte Rose verwundert. »Was hast du mit ihm gemacht?«

»Ich? Nichts. Er hypnotisiert mich. Ich stehe da und warte darauf, dass er mir die Hände um die Gurgel legt und zudrückt.«

Das war nur zur Hälfte scherzhaft gemeint.

»Irgendwann müssen wir mal ernsthaft über Entlassungen reden, Rose. Du hast zu viel Personal. Das habe ich schon oft gesagt.«

Rose umging dieses Thema. Auch wenn sie das Restaurant behalten sollte, bis sie hundert war, würde es ihr ein Greuel bleiben, Leute zu feuern, und sie konnte es auch nicht gut. »Aber du wirst uns doch bald wieder auf Erfolgskurs gebracht haben«, sagte sie fröhlich lächelnd. »Und dann brauchen wir alle, die wir kriegen können.« Mit dieser Strategie versuchte sie immer, Anna vom Thema Kündigungen abzulenken.

»Shirl zum Beispiel. Im Moment brauchst du keine Pasta-Köchin, sie ist überflüssig. Luca und Carmen können ihre Arbeit übernehmen …«

»*Im Moment* vielleicht, kann sein, aber sobald die Geschäfte besser laufen …«

»Dann stellst du sie eben wieder ein.«

»Ach, ich könnte nicht auf Shirl verzichten, sie ist zu unterhaltsam.«

»Rose!«

»Weißt du, dass ihr Sohn gegen sie prozessiert?«

»Rose, du kannst doch nicht … Ihr Sohn *prozessiert* gegen sie?«

»Gegen sie und Earl, Shirls Mann. Earl junior ist elf …«

»Moment mal. Earl junior prozessiert gegen Shirl und ihren Ex-Mann, den Stalker?«

»Das wusstest du nicht?«

»Ich …« Anna schüttelte hilflos den Kopf. »Nein, das ist mir neu.«

Kein Wunder. Shirl, Roses langjährige Pasta-Köchin, eine kesse Mollige, die ihre Haare jede Woche in einem anderen Rotton färbte, redete nonstop über alles und jeden, aber vor allem über ihr unglaublich chaotisches Familienleben. Ihr permanenter Redeschwall führte leicht dazu, dass man auf Durchzug schaltete. »Earl junior hat einen Anwalt und verklagt Shirl und Earl wegen … mir fällt der juristische Begriff gerade nicht ein …«

»Geisteskrankheit?«

»Elterliche Inkompetenz oder so ähnlich.«

»Ich bin ganz auf Earl juniors Seite«, sagte Anna, »sag mir Bescheid, wenn er eine Leumundszeugin braucht. Okay, wenn du dich nicht von Shirl trennen kannst – wer wäre noch entbehrlich? Ich sage dir, wir sind zu aufgebläht und nachsichtig, Rose, wir müssen schlank und fies werden.«

»Wie wär's mit Eddie?« Wo sie gerade von schlank und fies sprachen …

»Nein, nein, er sieht viel zu gut aus. Er ködert mittags die jungen Frauen, den kannst du nicht entlassen.«

»Er ködert sie, *wenn er da ist*. Und das ist ungefähr halb so oft, wie ich ihn brauche. Vince springt ständig für ihn ein.«

»Ja, schon, aber ein gut aussehender Barmann wiegt fast alles auf, was du dir von ihm gefallen lassen musst. Wer sonst?«

»Niemand.« Rose lehnte sich zurück.

»Niemand? Na, komm schon.«

»Alle anderen brauche ich.«

»Nein.«

»Doch, ganz sicher.«

Ihr erster Streit. Sie musterten sich gegenseitig kühl und forschend, behielten jedoch ihre höflichen Mienen bei. »Gut, na ja, wir werden sehen«, sagte Anna schließlich, und Rose zog insgeheim den Hut vor ihrer unverbindlichen Haltung. Keine Drohung, aber auch kein Rückzug. Ein Aufschub.

»Okay, nächstes Thema: Rauchen bei der Arbeit. Die Kellnerinnen lassen brennende Zigaretten in der Damentoilette liegen und verschwinden alle paar Minuten für einen Zug. Da drinnen riecht es wie in einem nassen Kamin, Rose. Die Gäste beschweren sich. Sind wir da einer Meinung? Bist du einverstanden, dass wir nicht zulassen, dass die Service-Crew während der Abendschicht die Toilette mit Rauch vollstänkert?«

»Einverstanden.«

»Ausgezeichnet.« Anna übertrieb ihre Erleichterung – ein kleiner Seitenhieb. Rose nahm ihn hin. Die Kampflinie, die sie gerade gezogen hatten, war mehr als porös.

Sonntagabend war Personalessen, das so genannte »Familiendinner«. Das Küchenpersonal und die Service-Leute legten ihre Schürzen oder Kochjacken ab und setzten sich zu einem späten Abendessen in den Speisesaal. Oft wurde daraus eine Party, besonders wenn die letzten Gäste fort waren und es keinen Grund mehr gab, sich leise zu verhalten. Abgesehen von Drogen und regelrechten Saufgelagen duldete Rose so gut wie alle Entgleisungen, denn das war für sie der Sinn und Zweck einer Mahlzeit im »Familienkreis« – dass die hart arbeitenden Angestellten sich für ein paar Stunden so danebenbenehmen durften wie echte Verwandte. Das hob die Stimmung.

Trotz all ihrer guten Absichten spaltete sich die Runde am Tisch am Ende doch meist in Gruppen – auf einer Seite das Küchenpersonal, auf der anderen die Kellnerinnen und Kellner. Das Familienessen sollte eigentlich diese Trennlinie überwinden helfen und die traditionellen Animositäten zwischen den beiden Lagern aufweichen. Doch wenn nicht gerade eine heiße Affäre zwischen einem Koch und einer Kellnerin lief – was häufig der Fall war –, blieb die unsichtbare Grenze intakt. Business as usual.

Heute war die Spaltung von Schweigen begleitet, was sie noch gefährlicher machte. An beiden Tischenden starrten schockierte und deprimierte Gesichter auf die Teller, und alle stocherten lustlos im Essen. Selbst Dwayne, dessen Vorrat an Zoten normalerweise unerschöpflich war, redete kein Wort.

Sein massiger Oberkörper war vornübergesackt, sein runder, rasierter Schädel gesenkt, und er säuberte sich die Fingernägel mit einem Fleischmesser.

»Wenn dich jemand vergewaltigen will, wärst du dann lieber sauber und adrett, als kämst du gerade aus der Dusche und hättest die Haare gewaschen? Oder wärst du lieber dreckig? Oder wär's dir egal?«

Ah, Shirl. Was täte Rose ohne sie? Sie wünschte, Anna wäre da, damit sie ihr sagen könnte: »Hier, bitte, sieh selbst.«

»Letzte Nacht hab ich nämlich ein Geräusch vor meinem Fenster gehört. Und ich denk, oh Scheiße, das ist ein Vergewaltiger, und dann rattert's weiter in meinem Kopf, oh Mann, ich hab fettige Haare und vielleicht riech ich ungewaschen und so. Ist das nicht bekloppt? Aber ich meine, selbst wenn es eine Vergewaltigung ist, man hat doch seinen Stolz, oder?«

Bemüht, die Stimmung zu heben, unterbrach Rose sie in munterem Ton: »Ich habe lange keine Vorschläge für Restaurantnamen gehört. Hat jemand einen neuen?«

Schweigen.

»Ich haben einen«, meldete sich Luca schüchtern vom Ende des Tisches.

»Unmöglich«, protestierte Dwayne, »der trinkt ja nicht mal! Sardine darf nicht mitspielen.«

Luca blickte sich verwirrt um. »Ich kanne nix vorschlagen?«

»Wenn du gewinnst, kriegst du nix, Junge, wozu soll's dann gut sein?«

»Was ist dein Vorschlag, Luca?«, fragte Rose.

Er richtete seine dunklen, seelenvollen Augen auf sie. »Ist italienisches Restaurant, si?« Die Frage war nicht so unsinnig, wie sie klang. Rose war schon geraten worden, das Bella Sorella in ein indisches Restaurant zu verwandeln, damit sie es Cash-and-Curry nennen konnte oder in ein Steak House namens Bis Auf Die Knochen.

»Si«, erwiderte sie.

»Und bald wird besser, ja, wegen viele Verbesserungen?«

»Das ist geplant, ja. Das hoffen wir.«

»Dann … nennen es *Adesso Viene il Bello*. Ist gut, ja?«

Luca hatte eine schmeichelhaft übertriebene Vorstellung von Roses Italienischkenntnissen. »Adesso«, sagte sie langsam, »Ich weiß, das bedeutet ›jetzt‹. Jetzt kommt das …«

»Ist ein Sprichwort. Jetzt kommt das Schöne, das Beste, das Besteste …«

»Jetzt kommt der beste Teil«, stieß Carmen zwischen zusammengepressten Lippen hervor.

»Si, si. Ist gut, ja?«

»Ganz nett«, sagte Vonnie, und Shirl fügte hinzu: »Ja, gar nicht übel.«

Luca strahlte.

»Es ist zu lang und es ist italienisch«, sagte Eddie, der Barkeeper, den Rose am liebsten gefeuert hätte. »Der heiße Eddie« nannten ihn die weiblichen Barkunden. »Das kann doch keiner aussprechen.«

»Klar«, sagte Dwayne. »Warum nennst du's nicht gleich ›Wenn bei Capri die große Pizza im Meer versinkt‹?«

Armer Luca. Er hatte ein tieftrauriges Gesicht. Zwei Jahre zuvor, kurz bevor er nach Amerika gekommen war, hatte er seine Frau und seinen dreijährigen Sohn bei einem Autounfall verloren. Sein Anblick brachte Rose fast zum Weinen. Er sah sie hoffnungsvoll an und wartete auf ihr Urteil.

»Es ist ein bisschen lang«, sagte sie sanft.

»Ha!«, triumphierte Dwayne hämisch. »Ich wusste, dass sie es unmöglich findet. Sie findet alles unmöglich.« Luca war nicht der einzig Sensible am Tisch – an Dwayne nagte immer noch die Tatsache, dass Rose seinen Vorschlag ›Die Wampe‹ abgelehnt hatte.

Alle versanken wieder in trübsinnigem Schweigen.

Shirl raffte sich als Erste auf. »Denkt ihr manchmal dran, wie ihr euch die Zähne putzen sollt, wenn's einen Atomkrieg gibt? Alles ist futsch, Drogerien und Supermärkte und so, und man kriegt keine Zahnbürste und keine Zahnpaste und nix und Zahnseide schon gar nicht. Wenn ich mir abends die Fäden durch die Zähne ziehe, denk ich oft, dass es das letzte Mal sein könnte. Man müsste was finden, womit man das weiße Zeug hinten von den Vorderzähnen abkriegt. Ich hab so 'nen kleinen Zahnstocher aus der Drogerie, aber womit soll man das bei einem Atomkrieg abkratzen? Und wie kommen Haare damit klar, dass man sie nicht mehr jeden Tag wäscht? Auch Make-up hätte niemand mehr … außer man hat gerade seinen Kosmetikkoffer in der Hand, wenn die Bombe hochgeht. Aber die Leute würden versuchen, es einem zu klauen, dann hätte man mehr Ärger, als das Zeug wert ist. Außerdem würde es ja auch nicht ewig reichen. Und dann müsste man anfangen, die Wimperntusche zu rationieren …«

»He, wo seid ihr denn alle?«, ertönte Annas Stimme aus der Küche. Sie schaute um die Ecke und streifte ihren nassen Regenmantel ab. »Hallo, Leute, das sieht gut aus. Was gibt's heute zu essen? Dwaynes Suspensorium?« Letzte Woche hatte Dwayne Lucas Turnschuh paniert und ihn ihm tiefgefroren serviert – anlässlich Annas Einführung in die Gepflogenheiten des Familiendinners. »Hallo, Rose, hallo, Carmen. Vince, mein Guter. Elise, Schätzchen, keine Schürze beim Essen, das mögen die Gäste nicht. Die denken dann, herrje, kein Wunder, dass ich keinen Kaffee kriege, die sitzen alle da drüben und *spachteln*.«

Elise, die einem den Stinkefinger zeigen konnte, wenn man ihr auch nur sagte, dass Lippenstift an ihren Zähnen klebte, kicherte errötend und band sich die Servierschürze ab.

Rose lächelte in sich hinein. Und da warf Anna *ihr* vor, Leute zu manipulieren!

»Setz dich«, sagte sie und rückte zur Seite. »Wie ist es gelaufen? Irgendwas Interessantes gefunden?« Anna hatte sich den Nachmittag freigenommen, um Flohmärkte und eine Auktion für Gastronomiebedarf zu besuchen.

»Ja, aber ich habe nichts gekauft. Noch nicht.« Zu den anderen gewandt sagte sie: »Übrigens, ich habe gerade bei Brother's gegessen und kann euch die freudige Mitteilung machen, dass das Essen grauenvoll ist.« Als sie ringsum nur verkniffenes Lächeln erntete, zog sie die Brauen zusammen. »Was ist denn los? Warum sind hier alle so verbiestert?«

»Ein kleiner Rückschlag«, erklärte Rose leichthin. »Nicht das Ende der Welt.«

»Aber nahe dran«, tönte Eddie von anderen Ende des

Tisches und langte in seine Hosentasche. »Dieser Kritiker. Der hat uns zerrissen und beschissen.«

Anna warf Rose einen wachsamen Blick zu. »Die Sache im *Stadtanzeiger*? Sie haben sie gedruckt?«

Rose nickte. »Leider kommen wir nicht gut weg.«

»Nicht gut? Miserabel!« Eddie faltete einen Zeitungsausschnitt auseinander. »Die Überschrift heißt: ›Alles Gute hat einmal ein Ende.‹«

»Gib her«, sagte Anna und streckte den Arm aus. Sie war blass geworden.

Eddie hatte lange, seidige schwarze Haare, die er zu einem Pferdeschwanz zusammenband, zahlreiche Piercings und als Bart einen diamantenförmigen Fleck auf dem Kinn. Natürlich war er attraktiv, dachte Rose, aber er wusste es auch, und das verdarb alles. »Nein«, sagte er. »Ich lese es euch vor.« Er räusperte sich theatralisch. »Es geht los: ›Erinnern Sie sich an das alte Gaiety-Theater im Norden der Stadt? Vor Jahren war es ein Programmkino für ausländische und unabhängige Filme, die man sonst nirgendwo zwischen New York und Washington zu sehen bekam. Heute ist das Gaiety bedauerlicherweise nur noch ein Strip-Lokal. Nackte Damen vollführen an Stangen eine andere Art von Kunst, und alles, was vom Dolce Vita übrig geblieben ist, ist ein Lap Dance.‹«

»Hör auf zu lesen«, grummelte Vince, »gib ihr einfach den Artikel.«

»›Aber wenigstens sprüht das Gaiety noch vor Leben, auch wenn es die schmuddelige, pornographische Seite des Lebens ist. Leider kann man das im Hinblick auf das Bella Sorella nicht behaupten – das immerhin fast so alt ist wie ich, und das hat schon etwas zu sagen. Aber hier liegt das Problem von Institutionen – sie werden älter, aber nicht unbedingt besser.‹ Wow«, sagte Eddie und fächelte sich mit dem Artikel Luft zu. »Und das ist erst der Anfang. Dann schreibt er: ›Beginnen wir mit dem Service, der an den drei Tagen, an denen ich in diesem altehrwürdigen Etablissement speiste, zwischen gelangweilt und hektisch schwankte.‹«

»Drei?«, stieß Anna entsetzt hervor. »Er war dreimal da?«

»Lies nicht weiter …«, bat Rose, während Vince sich vorbeugte und Eddie das Blatt aus der Hand riss.

»He!«, beschwerte sich Eddie, »das Beste kommt erst noch.«

Rose kannte die schlimmsten Sätze schon auswendig, aber sie beugte sich zu Anna hinüber und las mit ihr mit. Die Speisekarte war »trocken und uninteressant und liest sich wie Italienische Küche für Anfänger«. Die Salate waren »Belanglosigkeiten«, die Tortellini mit Pesto aus sonnengetrockneten Tomaten waren »bitter, und wenn man bis zum Boden des Tellers vordringt, winkt einem als Belohnung eine Ölpfütze«. Auch am Service ließ der Kritiker kein gutes Haar: »Selten habe ich so viele Entschuldigungen gehört«, schrieb er, »aber in der Tat gab es vieles, wofür eine Entschuldigung sehr wohl angebracht war.«

Kurz darauf stöhnte Anna auf und legte die Hand auf Carmens Arm. Rose ahnte, dass sie beim schlimmsten Teil angelangt war: »Das Hühnchen Carmen erscheint in einer dicken, zähflüssigen weißen Sauce, die mit roter Paprika oder Piment – genau kann man es nicht erkennen – gesprenkelt ist. Und welcher italienische Koch kann Lasagne ruinieren? Ein Menü für Figurbewusste aus dem Supermarkt enthält mehr Fleisch und bestimmt mehr Geschmack als dieses zerlaufene, bleiche, nudellastige Etwas, das als Spinatlasagne verkauft wird.«

Carmen zischte und schüttelte Annas Hand ab. Annas automatische Geste war voller Mitgefühl gewesen, das wusste Rose, aber Carmens Stolz war verletzt, und Mitleid musste sich anfühlen, als würde man Salz in ihre Wunde reiben.

Nein, das Allerschlimmste kam erst am Ende, im letzten Abschnitt. »Dies ist ein Restaurant, das Platz beansprucht. Wir reden so viel darüber, dass wir unseren historischen Stadtkern vor den räuberischen Übergriffen der Restaurantketten schützen müssen. Doch nach einem Besuch im Bella Sorella sehnt man sich nach nichts anderem als einem ordentlichen Teller Rigatoni im Olivengarten. Oder – da die Cappuccino-Maschine permanent defekt zu sein scheint – einem schönen, großen Milchkaffee im Starbuck.«

Anna ließ den Artikel auf den Schoß sinken. Sie wandte die Augen nicht davon ab, aber Rose wusste, dass sie zu Ende gelesen hatte. Sie holte einmal langsam und stockend Luft und blickte dann auf. In die verlegene Stille sagte sie mit klarer, zuversichtlicher Stimme: »Das ist kompletter Schwachsinn.«

Die anderen erwachten wieder zum Leben.

»Jaaa!«, rief Vonnie als Erste, und sofort stimmten andere ein: »Genau, das ist totaler Mist!« und »Wer ist der Typ überhaupt?« Wut war besser als Verzweiflung, und Rose freute sich über eine Flut drastischer Flüche, die sie normalerweise nicht geduldet hätte.

»Vielleicht nicht *kompletter* Schwachsinn …« Rose fing einen Blick von Anna auf, aber die Botschaft war nicht eindeutig. Da stand Anna auf und sagte: »Wisst ihr, wonach das hier schreit? Nach Champagner. Vince und Eddie, holt ihr uns Gläser? Und zwei, nein lieber drei Flaschen Schramsburg.« Sie sah kurz zu Rose hinüber, die schluckte und sich mit sorglosem Lächeln ein »Unbedingt« abrang. Warum auch nicht.

Anna blieb stehen, bis die Gläser gefüllt waren. Niemand trank, alle wussten, dass sie einen Toast ausbringen würde. »Okay, wir trinken auf Folgendes. Nein, wartet, zuerst will ich noch sagen, dass dieser Typ ein Mistkerl ist. Kein Zweifel«, übertönte sie die zustimmenden Rufe, »wir haben es hier mit einem absoluten Hohlkopf zu tun. Das Problem ist – das Problem ist, selbst Hohlköpfe machen ab und zu etwas richtig, und dieser Gerber könnte ein paar Punkte genannt haben, die wir verbessern sollten. Hab ich Recht?«

Na ja, könnte sein, gaben sie zu, möglich war es.

»Und was fangen wir jetzt damit an? Lasst uns zuerst auf diesen Moment trinken – weil das der absolute Tiefpunkt ist. Das sollten wir doch feiern, oder nicht? Sind alle einverstanden?« Anna hob ihr Glas. »Auf die absolute Talsohle des Bella Sorella.«

Allgemeines Hurra. Alle tranken.

»Du liebe Güte, schmeckt das gut!«, sagte Anna in ehrfürchtigem Bühnenflüsterton, was ihr einen Lacher einbrachte. »So, und was kommt als Nächstes?«

Dwayne rülpste herzhaft. »Noch drei Flaschen.«

»Dienstag frei!«

»Nein, als Nächstes werden wir uns zusammensetzen, wir alle, und uns überlegen, wie wir das ins Reine bringen können. Ein paar Veränderungen stehen an, das ist wohl klar. Nicht wegen dieser Kritik – der Typ kann mich mal.« Anna hielt den Zeitungsartikel an eine Kerze und ließ nicht los, bis sie sich fast die Finger verbrannte. »Nicht wegen dieser Kritik«, wiederholte sie, als das Johlen und Applaudieren schwächer wurde. »Er erwähnt ein, zwei Punkte, über die wir nachdenken sollten, aber wir haben bessere Gründe, uns Erfolg zu wünschen, als es einem Mister Klugscheißer recht machen zu wollen. Zum einen wollen wir es für Rose.«

Kräftiger Applaus. Dwayne hieb mit seinen gigantischen Fäusten so heftig auf den Tisch, dass ein Glas umkippte.

»Und für Carmen, die den Blödsinn in diesem Aschehäufchen nicht verdient. Und wir wollen es für uns, weil wir auf unsere Arbeit stolz sind und sie beherrschen und uns diese Beleidigung nicht gefallen lassen. Am Dienstag – am Dienstag treffen wir uns alle um vier Uhr für eine Stunde. Keine Sorge, ihr bekommt das bezahlt. Wir splitten – die Mittagscrew kann um viertel vor fünf gehen, die Abendcrew kommt eine halbe Stunde früher. Auf diese Weise sind wir alle zusammen. Aber ich will alle sehen, Küche und Service, alle außer den Teilzeitkräften – weil wir die Dinge beim Namen nennen werden. Leute, wir werden der Sache auf den Grund gehen. Ich weiß, ihr habt alle gute Ideen, und Rose, Carmen und ich wollen sie hören.«

Rose nickte: »Ja, unbedingt, ja.« Carmen verdrehte wenigstens nicht die Augen oder schnaubte.

»Das ist nur ein Anfang, und ihr wisst, es wäre eine Lüge, wenn ich behaupten würde, dass es einfach wird. Ich sehe eine Menge Arbeit auf uns zukommen. Und die, die keine Lust auf harte Arbeit haben – jetzt ist eure Chance, euch einen Job im Olivengarten zu schnappen. Letzter Toast.« Sie hob noch einmal das Glas. »Auf uns. Auf uns und das Bella Sorella. Und auf den Erfolg.«

Sie tranken.

»Du kannst so viele neue Postenköche engagieren, wie du willst, ein Wunder wird trotzdem nicht geschehen.«

»Habe ich ›Wunder‹ gesagt?« Anna drehte Carmen den Rücken zu und wandte sich an Rose. »Hast du mich je ›Wunder‹ sagen hören?«

»Wir haben genügend Köche«, fuhr Carmen fort, »zu viele, und wenn du jemand Neuen einstellst, musst du dafür einen anderen feuern. Ich sage dir, neue Köche sind nicht die Lösung.«

Anna betrachtete ihre Fingerspitzen.

»Nein«, sagte Rose ruhig, »natürlich ist das nicht die Lösung, aber vielleicht könnten wir damit anfangen. Ich sehe nicht gern, wie schwer du arbeitest, und das würde dir etwas von der Last abnehmen. *Sofern* wir jemanden finden, den du magst und dem du vertraust.«

Carmen verzog den Mund. Von Roses Bemühung um Diplomatie ließ sie sich weder einwickeln noch besänftigen. Anna wollte eine Jüngere für die Küche einstellen, und obwohl sie die Stelle als »Postenköchin« bezeichnete, wollte sie im Grunde eine Assistentin des *sous-chef*. Das war das Mindeste.

»Mach weiter«, brummte Carmen. »Du kennst meine Meinung, wir müssen das nicht breittreten. Ich möchte heute noch irgendwann ins Bett.«

Das Personal war nach Hause gegangen. Sie saßen nur noch zu dritt am großen Tisch und nippten Kaffee statt Champagner. Rose hatte eine bestimmte Vorstellung von dieser Szene gehabt: Sie würden am Ende eines langen Tages zusammensitzen, Anna, Carmen und sie, und die Köpfe zusammenstecken, um peppige, innovative Ideen auszuknobeln, wie sie das Restaurant wieder in Schwung bringen könnten. In ihrem Tagtraum war Feindseligkeit allerdings nicht vorgekommen.

»Also gut«, sagte Anna, »dann machen wir weiter. Ich habe mir einige von diesen Internet Sites angeschaut, die Restaurants mit Lieferanten verbinden. Sie funktionieren wie ein Coop, und so halten sie die Kosten niedrig. Wir könnten fünf Prozent beim Grundbedarf einsparen, bei Nahrungsmitteln und Geräten, vielleicht sogar mehr.«

»Halsabschneider«, sagte Carmen. »Wer sind die denn? Fremde! Es hat Jahre gedauert, bis wir gute Lieferanten gefunden haben, auf die wir uns verlassen können. Leute von hier, die wissen, dass sie faire Preise anbieten müssen. Und frische Produkte – wie willst du denn frische Sachen aus dem Internet holen?«

»Und wieso nicht? Woher weißt du, dass Sloan's Meeresfrüchte nicht im Internet stehen?«

»Ja, das müssen wir noch überprüfen«, sagte Rose, »aber es wäre interessant, wenn es funktionieren würde.«

»Apropos Internet«, setzte Anna nach einer angespannten Pause wieder an. »Unsere Website ist primitiv, sie hat keine Links irgendwohin, da rührt sich nichts. Ich könnte das selbst ändern, aber es würde ewig dauern. Haben wir keine Computerfreaks unter unseren Angestellten? Wir bräuchten auch eine Verbindung zu mehr Sites, die Online-Reservierungen machen und kostenlos alles Mögliche ins Netz stellen, zum Beispiel die Speisekarte.«

»Vielleicht Vonnies Sohn?«, schlug Rose vor. »Er sitzt dauernd vor dem Computer. Wie alt ist er, Carmen, fünfzehn?«

Carmen zuckte gelangweilt die Achseln. »Wareneinsatzkosten, darüber sollten wir reden. Unsere sind zu hoch. Punkt, aus.«

Anna tippte ungeduldig die Fingerspitzen gegeneinander. »Das soll die Lösung sein? Die Kosten senken? Weniger für die Lebensmittel bezahlen, die wir kaufen? *So* sollen wir deiner Ansicht nach wieder auf die Beine kommen?«

»Welche Beine? Wessen Beine sind *unsere* Beine?«

»Hört mal«, sagte Rose, »lasst uns …«

Carmen fiel ihr ins Wort. »Ich kenne eine Menge Gerichte, die dir auf der Zunge zergehen würden, Schätzchen, mit beliebig vielen schicken, raffinierten Zutaten, bei denen sich dieser Arsch von der Zeitung vor Begeisterung in die Hose machen würde. Wenn ich sie koche, sind wir in sechs Wochen pleite. Die *Wareneinsatzkosten* sind zu hoch. Das ist ein einfaches Rechenexempel, keine höhere Mathematik.«

Anna machte eine hilflose Geste und ließ sich in ihren Stuhl zurücksinken. »Großartig. Und was schlägst du vor?«

»Die Ausgaben senken.«

»Und die Preise.«

»Nicht unbedingt.«

»Oh. Dann …« Anna klappte den Mund zu, und Rose war froh darüber, denn sie sah aus, als würde sie jeden Moment platzen. Zwischen den beiden den Friedensengel zu spielen entwickelte sich allmählich zu einer Vollzeitbeschäftigung.

»Was sagtest du, wie willst du den Speisesaal unterteilen, Anna?«, versuchte sie einen Themenwechsel. »Du hattest eine Idee …«

»Was soll das bringen«, hakte Carmen sofort ein, »wenn man den Speisesaal in zwei Hälften teilt? Was kann man in einer Hälfte machen und in der anderen nicht?«

»Nicht in zwei Hälften, ich habe nie gesagt, dass ich ihn in der Mitte *teilen* will. Und der Zweck ist der *optische Reiz*«, erklärte Anna, jede Silbe betonend. »Es *sieht besser aus*. Der Gast glaubt, eine Wahl zu haben – ich kann mich hierhin setzen oder dahin. Eine Seite wäre außerdem für Raucher reserviert, bis jetzt sind die Bereiche nur durch freien Raum getrennt. Der verloren ist.«

»Womit willst du sie denn trennen?«, fragte Carmen hämisch, »mit einer Topfpalme?«

»Nein, mit etwas Luftigem, das möglichst auch *nützlich* ist.« Anna wandte sich wieder von Carmen ab und Rose zu. »Ich habe heute in einem Antiquitätengeschäft eine große Vitrine gefunden, aus schöner alter Eiche, mit Glasgravierungen, sie ist vier Meter breit, ich weiß nicht, wozu sie vorher benutzt wurde, aber sie wäre perfekt für – dort.« Sie deutete auf den Bereich direkt hinter der U-förmigen Theke. »Man kann nicht durch sie hindurchsehen, das Glas ist milchig, aber durch das Licht sieht es aus wie gelber Topas oder Amethyst. Wirklich unglaublich.«

»Das klingt sehr schön.«

»Wie viel?«, fragte Carmen.

Anna trommelte mit den Fingern. »Wir verhandeln noch.«

Carmen schob den Stuhl zurück. »Ich geh jetzt wirklich ins Bett. Ich werde wie ein Säugling schlafen, weil ich weiß, in welch kompetenten Händen all meine Probleme liegen.«

Als sie gegangen war, ließ Anna eine Verwünschung los und stand auf, um sich ein Glas Brandy einzugießen. »Möchtest du auch eins?«, fragte sie Rose, die dankend ablehnte. »Ich will eigentlich auch nicht. Sie treibt mich zur Flasche.«

»Anna, sie ist verletzt. Versuch dir vorzustellen, wie sie sich nach dieser Kritik fühlen muss.«

»Ich weiß, wie sie sich fühlt.«

»Sie zeigt es nicht, aber es ist ihr peinlich. Es war ein herber Schlag.«

»Das weiß ich, und es tut mir auch Leid, aber sie macht *alles* nieder – ich könnte sagen, dass wir die Glühbirnen auswechseln müssen, weil sie durchgebrannt sind, und sie fände einen Grund, das zu Blödsinn zu erklären.«

Das konnte Rose nicht leugnen.

»Sie will, dass wir die Angestellten nicht mehr ab zweiundzwanzig, sondern erst ab siebenundzwanzig Stunden pro Woche sozialversichern. *Das* ist ihre Lösung.«

»Ich weiß.«

»Das tust du doch nicht, oder? Ich bin dafür, Personal zu entlassen, aber wir sollten nicht denen in den Rücken fallen, die wir behalten wollen. Denk daran, was das für die Teilzeitkräfte bedeuten würde, sie verlieren …«

»Nein, ich tue es nicht.« Nur im Notfall.

»Gut. Sie ist eben …«

»Sie ist eben Carmen.«

Es wäre so verlockend, sich mit Anna zu solidarisieren, oder gar ein paar eigene Klagen anzufügen. Rose widerstand. Aber es fiel ihr schwer. Nichts eint ehemalige Gegner so gut wie ein gemeinsamer Feind, und Carmen war ein leichtes Ziel. Schon jetzt spürte Rose, wie sehr die Nähe zu Anna, die sie sich so schnell nicht zu erhoffen gewagt hatte, sie in ihren Bann zog. Sie hatten in den vergangenen zwei Wochen mehr miteinander geredet als in den letzten sechzehn Jahren. Roses Wangen glühten neuerdings, und sie wirkte fast fiebrig. Theo hatte wissen wollen, ob sie Rouge aufgelegt habe.

»Was hat sie für ein Problem?«, hakte Anna nach. »Ich meine, war sie schon immer so? Du hast sie doch gekannt, als sie jung war – war sie auch als kleines Mädchen so biestig?«

»Nein, natürlich nicht. Nein, biestig wirklich nicht, aber auch nicht besonders glücklich, glaube ich. Sie war schon immer ziemlich mollig, und Jungen finden das nicht gerade attraktiv …«

»Wart ihr Freundinnen?«

»Wir waren Cousinen, aber der Altersunterschied war zu groß. Wir standen uns als Kinder nicht sehr nahe.« Wäre es unloyal, Anna ein Geheimnis über Carmen anzuvertrauen? Würde sie damit auf indirekte Art dem Wir-gegen-sie-Modell verfallen, das sie gerade verworfen hatte? »Als sie jung war – oder sogar nicht mehr ganz so jung, schon über dreißig –, ist etwas passiert, was ihr die Männer verleidet hat. Oder besser gesagt, das Leben überhaupt. Sie wurde verletzt, und das hat alles für sie verdüstert. Sie ist nie darüber hinweggekommen.«

Anna kam mit aufgerissenen Augen näher. »Carmen hatte eine tragische Liebesaffäre? Ehrlich? Okay, raus damit.«

Rose lächelte. »Ich kenne nicht alle Einzelheiten. Ihre Mutter hat es meiner Mutter erzählt, die es Iris erzählt hat, und von der haben es dann Lily und ich erfahren. Das meiste wurde wegen der Umstände vertuscht.«

»Welche *Umstände*?«

»Sie hatte sich in einen Priester verliebt.«

»Ach du liebes bisschen.« Anna zog sich einen Stuhl heran und setzte sich wieder.

»Er hieß Father Benetta – ich erinnere mich nur noch an ihn, weil er jung war und gut aussah, nicht etwa, weil ich so oft in die Kirche ging. Aber Carmen war fromm und ging jeden Morgen zur Messe. Sie war sogar in einem Komitee, bei den Kirchendamen, die das Pfarrhaus putzen und solche Sachen.«

»Aha.«

»Ich glaube, es war nie etwas zwischen ihnen, sie hatten keine richtige Affäre. Obwohl ich das nicht *weiß*. Ich glaube, es war einseitig, aber er hat sie wohl auch benutzt.«

»Wie das?«

»Indem er sie glauben ließ, dass ihre Freundschaft etwas Besonderes sei und dass er ihr auf dieselbe Art vertraue wie sie ihm. Er hat ihr persönliche Dinge erzählt – sogar, dass er daran dachte, das Priesteramt aufzugeben. Kannst du dir vorstellen, welche Fantasien das bei ihr ausgelöst haben muss?«

»Und dann?«

»Er ist tatsächlich später ins weltliche Leben zurückgekehrt, und zwar mit der fünfundzwanzigjährigen Tochter eines Gemeindemitglieds – kaum einen Monat später waren sie verheiratet. Er hatte es die ganze Zeit mit dieser jungen Frau getrieben – so wurde jedenfalls getuschelt – und Carmen als Tarnung benutzt.«

»Oh nein.«

»Es war schlimm. Sie hat ihre Gefühle verborgen, aber sie war niedergeschmettert. Heute würde sie alles abstreiten. Das hat sie damals auch schon getan, deshalb konnte man sie auch nicht trösten. Angeblich war ihr alles egal, weil sie sowieso nie etwas für ihn empfunden hat. Sie hat einfach alles geleugnet.«

»Und wurde immer verbitterter.« Anna beschrieb mit einem Wasserglas Kreise auf dem Tisch. »Was für eine traurige Geschichte. Geht sie immer noch in die Kirche?«

»Oh ja.«

»Donnerwetter. Das macht es für Leute, die mit ihr zusammenarbeiten müssen, nicht eben einfacher. Stimmt's? Ich meine, das ist keine Entschuldigung für lebenslanges Gekeife, oder?«

»Das habe ich auch nicht behauptet.«

»Nein, ich weiß.« Anna stand auf, tapste durch den spärlich beleuchteten Speisesaal, rückte Stühle zurecht, stellte Aschenbecher in eine gerade Linie mit Vasen und Gewürzen. »Also, was hältst du von Tischen auf dem Gehweg, wenn das Wetter wärmer wird? Früher hatten wir welche. Und jetzt?«

»Die gibt es schon lange nicht mehr. Carmen fand es zu aufwändig.« Rose stand auch auf. »Danke für heute Abend, Anna, für das, was du gesagt hast. Es wäre meine Aufgabe gewesen, die Leute aufzumuntern, aber ich war wie gelähmt. Bevor du gekommen bist, haben wir dagehockt wie Trauerklöße.«

»Ich hätte dich wegen des Champagners erst fragen sollen. Es war ein spontaner Impuls.« Sie schlenderte näher, mit den Händen unruhig über die Stuhllehnen streifend. »War ich zu eigenmächtig?«

»Nein, überhaupt nicht. Unter diesen Umständen war es geradezu ein Geistesblitz.«

»Bevor ich anfing zu reden, wusste ich überhaupt nicht, was ich sagen würde. Und jetzt müssen wir sogar ein offizielles Meeting abhalten.« Ihr Lachen klang leicht verwirrt. »Wozu? Wahrscheinlich habe ich gedacht, irgendeine Aktion, oder wenigstens darüber zu reden, würde vielleicht den Schlag mildern. Die Leute glauben lassen, sie hätten ein Mitspracherecht. Ach, Rose, diese Kritik ist vernichtend.«

Rose fühlte sich hundeelend. »Das ist mehr, als du dir aufladen wolltest. Ich könnte verstehen ...« Sie brachte es nicht über sich, den Satz zu vollenden.

»Was?«

»Es ist mehr, als ich an deiner Stelle mir aufladen würde, um ehrlich zu sein.«

»Glaubst du etwa, ich laufe weg?«

»Es ist nur, weil die Misere viel früher angefangen haben muss, als du ahnen konntest. Noch mehr Probleme, noch mehr liegt im Argen – so hast du es dir bestimmt nicht vorgestellt.«

»Ach was. Vergiss es.« Roses Schuldgefühle schienen Anna aufzumuntern. »Ja, es ist schlimmer als gedacht, aber was soll's. Wir haben eine Vereinbarung.«

»Ich würde dich aus ihr entlassen.«

»So schnell wirst du mich nicht los.«

»Als wäre das meine Absicht.«

Das Lächeln auf ihren beiden Gesichtern hatte sich schon wieder verflüchtigt, scheu wie ein Schmetterling.

»Ich mag das Familiendinner am Sonntag«, sagte Anna. »Das ist eine gute Sache. Ich habe versucht, Nicole im Café zu so etwas zu überreden, aber sie hat nie angebissen. Also hat sich die Abendcrew jeden Tag zu essen genommen, was immer sie fand, und es hinten neben der Waschküche auf Milchkisten sitzend möglichst schnell in sich hineinge-

110

schlungen. Nicht einmal gleichzeitig. Und das Essen war furchtbar, immer nur zerkochte Penne Bolognese. Das hat sie angeblich zu Vegetariern gemacht. Na, jedenfalls gefällt es mir. Eine gute Tradition. Ich bin froh, dass du sie noch aufrechterhältst.«

Ein Kompliment. Rose hielt ihr Gesicht unter Kontrolle, aber innerlich strahlte sie.

»Es ist spät.« Anna griff nach ihrem Regenmantel und zog ihn an. »Gehst du auch? Ich begleite dich nach draußen, ich hab mein Auto hinter dem Haus stehen.«

»Ich muss noch kurz nach oben laufen. Nachsehen, ob alles in Ordnung ist.« Carmen wohnte allein über dem Restaurant in einer kleinen Wohnung, die ihr Rose untervermietet hatte.

»Ah. Gut. Dann sag ihr, ich … du weißt schon, sag ihr, nicht wörtlich natürlich, dass niemand glaubt, Gerbers Kritik sei ihre Schuld.«

Ob das stimmt oder nicht, sei dahingestellt, hörte Rose Anna im Geiste hinzufügen, aber sie bezähmte sich. »Das ist lieb. Ich werde es ihr ausrichten.«

»Okay. Gute Nacht.«

»Oh, Anna, ich habe vergessen, es dir zu sagen – Iris kommt morgen.«

»Wunderbar, ich würde sie sehr gern sehen. Am Nachmittag hab ich diese Bewerbungsgespräche, aber wir können zusammen zu Mittag essen.«

»Nein, sie kommt erst später, wegen der Hunde, einer wird gerade entwöhnt oder so etwas, und ihr Sitter kann erst nachmittags.«

Anna lachte. »Nur fünfzig Kilometer Entfernung, und ich sehe meine Tante nur, wenn sie gerade mal keine Welpen hat.«

»Aber sie bleibt über Nacht. Bei mir«, sagte Rose, »deshalb dachte ich, du hättest vielleicht Lust, zum Abendessen zu kommen? Wenn du nichts anderes vorhast.«

Überlistet. Normalerweise wäre Anna nicht in Roses Wohnung gekommen – zu persönlich, zu privat. Die Voraussetzungen stimmten nicht. »Diese Gespräche könnten sich länger hinziehen«, wich Anna aus. »Und ich will euch nicht warten lassen.«

Durchsichtig, sehr durchsichtig. »Dann komm später. Wenn du es nicht bis zum Hauptgang schaffst, komm zum Nachtisch. Vince wird auch da sein.«

Anna starrte auf den Boden, die Hände in den Taschen ihres überdimensionalen Regenmantels vergraben.

»Du weißt, dass Iris dich umbringt, wenn sie herkommt und dich nicht sieht.«

»Vielleicht Dienstag …«

»Sie fährt früh zurück. Die Hunde …«

Ausgepunktet. »Also gut. Zum Nachtisch, wenn ich's zum Essen nicht schaffe. Bei dir.«

Damit gab sich Rose zufrieden.

7

Annas drittes Einstellungsgespräch für die Stelle der Postenköchin schien nicht erfolgversprechender zu sein als die ersten beiden. Immerhin war diese Bewerberin nicht high, im Gegensatz zu dem zugekoksten zweiten Interessenten mit dem zuckenden Kinn und den Glubschaugen. Sie hieß Mary Frances O'Malley – Frankie –, und auf ihrem T-Shirt prangte das Bild einer Klebstofftube mit dem Slogan »Ich schnüffle gern«. Sie hatte einen dunkelroten Buzz Cut, eine gepiercte Augenbraue und riesige, erschrockene Augen in einem blassen Gesicht, durch dessen dünne Haut bläuliche Adern und vogelzarte Knochen schimmerten. Kaum hatte sie sich hingesetzt, da zog sie auch schon eine Zigarette hervor, murmelte »'tschuldigung« und stopfte sie wieder in ihre abgeschabte Umhängetasche. »Nur zu«, sagte Anna, »alle anderen tun es auch«, und Frankie zündete sich mit leicht zittrigen Händen, an denen alle Fingernägel restlos abgekaut waren, eine Salem Light an.

Sie war laut ihrer Bewerbung neunundzwanzig und stammte aus Chicago. War aus Washington vor einem Jahr hergezogen. Geschieden. Verdächtige Lücke seit der letzten Vollbeschäftigung. »Warum kochen Sie italienisch?«, fragte Anna mit Bedacht als Erstes. Nicht alle, aber die meisten Stellen hatte diese Frau in italienischen Restaurants gehabt, und manche waren ausgesprochen anspruchsvoll gewesen. »Warum will eine Mary Frances O'Malley italienisch kochen?«

»Mütterlicherseits bin ich eine Tarantino. Meine Großmutter hat bei uns gewohnt, als ich klein war. Sie stammt aus Lucca, das liegt in der Toskana.«

»Ja, ich weiß. Meine gastronomische Seite heißt Fiore«, erklärte Anna im Plauderton, um der jungen Frau die Anspannung zu nehmen. »Sie kamen alle aus dem Norden, von der ligurischen Küste. Dann hat Ihre Großmutter Ihnen also das Kochen beigebracht?«

»Ja, sie hat mir alles beigebracht. Nachdem sie gestorben war, habe ich für die ganze Familie gekocht, weil meine Mutter – invalide war.« Beim Wort »invalide« flatterten die Augenlider. Entweder stimmte es nicht, oder es war so schmerzlich, dass sie es kaum über die Lippen brachte. »Aber ich kenne auch andere Küchen, ich habe in französischen und spanischen Restaurants gearbeitet, ich liebe die Küche aus dem Südwesten, ich liebe Kalifornien. Ich liebe Essen.«

Sie sah nicht so aus, als ob sie viel aß. Vielleicht lag das am Stoffwechsel – etwas an ihr war immer in Bewegung, ein wippender Fuß, trommelnde Finger, hektische Züge an der Zigarette.

»Was war ihre erste Stelle in einem Restaurant? Die allererste?«

»Als Schülerin habe ich im Sommer immer auf dem Land in der Nähe von Chicago gejobbt, das war so ein Wellnesshotel für reiche Frauen. Gesunde Ernährung, biodynamisch, wenig Fett. In den ersten Jahren hab ich Geschirr gespült und Tische abgeräumt, aber später habe ich es bis zur Vorbereitungsköchin gebracht, und manchmal durfte ich am Posten aushelfen. Das war toll.«

»Warum?«

»Es war aufregend. Der Druck hat mir gefallen. Als wäre ich im Zentrum eines Tornados, da, wo er ruhig ist. Nach zwei Jahren hab ich das College geschmissen und bin aufs CIA gegangen.«

Sie meinte das Culinary Institute, an dem man unbestreitbar die beste gastronomische Ausbildung bekam. Anna hatte einige positive Punkte in Frankies Lebenslauf mit Häkchen markiert, aber um das Culinary Institute hatte sie einen großen Kreis und ein Ausrufezeichen gemalt. In ihrer Zeit in Nicoles Café hatte sie zwei Absolventinnen des CIA engagiert – eine beherrschte ihr Metier, die andere war ein Fehlgriff. Die meisten Küchenangestellten hatten für Köchinnen, die von Schulen kamen, nur Verachtung übrig, aber aus Annas Perspektive war eine Schule zumindest für zwei Dinge gut – für grundlegende Techniken und eine ordentliche Arbeitseinstellung. Man sah erst hinterher, was in den Absolventen wirklich steckte, aber wenigstens hatten sie das Wesentliche von Experten gelernt. Man konnte ohne weiteres annehmen, dass die Qualität der Ausbildung der der Schule entsprach.

Frankie hatte in immer besseren Restaurants gearbeitet, wie in ihrer Bewerbung stand, zuerst in New York, dann in Kansas City, Los Angeles, Washington, D. C., und schließlich im letzten Jahr hier. Den Höhepunkt bildeten neun Monate als Chefköchin in einem gehobenen französischen Bistro in Los Angeles, kurz vor ihrem Umzug nach Washington, D. C. Dort hatte sie dann in A la Notte und Jimmy J's gearbeitet, aber jeweils nur für drei Monate. Seit Oktober war sie arbeitslos.

»An welche Arbeitszeit hatten Sie gedacht?«, fragte Anna.

»Das hängt von Ihnen ab. Ich kann von früh bis abends arbeiten, von zehn bis zehn, sechs Schichten in der Woche, auch doppelte. Was Sie so brauchen.«

»Mhmm. Sie sind geschieden?«

»Ja.«

»Kinder?«

»Ich habe ein kleines Mädchen, Katie. Sie ist dreieinhalb, fast vier.«

»Haben Sie jemanden, der …?«

»Sie ist bei meinem Ex-Mann. Ich habe Besuchsrecht.« Die junge Frau drückte die Zigarette in den Aschenbecher auf ihrem Schoß.

»Das ist hart.«

»Ja.« Sie zündete die nächste an. »Was wollen Sie sonst noch wissen?«

»Sagen Sie mir, was Ihrer Meinung nach Ihre Stärken und Schwächen sind.«

»Ich bin vielseitig. Ich kann Specials, ich komme mit Zeitdruck klar, ich habe an jedem Posten gearbeitet außer Patisserie. Was immer Sie brauchen, ich kann es. Ich bin wendig, ich arbeite schnell und sauber, und ich kann improvisieren. Ich kenne die Technik, aber ich bin nicht darauf fixiert, ich habe sie gelernt und mich weiterentwickelt.« Sie drückte die gerade angezündete Zigarette aus und rieb die Handflächen an den Knien. »Bei mir ist das so, das können Sie in die Spalte für Kommentare schreiben – bei mir dreht sich alles ums Essen. Das ist für mich das Allerwichtigste. Ich bin Köchin.«

»Gut. Sie wissen aber, dass diese Stelle nur für eine Postenköchin ausgeschrieben ist, ja? Ich engagiere heute keine Küchenchefin.«

»Ich weiß. Klar.« Sie wurde rot.

»Gut.« Doch Anna fragte trotzdem weiter: »Wodurch zeichnet sich für Sie gutes Essen aus?« Dem Kokser hatte sie diese Frage gar nicht erst gestellt, und dem Bewerber davor auch nicht.

» Durch Frische«, erwiderte Frankie wie aus der Pistole geschossen. »Und Einfachheit. Das beste, das eleganteste Restaurant, in dem ich je gearbeitet habe, war Federico's in Kansas City. Da habe ich alles gelernt, was wichtig ist. Dort hat man alles frisch zubereitet, jede Sauce, jeden Fond, die Nudeln, das Brot, alles. Das war das Beste, was ich je gegessen habe. Die haben sogar im Garten ihre eigenen Kräuter gezogen. Man kochte nichts Ausgeflipptes, ganz einfache Sachen, sogar richtig ländliche Küche, aber perfekt. Es war einfach … himmlisch.« Sie lächelte beinahe.

Anna räusperte sich. Sie hatte fast das Gefühl, sich entschuldigen zu müssen. »Was wir hier machen, würde ich nicht unbedingt himmlisch nennen.«

»Vielleicht könnte es das ja werden.« Wieder dieses flüchtige Lächeln. Hinter der Nervosität und dem aufgesetzten Imponiergehabe entdeckte Anna einen hellen Kopf. Wache Intelligenz.

»Warum hier?«, fragte sie. »Auch drüben bei Figaro werden Leute gesucht – warum bewerben Sie sich nicht dort?«

»Da war ich schon.«

Anna lachte. »Okay.«

»Aber hier gefällt es mir besser.«

»Natürlich. Und wie kommt das?«

»Erst mal, weil ich gehört habe, dass Sie Frauen beschäftigen. Mehr als woanders.«

»Das stimmt.« Rose sprach gern davon, dass ihr Ideal eine nur mit Frauen besetzte Küche sei, ihre eigene Girlie Band, und das war nicht nur witzig gemeint.

»Außerdem«, fuhr Frankie fort, »ist es hier nicht schickimicki.«

»Weiß Gott nicht.«

»Nein, es ist alteingesessen, aber irgendwie auch frech. Man fühlt sich wohl, und es ist trotzdem cool. Oder es könnte cool sein«, fügte sie hinzu, als sie Annas skeptischen Gesichtsausdruck sah. »Es ist nicht so festgefahren, und deshalb hat es ein Potenzial. Ehrlich, das Lokal könnte alles sein: raffiniert, aber nicht beklemmend – genau richtig.«

Hohles Gerede vielleicht, aber immerhin wusste sie, auf welche Knöpfe man drücken musste. Gegen ihren Willen fühlte sich Anna geschmeichelt. »So hätte ich es gern«, gab sie zu. »Ich mag es, wenn sich die Gäste wohl fühlen, aber nicht so sehr, dass sie einschlafen. Ein gewisses Prickeln darf nicht fehlen. Sie kommen rein und wissen noch nicht alles, es könnte jeden Moment eine Überraschung auf sie warten. Aber sie sind sich ziemlich sicher, dass es eine *positive* Überraschung ist.«

»Ja, genau. Das ist es.«

Sie betrachteten einander aufmerksam.

Anna sagte: »Wir stehen vor einigen Veränderungen. Um ehrlich zu sein, stehen wir mit dem Rücken zur Wand. Es wird schwer werden, es bedeutet viel Arbeit, und am Ende ist unser Restaurant vielleicht das letzte, das Sie in Ihrem Lebenslauf stehen haben wollen.«

»Ich habe keine Angst vor schwerer Arbeit.«

»Der Höhepunkt Ihrer Karriere war dieses französische Bistro in L. A., in dem Sie Chefköchin waren. Wenn Sie hier anfangen, wäre das praktisch wieder ein Start bei null. Ich möchte also wissen, was passiert ist.«

»Höhen und Tiefen, Sie wissen doch, wie das ist, das Leben läuft in Zyklen, zuerst macht man ...«

»Blödsinn.«

Frankie hörte auf, sich die Knie zu massieren, und sah Anna an.

»Machen Sie mir nichts vor. Sie haben seit sechs Monaten nicht mehr gearbeitet. Wenn ich es mit Ihnen wagen soll, muss ich die Wahrheit wissen.« Es ging um Vertrauen, und Frankie wusste es, sie hatte verstanden.

»Okay.« Sie stand auf. *Schnellte* hoch, wie von einer Sprungfeder hochgeschleudert. »Es war so, dass ich Probleme hatte. Früher. Mit dem Trinken.«

»Aha.«

»Aber jetzt trinke ich nicht mehr, seit November keinen Tropfen. Ich bin in einer Therapie, ich gehe zu den AA.« Sie trat ganz dicht an den Schreibtisch, ohne ihn jedoch zu berühren. »Ich mache jetzt alles anders. Das muss ich schon wegen meiner Kleinen. Ich brauche diesen Job, und ich will ihn auch unbedingt haben, ich weiß, dass ich es schaffe. Ich arbeite auch, wenn ich krank bin, ich fehle nie, ich komm nie zu spät – rufen Sie an, wen Sie wollen, alle werden es Ihnen bestätigen. Ich bin noch nie gefeuert worden, nicht mal in meinen schlimmsten Zeiten. Bei den letzten beiden Jobs hab ich aufgehört, ja, aber die Besitzer wollten gar nicht, dass ich gehe. Und jetzt bin ich gesund. Sie werden nicht in drei Wochen wieder inserieren müssen, ich schwöre es Ihnen, ich lasse Sie nicht im Stich.«

Harte Entschlossenheit blitzte in dem festen, kleinen Gesicht auf. Anna erwiderte den Blick, um die Wahrheit dahinter zu entdecken. Carmen würde das nicht gefallen. Sie hasste amerikanische Köchinnen, für sie waren das alles faule Anfängerinnen, die dennoch *Respekt* verlangten – bei diesem Wort verzog sie immer spöttisch die Lippen. Sie erwartete, dass Anna einen schweigsamen, tüchtigen Ecuadorianer oder Dominikaner anheuerte, den sie terrorisieren konnte, nicht diese blasse, teure, überqualifizierte Gringa.

»Sie sehen nicht sehr stark aus«, sagte Anna, »ich brauche jem...«

»Ich bin's aber. Geben Sie mir was zum Hochheben. Ihren Stuhl – stehen Sie auf, ich kann ihn mit einer Hand stemmen.«

»Schon gut, ich glaube Ihnen.«

Das T-Shirt und die löchrigen Jeans, die billigen Plateaustiefel, das Piercing, die Tätowierung auf dem Bizeps – je länger Anna Frankie O'Malley betrachtete, desto weniger passte sie zu ihrem Outfit. Es wirkte veraltet, nicht hip oder retro. Sie wirkte wie jemand, der gerade aus dem Gefängnis entlassen worden war und notgedrungen die Kleider trug, die man ihm bei Strafantritt weggenommen hatte.

»Was machen Sie so, wenn Sie Spaß haben wollen?«

»Spaß?« Frankie trat stirnrunzelnd einen Schritt zurück. Dies war die erste Frage, die ihr die Sprache verschlug. »Ich laufe. Jogge. Meinen Sie das?«

»Ich weiß nicht … macht es Spaß?«

Wieder ein Stirnrunzeln. Die Frage passte einfach nicht in ihr Raster. Anna sah, dass sie nicht mehr als fünfzig Kilo wog, aber vermutlich wirklich sehr stark war, nichts als schiere Muskeln und Energie, nirgendwo ein Gramm Fett zu viel.

»Sonst noch was?«

»Ähm … ich lese Kochbücher.«

»Das ist gut. Und sonst?«

»Ich trinke nicht.« Ihr Lächeln bestand aus grimmig zusammengepressten Lippen. »Das kostet mich eine Menge Zeit.«

Anna tippte die Fingerspitzen gegeneinander und musterte Frankie *O'Malley* – und auch das würde Carmen auf die Palme bringen. Großer Gott – ausgerechnet eine *Irin*. »Haben Sie ein Auto?«

»Zurzeit nicht, aber der Bus ist nicht weit.«

Sie nickte und dachte, dass sie selbst nicht gern um Mitternacht mit dem Bus zu der Adresse fahren würde, die auf Frankies Bewerbung angegeben war.

»Sie könnten mich eine Woche lang mitlaufen lassen. Als Probezeit. Ich arbeite eine Woche lang umsonst.«

Peinlich berührt stand Anna auf.

»Länger kann ich mir nicht leisten.«

»Hören Sie, es wird langsam spät, mein Putzteam kommt gleich, und ich hab noch zwei Bewerber zum Gespräch bestellt.«

»Kein Problem.« Mit hochrotem Gesicht zog Frankie ihre Umhängetasche von der Couch und wandte sich zur Tür.

»Moment mal, halt – ich wollte doch nur sagen … es hat keinen Sinn, dass ich Ihnen gleich die Küche zeige, weil Sie Carmen noch nicht kennen gelernt haben. Sie könnten nicht noch ein Weilchen bleiben?«

»Klar doch.« Als sich das Gesicht der Frau entspannte, wurden die dunkelblauen Augen noch größer. Vor Hoffnung. »Carmen ist die Küchenchefin?«

»Sozusagen. Wir nennen sie *sous-chef*, weil genau genommen Rose die Küchenchefin ist. Aber ich kann Sie ohne Carmens Einverständnis nicht engagieren.«

»Nein, natürlich nicht.«

»Und nicht ohne das von Rose«, fügte Anna hinzu, aber es war nicht Roses Zustimmung, um die sie sich Sorgen machte. »Warten Sie einen Moment, ich will sehen, ob Carmen herunterkommen kann.« Sie hob den Telefonhörer ab und wählte die Nummer der Wohnung. Keine Antwort. »Sie ist nicht da.« Wo konnte sie stecken? »Aber wenn ich es recht bedenke, reden Sie mit Carmen vielleicht lieber morgen als heute.«

»Ah, gut, klar. Wieso?«

Es kam Anna so vor, als verriete sie Frankie die Antwort auf einen Test, aber sie tat es dennoch: »Weil Sie dann nach Hause gehen und sich ein anderes T-Shirt anziehen können. Ich muss Ihnen sagen, Frankie, dass Carmen kein großer Fan von Logos ist.«

Frankie blickte auf ihr T-Shirt hinunter, dann wieder hoch. Ein schüchternes Lächeln breitete sich auf ihrem Gesicht aus. »Kein Problem. Ich habe noch ein anderes.«

»Was steht darauf?«

»Stiefelleckendes Masoweibchen.«

»Oh ja, viel besser. Carmen wird in Begeisterungsstürme ausbrechen.«

*

Nachdem das letzte Gespräch vorüber war, nachdem das Putzteam fort war, nachdem Anna Wocheninventur gemacht und ihre Liste Carmens Liste hinzugefügt und für sie telefonisch die Bestellungen für den nächsten Tag erledigt hatte, zog sie einen Stuhl an Roses überfüllten Schreibtisch und schaltete den Computer ein. »Diese Maschine«, nannte Carmen ihn. Ihrer Ansicht nach sollte Anna mehr Zeit im Restaurant und weniger mit dieser Maschine verbringen, wenn sie das Geschäft beleben wollte. Anna konnte es kaum abwarten, ihr von ihrem letzten Online-Fund zu berichten – einem Partnervermittlungsdienst namens »Ein Tisch für zwei«. Sie hatte großartige Ideen, wie sie Paare zu ihrer ersten Verabredung zum Essen ins Bella Sorella locken konnte. Jetzt allerdings surfte sie weder auf der Suche nach Kontakten noch schaute sie sich die Homepages der Konkurrenz an. Sie las nur kurz ihre E-Mails.

Aha. Eine Nachricht von Mason. Sehr kurz. Sie musste lachen.

```
Liebe Anna,
Ihre kümmerliche Drohung schreckt mich nicht.
Sie können jederzeit herkommen und mit mir über
Ihre Rechnung diskutieren.
                                        M.W.
```

Sie schrieben sich seit einer Weile. Höfliche, geschäftsmäßige Nachrichten zuerst, neuerdings richtige Briefe. Es machte Spaß. Machte süchtig.

Sie ließ die Liste ihrer Mails durchlaufen und las die Korrespondenz mit ihm noch einmal der Reihe nach.

```
Lieber Mason Winograd,
ich habe versucht Sie anzurufen, aber Sie schei-
nen nie zu Hause zu sein. Rose hat mir diese
E-Mail-Adresse gegeben und gesagt, Sie hätten
```

nichts dagegen, wenn ich Ihnen schreibe — um Ihnen dafür zu danken, dass Sie mein Dach repariert haben. Sie sind danach spurlos verschwunden, ich hätte nicht einmal gewusst, dass Sie da waren, wenn nicht meine Nachbarin Sie am Samstag mit einer Leiter etc. gesehen und gesagt hätte, dass sie mit Ihnen gesprochen hat. Montagnacht hätte ich Sie besonders gern angerufen, nachdem es geregnet hatte und kein einziger Tropfen ins Bad im zweiten Stock durchgesickert war! Wenn Sie noch keine Rechnung geschickt haben, antworten Sie mir doch bitte und lassen Sie mich wissen, wie viel ich Ihnen schulde. Vielen Dank noch mal für Ihre ausgezeichnete Arbeit und Ihre Mühe. Es war eine Zumutung und es tut mir Leid, dass ich Sie wegen Rose so in Bedrängnis gebracht habe. Jedenfalls war es sehr nett von Ihnen, dass Sie einer Fremden aus der Klemme geholfen haben.

Viele Grüße,
Anna Catalano

P.S. Wie geht es dem Eisvogel?

Liebe Anna Catalano,
hatte Glück und fand einen Karton mit alten Schindeln in Ihrer Garage, brauchte deshalb keine zu kaufen.
Deshalb auch keine Kosten. Freue mich, dass die Stelle dicht ist.
Eisvogel viel munterer seit gestern wegen Entfernung von Schiene und Verband, wenn auch noch nicht so flugtüchtig, wie er glaubt. Noch eine Woche Gefangenschaft nötig, vermute ich. Dann Freiheit.

M. Winograd

Lieber Mason,
das kann doch nicht Ihr Ernst sein! Bitte schreiben Sie mir, wie viel ich Ihnen schulde — und set-

zen Sie einen angemessenen Preis fest, sonst werde ich wütend. Ich habe einen Blick in meine Garage geworfen und halte es für sehr wahrscheinlich, dass Sie mindestens einen halben Tag damit verbracht haben, nach Schindeln zu suchen. Jetzt sagen Sie mir, was es kostet.

Anna

Liebe Anna,
ich habe vergessen Ihnen zu sagen, dass Sie ein Phoebennest bei der Regenrinne über der Hintertür haben. Ich habe vier weiße Eier gezählt. Ihre Nachbarin hat mir in einiger Ausführlichkeit von Ihren Renovierungsplänen berichtet und unter anderem erwähnt, dass Sie vorhaben, die Abflüsse zu erneuern. Wenn das stimmt, können Sie es vielleicht noch bis ungef. Mitte Juni aufschieben. Aber dann sollten Sie es rasch erledigen, denn Phoeben brüten gelegentlich zweimal hintereinander im selben Nest, obwohl die ersten Jungen gerade erst flügge geworden sind. Ist nur ein Vorschlag.

M.

Lieber Mason,
tut mir Leid, dass Sie meiner Nachbarin in die Fänge geraten sind. Mrs Burdy ist reizend, aber ich weiß noch, was meine Mutter mir immer zugezischt hat, wenn sie sie die Auffahrt hochkommen sah: »Sag ihr, ich bin einkaufen, sag ihr irgendwas!« — nur um einem stundenlangen Tratsch zu entrinnen.
Die Abflussarbeiten zu verschieben ist kein Problem. Zurzeit fliegt einiges da rein und raus, also nehme ich an, die kleinen Phoeben sind ausgeschlüpft. Ihr Gezwitscher mag ich nicht sehr, aber es ist aufmerksam von ihnen, dass sie ständig ›fieb fieb‹ rufen, wenn auch schrill und unab-

lässig — auf diese Weise kann man sich ihren Namen
viel leichter merken. M.E. sollten sich das andere Vögel auch angewöhnen.

Anna

Liebe Anna,
Mrs Burdy hat mir Gesellschaft geleistet, während ich Ihr Dach repariert habe. Sie stand am
Fuß der Leiter, das sollte ich wohl erläutern,
nicht neben mir auf dem Dach. Folglich können Sie
sich denken, dass es kaum ein Detail aus Ihrer
Familiengeschichte, frühen Kindheit, Schulzeit
und Teenagerzeit gibt, mit dem ich nicht vertraut
bin. Einschließlich des Vorfalls, bei dem Sie als
Vierjährige den Familienwagen die Auffahrt ent-
lang bis in die Garage bugsiert haben. (Bei mei-
ner Schindelsuche hatte ich den Schaden an der
Rückwand bereits bemerkt, sehr eindrucksvoll.)
Entschuldigen Sie sich bitte nicht bei mir wegen
Mrs B., deren höchst angenehme und informative
Gesellschaft ich sehr genossen habe.

Mason

Lieber Mason,
ich war sechs, und es war nicht der Familienwagen, es war der Dienstwagen meines Vaters, den
ihm die Firma anvertraut hatte, damit er als
Vertreter für Bücher und Zeitschriften in vier
Staaten und dem Distrikt Columbia umherfahren
konnte. Und wenn Sie die Delle in der Garage
eindrucksvoll finden, hätten Sie das Auto sehen
sollen. Mir, wie Mrs Burdy Ihnen zweifellos kund-
getan hat, geschah damals nichts.
Aber das sind Lappalien — ich habe nämlich online einen Zeitungsartikel über Sie gefunden, und
jetzt gibt es nichts mehr, was ich über Sie nicht
weiß. Unter anderem, dass Sie eine Berühmtheit
sind. Ein Bild auf der Titelseite von Audubon

(alle Achtung!) plus eine Buchveröffentlichung. Das ist eindrucksvoll. Rose hatte mir gar nicht erzählt, dass Sie berühmt sind. Ehrlich gesagt — und ich hoffe, Sie kriegen das nicht in den falschen Hals — hielt ich Sie für einen Einsiedler. Apropos, betr. der Rechnung: Lassen Sie es nicht darauf ankommen, dass ich vor der Tür stehe und sie mir hole!

So, das war die letzte Warnung. Das sollte doch genügen.

Anna

Aber nein, sie wurde eingeladen, jederzeit über die Rechnung zu diskutieren. Ha! Gut, vielleicht würde sie hingehen, ihn beim Wort nehmen und sehen, wie er damit zurecht kam. Wenigstens hatte er ihr den Einsiedler nicht übel genommen. Sie hatte sich Sorgen gemacht, dass sie ihm damit zu nahe getreten war. Sie hatte es allerdings ernst gemeint und gehofft, er würde irgendwie darauf reagieren. Sich erklären.

Der Artikel in der Regionalzeitung über ihn war faszinierend. Anna hatte ihn sich ausgedruckt, damit sie ihn in Ruhe lesen konnte. Vor ungefähr einem Jahr hatte sich das »Sonntagsprofil«, ein wöchentlicher Beitrag in der Kultur- und Freizeitbeilage, mit ihm beschäftigt. Die Autorin hatte sich ausgiebig über Masons melancholische Aura und seine lakonische Ausdrucksweise verbreitet. Zwei seiner Fotos waren abgedruckt worden, von einer Klapperralle und einem Bindentaucher, aber von ihm selbst gab es kein Bild. Die Geschichte hob darauf ab, dass »hier in unserer kleinen Stadt« ein berühmter, hoch geschätzter Vogelfotograf und Umweltschriftsteller lebt, der gerade erst ein Buch veröffentlicht hat und von dem ein Foto und ein Artikel über die bedrohliche Situation der Zugvögel auf dem Chesapeake in der renommierten Zeitschrift *Audubon* erschienen ist. Nur etwa fünfhundert Menschen auf der ganzen Welt lebten von Natur- oder Tierfotografie, und Mason Winograd war einer von ihnen. Sein Vater war Testpilot bei der Navy gewesen und abgestürzt, als Mason fünf war, seine Mutter war Grundschullehrerin, die in zweiter Ehe einen »Seemann« geheiratet hatte. Da war Mason acht gewesen. Theo vermutlich. Seine Mutter musste tot oder geschieden sein, sonst wären Theo und Rose nicht ein Paar. Weiter berichtete der Artikel, wie Mason überall auf der Welt Vögel fotografiert hatte, bis er sich vor vier Jahren ganz auf den Chesapeake konzentriert hatte. Die eigentliche Geschichte war der Autorin entgangen, glaubte Anna, oder Mason hatte sich derart *lakonisch* gegeben, dass sie sie ihm nicht hatte entlocken können. Lediglich in einem kurzen Abschnitt erwähnte sie einen »schweren Unfall« vor neun Jahren, der »Narben hinterlassen« und seiner Anwaltskarriere ein Ende gesetzt hatte, »woraufhin Winograd sich neu orientieren musste« – und Vögel fotografierte, was er schon immer getan hatte. Aus dem Artikel ging jedoch nicht hervor, um was für eine Art Unfall es sich gehandelt und wie er ihn in seinen Entscheidungen beeinflusst hatte und warum er nicht ans Telefon ging und warum sein Haus an der Vorderfront keine Fenster hatte. Dabei wollte Anna genau das wissen. Als Einstieg. Sie konnte natürlich Rose fragen. Aber das wollte sie nicht.

Lieber Mason,
Danke — vielleicht komme ich auf die Einladung zurück. Ich nehme nicht an, dass Sie mir je eine Rechnung schicken werden, deshalb mache ich einen Kompromissvorschlag. Kommen Sie ins Bella Sorella und lassen Sie sich von mir zum Essen einladen. An einem beliebigen Abend, außer Montag, das ist unser Ruhetag. Die Bezahlung wird nicht angemessen sein, aber wir wissen ja, wessen Schuld das ist.

A.

P.S. Wenn Sie ablehnen, muss ich annehmen, dass Sie den gestrigen Verriss im Stadtanzeiger gelesen haben. Wir sind noch schwer angeschlagen.

Sie drückte auf »Senden« und sah dann ein letztes Mal nach ihrem Posteingang. Oh – noch eine Nachricht von Mason! Er hatte sie geschrieben, bevor er ihre bekam.

»P. S.«, schrieb er, »dieser Gerber – wussten Sie, dass er ein stadtbekannter Pädophiler, prügelnder Ehemann und Crack-User ist? Manche behaupten sogar – aber das stammt aus unbestätigter Quelle –, er sei *Republikaner*!«

Anna legte die Hände über den Mund und starrte auf den Bildschirm. Sie kicherte durch die Finger hindurch, aber in ihren Augen brannten Tränen. Sie hatte die grässliche Kritik verdrängt, weil sie verrückt wurde, wenn sie darüber nachdachte. Doch jetzt stieg alles wieder in ihr auf, und sie erinnerte sich mit Schrecken daran, wie sehr sie in Schwierigkeiten steckten. Aber Masons Albernheit war ein echter Trost. Wie nett von ihm.

Sie hätte gern eine Nachricht zurückgeschickt, etwas Witziges und Dankbares, etwas, das *ihn* zum Lachen bringen würde. Er war vielleicht gerade online – wenn sie sich beeilte, konnten sie ein richtiges Gespräch führen. Aber ein Blick auf die Uhr sagte ihr, dass es schon nach acht war – sie musste ausschalten, abschließen und gehen, sonst kam sie nicht einmal mehr pünktlich zum Dessert zu Rose.

8

Kind!«, wurde Anna von Tante Iris begrüßt, »lass dich anschauen! Ach je, ach je.« Sie drückte sie mit aller Kraft an die Brust. »Ich hatte schon nicht mehr daran geglaubt, dass ich dich je wiedersehe.«

»Hallo, Tante I«, brachte Anna hervor, unwillkürlich gerührt.

»Hatte die Hoffnung schon aufgegeben. Und jetzt bist du da. Endlich zu Hause.«

»Vorübergehend zu Hause«, korrigierte Anna gewohnheitsmäßig. »Wie geht's dir? Du hast dich nicht verändert.« Sie sah immer noch wie eine lederhäutige, knochige Pionierin aus, die vorn auf dem Planwagen sitzt und mit zusammengekniffenen Augen klaglos durch die staubige Wüste kutschiert. Sie trug ihre grauen Haare sogar zu Zöpfen geflochten hochgesteckt auf dem Kopf. Sie war die älteste und unansehnlichste der Fiore-Schwestern, sie hatte nie Roses Eleganz oder Lilys weibliche Reize besessen. In Italien wäre sie diejenige gewesen, die, braun wie eine Nuss und drahtig wie eine Weinrebe, mit den Männern im Olivenhain arbeitete.

»Oh«, sagte sie, »ich vermisse meine Welpen, aber ich bin froh, dass ich hier bin und Rose zu sehen bekomme. Und *dich*. Ach, mein Schatz!« Noch eine Umarmung, noch kräftiger als vorher.

»Du bist spät dran«, fuhr sie fort und zog Anna in Roses Wohnzimmer, »deshalb hast du Vince verpasst, er musste gleich nach dem Essen weg. Er hat eine Verabredung.«

»Vince hat immer eine Verabredung.«

»Er ist wie sein Vater. Ich wünsche mir so, dass der Junge endlich zur Ruhe kommt, aber ich werd's wohl nicht mehr erleben.«

»Onkel Tony ist doch auch zur Ruhe gekommen.« Anna hatte nie etwas anderes gehört.

»Ja, und das ist das Einzige, was mir für Vince Hoffnung gibt. Anna, er freut sich so, dass du wieder da bist.«

»Vince ist einer der Gründe, warum ich gerne hier bin.« Sie legte ihrer Tante voller Zuneigung die Hand auf den Arm und nahm an, sie würden jetzt auf den Balkon hinausgehen – dort sah sie schemenhaft in der Dämmerung, von Kerzenschein beleuchtet, Rose und einen Mann. Anna hatte angenommen, es sei Vince, aber das war offenbar ein Irrtum. Doch Tante Iris blieb stehen und neigte sich zu ihr.

»Wir hatten gerade einen *Zwischenfall*«, flüsterte sie. Theo ist gestürzt, er hat das Gleichgewicht verloren und ist nach hinten gekippt. Er hat sich den Kopf angeschlagen und blutet, aber er lässt Rose keinen Arzt rufen. Sie streiten sich.«

Anna blickte hinaus auf die Silhouette eines stämmigen Mannes mit struppigen Haaren, der, die Hände seitlich auf die Lehnen gestützt, kerzengerade auf seinem Stuhl saß. Daneben Rose, die, dicht über ihn gebeugt, schnell und leise auf ihn einredete. Er antwortete nicht.

»Sie will, dass er heute Nacht hier bleibt, aber er möchte nicht, er lehnt das strikt ab und sagt, er geht zurück auf sein Boot. Rose weigert sich, ihn hinzubringen, deshalb hat er seinen Sohn angerufen, seinen Stiefsohn, und der ist unterwegs. Du weißt, dass Rose nicht oft wütend wird, aber jetzt ist sie außer sich. Ich glaube, sie würde ihn am liebsten k. o. schlagen.«

»Oje«, sagte Anna ratlos.

»Es ist so schnell passiert – er kam aus dem Bad und blieb einfach mitten im Zimmer stehen, als sei er festgeklebt. Und im Handumdrehen lag er flach auf dem Rücken. Sein Kopf schlug neben dem Teppich auf dem Holz auf, es hat richtig geknallt.«

»Hat er sich sehr verletzt?«

»Wer weiß? Ich hoffe, dass in der Hauptsache sein Stolz verletzt ist.«

Rose kam ins Zimmer. Ihr Gesicht war gerötet, die weit geöffneten Augen glitzerten. »Anna«, sagte sie mit unnatürlicher Munterkeit, »da bist du ja! Komm, ich stelle dir Theo vor.«

»Hallo, Rose. Bist du sicher? Wir können das ein andermal ...«

»Nein, nein, es geht ihm gut, es geht ihm hervorragend! Was ist schon ein bisschen Blut, was ist schon eine Beule so groß wie eine Kiwi? Nichts, was ein *richtiger* Mann nicht wegstecken könnte.«

Anna trat näher und starrte sie an. »Alles in Ordnung?«

Als Antwort knurrte Rose nur, riss die Augen noch weiter auf und zog die Lippen zurück, wodurch die Zähne entblößt wurden. Sie war fuchsteufelswild. Anna verstand und musste unwillkürlich lachen, obwohl sie eigentlich nicht so schnell für Rose hatte Partei ergreifen wollen. Aber sie konnte nicht anders.

Der Meeresblick vom Balkon aus war noch unverbaut, sah Anna mit Erleichterung. Niemand hatte zwischen Roses dreigeschossiges Wohnhaus und die Bucht ein Hochhaus gesetzt. Der Halbmond über dem Wasser färbte die blauschwarzen Wellen silbrig. Kerzen, Blumen, Teller und Schüsseln standen auf dem Glastisch, der für vier Personen gedeckt war. »Ach, bleib sitzen!«, fuhr Rose den Mann an, der sich mühsam aufrichtete, aber er fegte mit finsterer Miene ihre Hand weg. Er stieß fast den Tisch um, als er sich am Rand abstützte, um auf die Füße zu kommen.

Anna ergriff die trockene, schwielige Hand, die er ihr hinhielt. Theo drückte ihre Hand so fest, dass es wehtat, obwohl seine eigene heftig zitterte. Er war untersetzt und bullig, kleiner als Rose, grauhaarig und hatte einen langen Schnurrbart, der weich aussah. Sein braunes, wettergegerbtes Gesicht hätte gut auf einen Steckbrief gepasst, fand Anna. Es sah nach intensivem Alkoholgenuss und intensivem Leben aus, und zwar nicht nur in ferner Vergangenheit. Über seiner Schulter hing ein blutgeflecktes Handtuch, in der anderen Hand hielt er ein blutiges Taschentuch. Er war ihr ein bisschen unheimlich. Das sollte Theo sein? Sie konnte sich kaum einen Typ Mann vorstellen, der weniger Roses Ideal entsprach – einen Mann, der ihrem Vater weniger ähnelte.

»Ich habe ... schon viel von Ihnen gehört«, sagte er stockend und lächelte dabei nicht. Die Stimme klang schwach und atemlos – anders als Anna erwartet hatte. Doch heiser oder nicht, die Botschaft hätte nicht klarer sein können: Was er über sie gehört hatte, gefiel ihm nicht.

Würden sie Feinde werden? Anna war darauf gefasst gewesen, ihn nicht zu mögen, seit Tante Iris seinen Namen genannt hatte. Aber jetzt begriff sie, dass die Lage etwas komplizierter war. Für sie jedenfalls, für ihn offenbar nicht. Dann fuhr er fort: »Nett von Ihnen, dass Sie gekommen sind ... und für Rose alles ins Lot gebracht haben. Sehr ... gütig von Ihnen.«

»Theo«, warnte Rose.

»Sie wäre aufgeschmissen ohne Sie.«

»*Theo!*«

Er verzog die Lippen, nur mäßig geknickt. Seine Nase war mit Sicherheit ein oder zweimal gebrochen gewesen, sie bog wie ein Z von der Mitte an in verschiedene Richtungen ab. Ein Preisboxergesicht.

Anna sagte: »Von Ihnen habe ich auch viel gehört.«

»So?«

»Ja. Als Rose Sie kennen lernte, haben Sie sie an Hemingway erinnert, nur ohne die Dummheit und die Eitelkeit.« Das hatte Tante Iris ihr verraten. Anna sah, dass Theos matte, hellblaue Augen im Dämmerlicht vor Überraschung und Unsicherheit blinzelten. Rose lachte. Ihm fiel keine Antwort ein. »Und ich habe gehört«, fuhr Anna fort, »dass Sie mich für eine Unruhestifterin halten.«

Zwischen den beiden Hälften des Schnurrbarts waren kräftige und wohlgeformte Lippen erkennbar. Nun lächelten sie beinahe. »Von wem wissen Sie das bloß? Von Mason«, gab er sich selbst die Antwort. »Nun, das könnte ich gesagt haben. Aber jetzt, wo ich Sie kenne ...« Er schwieg, um Atem zu schöpfen, »sehe ich, dass Sie im Grunde zuckersüß sind. Sie würden nicht im Traum daran denken. Ihre Tante Rose anders … anders als fair und anständig zu behandeln. Stimmt's?«

»Oh, ich habe Rose immer so behandelt, wie sie es verdient.«

Ein Knurren entfuhr seiner Kehle. Rose setzte an, etwas zu sagen, aber er fiel ihr ins Wort. »Ich habe es immer bedauert, dass ich Rose … erst so spät im Leben kennen gelernt habe. Wenigstens weiß ich jetzt, wie sie vor zwanzig Jahren aussah. Das ist … etwas, wofür ich Ihnen danken muss.«

Darauf fiel Anna nichts Passendes ein. Wenn es ein Friedensangebot war, was sie allerdings bezweifelte, dann wollte sie nicht mit Schnoddrigkeit darauf reagieren. »Vor vierundzwanzig Jahren«, korrigierte sie lahm. Sie fixierten einander argwöhnisch, interessiert und feindselig, während sich Rose räusperte und die Hände rieb.

Es klingelte.

»Ich mach auf.« Tante Iris klang erleichtert.

»Das wird Mason sein«, brummelte Theo. Er legte die abgearbeiteten Hände um die Tischkante und zog hart daran, sodass Besteck und Gläser klapperten. Er versuchte, sich umzudrehen, aber sein Körper machte nicht mit. Es dauerte ein paar Sekunden, bis Anna das Signal auffing, das Rose ihr mit den Augen gab: *Geh weg. Er will nicht, dass du ihn so siehst.* Sie entschuldigte sich und trat in die Wohnung.

Tante Iris ließ Wasser in die Spüle laufen. Anna sah sich in der leeren Wohnung suchend um. »War das nicht Mason?«

»Er ist draußen. Er hat gesagt, er wartet.«

»Wollte er nicht hereinkommen?«

Iris zuckte die Achseln. »Komische Familie.«

Mason stand vor der Tür, mit dem Rücken zu Anna gegen das Geländer der offenen Galerie gelehnt, und starrte auf den Parkplatz vor dem Haus hinunter. Er drehte sich um, als er hörte, dass die Tür aufging, und sein verschlossenes Gesicht wurde freundlicher, als er Anna sah. Er wirkte verblüfft – als hätte er *sie* hier zuallerletzt erwartet.

Bei seinem Lächeln spürte sie einen Anflug von Vertrautheit, als kenne sie ihn viel besser, als es tatsächlich der Fall

133

war. Vielleicht wegen der E-Mails? »Hallo«, sagten beide gleichzeitig, und sie hielt die Tür auf, um ihn eintreten zu lassen. Aber er fragte nur: »Wie geht es Theo?«, und trat zur Seite, damit sich Anna neben ihn ans Geländer stellen konnte. »Alles in Ordnung mit ihm?«

Sie trat neben ihn. »Ja, ich glaube schon. Es hat zumindest den Anschein. Rose schäumt vor Wut, weil er nicht ins Krankenhaus will, er lässt sie nicht mal seinen Arzt anrufen.«

»Aber er ist nicht sehr verletzt? Am Telefon klang es so.«

»Er hat geblutet, aber Kopfwunden bluten ja immer stark. Allerdings bin ich keine Ärztin.«

»So ist er eben«, sagte Mason resigniert. »Er kommt auch nicht mit zu mir. Er weigert sich, zu mir oder zu Rose zu ziehen.«

»Er wohnt auf einem Boot?«

»Ganz allein. Das ist keine glückliche Situation.«

»Nein.« Wenn man Probleme mit dem Gleichgewicht hatte, war es bestimmt nicht besonders sinnvoll, auf einem Schiff zu leben.

Sie standen nebeneinander, die Arme auf das kühle Metallgeländer gestützt, und beobachteten zwei Frauen und einen Mann, die den Parkplatz überquerten und in ein Auto einstiegen. Mason achtete darauf, dass er links von Anna stand, wahrscheinlich, damit sie die Narben in seinem Gesicht nicht sah, und sie wünschte, sie würde ihn gut genug kennen, um eine Bemerkung darüber zu machen. Zum Beispiel, dass sie sich davon nicht im Geringsten gestört fühlte.

Wenigstens versteckte er sich heute nicht hinter seinen Haaren. Er kramte in seinen Taschen, vielleicht nach Zigaretten, aber die Hände kamen leer wieder zum Vorschein. Eine nervöse Angewohnheit. *Sie* machte ihn offenbar nervös. Anna erinnerte sich daran, wie er sich bei ihrer ersten Begegnung an den Türrahmen gelehnt und ihr Lässigkeit vorgespielt hatte. In Wirklichkeit hatte er bestimmt gegen seine Panik angekämpft. *Kann ich etwas für Sie tun?* Sie fragte sich, was hinter der Fassade steckte.

»Theo war immer viel unterwegs«, erzählt er gerade, »von

Job zu Job, von Ort zu Ort. Das kann er jetzt nicht mehr, deshalb ist für ihn das Zweitbeste sein Segelboot. Das Boot selbst bewegt sich zwar nicht, aber alles ringsherum bewegt sich.«

»War er viel unterwegs, als Sie klein waren?«

»Er hat meine Mutter erst geheiratet, als ich acht war.«

»Das ist noch ziemlich klein.«

»Sie haben sich wieder getrennt, weil er nie da war. Die Beziehung hat nur zwei Jahre gehalten. Er hat immer Jobs auf Dampfschiffen angenommen oder auf Schleppkähnen oder fuhr die Küste entlang, damit er in neuen Gewässern fischen konnte. Er musste immer in Bewegung sein.«

Also hatte Mason mit zehn bereits zwei Väter verloren. »Lebt Ihre Mutter noch?«, fragte Anna.

»Nein.«

In dem letzten blauen Band am Horizont über der fernen Baumreihe kamen Sterne zum Vorschein. Auf der Straße begegneten sich ein Jogger und ein Fahrradfahrer und winkten einander zu. Im bogenförmigen Lampenlicht, das das Gebüsch vor dem Haus schwach beleuchtete, schwirrten Insekten. Ein Gefühl wie an einem Sommerabend. »Ist das eine Fledermaus?«, fragte Anna und deutete auf ein flatterndes Tier, das sich gegen den Himmel abhob.

»Ja.«

»Ich habe gehört, es sei ein Märchen, dass sie einem in die Haare fliegen.«

»Meistens.«

Sie warf Mason einen schnellen Blick zu, um zu erkennen, ob das ein Witz war.

»Es könnten auch zwei Fledermäuse gewesen sein.«

»Ich habe nur eine gesehen.«

»Wenn es ein Weibchen war, hatte es vielleicht ein Junges dabei. Ungefähr eine Woche lang nehmen sie das Junge auf ihre nächtlichen Streifzüge mit. Bis es zu schwer wird.«

Anna machte »Mhmm«, mehr um etwas zu sagen als aus echtem Interesse. Es war schon interessant, aber was, wenn fliegende Tiere Masons einziges Gesprächsthema waren, sein einziges Thema überhaupt? Dann wäre es nicht klug, ihn zum Sprechen zu ermutigen. Unvermutet musste sie an Jays rostige Stahlgebilde am Bett in seinem Loft denken, an die hübschen, gemalten Vögel mit den menschlichen Köpfen und dem irren Grinsen. Mason hingegen fütterte verletzte Vögel, schiente ihre gebrochenen Flügel, ließ ihre Jungen unter seinem Küchenfenster hausen.

Aber Anna wollte nicht vergleichen. Vergleiche waren unter Umständen eine Falle. Sie war sowieso nicht in der Verfassung, fair zu urteilen, und neben Jay kam einem jeder Mann wie ein Prinz vor.

Sie rückte ein paar Zentimeter näher an Mason heran. »Wissen Sie noch, dass Sie gesagt haben, Theo würde mich mögen, wenn er mich erst sieht?«

Auch er neigte sich ihr zu, erwartungsvoll nickend, bereit, seine Ansicht bestätigt zu sehen.

»Oje, das war ein Riesenirrtum. Er kann mich nicht ausstehen.«

»Nein, nein.« Mason schüttelte den Kopf. »Das kann nicht sein.« Seine Ungläubigkeit war schmeichelhaft.

»Fragen Sie ihn. Nicht dass es eine Rolle spielt«, fügte Anna hinzu, damit er nicht glaubte, es mache ihr etwas aus. »Ich wollte es nur richtig stellen.«

Sie wandten sich beide zur offenen Tür um. Theo stand jetzt im Wohnzimmer neben Rose und verabschiedete sich von Tante Iris.

»Die Sache mit meinem Stiefvater«, sagte Mason hastig, »ist die, dass er Rose immer beschützen will.«

»Und?«

»Und deshalb …«

»… will er sie vor mir retten«, beendete Anna den Satz, als er nicht weitersprach. »Ja, das habe ich kapiert. Was ich nicht weiß, ist, was ich ihr seiner Meinung nach antun werde. Ihr Geld stehlen? Das Geschäft ruinieren?«

»Nein, natürlich nicht. Wissen Sie es wirklich nicht?«

Sie ahnte es, aber sie zuckte die Achseln. »Was?«

»Wieder weggehen.«

Ihr Lachen täuschte Ungläubigkeit vor. »Er hat Angst, dass ich weggehe?« Aber Mason stimmte nicht in ihr Lachen ein, sein Gesicht zeigte nicht einmal Sympathie. Er war mit den anderen im Bunde – das hatte Anna einen Moment lang vergessen. Sie mochte ihn und hatte geglaubt, er möge sie, deshalb hatte sie vorübergehend aus dem Blick verloren, dass sie nicht auf derselben Seite standen.

Theo und Rose kamen aus der Wohnung.

»Startklar?« Mason steckte die Hände in die Hosentaschen und trat auf seinen Stiefvater zu. »Alles okay?«

»Alles bestens«, antwortete Theo, und seine heisere Stimme war vor Ungeduld noch brüchiger, »nichts passiert. Bin nur auf dem gottverdammten Teppich ausgerutscht, der hat eine … holprige Stelle. Verklagen sollte ich sie. Hab eine Beule am Kopf. Tut nicht mal weh.«

»Weil dein Schädel so hart ist«, sagte Mason und entlockte Theo damit ein schwaches Lächeln. Sie berührten sich nicht. Eine Luftschicht schien sie zu trennen wie ein unsichtbarer Puffer, der zwischen ihnen bestehen bleiben musste. Mason wich nicht von Theos Seite, aber er fasste ihn nicht an. Auch Rose hielt sich daran. Offenbar war es niemandem gestattet, Theo anzufassen.

Rose war noch nicht wieder versöhnt. »Ich begleite dich nach unten«, sagte sie schroff. »Anna, kommst du mit?«

Und so stiegen alle die offene Betontreppe hinunter, an der Spitze Mason, dann Theo, der sich am Geländer festhielt und nur langsam, Schritt für Schritt, vorankam, neben ihm Rose, aber auf Abstand. Anna bildete die Nachhut.

Masons gelber Jeep parkte auf dem Besucherparkplatz. Anna verabschiedete sich mit »Ich freue mich, dass wir uns kennen gelernt haben« von Theo, gab ihm aber nicht die Hand, weil sie keine Lust hatte, sie sich noch einmal quetschen zu lassen. »Ich hoffe, ich sehe Sie bald wieder.«

Mürrisch sagte er dasselbe, und nachdem er sich abgewandt hatte, konnte sie nicht umhin, Mason mit hochgezogenen Augenbrauen anzusehen: *Da, sehen Sie?*

»Haben Sie meine letzte E-Mail bekommen?«, fragte sie ihn, während Rose Theo zur Beifahrertür brachte.

»Welche?«

»Die, in der ich Sie zum Essen einlade.«

Er starrte finster auf seine Hand, die auf dem Türgriff lag und spielte mit der Verriegelung. *Klick, klick, klick.* »Das brauchen Sie nicht zu tun.«

Sie lachte. »Ich weiß.«

»Das Dach kostet nichts. Ich hab Ihnen doch gesagt, wir sind quitt.«

»Dann wollen Sie nicht bei mir essen?«

Erschrocken blickte er auf. »Doch. Sicher.«

»Großartig. Dann sagen Sie, an welchem Abend.«

»Das ist schwierig. Meine Termine … ich werde bald verreisen, zuerst nach Assateague zum Fotografieren und dann nach Blackwater. Dort findet eine Tagung statt, ich muss einen Vortrag halten, und dann noch weiter nach Pocomoke. In dieser Jahreszeit ist immer viel los, es ist schwer zu sagen, aber danke trotzdem für die Einladung, vielleicht irgendwann einmal …«

Rose kam ihm zu Hilfe, indem sie Theos Tür zuknallte und um das Auto herum auf sie zutrat. Anna beobachtete überrascht, wie sie Mason auf höchst natürliche, herzliche Weise umarmte, ganz so, als täte sie das oft. Wie alte Freunde. Sie hatte plötzlich einen bitteren Geschmack im Mund. Nicht direkt Eifersucht, eher Groll. Auch nicht besser.

»Ich bringe ihn ins Bett«, sagte Mason leise zu Rose, »und bleibe noch eine Weile bei ihm, damit ich sicher bin, dass alles in Ordnung ist. Mach dir keine unnötigen Sorgen.«

»Kannst *du* das denn, dir keine Sorgen machen?«, blaffte sie ihn an.

Er ging in die Knie, um in ihr nach unten gewandtes Gesicht zu schauen. »Soll ich dich später noch anrufen?«

»Nein. Ich geh schlafen.«

Er warf Anna einen Blick zu, aber sie hob nur die Schultern. *Mich brauchst du nicht anschauen, ich hab nichts damit zu tun.*

Während Mason den Jeep anließ und rückwärts aus der Parklücke stieß, blieb sie stehen, weil sie annahm, dass sie und Rose den beiden winken würden, bis sie außer Sicht waren. Aber Rose überließ Anna sich selbst und stapfte mit hängendem Kopf und pendelnden Armen die Treppe hinauf.

Unter dem Saum ihres langen Rockes schimmerten beim Gehen die Knöchel hervor.

※

»Du hast noch nicht gegessen? Geh nach draußen, ich hole dir einen Teller«, forderte Tante Iris Anna auf.

»Nein, ich bringe jetzt nichts hinunter. Trinken wir einen Kaffee – und setz dich zu mir. Es ist schon spät, und wir hatten noch keine Gelegenheit, uns zu unterhalten.«

»Lass mich dir wenigstens den Nachtisch bringen.«

»Nein, wirklich, ich habe keinen Hunger.«

»Es sind Roses Zartbitter-Trüffel.«

»Oh Gott, ja dann …« Anna setzte sich auf den Balkon und wartete.

Roses Wohnung hatte die Zeit mit Stil überstanden. Schickere, teurere Eigentumswohnungen und Villen waren entstanden und sahen auf sie herab, aber der Blick auf das lebhafte Treiben vor der Küste war noch unverstellt, und innen war die Wohnung luftig und geräumig, fast kahl. Anna erinnerte sich daran, wie sie nach dem Tod ihrer Mutter immer wieder hier gewohnt hatte, manchmal tagelang, während ihr Vater auf Geschäftsreise war. Sie hatte auf dem Sofa im Wohnzimmer geschlafen, in dem einschüchternden Bewusstsein, dass sie sich an einem ungemein kultivierten, geheimnisvollen Ort befand – für eine Fünfzehn- oder Sechzehnjährige die Krönung weiblicher Freiheit. Rose kam spät nach Hause, müde, aber aufgekratzt nach einem hektischen Abend im Restaurant, das damals noch florierte, und Anna erbettelte sich meist die Erlaubnis, noch aufzubleiben, während Rose anschaulich Geschichten über die aufregenden oder lustigen Beinahe-Katastrophen zum Besten gab, die sich in der Küche oder an den Tischen abgespielt hatten. Damals waren sie sich einig gewesen: Das Bella Sorella repräsentierte das Leben in seiner intensivsten, echtesten und interessantesten Form. War das immer noch so? Anna wollte Rose gar nicht so nahe kommen, dass sie es hätte in Erfahrung bringen können.

Aber früher hatten sie über alles geredet, stundenlang. An

warmen Abenden saßen sie auf dem Balkon, über diesen Tisch gebeugt, oder nebeneinander mit den Füßen auf dem Geländer, und betrachteten die Lichtreflexe auf dem tintenblauen Wasser. Anna erzählte Rose von der Schule, von Jungen, die ihr gefielen, Lehrern, die sie hasste, Freundinnen, die sie gekränkt hatten, Büchern, die ihr etwas bedeuteten, Kleidern, die sie sich gern gekauft hätte. Bis zum heutigen Tag war für sie der Geschmack von Campari Soda mit dem Gefühl von »Alles ist möglich« verbunden. Rose war nicht ihre Mutter oder ihre beste Freundin, sie war eine Mischung aus beidem, wobei die schlechten Seiten ausgespart waren – Konkurrenzdenken, Missbilligung, Selbstsucht – und die guten Seiten blieben – Sympathie, Nachsicht, Spaß. War es richtig oder falsch, jene Zeit wie eine für immer vergangene Ära zu betrachten, die von dem, was seither geschehen war, vergiftet wurde? Und wenn es falsch war, wie sollte man damit aufhören? Worin bestand das Gegenmittel? Nachdem sie entdeckt hatte, dass ihre Tante und ihr Vater eine Affäre hatten, konnte sie in dieser hübschen Wohnung nur noch das *Liebesnest* sehen. Sie hatte Roses Aufmerksamkeit ihr gegenüber nachträglich als Eigennutz interpretiert, ihre Freundlichkeit als Heuchelei. Sie hatte ihr Leben in zwei Abschnitte geteilt: ›angepasst, aber blind‹ der erste, und ›zynisch, aber klarsichtig‹ der zweite. War das unter Umständen nur eine Ausrede für Hartherzigkeit?

Tante Iris stellte ein Tablett mit Kaffee und Schokolade auf die Glasplatte und schob den Stuhl, auf dem Theo gesessen hatte, neben Anna. Sie trug graue Hosen und einen schwarzen Pullover mit einem Schachbrettmuster, damit die Hundehaare nicht sichtbar waren. »Du möchtest nicht zufällig einen Welpen, oder?«, fragte sie, aber Anna lehnte dankend ab. »Arme Rose«, seufzte Iris und löffelte Zucker in ihre Kaffeetasse. »Dieser Mann bricht ihr das Herz.«

Anna machte »Hmmm« und fühlte sich unversehens aufgerufen, Theo zu verteidigen. »Aber er kann ja nichts dafür, dass er krank ist.«

»Nein, aber er könnte besser für sich sorgen. Es ist eine Art Selbstsucht, wenn man es genau nimmt.«

140

»Ja?«

»Dein Onkel Tony war auch ungenießbar, als er krank wurde, aber wenigstens wusste er, wann er die Bremse ziehen musste. Es ging nicht anders. Er hat sich jedenfalls nicht so dagegen *gesträubt*.« Tante Iris' Mann war vor etwa sechs Jahren dem Lungenkrebs erlegen. Sie hatten eine wunderbare Ehe geführt, aber Iris konnte von ihm immer noch nicht ohne eine gewisse Schärfe sprechen, und um ihren Mund entstand ein missbilligender Zug. Sie war immer noch wütend auf ihn, weil er gestorben war – aus ihrer Sicht praktisch von eigener Hand.

»Tony war auf seine Stärke nicht so stolz, er war nicht so auf seine Körperkraft fixiert wie manch andere. Theo dagegen hättest du mal sehen sollen, als er und Rose gerade ein Paar geworden waren. Er hob sie hoch wie ein Fliegengewicht, wie ein *Paddel*, wenn er sie auf sein Boot trug.«

Anna versuchte es sich vorzustellen. Unmöglich.

»Stark wie ein Gaul und enorm stolz darauf. So war er früher. Alles an ihm war kraftvoll, sogar seine Stimme und sein gewaltiges Lachen. Hat auch ziemlich gebechert, obwohl ich ihn nie betrunken erlebt habe. Aber jetzt, ach, jetzt ist es ein Trauerspiel, und Rose kann nur noch zusehen.«

»Das stimmt«, musste Anna zugeben. »Es ist traurig.«

»Ich glaube, anfangs hatte sie ein bisschen Angst vor ihm. Und vielleicht hat ihr das gerade gefallen«, spekulierte Iris mit zusammengekniffenen Augen und hochgezogenen Augenbrauen. »Er hatte keine Manieren und kleidete sich wie ein Seemann, und das war er ja auch. Er entsprach überhaupt nicht dem Typ Mann, den man sich für sie vorstellen konnte, und zuerst war mir unwohl dabei. Sie hat mir dauernd versichert, er sei lieb und sanft, aber geglaubt hab ich das erst, als ich es einmal selbst erlebt habe.«

»Wie denn?«

»Ach, es war nur eine Kleinigkeit. Rose hat einmal an Weihnachten im Restaurant für das Personal und die Stammgäste, vor allem für die Barkunden, eine Party gegeben – natürlich waren die meisten Männer in sie verliebt, deshalb kamen sie ja auch regelmäßig. Tony war seit einem Jahr tot, deshalb hatte sie mich auch eingeladen, damit ich am Weihnachtsabend nicht allein wäre. Sie war seit einem halben Jahr mit Theo zusammen, und man hätte kein Blatt Papier zwischen sie schieben können – in *dem* Stadium waren sie gerade. Und wer taucht da mitten während der Party auf?«

»Theos Ex-Frau?«

»Nein, seine Ex-Freundin.« Tante Iris verzog das Gesicht, weil Anna ihr die Pointe verdorben hatte. »Eine falsche Blondine im Kunstpelz, voll bis obenhin. Sie hieß Clarice, hatte ziemlich harte Gesichtszüge, und war alles andere als gut drauf, kann ich dir sagen, absolut nicht in Festtagsstimmung. Ich hab das Ganze mitbekommen. Sie geht auf Rose und Theo zu, die gerade tanzen – oh, du hättest sein Gesicht sehen sollen, er starrt sie an wie Scrooge den Geist der vergangenen Weihnacht –, und macht ihnen eine Szene.«

»Wie aufregend.«

»Nein, es war schrecklich.«

»Das meine ich doch, wie schrecklich.«

»Nein, Anna, ernsthaft. Sie fing an zu schreien und kreischte, ließ Flüche los, die ich von Frauen bis dahin nur im Film gehört hatte. Rose hatte eine Band engagiert, und die hörte sogar auf zu spielen.«

»War es Rose peinlich?«

»Natürlich, und dem armen Theo auch. Die Frau hat ihm ihren Drink ins Gesicht geschüttet« – Anna schnappte nach Luft –, »und auch das hatte ich im wirklichen Leben noch nie gesehen.«

»Wow. Ich schon.« In der Coffee Factory, aber keinen Drink, sondern eine heiße Haselnussmilch, und in den Schoß, nicht ins Gesicht.

»Danach war es vorbei. Sie brach in Tränen aus und sackte in sich zusammen, und das war das Ende vom Lied.« Tante Iris biss in einen Trüffel und spülte ihn mit einem Schluck Kaffee hinunter. »Mhmm, ist das köstlich! Nimm noch einen, du bist zu dünn.«

»Und das sagst ausgerechnet du.«

»Der Grund, warum ich mich nach all den Jahren noch daran erinnere, ist Theos Reaktion. Er hätte sie hinauswerfen können oder ignorieren oder sich selbst überlassen, aber er hat diese Clarice zu einem Stuhl geführt, inmitten der ganzen Leute, hat sich vor ihr auf den Boden gekniet, ihre Hände genommen und mit ihr geredet. Was er sagte, habe ich nicht gehört, und glaub mir, ich hab's versucht. Er hat immer weiter geredet. Ein Weilchen ging es gut, dann fing sie wieder an zu weinen. Einmal schlug sie mit den Fäusten auf ihn ein, in sein Gesicht und auf den Kopf – und er hat nichts dagegen unternommen, er hat stillgehalten, bis sie nicht mehr konnte. Als sie sich schließlich einigermaßen beruhigt hatte, brachte er sie in ihrem Auto nach Hause. Zurück musste er ein Taxi nehmen. Am Weihnachtsabend.«

»War Rose eifersüchtig?«

»Nein, und es bestand auch kein Anlass dazu, das arme Mädchen hat ihm nicht mehr das Geringste bedeutet. Und natürlich weiß keiner, was *vorher* zwischen ihnen vorgefallen war – außer Rose vielleicht. Aber ich werde nie vergessen, wie er zu dieser Clarice war, wie freundlich und geduldig. Ich dachte, wenn mich je ein Mann zurückweist, dann soll er es genau so machen. Ein echtes Goldstück. Wie auch immer.« Sie schien mit der Hand etwas zu verscheuchen. »Wie geht's dir? Vince sagt, du hast dich eingelebt, als wärst du nie fort gewesen.«

»Nun ja. Nicht ganz.«

»Macht es dir Spaß? Ich wusste es.« Iris strahlte selbstgefällig. »Doch, ich wusste es wirklich. Ist es nicht genau das, was du dir gewünscht hast? Wieder in einem richtigen Restaurant arbeiten, es selbst führen, und dann auch noch den Familienbetrieb? Das ist doch das Beste daran.«

»Es ist ein Job, Tante I. Manchmal erfreulich, manchmal nicht.«

»Ja, ich weiß, aber um Roses willen bin ich froh, dass du da bist. Es ist eine schlimme Zeit für sie, und dass du gekommen bist …«

»Ich bin nicht für Rose hier. Sie ist hier, ich bin hier. Wir bewegen uns vorübergehend im selben Raum, aber wir sind nicht *für* irgendjemanden hier.«

»Ich weiß, aber …«

»Nein, mach bitte keine Staatsaktion daraus, ja? Ich arbeite im Restaurant mit, das ist alles. Für eine begrenzte Zeit, und Rose weiß das. Sie hat jemanden gebraucht, und ich helfe gern aus, solange ich kann. Das Timing ist für uns beide in Ordnung, aber mehr steckt nicht dahinter, verstehst du?«

»Alles klar.« Tante Iris streckte ihre faltigen Arme aus und machte aus der Hüfte eine übertriebene Verbeugung.

Anna tat, als fände sie das amüsant. »Erzähl mir von dir. Und deinen Hunden. Das ist bis jetzt der beste Wurf, hast du gesagt. Wie kommt das? Wie alt sind die Welpen jetzt?« Ach, sie sollte das Ganze lockerer nehmen und Tante Iris das Vergnügen lassen, ihre Heimkehr zu interpretieren, wie sie wollte. Warum auch nicht? Andererseits ging es ihr zu sehr gegen den Strich, und zwar nicht nur, weil dieses Gespräch aller Wahrscheinlichkeit nach Rose hinterbracht wurde. Aus irgendeinem Grund lag ihr ungeheuer viel daran, alles höchst präzise zu benennen und nichts um des lieben Friedens willen zu vertuschen oder zu beschönigen. Sie war zu dem Schluss gelangt, dass dies ihre einzige Chance war, sich zu behaupten.

Immerhin funktionierte die Ablenkung mit den Hunden. Anna trank süßen Kaffee mit geraspelter Zartbitterschokolade und hörte zu, wie Tante Iris von dem letzten Wurf genialer Welpen schwärmte, den Hillary, ihre ruhige, stattliche Labradorhündin, und Ray, ihr gewitzter Border Collie, ihr geschenkt hatten. Warum züchtest du Mischlinge?, hatte Anna einmal in ihrer Naivität gefragt. Würde sie für reinrassige Hunde nicht mehr bekommen? Nein, die Leute liebten gerade diese Kreuzung, sobald sie sie einmal gesehen hatten. Hillary war eine Seele von Hund, beständig, loyal und treu, aber nicht gerade *fantasievoll*, während Ray so klug war, dass er einem das Auto kurzschließen konnte, wenn man gerade nicht hinsah. Zusammen das ideale Paar. Die Leute zahlten tausend Dollar pro Welpen.

»Und du bist sicher, dass du keinen Welpen brauchst, Schatz? In diesem alten Haus, so ganz allein? Weil du es bist – achthundertfünfzig.«

»Wie außerordentlich großzügig. Versuch's doch mal bei Carmen.«

»Carmen? Ich soll ihr eins meiner Goldschätzchen geben? Sie würden wahrscheinlich im Kochtopf landen.« Sie gluckisten, wieder versöhnt. »Rose hatte sie heute auch eingeladen, aber sie war beschäftigt.« Sie zogen beide wissend die Augenbrauen hoch. Manchmal vergaß Anna, dass Carmen auch Tante Iris' Cousine war. »Kommt ihr zwei miteinander aus?«

»Sie hat noch keine Messer nach mir geworfen.«

Ab und an blickten sie durch die Glasscheibe der Schiebetür ins Wohnzimmer, fragten sich, ob Rose kam. Ihre Abwesenheit lastete auf ihnen, machte ihr Gespräch abgehackt und sprunghaft. Sie redeten über Vince und die Riege seiner Freundinnen, seine Abneigung gegen eine feste Bindung, und ob er an der Bar im Bella Sorella seine Berufung gefunden habe oder nicht. Er hatte einen B. A. in Psychologie, und Iris beklagte, dass er ihn bislang nur an seinen Gästen anwenden konnte. Sie sprachen über ihre anderen vier Kinder, Annas Cousins und Cousinen. Anna kannte sie kaum, weil sie alle älter waren als Vince und weit verstreut lebten. Als das Gespräch wieder auf die Hunde zurückkam, sagte Anna schließlich: »Du liebe Zeit, es ist schon spät, ich muss leider gehen. Ich laufe nur kurz rein und sag Rose gute Nacht.«

Aber das Schlafzimmer war leer. Zahnputzgeräusche drangen durch die geschlossene Badezimmertür. »Rose?«, rief Anna, »ich gehe – danke für das Dessert! Wir sehen uns dann …«

»Warte.«

Duftende Dampfwolken entströmten dem Bad, als sich die Tür öffnete. Rose trug einen alten, schwarzen Kimono über einem kurzen, rosaroten Nachthemd. Ihre Haare waren feucht, ihr Gesicht glänzte, die Augen waren rot gerändert. Die Vorstellung, dass Rose unter der Dusche geweint hatte, war Anna mehr als unangenehm. Der Geruch nach Zahnpasta und Seife und Jean Nate versetzte sie in die Kindheit zurück, wobei sich Erinnerungen an ihre Mutter und an Rose so stark überlagerten, dass sie sie nicht mehr auseinander halten konnte. Sie wich unwillkürlich zurück und entzog sich körperlich dem Sirenenruf der Wärme und des Trosts, der sie weich wie ein Schoß, wie die Brust einer Frau, zu locken schien.

»Ich gehe jetzt besser. Diese Trüffel, Rose, sind süß wie die Sünde.« Sie hätte sie so gern zum Lächeln gebracht.

»Nimm welche mit, ich esse sie sowieso nicht. Anna, es tut mir Leid wegen heute Abend. Dass ich die Nerven verloren habe.«

»Das macht doch nichts.«

»Er ist sonst nicht so.«

»Spielt keine Rolle.«

»Es ist schwer für ihn.« Sie setzte sich erschöpft auf den Klodeckel. Anna blieb nichts anderes übrig, als näher zu kommen, diesen heißen, dampfigen Raum nun doch noch zu betreten. Rose ließ sich gegen die Kommode sinken und streckte die Beine aus. Sie betrachtete ihre langen Zehen auf der Bademate. »Und es wird immer schlimmer. So schnell! Das hatte ich nicht erwartet. Niemand war darauf vorbereitet, dass es so schnell gehen würde.«

»Vielleicht ist es eine Phase. Es könnte sich doch wieder stabilisieren, oder sogar besser werden. Was meinst du?« Direkter konnte sie nicht fragen, was Theo eigentlich hatte.

Rose lächelte flüchtig. Das fluoreszierende Licht über dem Waschbecken hob jede Falte in ihrem nackten, alternden Gesicht hervor. »Das hoffe ich. Sie haben uns immer noch nicht gesagt, was es ist. Zuerst dachten sie an Parkinson, dann an etwas, das PSP heißt. Seine Gehirnzellen degenerieren, das ist alles, was wir mit Sicherheit wissen. Es hat vor drei Jahren angefangen.«

»Wie lange seid ihr schon zusammen?« Ach, eigentlich wollte Anna es gar nicht wissen, das war Roses Melodrama, nicht ihres.

»Fünf Jahre.«

Also mehr oder weniger seit sie fünfundfünfzig und er sechzig war. Eine Dezember-Dezember-Romanze. Hatte sie zwischen Annas Vater und Theo andere Liebhaber gehabt? Bestimmt, denn dazwischen lagen neun Jahre, und Rose hatte immer auf Männer gewirkt. Anna hätte es gern gewusst, aber nie danach gefragt. Schon jetzt fühlte sie sich viel zu sehr in Roses Welt hineingezogen, und dieses Gefühl war ihr zuwider. Rose kam ihr vor wie eine Spinne, die ihr Netz heimlich, still und leise immer weiter ausbaute und verstärkte. Bevor man es merkte, klebte man an den seidigen, unsichtbaren Fäden. Sie sahen zart aus, aber sie waren stark wie eine Angelschnur.

»Er hat früher Sachen geschnitzt – er war Holzschnitzer. Schöne Dinge, damit hat er mich umworben.« Sie blickte auf und lächelte. »Zuerst Vögel und Enten, das war seine Spezialität, dann Büsten von Leuten, die wir kannten, gemeinsame Freunde. Dann Figuren von mir. Sie waren nicht direkt gegenständlich, nicht wie die anderen Arbeiten. Abstrakter, fast nur Formen. Er sagte, er arbeite mit geschlossenen Augen. Am Ende waren es nur noch lange, geschwungene Formen, sehr kraftvoll, sehr … anmutig. Nur entfernt menschenähnlich, weißt du, eher wie Gegenstände. Er hat mich vergegenständlicht.« Sie lachte. »Natürlich habe ich mich in ihn verliebt.«

Das will ich nicht wissen. Aber Anna fragte dennoch: »Was meinst du damit, am Ende?«

»Als das Zittern zu stark wurde. Er kann kein Messer mehr halten. Seine Hände zittern zu sehr.«

»Oh.«

Mechanisch, mit eingesunkenen Schultern, öffnete Rose eine Fläschchen Gesichtswasser und begann, sich die Stirn zu betupfen.

»Ich glaube, ich habe eine Köchin gefunden«, sagte Anna in munterem Ton.

Rose nickte geistesabwesend, noch ganz in ihren Erinnerungen befangen.

»Carmen wird sie allerdings überhaupt nicht leiden können. Sie heißt Frankie. Du kannst sie morgen treffen und dir ein Bild machen.«

Rose nickte wieder.

»Gut, dann geh ich jetzt.« Rose blickte resigniert auf. Anna verharrte im Türrahmen. »Was ist mit Mason passiert?«, fragte sie plötzlich. Dabei hatte sie Rose diese Frage nicht stellen wollen, aus allen möglichen komplizierten Gründen, an die sie sich jetzt nicht einmal mehr erinnern konnte.

»Du meinst die Narben?«

Anna nickte.

»Ein schrecklicher, sinnloser Unfall. Vor neun oder zehn Jahren, als er in New York lebte.«

»Als er noch Anwalt war.«

»Rechtsberater bei einer Versicherung, ja. Hat vermutlich sehr gut verdient. War mit einer Anwältin verlobt. Eines Tages ist er im Park gejoggt – auf dem Gehweg, nicht der Straße oder so –, und ein Auto hat ihn angefahren. Es fuhr einfach über den Bordstein, weil es ein anderes überholen wollte. Mason wurde in die Luft geschleudert – mehrere Meter hoch, ich weiß nicht mehr genau, Theo kann das besser erzählen als ich. Seine ganze linke Körperhälfte war zerschmettert. Sein Arm, sein Bein, die Schulter, das Gesicht, er wäre fast gestorben. Er lag monatelang im Koma. Als er endlich wieder zu sich kam, erfuhr er, dass seine Mutter tot war.«

»Großer Gott.«

»Seine Haare wurden weiß – inzwischen sind wieder dunkle nachgewachsen. Es dauerte ein Jahr, bis er wieder laufen konnte, dann kamen Monate in der Reha. Plastische Chirurgie. Er kam her, um sich zu erholen, und danach wollte er nicht mehr als Anwalt arbeiten.«

»Und die Verlobte?«

»Längst weg.«

Was für eine schreckliche Geschichte. Anna hatte noch mehr Fragen, aber Roses aufmerksamer Blick ließ sie verstummen. Rose schien zu wollen, dass sie sich mit Mason anfreundete – Grund genug, ihr einen Strich durch die Rechnung zu machen.

Sie hätte das Thema fallen lassen sollen, doch stattdessen sagte sie scharf: »Du willst Mason und mich doch nicht etwa verkuppeln, Rose? Eine kleine Romanze vielleicht? Das würde nämlich nicht funktionieren.«

»Ich habe nichts dergleichen vor«, erwiderte Rose leise und nachdenklich.

»Gut, weil nämlich keiner von uns beiden interessiert ist. Außerdem nehme ich gerade eine Auszeit.«

»Du musst noch über Jay hinwegkommen.«

»Gewissermaßen.« Komisch, wie selten sie an Jay dachte. Es war regelrecht beängstigend. »Aber vor allem kann ich auf diese Art von Problemen verzichten, ich bin zu alt dafür.«

Rose wirkte amüsiert. »Du bist fertig mit den Männern?«

»Wäre ich gern.«

»Weil du schon so alt bist.«

»Dränge mich nicht in irgendwas hinein, Rose. Das ist mein Ernst.«

»In Ordnung. Obwohl das gar nicht meine Absicht war.«

»Nur damit das klar ist.«

»Du legst großen Wert auf *Klarheit*.«

»Ja, das tue ich.«

»Ich wünschte …« Sie seufzte. »Ich wünschte, es gäbe mal etwas *Positives*, worüber du dir Klarheit verschaffen willst.«

Anna wich zurück, als Rose aufstand, weil sie befürchtete, womöglich umarmt zu werden. »Also dann«, sagte sie, »bis morgen.«

»Ich bin froh, dass du hier warst. Und dass du Theo kennen gelernt hast.«

»Gern geschehen. Danke für das Dessert – es ist wirklich umwerfend. Wieso steht es nicht auf der Speisekarte?«

»Zu teuer. Sagt Carmen.«

Anna verzog das Gesicht, aber Rose reagierte nur mit einem kleinen, reflexartigen Lächeln. Durch Annas Aufbruch schoben sich all ihre Probleme wieder in den Vordergrund. In ihrem abgeschabten Kimono sah sie schmal und müde aus. Wie eine Frau vor einer langen, einsamen Nacht.

In ihrem Wunsch, rasch Distanz zu schaffen, warf Anna ihr nur ein knappes »Bye« hin. Doch dann streckte sie die Hand aus und tätschelte Rose steif und verlegen den Arm.

Rose war so verdutzt, dass sie den Mund aufsperrte.

Anna erging es nicht anders. Sie hätten Spiegelbilder sein können. Zum ersten Mal seit langem störte Anna die Ähnlichkeit nicht.

9

Liebe Anna,

Ich glaube, ich habe mich neulich Abend nicht sehr verständlich ausgedrückt. Der Frühling ist nach dem Herbst die zweitwichtigste Zeit für alle, die ihren Lebensunterhalt mit Vogelfotografie bestreiten oder, je nach Perspektive, Frühling und Herbst teilen sich diese Ehre. Um den Chesapeake herum findet derzeit eine Vielzahl von Aktivitäten statt, die mit dem internationalen Tag des Zugvogels am 2. Sonntag im Mai zu tun haben, und ich muss entweder Zugvögel fotografieren oder in Prime Hook, im Naturschutzgebiet des Patuxent-Wildtier-Reservats, in Assateague und auf Deal Island Vorträge halten oder Seminare über Tierfotografie, Umweltschutz, ökologische Diversität etc. etc. veranstalten. Jetzt schreibe ich Ihnen auf meinen Laptop aus dem Starlite Motel in Smyrna, Delaware, in dem ich wohne, während ich Scharen von Knutts fotografiere, die sich wie jedes Jahr in der Delaware Bay an den Eiern der Königskrabben gütlich tun. Ich bin ein beschäftigter Mann. Keineswegs ein Einsiedler. Ganz im Gegenteil, ich bin ein Vagabund. Ich könnte Ihnen viele faszinierende Details über den Knutt erzählen, werde mich aber zurückhalten wegen eines gewissen glasigen Blicks, den ich während unserem letzten Vogelgespräch bei Ihnen bemerkte. Ich bin da sensibel.

Mason

P.S. Ich entschuldige mich für meinen Stiefvater, falls er an jenem Abend grob war. Er hat am nächsten Tag ein wenig Reue gezeigt und zugegeben, dass Sie nicht ganz so schlimm waren wie erwartet. Ein großzügiges Zugeständnis.

Lieber Mason,
Wirklich großzügig! Sagen Sie Theo, ich hätte ihn mir viel hässlicher vorgestellt. Und dass ich mich auf eine lange, herzerfrischende Freundschaft mit ihm freue.
Mit einem Jungen aus Smyrna war ich mal befreundet. In meinem ersten College-Semester. Er wollte entweder Mikrobiologe oder Bluegrass-Musiker werden, er war sich noch nicht schlüssig. Ich habe auch in einer Band gespielt. Ich spielte ›hip‹, wie wir damals sagten, das hieß, ich schlug das Tamburin gegen meinen Hüftknochen im Takt zu den Rock-'n'-Roll-Klassikern, die wir damals imitierten, so gut es ging. Unsere gelungenste Cover-Version war Satisfaction. Die Worte sprachen uns aus der Seele.
Und was tun Sie so den ganzen Tag? Mit einer Kamera am Strand herumspazieren? Das klingt mir nicht nach einer ernsthaften Beschäftigung. Man bezahlt Sie sogar dafür? Nein, im Ernst — gut, dass Sie ganz darin aufgehen, was ich mal vermute. Die meisten Leute haben nicht das Glück, ihre Berufung zu finden, eine Arbeit, die sie so erfüllt, dass sie sie auch umsonst tun würden. Wie hat es bei Ihnen angefangen, mit den Vögeln und den Kameras? Wenn ich das fragen darf. Was ist die wichtigste Eigenschaft, die ein guter Vogelfotograf haben muss? Und ich bestreite den glasigen Augen-

ausdruck. Das war mein faszinierter Blick — ich wollte, dass Sie mir noch mehr über Fledermäuse erzählen. In meinem neuen Job, den ich zurzeit vierzehn Stunden täglich und sieben Tage pro Woche ausübe, lerne ich gerade, dass es nicht darum geht, so erfolgreich zu sein, dass ich Reichtümer anhäufe — auch wenn das ein netter Nebeneffekt wäre. Es geht darum, ein ausgeglichenes Leben zu führen — eines Tages. Ich hätte gern Erfolg, aber nicht, wenn das bedeutet, dass ich keine freie Minute mehr habe, dass dieses Restaurant oder das nächste zu meinem ganzen Lebensinhalt wird. Ich finde sogar, Gleichgewicht IST Erfolg. Nicht das Geld.

Aber an guten Tagen liebe ich meine Arbeit wirklich. Es fällt mir dann schwer, nach Hause zu gehen. Ich bin hundemüde, schlapp wie eine Nudel vom Vortag, aber immer noch auf einem Endorphin-High nach all den kleinen und großen Katastrophen in der Küche und im Speiseraum, ganz zu schweigen von den echten, die einen um Jahre altern lassen. Um zu überleben und noch einen Abend ohne lebensgefährliche Verletzungen zu überstehen, steigere ich mich in eine Art permanenter Gefechtsbereitschaft hinein, die noch Stunden später anhält. Wenn ich dann nach Hause komme, lasse ich Musik laufen. Nicht weil ich mich noch mehr stimulieren will, sondern weil ich langsam wieder auf den Boden zurückkommen muss. Kein Wunder, dass die Hälfte der Leute in der Gastronomie Alkoholiker oder Junkies sind. Der Irrsinn packt einen auf die eine oder andere Art, niemand ist dagegen immun. Oh, ich liebe es, aber verraten Sie es Rose nicht. Lieben Sie Ihre Arbeit auch? Rose hat mir erzählt, was Ihnen zugestoßen ist — ich hoffe, Sie nehmen es mir nicht übel, dass ich davon anfange. Wenn Sie mit Ihrer Arbeit jetzt glücklich sind, ist das wunderbar, aber Sie haben einen hohen Preis bezahlt, um an diesen Punkt zu kommen. War es das wert? Geht mich nichts an — antworten Sie nicht, wenn Sie nicht wollen.

Anna

»Was ist denn *das*?«

Frankie, die am Acht-Platten-Herd heiße Brühe in eine Sauteuse mit Reis gegossen hatte, fuhr auf. »Was?« In ihrem ernsthaften Gesicht mischten sich Schuldbewusstsein und Verblüffung, als wisse sie nicht, welchen Verbrechens sie nun schon wieder beschuldigt wurde. Verständlich: Carmen behandelte sie wie einen Ex-Sträfling. Sie war, wie fast jeden Tag, schon früh am Morgen gekommen, um für die Speisekarte, die Anna mit Rose erarbeitete, Rezepte ausprobieren.

»Dieser Geruch, dieser sagenhafte Geruch!«, rief Anna, und Frankies schmale Schultern entspannten sich. »Es ist nicht der Risotto, obwohl auch der toll aussieht.«

»Nein, wahrscheinlich sind es die roten Paprika und die Auberginen, die ich im Holzofen habe. Probier mal. Sie sind noch nicht fertig, aber was hältst du von der Brühe?«

Anna blies auf den Holzlöffel, den Frankie ihr an die Lippen hielt, und kostete. »Mhm, schmeckt nach Hühnchen. Ja, schön kräftig. Wie schaffst du das, ohne dass sie zu salzig wird?«

»Knochen. Ganz gut, oder? Ich mache einen Pilzrisotto, aber wir haben nur Steinpilze und Pfifferlinge. Wenn ich noch, sagen wir, Chanterelles hätte und ein paar Totentrompeten, ginge es besser.«

Aber Carmen bestellte keine, das verstand sich von selbst. Sie hielt diese Pilze für extravaganten Schnickschnack, den Aufwand nicht wert. Frankie war Annas neue Verbündete im Krieg gegen Carmen, aber ihre gestärkte Position hatte die Feindseligkeiten auf beiden Seiten verschärft. Rose hätte sich einmischen und Frieden stiften können, aber sie klammerte sich um jeden Preis an ihre Neutralität.

Frankie warf einen Blick auf die große Küchenuhr. »Okay, willst du das Gemüse vom Holzkohlengrill probieren?«

»Und ob.«

Carmen beklagte sich, dass der Holzofen, den Rose vor einigen Jahren hatte installieren lassen, mehr Ärger als sonst etwas machte, dass alles, was darauf zubereitet wurde, entweder verbrannt oder halb roh sei, Eichen- und Mesquiteholz wiederum seien zu teuer, die Köche vergäßen dauernd, nachzulegen, oder legten zu viel nach, der Ofen strahle zu viel Hitze ab, das Brandrisiko schlage sich auf die Versicherungspolice nieder und sowieso bestelle nie jemand etwas anderes vom Holzkohlengrill als Pizza.

Frankie hielt dagegen, dass ein Restaurant, das sich italienisch nannte und bestrebt war, Raffinierteres als Spaghetti und Fleischklößchen anzubieten, einen Holzkohlenofen brauche. Beilagengemüse vom Holzkohlengrill sei eine Notwendigkeit, sagte sie, kein Luxus, und eigentlich bräuchten sie zwei Backsteinöfen, einen für Brot und Pizza, einen für Gemüse, Fisch, Hühnchen und Fleisch. Sie brannte darauf, den unterforderten Ofen mit ihren neuen Ideen zu füttern, aber Carmen widersetzte sich. Manchmal kam Anna das Bild von einem umgekippten Monster-Truck in den Sinn, der quer über alle Spuren auf der Autobahn lag und den Verkehr in beide Richtungen kilometerweit blockierte.

»Mamma mia«, sagte sie, die Nase über einem dampfenden Stück Paprika. »Oh, wie lecker. Okay, Oliven und Anchovis, und was noch?«

»Kapern. Knoblauch, Petersilie, Zitronensaft. Ich habe Rotwein genommen, aber es geht auch mit Balsamico-Essig. Was meinst du?«

»Fantastisch.«

»Mit schwarzen kalifornischen Oliven wird es billiger, oder mit gekaufter Olivenpaste, sie ist oft gar nicht so schlecht. Ich habe Niçoise-Oliven genommen, aber das ist nicht notwendig.«

»Woher hast du Niçoise-Oliven?« Anna erinnerte sich nicht daran, sie in der Speisekammer gesehen zu haben.

»Ich hab sie gekauft.«

»Du hast sie gekauft?«

Frankie wurde rot. Sie war gewöhnlich weiß wie Milch,

und wenn sie errötete, war das nicht zu übersehen. Sogar ihre Ohren wurden rosarot und auch die Kopfhaut unter dem stacheligen roten Haar. Sie spannte so über ihren zarten Knochen, dass Frankie wie ein hungriges Vogeljunges aussah. Aber Anna hatte sie mit ihren dürren, sehnigen Armen einen gewaltigen Topf mit Wasser und Knochen hochheben und einen bleischweren gusseisernen Bräter mit bloßen Händen auf eine Gasflamme wuchten sehen. An Frankie war nichts zerbrechlich außer ihren Gefühlen.

»Jaaa, ich hab sie gekauft. Keine große Sache, ich wollte das Rezept einfach nur richtig ausprobieren, weißt du, beim ersten Mal …«

»Okay«, sagte Anna leichthin, »gut, aber ich muss trotzdem den Preis kennen.«

»Klar.«

»Könnte zu teuer sein.«

»Ich weiß. Hier, versuch das mal.«

»Nein, danke, ich hasse Auberginen.«

»Versuch's. Ich garantiere dir …«

»Nein, ehrlich, ich kann sie nicht ausstehen. Lass Carmen kosten.«

Frankie lachte – ein seltenes Geräusch. Anna hörte es in der Küche nicht häufig. Sie beobachtete, wie Frankie den Duft einsog, der aus der Pfanne mit den Auberginenscheiben aufstieg. Dann schnitt sie ein Stück ab und schob es sich in den Mund. Sie behielt es für einen Moment auf der Zunge, bevor sie anfing zu kauen. Es machte Spaß, Frankie beim Kosten zuzusehen, ihr Gesicht nahm dann einen konzentrierten Ausdruck an, während ihre anderen Sinne, einschließlich des Sehens, in den Hintergrund traten. »Zu viel Öl«, verkündete sie schließlich. »Oder auch nicht, möglicherweise, wenn wir nur …«

»Ich weiß, ich weiß, ich arbeite ja daran.« Frankie hielt das Olivenöl, das Carmen zum Kochen kaufte, für nicht gut genug. Es war extra vergine, aber Frankie wollte Olio di Lucca, das teuerste und beste. Carmen hatte Nein gesagt, auf keinen Fall, und ob sie jetzt ganz übergeschnappt sei? Das Übliche.

Frankies Ex-Mann hieß Mike, wie Anna durch neugieriges Fragen erfahren hatte. Er war Geschichtsprofessor am örtlichen Junior College. Sie hatten bis zu ihrer Trennung in Washington gelebt, und danach war Mike mit der zweijährigen Katie hierher gezogen. Frankie war erst sechs Monate später nachgekommen, woraus Anna folgerte, dass sie damals die größten Alkoholprobleme gehabt hatte.

Frankie ging wieder zum Herd, goss Hühnerbrühe in die Pfanne mit Reis und rührte hingebungsvoll. Anna lehnte sich gegen die Arbeitsplatte und sah zu, wie Frankie die Pfanne mit Fond ablöschte. Der Geruch wurde immer unwiderstehlicher. Als Nächstes gab sie Steinpilze zum Reis, dann die gefilterte Einweichflüssigkeit. Sie arbeitete schnell, aber sie wirkte nie gestresst. Carmen machte sich darüber lustig, dass sie immer eine förmliche weiße, bis oben zugeknöpfte Chefkochjacke, karierte Hosen, Clogs und eine Kochmütze trug, ganz gleich, wie heiß es in der Küche war. Für ihre morgendlichen Experimente jedoch gönnte sich Frankie eine kleine Abweichung und verzichtete auf Jacke und Mütze. In Jeans und Tank Top und mit ihrer umgedrehten Baseballmütze hätte man sie für ein Kind halten können, wären nicht die vielen Tätowierungen gewesen. Sie arbeitete unermüdlich wie ein Roboter. Anna kannte niemanden, der so lange ohne Klagen, Pausen oder Ermutigung schuften konnte. Sie fing bereits an, sich Sorgen um Frankie zu machen.

»Wie geht's Katie?«, fragte sie – eine hundertprozentige Methode, sie aufzuheitern.

»Super. Sie ist so süß! Willst du 'n Foto sehen?«

»Unbedingt.«

Frankie trug ihre Brieftasche nach Männerart in der Gesäßtasche. Sie holte ein paar Fotos aus einer Plastikhülle und hielt sie Anna hin. »Die sind von Ostern. Ich hab sie gemacht.«

»Goldig.« Die ungefähr dreieinhalbjährige Katie stand am Fuß einer Treppe. Sie trug ein rosarotes Kleid mit hoher Taille, Puffärmeln und gerüschtem Oberteil, dazu rosarote Spangenschuhe und rosarote Socken, und sie hielt ein rosarotes ledernes Notizbuch in den runden Händchen. Rosarote Blumen steckten in den auffällig orangefarbenen Haaren. »Oh, Frankie«, sagte Anna andächtig, »wie hübsch sie ist!«

»Ich weiß.« Frankies zärtliches, verhaltenes Lächeln war ein zu Herzen gehender, aber auch peinigender Anblick. »Kaum zu glauben, dass sie von mir ist, oder?«

»Aber nein! Sie sieht dir sehr ähnlich.«

Frankie zog einen Schmollmund. »Nee, die Augen und alles andere hat sie von Mike. Von mir hat sie nur die Karottenhaare – die hatte ich als Kind auch. Sieh dir Mike an, dann weißt du, was ich meine.«

Mike war auf dem zweiten Foto. Er saß, mit dunkelblauem Anzug, Weste und karierter Krawatte fast ebenso herausgeputzt wie seine Tochter, neben Katie auf der vorletzten Treppenstufe. Frankie hatte Recht, Katie hatte die Augen ihres Vaters oder zumindest das gutmütige Funkeln darin geerbt. Er sah viel älter aus, als Anna erwartet hatte. Die zerzauste Professorenmähne war von Grau durchsetzt, und um den Mund zogen sich tiefe Lachfalten. Sie wusste nicht, wie sie sich zu Mike äußern sollte. »Er sieht nett aus«, wagte sie einen Vorstoß, weil Frankie nie schlecht von ihm gesprochen hatte.

»Das ist er auch.« Frankie steckte die Fotos wieder in die Brieftasche und schob diese in die Hose. Dann mischte sie geriebenen Parmigiano Reggiano unter den Reis, und die Muskelstränge in ihrem Arm wölbten sich vor. »Er hat sich ziemlich lange eine Menge Mist gefallen lassen. Von mir.« Sie blickte kurz zu Anna, um ihr Interesse abzuschätzen. Vielleicht auch ihre Vertrauenswürdigkeit. »Ich bin diejenige, die alles verbockt hat«, fuhr sie mit abgewandtem Gesicht fort und schlug auf den Reis ein, gab Butter dazu, mehr Käse, legte die ganze Kraft ihres Rückens und ihrer Schultern hinein. »Ich war an allem Schuld.«

»Ich finde das immer ganz furchtbar. Wenn ich niemandem außer mir die Schuld an etwas geben kann.«

Frankie lächelte.

»Vielleicht, weißt du, eines Tages …«

»Daran arbeite ich. Dass es wieder so wird. Darum geht es überhaupt nur.« Ihr blasses, spitzes Gesicht war angespannt, fast brutal vor Entschlossenheit. »Okay, der Risotto ist fertig.«

»Dann probieren wir ihn.«

Aber Frankie wollte es feierlicher – nicht am Herd stehen und sich einen Löffel teilen. Sie holte zwei Teller und löffelte auf jeden eine Portion Reis, dann streute sie noch etwas geriebenen Käse darüber. Sie setzten sich, die Teller auf den Knien, auf zwei Hocker neben den Vorratsraum und probierten.

»Es ist ausgezeichnet«, sagte Anna augenblicklich. Sie brauchte nicht erst zu kauen, um zu wissen, dass es ihr schmeckte. »Du liebe Güte, die Pilze explodieren geradezu im Mund!«

»Es ist gut«, stimmte Frankie zögernd zu. Sie nahm winzige Bissen und sog beim Kauen die Luft ein, als handele es sich um eine Weinprobe. »Es *tut* nicht wirklich etwas, aber das muss es wohl auch nicht. Es ist mehr die Beschaffenheit, um die ich mir Sorgen gemacht habe.« Sie sprach oft davon, dass Aromen etwas *taten*. Manchmal redete sie über Essen wie über Musik: der Geschmack hatte einen Rhythmus, Zutaten hatten Töne, hoch, mittel oder niedrig, und wenn man sie genau richtig arrangierte, ergaben sie Harmonien.

»Nein, die Beschaffenheit ist hervorragend. Sehr kremig, aber die Reiskörner habe noch Biss.« Anna war hingerissen. Sie zog in Betracht, eine zweite Portion zu probieren.

»Es wird jedes Mal ein bisschen anders sein, aber das ist in Ordnung, oder?«

»Je nachdem, wer kocht, meinst du?«

»Nein, selbst wenn ich es jedes Mal selbst zubereite. Es wird nie zweimal genau gleich sein.«

»Ich wünschte, Rose könnte es probieren, solange es frisch ist. Schreib alles auf, was du verwendet hast und wie viel. Wir nennen es Risotto mit wilden Pilzen, ja?«

»Das ist es ja auch.«

»Wie kann Carmen bloß etwas dagegen haben?«, überlegte Anna laut. »Es ist authentisch, es ist solide. Es ist praktisch Babynahrung.«

»Wir können es ja Risotto von zahmen Pilzen nennen.« Frankie zog den Kopf ein und wurde schon wieder rot. Es war das erste Mal, dass sie etwas nicht hundertprozentig Respektvolles über Carmen geäußert hatte. Als Anna lachte, wurde sie kühner. »Ich weiß, wie wir sie rumkriegen.« Sie hatte einen krummen Eckzahn, der nur sichtbar wurde, wenn sie grinste, und das kam selten vor. »Sag ihr, es gibt entweder dieses Rezept oder meine andere Risottospezialität. Fenchel und Wodka.«

»Urrrg. Damit kriegen wir sie«, stimmte Anna zu und zog ein Gesicht, bei dem Frankie in schallendes Gelächter ausbrach.

Liebe Anna,
ich bin in Chincoteague. Ich hatte gerade einen unglaublichen Vormittag. Wenn ich Ihnen davon erzähle, können Sie glasig gucken oder die Seite überfliegen oder ignorieren — ich werde nichts davon mitbekommen. Es geht nur um Vögel.
Hier sind noch nicht viele Leute, die Saison hat gerade erst angefangen, also war ich um fünf Uhr morgens allein am besten Beobachtungsposten für Strandvögel in diesem Naturschutzgebiet, einer sandigen Landzunge, die aus den Salzmarschen in einen der Kanäle der Chincoteague-Bucht hineinragt. Ich konnte die Silhouetten der Vögel im Nebel kaum erkennen. Die meisten schliefen noch und hatten die Köpfe zwischen die Rückenfedern gesteckt. Sanderlinge, Strandläufer, Flussuferläufer. Zwei Schlammläufer waren schon wach und streiften am Ufer entlang. Man kommt ihnen nur nahe genug, indem man sich mit Kamera und Teleobjektiv vor dem Gesicht flach auf den Bauch legt und zentimeterweise vorwärts robbt. Man könnte auch langsam auf allen Vieren vorwärts kriechen, aber das funktioniert bei mir wegen meines Knies nicht lange. Oder man setzt sich hin und rutscht auf dem Hintern voran, aber dann ist man nicht tief genug und sie entdecken einen. Nein, auf dem Bauch im kalten, nassen Sand zu liegen, das ist

der Schlüssel zum Erfolg. Schließlich erreicht man eine Stelle, an der einen auch die gleichmütigsten Vögel entdecken, und das ist der kritische Punkt. Wenn einer Angst kriegt, fliegen alle weg, und nichts ist frustrierender, als einem Schwarm Vögel ein oder zwei Stunden lang aufzulauern, nur damit sie sich dann en masse panisch in die Luft schwingen und einen auf dem Trockenen bzw. im Nassen sitzen lassen. Ich war ungefähr zehn Meter von meinem Schwarm entfernt, als ich merkte, dass sie allmählich nervös wurden. Da hilft nur Warten. Sowieso war das Licht noch nicht hell genug für Fotos, also nahm ich den nächstbesten Vogel ins Visier und spielte mit Kompositionen und Winkeln. Sie wollten wissen, welche Eigenschaft für einen Vogelfotografen am wichtigsten ist. Es ist die Geduld. Und dann eine Art Gemütsverfassung oder Ausstrahlung, die ihnen die Angst nimmt. Manche Kollegen sagen, dass man diese Eigenschaft entwickeln muss und dass es Jahre dauert, aber ich glaube, ich habe sie einfach. Ich weiß nicht einmal, worin sie besteht. Langsame Bewegungen, klar, und ihnen nicht direkt in die Augen schauen — das erschreckt manche Vögel zu Tode, vor allem Falken. Aber es ist noch etwas anderes. Kann's nicht beschreiben. Eine Art zu atmen. Zu sein. Sich auszulöschen. Man wird ein Teil der Landschaft.

Nein, es lässt sich nicht beschreiben.

Nach 15 oder 20 Minuten hatte mein Schwarm mich vergessen, und ich fing wieder an zu kriechen. Bei fünf Meter Abstand blieb ich liegen. Der perfekte Abstand für das Teleobjektiv, das ich benutze, und jetzt brauchte ich nur noch zu warten. Das ist das Beste und auch unmöglich zu beschreiben. Es gibt nur Vogel, Linse, Farbe, Licht, mich. Nur dass ich dabei fast verschwinde, und dann passiert einfach etwas. Die Sonne begann, den Dunst aufzulösen, und ich fing an, Aufnahmen zu machen. Das Licht war perfekt, hell genug für subtile, satte Farben, diffus genug für Zauber, eine dieser goldenen Morgenstunden, von denen man immer träumt. Manchmal weiß man gleich, dass es funktioniert, man sieht die fertigen Fotos schon vor sich, und sie sind gelungen. Zwei Strandläufer rempeln sich an, eine Lachmöwe nimmt eine Dusche, ein einsamer Schlammtreter, riesig zwischen den kleinen Drosseluferläufern. Ich bekam einen kleinen Schlammläufer vor die Linse, auf einem Bein in stillem Wasser stehend, unter sich sein Spiegelbild. Ich glaube, das Foto wird gut, er scheint auf einem Spiegel zu stehen, oben und unten nur himmelfarbenes Wasser. Zum Spaß, für mich, nicht zum Verkaufen, fotografiere ich gähnende Vögel. Ich habe schon mehr als 30 Spezies, eine ganze Sammlung nur von Vögeln, die gähnen. (Aufwachen! Keine glasigen Augen bitte!) Heute, auf dieser kleinen Landzunge, hat mir eine Ohrenscharbe praktisch ins Gesicht gegähnt. Das kam völlig unerwartet. Ein Vogel, der aufwacht, gähnt oft, aber dieser Typ hatte schon gefressen und saß auf einem Stück Treibholz, die Flügel zum Trocknen ausgebreitet. Ich kann's kaum fassen, aber ich hab ihn! Ich musste sogar von Hand einstellen, der Autofokus hätte die Schnabelspitze nicht erfasst, und ich wollte seine rote Kehle und das leuchtend blaue Gaumendach. Ich bin fast sicher, dass ich's geschafft habe. Dazu grüne Augen und das Orange um den Schnabel herum ... Was für ein Bild! Denke ich. Hoffe ich. Ich werde es erst zu Hause erfahren.

Aber das war noch nicht alles. Dieser erstaunliche Tag, wie man nur ein, zwei Mal im Jahr einen erlebt, war noch nicht vorbei. Das Licht war schon fast weiß, mir blieben nur noch ein paar Minuten, und schlimmer noch, ich hörte eine Autotür zuknallen. Leute im Anmarsch. Ein großer Kanadareiher schlitterte von irgendwoher ins Wasser, ich hatte nicht auf ihn geachtet, weil ich mich gerade auf einen schwarzbäuchigen Regenpfeifer konzentrierte, der mit einem Wattwurm im Sand Tauziehen spielte. (Das wird auch gut, glaube ich. Er sieht sehr ernst und entschlossen aus, und der Wurm gewinnt.) Kanadareiher sind hier sehr verbreitet, wunderbare Vögel, groß und dramatisch, immer mit Interessantem beschäftigt. Man kann von einem großen Reiher kaum eine schlechte Aufnahme machen, und Bildredakteure lieben sie, weil sie so prähistorisch aussehen. Aber ich habe noch nie eine wirklich herausragende Aufnahme geschafft, irgendetwas stimmte immer nicht, entweder war das Bild zu voll, sodass kein Platz mehr für Wörter war — Redakteure brauchen im Hintergrund eines potenziellen Titelbildes Platz für den Text —, oder mein Exemplar war nicht ansehnlich genug oder das Licht nicht gut oder die Haltung zu statisch — immer etwas anderes. Ich habe ordentliche Aufnahmen, aber nichts Erstklassiges. Nichts, auf das ich stolz bin. Heute hatte ich einen Treffer. Kaum ist dieser Vogel gelandet, da sitzt schon ein zweiter neben ihm. Männchen? Weibchen? Freund? Schwager? Bei den großen Kanadareihern kann man Männchen und Weibchen nicht unterscheiden. Der springende Punkt ist: Jetzt sind es zwei, und wenn man zwei Vögel zusammen bekommt, egal, ob von derselben Spezies oder nicht, dann ist das Bild automatisch doppelt so gut. Besonders bei Kanadareihern, die eigentlich Einzelgänger sind, außer in der Paarungszeit, und dazu ist es zu früh, die beiden sind kein Paar. Glaube ich. Wie auch immer — ich weiß, Sie lesen schon längst nicht mehr, aber ich bin gleich bei der Pointe. Ich ziehe mein Objektiv zurück, weil ich meine Lektion gelernt habe und das Bildfeld

nicht ganz mit diesen Vögeln ausfülle, obwohl sie
kaum zwei Meter entfernt voneinander in seichtem
Wasser stehen. Nein, ich krieche zurück und lege
los, mit Automatik, ich warte nicht, bis etwas
Theatralisches passiert, knausere nicht mit dem
Film, das ist ein Anfängerfehler in solchen Momen-
ten, und die ganze Zeit denke ich bloß, wie interessant, zwei Reiher jagen zusammen — und da
plötzlich spießt der rechte einen Frosch auf.
Zuerst hielt ich die Beute für einen Fisch, aber
es war ein Frosch, ein Laubfrosch, und ich mache
ein halbes Dutzend Aufnahmen von dem Reiher mit
dem Frosch im Schnabel und warte auf den Moment,
in dem er seinen S-förmigen Hals zurückbiegt und
schluckt. Aber das tut er nicht. Und jetzt
kommt's. Der rechte Reiher streckt den Hals, die
schwarze Feder auf dem Kopf steht hoch — es sind
prächtige, erwachsene, voll entwickelte Tiere,
makellos, eine echte Krone der Schöpfung — und
reicht den Frosch, den er zwischen seine beiden
gelben Schnabelhälften geklemmt hat, an den linken weiter. Der linke rückt näher und öffnet den
Schnabel (jetzt weiß ich, dass es ein Weibchen
ist, irgendwie sind die beiden schon verfrüht in
der Paarungszeit gelandet), und der rechte über-
reicht das köstliche Brautgeschenk — und ich habe
diesen Augenblick auf Film. Ich weiß es erst
sicher, wenn der Film aus dem Entwickler kommt,
aber ich vertraue meinem Instinkt. Das ist immer
gut. Beide Vögel haben die Schopffedern aufgestellt, und das Licht ist genau richtig, sie sind
genauso froh wie ich, es ist ein ekstatischer
Augenblick. Um diese Jahreszeit höchst ungewöhnlich, und das Ungewöhnliche verkauft sich. Mir
ist das Verkaufen eigentlich egal, aber nach diesem Bild werden sie sich die Finger lecken. (Wenn
ich es habe. Mir ist meine eigene Zuversicht verdächtig!) Wenn es so gut ist, wie ich glaube, habe

ich etwas ganz Besonderes. Etwas, das man sonst nicht sieht. Ich weiß nicht, womit ich es vergleichen soll — wenn Ihr Restaurant am Samstagabend von sechs bis zehn voll belegt ist, jeder Platz besetzt, und jeder Gast ein Essen bekommt, das er nie vergisst ... Hundert Punkte.
So war das mit meiner Aufnahme. Irgendwo in meiner Kamera ist ein Bild, das man nicht oft sieht, und ich habe es genau richtig gemacht. Alles kam zusammen, wie es sollte. Hallo? Noch wach? Ich fühl mich gut. Kann kaum aufhören zu tippen.

Mason

Eddie hätte früher kommen und aushelfen sollen, aber er tauchte nicht auf. Anna verbrachte den Vormittag damit, auf Stühle zu steigen, mit dem Schlagbohrer Löcher in die neu gestrichene Wand zu bohren und gigantische, aber zum Glück leichte Blumen- und Früchtegemälde von ortsansässigen und deshalb preiswerten Künstlern aufzuhängen. Nicht die üblichen Genre-Bilder mit Blumen und Früchten, sondern – tja, es war keine primitive Kunst und auch nicht surrealistisch. Hyperrealistisch? Expressionistisch? Jay hätte es gewusst, aber er hätte gleich einen ganzen Vortrag gehalten. Hauptsache, die Gemälde waren groß, lebhaft und farbenfroh. Vonnie meinte sogar, sie machten sie hungrig.

Anna gefiel das Pfirsichgelb, mit dem sie die weiße Backsteinwand überstrichen hatten. Wie viel heller und wärmer der Speiseraum jetzt aussah – aber doch nicht zu feminin, da hatte Shirl ihr rasch zugestimmt. Shirl, Pasta-Köchin und Quasselstrippe, war ihre wichtigste Beraterin in Sachen Dekoration geworden, und niemand wunderte sich mehr darüber als Anna selbst. Sie waren sich in allem einig, deshalb fand jede, die andere habe einen ausgezeichneten Geschmack und ein sicheres Urteilsvermögen. Shirl hasste den verblichenen, ausgetretenen Teppich ebenso sehr wie Anna. »Ätzend« nannte sie ihn und dachte sich Methoden aus, ihn loszuwerden, indem sie ihn zum Beispiel »aus Ver-

sehen« in Brand setzte. Und Anna hatte allen Ernstes überlegt, Shirl zu feuern!

Carmen erschien um elf und parkte ihren alten, weißen
Ford Econoline mit dem Heck zur Hintertür. Es war der Tag,
an dem sie den italienischen Markt nach Produkten durch-
kämmte, die sie dort billiger bekam als von ihren üblichen
Lieferanten. Sie stapfte in ihre Wohnung hoch und kam kurz
darauf mit umgebundener Schürze wieder, bereit, die Mittagscrew zu überwachen. Während Lewis den Lieferwagen
entlud, tippte Anna Carmens Einkäufe in die Hauptinven-
tarliste ein.

Schon nach der Hälfte platzte ihr fast der Kragen.

Sie wartete, bis Carmen allein war und in der Speisekammer einen Karton mit Tomatenpüree-Packungen aufriss.
Bemüht, möglichst neugierig und erstaunt statt wutent-
brannt zu klingen, fragte Anna: »Hast du auch etwas gekauft,
das auf meiner Liste stand?«

»Auf *deiner* Liste?« Carmen atmete schwer, was sich mit
der geringen körperlichen Anstrengung, die das Aufschnei-
den des Kartons erforderte, schwerlich erklären ließ. Sie
hockte breitbeinig und vornübergebeugt da und blies sich die
Haare aus dem Gesicht.

»Die Liste, die ich dir gestern Abend gegeben habe, als
Ergänzung zu deiner. Ich sehe nichts von dem, was ich haben
wollte, außer dem Auricchio-Käse.«

»Ja, der war im Angebot. Den konnten wir uns leisten.«
Verschwitzt richtete sich Carmen auf und grinste – kein
freundliches Grinsen. Sie sah älter aus als fünfzig. Fix und
fertig. Die Haut an Armen und Hals, sogar an den stämmigen Beinen und dem runden Gesicht war spröde und rot wie
gedünstete Paprika. Kein Wunder – sie verbrachte ihre Tage
bei 60 Grad Hitze über offenem Feuer, Grills, Herden,
kochendem Wasser, Dampf, Bratpfannen. Manchmal versuchte Anna sie sich als junge Frau vorzustellen, die sich ver-
botenerweise nach einem Priester verzehrt, den sie nicht
haben kann, und der ihr das Herz bricht, indem er sie kalt-
lächelnd hintergeht. Es war fast undenkbar, aber wenn Anna
das Bild auf sich wirken ließ, legte sich ihre Abneigung ein

wenig. Und *einen* menschenfreundlichen Zug hatte Carmen immerhin: Spät nachts steckte sie einem übellaunigen, obdachlosen alten Trunkenbold namens Benchester im Hinterhof Essen zu. Alle wussten darüber Bescheid, aber niemand durfte es erwähnen, sonst explodierte Carmen, ging zum Angriff über oder leugnete alles. Nichts ärgerte sie mehr, als wenn man sie für nett hielt.

»Sie hatten keine frischen Sardinen und deine *spezielle* Sorte Passata auch nicht, bedaure. Und den San-Daniele-Schinken kannst du vergessen. Weißt du, wie viel das Pfund kostet?«

»Ja, das hatte ich befürchtet, aber wieso hast du kein Rindfleisch bekommen? Ich weiß, dass es dort welches gibt, und es ist *billiger*. Aber du hast T-Bone-Steaks gekauft.«

»Die Gäste mögen T-Bone. Sie wollen diese dünne, zähe *bistecca* nicht, auf die du so scharf bist.«

»Carmen, wir wollten es mit der neuen Feigen-Basilikum-Sauce ausprobieren. Das hatte ich dir doch gesagt.«

Eine von Frankies triumphalen Kreationen, eine fantastische Sauce, eine Götterspeise, eine der besten Saucen, die Anna je gekostet hatte. Zu üppig für Fisch, aber zu kräftigem, aromatischem italienischem Steak gerade richtig.

»Niemand wird das bestellen«, nörgelte Carmen.

»Woher weißt du das? Es ist magerer, das stimmt, aber viele Leute mögen mageres Fleisch.«

»Irrtum. Wenn sie ein Steak bestellen, wollen sie ein *Steak* und nicht ein Stück Schuhleder.«

Anna schlug sich auf die Schenkel. »Ich wollte frische Erbsen! Waren die auch ausverkauft?«

»Du wolltest frische Erbsen für ein Püree auf Polenta. Glaub mir, Schätzchen, ich habe dich vor einer *bodenlosen* Peinlichkeit bewahrt.« Carmen drängte sich an ihr vorbei und verließ die Küche.

Anna folgte ihr. »Und Linguinette. Wieso hast du keine mitgebracht?«

Carmen blieb neben Jaspers Posten stehen und tat, als interessiere sie sich für die Baby-Zucchini, die er für den Tagessalat vorbereitete. Jasper war Carmens Liebling, ihr

Vasall. »*Linguinette.*« Carmen kräuselte die Lippen voller Verachtung, wie nur sie es konnte. »Diese Designer-Pasta unterscheidet sich von Linguine bitte schön ... wodurch?«

»Sie sind kleiner!«, platzte Anna los. »Deshalb heißen sie nämlich Linguinette! Sie sind kleiner!«

Carmen brach in Gelächter aus. Jasper stimmte ein.

Anna verlor alle Zurückhaltung. »Hast du jemals Linguinette gegessen? Na? Magst du Capellini oder findest du die auch lustig?«

Stopp. Sie zwang sich zur Ruhe. Von Carmen würde sie sich nicht zu einer lautstarken Szene provozieren lassen. Sie würde sowieso den Kürzeren ziehen, denn Carmen beherrschte alle Nuancen der Aggression. Als Frankie noch zur Vorbereitung abkommandiert war – bevor Anna sie gerettet und an den Posten zurückgeholt hatte –, hatte sie den Fehler begangen, einige Begriffe aus der Kochschule zu benutzen, wie *mise en place* oder *mirepoix*, ihr selbst völlig geläufig, aber für Carmen und ihre Gang, zu der Jasper und ein paar andere gehörten, unerträglich affektiert. Nichts wurde in Carmens Küche schneller bestraft als Angeberei oder das, was sie dafür hielt, und ihre bevorzugte Strafe war gnadenlose Hänselei. Frankies Spitzname war deshalb jetzt »Concasse«, nach den gewürfelten Tomaten mit Olivenöl, die sie, sicher zu ihrem ewigen Bedauern, einmal erwähnte hatte. Jasper wiederum ließ sich keine Gelegenheit entgehen, sich selbst als »garde manger« zu bezeichnen, und so weiter und so weiter. Im Grunde waren es die üblichen Küchenschikanen, aber wenn Carmen einstimmte, wurden sie leicht zur Quälerei.

Es war also ein schwerer Fehler, das jetzt mit ihr auszufechten, während das halbe Personal unbeteiligt tat und dabei die Ohren spitzte. Anna zügelte ihre Empörung, rang sich ein Lächeln ab, sagte: »Eigentlich klingt Capellini wirklich lustig«, und ging nach draußen.

Louis spritzte mit einem Schlauch den Gehweg ab. Anna winkte Roxanne zu, der Besitzerin des Juweliergeschäfts auf der anderen Straßenseite. Sie winkte dem UPS-Boten. Sie tätschelte Dickie, die streunende Katze, die von allen Ladenbesitzern der Straße gefüttert wurde. Sie und Louis sprachen über Roses Blumenkästen und ob es richtig gewesen war, dass sie Mini-Hahnenkamm gepflanzt hatte statt der guten alten verlässlichen Geranien.

Louis war schon seit Ewigkeiten Roses Mädchen für alles. Er veränderte sich nie. In Annas Jugend hatte er nicht viel anders ausgesehen als jetzt, im Alter: schlaksig und gebeugt, mit Sommersprossen auf der aschgrauen Haut und dichtem, weißem Haar, das so kompakt war wie Watte. »Was hältst du davon, wenn wir Tische auf den Gehweg stellen?«, fragte sie ihn. »Nicht viele, sagen wir sechs. Brauchen wir dann Schirme? Oder vielleicht eine größere Markise? Wo steht die Sonne zur Cocktailzeit an den heißesten Sommertagen? Ich weiß es nicht mehr.«

Er kratzte sich am Nacken und kniff nachdenklich die Augen zusammen. »Ungefähr da«, sagte er dann und deutete nach Westen. »Hinter dem Ritz Camera geht sie etwa um acht Uhr unter. Heiß wie die Hölle hier.«

»Dann also Schirme. Macht viel Arbeit«, sagte Anna zweifelnd. »Carmen ist dagegen.« Beschichtete Holzmöbel würden sich verziehen, hatte sie gewarnt, und Plastik würde springen oder fleckig werden. Alle Farben würden grau werden. Die Angestellten würden den Rest ihres Lebens mit Kratzen, Streichen und Ausbessern verbringen.

»Na dann«, sagte Louis mit fester Stimme. Anna wunderte sich nicht, dass er auch dagegen war, an ihm blieb schließlich die meiste Instandhaltungsarbeit hängen. Aber dann zwinkerte er ihr zu. »Wär das nicht ein guter Grund, es doch zu machen?«

Liebe Anna,
vergaß in der Hitze des Reihergefechts zu sagen, dass ich mich freue, dass Sie Ihre Arbeit lieben. Aber warum soll ich es Rose nicht verraten? Glauben Sie, sie weiß es nicht? Sie ist auch meine Freundin, nicht nur Theos, deshalb höre ich so manches. Tut mir Leid, wenn es Sie stört, dass Rose mit ihren Freunden über Sie redet. Sie bei-

de hatten sich entfremdet, das ist alles, was ich weiß. Keine Einzelheiten. Sie beschützt Sie.
Theo und ich — ich weiß nicht recht, was das zwischen uns war. Er hat mich gelehrt, Vögel zu lieben. Er hat die Verletzten aufgepäppelt, die Möwen und Zwergstrandläufer, die er beim Fischen oder Krabbenfangen gefunden hat. Er war mir hin und wieder ein Vater, aber auch bevor er ganz wegging, war er nicht viel zu Hause. Meine Mutter war seine zweite Frau, die erste hatte er aus demselben Grund verloren — er war nicht oft genug zu Hause. Jetzt ist er nur deshalb stets am selben Ort, weil es körperlich nicht mehr anders geht. Und wegen Rose — er bleibt auch ihr zuliebe. Soll ich auf ihn wütend sein, weil er ein schlechter Vater war? Wir sind jetzt Freunde und wir haben nie über die Vergangenheit geredet. Wie das Männer so tun.

Lieber Mason,
hier ist das reinste Irrenhaus — tut mir Leid, dass ich keine Zeit hatte zurückzuschreiben und zu den fabelhaften Reiherfotos zu gratulieren. Es klingt nach Meditation, wenn Sie beschreiben, wie man darauf wartet, dass die Vögel zur Ruhe kommen und das Licht perfekt ist. Das Zen der Vogelfotografie. Ich wünschte, ich hätte wenigstens ein bisschen Ahnung von Vögeln. Ich hatte mal einen Freund mit einem Nymphensittich namens Marsha. Er kaufte eine CD, mit der man dem Vogel angeblich das Sprechen beibringen konnte, aber es hat nicht funktioniert, er hat nie ein Wort gesagt. Wenn ich mich mit einem Buch über Vögel informieren wollte, welches würden Sie empfehlen?
Betr. Theo, Rose, Kindheit, Verlassenwerden etc. etc. — haben Sie je das Gefühl, dass man das Alter für solche Geschichten endgültig hinter sich

gelassen hat? Wie alt sind Sie? Ich bin 36, fast 37, theoretisch also längst erwachsen. Aber ich fühle mich sehr dumm und kindisch, weil ich immer noch PROBLEME mit einer Frau habe, die nicht mal meine Mutter ist. Wann werden wir endlich erwachsen? Wenn wir eigene Kinder haben? Manchmal bezweifle ich das. Ich glaube, wir ziehen dann nur eine bessere Show ab, wir beschäftigen uns mit Problemen der Kindheit und Jugend, die wir selbst angeblich längst überwunden haben — ›Nimm keine Drogen‹, ›Heb dir Sex für später auf‹, ›erwachsene‹ Vorschriften, die nur die Tatsache verschleiern, dass wir immer noch in pubertärer Angst und Unsicherheit und vor allem Ratlosigkeit feststecken.

Aber das gilt vielleicht nur für mich.

Ich lese gern Romane, beziehungsweise las gern, als ich noch ein Privatleben hatte, und meine Lieblingsschriftsteller beschäftigen sich mit solchen Themen, aber ich habe immer das Gefühl, das sie alles durchschauen. Viele Autorinnen schildern die ILLUSION der Verwirrung, aber ich bezweifle, dass sie so konfus und wirrköpfig sind wie ich, wenn es ums Erwachsensein geht. Was lesen Sie zum Vergnügen? Ich mag Bücher über Frauen, die in emotionalen Konflikten stecken, mit prügelnden Ehemännern und undankbaren Kindern, oder die einsam alt werden und so weiter. Am Ende triumphieren sie, weil jemand (gewöhnlich ein Mann, aber manchmal, man stelle sich vor, die Frau selbst!) ihren Wert erkennt und sie dafür belohnt. Das läuft wohl schon seit Jane Eyre so, aber ich kann immer noch nicht genug davon kriegen. Ich liebe das Happy End. Das Aschenbrödel-Syndrom. Der Prinz erscheint in irgendeiner Gestalt, und sofort sind alle üblen Machenschaften der bösen Stiefmutter wie ausgelöscht.

Ich weiß nicht mehr, worauf ich damit hinauswollte. Ich wollte Rose nicht zur bösen Stiefmutter erklären oder Theo zum bösen Stiefvater. Obwohl, wenn er das ist, dann haben Sie es viel besser geschafft, sich mit ihm zu versöhnen als ich mich mit Rose. Warum sagen Sie, dass sie mich beschützt? Erwägen Sie bitte die Möglichkeit, dass sie sich selbst beschützt.

Ihre Post von gestern kam heute, demnach sind Sie vermutlich schon unterwegs und fotografieren Albatrosse oder so etwas. Noch ein perfekter Tag wäre wahrscheinlich zu viel verlangt, aber ich wünsche Ihnen trotzdem einen.

Anna

P.S. Wie interessant, dass Ihr Vater — Ihr richtiger Vater, der leibliche — Flugzeuge steuerte. Freud hätte daran seine Freude gehabt.

Mittags war wenig los. Anna hatte sich mehr erhofft, und überdies musste sich sich anhören, wie Carmen den Tagesgerichten die Schuld zuschob. »Zu abgedreht«, befand sie, als habe Frankie mit ihrem »Seeteufel mit Artischockenpüree« die Leute höchstpersönlich verscheucht. Sie telefonierte eine Stunde lang mit Lieferanten und eine weitere mit Bewerberinnen, die Elise ersetzen sollten, die sie am Vortag gefeuert hatte, weil sie Kris eine ›postengeile Schlampe‹ genannt hatte. Kann vorkommen, aber bitte nicht in einem Raum voller Gäste. Personal feuern war nicht angenehm, Anna hasste es ebenso wie Rose, aber sie tröstete sich damit, dass sie Elise einen Gefallen getan hatte, indem sie das Unvermeidliche beschleunigte.

Um drei aß sie selbst ein paar Bissen an der Bar. Frankie setzte sich zu ihr. Sie sah verständlicherweise abgehetzt aus, denn sie war seit sechs Stunden auf den Beinen und hatte noch sieben vor sich. Vince, der für Eddie eingesprungen war, erfand zu ihrer Unterhaltung neue Cocktails. Wodka, Orangensaft und Milk of Magnesia – ein Phillips-Screwdriver.

Cold Duck und Cola: ein Quacksalber. Vince bei der Arbeit zuzusehen machte Spaß, weil er schnell, graziös und sehr genau war. Er verwandelte den einfachsten Mixvorgang in eine Zeremonie. Seine Zubereitung eines Martini erinnerte an die Wandlung in der Messe. Er hatte viele Stammkunden, die jeden Tag kamen, nur um ihn zu sehen, nur um sich ihren Schuss Vince zu holen. Er konnte über alles reden, über Sport, die Börse, den Sinn des Lebens, die Filme im Kino einen Block weiter. Tante Iris sagte, er beherrsche seine Arbeit, weil er ein Fiore sei und damit von Natur aus ein guter Gastgeber. Nur produzierte er eben Drinks anstatt Essen.

Er und Frankie stritten sich unentwegt. Über alles – über Musik im Allgemeinen, aber vor allem darüber, welche sie während der Happy Hour auflegen sollten. Ob der Fernseher über der Bar unentbehrlich sei oder eine Scheußlichkeit. Ob sie eine Popcornmaschine aufstellen sollten, ob es das Ende der Welt wäre, wenn Rose eine Konsole für Videospiele kaufte (Vince: nein; Frankie: ja). Er neckte sie und alberte herum, während sie so ernst bei der Sache war, dass sie es meist nicht einmal merkte, wenn er einen Witz machte. Dasselbe beim Flirten: Vince überhäufte sie mit seinen klischeehaften, aber altbewährten Sprüchen, die gewöhnlich übertriebene Behauptungen hinsichtlich seiner sexuellen Potenz enthielten, und sie starrte ihn nur groß und verständnislos an.

Sie unterbrach den gerade im Gang befindlichen Streit – ob freie Häppchen während der Happy Hour eher Schmarotzer als zahlende Gäste anzogen – und raste in die Küche, um eine Bratpfanne voller Cherry-Tomaten aus dem Backsteinofen zu retten. »Probiert mal«, sagte sie und stellte die Pfanne auf ein gefaltetes Handtuch auf die Theke. Zu dieser Stunde waren nur ein paar Stammgäste vom Hafen da und ein paar junge Paare, die so sehr mit sich beschäftigt waren, dass sie ihre Umgebung kaum zur Kenntnis nahmen. »Was hältst du davon?«, fragte Frankie. »Vorsicht, sie sind noch heiß.«

Anna nahm sich eine heiße Tomate und steckte sie zaghaft in den Mund. »Mhm, lecker.« Gleich beim ersten Biss schmeckte sie Knoblauch und Thymian.

»Ja, super«, stimmte Vince mit vollem Mund zu. »Ist das für die Bar?«

»Ja«, verkündeten Anna und Frankie einstimmig. Sie arbeiteten an einer Tapas-Speisekarte, und Vince war ihr Versuchskaninchen.

»Ich will euch eins sagen«, erklärte er, über die Bar gebeugt, »nach ein paar Drinks essen die Kerle ihre Brieftaschen, wenn man sie mit Salz bestreut. Dieses Zeug, die *focaccia*, die *empanadas*, die sind toll, aber für achtzig Prozent meiner Kunden die reine Verschwendung.«

»Du hörst dich an wie Carmen. Wo ist sie eigentlich?«, fragte Anna. »Sie soll das hier mal kosten.«

»Sie ist beim Zahnarzt«, antwortete Vince, hob die Pfanne hoch und bot den Gästen auf der anderen Seite der Bar die gegrillten Tomaten an.

»Du schätzt die Leute falsch ein«, wandte sich Frankie ernsthaft an ihn. »Wenn sie hungrig sind und du nichts anderes anzubieten hast als gesalzene Brieftaschen, klar, dann essen sie die, aber setz ihnen etwas Gutes vor, dann siehst du, was passiert.«

»Natürlich, das essen sie auch.«

»Nein – na ja gut, schon, aber sie schlingen es nicht hinunter, sie *genießen* es.«

Wie auf ein Stichwort rief einer der Stammgäste, ein pensionierter Austernfischer namens Conrad: »Hey, die sind aber lecker!«

Frankie funkelte Vince triumphierend an. »Bar Snacks sind eine Kunst«, belehrte sie ihn. »Sie sollten einfach, aber geschmackvoll sein, ein starkes Aroma haben, und man sollte sie mit den Händen essen können. Wie Austern. Oder Eier mit Anchovis, oder Röstkartoffeln mit Aïoli-Sauce ...«

»Genau!«

»Wie Datteln – Anna, das ist eine Idee – Datteln, mit gerösteten Mandeln gefüllt und in Prosciutto gewickelt.«

»Fabelhaft!«

»Und dann ... könnten wir zur Happy Hour nicht eine Rapini-Paté an die Bar legen? Schon geschnitten, sodass die Leute sich ein Stück nehmen können. Man macht nur eine, sagen wir um sechs, und erwärmt sie nicht wieder. Sie liegt einfach da, und wer zuerst kommt, mahlt zuerst.«

»Was ist Rapini?«, fragte Vince.

Frankie starrte ihn aufrichtig verblüfft an. »Was Rapini ist? Brokkoli. Eine Art Stengelkohl.«

»Ach.«

»Du kannst ihn mit Knoblauch und Zwiebeln und Asiagokäse mischen und isst das Ganze mit Brot.«

»Ah!« Vinces Miene hellte sich auf. »Wie eine Spinatpastete.«

Frankie schüttelte entgeistert den Kopf. »Ja, Vince, wie eine Spinatpastete. Nur ohne die Mayo. Und ohne die Wasserkastanien«, schloss wie, als sei das die Pointe. »Ich hab zu tun.« Sie rutschte vom Hocker und verschwand.

»Seltsame Braut«, sagte Vince. Er schaute ihr stirnrunzelnd nach. »Sie lacht nie über meine Witze.«

»Das ist ja wirklich seltsam.«

»Na, du musst doch zugeben, sie ist ein bisschen verkrampft. Ich wollte ihr ein Kätzchen schenken«, sagte er, während er Annas Kaffeetasse nachfüllte. »Die Katze von einem meiner Nachbarn hatte Junge. Sie lebt doch allein, oder, da draußen im Gewerbegebiet?«

»Ich weiß, dass sie allein lebt.«

»Ein schreckliches Apartment, fast eine Sozialwohnung. Deprimierend. Ich hab ihr gesagt, sie braucht ein Haustier, um sich dieses Elend zu erleichtern.«

»Wie ist das bei ihr angekommen?«

»Nicht gut.« Anna sah, wie Vinces große, runde Augen einen traurigen Ausdruck annahmen. Manchmal überschwemmte sie die Zuneigung zu Vince wie eine große Welle. Sie hätte sich am liebsten über die Theke gebeugt, seinen Crewcut gerubbelt und ihm die Wange getätschelt.

»Oh, du hast Glück«, sagte sie, als Shirl aus der Küche auftauchte und auf sie zuschlenderte. »Hier kommt eine, die deine Witze zu schätzen weiß.«

»Hallo, Anna! Mann, die Bilder sehen echt super aus.« Shirl ließ sich schwer auf den Hocker neben Anna fallen und zerrte einen Aktenordner aus ihrer Umhängetasche. »Hey, Vince«, flötete sie und klapperte mit ihren kurzen Wimpern. »Ich *liebe* dieses Hemd, das du anhast, so ohne Kragen! Sieht echt toll an dir aus.«

Vince strahlte, wieder ganz in seinem Element. »Wie wäre es mit einer Cola Lime für die Dame? Nein ...« Er wies mit beiden Zeigefingern auf Shirl. »Ginger Ale und Bitters. Du hast diesen besonderen Ausdruck in den Augen.«

Was immer das bedeuten mochte. Frauen wurden von Vince mit Schwachsinn überschüttet und hatten nichts dagegen, wahrscheinlich hörten sie gar nicht richtig hin. Anna unterbrach Shirls mädchenhaftes Getue und fragte sie, ob das Blatt in ihrem Ordner der Probedruck der neuen Speisekarte sei.

»Ja. Siehst du, ich hab zwei Versionen gedruckt. Earl junior hat mir beim Formatieren geholfen. Welche gefällt dir besser?«

Anna musterte sie. Beide gefielen ihr. Es war noch nicht die endgültige Speisekarte, nur ein Experimentieren mit Anordnung und Layout. Rose hatte gar nichts verändern wollen, allenfalls das Logo auf dem Umschlag. »Aber sie ist unsere Identität, unsere Unterschrift – die Speisekarte ist das *Gesicht* des Bella Sorella«, hatte sie argumentiert. »Wenn du zu viel herumschiebst, bringst du die Leute durcheinander. Du weißt doch, nicht *jede* Veränderung ist eine gute Veränderung.« Das war ein solch absurder Einwand, dass Anna ihn einfach ignoriert hatte und sich nicht beirren ließ.

»Die hier ist besser«, sagte sie zu Shirl. »Das Auge wandert erst dahin, nach rechts oben. Deshalb stehen da die Specials. Und die einfachen Gerichte hier unten, rechts.« Acht Vorspeisen, das war genau richtig. »Und mir gefällt, dass die Weinliste einfach auf die Rückseite gedruckt ist. Keine separate Weinkarte. Das hast du hervorragend gemacht, Shirl. Hat es lange gedauert?« Shirl hatte sich freiwillig angeboten, aber Anna wollte ihren Lohn am Abend etwas aufstocken. Ein kleiner Zuschuss zu den Prozesskosten, falls Earl junior gewann.

»Nein«, erwiderte sie vergnügt und zwirbelte eine Korkenzieherlocke ihres derzeit magentaroten Haares zwischen den Fingern, »und es war echt klasse, hat Spaß gemacht. Welche Papierfarbe gefällt dir am besten? Das Weinrot hat Power, aber das Hellrot ist irgendwie sexy.«

Vince stellte die Ohren auf. Anna überließ die beiden der Frage, ob Hellrot oder Burgunderrot besonders sexy waren, und machte sich auf die Suche nach Rose.

*

Sie tauchte mitten während der Abendschicht auf. Anna und sie wechselten nur ein paar Worte, bevor dringende Pflichten sie in unterschiedliche Richtungen riefen. Rose sah müde, aber nicht bekümmert aus – demnach hatte sie keine neuen schlechten Nachrichten, was Theo betraf. Sie hatte ihn seit dem Morgen zu verschiedenen Behandlungen und Arztterminen gefahren. Das war für gewöhnlich Masons Aufgabe, aber er hielt sich ja in Chincoteague auf und fotografierte Reiher.

»Ich geh heute früher nach Hause«, sagte Rose, nachdem der erste Andrang vorbei war. Anna schrieb am Schreibtisch Schecks aus, und Rose hockte auf der Tischkante und rieb sich über das Gesicht, als habe sie Mühe, wach zu bleiben. »Ich würde nicht gehen, wenn viel los wäre, aber so …« Sie trug ein einfaches, langes, vorn durchgeknöpftes Kleid, braun von der Taille abwärts, darüber dunkelgrün. Die Farben standen ihr großartig, stellte Anna beiläufig fest. Sie fand das Kleid umwerfend. »Um ehrlich zu sein, ich bin völlig kaputt.«

»Natürlich«, erwiderte Anna bereitwillig, »kein Problem. Nur eins noch …«

»Nur eins? Oh Gott.« Rose schlug übertrieben dramatisch die Hände vors Gesicht. »Was?«

»Irgendwann müssen wir uns mal unterhalten. Über Carmen.«

Anna sackte in sich zusammen. »Was hat sie getan?«

»Nichts. Es geht um ihre Einstellung. Rose – sie ist miesepetrig, schlecht gelaunt, überkritisch. Und unsensibel. Sie terrorisiert die Service-Leute. Ich habe noch nie jemanden erlebt, der so stur ist. ›So haben wir das aber immer gemacht‹, sagt sie – als wäre das ein Grund, nichts zu ändern.«

»Ich weiß, dass sie schwierig ist.« Rose rieb sich die Augen und betrachtete dann finster ihre Fingerspitzen, um zu prüfen, ob sie die Wimperntusche verschmiert hatte. Sie zog ein Papiertuch aus der Box auf dem Schreibtisch und wischte sich das Gesicht ab, und Anna fragte sich, was sie wohl von ihrem Aussehen hielt, jetzt, mit sechzig. Ob sie wohl eitel war? Und wie mochte sich eine Frau in ihrem Alter hinsichtlich Attraktivität und Sexappeal fühlen?

»Carmen ist *schwierig*«, wiederholte sie kampflustig. »Sie ist unmöglich! Ich hätte gern, dass Frankie viel mehr an der Planung der neuen Speisekarte beteiligt wird. Sie soll sogar die Verantwortung dafür übernehmen. Sie ist klug und flink, sie hat tolle Ideen – und Carmen lässt sie Marinara machen!«

»Ja, aber die Marinara ist erstklassig. In Ordnung«, fügte Rose ernüchtert hinzu, als Anna ihre Worte mit einem Stirnrunzeln quittierte. »Ich rede mit ihr. Ehrlich, versprochen.« Diese Aussicht schien sie ebenso sehr zu begeistern wie eine Begegnung mit Giftschlangen. »Aber nicht heute. Bitte. Ich muss nach Hause, bevor ich umfalle.«

»Geh nur, ich sagte doch, ich verstehe das.«

»Shirl musste früher weg, hat dir das jemand ausgerichtet?« Rose zog ihre Handtasche vom Aktenschrank herunter und lehnte sich schwer gegen den Türrahmen. »Du bist knapp an Personal, aber es wird schon gehen.«

»Ja, ich hab's gehört. Sie hat schon wieder Krämpfe. Heute Nachmittag ging es ihr noch gut. Ich hätte ja geargwöhnt, dass sie sich einen netten Freitagabend machen will, aber sie sah wirklich schlecht aus.«

»Stimmt.«

»Das kenne ich«, sagte Anna mit gespieltem Schaudern. »Jetzt hab ich es nicht mehr so oft, aber als ich jünger war … Furchtbar.«

»Das weiß ich noch.« Rose sah Anna liebevoll an. »Erinnerst du dich noch an deine erste Periode?«

»Nicht richtig. Aber Mama hatte mir schon vorher erklärt, wie man eine Binde benutzt.«

Rose blieb unbeweglich stehen. Ihre Gesichtsmuskeln verkrampften und lockerten sich wieder. Ihre Augen verrieten ein Gefühl, das Trauer oder Bedauern sein mochte – Anna konnte es nicht deuten.

»Was ist?«, fragte Anna schließlich unsicher, als das Schweigen anhielt.

Rose lächelte. »Nichts. Gute Nacht.« Sie stieß sich vom Türrahmen ab und verschwand.

Anna blieb sitzen, starrte an die Wand und lauschte den vertrauten Geräuschen aus der Küche – das Zischen der Cappuccino-Maschine, das Klirren des Tabletts mit den Gläsern beim Herausnehmen aus der Spülmaschine, Carmens Stimme, dann Dwaynes, das harte, periodische Rumpeln des Müllschluckers. Fontaine, die Anna endlich gestanden hatte, dass sie schwanger war, streckte ihr hübsches blondes Köpfchen herein und stellte eine Frage, es ging um das Pfirsichpüree. Anna antwortete. Und obwohl sie gerne im Hier und Jetzt geblieben wäre, schweiften ihre Gedanken wieder ab. Zu einem grauen Dezembernachmittag in ihrem Haus, zum Tag nach der Beerdigung ihrer Mutter. Oder vielleicht war es gar nicht der Tag danach gewesen, vielleicht erschien es ihr nur so. Bald danach jedenfalls, denn seit Jahren brachte sie diese beiden Ereignisse in Verbindung: die Beerdigung ihrer Mutter und ihre erste Periode. Als sie Rose gesagt hatte, sie könne sich nur vage an ihre erste Periode erinnern, hatte sie nicht gelogen. Doch jetzt tauchte das, was wirklich geschehen war, mit einer merkwürdigen Intensität vor ihrem inneren Auge auf, und sie fragte sich, welche anderen Erinnerungen sie sich zurechtgebogen oder missbraucht hatte, damit sie das stetige Bemühen, Rose aus ihrem Leben zu tilgen, nicht durchkreuzten.

Den ganzen Tag über hatte sie sich damals schwer und matt gefühlt, sie fröstelte, und ihre Haut war überempfindlich, aber sie hatte das dem Kummer und dem vielen Weinen zugeschrieben – eine natürliche Reaktion des Körpers auf emotionalen Schmerz. Dann hatte sie spätnachmittags Blut in ihrer Unterhose entdeckt, und nach der ersten panikartigen Bestürzung hatte sie begriffen. Sie hatte sich im Badezimmerspiegel angestarrt und nach einem Zeichen dafür gesucht, dass sie nun in ein neues Stadium der Weiblichkeit eingetreten war. Doch alles, was sie sah, waren krankhaft blasse Haut und verängstigte schwarze Augen. Sie hatte sich auf den Rand der Badewanne gesetzt, die Arme um den Leib geschlungen. Schon dieses erste Mal, wie so viele weitere Male mit Krämpfen und Übelkeit verbunden, setzte ihr schwer zu. Schließlich klopfte ihr Vater an die Tür. »Annie? Ist dir schlecht? Ist dir schlecht, Baby?« Sie wollte nicht herauskommen, und sie wollte ihm auch nicht sagen, was los war. War Rose schon bei ihm gewesen oder hatte er sie erst gerufen? Anna wusste es nicht mehr. Sie erinnerte sich nur noch, wie sie Rose ins Badezimmer eingelassen und schnell die Tür hinter ihr verriegelt hatte. Und an das Gefühl überwältigender Erleichterung, dass Rose sich ihrer annahm.

»Tante Rose, ich habe meine Periode gekriegt.«

»Oh, Baby …«

»Ich hab in Mamas Schrank nachgesehen und unter dem Waschbecken und überall, aber ich hab nichts gefunden, keine Binden oder so. Hier ist auch nichts, glaube ich.« Nein, es hatte in ihrem Haus keinerlei Vorrat gegeben, begriff sie jetzt. Durch die Chemotherapie hatte ihre Mutter keine Menstruation mehr gehabt.

»Schon gut, das macht nichts«, hatte Rose gesagt, »wir schicken Paul in die Drogerie«, und Anna war froh, dass *Rose* es ihm sagen würde. Sie hatte nichts dagegen, dass ihr Vater Bescheid wusste, sie wollte es ihm nur nicht selbst erzählen. Rose fragte sie, wie sie sich fühle, und erzählte ihr, wie schlimm ihre Periode am Anfang gewesen sei und wie es allmählich besser geworden war und sie mittlerweile kaum noch ein Zwicken spürte. »Lily ging es ganz genauso«, behauptete sie, und Anna glaubte ihr und war endlich in der Lage, zu akzeptieren, was mit ihr geschah. Sie musste nicht mehr dagegen ankämpfen oder es als Katastrophe betrachten.

Später hatte Rose sie ins Bett gebracht und ihr eine Wärmflasche auf den Bauch gelegt. »Mama sagte immer, leg sie auf die Füße, lass die Hitze das Blut runterziehen, aber ich habe sie immer lieber da, wo es wehtut, genau hier«, sagte Rose und betrachtete wohlwollend die Wölbung unter der Decke über Annas Becken. Interessant, hatte Anna gedacht, fasziniert von der Vorstellung, dass auch ihre alte Nonna, eine breithüftige, humorlose, grauhaarige, scheinbar *geschlechtslose* alte Witwe, ihre Tage gehabt und ihren jungen Töchtern Lily, Iris und Rose Ratschläge gegeben hatte. Sie hatte sich plötzlich mit ihnen verbunden gefühlt und nicht mehr so sehr als *Hinterbliebene*. Es gab immer noch Frauen in ihrem Leben, in ihrer Familie, an die sie sich wenden konnte, und sie fühlte sich nicht mehr so allein.

Aber sie wusste auch noch, dass sie zu Rose, die gerade aufstehen und Anna allein lassen wollte, gesagt hatte: »Das ist die erste wichtige Sache, die sie verpasst.« Und Rose war nicht ausgewichen und hatte nicht so getan, als verstünde sie nicht oder als sei das halb so schlimm. Keine Beruhigungsmittel, keine billigen Sprüche. »Ich habe gerade dasselbe gedacht«, antwortete sie stattdessen. »Und es werden noch viele Ereignisse folgen: erste Verabredung, erster Kuss. Highschool-Abschluss. College. Wenn du dich verliebst und heiratest, wenn du ein Baby bekommst.« Sie fingen beide an zu weinen. »Meilensteine im Leben einer Frau«, stieß Rose hervor.

Aus irgendeinem Grund hatten sie darüber lachen müssen. Es klang einfach komisch, wie ein Artikel im Frauenmagazin, »Meilensteine im Leben einer Frau« – und doch war das nicht falsch, denn wenn die erste Periode kein Meilenstein war, was dann? Und so hatten sie sich, während sie noch lachten, innig umarmt. *(Wie hatte sie das vergessen können?)* Anna hatte sich auf ihrem Kissen abgestützt und die Arme um ihre Tante Rose gelegt, und Rose hatte die Arme um sie gelegt, und es war das erste Mal seit dem Tod ihrer Mutter, dass Anna die körperliche Nähe eines anderen Menschen als Wärme oder Trost empfand. Selbst ihr Vater gab ihr nicht dieses Gefühl – dass Trauer etwas Normales war. Dass ihre Gefühle nicht nur natürlich waren, sondern sich in die lange Reihe weiblicher Erfahrungen und Gefühle einfügten.

Das hatte Rose ihr geschenkt.

Und Anna hatte es in der Folgezeit vergessen.

Und wenn schon. Sie hatte schließlich nie behauptet, Rose

sei ein Ungeheuer. Und immerhin hatte sie Anna ja hintergangen, das war der entscheidende Punkt. Wer weiß, vielleicht waren ihr Vater und Rose, wenige Minuten nachdem Rose Anna auf die Stirn geküsst und ihr gesagt hatte, dass sie sie liebte, miteinander ins Bett gegangen …

Anna versuchte sich mit dieser Vorstellung in Rage zu bringen. Vergeblich.

Darum ging es nicht. Es war ihr egal, ob sie gevögelt hatten, *nachdem ihre Mutter gestorben war.*

Aber sie hatten es schon *vorher* getan, und darüber kam sie nicht hinweg. Es saß ihr wie ein Kloß im Hals, wie eine Geschwulst. Rose und ihr Vater zusammen im Bett, während ihre Mutter – und sie liebten sie doch, sie liebten sie beide! – im Sterben lag. Das war durch nichts gutzumachen.

»Hey, Anna?«, rief Eddie durch die Tür. Sie schreckte zusammen. »Hast du zu tun?«

»Warum?«, fragte sie argwöhnisch. Sie hatte immer zu tun.

»Sieht hier nach ′nem Problemchen aus.«

Sie fasste ihn genauer ins Auge. Der »heiße Eddie« war immer ziemlich cool, darauf legte er großen Wert, aber diesmal scharrte er mit den Füßen und befingerte den winzigen Bart unter seiner Unterlippe. Anna mochte Eddie nicht besonders, aber sie beobachtete gern seinen festen Körper in den engen Klamotten. Er trug immer Hosen, die den Schritt betonten. Und er ging nicht, er stolzierte mit vorgeschobenem Becken. Man konnte einfach nicht anders als hinschauen.

»Was ist?«, fragte sie.

»Da sitzt so ′n lauter, aufdringlicher Kerl.«

»Betrunken?«

»Klar doch. Ich hab ihn mir vorgeknöpft und ihm gesagt, er soll heimgehen, aber der rührt sich nicht von der Stelle. Rauswerfen kann ich ihn natürlich.« Er rollte tatendurstig die Schultern und ließ die Fingergelenke knacken.

Was hatten die Männer nur immer? Unvermittelt musste Anna an Mason denken. Der benahm sich mittlerweile zwar anders, aber bei ihrer ersten Begegnung hatte er in der Küche auch so eine Clint-Eastwood-Nummer abgezogen. War das wirklich die einzige Art und Weise, wie sie beweisen konnten, dass sie harte Burschen waren? Warum war es überhaupt so wichtig, dass sie ihre Härte demonstrierten? Wer behauptete eigentlich, dass Verletzlichkeit unmännlich war? Allerdings wusste Anna tatsächlich nicht, wo Mason verwundbar war, also funktionierte seine Tarnung.

Anna riss sich aus ihren Betrachtungen und stellte Eddie die Frage, die sich als Erstes aufdrängte. »Wie konnte sich der Typ denn überhaupt so betrinken?« Aus solchen Gründen wollte sie, dass abends Vince arbeitete, besonders an den Wochenenden, deshalb lehnte sie den Schichttausch ab. Und deshalb würden sie in Kürze auch neue Regeln einführen. Bei Vince wäre so etwas nicht passiert.

Eddie zuckte die Achseln. »Er war schon zu, als er kam, und dann ist er plötzlich durchgedreht. Das weiß man nicht im Voraus. Die Leute essen noch, und er stört. Ein, zwei Paare an der Bar sind schon gegangen.«

Fluchend stand Anna auf. »Ist er ein Stammgast?«, fragte sie und folgte Eddie aus dem Büro.

»Kann sein. Ja, ich glaub schon.«

»Du glaubst es?«

»Ich weiß nicht. Jemand hat ihn Bob genannt.«

Bob sah wie ein Geschäftsmann aus, er war um die fünfzig, gut gekleidet, gut gebaut. Mit rotem Gesicht. Er saß in der Mitte der hufeisenförmigen Bar und schwadronierte vor einem guten Dutzend Barkunden, die seinem Blick auswichen. Anna fing den mit Nachdruck hervorgestoßenen Satz »Und das ist noch längst nicht alles« auf. Sie setzte sich auf einen der zwei leeren Hocker neben ihn, setzte sich richtig hin, so als wolle sie eine Weile bleiben. Sie spürte die interessierten Blicke der Gäste wie kleine Taschenlampen, aber sie blickte nur Bob an, um ihm zu zeigen, dass sie auf seiner Seite war.

»Hallo, wie geht's«, begrüßte sie ihn vertraulich, als würden sie sich schon eine Ewigkeit kennen.

Er richtete seine schläfrigen, blutunterlaufenen Augen nur kurz auf sie. »Wer sind Sie?« Er hielt ein Glas mit einem schmelzenden Eiswürfel in der einen und eine Zigarette in der anderen Hand.

»Ich bin Anna.«

»Wo ist Rose?«

»Sie ist nicht da.« Dann war er also doch ein Stammkunde.

»Sie war aber hier.«

»Ja, aber sie musste nach Hause.«

»Wer sind Sie, die Tochter?«

»Ich bin die Geschäftsführerin.«

Er schnaubte. »Gut, dann geben Sie mir mal noch 'n Scotch. Ist das hier 'ne Bar oder was?«

»Hören Sie, Bob, der Grund, weshalb Sie keinen Drink mehr bekommen, ist« – Anna beugte sich vor und sprach leise wie zu einem Freund – »dass manche Leute finden, dass Sie genug haben.«

»Ah ja? Scheiß auf die Leute.« Er stieß ein rasselndes Lachen aus.

Sie gluckste, hob die Augenbrauen und schüttelte den Kopf. Er war kein gefühlsduseliger Trinker. Ein gemeines Glitzern in seinen matten Augen machte ihr Sorgen.

»Ja schon, aber ein *bisschen* betrunken sind Sie, oder?«, wandte sie sanft ein. Das müssen Sie doch zugeben.«

»Nicht halb so betrunken, wie ich gleich sein werde.«

Sie schüttelte wieder den Kopf, als sei sie enttäuscht. »Sehen Sie, das Problem ist, dass Sie nicht mehr gut drauf sind. Sie sollten nach Hause gehen und wiederkommen, wenn Sie wieder der Alte sind. Wir haben Sie gern hier, aber nicht so.«

Sekundenlang wirkte er fast überzeugt. Doch dann fiel er wieder zurück in die Rolle des Beleidigten Bob. »Scheiß drauf.«

Eine Weile redeten sie hin und her. Anna bestellte Mineralwasser, eins für sie, eins für ihn. Jedes Mal, wenn Eddie in seine Nähe kam, schoss Bobs Aggressivitätspegel in die Höhe wie ein Thermometer in der Nähe einer Hitzequelle. Nachdem er die Getränke gebracht hatte, schickte Anna Eddie mithilfe von Grimassen wieder fort.

Jetzt, da ihm jemand zuhörte, fing Bob an, von seiner Ex-Frau zu erzählen. Cathy. Letzten Mittwoch war ihr Jahrestag gewesen, sie waren dreizehn Jahre verheiratet. »Ich hab den

ganzen Tag nichts getrunken«, versicherte er, jedes Wort betonend. »*Keinen – einzigen – Tropfen.* Nicht einen. Wissen Sie,
warum?«

»Warum?«

»Ich wollte ihr nicht die Genugtuung geben.« Als er die
silbernen Strähnen an der Schläfe zurückstrich, blitzte ein
goldener Manschettenknopf auf. Alles, was er trug, war teuer, sogar sein Toilettenwasser. Bei einem anderen reichen
Großmaul hätte Anna vielleicht die Nase gerümpft, aber Bob
strahlte eher Verzweiflung als Hochmut aus. »Sie ist lesbisch,
wissen Sie«, vertraute er ihr an.

»Ach? Tatsächlich?« Auf seine Lebensgeschichte war sie
nun wirklich nicht erpicht. Bei Betrunkenen war das reine
Zeitverschwendung.

»Und wie.« Er nickte langsam und heftig. Er drückte die
Zigarette aus, aber sie glomm weiter und der Rauch brann-
te Anna im linken Auge. Dann zerbröselte er mit hängendem
Kopf seinen Korkuntersetzer. »Ach, Quatsch«, murmelte er
schließlich, und die Schultern unter dem zerknautschten
Jackett sackten nach vorn. Er wurde klein. »Ich lüge.«

»Oh.«

»Sie ist Lehrerin. Achte Klasse Gemeinschaftskunde. Gemeinschaftskunde«, wiederholte er verwundert. »Was zum
Teufel soll das sein?«

»Weiß ich auch nicht.«

»Die Kinder sind verrückt nach ihr, sie hatte nie Probleme
mit den kleinen Scheißern.« Dann fing er sich wieder. »Klar,
die kennen sie ja auch nicht so gut wie ich.«

»Klar.«

»Miststück auf Rädern.« Er nippte geistesabwesend an seinem Wasser. »Also, Laura. Sind Sie verheiratet?«

... Jetzt weiß ich nicht nur alles über Bobs Leben,
er weiß auch alles über mich. Vince hat mal gesagt,
dass es für eine Frau leichter ist, mit einem
Betrunkenen umzugehen, vorausgesetzt, es ist ein
Mann, und bei betrunkenen Frauen ist es umge-

kehrt. Ich bin eigentlich nicht mit Bob »umgegangen«, glaube ich, ich habe einfach mit ihm geredet. Nach einer Weile kam es mir vor wie ein Date. Ein richtig mieses Date. Rose kann das sicher besser als ich, sie hätte ihn viel schneller vor die Tür gesetzt, aber ohne großes Theater. Es ist eine Kunst.

Am Ende hat er mir seine Karte gegeben. Wenn ich je Rechtsbeistand brauche, sagt Bob, ist er mein Mann. (Glaube ich nicht.) Tony und ich haben ihn in ein Taxi gesetzt, und ich habe ihm Gute Nacht gesagt und dass er jederzeit wiederkommen kann (das war ein Risiko), gute Fahrt gewünscht etc. Das Letzte, was ich von ihm durch das offene Autofenster noch hörte, war, dass es schwer sei, nach Hause zu gehen. ›Da ist keiner‹, sagte er. Er hatte Tränen in den Augen, aber er hat nicht geheult. Gott sei Dank, sonst hätte ich mitgeheult. Die Sache ist die — ich fand ihn nett. Noch schlimmer — ich mag alle Gäste. Fast alle. Ist das nicht verrückt? Im Café war das anders, die Gäste dort waren alle Künstler oder Möchtegern-Künstler. Lauter ähnliche Typen, keine Abwechslung, alle jung und cool und nicht sehr interessant (für mich). Hier wünsche ich mir, dass sich alle gut amüsieren. Ich habe sie gern, die Stammgäste und auch die Neuen, die mal Stammgäste werden könnten. Einsame Typen wie Bob und Paare an ihrem ersten gemeinsamen Abend, Ehepaare, die den Mund nicht aufmachen, die während des ganzen Essens kein Wort wechseln. Freundinnen, die sich beim Mittagessen betrinken und reden und lachen, bis es Zeit zum Abendessen ist. Ich fange an, diese Leute als Eigentum des Bella Sorella zu betrachten, als Menschen, die gefüttert und getränkt und zufrieden gestellt werden müssen. Bäuche gefüllt, Seelen erwärmt. Dann freue ich mich. Und es ist gar keine Kunst, dies zu erreichen — man muss nur zeigen, dass man sie wahrnimmt. Weil alle nur eins wollen — sich wichtig fühlen. Oh, sie kennen mich hier, sie freuen sich, wenn ich komme! Das ist es, mehr steckt nicht dahinter. Ach ja, und richtig gutes Essen.

Bin ich kaputt! Weiß nicht, warum ich das schreibe, es sei denn, weil ich so aufgedreht bin. Das komische High-Sein, von dem ich Ihnen schon erzählt habe. Die Leute in der Gastronomie sind für Alkohol und Drogen ziemlich anfällig — hab ich schon geschrieben, stimmt's? Kein Wunder. Zum Glück kann ich die Spannung anders loswerden. Ich rede viel und schreibe E-Mails, wenn keiner da ist zum Reden. Lasse Musik so laut laufen, dass sich die Nachbarn beschweren. Oder bis mein Auto vibriert, und die Passanten auf der Straße nur die dumpfen Bässe hören — ja, ich bin eine von denen.

Okay, ich höre auf. Hoffe, Sie hatten einen erfolgreichen Tag in den Sümpfen. Rose hat Ihren Stiefvater zu diversen Arztterminen gefahren, und anscheinend ist alles im grünen Bereich. Das sind doch gute Nachrichten.

Nacht,
Anna

10

Theos zerzaustes Haar war an der Oberfläche von der Sonne aufgewärmt, doch als Rose ihre Finger hindurchschob, um es Locke für Locke hochzuziehen und mit Masons Küchenschere zu stutzen, fühlte es sich darunter kühl an. »Schneid mir nicht das Ohr ab«, hatte er am Anfang gegrummelt, und bisher hatte sie es verhindern können, aber sie musste rings um das Gesicht und an der empfindlichen Nackenhaut wegen der plötzlichen, unvorhersehbaren Zuckungen, die Theo nicht unter Kontrolle hatte, besonders aufpassen. Es war ein relativ neues Symptom seiner fortschreitenden Krankheit. Ein vergleichsweise kleines freilich, und auch sonst sah die Welt für Rose heute gar nicht schlecht aus! Es war ein herrlicher Juninachmittag, und weil Montag war, blieb das Restaurant geschlossen, und Theo hatte einen guten Tag. Hätte sie sich mit ihm hier auf Masons L-förmigem Pier wie unter einer Glasglocke für immer niederlassen können, von der Sonne gewärmt, von jubilierenden Vögeln umschwärmt, mit dem hellen Flusslauf im Hintergrund, wäre Roses Glück vollkommen gewesen. Was konnte man sich hier und heute mehr wünschen? Zwei oder drei Dinge fielen ihr zwar noch ein, aber sie schob sie weg wie störende Gedanken beim Meditieren. Ganz den Augenblick wahrzunehmen, das war nicht nur ein guter Rat, sondern eine ernsthafte Methode, das Leben zu bewältigen.

Theo saß geduldig auf einem Klappstuhl. Rose legte von hinten die Arme um seine handtuchumhüllten Schultern und hielt ihre Wange an seine. Ihre Köpfe ruckten gemeinsam zur Seite, und er krächzte: »Pass auf, ich schlag dich noch k. o.« Sie umschlang seinen warmen Oberkörper, bis er ihr mit zittrigen Fingern das Handgelenk tätschelte.

»Was würdest du machen, Theo, wenn du heute, an diesem herrlichen Tag, alles tun könntest, alles, was du willst?«

»Das.«

Sie drückte ihn an sich und richtete sich auf, sodass er ihr Gesicht nicht sehen konnte. »Ich auch.«

»Und dann … würde ich … in die Keys? Mit der *Windrose*. Mit dir.« Sein Sprachrhythmus betonte manchmal die falschen Wörter, sie war sich nicht immer sicher, was er meinte, bis sie den ganzen Satz gehört hatte. »So lange bleiben, wie wir wollen, den ganzen … Sommer vielleicht.«

»Du denkst, dass dieses Boot tatsächlich mal fertig wird?« Der blaue, von einer Persenning bedeckte Bugspriet ragte hinter ihnen aus dem Bootsschuppen. Gelegentlich durchbrach das Heulen einer Motorsäge die schläfrige Stille. Mason arbeitete heute im Freien, er richtete die Kojen so her, dass sie im spitzen Winkel in die enge Kajüte passten.

»Die Küste runtersegeln«, sagte Theo versonnen. »Ein paar Monate in den Keys. Vielleicht – rüber nach Nassau.«

»In diesem kleinen Boot? Nur wir beide?«

»Mit dem könnten wir um die Welt segeln. Es hält was aus.«

»Wenn wir um die Welt segeln, brauchen wir unbedingt einen Motor.«

»Verdammt richtig.«

Theo und Mason stritten sich ununterbrochen über die Frage, ob der Holzkutter, den sie seit zwei Jahren umbauten, einen Motor brauche. Theo sagte ja, natürlich, aber Mason, der Purist, behauptete, ein Innenbordmotor wäre eine Entweihung, alles, was sie bräuchten, sei ein Heckruder, um an schwierigen Stellen manövrieren zu können. Als Kompromiss hatten sie zumindest eine Außenbordhalterung auf dem Heckwerk angebracht. So konnten sie die Entscheidung bis in alle Unendlichkeit vertagen.

Als Rose mit dem Haareschneiden fertig war, kratzte sie

Theo sanft am Kopf, und er stöhnte wohlig auf. Er wäre fast im Sitzen eingeschlafen, aber sie kniete sich neben ihn und begann, die Muskeln in seinem linken Unterarm zu massieren – er war in der vergangenen Nacht von Krämpfen aufgewacht, eines der vielen unerfreulichen Symptome, das man Dystonie nannte.

»Komm her«, sagte er und zog Rose auf seinen Schoß. Sie legte die Arme um ihn. Sie hatte Angst, seine Oberschenkel zu sehr zu belasten und behielt die Zehen auf dem Boden, um sich abzustützen. So saß sie nicht besonders bequem, aber sie blieb, so lange sie konnte. Dieses Berühren, Massieren, Streicheln und Umarmen war lebenswichtig, sie konnten beide nicht darauf verzichten. Es nahm ihnen die Anspannung. Miteinander zu schlafen war fast unmöglich geworden, aber der Wunsch nach Berührungen war so stark wie eh und je.

»Würde auch gern mal mit Mason segeln. Irgendwann mal.«

»Das wäre schön«, stimmte Rose zu.

»Vater, Sohn. Lieber spät …«

Er musste den Satz nicht vollenden. Was er, wie Rose wusste, fast am meisten bedauerte, war, dass seine zweite Ehe mit Masons Mutter nicht gehalten hatte. Er hatte in diese nette, kleine Familie mit einer schönen Frau und einem Jungen, der ihn liebte, hineinspazieren und ihnen der »normale« Ehemann und Vater sein wollen, den sie seiner Ansicht nach verdienten. Aber er hatte nicht bleiben können, und das konnte er sich jetzt kaum verzeihen.

Als es ihnen zu heiß wurde, standen sie auf. Theo klappte den Stuhl zusammen, und sie schlenderten über den Steg zum Bootsschuppen, um in den Schatten zu gelangen und zu sehen, woran Mason gerade arbeitete. Ein scharfer, süßsaurer Geruch nach Firnis und Farbe lag in der Luft, Sägespäne wirbelten auf, und da sie aus der hellen Sonne kamen, erkannten sie zunächst nicht viel. Mason war nicht da. Doch – ein dumpfes Klopfen aus dem Rumpf verriet ihnen, dass sich Mason unter Deck aufhielt und in der Kajüte werkelte. Theo trat gegen den Kiel, und kurz darauf kam Mason hoch. Er kletterte über die Reling und sprang auf den farbbespritzten Beton, das lange Kabel eines Bohrers hinter sich herziehend. Das Mahagoniholz war so hart, dass alles mit Holzschrauben befestigt werden musste.

Es war ein schönes Boot, fand Rose, auch wenn sie nicht viel von Booten verstand. Dass sie voreingenommen sein könnte, weil es nach ihr benannt war, schloss sie aus. Ihr gefiel einfach seine klassische, altmodische Form und die Tatsache, dass es vollständig aus Holz bestand und nicht aus Fiberglas – aber das war ein weiterer Zankapfel zwischen den Restauratoren. Theo forderte Fiberglas für den Rumpf, Mason wollte ihn so lassen, wie er war. Mason verschmähte sogar Elektrizität! Öllampen für die Navigation bei Tag, und das Funkgerät konnte mit Taschenlampenbatterien gespeist werden. Theo erklärte ihn für komplett verrückt.

»Ah, die Klampen sind auf dem Kabinendach«, stellte Theo anerkennend fest. Seit gestern, bestätigte Mason.

»Wozu sind die gut?«, fragte Rose.

»Um das Dingi zu verstauen«, erklärte Mason, »umgedreht, wenn man auf See ist.«

»Hübsches, neues Fiberglas-Dingi«, sagte Theo süffisant. In diesem Punkt hatte er sich durchgesetzt. Mason hatte ein neues Dingi aus Mahagoni bauen wollen, damit es zum Segelboot passte.

»Ein Haarschnitt?«, bot Rose an und klapperte einladend mit der Schere. Mason schüttelte grinsend den Kopf. Wegen der Gesichtsnarben trug er die Haare zwar lang, aber sie hingen ihm nicht bis auf die Schultern, also musste sie ihm jemand ab und zu schneiden. Ob er zum Friseur ging? Das konnte sie sich kaum vorstellen. Wahrscheinlich schnitt er sie sich selbst vor dem Badezimmerspiegel. »Wirklich nicht?«, fragte sie mit lockender Stimme. »Ich habe sogar einen Friseurstuhl. Wir können es draußen in freier Wildbahn machen.«

»Sie stellt sich gar nicht übel an«, sagte Theo und hielt sein Profil zur Ansicht hin. »Und sie macht's billig.«

»Verlockend.« Mason goss Farbverdünner auf ein Tuch und rubbelte sich Hände und Handgelenke ab. »Vielleicht später. Schau dir das an, Theo.«

Sie untersuchten das neu bemalte und lackierte Ruderblatt, das zwischen zwei Sägeböcken klemmte. Sollten sie den Griff mit Klebeband oder Hirschleder umwickeln? Oder ihn so lassen? Natürlich waren sie uneins. Rose schmunzelte über das Bild, das sie boten – kurz und stämmig neben lang und schlaksig – und staunte darüber, wie verschieden sie waren. Nur weil Theo vor dreißig Jahren zufällig Masons Mutter geheiratet hatte, bauten sie gemeinsam an diesem Boot, und in gewisser Weise war die *Windrose* alles, was sie gemeinsam hatten. Andererseits ging ihre Zuneigung viel tiefer, als Ähnlichkeiten oder gemeinsame Erlebnisse hätten bewirken können. Es konnte nicht anders sein, sonst hätte Mason Theo nicht so großzügig wieder an seinem Leben teilhaben lassen. Theo hatte viel wieder gutzumachen, aber Mason hatte ihm nie etwas vorgeworfen. Sie hatten die biblische Geschichte umgedreht: Theo war der verlorene Vater, Mason der Sohn, der ihn mit offenen Armen zu Hause aufnahm.

»Mason?«, rief Frankie von den Verandastufen aus. »Hey, Mason! Anruf für dich.«

»Ein Anruf«, wiederholte Rose gedämpfter, als er sich nicht rührte und weiter ein Scharnier mit seinem Hemdärmel polierte. Er hasste das Telefon. Seine Handynummer gab er nur wenigen ausgewählten Leuten, und das Haustelefon ließ er für gewöhnlich klingeln. Doch nun saß er in der Falle.

Rose sah, wie er resigniert die Schultern hob und wieder sinken ließ. »Entschuldigung«, sagte er und sprintete zum Haus.

Sie und Theo folgten langsamer. »Muss ich mich schuldig fühlen?«, bemerkte Rose. »Ich habe ihn nicht gefragt, ob ich Frankie mitbringen darf. Ich wollte ihr einen freien Tag verschaffen, und wenn ich sie nicht mitgenommen hätte, würde sie trotzdem in unserer Küche Schweinekoteletts klopfen.« Stattdessen klopfte sie jetzt Schweinekoteletts in Masons Küche, aber wenigstens erlebte sie an ihrem freien Tag einmal einen Tapetenwechsel. Rose hatte auch Anna eingeladen, aber die hatte sich gewunden. »Vielleicht, ich weiß noch nicht, kann sein«, hatte sie geantwortet und bisher war sie nicht aufgetaucht. »Und dann hat Vince gehört, dass Frankie und Anna da sein werden, und hat gefragt, ob er auch kommen kann, und jetzt … ganz plötzlich …«

»Party«, beendete Theo.

»Eine Party, genau.«

»Keine Sorgen wegen Mason. Tut ihm gut. Leute im Haus. Höchste Zeit.«

Als sie in die Küche kamen, legte Mason gerade auf und entwischte um die Ecke, als sei er auf der Flucht. Das Haus war nicht gerade überfüllt, nur zwei Leute hielten sich in der Küche auf, Frankie spülte Geschirr und Vince entkorkte acht verschiedene Merlots für eine Weinprobe.

»Wer hat angerufen?«, fragte Theo neugierig.

Frankie und Vince warfen sich einen Blick zu. »Weiß nicht«, sagte Frankie. »Hab nicht gefragt. Eine Männerstimme.«

In ihrer Freizeit trug Frankie immer schwarz, und heute waren es Shorts und ein ärmelloses T-Shirt mit einem verblichenen Hell's-Angels-Logo. Das Schwarz bildete einen auffälligen Kontrast zu ihrer weißen Haut. Von hinten sah sie wie ein Junge aus, sie war beweglich und flink, klein, aber langgliedrig. Als sie eine Gusseisenpfanne von der Spüle zur Anrichte trug, trat ein Muskel in ihrem Arm wie ein Knoten hervor. »Ist die Küche nicht super?«, sagte sie zu Rose. »Wär es nicht cool, so was im eigenen Haus zu haben?«

»Ich weiß, sie ist fantastisch. Brauchst du Hilfe? Was macht das Schweinefleisch?«

»Das ist fertig, liegt in der Marinade. Braucht noch ungefähr eine Stunde.«

Es war ein Experiment. Frankie, Rose, Carmen und Anna hatten sich geeinigt, dass die neue Speisekarte mit acht Vorspeisen nur ein Gericht mit Schweinefleisch enthalten sollte, aber sie waren noch unsicher, welches. Die Koteletts von heute Abend standen in Konkurrenz zu der fenchelgefüllten Schweineschulter vom Holzkohlengrill, die sie letzte Woche ausprobiert hatten.

»Gut«, sagte Rose, »dann kannst du eine Weile Pause machen. Geh spazieren, schau dir den Fluss an. Amüsier dich.«

»Geh in die Sonne«, brummte Theo vom Tisch her.

Frankie lächelte breit und blieb, wo sie war. »Ich gucke am liebsten den Vögeln zu«, sagte sie und deutete durch das Fenster über der Spüle auf die verschiedenen Vogelhäuschen und Badestellen, die Mason in seinem Garten aufgebaut hatte. »Aber ich kenne sie nicht. Hmm, die Kolibris schon. Und das ist eine Spottdrossel, der Graue da, aber das weiß ich nur, weil Mason es mir gesagt hat. Und was ist der Dunkelrote da für einer?«

»Ein Fink, glaube ich. Ein Hausgimpel.« Rose zuckte die Achseln, als Frankie sich beeindruckt zeigte. »Ich kenne auch nur die, die er mir erklärt. Wo ist deine kleine Tochter heute?«

»Mit Mike am Strand. Langes Wochenende. Ich hab gesagt, es ist okay.« Sie schrubbte energisch die Ecken der Spüle und presste die Lippen zusammen. Sie durfte Katie zweimal die Woche sehen, und der Montagnachmittag hatte sich als fester Termin eingebürgert.

»Sie fehlt dir«, stellte Rose mitfühlend fest.

Frankie zuckte mit den Schultern, es war eine verärgerte, ungeduldige Geste. Rose hätte gern den Arm um sie gelegt, aber Frankie hätte sich vermutlich vor Verlegenheit gewunden. Frankie und Theo verstanden sich erstaunlich gut. Ein Grund war wohl, dass sie beide Zurückweisung besser vertrugen als Mitleid.

Vince kam mit mehreren Weingläsern. »Sie sind staubig«, sagte er leise, »kannst du sie spülen?« Frankie nickte. »Ich glaube, er benutzt immer nur ein Glas.« Er hatte die Weinflaschen auf die Anrichte gestellt und sogar an einen Korb mit Baguette gedacht, damit sie zwischendurch den Geschmack neutralisieren konnten. »Alles ist fertig, nur Anna fehlt. Wieso ist sie nicht da? Das ist keine echte Weinprobe, wenn nur wir fünf trinken.«

»Als ich ging, hat sie sich gerade wegen der Inventur mit Carmen gestritten«, berichtete Frankie.

»Hat sie gesagt, dass sie kommt?«

»Nein, aber auch nicht, dass sie nicht kommt.«

»Wo ist Mason hin?«, wollte Theo wissen.

»Nach draußen, um eine zu rauchen?«, vermutete Vince.

»Ich sehe mal nach«, sagte Rose und ging hinaus.

Mason saß auf der obersten Treppenstufe vor der Haustür. Grübelnd, nicht rauchend. Seine Hände baumelten zwischen den Knien. Rose bekam sofort Gewissensbisse, als sie ihn dort sitzen und ausdruckslos in die Bäume starren sah. Also hatte ihre laienhafte Therapie bei ihm nicht gewirkt. Sie trat zu ihm und legte ihm die Hand auf die Schulter, um ihn am Aufstehen zu hindern. Sie setzte sich neben ihn auf die Treppe, und zwar bewusst *rechts* neben ihn – das war für ihn von großer Bedeutung. »Mason«, begann sie, bevor er den Mund aufmachen konnte, »es tut mir so Leid!«

Erschrocken sah er hoch. »Was denn?«

»Ich dachte, du hättest nichts dagegen, aber es war gedankenlos von mir. So viele Leute … wir haben einfach dein Haus gestürmt. Mein Fehler.«

»Nein, ich habe nichts dagegen. Es gefällt mir.«

»Ehrlich? Nein, das stimmt nicht. Es ist sehr nett von dir, das zu …«

»Rose …«

»Aber es ist eine echte Zumutung, und ich habe nicht einmal gefragt.« Und wenn sie ihn gefragt hätte, hätte er vermutlich Nein gesagt. Sie hatte geglaubt, es zu seinem Besten zu tun – wie arrogant! Regelrecht überheblich. »Ich entschuldige mich. Ich war …«

»Rose, ich möchte dir etwas sagen. Das war gerade Dr Eastman am Telefon.«

»Dr Eastman?«, wiederholte sie mechanisch. Das war Masons Arzt, er hatte ihn nach seinem Unfall bei verschiedenen Operationen und Therapien betreut. Besorgt legte Rose Mason die Hand aufs Knie. Dann wurde sie plötzlich von Panik ergriffen – Eastman war auch einer von Theos Ärzten. Er besprach sich mit den Neurologen und übersetzte ihre Aussagen in Worte, die Theo verstand. Theo hasste jedoch alle Ärzte, deshalb ließ Eastman ihm seine Informationen neuerdings durch Rose oder Mason zukommen.

»Die Tests von letzter Woche sind da.«

Sie wappnete sich. »Und was ist es?«

»Immer noch nicht eindeutig.«

»Das ist es doch nie«, bemerkte sie bitter.

»Das war die gute Nachricht. Sie sind sich jetzt nämlich ziemlich sicher, dass es CBD ist.«

Rose schloss die Augen. »Oh nein. Oh, mein Gott«, stöhnte sie, doch erstaunt war sie eigentlich nicht. Sie hatte es im Grunde erwartet. Ob es Theo auch so ging?

»Ich habe es aufgeschrieben, weil ich wusste, dass ich es mir nicht merken kann.« Mason holte einen Fetzen Papier aus der Hemdtasche. »Das letzte CT zeigte eine asymmetrische Atrophie der frontoparietalen Bereiche der Großhirnrinde. Eastman meint, das deutet stärker auf CBD hin als auf sonst etwas. Zum Beispiel auf die anderen Möglichkeiten, die wir erhofft hatten.« Corticobasale Degeneration. Manchmal nannten sie es auch CBGD, Corticobasale Ganglion-Degeneration, aber das war dasselbe. Es bedeutete, dass Theos Nervenzellen schrumpften und verkümmerten, und zwar in der Gehirnrinde und tiefer drinnen, in den Basalganglien. Es gab keine Heilung, keine Methode, den Vorgang zu verlangsamen. Die Krankheit war schlimmer als Parkinson, weil sie schneller voranschritt. Es war die Diagnose, die sie am meisten gefürchtet hatten.

Mason faltete den Zettel immer weiter zusammen, bis er ein winziges Quadrat war, und steckte ihn wieder ein. »Wenigstens wissen wir jetzt Bescheid. Das ist immerhin etwas.«

Rose hätte sich gern an ihn angelehnt. Oder sie wäre gern allein in den Wald gegangen und hätte sich auf den Boden gelegt. Sie konnte keinen klaren Gedanken fassen. »Ich werde nicht weinen«, sagte sie mit erstickter Stimme.

»Aber ich.«

Sie lachte und spürte gleichzeitig, wie ihr die Tränen in den Augen brannten. Dann lehnte sie sich doch an Mason und ließ sich von seinem festen Arm und seinem traurigen Lachen trösten. »Mason, ach, Mason, Gott sei Dank gibt es dich.«

»Und es gibt dich.«

»Ich würde das ohne dich nicht überstehen.«

Er nahm ihre Hand. »Wann sollen wir es ihm sagen, Rose? Er wird wissen, was es bedeutet.«

»Ja, das stimmt. Nicht heute.«

»Nein«, stimmte Mason zu.

»Wer sagt es ihm?«

»Ich, wenn du willst.«

»Bei wem würde er sich am wenigsten aufregen?«

»Bei Eastman wahrscheinlich.«

Sie lachte wieder. »Vielleicht sollten wir es ihm lieber nicht sagen.«

Mason presste die Handballen gegen die Augen. »Glaubst du nicht, dass er es wissen will?«

»Doch, vermutlich schon. Ach, ich weiß nicht … Wirklich nicht.«

»Ich werde jetzt das Boot fertig bauen, Rose. Ich habe extra getrödelt, um ihn zu halten. Deshalb war ich so langsam.«

Rose war schockiert. »Aber er könnte doch noch Jahre vor sich haben, es hängt alles von …«

»Ich weiß, aber ich will, dass er damit segelt. Und zwar bald. Das ist wichtig.«

Sie trafen keine Entscheidung, wer von ihnen ihm die schlechte Nachricht übermitteln würde und wann. Kurz darauf hörten sie das Geräusch von Autoreifen auf dem Kies und erblickten ein kleines, weißes Fahrzeug. »Anna«, sagten sie gleichzeitig. Rose ertappte sich dabei, wie sie Mason aus dem Augenwinkel beobachtete und sein angespanntes Gesicht nach einer Regung absuchte. Er und Anna schrieben sich E-Mails, aber was das bedeutete, war ihr nicht klar. Ein Flirt? Austausch von Informationen? Einmal war Mason zum Restaurant gekommen und hatte Anna ein Buch über Vögel gebracht. Er hatte jedoch das Haus gar nicht betreten, sondern hatte sich an der Hintertür herumgedrückt. Schließlich waren sie spazieren gegangen. Anna hatte Rose der Kuppelei beschuldigt, aber das stimmte nicht. Allenfalls hatte sie ein bisschen Nachhilfe beim Freundschaften-Knüpfen gegeben.

Anna wirkte smart und selbstsicher in ihrem ärmellosen Kleid und den Sandalen, und Rose und Mason beobachteten mit bewundernden Blicken, wie sie aus dem Auto ausstieg und hoch erhobenen Hauptes über den knirschenden Kies schritt. Leben, Gesundheit, Kraft – sie war das Gegenmittel, das sie brauchten, und Rose war froh, dass sie gerade jetzt auftauchte. Sie sprang auf, blinzelte die letzte Träne fort und bemühte sich um einen neutralen Gesichtsausdruck und einen fröhlichen Tonfall. »Hallo, schön, dass du kommst! Gerade rechtzeitig zu Vinces Weinprobe. Alles in Ordnung im Restaurant?«

Mason war schweigsamer, es fiel ihm schwerer sich zu verstellen als Rose. Nach vierzig Jahren im Geschäftsleben wusste sie, wie man eine Show abzieht.

»Hallo«, begrüßte er Anna feierlich, mit den Händen in den Hosentaschen, auf Distanz bedacht. Rose sah, wie Anna sich zurückhielt und sich seinem düsteren Ton anpasste.

»Hier, ich habe etwas zum Naschtisch mitgebracht.« Anna reichte Mason eine braune Papiertüte. »Es ist nur ein Ricottakuchen.«

»Hast du den gemacht?« Sie bejahte, und er sah sie erstaunt an. »Du kochst?«

»Ja, natürlich. Aber nur für Freunde, nicht für die Öffentlichkeit.«

Er lächelte erfreut, weil sie ihn als Freund bezeichnet hatte. »Vielen Dank«, sagte er förmlich. »Komm doch herein.« *Komm doch herein*, wie ein richtiger Gastgeber. Und in der Küche stand er mit gekreuzten Armen abseits und ließ die Frauen werkeln, den Tisch decken, Tassen und Gläser ausspülen, die er seit … die er eigentlich noch *nie* benutzt hatte. Wahrscheinlich hatte er sie nur gekauft, um die Schränke zu füllen. Rose konnte sich gut vorstellen, dass er nach jeder Mahlzeit immer denselben Teller und dieselbe Gabel spülte, denn nur Theo besuchte ihn regelmäßig. Aber diese Invasion, die sie ohne seine Erlaubnis in die Wege geleitet hatte, schien ihn glücklicherweise weniger zu bestürzen als zu interessieren.

»Okay, Leute.« Vince ließ sie um den Küchentisch Platz nehmen. »Wir machen hier eine ordnungsgemäße Weinprobe.« Er goss den ersten Wein ein. »Es sind lauter Merlots, mehr sage ich nicht. Na gut, vier sind aus Italien, zwei aus Frankreich, zwei aus Kalifornien und einer aus Chile, aber mehr verrate ich nun wirklich nicht. Einer ist unglaublich teuer, also wenn

euch der am besten schmeckt, dann habt ihr Pech gehabt.«
Warum nahm er ihn überhaupt dazu, wenn man ihn nicht auf
die Speisekarte setzen konnte, wollte Anna wissen. »Weil«,
erwiderte Vince sachlich, »ich ihn probieren möchte.«

»Nein, danke, für mich nicht«, lehnte Frankie ab, als er ihr
ein Glas reichen wollte.

»Was soll das heißen? Du musst aber, ich brauche eure Mei-
nungen.«

»Nein, danke.«

»Komm schon.«

»Ich trinke nicht.«

»Du trinkst nicht? *Du trinkst nicht?*« Seine Verwunderung
war komisch anzusehen. Aber wieso war er denn nicht im
Bilde?, fragte Rose Anna mit einem ratlosen Blick, und Anna
signalisierte ebenso stumm: *Ich habe keine Ahnung.*

»Nur ein Schlückchen«, bettelte Vince. »Du musst ihn ja
nicht hinunterschlucken, wenn du nicht willst. Spuck ihn in
die Spüle wie in einen Spucknapf. Unsere Geschmacksknos-
pen liegen alle im Mund, nicht in der Kehle. Hast du das
gewusst?«

»Nein.« Frankie legte die Hände auf den Rücken und wei-
gerte sich sogar, das Glas anzufassen, das er ihr aufdrängen
wollte. Sie wich vor ihm zurück, bis sie rückwärts gegen das
Spülbecken stieß.

»Hey«, sagte er, immer noch ungläubig. »Ich brauche deine Sachkenntnis! Stell dir vor, es wäre was zu essen. Du hast
ein hervorragendes Geschmacksempfinden. Wende deine
ganze Sensibilität einfach auf den Wein an.«

»Nein.«

»Bitte! Es ist nur Wein, *alle* trinken ihn.«

»Lass sie in Ruhe, Vince«, unterbrach Anna, »wenn sie
nicht will, dann will sie nicht.«

Er ließ nicht locker. »Ich weiß, aber …«

»Ich bin Alkoholikerin.«

»Was?« Er lachte.

»Ich bin eine Säuferin.« Frankie schrie fast und wurde
knallrot vor Verlegenheit über ihren eigenen Zorn.

Wie in äußerster Bedrängnis hielt sich sich an der Spüle

200

hinter ihrem Rücken fest und schob wie zur Verteidigung die Brust vor. »Ich bin Alkoholikerin.«

Niemand sagte etwas. Rose schwenkte den rubinroten Wein in ihrem Glas und hörte, wie das Schweigen immer dichter wurde, bis der ganze Raum davon erfüllt schien. Sie hätte das irgendwie verhindern müssen, aber wie?

»Oh«, brachte Vince schließlich heraus, »okay, kein Problem. Tut mir wirklich Leid. Ich hab es nicht gewusst.«

»Jaja. Vergiss es.« Frankie wirbelte auf dem Absatz herum, drehte den Wasserhahn auf und fing an, mit einem Schwamm herumzufuhrwerken.

Vince sah erst Rose, dann Anna an und riss sich pantomimisch die Haare aus.

Bevor sich das Schweigen erneut ausbreiten konnte, sagte Mason mit wunderbar neutraler Stimme: »*Den* würde ich weich nennen. Das ist ein Weinbegriff, oder? Er riecht nach Pflaumen. Ich würde sagen: weich und rund. Er ist sehr gut. Geben wir ihnen Punkte?«

Dank seiner geschickten Ablenkung entspannten sich alle, und die Stimmung normalisierte sich.

Sie probierten die Weine. Vince hatte ein äußerst kompliziertes Bewertungssystem nach Farbe, Klarheit, Aroma, Körper, Geschmack und so weiter entworfen, und es war unmöglich, sich nicht auf seine Kosten zu amüsieren. »Seid doch mal ernst«, befahl er den anderen ständig, aber das wurde immer schwerer, je weiter die Weinprobe fortschritt – besonders für Anna. »Dieser kriegt achteinhalb für Anspruch«, erklärte sie zu einem Furlan Venezia Giulia. »Aber ich gebe ihm alles in allem eine Vier, denn obwohl sein kraftvolles Bouquet nach Esche und Mandarine verrät, dass er das Herz auf dem rechten Fleck hat, ist da doch dieser feine Nachgeschmack von, nun ja, Heuchelei. Und der Abgang ist bedauerlicherweise reines Geschwafel.«

Theo sollte eigentlich nicht trinken – noch ein Grund, warum er die Ärzte hasste. Er tat es trotzdem, wenn auch nicht so ausgiebig wie in alten Zeiten. Rose saß dicht neben ihm am Tisch, freute sich über sein tiefes, brummendes Glucksen und die wohlwollenden Blicke, mit denen er Anna bedachte, die immer mehr in Stimmung kam. Wenn diese beiden Freunde würden … Rose wagte es kaum zu hoffen, und sie würde es sicher nicht erzwingen können.

»Die ideale Weinkarte eines Restaurants ist dreierlei«, versuchte Vince ihnen beizubringen, »kurz, intelligent und bezahlbar. Wenn wir nur einen Merlot anbieten, muss es einer der mittleren Preisklasse sein. Bei zweien hätten wir mehr Spielraum, aber wir müssen uns so oder so entscheiden, wie umfangreich die Weinkarte sein soll.«

»Wir haben jetzt mehr Meeresfrüchte auf der Karte als früher«, mischte sich Frankie ein, die an der Anrichte Birnen für den Endiviensalat schnitt. »Und weniger Fleisch. Wenn man zum Beispiel achtzehn Weine hätte, müssten mehr weiße darunter sein, vielleicht im Verhältnis zehn zu acht oder elf zu sieben etwa.«

»Achtzehn«, wiederholte Vince besorgt. »Das sind nicht sehr viele.« Er besuchte einmal wöchentlich einen Önologie-Kurs, er las Weinmagazine, er quetschte Experten und besonders kenntnisreiche Kunden aus. Er wollte sich möglichst schnell selbst zum Experten mausern.

»Nein, aber sie würden gut auf die Rückseite der Speisekarte passen«, sagte die immer praktisch denkende Anna. »Rechnest du Schaumweine mit? Und Rosé-Weine? In der Coffee Factory waren Rosé-Weine immer separat aufgelistet, aber ich weiß nicht, warum, es waren nur Zinfandels.«

Das Gespräch wurde immer sachlicher. Mason und Theo waren die Einzigen, die Vinces Punktesystem ernst nahmen. Sie mochten den Scubla Colli Orientali ›Rosso Scuro‹ am liebsten und mussten am Ende zu ihrem Bedauern feststellen, dass er im Einkauf fünfundvierzig Dollar die Flasche kostete, und das war für den Keller des Bella Sorella unbezahlbar. Aber dass sie den teuersten, also theoretisch den besten der acht Weine auserkoren hatten, ließ ihre Brust vor Stolz schwellen.

Frankie fragte Rose, ob sie die marinierten Schweinekoteletts grillen oder würzen oder die abgelöschte Sauce abschmecken wolle. Rose war in der Lage, eine reine Höflichkeitsfrage zu erkennen, und lehnte dankend ab, nein, es sei Frankies freier Tag und sie sei hier die Chefin. Das ungute Gefühl von vorher war verflogen, vom Wein und von Annas Albernheit hinweggefegt – so kam es Rose zumindest vor. Vince erwischte sie kurz allein, als Frankie im Esszimmer war.

»Warum hast du mir das nicht gesagt!«, wollte er in ärgerlichem Flüsterton wissen.

»Was? Du meinst Frankies …«

»Schsch. Jaaa! Waren alle informiert außer mir?«

»Das weiß ich nicht. Anna hat es mir gesagt – keine Ahnung, wem sonst noch. Was ändert das denn?«

»Ich bin Barkeeper!«

»Das weiß ich. Aber warum …«

»Sie ist Alkoholikerin und ich bin Barmann.« Er warf einen Blick über die Schulter, aber die Luft war noch rein. »Wie soll das denn funktionieren?«

»Wie soll das …« Endlich dämmerte es ihr. »Ach so!«

»Ach so!«, wiederholte er zornig. »Sie wird *nie* mit ausgehen!« Er verzog seine hübschen Lippen zu einem bitteren Lächeln. »Jetzt weiß ich wenigstens, warum.«

»Sie geht nicht mit dir aus? Hast du sie denn schon gefragt?«

»Wenn ich dir verraten würde wie oft, Tante Rose, würdest du laut lachen.«

»Niemals.«

»Sie glaubt, ich mache nur Witze. Und ich hüte mich, deutlich zu werden.«

Rose war über die Maßen erfreut. Vince und die Frauen – Iris und sie amüsierten sich häufig darüber, wie viele ihn anhimmelten. Wenn Frankie ihn abblitzen ließ, dann war das für ihn bestimmt eine Premiere. Wie lustig! Aber ihm zuliebe machte sie ein mitfühlendes Gesicht. »Gib nicht auf«, riet sie ihm, »Frauen lieben es, wenn ein Mann sie beharrlich umwirbt.«

Vince hatte Frankie eine Schildkröte geschenkt, erfuhr Rose beim Essen, weil sie allein in diesem trübsinnigen Wohnblock lebte, in dem sie keine Haustiere halten durfte. »Sebastian« hatte Vince die Schildkröte, die er in seinem Garten gefunden hatte, getauft. »Wie geht's Sebastian?«, fragte er Frankie, nachdem er die Schweinekoteletts, den Salat und ihre Tagliatelle mit Kräuterbutter über den grünen Klee gelobt hatte. »Wie gefällt ihm sein Napf? Er braucht vielleicht Spielzeug, ein Stück Holz oder etwas, worauf er sich setzen kann.«

»Was?« Frankie hatte ein Stück Fleisch auf die Gabel aufgespießt und untersuchte stirnrunzelnd seine rosarote Färbung. »Ach so, Sebastian. Ja, danke. Er war köstlich.«

Vince verschluckte sich und schüttete Wein auf die Tischdecke.

Frankie grinste. »War 'n Witz.«

Es wurde ein sehr fröhliches Essen, und gerade diese Tatsache stimmte Rose zwischendurch immer wieder nachdenklich. Der viele Wein hatte sicher das Seine dazu beigetragen, aber auch ohne Alkohol stimmte die Chemie in der Gruppe. Theo und Anna waren so gut gelaunt, dass sie vergaßen, wie wenig sie einander eigentlich mögen wollten. Frankie erzählte mit ernstem Gesicht komische Geschichten über durchgedrehte Chefköche und mordlüsterne Spüler. Theo und Mason unterstellten ihr, dass sie übertrieb, aber Rose und Anna wussten es besser. Mason sprach am wenigsten, aber Rose machte sich keine Gedanken um ihn. Sie freute sich über seinen leicht verwirrten Gesichtsausdruck. Er schien es immer noch nicht recht zu fassen, dass er hier, in seiner eigenen Küche, mit so vielen Leuten zusammensaß. Nur einmal war Rose zum Weinen zumute – als er etwas aus der Küche geholt hatte und danach einen Moment hinter ihrem Stuhl stehen blieb, bevor er sich wieder hinsetzte. Er legte ihr die Hände auf die Schultern und ließ sie dort liegen, während das Gelächter und die Gespräche um sie her plätscherten. Rose fühlte sich getröstet und aufgewühlt zugleich. Im Zentrum dieses wunderschönen, unbeschwerten Beisammenseins existierte etwas Trauriges und Beängstigendes – und Masons stumme Freundlichkeit hatte sie daran erinnert. Aber auch etwas anderes lernte sie: dass es in der Gesellschaft guter Freunde möglich war, traurige und beängstigende Dinge zu ertragen.

Nach dem Essen setzen sie sich zu Kaffee und Ricottakuchen in das fensterlose Wohnzimmer. Anna fragte Mason nach den Reiherfotos. Reiherfotos? Rose verstand das Wort nicht richtig, sodass Anna es ein paarmal für sie wiederholte. »Reiherfotos, Fotos von Reihern, große Kanadareiher.« Alle, sogar Anna und Mason, lachten, als Vince sie neckte: »Soso, du willst ihr also deine *Reiher*fotos zeigen. Ahhh ja.« Höchst albern, aber zu diesem Zeitpunkt lachten sie bereits über fast alles. Frankie und Vince verstrickten sich in ihren Lieblingsstreit über die Frage, welche Art von Musik die Gäste in einem guten Restaurant hören wollen, bei welcher sie noch einen Drink bestellen und welche sie vertreibt. »Von diesen Bands habe ich noch nie gehört«, gab Rose zu, und musste sich verständnisvolle, mitleidige Blicke gefallen lassen. Sie scheute sich zu fragen, was sie von ihren beiden liebsten Stücken hielten, Mozarts Flötenquartett und Händels Blockflötensonate. »Legt auf, was ihr wollt«, sagte sie resigniert. »Wenn ihr euch je auf etwas einigen könnt.« Das konnten sie nicht, aber mittlerweile verstand Rose ihr Gezänk als eine Art Flirt. Vince warb um Frankie, indem er sich mit ihr stritt. Ob sie das registrierte? Sie gab sich äußerst geschäftsmäßig, lächelte selten, nahm alles, was er sagte, ernst. Ließ ihn wissen, dass sie ihn nervig fand. »Du bist ein solches Kind«, stöhnte sie, als er darauf bestand, an der Bar müsse es auch Junk Food und einen Fernseher mit Sportkanal geben. »Werd endlich erwachsen, Vincenzo! Was soll denn auf deinem Grabstein stehen?«, fragte sie streng und bohrte ihren spitzen Finger in seinen Unterarm. »›Er hat beim Super Bowl supertolle Nachos serviert‹?«

»Yeah, genau.«

»*Nein!* ›Er kannte seine Gäste und wusste, was sie wollten.‹ Das wär's! ›Er war ein brillanter Barkeeper. Sein Cosmo brachte einen zum Heulen.‹«

Vince kicherte los.

»›Seine Weinkarte tröstete die Verzweifelten. An seiner Bar wurden alle zufrieden gestellt. Er war ein netter Mann.‹«

Frankies Worte ernüchterte ihn. »Okay«, sagte er nach einer nachdenklichen Pause. »Aber können wir das Hockeyspiel laufen lassen, während ich die Cosmos mixe?«

Anna und Mason kehrten lachend von der Veranda ins

Esszimmer zurück. Ein bemerkenswerter Anblick. Dennoch fühlte sich Mason immer noch am wohlsten, wenn er eine Kamera zwischen sich und die Welt halten konnte, und Rose war nicht überrascht, als er die Nikon von der Schulter gleiten ließ und leise und unaufdringlich begann, Aufnahmen von seinen Gästen zu machen. Was sie allerdings erstaunte, war Annas Bereitwilligkeit, sich für eine gemeinsame Aufnahme dicht neben Rose auf die Couch zu setzen. Sie berührten sich an den Schultern, neigten die Köpfe einander zu und lächelten Mason an. »So ist es gut«, sagte er, »genau so«, und fotografierte aus einem anderen Winkel weiter.

»Lieber Himmel«, sagte Frankie, »ihr zwei seht aus wie Mutter und Tochter, das gibt's doch gar nicht! Ihr zieht euch sogar gleich an.«

Rose sah lachend auf ihr ärmelloses Kleid hinunter. Sie trug dazu einen rot-weißen Schal um den Hals. Anna hatte einen langen gelben Schal um die Taille geschlungen. »Tja, man kann sagen, was man will, die Familienähnlichkeit ist nicht zu leugnen«, sagte Rose, rückte noch näher an Anna und stieß sie mit der Schulter spielerisch an. Anna strich sich den Rocksaum über den nackten, übereinander geschlagenen Knien glatt, blickte nicht auf und erwiderte das Lächeln nicht.

»Willst du ein Bild von Katie sehen?« Frankie setzte sich neben Rose und wühlte in ihrer abgeschabten Umhängetasche. »Sie wird mir allmählich ein bisschen ähnlicher. Was meinst du?«

»Ist das ein Bild von Ostern?«, fragte Rose.

»Nein, es ist ein neues, von letzter Woche.«

»Ich habe es schon gesehen«, sagte Anna. Sie stand abrupt auf und entfernte sich ein paar Schritte.

»Oh, was für ein süßes Kind«, sagte Rose. Mutter und Tochter knieten auf dem sonnigen Rasen vor einem Planschbecken, das sie mit dem Gartenschlauch füllten. Beide hatten eine Hand an den Schlauch gelegt und grinsten mit zusammengekniffenen Augen über die Schulter in die Kamera.

»Findest du, dass wir uns ähnlich sehen?«

»Ähmm …« Eigentlich nicht, aber Frankie wartete offensichtlich auf eine Bestätigung. »Vielleicht«, sagte Rose, »könnte sein … die Augenpartie?«

»Nein, sie hat Mikes Augen.« Enttäuscht nahm Frankie das Foto zurück.

Rose hatte unwillkürlich das Bedürfnis, sie zu trösten, und berührte vorsichtig Frankies stacheliges rotes Haar. »Vielleicht solltest du es einmal wachsen lassen«, sagte sie und legte die Handfläche sachte auf Frankies Hinterkopf. Überraschenderweise war das Haar weich, nicht stachelig. Rose konnte es sich nicht verkneifen, leicht darüber zu streichen.

»Ich habe Locken.« Frankie erduldete Roses Berührung mit niedergeschlagenen Augen und einem zufriedenen, schüchternen Lächeln. »Wenn ich meine Haare wachsen lasse, locken sie sich.«

»Locken? Ehrlich? Das sähe doch toll aus!«

»Meinst du? Nee, so ist es einfacher.« Sie rückte von Rose ab und wurde wieder spröde. »Das bin eben ich.« Sie zuckte die Achseln, zog einen Schmollmund und legte den Unterschenkel über das Knie. Männlichkeit zu simulieren war eine ihrer Abwehrstrategien. Wogegen?, fragte sich Rose. Dass sie womöglich einmal nett zu sich selbst sein könnte?

Rose ging ins Bad, und als sie zurückkam, war Anna fort. »Sie ist nach Hause gefahren«, erklärte Vince. »Sie hat gesagt, sie sei müde.«

Einfach so, ohne Verabschiedung? »Das ist merkwürdig«, murmelte Rose. Mason nahm gerade den Film aus der Kamera. Er schüttelte leicht den Kopf, als er ihren Blick auffing. Keine Ahnung, warum sie fortgegangen war.

Frankie und Vince spülten Geschirr, während Rose mit Mason und Theo auf der Hintertreppe sitzend den Mondaufgang betrachtete und dem Fluss lauschte. »Was war das für ein schöner Tag«, versicherten sie sich gegenseitig immer wieder. Rose wies darauf hin, dass der Vogel, der in den Bäumen hinter ihnen unablässig zwitscherte, eine Schwarzkehl-Nachtschwalbe war. »Richtig«, bestätigte Mason und ließ durch seinen Tonfall freundlich anklingen, dass sie damit ein beachtliches Wissen demonstrierte. »Sie haben Barthaare«, erklärte er ihr.

»Barthaare?«

»Ich nenne sie nur so. Sieht aus, als ob ihnen Haare um den Schnabel wachsen. Wie bei einem Seehund.«

Das ist meine Familie, dachte Rose. Wenn sie Theo geheiratet hätte, wäre Mason ihr Stiefsohn. Heute Abend hatte sie lange Zeit überhaupt nicht an Dr Eastmans Nachricht gedacht. Sie hatte sich von der friedlichen Atmosphäre, der verführerischen Illusion von Normalität ablenken lassen.

Doch jetzt ließen Theos Kräfte nach. »Bleib heute hier«, lud Mason ihn ein. »Schlaf im Gästezimmer. Leg dich am besten gleich hin.« Nein, das kam nicht in Frage. »Will bei mir zu Hause aufwachen.« Rose diskutierte nicht mehr mit ihm. *Dann fall doch hin, brich dir deinen sturen Hals*, hatte sie am Ende des letzten Streits geschimpft, und keiner von ihnen brachte es übers Herz, das Thema wieder aufzuwärmen. Schon allein beim Gedanken daran musste sie aufseufzen. Das merkte sie aber erst, als Theo, der zwei Stufen unter ihr saß, die Hand um ihre nackte Wade legte. Sie beugte sich vor und strich ihm über den Rücken. »Dann bringe ich dich jetzt zurück«, sagte sie, »du alter Bär.«

»Nein. Mason kann mich fahren. Ja?«

»Sicher«, sagte Mason überrascht.

»Warum nicht ich?«

»Ich mag nicht, dass du heute Abend … im Segelhafen bist. Zu viele Einbrüche in letzter Zeit. Vandalismus.«

»Tatsächlich?«

»Das weißt du doch – ich hab's dir erzählt. Der Typ zwei Aufschleppen weiter, Charles, du kennst Charles …«

»Charles Bell?«

»Ihm wurde die Kabinentür eingetreten. Radio gestohlen, Batterie, Seekarten, alles, was nicht niet- und nagelfest war.«

Rose fröstelte. Diese Geschichte stimmte nicht. Das heißt, geschehen war sie wohl, aber vor drei Jahren und in einem anderen Hafen. Theo hatte die *Expatriot* wegen der Einbrüche und Überfälle ans neue Kai gebracht. Und Charles Bell hatte er, soweit Rose wusste, seit zwei Jahren nicht gesehen.

Leichte bis mäßige kognitive Beeinträchtigung. Nachlassen des Erinnerungsvermögens und Schwierigkeiten mit dem planenden Denken. Sie hatten darüber Witze gerissen: »Na, wenigstens wirst du's nicht merken, wenn du das Gedächtnis verlierst.« Fing es so an?

»Kein Problem«, sagte Mason nach einer spannungsgeladenen Pause, während der Rose abwechselnd hoffte und fürchtete, Theo würde seinen Irrtum erkennen. »Ich fahre dich gern.« Auch Mason war es aufgefallen, das merkte sie an der zu leisen Stimme und seinem betroffenen Gesichtsausdruck.

Kurz darauf löste sich die Gesellschaft rasch auf. Rose küsste alle zum Abschied, auch die entgeisterte Frankie, und fuhr durch die warme, von Insekten schwirrende Sommernacht nach Hause. Sie versuchte, sich von den Sternen, den Glühwürmchen und dem dunklen, würzigen Geruch des Wassers aufmuntern zu lassen. Eine Stunde zuvor hatte sie der verlockende Gedanke, dass sie trotz allem nicht allein war, noch getröstet, doch diese Empfindung war jetzt verflogen. Sie fühlte sich einsam und verzagt, zu schwach für das, was ihr bevorstand.

Deshalb hob sich der Druck von ihrem Herzen ein wenig, als sie beim Einbiegen auf den Parkplatz das kleine, weiße Auto mit dem New Yorker Kennzeichen auf dem Platz neben ihrem stehen sah. Sie war dankbar für dieses unerwartete Geschenk und beglückwünschte sich mit einem Lächeln in den Rückspiegel. *Sieh nur, was ich geschenkt bekomme*, sagte das Lächeln. *Ich bin doch ein Glückskind.*

Sie öffneten gleichzeitig die Türen. »Hallo«, sagte Rose über das Dach von Annas Auto hinweg. Anna war schneller und stand schon zwischen den beiden Autos, während Rose ihres noch abschloss.

»Hallo«, wiederholte sie leiser, zweifelnder. Annas Augen waren so weit aufgerissen, dass Rose das Weiße in ihnen deutlich sah. Sie atmete heftig und wirkte wie elektrisiert, so als müssten ihr die Haare vom Kopf abstehen. »Was ist?«, fragte Rose mit Herzklopfen. »Was ist passiert?« Sie hatte alle möglichen panischen Gedanken – Iris tot, Carmen verletzt, das Restaurant in Flammen …

»Ich weiß ganz genau, wer du bist!«
»Was?«

»Lüg nicht, Rose! Sag mir die Wahrheit!«

»Wovon redest du überhaupt?«

Anna hielt die Arme steif an den Körper gepresst, als habe sie Angst, die Kontrolle über sie zu verlieren. Ihr ganzer Körper war versteift, sie stand fast auf den Zehenspitzen und hatte den Hals gereckt, als werde sie von einem Seil in die Höhe gezogen. »Gib's zu! Gib zu, dass du meine Mutter bist!«

Rose verschlug es die Sprache.

»Sag es! Du bist es, oder?«

Rose entfuhr ein Lachen – sie konnte es nicht zurückhalten. Doch das war ein Fehler: Anna sah aus, als habe man sie geohrfeigt. »Oh, Liebes, nein. Ich bin nicht deine Mutter.«

»Das glaube ich dir nicht!« Doch, sie glaubte es, das sah Rose an ihrem ratlosen Blick.

»Es ist die Wahrheit«, sagte sie sanft. »Anna, du bist Lilys Kind.«

»Nein, ich glaube, du hast mich ihr gegeben. Sie hat mich angenommen. Du und mein Vater – und dann hat sie mich angenommen, weil sie verheiratet war und du nicht.«

Rose schüttelte den Kopf.

»Doch, so muss es gewesen sein. Du warst immer da«, sagte Anna in anklagendem Ton, »schon bevor sie starb. Du bist zu … Schulveranstaltungen mitgegangen, du hast mit mir Hausaufgaben gemacht, du hast mit mir über Sex geredet. Du warst immer …« Sie atmete tief ein. Ihr Gesicht wurde dunkelrot. Dann drehte sie sich um und legte mit geneigtem Kopf die Arme auf das Autodach. Die plötzliche Stille wurde nur von dem tickenden Geräusch durchbrochen, das Roses Auto beim Abkühlen von sich gab. In der milden Luft mischten sich der Geruch von Geißblatt und heißem Metall.

»Lily war deine Mutter. Das schwöre ich.«

»Also gut«, murmelte Anna in sich hinein.

»Es tut mir Leid.«

Anna richtete sich auf, drehte sich jedoch nicht um. »Was tut dir Leid?« Sie wischte sich das Gesicht ab, holte abermals tief Luft und warf den Kopf zurück.

»Ich weiß es nicht genau«, gestand Rose. »Es tut mir wohl Leid, dass ich nicht deine Mutter bin.«

Das wollte Anna nicht hören. »*Mir* tut es Leid«, sagte sie hastig. »Es war … Frankie war ungefähr der millionste Mensch, der gesagt hat, wie ähnlich wir uns sehen, und da … da hat irgendwas plötzlich Klick gemacht. Ungefähr zwei Sekunden lang schien es völlig plausibel.« Sie versuchte zu lachen. »Gott, was bin ich für eine Idiotin!«

»Warum?« Weil sie zu viel von sich preisgegeben hatte, gab Rose sich selbst die Antwort, als Anna schwieg. Sie hatte nicht nur eine falsche Vermutung geäußert, sondern auch eine falsche Hoffnung.

»Gott, das war bescheuert. Können wir's vergessen? Erzähl Tante Iris nichts davon, bitte. Erzähl es keinem.«

Merkwürdigerweise war Rose entzückt über Annas Verlegenheit. »Dein schreckliches Geheimnis ist bei mir sicher aufgehoben«, sagte sie feierlich und musste lächeln, als Anna schon wieder rot wurde. Sie konnte sich genau vorstellen, wie sie im Dunkeln in ihrem heißen Auto gesessen hatte, hin und her gerissen zwischen Hoffnung und Furcht. Rose hätte liebend gern die Arme um sie gelegt. Sollte sie es wagen, ihr etwas zu gestehen? »Ich habe mir immer ein Kind gewünscht. Aber ich habe nur diesen einen Mann geliebt, deshalb konnte ich nie Kinder bekommen. Da wäre es sehr traurig gewesen, wenn es dich nicht gegeben hätte.«

Anna wich so rasch zurück, als habe sich vor ihr im Boden ein Loch aufgetan. »Ja dann … Gute Nacht. Schwamm drüber, ja? Dieses ganze … Im Ernst, vergiss es bitte.«

»Anna, warte.«

»Nacht.« Sie umrundete rasch ihr Auto, und Rose wünschte sich, dass sie zurückkommen und mit ihr zusammen über die Sache lachen würde.

Es kam ihr so vor, als hätte sie Anna zur Hälfte bereits für sich gewonnen. Eine sehr unwillige Hälfte zwar, aber immerhin. Der Stacheldraht, den Anna zum Schutz rings um sich aufgebaut hatte, war niedergerissen. Rose brauchte nur Geduld. Schwere Zeiten standen noch bevor, doch als sie die Stufen zu ihrer Wohnung hochstieg, fühlte sie sich leicht und unbeschwert, fast wieder jung. Bis ins Innerste erwärmt durch Annas Enttäuschung.

11

Lieber Mason,
ich habe versucht anzurufen, aber dann ist mir
eingefallen, dass du bis morgen verreist bist.
Hoffe, du checkst deine E-Mails, damit du nicht
glaubst, ich hätte dich versetzt. Ich kann mich
nun doch nicht mit dir treffen, weil ich morgen
früh wegen einer Beerdigung nach Buffalo fliegen
muss. Ein Freund von mir ist gestorben. Es kam
plötzlich, aber nicht unerwartet. So jedenfalls
habe ich es gehört. Ich hatte es auf alle Fälle
nicht erwartet. Tut mir Leid, dass ich unseren
Termin platzen lasse. Soll ich dich anrufen, wenn
ich wieder da bin? Das wird entweder morgen spätabends oder Freitag früh sein, kommt auf die Flü-
ge etc. an. Sorry, dass ich so kurz vorher absa-
ge. Hoffe, diese Mail ist einigermaßen verständlich. Ich bin ziemlich durcheinander.

A.

»Du bist noch da?«

Anna blickte auf und sah Carmens rotes Gesicht, das finster durch die Tür auf sie herabschaute. »Hallo. Ja, noch für
einen Augenblick. Alles in Ordnung?«

»Marco hat sich geschnitten. Schon wieder. Er wird's überleben. Alle sind weg, in der Küche ist es ruhig.«

»Gut.« Anna lächelte kurz und wartete, dass Carmen wieder ging.

»Es gibt keinen Grund, morgen Abend schon wieder herzuhetzen, weißt du. Rose wäre auch dieser Meinung.«

»Ich weiß, aber es könnte voll werden, die Donnerstage sind wieder lebhafter geworden. Und es ist der erste Tag des Straßenfestes.«

»Na und? An einem Tag hin- und herzufliegen ist anstrengend. Wir kommen einen Abend auch ohne dich aus.«

Schwer zu sagen, ob Carmen das nett meinte oder nicht. »Ich werde sehen, wie es läuft. Und ich rufe auf jeden Fall am Nachmittag an. Damit ihr Bescheid wisst.«

»Gut.« Carmen befingerte stirnrunzelnd einen Blutfleck auf ihrer Schürze, als könne sie sich beileibe nicht erinnern, wie er dahin geraten war.

»Na dann …«, Anna versuchte ihr den Rückzug zu erleichtern. »Gute Nacht.«

Carmen nickte gleichmütig, wandte sich um und war tatsächlich kurz verschwunden. Dann stand sie wieder da. »Tut mir Leid, dass du deinen Freund verloren hast.«

»Oh, danke. Vielen Dank. Das ist …«

Carmen war schon wieder weg.

So etwas Dummes, dass ihr ausgerechnet jetzt die Tränen kamen. Sie hatte sie zurückgehalten, als Jay anrief. Er war bekümmert, deshalb hatte sie sich auf das Mitleid für ihn konzentriert anstatt auf ihre eigenen Gefühle. Was nicht so uneigennützig war, wie es klang – sie hatte sich vor ihm keine Blöße geben wollen. Doch jetzt brauchte es nur ein einziges freundliches Wort von Carmen, und sie heulte los. Sie legte die Stirn auf den Schreibtisch und ließ den Tränen freien Lauf.

Das Telefon klingelte, bevor sie sich wieder gefasst hatte. Wahrscheinlich war es Rose, sie hatten sich mehrfach verpasst. »Hallo?«

»Anna?«

»Oh, Mason. Hallo. Warte bitte einen Augenblick.« Sie drückte auf Unterbrechung, während sie sich die Nase putzte. »Entschuldigung. Du hast meine E-Mail bekommen?«

»Gerade eben.«

»Prima.«

»Geht es dir gut?«

Anna holte zittrig Luft. »Ja und nein. Du weißt schon. Es hat mich irgendwie schwer getroffen. Ich hab ihn sehr gern gehabt. Ich habe wirklich …« Es ging schon wieder los. »Tut mir Leid, ich muss mich erst mal richtig ausheulen, dann wird's schon wieder gehen.«

»Kann ich irgendwas für dich tun?«

»Nein. Danke.«

»Das … ist das der Mann, mit dem du …«

»Oh, nein, nein … es ist sein Großvater, Jays Großvater Mac. Thomas McGuare. Er war alt und nicht sehr gesund, aber ich hätte nie gedacht, dass er sterben würde, ich meine, nicht so bald. Es bringt mich wirklich völlig aus der Fassung.«

»Das tut mir Leid.« Mehr konnte man dazu nicht sagen. Aber er schien es ernst zu meinen.

Sie griff nach einem Papiertaschentuch. »Deshalb fliege ich zur Beerdigung. Er ist Montag gestorben, und ich habe es gerade erst erfahren. Er – Jay – hat gesagt, dass er es mir überhaupt nicht erzählen wollte, weil Nicole nicht will, dass ich komme. Doch schließlich hat sein besseres Ich gewonnen«, sagte sie mit einem Anflug von Bitterkeit. »Nicole, das ist die neue Frau, wie du sicher bereits weißt.« Anna rieb sich die Schläfe, in der sich die ersten Anzeichen von Kopfschmerzen bemerkbar machten. »Oh Gott, das wird grässlich.«

»Die Beerdigung?«

»Alles. Dorthin fahren. Sie zusammen sehen – ich kann es kaum erwarten. Moment mal.« Diesmal legte sie den Hörer hin, während sie sich die Tränen abwischte und sich endgültig zusammenriss. »Okay, bin wieder da.«

»Anna …«

»Ja?«

»Soll ich mitkommen?«

»Was?«

»Möchtest du jemanden bei dir haben? Ich könnte mitkommen.«

»Nein, das geht nicht, du arbeitest doch.«

»Das ist unwichtig. Wenn es dir hilft, komme ich mit. Vielleicht würde das aber auch alles schlimmer machen. Sag es ehrlich.«

»Oh, Mason«, brachte sie noch heraus, bevor ihr die Stimme versagte. Sie war auf dem besten Wege, sich völlig zum Narren zu machen. »Ja«, quiekte sie jämmerlich und schluchzte dankbar in ein neues Taschentuch.

Er hatte es sich bestimmt anders überlegt.

Das Boarding für Direktflug 3390 nach Buffalo begann in fünf Minuten, und Mason war nicht da. Anna konnte ihm nicht böse sein, wenn er sich umentschieden hatte, sein Angebot war aus einem Impuls heraus entstanden. Sie hätte sich bedanken und ablehnen sollen, und das hätte sie unter anderen Umständen garantiert auch getan. Doch Mason hatte sie an einem erbärmlichen Tiefpunkt erwischt ...

Das Handy in ihrer Handtasche klingelte. Aha, Mason. Sie verzieh ihm schon im Voraus. *Mach dir keine Gedanken*, übte sie in Gedanken ihre Antwort, *es spielt überhaupt keine Rolle. Heute früh geht es mir schon viel besser.*

»Anna, hier ist Rose. Ich habe es gerade gehört ... Carmen hat angerufen ... ich bin noch zu Hause. Es tut mir so Leid!«

»Ich habe gestern Abend versucht dich anzurufen ...«

»Ich war bei Theo. Er konnte nicht schlafen, und wir sind spazieren gefahren.«

»Das dachte ich mir, und dann war es schon spät, und ich wollte dich nicht wecken.«

»Das hättest du ruhig tun können. Geht es dir einigermaßen gut?«

»Ja. Zumindest besser als gestern Abend. Ich bin am Flughafen, wir steigen jeden Moment ins Flugzeug.«

»Dann bin ich froh, dass ich dich noch erreicht habe. Hier ist alles bestens, keine Sorge. Carmen sagt, Fontaine ist heute mit einem blauen Auge zur Arbeit gekommen ...«

»Oh nein.«

»Ansonsten läuft alles gut. Ich wollte dir nur sagen, wie Leid es mir tut, und wenn ich irgendwas für dich tun kann ...«

»Danke, ich wüsste nicht, was.«

»Komm nicht heute schon zurück, das wäre dumm …«

»Nein, ich habe mich entschlossen, über Nacht dort zu bleiben. Aber morgen Mittag bin ich wieder da.«

»Gut, aber hetz dich nicht, wir können bestimmt …«

»Oh, Gott sei Dank, da kommt Mason.« Sie reckte sich, damit er sie sehen konnte. »Ich dachte schon, er käme nicht mehr.« Sie winkte lächelnd und bemerkte, wie er sich durch den belebten Gang zu ihr durchschlängelte – lange Haare, lange Beine, kein Lächeln. Er trug khakifarbene Hosen und eine dunkelblaue Sportjacke, hatte über eine Schulter einen Rucksack geworfen und über die andere seine Kamera. Anna war schwindelig vor Erleichterung.

»Mason?«, fragte Rose ungläubig.

»Ja, er kommt mit.«

»Mason kommt mit? Im Flugzeug?«

»Ja, er hat es angeboten und ich war froh …«

»Warte mal, Mason fliegt doch gar nicht!«

»Was sagst du da?«

»Er hat panische Angst vorm Fliegen. Er fliegt nie! Er *kann* nicht fliegen.«

Mason war vor ihr stehen geblieben. Er formte mit den Lippen ein tonloses »Hallo«, und Anna begrüßte ihn lächelnd mit »Hallo, da bist du ja. Zwei Sekunden …« Sie blickte zu Boden und legte die Hand über das andere Ohr. »Sag das noch mal.«

»Anna, Mason … hat er's dir nicht gesagt?«

»Was gesagt?«

»Er hat … Platzangst oder so ähnlich, es ist schon besser geworden, aber er fühlt sich nicht gut in Räumen, aus denen er nicht herauskann. Vor allem Räume mit vielen Leuten, wie … wie …«

»Flugzeuge.«

Das Boarding ging schnell und ohne Verzögerungen vonstatten. Sie saßen nebeneinander, dafür hatte Anna am Abend vorher mit einem Anruf bei der Fluggesellschaft noch gesorgt. »Gang oder Fenster?«, fragte er, nachdem er sein Handgepäck in der Gepäckablage deponiert hatte. »Oh«, sagte Anna, «such es dir aus, mir ist es gleich, ich habe keine Vorliebe.» Er sah sie leicht befremdet an und setzte sich dann auf den Fensterplatz.

Anna beobachtete ihn aus dem Augenwinkel, während die Stewardess die Sicherheitsvorschriften erklärte. Was sollte sie tun? Ihn wissen lassen, dass sie es wusste? Oder nicht? Was wäre das Beste? Warum hatte sie ihn nicht gleich wieder nach Hause geschickt? Sie hätte den wahren Grund verschweigen und einfach erklären können: »Es geht mir wieder gut, es ist unnötig, vielen Dank für alles, es war sehr nett von dir, ich rufe an, wenn ich wieder da bin.« Zu spät. Er konnte nicht mehr entkommen, weil sie sich mittlerweile in Bewegung gesetzt hatten, sie hatten sich in die Schlange der auf den Start wartenden Flugzeuge eingereiht.

Die Propellermaschine nach Buffalo war in ihren Augen nicht viel besser als eine fliegende Schrottkiste. Fassungsvermögen um die fünfzig Passagiere. Der Pilot kündigte per Lautsprecher eine Verspätung an. Nicht viel, nur fünf, höchstens sieben Minuten. Er klang betont vergnügt und menschlich, wie ein Verkäufer oder der Nachbar am Samstagmorgen. Er wirkte nicht besonders seriös. Er riss Witze.

Mason trug am rechten Handgelenk ein Gummiband und zupfte unablässig daran. Das *Ping* ging im Motorenlärm unter, Anna hätte es nicht bemerkt, hätte sie sich nicht mit allen Sinnen auf ihn konzentriert. Er nahm die Sicherheitskarte aus der Sitztasche vor sich und studierte den Plan des Flugzeugs. Er schob die Sonnenblende einige Zentimeter hoch und schaute auf die Startbahn, aber dieser Anblick ließ ihn prompt erbleichen – Anna sah, wie die Farbe aus der vernarbten Wange wich. Er ließ die Sonnenblende zuschnappen und lehnte sich mit geschlossenen Augen zurück.

»Hast du … was hast du gemacht in … ich weiß nicht mehr, wo du warst.« Seine Nervosität hatte Anna angesteckt, sie hatte ein Gefühl im Bauch wie bei Lampenfieber.

»Monie Point.«

»Monie Point. Wo ist das?«

»Am Chesapeake.«

»Ich weiß, aber wo genau?«

Er schüttelte den Kopf. Sie dachte schon, er würde nicht antworten. »Somerset County. In der Nähe von Deal.«

»Ah, Deal kenne ich, ich war mal mit einem Jungen aus Deal befreundet.«

Er wandte ihr langsam das Gesicht zu. »Du hast eine Menge Freunde von der Eastern Shore.«

»Findest du?« Gut, wenigstens redete er. »Ex-Freunde, das sind lauter Ex-Freunde. Hast du gute Aufnahmen machen können?«

»Nein.«

»Schade.«

»Ich habe nicht fotografiert.«

»Was dann?«

»Geholfen, die Balzreviere der Waldschnepfe zu erweitern.«

»Äh, was?«

Ein zaghaftes Lächeln erschien auf seinem Gesicht, aber dann zuckte er entsetzt zusammen, als die überlaute Stimme des Piloten, untermalt von knackenden Geräuschen, sie darüber informierte, dass sie jetzt gleich starten würden. Hey Leute, wir sind dran!

»*Was* braucht die Waldschnepfe?«

»Balzreviere. Ein Areal für ihre Balzflüge. Waldschnepfen brauchen ein sehr abwechslungsreiches Habitat, in dem sie sich paaren und vermehren können.«

»Zum Beispiel …?«

»Lichte Wälder und Schösslinge für die Weibchen, hohes Gras und Wiesen für die Männchen.«

»Also pflanzt ihr etwas an …«

»Wir pflanzen an. Räumen Unrat weg. Karren Regenwürmer heran. Ich mach das mit einer Gruppe von Freiwilligen. Aus dem Internet.«

»Funktioniert das? Gibt es jetzt mehr Waldschnepfen als früher?«

»Ja.«

»Gut.« Mason erstarrte schon wieder. »Ich habe bestimmt noch nie im Leben eine Waldschnepfe gesehen. Was machen sie, wie erkennt man sie?«

Er hatte die Augen geschlossen und presste die Kinnladen zusammen. »Sie sind ungefähr so groß wie Wachteln. Fett, mit langen Schnäbeln und großen Augen. Sehen ulkig aus. Das Männchen vollführt ein interessantes Balzritual. Ich habe es mal gesehen.«

»Erzähl mir davon.«

Die Motoren erhöhten mit ohrenbetäubendem Geräusch ihre Drehzahl. Sie befanden sich in der kurzen Zeitspanne direkt vor dem Start, in der sie noch standen, während sich kreischend und ungebärdig die Schubkraft unter ihnen ansammelte.

»Wie machen sie das, wie kriegen sie die Weibchen rum?«

Mason sah sie an. Sie nickte. Ihr Blick verriet ihm, dass sie Bescheid wusste.

Er hob seinen Arm von der Lehne, sie nahm ihren aus dem Schoß, und sie fassten sich an den Händen.

»Sie sitzen im hohen Gras und stoßen einen nasales Summton aus, um sich in Stimmung zu bringen. Dann fliegen sie los wie eine Rakete, in immer größeren Spiralen nach oben, so hoch, dass man sie in der Dunkelheit aus den Augen verliert.«

»In der Dunkelheit?« Geschmeidig rollte das Flugzeug an, zuerst wie ein Auto, dann immer schneller.

»Dämmerung. Man sieht sie im Mondlicht. Sie verschwinden im Dunkeln, und dann stürzen sie herunter. Sie fallen wie Papierflugzeuge, schaukeln, trudeln und die ganze Zeit über singen sie die Weibchen am Boden an. Wenn sie landen …«

Beim Abheben wurden sie in die Lehnen gepresst, und ihre Köpfe wurden zurückgedrückt. Der Augenblick der Schwerelosigkeit, den Anna gewöhnlich genoss, verursachte ihr diesmal Übelkeit, weil sie mit Mason litt. Seine Handfläche war schweißnass. Sie drückte sie fester. »Und wenn sie landen?«

»Wenn sie landen, heben sie gleich wieder ab. Immer wieder. Man hört den Wind in ihren Federn, es pfeift, wenn sie aufsteigen. Und wenn sie hinunterstürzen, sehen sie aus wie Blätter. Es ist wunderschön. Eine tolle Show.«

Sie schluckte, damit der Druck aus ihren Ohren wich. »Balzreviere. Das gefällt mir. Ich denke – wir wären alle besser dran, wenn uns andere bei der Suche nach Balzrevieren helfen würden.« Immer weiter plappern. »Man könnte behaupten, ein Restaurant zu führen ist auch eine Art, Menschen einen nettes, angenehmes Balzrevier zu bieten. Für manche zumindest.« Zum Glück hörte er nicht richtig zu.

Sie stiegen immer höher, aber der Druck ließ nach, und der Motorenlärm wurde leiser. »So, das ist überstanden«, sagte sie mit übertriebener Entschiedenheit. »Der Start ist immer am schlimmsten.«

»Sechzig Prozent der Unfälle passieren während des Starts.«

»Siehst du.«

»Dreißig Prozent bei der Landung.«

»Zehn Prozent …?«

»Während des Flugs.«

»Zehn, das ist gar nichts.« Da war er offenbar anderer Meinung, denn der Klammergriff um ihre Hand hatte sich nicht gelockert. »Nicht gefährlicher, als wenn man mit dem Auto zum Einkaufen fährt. Oder bei Rot über die Ampel geht. Zehn ist gar nichts«, erklärte sie beruhigend.

»Es tut mir Leid.«

»Was denn?«

»Rose hat es dir erzählt.«

Leugnen wäre beleidigend für ihn, das spürte sie. »Ja. Oh, Mason, warum um alles in der Welt hast du vorgeschlagen mitzukommen?«

»Ich kann schon viel besser als früher damit umgehen.« Das war keine Antwort auf ihre Frage. Er öffnete ein Auge und bleckte die Zähne zu einem gequälten Grinsen. »Ich nehme an einer Gruppentherapie für Leute teil, die Flugangst haben. Wir waren schon am Flugplatz, haben in einem Flugzeug gesessen. Aber geflogen sind wir noch nie. Das war als Nächstes geplant.«

»Du hältst dich großartig.« Er trug eine lose gebundene Krawatte, und Anna sah, wie sie bei jedem Herzschlag hochzuckte. Sie ließ seine glitschige Hand los – er wirkte einen

Moment lang hilflos, als habe sie ihn mitten auf einem Hochseil stehen lassen – und klappte die Armlehne zwischen ihren Sitzen hoch, rückte näher zu ihm und hakte sich bei ihm ein. Ihre Hände griffen wieder nacheinander und kamen auf seinem Oberschenkel zur Ruhe. »So«, sagte sie. »So ist es besser.«

»Danke.«

»Keine Ursache.« Sie hatte ihn vermutlich in Verlegenheit gebracht, aber so war es *wirklich* besser.

Mason wirkte angespannt, seine Armmuskeln waren hart und zitterten leicht. Sein Körper strahlte durch die Kleider hindurch Hitze ab. »Das ist nicht die Art, auf die ich dich beeindrucken wollte.«

Sie lächelte, ohne ihn anzusehen. »Ich wusste nicht, dass du mich beeindrucken wolltest.«

»Da sieht man, wie miserabel ich es angestellt habe.«

»Keineswegs.« Ein Flirt war immer noch das Beste, um ihn von den Gedanken an einen Absturz abzulenken.

»Hilft Reden?«, fragte sie. »Oder wird es dadurch schlimmer?«

»Es hilft. Rede du.«

»Wozu ist das Gummiband gut?«

»Lenkt mich ab.« Er demonstrierte es. »Holt mich aus meinen Gedanken.«

»Die dunkel und beängstigend sind.«

Er zuckte mit den Schultern. *Du kannst dir gar nicht vorstellen, wie dunkel.*

»Du könntest Atemübungen machen.«

»Mache ich.«

»Ja? Jetzt auch?«

Er nickte. »Es geht schon, Anna. Ich werde nichts Verrücktes anstellen. Keine Sorge, ich mache dir keinen Ärger.«

»Darüber mache ich mir keine Sorgen.« War das nicht eher die große Angst der Menschen, die Panikattacken hatten? Dass sie durchdrehten? Und dass es andere mitbekamen?

»Rede mit mir«, sagte er.

»Möchtest du Wasser oder sonst etwas?«

»Nein.«

»Auf diesem Flug bekommt man nichts zu essen. Aber er dauert auch nur anderthalb Stunden.« Zum Glück.

»Erzähl mir von deinem Freund, der gestorben ist.«

»Mac? Oh, Mac war wunderbar. Seine Frau ist schon lange tot, und er hat allein gewohnt. Erst in diesem Jahr musste er in eine Anlage für betreutes Wohnen umziehen, weil sein Herz nicht mehr mitmachte. Er wurde schwach, konnte keine Treppen mehr steigen, sich nicht mehr selbst versorgen.« Wie Theo, ging ihr durch den Kopf. Auch er würde nicht mehr lange allein auf seinem Boot leben können, hatte Rose gesagt.

»Mac ist winzig, sehr dunkel und mager, ein kleiner, beweglicher Kerl. Kaum noch Haare, und hellblaue Augen. Falsche Zähne und ein listiges Grinsen, man merkt, dass er als junger Mann ein Schwerenöter gewesen sein muss. Er hat bei der Bahn gearbeitet und mit Vorliebe grausige Geschichten von Menschen oder Tieren erzählt, die von Zügen überfahren wurden, oder von Landstreichern, die in Waggons eingeschlossen waren und die man Wochen später praktisch tiefgekühlt oder verhungert gefunden hat. Besonders Frauen hat er mit Begeisterung schockiert. Über Jays Skulpturen hat er sich lustig gemacht, aber liebevoll, nie auf gemeine Weise. Solche Sprüche wie: ›He, Junge, ich hab da 'ne alte Thunfischdose, die kannst du haben‹ oder ›Mein Rasenmäher ist kaputt, willst du ihn?‹ Aber er war unglaublich stolz auf Jay. Er hat alle Zeitungsartikel, in denen Jay erwähnt wurde, in ein Album eingeklebt.

Manchmal hat er mich im Café besucht. Darüber hat er sich auch lustig gemacht, vor allem über die Bilder, die dort zu verkaufen waren. ›Guck dir das an, ein roter Kreis mit 'ner weißen Linie! Und nur zwölfhundert Dollar. Kriege ich zwei davon?‹ Das hat er so laut wie möglich gefragt, während er seine Latte trank. Nicole verzog immer das Gesicht, wenn sie Mac kommen sah. Er trug diese Jogginganzüge, die beim Laufen knistern, und immer in entsetzlich schreienden Farben, lila oder neongelb, und dazu *riesige* Turnschuhe, so groß wie sein Kopf. Gejoggt ist er natürlich nie. Er war ein richtiger Taugenichts. Aber auch sehr höflich, ein echter Gentleman.

Er hatte viele Kumpel von früher, aber die sind im Laufe der Zeit alle gestorben. Deshalb war er einsam. Er freute sich so, wenn ich ihn besuchen kam! Er hat mich ... wirklich geliebt.«

Und sie hatte ihn geliebt. Jeder Mensch hatte Liebe zu schenken, und da Anna die meisten ihrer eigenen Familienmitglieder aus ihrem Herzen verbannt hatte, bekam Mac ein unverhältnismäßig großes Stück ihrer Liebe ab. Sie bedauerte es nicht.

»Er wird dir fehlen«, sagte Mason.

»Ich habe ihn nicht oft genug angerufen, nachdem ich wieder zu Hause ... zurück war. Ich wusste, dass er krank war, und hätte hinfahren sollen. Ich wünschte, ich hätte ihn noch einmal gesehen. Ich hätte mich so gern von ihm verabschiedet.« Sie gönnte sich ein paar Tränen. Sie lösten die Hände gerade so lange, dass Anna nach einem Taschentuch greifen konnte. Die Stewardess rollte den Getränkewagen vorbei, und sie baten um Orangensaft.

»Jetzt musst du reden«, sagte Anna, an ihrem Becher nippend. »Ich bin ganz ausgetrocknet. Erzähl mir von deiner Kindheit.« Harmloses Thema. Mason wirkte fast entspannt und zupfte nicht einmal mehr an seinem Gummiband. »Du bist an der Eastern Shore aufgewachsen, wie ich. Du bist ein Einzelkind, wie ich.«

»Nein, bin ich nicht. Ich habe eine zwölf Jahre ältere Schwester. Liz. Sie lebt in San Antonio.«

»Nanu, was man so alles über Leute erfährt! Warst du ein glückliches Kind?«

»Ja. Bis mein Vater starb.«

Mist. Doch kein harmloses Thema ... gerade war es ihr wieder eingefallen. Sein Vater war bei einem Flugzeugabsturz ums Leben gekommen. »Tut mir Leid«, sagte sie kläglich. »Ist das ... hast du ... kein Wunder, dass du ...«

»Ich konnte problemlos fliegen bis vor vier Jahren.«

»Was ist damals passiert?« Als Mason zögerte, begriff Anna, wie dumm diese Frage war, vielleicht die dümmste in der langen Geschichte dummer Fragen. »Antworte nicht ... wir müssen nicht gerade jetzt darüber reden. Entschuldige. Meine Güte, ich wäre wirklich eine begnadete Therapeutin.«

»Schon in Ordnung.« Wenigstens hatte sie ihn zum Lächeln gebracht. »Aber ich erzähle es dir wirklich lieber später.«

»Klar, jetzt nicht. Kein Wort darüber.« Sie streckte die Hand aus, zupfte an seinem Gummiband, und er lachte. Sie fühlte sich halbwegs entlastet, vielleicht war sie doch nicht die unbegabteste Therapeutin aller Zeiten. »Also, deine Kindheit«, erinnerte sie ihn. »Aber nur die guten Seiten. Was ist deine glücklichste Erinnerung?«

Die glücklichste Erinnerung war ihm entfallen, aber seine stärksten Glücksgefühle, sagte er, die Momente, die er am meisten mit Wohlbefinden verband, hatte er erlebt, wenn sein Vater von einer Reise zurückkam, und später, wenn Theo von einer Reise zurückkam. Wenn seine Väter zurückkehrten.

Anna sagte, das sei ihr vertraut, auch ihr Vater sei ständig unterwegs gewesen, und sie erinnere sich klar und deutlich daran, wie sie ihm außer sich vor Glück die Arme um die Beine geschlungen habe, wenn er wiederkam … und da sie nicht viel weiter als bis an seine Knie reichte, musste sie damals allenfalls drei gewesen sein, vielleicht auch erst zwei.

Mason sagte, er erinnere sich an Theo besser als an seinen Vater, der starb, als er erst fünf war. Er hatte Theo sofort geliebt, es hatte keine Gewöhnungszeit gegeben, keinen anfänglichen Groll. Seine schönste Erinnerung … doch, jetzt fiel sie ihm wieder ein. »Wir fuhren hinaus zum Krabbenfischen auf seinem alten Kutter, der *Sweet Jean*. Das war der Name meiner Mutter, er hat das Boot bei ihrer Hochzeit umgetauft. Wir fuhren nach Crisfield, nur Theo und ich, und wir haben den ganzen Tag im Annemessex Krabben gefangen. So sieht der Tag in meiner Erinnerung aus: Ich arbeite neben ihm und mache ihm alles nach. Abends gingen wir essen, in eines seiner Stammlokale, eine verräucherte, alte Kneipe. Wir saßen an einem runden Holztisch im Hinterzimmer, und Theo hat mich seinen Seemannsfreunden vorgestellt. ›Das ist Mason, mein Sohn.‹ Das weiß ich noch genau, ich habe ihn angeschaut und war stolz, dass ich zu ihm gehöre. Ich wollte auch ein Grieche sein und seinen Nachnamen annehmen. Er war der Beste von den Männern dort, der Größte und Stärkste, und er hat die besten Geschichten erzählt. Es war ein einzigartiger Abend. Ich war acht, und es war das erste Mal, dass ich mich wie ein Mann gefühlt habe. Eine Ahnung davon hatte, wie es sich anfühlt. Diese Gemeinschaft von Männern …«

Anna wollte gerade fragen, wie Theo mit Nachnamen hieß, als das Flugzeug plötzlich absackte, an Höhe verlor und dann wieder ein Stück stieg. Leichte Turbulenzen. Mason gab ein Geräusch von sich, das nach Zähneknirschen klang. Sie sagte hastig: »Ich kenne das auch, ich weiß, was du meinst, nicht genau so, aber ähnlich, als ich mich zum ersten Mal wie eine Frau unter anderen Frauen gefühlt habe. Ich war acht, glaube ich, so wie du. Meine Großmutter hatte Geburtstag, und wir haben bei uns für sie ein Fest gegeben, draußen im Garten, weil Sommer war. Rose und Tante Iris haben gekocht, aber auch meine Mutter hat geholfen, was selten vorkam – meine Mutter hasste das Kochen –, und ich erhielt die wichtige Aufgabe, Knoblauch und Salz im Mörser zu zerstoßen und Aïoli zu machen. Ich nahm das sehr ernst, ich stieß und stieß, bis mir der Arm wehtat, aber ich hörte nicht auf, bis eine perfekte, geschmeidige Paste entstanden war. Was für ein Geruch – mmm, mir wurde richtig schwindelig, ich hatte bis dahin nicht gewusst, wie kräftig Knoblauch ist. Und dann hatte ich mich so gut angestellt, dass Rose mich die beiden Sorten Olivenöl mixen und hineinträufeln ließ, ganz langsam zuerst, nur wenige Tropfen auf einmal, dann als dünnen Strahl, während sie das Eigelb schlug. ›Es ist zu dick‹, fand sie, ›sollen wir ein bisschen Wasser dazugeben?‹, und ich durfte Ja oder Nein sagen. Es war das erste Mal, dass ich richtig gekocht habe. Rose und Tante Iris bereiteten Miesmuscheln und Tintenfisch zu und winzig kleine Venusmuscheln, und dünsteten Fenchelknollen mit neuen Kartoffeln und grünen Bohnen und Kürbis und richteten alles in der Mitte unseres Picknicktisches auf einer großen Platte her. Und dazu stellten sie kleine Schüsseln mit Aïoli, in die man den Fisch und das Gemüse dippen konnte. ›Anna hat das Aïoli gemacht‹, verkündete Rose irgendwann, und alle sagten Oh und Ah und wie köstlich es sei. Sogar meine Großmutter war mit mir zufrieden, und sie war eine Frau, der man selten ein Kompliment entlockte.« Anna lachte. »Das war der Tag, an dem ich zur Frau wurde.«

Sie wechselten sich ab. Immer wenn das Flugzeug absackte oder das Motorengeräusch sich veränderte, hörte Mason auf zu reden, und Anna übernahm. Wenn sich die Lage wieder beruhigt hatte, hielt sie inne, und er übernahm. Er erzählte ihr, er habe vor zwei Tagen auf seinem Pier einen Braunpelikan entdeckt und wie selten das vorkäme, was für ein gutes Zeichen das sei, weil Braunpelikane zu den bedrohten Tierarten gehörten, und er habe noch nie so weit nördlich einen gesehen. Sie erzählte ihm, sie habe den Barmann feuern müssen, weil er nur die Hälfte der Getränkeeinnahmen in die Kasse eingetippt und den Rest in die eigenen Tasche gesteckt hatte. »Vince?«, fragte Mason entgeistert, und sie erwiderte: »Nein, nein, Eddie von der Mittagscrew, ein richtiger Widerling, du kennst ihn nicht. Er hat Rose doch tatsächlich seit Monaten übers Ohr gehauen. Ich wusste, dass er seine Freunde mit freien Drinks versorgte, aber das war in Ordnung, weil er es tagsüber gemacht hat und die Bar sonst leer gewesen wäre, was schlecht fürs Geschäft ist. Ich wusste auch, dass er dem Küchenpersonal Getränke spendierte, was nicht gern gesehen wird, aber keiner kümmert sich groß darum, selbst Vince tut das. Was ich *nicht* wusste, ist, dass er fast die Hälfte der Getränkebons direkt aus der Schublade gestohlen hat. Gut, dass wir ihn los sind.«

Mason erklärte, welche Vogelbilder sich am besten an Zeitschriften und Agenturen verkaufen ließen: Adler, Bussarde, Eulen, Falken, Fischadler und Turmfalken. Mit anderen Worten, Fotos von Raubvögeln. Ziemlich machomäßig, da waren sie sich einig, aber danach rangierten immerhin gleich Rotkehlchen, die Würmer aus der Erde zogen. Sportzeitschriften wollten natürlich Jagdvögel, Enten und Waldhühner und Kragenhühner, aber auch Aufnahmen von V-förmigen Formationen fliegender Gänse kamen immer gut an. Hackende Spechte, besonders wenn sie rote Köpfe oder Federbüschel zu bieten hatten. Alle Vögel, die ihre Jungen füttern. Kardinalvögel im Schnee. Und auch mit Pinguinen lag man nie daneben, vor allem mit Paaren oder Gruppen.

Anna berichtete, dass das Restaurant endlich eine gute Kritik bekommen hatte. Im *Chesapeake*-Magazin hatte der Kritiker den Service lobend erwähnt. »Vonnie und ich haben mit den Kellnern gearbeitet, und das hat sich ausgezahlt. Wir haben eine neue Regel, die zweiunddreißigste, dass innerhalb von dreißig Sekunden eine Kellnerin an den Tisch gehen und die Gäste begrüßen muss. Weil die Leute darauf am meisten Wert legen – kaum zu glauben, aber wahr: Mehr als schlechtes Essen hassen sie es, wenn sie in ein Restaurant kommen und ignoriert werden. Deshalb muss jetzt jemand vom Service sie wenigstens begrüßen, auch wenn noch keine Bestellung notiert werden kann. So lautet die neue Regel. Und viel lächeln, was sie vorher auch nicht getan haben. Es gibt eine Studie darüber. Kellner, die nur mit den Lippen lächeln, bekommen weniger Trinkgeld als die, die den Mund aufmachen und die Zähne entblößen. Ehrlich, das ist wissenschaftlich erwiesen, ich glaube, ich mache das selbst auch. Mehr Trinkgeld geben, meine ich. Und ich merke mir allmählich die Namen der Gäste. Rose ist darin unschlagbar, aber sie ist nicht immer da, deshalb bin ich diejenige, die die Leute begrüßt, und etliche kenne ich jetzt schon. Das sind lauter gute Zeichen, es bedeutet, dass es aufwärts geht. Aber es ist alles noch so unsicher, wir machen uns dauernd Sorgen! Ein kleiner Lichtstreif am Horizont ist zu erkennen – natürlich noch kein echter Profit, alles fließt in die Schuldentilgung, eine riesige Summe, aber wenigstens kommen keine neuen Schulden hinzu. Das ist ein Wunder. Es ist Juli, *der* Monat, der am meisten einspielt. Die Speisekarte ist fertig, das Angebot ist gut, es ist supergut, abgesehen von den Suppen. Sollte man nicht meinen, dass wir eine anständige Minestrone zuwege bringen? Das ist schon zu einem Witz geworden, nur Frankie und Carmen finden es überhaupt nicht witzig. Sie hassen sich immer noch, ich bin immer noch die Schiedsrichterin. Ich sage, hört einfach auf mit der Minestrone, ist doch sowieso mehr als retro, aber ausnahmsweise sind sie sich einig, sie lechzen nach der vollkommenen Minestrone.«

Anna holte Kaugummi aus der Handtasche und gab Mason ein Stück. Sie fand, dass sie sorglos und glücklich aussahen, wie sie so einträchtig kauten. Er schlug vor, Carmen und Frankie sollten es mal mit Schwalbennestsuppe probieren. Es gab einen Vogel namens Salangane. In der Brutzeit flog er an die 150 Meter hohe Felswand seiner Höhle in Malaysia, hing dort eine Sekunde und hinterließ ein Tröpfchen Speichel. Das wiederholte er so lange, bis eine kleine Schale entstanden war. »Aus Spucke?« Ja, aus getrocknetem Speichel war sein Nest, und die Leute riskierten beim Klettern ihr Leben, um es von den Felswänden zu holen, weil es in asiatischen Gourmet-Restaurants als große Delikatesse galt. »Wie schmeckt es?«, fragte Anna. »Wie Hühnchen.«

Bei der Landung stieg die Anspannung wieder. Mason verstummte, und Anna fragte sich insgeheim, ob er ihr womöglich die Hand oder zumindest ein paar Finger brechen würde, während sie unermüdlich weiterplapperte, über die Hunde von Tante Iris und ob er vielleicht einen Welpen haben wollte, sie waren toll, aber nicht billig, großartige Hunde, sie wünschte, sie könnte einen halten, aber sie war ja nie zu Hause, und er könnte seinem Hund dann doch beibringen, keine Vögel zu jagen …

Sie landeten.

Anna hätte am liebsten laut gejubelt. Im Flughafen musste sie fast rennen, um mit Mason Schritt zu halten, aber sie hatte nicht den Eindruck, dass er auf der Flucht war. Sein Tempo kam durch seine gute Laune zustande, und das Schweigen war seine Methode, die Euphorie im Zaum zu halten. Er hatte es geschafft! Wahrscheinlich stimmte er innerlich einen Triumphgesang an. Nachdem er vier Jahre lang nicht geflogen war, musste es wie ein großer Sieg sein, etwas, das man am liebsten herausposaunt hätte. Aber er sagte nichts, und deshalb schwieg auch sie. An der Gepäckausgabe holten sie seinen riesigen Koffer ab, in den Gepäck für einen zweiwöchigen Urlaub gepasst hätte. Anna fragte nicht, was um alles in der Welt der Koffer enthielt.

Doch während sie auf dem windigen Gehweg in der Taxischlange standen, konnte sie nicht mehr an sich halten.

»Herzlichen Glückwunsch! Mason, du warst toll. Findest du nicht?«

Doch, das fand er ganz offensichtlich auch. Er warf die Haare zurück und sog die abgasverpestete Luft tief ein, als stünde er in einer Meeresbrise oder auf einer duftenden Blumenwiese. Er strahlte über das ganze Gesicht – so frei, so unbefangen hatte Anna ihn noch nie erlebt. »Du glaubst es nicht«, sagte er, »du kannst es dir nicht vorstellen …«

»Nein. Aber ich finde trotzdem, du warst einmalig.«

»Nur wegen dir. Ohne dich wäre ich gestorben.«

»Ach was, Unsinn.«

»Sie würden mich jetzt auf einer Bahre raustragen. Mausetot.«

»Aber nein!« Sie hätte ihn gern umarmt. Fast hätte sie es getan, doch dann hörte er auf zu strahlen, und die Gelegenheit war vorüber.

»Danke, Anna«, sagte er ernst.

Auch sie wurde wieder sachlich. »Nein, ich danke dir. Dass du mitgekommen bist.«

Sie scheute sich, ihn nach dem Grund zu fragen oder auch nur darüber nachzudenken. Sie hoffte, es sei aus egoistischen Gründen geschehen, um sich zu testen, um dieses wunderbare persönliche Ziel zu erreichen, eine Menge emotionaler Lasten abzuwerfen. Sie hoffte, dass es nichts mit ihr zu tun hatte. Sie hatte ihn gern. Wenn es also irgendetwas mit ihr zu tun hatte, würde sie ihn sicher enttäuschen müssen.

Mac war kein religiöser Mensch gewesen, deshalb fand die Trauerfeier in der Leichenhalle statt und nicht in der Kirche. Es kamen mehr Trauergäste, als Jay erwartet hatte. Anna, die absichtlich getrödelt hatte, traf erst ein, als die Feier schon angefangen hatte. Die Stühle in dem luftigen Raum waren schon alle besetzt, deshalb standen sie und Mason gegen die hintere Wand gelehnt. Es gab keinen Priester, die Einzigen, die sprachen, waren Freunde. Auch Jay sagte etwas, aber zu kurz, wie Anna fand, und nichts, was er sagte, traf den Kern oder hatte auch nur annähernd etwas mit dem Mann zu tun, der sein Großvater gewesen war. Er nannte ihn »arbeitsam«

und einen »häuslichen Menschen«. Vielleicht hatte er Angst, er würde weinen, wenn er der Wahrheit zu nahe kam. Vor seinen Freunden wegen seines Großvaters zu weinen – das war dann wohl doch zu uncool.

Vielleicht konnte Anna ihn auch einfach nicht unvoreingenommen betrachten. Es fiel ihr nicht schwer, ihn anzusehen, es war nicht der Schock, den sie befürchtet hatte. Er wirkte kleiner. Nicht so, als habe er abgenommen, sondern als sei er geschrumpft. Sie hätte seine Version von Mac gern korrigiert, aber sie hatte nichts vorbereitet, und der Gedanke, sich vor all diese Leute zu stellen, verursachte ihr Herzklopfen. Manche würden finden, sie habe kein Recht mehr dazu, Jay hatte sich schließlich von ihr getrennt. Trotzdem wollte sie sich gerade dazu aufraffen, als ein alter Mann, den sie noch nie gesehen hatte, aufstand und sagte: »Er war schon 'ne Plage, der Mac McGuare, aber trotzdem der netteste Bursche, den ich je gekannt hab.« Genauso war es. *Danke*, dachte Anna und sah zu, wie der Mann sich in ein großes, rotes Taschentuch schnäuzte, bevor er sich wieder hinsetzte.

Schließlich stand Jay auf und hielt noch eine kleine Abschiedsrede. Danke, dass ihr alle gekommen seid, Mac hätte sich so gefreut, et cetera, et cetera, und mitten im Satz bemerkte er Anna und unterbrach sich, lächelte leicht und winkte ihr vage zu. Mehrere Leute, unter ihnen Nicole, drehten sich um, weil sie sehen wollten, wen er da begrüßte. Anna starrte in das Kätzchengesicht ihrer ehemaligen Freundin, froh, dass sie vorgewarnt war, froh, dass *sie* nicht so entsetzt aussah wie Nicole. *Hast wohl nicht erwartet, dass ich komme, was?* Sie hatte Anna nicht dabeihaben wollen, hatte Jay sogar gebeten, Anna erst nach der Beerdigung von Macs Tod zu erzählen. Wenn er das getan hätte …

Aber er hatte das Richtige getan, und seine Motive waren nebensächlich. Zum Beispiel, dass er Nicole eifersüchtig machen wollte. Oder hoffte, dass zwei Frauen um ihn kämpfen würden. Nein, das war Jays nicht würdig. Wenn doch, hatte Anna zwei Jahre ihres Lebens an einen Mann vergeudet, der noch schäbiger war, als sie dachte.

Sie ging nach vorn, um dem Verstorbenen die letzte Ehre

zu erweisen. Mac lag, von enormen Kränzen und Blumen-bouquets umgeben, in einer Nische des Raums in einem geschlossenen Metallsarg. Anna hatte Päonien geschickt, die er geliebt hatte, und entdeckte ihren kleinen Strauß zwischen den gigantischen Gladiolen- und Nelkenarrangements – klein, aber ausdrucksvoll. Wie Mac. Sie legte die Hand auf das kühle, blaue Metall des Sarges, dorthin, wo sich sein Herz befand. He, Kumpel. Dann verschwammen ihre Gedanken. Er war tot, und sie konnte nicht weiterdenken. Alles, was danach kam, war nur düstere Traurigkeit, noch zu neu, um sie zu durchdringen. Sie sprach ein Gebet für ihn, altvertraute Worte aus ihrer Kindheit. Nicht weil sie daran glaubte, son-dern weil niemand bei dieser Feier Gott auch nur erwähnt hatte, und das kam ihr merkwürdig vor. Dann griff sie nach dem Taschentuch und wischte sich die Augen.

»Anna! Ich bin sehr froh, dass du gekommen bist.« Jay streckte ihr die Arme entgegen.

Sie umarmten sich, und Anna stellte fest, wie kompliziert sie die Situation fand. Einerseits wollte sie ihm aufrichtig ihr Beileid aussprechen, andererseits empfand sie den deut-lichen Wunsch, ihm ein blaues Auge zu verpassen. »Es war eine schöne Feier«, sagte sie, sich von ihm lösend. Er ließ die Hände auf ihren Schultern liegen, und sie trat noch einen Schritt zurück. »Es hätte ihm gefallen.«

»Ja, das glaube ich auch.«

»Wird er jetzt beerdigt?«

»Nein, eingeäschert.«

»Oh. Hat er das gewollt?«

»Er hat nie darüber gesprochen.«

Jay wollte eingeäschert werden, das hatte er ihr mehrfach erzählt. Und jetzt ließ er seinen Großvater verbrennen. Nun ja, was für einen Unterschied machte das schon? Nur wür-de sie jetzt keinen Platz haben, an dem sie Mac besuchen konnte.

»Ich habe ein paar Leute für heute Nachmittag in den Loft eingeladen, und ich hoffe, du kommst auch. Ein kleiner Emp-fang. Einen Toast auf den alten Mann ausbringen.«

Das war so untypisch für ihn, dass sie ihren Ohren kaum

traute. Jay hasste Partys. Sie hatte ihm jedes Essen, das sie je gegeben hatten, abringen oder abschmeicheln müssen, und Cocktailpartys – keine Chance. Sie sah sich unter den zwanzig, dreißig Trauergästen um, die noch da waren und die versuchten, sich nicht allzu überschwänglich zu begrüßen. Anna erkannte den Mann, dem die Galerie Seeteufel gehörte, und auch Monica Loren, die Jay jahrelang umtänzelt hatte, weil er wollte, dass ihr Mann, der im Stadtrat saß, seine Skulpturen in kleinen Parks in der Innenstadt aufstellen ließ. Ah, jetzt war alles klar. Eine Gelegenheit für berufliche Kontakte.

»Danke, Jay, ich möchte nicht.«

»Komm doch bitte. Für Mac.«

Natürlich, für Mac. »Nein, ich …«

»Hallo, Anna«, säuselte Nicole, die auf den korkbesohlten, beige-schwarzen Espadrilles, die Anna beim gemeinsamen Shopping noch mit ihr ausgesucht hatte, neben sie getreten war. Freundinnen unter sich – Stadtbummel, Mittagessen, Tratsch. Hatte sie da schon mit Jay geschlafen?

»Hallo, Nicole.« Anna wich zurück, als es so aussah, als wolle ihre frühere Freundin sie in die Arme schließen. Waren denn alle verrückt geworden?

»Ich habe Anna gebeten, nachher mit zu uns zu kommen«, verkündete Jay. »In den Loft.«

»Oh, wunderbar.« Nicole erbleichte sichtlich. »Unbedingt.«

Ja, fantastisch. Genau danach war ihr zumute. Warum nicht gleich Kröten schlucken. Die Entscheidung wurde sofort viel leichter.

»Ich bin mit einem Freund hier.« Anna deutete auf Mason. Jay und Nicole wandten sich nach ihm um, und ihr fiel zum ersten Mal auf, dass er genau der Typ Mann war, den Jay hasste. Zum einen war er groß, außerdem schwer einzuordnen, also nicht leicht lächerlich zu machen. Und geheimnisvoll. Oh, und die Narbe, die war ein rotes Tuch für Jay. Wie schön. Anna bedauerte flüchtig, dass ihre Motive für die Zusage nicht lauterer waren als die von Jay für seine Einladung. »Vielen Dank, wir kommen sehr gern.«

12

Ich hatte schon immer eine starke Affinität zu den verfallenden, rostenden Relikten der Stadt, zum Ödland unserer industriellen Vergangenheit, könnte man sagen. In meiner Kunst forme ich neue Gestalten aus den Artefakten, die ich irgendwo finde. Ich will dem, was da zurückgelassen wurde, eine Stimme geben und die ökonomische und soziale Vergangenheit der Stadtlandschaft wieder sichtbar machen.«

Anna nahm Mason am Arm und führte ihn außer Hörweite. Zu hören, wie Jay Monica Loren sein *œuvre* erklärte, war ihr peinlich und drehte ihr den Magen um. »Lass uns in die Küche gehen«, murmelte sie. »Zufällig weiß ich, dass er die besseren Flaschen dort aufbewahrt.«

Mason kam bereitwillig mit.

Sie fand auch tatsächlich eine Flasche Chivas im Schrank über dem Kühlschrank. »Du trinkst auch einen, ja?«, fragte Anna und goss zwei Gläser ein.

»Aber sicher!«

Sie betrachteten einander. »Wie fühlst du …«, setzten sie beide zugleich an und lachten. »Ganz gut«, sagte Anna. »Den Umständen entsprechend … du weißt schon.«

»Du meinst, weil du hier zu Hause warst.«

»Ja, und jetzt bin ich der unerwünschte Gast. Und du? Findest du's grässlich hier?« Sie hatte ihn während der ganzen Taxifahrt regelrecht verhört, um sich zu vergewissern, dass es keine Qual für ihn war, dass er aus freien Stücken mitkam und nicht im Fahrstuhl hyperventilieren oder im Loft in

Ohnmacht fallen würde. Er hatte gesagt: »Ich hab gerade zwei Stunden in einem Flugzeug hinter mir. Glaubst du etwa, die Wohnung deines Freundes könnte mir Angst einjagen?« An diesem Morgen war ihr ein wichtiges Teil des Puzzles, das Mason Winograd hieß, in den Schoß gefallen, doch jetzt kam es ihr fast vor, als hätte sie das alles schon von Anfang an gewusst. Im Rückblick schien es so offensichtlich – sie musste blind gewesen sein!

»Ja, es ist grässlich«, sagte er und warf einen Eiswürfel in sein Glas. »Aber ich bin froh, dass ich hier bin, mir wäre sonst wirklich etwas entgangen.«

»So geht's mir auch.« Sie lächelten sich grimmig zu, wie Kampfgefährten. »Was hältst du von Jay?«, fragte Anna beiläufig.

»Frag mich das nicht.«

»Entschuldigung.«

»Was wäre denn eine gute Antwort?«

»Du hast Recht. Es gibt keine.«

Sie standen mit dem Rücken zur Spüle, nippten an ihren Drinks und beobachteten Jay, wie er gestikulierend vor einem gut drei Meter hohen Gebilde aus Eisengittern und Stahlschrott namens »Konvergentes Zahnrad 3« stand. Offenbar nutzte er also wieder den Loft, um an seinen Skulpturen zu arbeiten. Oder hatte er das Ding etwa eigens in diese ungastliche Höhle geschleppt, die einmal ihr Wohnzimmer gewesen war, nur um vor Monica, die er unter dem Vorwand einer Gedenkfeier für seinen Großvater hierher gelockt hatte, mit der Skulptur großzutun? Anna stellte bestürzt fest, dass dies mehr als wahrscheinlich war.

»Er sieht immerhin wie ein Künstler aus«, bemerkte Mason.

»Ich weiß.« Jays Erfolg, so hatte sie immer gedacht, beruhte auch auf seinem wilden und verwegenen Aussehen, dem ungebändigten Haar, den schnurgeraden Augenbrauen und dem melancholischen, verdrießlichen Mund. »Er wirkt grüblerisch und einschüchternd, ich weiß. Er macht den Leuten wirklich Angst. Aber glaub mir, ihn beschäftigt bloß, was es wohl zum Essen gibt.«

Besonders zu Anfang hatte es ihr gefallen, die Frau zu sein, die Jay McGuare zur Geliebten erkoren hatte, und gewissermaßen im wohltuenden Abglanz seines Ruhms zu leben. Das konnte sie nicht abstreiten. Aber sie hatte sich für dieses Privileg auch mit erstaunlich viel Negativem abgefunden. Mit wie viel, wurde ihr erst in letzter Zeit klar: seine zwanghafte Beschäftigung mit sich selbst. Sein heilloser Ehrgeiz. Dass er in seinem Loft oder seinem Studio lebte, als befände er sich allein dort, und ihm nur gelegentlich auffiel, dass noch ein anderer Mensch – Anna – bei ihm war, und zwar vor allem dann, wenn er Sex oder etwas zu essen wollte. Die Frauen waren verrückt nach ihm – was sie immer amüsiert hatte. Jetzt empfand sie das natürlich anders. Amüsant war es nur gewesen, als sie dachte, er gehöre ihr.

»Du fragst dich wahrscheinlich, was ich in ihm gesehen habe.« Ihm das zu unterstellen war aufdringlich und unaufrichtig, aber Anna hatte das Bedürfnis, sich zu erklären, sich zu rechtfertigen.

Mason fuhr sich mit der Hand übers Gesicht. »Ja und nein.«

»Ach, schon gut. Ist ja auch egal. Nein, du hast Recht, ich will nur darüber reden, damit ich selbst besser dastehe. Aber ich muss dir eines sagen: Er ist besser als viele Männer, mit denen ich in meiner wildbewegten Vergangenheit zusammen war.« Das stimmte, aber sie hatte vermutlich Jays gute Seiten immer vor sich selbst schöngeredet, damit sie sich in der Illusion wiegen konnte, dass sie mit den Männern Fortschritte mache.

»Erwarte nicht, dass ich darauf anstoße«, sagte Mason.

»Bekommt jeder Mensch immer das, was er verdient? Die meisten zumindest?«

Mason lächelte. »Wahrscheinlich.«

»Ich denke auch. Nur ... da gibt es im Restaurant ein Mädchen, eine ganz nette junge Frau, die sich in die übelsten Typen verliebt. Das ist krankhaft bei ihr, es ist immer das Gleiche. Seit ich sie kenne, hatte sie drei verschiedene Freunde, und jeder hat sie wie Dreck behandelt.« Der jetzige *verprügelte* Fontaine sogar, laut Rose. »Das *kann* sie einfach nicht verdient haben.«

»Nein«, pflichtete Mason Anna bei.

Sie musterte ihn neugierig. »Und wie steht's mit dir?«

»Mit mir?«

»Du warst mal verlobt. Das weiß ich von Rose. War deine Verlobte nett?«

Er senkte den Kopf und starrte zu Boden, die Arme seitlich auf der Anrichte ausgestreckt. Anna wollte sein Gesicht sehen und schob ihm mit dem Finger eine Strähne hinters Ohr. Er wandte ihr mit seinem schiefen Lächeln den Kopf zu. »Ja, ich fand sie nett. Ich könnte jetzt ebenfalls Dinge sagen, damit ich gut dastehe, aber ehrlich gesagt kann ich mich kaum an sie erinnern. Ihr Name war Claire. Wenn ich jetzt an sie denke, sehr ich vor allem ihre Arme vor mir.«

»Ihre Arme?«

»Sie hat Ballett getanzt, um sich fit zu halten, und ich weiß noch, wie ihre Arme dabei in der Luft aussahen – als wären keine Gelenke darin, wie lange weiße Tücher. Aber das ist alles. Ich dachte, ich würde sie lieben, und jetzt ist sie nur noch ein verschwommenes Bild. Nur ihre Arme sehe ich noch deutlich vor mir.«

Er sprach ohne Bitterkeit über Claire, aber Anna mochte sie schon aus Prinzip nicht. Immerhin hatte sie ihn ja verlassen. Sie hatte den Wunsch, Claire ihre langen weißen Arme um den Hals zu binden. Vielleicht lag es am Alkohol, aber Anna amüsierte sich mittlerweile recht gut.

»Weißt du, was Jay mal zu mir gesagt hat? Liebe ist wie eine Tasse Kaffee. Am Anfang ist er heiß, du verbrennst dir den Mund, wenn du nicht aufpasst. Dann ist er eine ganze Weile lang genau richtig, jeder Schluck ist warm und anregend – na ja, er hat es nicht so ausgeschmückt, ich gebe es sinngemäß wieder. Und dann kommt die letzte Phase, wenn das, was noch übrig ist, allmählich kalt wird. Und der Rest ist so bitter, dass du ihn nicht mehr runterbekommst.«

»Sehr tiefsinnig.«

»Ich weiß. Das Erstaunliche ist allerdings, dass ich das Bild nie auf *uns* bezogen habe. So ist die Liebe *für alle anderen*, dachte ich. Für ihn hatte das aber überhaupt nichts Bildhaftes, er meinte es wirklich so. Findest du das nicht erstaunlich?«

»Dass er es genau so gemeint hat, ja. Dass du es nicht auf euch bezogen hast, nein.«

Leute kamen herüber und unterbrachen sie, trennten sie voneinander. Es waren Gäste, die Anna gut genug kannte, um mit ihnen reden zu müssen, ein wenig über Mac, dann über sich selbst. Sie wollten natürlich wissen, wie es ihr ging, was für Pläne sie hatte, ob sie zurückkommen würde. Vor allem warteten sie begierig darauf, dass sie, absichtlich oder unabsichtlich, irgendetwas preisgab, was sie und Jay oder sie und Nicole betraf, irgendein pikantes Detail, das sie sich später mit gemeinsamen Freunden auf der Zunge zergehen lassen konnten. Anna konnte ihnen deswegen keinen Vorwurf machen. Es war herrlich aufregend, in ihrer ehemaligen Küche Scotch zu trinken und Nicole dabei zu beobachten, wie sie Jays Freunden Horsd'œuvres aus der Coffee Factory reichte und so tat, als sei sie zu kultiviert, um zu merken, dass daran etwas faul war. Jay würde Nicole nicht helfen, am besten machte sie sich das möglichst früh klar. Wahrscheinlich hätte sie sich gern bei ihm eingehängt, in der Hoffnung, dort besser geschützt zu sein, aber auf Jays Unterstützung zu rechnen war immer eine riskante Sache.

»Ich möchte mit dir reden.«

Wenn man vom Teufel spricht … Jay packte Anna an der Hand und führte sie zu der Backsteinwand, an die immer noch Aktzeichnungen von ihr geheftet waren. Er hatte wirklich Nerven! »Wie geht es dir, Anna?«

»Großartig.« Sie blickte sich nach Mason um. Er stand allein vor dem Wandschirm am Bett und betrachtete die lüsternen Figuren, die darauf gemalt waren.

»Nein, wie geht es dir *wirklich*?«

»Wie es mir wirklich geht?« Darauf gab es viele mögliche Antworten. »Ich freue mich auf den Moment, in dem ich hier rauskomme. Wann stoßen wir auf Mac an, Jay?«

Er wischte die Frage mit einer Handbewegung weg, hatte aber zumindest den Anstand, leicht verlegen zu werden. »Ich bin fix und fertig – falls es dich interessiert, wie es *mir* geht. Ich hatte das nicht erwartet. Es mag dumm von mir sein, aber darauf war ich wirklich nicht gefasst. Die Arbeit ist jetzt alles, was ich habe.«

»Es hat sich also nichts verändert?«

»Alles hat sich verändert. Dir muss es doch auch so gehen.«

»Tut mir Leid, aber reden wir jetzt davon, dass Mac gestorben ist, oder davon, dass ich weggegangen bin?«

Jay fluchte. Aber er stieg darauf ein. »Das hat mich fast genauso hart getroffen. In mir ist einfach eine furchtbare Leere.«

»Ich dachte …«

»Anna, ich finde, du solltest zurückkommen. Wir stecken beide in Schwierigkeiten. Wir könnten einander helfen.«

Am anderen Ende des Raumes schob sich Nicole um den Mann herum, mit dem sie gerade sprach, damit sie über seine Schulter Anna und Jay beobachten konnte. Anna bekam fast Mitleid mit ihr.

»Ach, weißt du, Jay, daraus wird wohl nichts werden.«

»Es klappt nicht mit Nicole. Falls das das Problem ist.«

»Falls das …« Unglaublich. Es verschlug ihr die Sprache, sie konnte ihn nur noch anstarren.

Er hatte eine besondere Art, das Gewicht rasch von einem Fuß auf den anderen zu verlagern, so als würde er vor einem Kräftemessen einen festen Stand suchen. Das bedeutete, er fühlte sich im Recht, wusste aber nicht weiter. »Wer ist der Typ? Wie lange kennst du ihn schon?«

»Wen? Ach so, Mason. Ich hab's dir schon gesagt, ich habe euch bekannt gemacht. Mason Winograd – vielleicht hast du von ihm gehört? Er ist berühmt. Na ja, in gewisser Weise«, schwächte sie bescheiden ab, »auf seinem Gebiet.« Nein, das hatte sie sich nicht verkneifen können, und außerdem stimmte es ja auch. Vor allem aber war es das sicherste Mittel, Jay zu reizen, dem Ruhm wichtiger war als alles andere.

Sein dunkles Gesicht verfinsterte sich noch mehr. Diese unverhoffte Eifersucht würde nicht lange anhalten, sein Ego ließ das nicht zu, doch vorläufig konnte sich Anna noch daran weiden. »Seid ihr zusammen?«, wollte er wissen und warf den Kopf zurück. »Du und er?«

»Na ja.« Sie lächelte. »Offensichtlich.« Was nicht ganz falsch war.

»Das ging ja fix«, schnaubte er höhnisch. »Für deine Verhältnisse.«

»Aber nicht für deine. Du hältst den Rekord.« Als er lachte, wusste sie, dass er aufgegeben hatte. »Dass du Mac verloren hast, tut mir Leid, Jay. Du weißt, ich habe ihn sehr gern gehabt. Ich bin wegen ihm hergekommen und um dir das zu sagen. Das ist alles.«

»Gut.« Er trat den Rückzug an. Für ihn war die Sache damit erledigt. Von jetzt an konnte er sagen, er habe schließlich versucht, die Sache wieder geradezubiegen, aber sie sei nicht darauf eingegangen. Sie sei zu spießig oder zu altmodisch oder zu verklemmt oder zu engstirnig und borniert – was immer ihm in den Kram passte. Von jetzt an war es nicht mehr seine Schuld.

»Hallo, worüber lacht ihr denn?«

Nicole konnte ihr Katzengesicht in ein scheues, strahlendes Abbild der Liebenswürdigkeit und Anteilnahme verwandeln, geradezu in ein Kunstwerk der Gutherzigkeit. Das war nicht immer Verstellung, aber meistens. Anna hatte sie deswegen immer bewundert und sich gewünscht, selbst eine so gewinnende Art zu haben, die im Gastronomiegewerbe sehr nützlich war. Doch wie albern, wie erbärmlich, dass Nicole dachte, ihre süße Grimasse werde auch jetzt ihre Wirkung tun, ausgerechnet bei Anna.

Jay wirkte ein wenig beunruhigt, als er zwischen seiner ehemaligen und seiner derzeitigen Geliebten stand, so als hätte er gerade gemerkt, dass er eine Krawatte trug, die nicht ganz zum Hemd passte. Mit einem »Es gibt nichts zu lachen« drehte er ihnen den Rücken zu und floh.

»Ja, das kann man wohl sagen«, versetzte Anna heiter.

Nicole nagte an ihrer Lippe und sah ihm mit argwöhnisch verengten Augen hinterher. *Das ist die Revanche*, dachte Anna. *Du wirst ihm nie vertrauen können.* Eine passendere Strafe hätte sie sich nicht ausdenken können. »Anna«, sagte Nicole schließlich, »ich hatte sehr gehofft, dass wir eine Gelegenheit finden, miteinander zu reden.«

»Ach ja?« Anna setzte eine offene, harmlose Miene auf. Es deprimierte sie zunehmend, wie gleichgültig ihr das Ganze eigentlich war. Ihr war nicht geheuer, wie leicht sie über Jay hinweggekommen war, und dass diese oberflächliche, nichtsnutzige Schwindlerin in Buffalo ihre beste Freundin gewesen war, entsetzte sie. Sie wusste alles über Nicole, über ihren Ex-Mann, einen Sozialarbeiter, über ihren zwölfjährigen Sohn, der Konzentrationsstörungen hatte, über ihre kaltherzige, gleichgültige Mutter, ihren Flirt mit dem Buddhismus, die Phase, in der sie nach der Pilates-Methode trainiert hatte, ihre Mogeleien bei der Steuererklärung, ihre Angst vor Katzen. Sie waren im gleichen Buchclub gewesen und zum selben Friseur gegangen, sie hatten dieselben Filme gemocht. Und doch hatte Jays Verrat Anna viel mehr verletzt. Seltsamerweise hatte Nicoles Verrat sie nicht einmal sonderlich überrascht. Nicht dass sie darauf gefasst gewesen war oder ihn hätte vorhersehen können – er hatte sie nur, anders als Jays Treulosigkeit, nicht aus völlig heiterem Himmel getroffen. Was hatte das zu bedeuten? Dass sie, was Männer anging, noch beschränkter war als in Bezug auf Frauen?

»Ich hatte nie die Gelegenheit, dir zu sagen, dass ich bedauere, was da geschehen ist«, sagte Nicole. »Vor allem, *wie* es geschehen ist. Ich meine, es war einfach schrecklich, dass du es auf diese Weise rausgefunden hast, und ich habe wirklich ein schlechtes Gewissen.«

»Tatsächlich?«

»Ja, tatsächlich, denn wir waren Freundinnen, und ich finde es schlimm, wenn eine Freundschaft zerbricht.«

Anna lachte.

Nicole erstarrte. »Na ja, jedenfalls wollte ich dir das einfach mal sagen.« Sie war nun aus dem Schneider, genau wie Jay.

»Jay hat sich nicht darüber ausgelassen, wie lange das eigentlich schon ging«, sagte Anna in liebenswürdigem Ton. »Ihm ist keine klare Antwort zu entlocken. Ich bin aber neugierig – waren es Wochen? Oder Monate?«

Ein rasches Blinzeln. Nicole hatte dickes, goldbraunes Haar, das sie zu einem langen Zopf geflochten hatte. Wie immer, wenn sie nervös war, zog sie ihn nach vorn und strich darüber, als sei er ein kleines Tier, das an ihrer Brust Trost suchte.

»Jahre?«

»*Nein!*«

»Also nicht Jahre. Na ja, das ist doch schon mal was. Ach, vergiss es, ist mir sowieso egal.«

»Anna, es tut mir so Leid.«

»Ja, das hatten wir bereits. Also: Wie läuft's im Café?« Das lag ihr im Grunde mehr am Herzen als die Frage, wie lange Jays Affäre schon gedauert hatte.

»Es läuft großartig! Wirklich großartig. Marsha und ich teilen uns jetzt die Geschäftsführung, und das klappt bestens. Es ist ein guter Sommer für uns. Ein *sehr* guter.«

»Marsha macht die Geschäftsführung?«

»Mit mir zusammen, wie gesagt. Es klappt gut, besser, als ich gehofft hatte.« Marsha war die Teilzeit-Konditorin. Bis zum vorhergehenden Jahr hatte sie ihre Arbeit zu Hause erledigt. Marsha war nett, gewitzt, zuverlässig, aber was sie über die Geschäftsführung eines Restaurants wusste, hätte nicht mal ein Praliné gefüllt.

»Gut«, sagte Anna. »Schön zu hören.«

»Und wie läuft es bei *dir* so? Was tut sich im Restaurant deiner Tante? Jay sagte, ihr hättet gewisse Schwierigkeiten.«

»Das hat sich gegeben. Nein, es ist die beste Saison, die das Restaurant je hatte. Es läuft fantastisch. Ich fühle mich dort sehr wohl.«

»Das ist wunderbar.«

In diesem Augenblick empfanden sie keine Verachtung füreinander. In stillschweigendem Einvernehmen wussten beide, dass sie logen und, aus demselben guten Grund, die Dinge viel zu rosig darstellten. Wenn es um Geschäftliches ging, waren sie sich ausnahmsweise einig: Die Show muss weitergehen.

∗

Anna ging es wie den meisten Leuten: Auch sie kannte die Hotels der Stadt, in der sie lange gelebt hatte, nicht von innen und hatte keine Ahnung, welche mehr als ein hübsches Foyer hatten und ihr Geld wert waren. Sie hatte nicht darüber

nachgedacht und einfach ein Zimmer gebucht und später, als
sich herausstellte, dass Mason mitkam, ein weiteres. Das
Motel lag am Stadtrand, auf halbem Weg zwischen Innenstadt und Flughafen, mitten in einem High-Tech-Industrie-
gebiet. Anna bereute ihre Wahl sofort, als das Taxi in den mit
einer dicken Mulchschicht bedeckten, von Bradford-Birn-
bäumen gesäumten Bogen vor der Fassade aus sterilem Back-
stein und schwarzem Glas einfuhr. Sie hätten in der Innenstadt bleiben sollen. Dort gab es zumindest eine interessante
Architektur, und sie hätten noch bummeln gehen können. Sie
hätte Mason ihre früheren Lieblingsorte zeigen können, die
Buchhandlung, den Stetson-Hutladen, den Park, in dem alte
Frauen Schach spielten.

»Tut mir Leid«, sagte sie zu Mason, als sie an der Rezep-
tion standen und der Angestellte gerade außer Hörweite war.
»Ziemlich öde hier.«

»Ach, es ist schon in Ordnung«, sagte er höflich.

»Was hast du eigentlich *da drin*?« Sie zeigte auf seinen
gewaltigen Rollenkoffer und dachte, dass sie noch am selben
Morgen nicht gewagt hätte, ihn so etwas zu fragen, vor allem
nicht in diesem Tonfall.

»Irgendwelche Sachen.« Er grinste oder schnitt eine Grimasse, schwer zu sagen, was von beidem, und strich nervös
mit der Handkante über den langen Teleskoparm des Koffers.

»Ach so, irgendwelche *Sachen*. Zu dumm, dass ich nicht
dran gedacht habe, auch welche mitzunehmen.«

Diesmal war es eindeutig ein Grinsen. »Ich sag's dir später.«

Ihre Zimmer lagen einander im zweiten Stock gegenüber.
Annas Fenster ging auf einen Parkplatz und den Highway,
das von Mason auf einen Parkplatz und zwei identische
Bürogebäude mit blauen Glasfronten. Außer einem Kräcker
bei Jay hatte Anna den ganzen Tag nichts gegessen, und ihr
Magen knurrte. Sie packte aus, was bedeutete, dass sie ihre
Kosmetiktasche ins Badezimmer stellte und die Hosen für
den nächsten Tag über eine Stuhllehne warf, und rief Mason
in seinem Zimmer an. »Sollen wir hier essen oder woanders
hingehen?«

244

Er überließ die Entscheidung ihr.

»Ich will einfach nur was zu essen«, sagte sie. »Ist es okay, wenn wir im Hotelrestaurant bleiben?«

Mason war einverstanden. In fünfzehn Minuten wollte er bei ihr klopfen.

Fünfzehn Minuten? Was tat er nur in seinem Zimmer? Manchmal glaubte Anna, alles über ihn zu wissen, dann wieder wurde ihr, wie jetzt, schlagartig klar, dass er ihr im Grunde immer noch fremd war. Sie stellte einen Nachrichtenkanal an. Dreizehn Minuten später klopfte er an.

Der Speisesaal war noch nicht geöffnet. Sie nahmen mit der Cafeteria vorlieb und aßen überbackene Käsesandwiches und Pommes frites. Anna entschuldigte sich immer wieder für ihre Wahl der Unterkunft, aber nachdem er oft genug wiederholt hatte, dass ihm gleichgültig war, wo sie aßen, und auch mehr oder weniger gleichgültig, *was* sie aßen, glaubte sie ihm schließlich. Aber so könne man doch nicht leben, erklärte sie ihm anschließend kopfschüttelnd, Essen müsse man doch genießen! Wie könne ihm nur so wenig am Essen liegen, wo er doch eine so sagenhafte Küche habe? Frankie war regelrecht neidisch auf diese Küche, verriet Anna ihm, und auch sie selbst war von ihr sehr angetan, obwohl sie doch nicht einmal Köchin war.

Mason widersprach nicht und verteidigte sich auch nicht. Er schien es zufrieden zu sein, ihr beizupflichten und sie reden zu lassen. Sie fing an, ihn ein wenig aufzuziehen, und brachte ihn zum Lachen. Es wunderte sie nicht, dass ihm das gefiel. Wahrscheinlich war er in seinem Leben nicht gerade oft freundschaftlich geneckt worden.

Beim Kaffee sprach sie noch einmal über Mac. Sie hielt das für nötig, weil er in Jays Wohnung um das gebührende Angedenken betrogen worden war. Es tat gut, Mason zu erzählen, warum sie Mac so gern gehabt und was er ihr bedeutet hatte und wie sehr er ihr fehlen würde. Als sie nicht länger sitzen wollten und aufbrachen, hatte sie das Gefühl, etwas Positives für Macs Andenken getan zu haben. Sie war jetzt sogar froh, dass sie mit in Jays Loft gegangen war, wo sie ihn mit Nicole als Paar gesehen hatte. Schluss. Ein weiterer Abschnitt in ihrem Leben, sozusagen die Coffee-Factory-Phase, war vorüber.

Anna und Mason gingen spazieren, ziellos, denn es gab keine Gehsteige, nur Parkplätze und asphaltierte Zufahrten zu Bürogebäuden, in denen Unternehmen residierten, die das Wort »Systeme« im Namen trugen. Es war Spätnachmittag. Die Sonne, die die riesigen Parkflächen den ganzen Tag über aufgeheizt hatte, glitt hinter die Gebäudekomplexe aus Beton und Stahl und die adrett angeordneten Kirschbäume, Stechpalmen und japanischen Ahornbäume. Nach einer Weile strömten immer mehr Männer und Frauen in Bürokleidung aus den Gebäuden, und die Wege zu den Parkplätzen waren überfüllt. Eine Sinfonie anspringender Motoren setzte ein. Um den Autos und Fußgängern nicht in die Quere zu kommen, ließen sich Anna und Mason vor dem QualSystems-Gebäude auf einer Bank nieder. »Wie heißen die?«, fragte Anna und zeigte auf Reihen von niedrigen, violett-grünen Pflanzen, die etwas von Kohlköpfen an sich hatten. Mason wusste es nicht. Sie sagte: »Ich frage mich immer, ob man sie essen kann. Vielleicht weiß es Frankie. Sie streitet mit Carmen darum, ob wir es uns leisten können, Feldsalat auf die Speisekarte zu setzen. Er wächst wie Unkraut, ist aber aus irgendeinem Grund ziemlich teu…«

Plötzlich fühlte sie Masons Lippen auf ihrem Mund. Er fasste sie um die Taille, zog sie dicht an sich heran und küsste sie so leidenschaftlich, dass sie verstummte – einen Augenblick lang kam sie sich vor wie jenes Klavier spielende Mädchen auf dem Bild, das von seinem Klavierlehrer überrascht wird und während des Kusses die Hände auf den Tasten liegen lässt. Aber dann war ihre Verwunderung ebenso rasch verflogen. Es war, als hätte sie zwei oder drei Töne gehört und gerätselt, welches Lied das wohl sei, und es dann nach zwei, drei weiteren erkannt. Ach, *das*! Ich *liebe* dieses Lied.

Nachdem Mason sie geküsst hatte, nahm er sie bei der Hand und zog sie weiter. Auf den Parkplätzen herrschte zu viel Betrieb. Sobald sie unter den Säulen angelangt waren, die den Portikus des Systex-Gebäudes trugen, blieben sie stehen und küssten sich erneut. »Ich habe vergessen, wo wir wohnen«, sagte Anna. Sie streichelte Masons Schultern. Die linke war ein wenig tiefer als die rechte. Er hatte ein anderes Hemd angezogen, während sie im Zimmer auf ihn gewartet hatte, ein Jeanshemd, das nach frischer Wäsche roch. »Ich habe die Orientierung verloren.«

Mason wusste den Weg. Er führte Anna durch ein Labyrinth von Parkflächen und Auffahrten, vorbei an Begonien- und Petunienbeeten und wogenden Ziergrasbüscheln. Das Foyer ihres Hotels war kühl und still und kam ihnen im Vergleich zu draußen wie ein sicherer Hafen vor.

»Zu dir oder zu mir?« Derart abgedroschene Worte kamen nun einmal dabei heraus, wenn man im Kopf bereits einige Schritte weiter war und ohnehin nicht ganz klar dachte.

»Zu mir.« Sie stiegen aus dem Fahrstuhl aus und Mason zückte seine Schlüsselkarte wie eine Waffe. Anna musste daran denken, wie er lässig in der Tür gelehnt hatte, als sie sich das erste Mal begegnet waren, die Hand auf der Kamera an der Hüfte, wie ein Revolverheld. Seitdem hatte sie ihre Meinung über ihn ein Dutzend Mal geändert. Sie hatte unter anderem den Eindruck gewonnen, dass er ein zögerlicher Mensch war, der in seinen Entscheidungen oft schwankte. Doch jetzt hatte er nichts Unentschlossenes an sich.

Das dämmrige Zimmer sah genau wie ihr eigenes aus. Das Doppelbett war über und über mit Masons Sachen bedeckt, also ließen sie sich am Fußende nieder und begannen unter zärtlichen Küssen einander auszuziehen. »Irgendwie«, flüsterte Anna, »habe ich nicht geahnt ... ich wusste nicht, dass wir das beide wollen ...« Sie strich sein Haar zurück und küsste sein Gesicht. »Aber jetzt ... jetzt fühlt es sich so an, als könnte es überhaupt nicht anders sein.«

»Ich habe es die ganze Zeit gewusst.« Lächelnd zog Mason sie dichter an sich heran. Als beide nackt waren, bemerkte Mason Annas Blick, und sein Lächeln erlosch. »Schlimm, ich weiß«, sagte er in einem Ton, der bewusst beiläufig klingen sollte.

Fassungslos griff Anna nach seiner Hand. »Mein Gott,

Mason, wie ist das nur…« Vorsichtig berührte sie die Narbe, die sich von der Schulter über seinen linken Arm bis zum Ellbogen zog. Sie sah, dass nicht nur der Arm, sondern die gesamte linke Seite seines Oberkörpers zernarbt war, einschließlich der Hüfte. Dorthin legte Anna ihre Hand jetzt, doch sie wagte nicht, die versehrte Haut zu liebkosen – vielleicht würde er das nicht mögen. Sie nahm ihn auch nicht in den Arm, obwohl sie sich nichts sehnlicher wünschte: ihren gesunden Körper an den seinen zu pressen, als ließe sich dadurch alles gutmachen. »Es muss dich überall getroffen haben.« Sie schmiegte ihre Wange an sein Schlüsselbein und strich ihm sanft über die Seite.

»Nicht überall.«

»Aber fast?«

Ohne sich zu bewegen und ohne ihre Berührung zu erwidern, lag Mason neben ihr. Dann begann er leise alles aufzuzählen, alle Knochen und Organe, die verletzt worden waren. Milz. Lunge. Hüfte. Oberschenkelknochen, Schlüsselbein, Brustbein. Niere …

Anna legte einen Finger auf seine Lippen. »Ist denn auch irgendetwas heil geblieben?« Zu ihrer großen Erleichterung überflog ein Lächeln sein Gesicht. Sie hatte es nicht vermasselt, Gott sei Dank. »Du hast einen wunderschönen Mund«, sagte sie und zeichnete die Umrisse seiner Lippen mit ihrem Finger nach. »Ich bin so froh, dass ihm nichts passiert ist.« Sie hätte jetzt einen anzüglichen Witz machen können, hätte mit ihrer Hand seinen Penis berühren und lachen können, wie froh sie sei, dass auch ihm nichts passiert sei. Bei Jay wäre ihr unter ähnlichen Umständen eine solche Bemerkung sicherlich über die Lippen gekommen – aber hier, mit Mason, war alles anders. Es war echter, und ernster.

Trotzdem hatte sie das Verlangen, ihn zu berühren. Sie tat es, schweigend und ehrfürchtig. Danach waren keine weiteren Worte mehr nötig.

∗

»Also, dieser Koffer …«

Mason schlug die Augen auf und rieb sie sich mit den Handballen. Er streckte sich. »Was soll damit sein?«

»Du hast nicht vor, gleich noch mal zu verreisen, oder?«

»Nein.«

»Keine Weltreise geplant?«

»Nein.«

Anna hielt eine Jeanshose und eine Anzughose hoch. Er zuckte mit den Schultern. Sie hielt ein Paar Freizeitschuhe und ein Paar Wanderstiefel hoch. Einen Regenmantel und einen Taschenschirm. Einen Bademantel. Einen Hut – nein, zwei Hüte.

»Man kann halt nie wissen.«

»Was ist das?« Zwei Büchsen mit Suppenpulver, eine Packung Müsliriegel, ein Tauchsieder, eine Plastiktüte mit Teebeuteln. Eine Kaffeetasse. Sie hielt sie in die Höhe.

»Meine Glückstasse.«

Der Naturschutz-Vogel war darauf, das passte. »Und das ist dein Glückskissen?« Außerdem Bücher, Zeitschriften, jede Menge Kamerazubehör – Filme, Filter, Batterien und so weiter. Dass er das brauchte, leuchtete ihr ein – aber der Rest? »Wofür brauchst du diese ganzen Sachen?«

»Nur für den Fall.«

»Für welchen *Fall* denn?«

Mason setzte sich auf, ein langes Elend – das war die Redewendung, die sich ihr aufdrängte –, schlaksig und langgliedrig. Die narbenzerfurchte Haut hob sich dunkel gegen das weiße Laken ab. Ob vernarbt oder nicht – er war ein ganzer Mann … »Sagt dir der Begriff Panikstörung etwas?«, fragte er.

»Du meinst so was wie Panikattacken?«

»Panikattacken sind ein Symptom, das bei unterschiedlichen Angststörungen vorkommt. Eine davon ist die Panikstörung mit Agoraphobie, mit Platzangst. Die habe ich. Seit fünf Jahren.«

»Seit fünf *Jahren*!« Anna steckte die Hände in seine Halbschuhe, Größe 47, und klopfte die Sohlen gegeneinander. »Wie muss ich mir das vorstellen?«

»Es ist wie normale Angst mal tausend. Du machst dir um alles Sorgen, du grübelst über jede einzelne Geschichte, die möglicherweise schief gehen könnte. Um der Panik nicht komplett ausgeliefert zu sein, versuchst du, alles um dich herum zu kontrollieren. Denn die Kontrolle zu verlieren – das ist die schlimmste Angst, verstehst du? Derart in Panik zu geraten, dass du etwas Verrücktes tust und die anderen das sehen. Dass du das Gesicht verlierst. Also machst du deine Welt kleiner. Immer kleiner und kleiner, bis der einzige Ort, an dem du dich geschützt fühlst, dein Zuhause ist.«

Anna ließ seine Schuhe an ihren Oberschenkeln entlangtappen, hinauf und wieder hinunter. »Das heißt, alles, was du für eine Reise packst …«

»Mir könnte zu heiß sein, mir könnte zu kalt sein. Ich könnte Hunger kriegen.« Er lächelte sein schiefes Lächeln. »Man muss gerüstet sein.«

»Wie hat das angefangen?«

»Es ist im Krankenhaus passiert. Ich hatte eine Operation hinter mir und sollte entlassen werden.« Er legte kurz die Hand auf die linke Wange. »Es war die letzte plastische Operation. Ich zog mich an. Niemand war in der Nähe. Es gab keinen Auslöser, aber plötzlich bekam ich keine Luft mehr. Ich dachte, ich würde sterben, ich hielt es für einen Herzinfarkt. Ich war starr vor Angst, ich schwitzte und zitterte, die Wände kamen auf mich zu, das Licht blendete mich – das sind die klassischen Merkmale einer Panikattacke, aber das wusste ich damals noch nicht, ich wusste nur, dass ich Angst hatte und dass es eigentlich nichts gab, vor dem man Angst haben musste. Du denkst, du hast den Verstand verloren oder wirst ihn verlieren, falls du nachgibst, falls du irgendjemandem zeigst, was mit dir passiert.«

»Mein Gott, das klingt ja furchtbar!«

»Nach dem ersten Anfall ist die größte Angst die vor dem nächsten. Auf diese Art wirst du dann agoraphobisch – du engst den Kreis immer weiter ein, und es gibt immer weniger Orte, an denen du dich sicher fühlst.«

»Und dann …« Anna stellte seine Schuhe ab und sah ihn an. »Dann baust du ein Haus ohne Fenster.«

»Nur an der Vorderseite.« Mason ließ sich auf die Kissen zurücksinken und kreuzte die Arme über der Stirn. »Ich bin noch nicht dazu gekommen, das in Ordnung zu bringen. Das war dumm. Ist schwer zu erklären.«

»Du brauchst es nicht zu erklären.«

»Merkwürdig war der Zeitpunkt. Ich war über den Unfall hinweg und fühlte mich wieder wohl in meiner Haut, war wieder ich selbst. Beruflich hatte ich sogar eine Glückssträhne, konnte Fotos verkaufen und kam dadurch eine Stufe weiter. Ich kaufte das Grundstück am Fluss und fing an, ein Haus zu bauen. Dann hatte ich meine letzte Operation und meinen ersten Anfall. Danach ... Falls du denkst, ich wäre *jetzt* ein völliges Wrack ...«

»Denke ich nicht, nein.«

»Verglichen mit damals sprühe ich vor Leben. Ich konnte kaum vor die Tür. Ich saß fest. Ich konnte am Haus arbeiten, aber nur mit Theo zusammen, mit niemandem sonst. Er hätte mich daran hindern sollen, aber er ließ mich gewähren – also zog ich die Holzverkleidung bis über die Aussparungen für die Fenster herunter.«

»Weil das sicherer war?«

»Wahrscheinlich.«

»Wie eine Festung.«

»Ja. Wie eine Festung.« Mason sprach zur Decke hin, sah Anna nicht an.

»Ich muss schon sagen, Mason, das kommt mir ein wenig überzogen vor. Ich wünschte, ich hätte dich damals schon gekannt. Dann hätte ich dir mit Freuden Vorhänge genäht.«

Die gekreuzten Arme verdeckten das Gesicht. Doch der Bauch begann auf und ab zu hüpfen, und Anna musste grinsen. Sie sprang auf, um sich auf Mason zu stürzen, und sie wälzten sich, ineinander verhakt, hin und her, verhedderten sich im Bettzeug und lachten wie Kinder.

Später gingen sie über den Flur hinüber in Annas Zimmer, weil sie etwas Kaltes trinken wollte und Masons Minibar defekt war. Kurz darauf landeten sie zusammen unter der Dusche. Weil sie so viel über seinen Körper gesprochen hatten, wagte Mason es, nun auch über ihren zu reden. »Anna, wie kann dein Ex-Freund nur Aktzeichnungen von dir an der Wand hängen lassen, wenn er jetzt mit einer anderen zusammen ist?«

»Ja, das ist unglaublich, nicht wahr?« Noch unglaublicher war, dass Mason sie darauf erkannt hatte. Sie sahen wie die Sexfantasien eines Pubertierenden aus: nichts als schroffe Linien, spitze Winkel und vorspringende Geschlechtsmerkmale. Mason war anderer Meinung und sagte, sie sei auf den Bildern sehr gut getroffen. »Oh, danke«, erwiderte sie, »vielen herzlichen Dank.«

»Aber die Bilder sind schön! *Du* bist schön.«

»Danke. Wenn du meinst.«

»Du findest dich nicht schön?«

Zärtlich seifte er ihr die Brüste und den Bauch ein, und in diesem Moment fühlte sie sich in der Tat schön und begehrenswert. »Ich wollte nie wie Rose aussehen. Später, meine ich.« Als Kind war sie stolz darauf gewesen, Rose ähnlich zu sehen. »Ich wollte wie meine Mutter aussehen, die klein und kurvenreich war, sehr weiblich. Meinst du nicht, das wäre besser? Sag die Wahrheit.«

»Das kannst du doch nicht ernst meinen!«

»Warum nicht? Jay sagte immer, ich hätte eine tolle Figur, aber ehrlich gesagt, ich will einfach nicht wie eine Skulptur von Giacometti aussehen, das finde ich nicht schmeichelhaft. Ich würde lieber wie eine richtige Frau aussehen.«

Mason schüttelte verdutzt den Kopf und legte die Arme um sie. Sie rieben ihre seifigen Bäuche aneinander, und dass sie verschiedener Meinung waren, verlor an Bedeutung. »Mir gefällt es, wie Rose aussieht«, sagte er. »Mir gefällt es, wie du aussiehst. Modigliani-Frauen.«

»Das ist nett.« Fast hätte sie ihm von jenem höchst peinlichen Moment erzählt, hätte ihm gestanden, dass sie, wenn auch nur eine Minute lang, Rose für ihre Mutter gehalten hatte.

»Lach nicht«, sagte er, »aber ich habe Theo beneidet, als er Rose kennen lernte.« Seine Hände lagen jetzt auf Annas Po. Verlegen ging er ein wenig in die Knie. »Ich wünschte manchmal, dass *ich* sie zuerst kennen gelernt hätte.«

Anna schob ihn weg. »Das gefällt mir nicht.« Sie duschte sich allein unter dem warmen Strahl ab. »Tut mir Leid, aber das gefällt mir nicht. Überhaupt nicht.«

»Was denn? Was?«

»Tut mir Leid, aber das geht mir gegen den Strich.«

»Nein – Anna, du verstehst …«

»Das ist es nicht, ich bin nicht *eifersüchtig*, mir ist es gleich, ob du mit Rose *schlafen* wolltest. Wolltest«, betonte sie, »nicht willst.«

»Dann …«

»Es ist mein Problem, Mason. Ich weiß, dass ich da in einem Dilemma stecke. Ich habe, wie soll ich sagen, viele Dinge aufzuarbeiten. Reden wir also nicht mehr davon. Ich gehe jetzt raus, aber ich bin nicht böse. In Ordnung?«

Sie stieg aus der Dusche. Sie kam sich albern vor, konnte aber nicht anders. Er hatte genau das Falsche gesagt, auch wenn sie ihm deswegen keinen Vorwurf machen konnte. Sie verstand es selbst nicht recht, also konnte sie das kaum von ihm erwarten.

Um es wieder gutzumachen, sagte sie ihm, dass sie ihn im Verhältnis zu Jay für den besseren Künstler hielt. Sie lag neben ihm auf ihrem Kingsize-Bett. »Du magst den Erfolg, weil er zeigt, dass du deine Sache verstehst. Jay dagegen ist nur Künstler, damit er Erfolg haben kann. Er studiert Trends, hofiert Leute, die ihm weiterhelfen können, und ist vollauf damit beschäftigt, geschickt zu taktieren und seine Beziehungen spielen zu lassen. Du dagegen machst Fotos von gähnenden Vögeln. Du solltest eigentlich Adler fotografieren, Raubvögel, weil sich diese Fotos am besten verkaufen, aber stattdessen machst du Studien von Silbermöwen, weil du sie interessant findest. Bei dir ist es *Leidenschaft*. Deine Fotos – ich weiß eigentlich nichts über Vogelfotografie, und was du produzierst und was Jay produziert, kann man wirklich nicht miteinander vergleichen, aber … deine Fotos haben etwas Spielerisches, sie sind nicht gekünstelt, sondern aufrichtig. Die Skulpturen von Jay hingegen sind alle maniriert und ausgetüftelt und schlau und schick. Er ist so eifersüchtig auf dich, dass es ihm hochkommt.«

Das gefiel Mason sehr. Das Ergebnis war, dass sie erneut miteinander schliefen.

Danach schlummerten sie eine Weile, und als sie aufwachten, fiel Anna ein, dass sie vergessen hatte, Rose anzurufen. »Ich hab versprochen, mich nach der Trauerfeier zu melden. Wie spät ist es?« Es war schon halb zehn. Sie kamen um vor Hunger. Erst rief Anna den Zimmerservice an, dann Rose.

»Hallo, ich bin's. Entschuldige, eigentlich wollte ich … Nein, alles in Ordnung, ich habe nur nicht dran gedacht, bis … Wie läuft es bei euch? Ist ja toll. Großartig. Ach, wie schön. Ja, es war traurig, aber … Ja. Äh, ihm geht's gut. Ja, keine Probleme. Nein, es lief sehr gut. Ob er – nein, natürlich ist er nicht hier.« Sie warf Mason passend zu ihrem Tonfall einen entrüsteten Blick zu. »Warum sollte er hier sein? Na ja, falls ich so klinge, liegt es daran, dass ich auf dem Sprung bin, ich will unten im Restaurant noch etwas essen, bevor es zumacht. Äh, weil ich eingeschlafen bin. Richtig, jetzt werde ich die halbe Nacht nicht schlafen können. Ach, ich weiß es nicht, Rose, ich nehme an, er hat irgendwie selbst etwas zu essen gefunden, er ist ein erwachsener Mann. Warum rufst du ihn nicht in seinem Zimmer an und fragst ihn?« Sie tat, als würde sie sich wie wild mit der Faust auf den Kopf hämmern – die Sache lief ihr aus dem Ruder. »Ja, in Ordnung. Gut, bis morgen dann. Nein, mein Flugzeug kommt vormittags an, ich … ja, ich hab's Carmen gesagt, sie weiß Bescheid. Gut. Bis dann.«

Anna legte auf und gab ein leises Kreischen von sich. »Sie sagte, ich würde komisch klingen. Stimmt das? Sie dachte, du wärst *hier*!«

»Hättest du's ihr nicht sagen können?«

»Ihr sagen, dass du bei mir bist? Du meine Güte, nein, das wäre eine zu große Genugtuung für sie. Auf keinen Fall.« Sie lachte, war aus irgendeinem Grund ganz aufgedreht. Sie fühlte sich, als wäre sie wieder sechzehn und Rose ihre Mutter. Mason lachte nicht mit. »Du verstehst es nicht – Rose hat sich das hier seit Monaten gewünscht. Sie streitet es ab, aber es stimmt. Nein, ich könnte es ihr nie erzählen, da würde ich mir lieber die Zunge abbeißen.«

Das Essen kam. Sie hatten sich wie Kinder ihre Lieblingsspeisen bestellt – Garnelen-Cocktails, Kartoffelpüree mit
Fleischsauce, Eisbecher mit heißer Schokoladensauce. Die
Eisbecher verspeisten sie zuerst, im Bett, und schauten dabei
eine Krankenhausserie an. Mason konnte es kaum glauben,
als Anna gestand, sie habe sie noch nie gesehen. Aber wann
hatte sie schon einmal Zeit, abends fernzusehen? Er erklärte
ihr, welche Ärzte und Ärztinnen ineinander verliebt waren,
wer Drogenprobleme hatte oder mit seiner Mutter nicht klar-
kam. Sie schalteten ab, als Anna nach der zweiten oder dritten Notoperation meinte, die Sendung passe vielleicht doch
nicht ganz so gut zum Essen.

Später gerieten sie fast noch einmal in Streit wegen Rose.
Mason fing damit an. Anna hatte etwas Zutreffendes, aber
leicht Abfälliges über die verbindliche Art von Rose geäußert, wie leicht sie mit Leuten ins Gespräch kam, wie perfekt
das zu ihrem Beruf passte, wie sie einen hypnotisieren konnte, wenn man nicht aufpasste – sie hatte sich irgendwie in
Fahrt geredet und konnte nicht mehr aufhören. Mason beobachtete sie eine Weile lang still und sagte dann: »Weißt du,
was einem wirklich ein gutes Gefühl verschafft?«

Anna warf ihm ein Lächeln zu und stand von dem Tisch
auf, an den sie sich gesetzt hatte, um die letzte Garnele zu
erbeuten. Mason lag ausgestreckt auf dem Bett, hatte nur seine khakibraunen Hosen an, und der Anblick seiner langen,
knochigen Füße zog sie magisch an – vielleicht war sie ja eine
Fußfetischistin. Erst seine Schuhe, jetzt seine Füße. Ihre
Gedanken schweiften ab. Mit ihm zu schlafen war anders
gewesen als erwartet. Wobei sie freilich keine bestimmten
Vorstellungen gehabt hatte. Er war sehr leidenschaftlich. Aufmerksam. Er hatte eine besondere Art, sich zu bewegen,
weich und ruhig, unaufdringlich, katzenartig. Sie war wie
gebannt davon, vor allem nachdem sie begriffen hatte, dass
er sich seit Jahren an Vögel heranpirschte und wahrscheinlich dabei *gelernt* hatte, sich so zu bewegen. Sie schaute ihm
zum Beispiel gern zu, wie er nach etwas griff. Er streckte den
Arm ein wenig langsamer aus als andere Leute, in einer ruhigen, flüssigen Geste. Mühelos, aber wach. Und so war er auch

im Bett. Sie riss sich zusammen und konzentrierte sich wieder auf das Gespräch.

»Was verschafft einem ein gutes Gefühl?«, sagte sie und tapste auf ihn zu.

»Mit Menschen Nachsicht haben. Ihnen zu vergeben.«

Sie blieb stehen. »Was soll das heißen?«

»Ich möchte dich etwas fragen. Etwas Persönliches.«

Die Frage würde ihr nicht gefallen, das wusste sie schon im Voraus. »Frag nur.«

Mason tippte die Fingerspitzen vor der Brust gegeneinander und blickte kokett zu Anna auf. Ein Versuch, sie zu entwaffnen. »Hast du dich je mit deinem Vater ausgesöhnt? Vor seinem Tod, meine ich.«

»Hör mal, Mason …«

Er hob die Hand.

»… vielleicht weißt du ja vieles noch gar nicht. Verstehst du? Vielleicht ist dir einiges entgangen. Über mich *oder* über Rose.«

»Komm her zu mir.«

Anna zögerte kurz und setzte sich dann mit einem Achselzucken aufs Bett. Sie legte ihre Hände im Schoß ineinander, weil sie nicht wollte, dass er danach griff. »Du fragst, wie das mit meinem Vater war. Ja, wir waren miteinander im Reinen, als er starb.«

»Gut.« Er schob seine Hand in ihre Kniekehle.

»Wir haben miteinander geredet und so – wenn es das ist, was du meinst.«

Sie nahm es ihm übel, dass er die Erinnerung an die letzte Begegnung mit ihrem Vater wachrief. Er hatte Anna in Baltimore besucht, wohin sie gezogen war, um sich von ihm und Rose zu distanzieren. Darauf war sie mittlerweile nicht mehr stolz, doch damals hatte sie sich gefreut, dass sie ihnen wehtun konnte – auf die einzige Art, die ihr einfiel. Außerdem verbarg sie vor ihnen, wie viel sie *wirklich* wusste: Das Wissen, dass sie schon seit Ewigkeiten ein Liebespaar gewesen waren, trug sie seit langem still mit sich herum. So kann ich euch quälen, hatte sie gedacht. Mit ihrer Wut hatte sie die beiden beständig verwirrt und beunruhigt, aber sie konnten ihr keine Vorhaltungen machen, denn sie waren nun einmal *schuldig*. Die Situation war alles andere als erfreulich, aber in Annas Augen bot sie ihr die Möglichkeit, sich ein wenig Macht zurückzuerobern. Das war gemein von ihr gewesen, ja, aber sie hatte sich gut dabei gefühlt.

Eines Abends war ihr Vater vorbeigekommen, um sie zum Essen auszuführen. Er wolle alles wieder ins Lot bringen, sagte er, ein für alle Mal, damit es wieder so würde wie früher. Sie gingen in ein spanisches Restaurant in der Innenstadt. Anna erinnerte sich an sein langes, kantiges Gesicht, in das Anspannung, Kummer und Zuneigung Furchen gegraben hatten. Sie hatte große Liebe für ihn empfunden. Mit ihm war sie weniger streng als mit Rose, mit der sie nach wie vor kein Wort wechselte. Kein Zweifel, Rose hatte ihn verführt, sie hatte ihn hypnotisiert und dann ihre Krallen in ihn geschlagen. Doch es war an der Zeit, ihrem Vater voll und ganz zu vergeben, und an jenem Abend war sie dazu bereit gewesen. Bis er sie anlog. Er blickte ihr in die Augen und sagte, an jenem Tag, als sie Rose in seinem Bett erwischt hatte, seien sie das erste Mal zusammen gewesen. »Ist das nicht verrückt? Nennt man wohl Ironie des Schicksals.« Er schüttelte den Kopf. »Für mich war es eine ebenso große Überraschung wie für dich, Liebes, dass Rose und ich so füreinander empfanden.«

Für einen Vertreter log er miserabel. Anna schämte sich für ihn, verachtete ihn, und all ihre Verzweiflung brach von neuem in ihr auf. Sie tat so, als würde sie ihm verzeihen – »Alte Geschichten, Papa, vergiss es« –, aber sie war reizbar und kühl, und beide wussten, dass sich nichts geändert hatte.

Wenige Wochen später war er tot.

Wenn sie sich in der Zeit danach zu trösten versuchte, dachte sie vor allem an sein heiteres Wesen. Im Gegensatz zu ihr war ihr Vater ein ausgesprochener Optimist. Er war sich bestimmt sicher gewesen, dass sie eines Tages wieder zur Vernunft kommen würde.

Zu Mason sagte sie jetzt: »Hör zu. Ich weiß, was du meinst, und ich habe nichts gegen Versöhnung, aber es gibt nicht nur einen Weg, wie … ich meine, du und Theo, ich freue mich sehr für euch. Ich finde, er hat dich wie Dreck behandelt, als du klein warst, und es ist großartig, dass du die Vergangenheit ruhen lässt, das gibt dir mehr Kraft. Aber wir beide befinden uns vermutlich nicht in genau derselben Situation, verstehst du?«

»Ja.«

»Vielleicht ist Verlassenwerden etwas ganz anderes als Verratenwerden.«

»Vielleicht fühlt es sich aber auch gleich an.«

»Gut.« Anna lachte ärgerlich. »Ich gebe auf, du bist ein Heiliger, ich bin ein Miststück. Das kann ich dir gern schriftlich geben, wenn's dich glücklich macht.« Sie stand auf, ging zum Fenster, zog den Vorhang zur Seite und starrte zornig auf den Parkplatz hinaus.

Mason trat zu ihr. Er legte die Hand auf ihre Taille und strich ihr mit der anderen das Haar zurück, um den Mund auf ihren Nacken drücken zu können. »Sind wir fertig mit dem Streiten?«, fragte sie verdrossen. Er streichelte sie durch den dünnen Stoff ihres Bademantels hindurch und löste behutsam den Gürtel. Damit kein Striptease für den Parkplatz daraus wurde, zog Anna den Vorhang zu und lehnte sich dann nach hinten, überließ sich seinen Fingern auf ihrer Haut. Sie drückte ihre Hände auf seine, die auf ihren Brüsten lagen. »Bist du böse auf mich?«, fragte sie, schon ein wenig atemlos.

»Nein.«

»Machst du das nur, damit ich still bin?«

»Ja.«

Sie drehte sich zu ihm um. Sein freundliches, ernstes und konzentriertes Gesicht nahm einen sehr liebevollen Ausdruck an. Er küsste sie auf den Hals. Er küsste ihren Mund, ohne ihn zu öffnen, aber es war ein tiefer, langsamer, köstlicher Kuss, unter dem sie schwach wurde. Er hatte außergewöhnliche Hände, durch deren Berührung sie die Kontrolle verlor. Seine Hände, so langsam ihren Körper liebkosend ... Sie war immer ein oder zwei Schritte voraus, zumindest in ihrem Verlangen, und es war grausam, sich in Geduld üben zu müssen. Er tat das mit Absicht. Er hatte

258

zuvor ihr Tempo erfasst, sie studiert wie ein Boxer, sodass nun jeder Gegenzug genau abgestimmt, aber mit Verzögerung kam.

Sie gingen zum Bett hinüber. Anna wollte sich revanchieren und spielte die Verführerin, schlüpfte in eine aggressive Rolle, aber er brachte sie immer wieder aus dem Konzept, weil er allem eine Bedeutung beimaß. Sex war nur romantisch, wenn man ein Spiel spielte – ihre Erfahrungen bewiesen das. Sex, das waren Nervenendungen, Synapsen und ein glückliches Händchen beim Timing. Im Grunde *wollte* Anna gar keine Romantik, sie wollte nur anständig behandelt werden und ein vergnügliches Geben und Nehmen zwischen den Laken. Mason aber tat Dinge – welche, konnte sie in der Erregung des Augenblicks nicht genau benennen –, durch die alles … bedeutungsvoll wurde, einen tiefen Sinn bekam. Er sagte ihr Dinge ins Ohr, nette Worte, nicht um sie scharfzumachen, sondern einfach nur, weil er sie sagen wollte. Anna vergaß sie, sobald sie sie gehört hatte, ihre Intimität machte sie nervös. Und er berührte sie, aber nicht planvoll und auf Wirkung abzielend, so wie sie es gewohnt war. Nichts, was er tat, war so, *wie es sich gehörte.*

Schließlich drang er in sie ein, und sie dachte, *jetzt hab ich dich.* Mein Spiel, mein Terrain. Von diesem Moment an war es für gewöhnlich aus mit den Finessen – nur bei Mason nicht. Er war zwar außer sich vor Erregung, aber er hörte nicht auf, sie zu liebkosen, kam nicht, wartete auf sie. Sie küssten sich schweißgebadet, und Anna sagte: »Mason … oh, das ist … du weißt doch, es ist nur für heute Nacht …«

Er hielt inne, und sie bäumte sich unter ihm auf, denn ihr war jetzt nicht mehr nach einem weiteren Verzögerungsspielchen zumute. Die urplötzliche Stille behagte ihr nicht. »Was ist?«, fragte sie, als er sich über ihr aufrichtete. Er beugte den Kopf hinunter, um sie zu küssen, und auch das gefiel ihr nicht, es kam ihr nicht wie Leidenschaft, sondern wie eine Geste der Trauer vor.

»Falls du es mir vergelten wolltest, dass ich dich hierher begleitet habe«, sagte er dicht an ihren Lippen, »hättest du einfach Danke sagen können.«

»Hey!«

Er zog sich von ihr zurück und begann nach seinen Kleidern zu suchen.

»Warte! Mason, das ›nur für heute Nacht‹ war nicht so gemeint, das war – du darfst das nicht wörtlich nehmen, das soll nicht ›nur diese eine Nacht‹ heißen … hey – für was für eine Art Frau hältst du mich denn?«

Er fand zuerst die Hose und zog sie an, dann entdeckte er die Unterhose und stopfte sie sich in die Tasche.

»Mason, warte! Ich meinte *für jetzt*, das ist alles. Für eine gewisse Zeit. Aber *alles* ist mal vorbei, stimmt's?«

»Stimmt.«

Sie stand auf und schlüpfte hastig und ungelenk in den Bademantel. »Schau, es tut mir Leid, aber was hast du im Sinn? Wirklich, was willst du von mir?« Sie lachte wieder auf. »Du willst mich doch nicht *heiraten*, oder?«

Er hatte nun alles beisammen, Hemd, Schuhe, den Inhalt der Hosentaschen, und steuerte auf die Tür zu.

»Also das ist einfach unverschämt!«, schleuderte Anna ihm ungläubig hinterher. »Du spinnst doch. Du redest nicht mal mit mir!«

Er drehte sich um. »Tut mir Leid. Ich würde bleiben und mit dir streiten, bis wir das geklärt haben, aber ich bin jetzt nicht in der Verfassung dazu. Du würdest Kleinholz aus mir machen.«

»Ich will mich nicht streiten. Ich will eine Affäre mit dir haben! Können wir nicht einfach eine Affäre haben?«

Er ging hinaus. Anna stand mitten im Zimmer und hörte, wie die gegenüberliegende Tür geöffnet wurde und sich dann mit einem endgültig klingenden *Klick* wieder schloss.

Ha! Sie lief unruhig umher, immer im Kreis. Sie wollte vor Wut schäumen, verletzt sein, sich als Opfer fühlen. »Du Schwein«, sagte sie ein paarmal laut. »Du kranker Scheißkerl.« Mit dem stimmte doch etwas nicht. Wie – wie *weibisch* von ihm! Wäre das nicht *ihr* Part gewesen: sich eingeschnappt davonzumachen, wenn zufällig herauskam, dass der Typ nur was für eine Nacht suchte?

Nur für heute Nacht. Sie wusste nicht, warum sie das überhaupt gesagt hatte. Eine Redewendung. Sie hatte nur gemeint, dass ihr Beisammensein nichts *auf Dauer* war, aber warum hatte sie überhaupt etwas sagen müssen, besonders in jenem Moment? Gut, das war eine Dummheit gewesen, aber er war noch viel dümmer. *Du hättest einfach Danke sagen können* – das war beleidigend. Als würde sie mit ihm schlafen, um sich dafür zu revanchieren, dass er nett zu ihr war! Das konnte er doch unmöglich denken. Was für ein Schwachkopf!

Sie betrachtete sich im Badezimmerspiegel, während sie sich die Zähne putzte. So hatte sie sich auch vor einer Stunde angeschaut, als sie aufs Klo musste. Sie hatte sich im Spiegel Grimassen geschnitten, weil sie so … so einfältig aussah, als hätte sie gerade bei einer Tombola ein Auto gewonnen. Jetzt sah sie überhaupt nicht mehr beschwingt aus. Eher angeschmiert.

Anna warf die zerknitterte Bettdecke über das Bett und legte sich darauf. Sie roch immer noch am ganzen Körper nach Sex. Sie überlegte, ob sie noch einmal unter die Dusche gehen sollte. Verärgert spürte sie, wie ihre Wut nachließ. Sie wollte weiterhin wütend sein, aber weit draußen am dämmrigen Rand ihres Bewusstseins meldete sich beharrlich eine leise, traurige Stimme. Anna verschloss die Ohren davor, hörte sie aber dennoch. *Ich hab's versaut.*

Sie rief Mason in seinem Zimmer an.

»Was hab ich denn getan?«, fragte sie ihn. »Was auch immer es ist, es tut mir Leid. Schreib mir eine E-Mail. Sag mir schriftlich, was ich falsch gemacht habe.«

»Nein, ist schon in Ordnung. Du hast gar nichts getan.« Er klang erschöpft.

»Das stimmt doch ganz offensichtlich nicht.«

»Doch, es stimmt. Versuch es zu verstehen, Anna. Es ist nicht dein Fehler, dass du mein schlimmster Albtraum bist.« Sachte legte er den Hörer auf.

13

Hab ich's mir doch gedacht, dass das dein Wagen ist!«

Anna sprang auf und wirbelte herum. »*Rose!*« Eine halbe Stunde zuvor hatte Anna das Bella Sorella verlassen. »Ich muss ein paar Besorgungen machen«, hatte sie quer durch die Küche gerufen, und Rose hatte gewinkt und zurückgerufen: »Gut, ich auch, bis später!« Und jetzt waren sie beide hier.

»Ich bin dir aber nicht gefolgt«, sagte Rose mit einem nervösen Lachen und ging in ihren flachen Schuhen vorsichtig und mit gesenktem Blick über den holprigen, frisch gemähten Rasen.

»Ich weiß.« Der Gedanke war Anna allerdings durch den Kopf geschossen. Es war jedoch kein großer Zufall, dass sie sich an diesem Tag beide am Grab von Annas Mutter einfanden. Es war Lilys Geburtstag.

»Die sind aber hübsch.« Rose deutete auf Annas lachsfarbene Rosen. »Sie hat Rosen geliebt. Ich habe die hier mitgebracht«, sagte sie. »Lilien. Nicht sehr fantasievoll, aber die bringe ich immer mit.« Sie kniete sich hin und legte ihren orange-gelben Strauß neben die mit einem Grünschimmer überzogene Bronzeplakette neben Annas Vase mit Rosen, in respektvollem Abstand, sodass die Sträuße einander nicht berührten.

»Rose, stell sie mit in die Vase. Dort welken sie doch.«

»Nein, ich will nicht, dass deine Rosen erdrückt werden, sie sind so hübsch.«

»Nein, stell sie dazu …«

»Es geht schon. Ich hätte eine Vase bringen sollen, aber ich nehme immer die in der Grabplatte und ich hatte nicht erwartet … Wie auch immer, so ist es gut.« Sie stand auf und klopfte sich nasse Grashalme von den Händen. »So sieht es hübsch aus. Macht mehr her.«

Sie standen nebeneinander, blickten hinunter auf die Blumen auf Lily Fiore Catalanos Grab und freuten sich an den hellen Pastellfarben, die sich gegen den dunkelgrünen Rasen abhoben. »Ich hab mir immer gewünscht, sie würde lange genug leben, damit ich ihr für eines danken kann«, sagte Anna.

»Wofür denn, Liebes?« Rose drehte sich zu ihr hin, bereit, sie zu trösten.

»Dass sie mich nicht Pimpinella genannt hat.«

Rose stieß ein bellendes, fast heiseres Lachen aus, das die Stille des Friedhofs durchbrach, auf dem man außer Vogelzwitschern und den leisen Motorengeräuschen vom Highway jenseits des Hügels keinen Laut hörte. Am Morgen hatte es geregnet, aber die Wolken glitten nun in einer frischen Brise davon und warfen flüchtige Schatten auf die Erde. Dazwischen brach die Sonne gleißend hervor. Es war einer jener Tage, an denen man ständig die Sonnenbrille auf- und absetzen musste.

»Iris hat heute morgen angerufen. Sie kann nicht kommen – manchmal treffen wir uns hier an Lilys Geburtstag. Auf jeden Fall telefonieren wir aber immer.«

Anna versuchte sich diese Telefongespräche vorzustellen, aber es fiel ihr schwer. Trauerten Rose und Iris wirklich noch um Annas Mutter, so lange nach ihrem Tod? »Das hatte ich mir immer gewünscht«, sagte sie, »eine Schwester.«

Rose nickte. »Schwestern sind ein Segen.« Anna schaute sie an, um zu erkennen, ob sie das ironisch meinte oder wenigstens wusste, was sie da sagte. »Sie bewahren uns davor, dass wir uns allein fühlen. Besser als Männer es können.«

Anna ließ das auf sich wirken. »Sind die für ihn?«, fragte sie dann brüsk. Sie zeigte auf ein Büschel rote und weiße

Petunien, deren Stiele in ein nasses Papierhandtuch eingewickelt waren. Rose hatte es auf dem Boden liegen lassen, als sie die Lilien auf das Grab ihrer Schwester legte – in der Hoffnung, Anna würde es nicht sehen?

Rose bückte sich und hob die Petunien auf. »Ich habe sie aus dem Topf von Louis mitgehen lassen, der im vorderen Fenster steht.« Sie betrachtete sie kritisch, zupfte die hauchdünnen braunen, welken Blütenblätter ab und blies sie sich von den Fingern. Dann ging sie zu dem anderen Grab hinüber, das neben dem von Lilys lag. GELIEBTER EHEMANN stand auf der Bronzetafel. Bei Lily stand GELIEBTE EHEFRAU. Sie ging in die Hocke und legte den feuchten, unordentlichen Strauß neben die Tafel, verharrte dann und ließ die Handflächen auf dem Gras ruhen. Von der Seite wirkte Roses Gesicht auf Anna gelassen, liebevoll und friedlich. Sie hatte das vermutlich so oft getan, dass sie aus dem immergleichen Tun nun Trost zog. Ein Ritual. Schließlich richtete sich Rose auf, stützte sich dabei mit den Händen auf den Knien ab und ächzte ein wenig. Sie wird alt, dachte Anna, und es gab ihr einen kleinen, unerwarteten Stich. Rose sagte: »Setzen wir uns einen Augenblick ans Wasser? Hast du noch Zeit?«

Anna zuckte die Achseln. »Sicher.«

Sie gingen den Weg zu einem kleinen, künstlichen Teich hinunter. Er hatte die Form einer Acht und war von Betonbänken umgeben, die man in diskretem Abstand voneinander platziert hatte. Heute waren sie, wahrscheinlich wegen des Regens, alle leer. Anna breitete ihren Regenmantel über eine Bank und setzte sich. »Was für ein trübseliger Ort. Warum mussten sie hier bloß Trauerweiden pflanzen?«

»Ja, das ist wirklich ein bisschen einfallslos.« Rose setzte sich neben Anna auf den Regenmantel.

Am schattigen Ende des Teichs trieben Lilienblätter im schwarzen Wasser, aber Anna hatte dort noch nie Blüten gesehen. Zwei kleine Enten mit gesprenkelter Brust und grauem Kopf waren das Einzige, was den Ort vor unerträglicher Schwermut bewahrte, und es gelang ihnen nur mäßig. Was für eine Entenart das wohl war? Einer der monogamsten Vögel im gesamten Tierreich war die Dunkelente, das wusste Anna dank Mason. In irgendeinem Zusammenhang hatte er ihr das in jener Nacht erzählt. In ihrer einzigen Nacht. Ja, jetzt fiel ihr wieder ein, in welchem Zusammenhang – sie hatte ihn gefragt, wie Vögel es eigentlich miteinander trieben. Es lief wohl ganz ähnlich ab wie bei Menschen, nur dass ihre Anatomie einfacher war.

»Deine Mutter wäre heute dreiundsechzig geworden«, sagte Rose.

»Ja.«

»Ich frage mich, wie sie jetzt aussehen würde. Ob sie noch immer schön wäre.«

»War sie denn schön?«

»Oh ja. Du hast doch Fotos gesehen. Und du erinnerst dich sicher selbst daran.«

Anna nickte. Sie hatte es nur von Rose bestätigt haben wollen. »Wie war sie? Als Mensch meine ich, nicht als Mutter. Was für ein Mensch war sie in ihrem Erwachsenenleben?« Warum konnte sie diese Fragen jetzt stellen, wo das doch bisher noch nie möglich gewesen war? Es musste etwas mit ihrem Zusammentreffen am Grab zu tun haben, oder mit den Blumen, oder dem traurigen schwarzen Wasser.

Rose schaute sie nicht an, aber an der Pause, die vor ihrer Antwort entstand, war zu spüren, dass sie ihre Worte sorgsam und mit Bedacht wählte. »Lily … Ach, Lily war wie Luft und Licht. Immer wieder anders, immer in Bewegung, man kam kaum mit.«

Stimmt, dachte Anna – *Schau mich doch mal an, Mami* war der Refrain ihrer Kindheit gewesen.

»Deine Großmutter behauptete immer, Lily könne sich nur kurz auf eine Sache konzentrieren, aber das war es nicht. Sie war wechselhaft, flink, unbeständig, schlüpfte einem immer wieder durch die Finger. Schwer zu fassen, das ist wohl der richtige Ausdruck.«

»War sie glücklich?«

»Manchmal. Ihre Hochs und Tiefs waren sehr ausgeprägt.«

Vom Beginn ihrer Krankheit an war es vorbei gewesen mit den Hochs. Von den anderthalb Jahren zwischen Diagnose und Tod war Anna am stärksten in Erinnerung geblieben, dass die Tür zum Zimmer ihrer Mutter verschlossen und der Raum abgedunkelt war und dass sie leise sein mussten. Sie hatte sich danach gesehnt, bei ihr zu sein, ihr Tee zu kochen, ihr die Füße zu massieren, ihr etwas vorzulesen, aber ihrer Mutter ging es kaum einmal so gut, dass sie diese Nähe zulassen konnte. Also hatte Anna stattdessen wenigstens das Haus in Ordnung gehalten.

»Aber alle hatten sie gern. Wenn sie guter Laune war, dann war es eine Freude, mit ihr zusammen zu sein, alle suchten ihre Nähe.«

Licht und Luft, anwesend und abwesend. Interessiert, gleichgültig.

»Wie hat sie meinen Vater kennen gelernt?« Wie seltsam, dass ihr nie jemand die Geschichte erzählt hatte.

»Wie Lily Paul kennen gelernt hat?« Rose schlug die Beine übereinander und verschränkte die Hände über dem Knie. Sie trug schmale schwarze Hosen und schwarze Ballerinaschuhe. Die weiße Haut der Knöchel, die dazwischen hervorlugte, war glatt und von blauen Adern durchzogen. »Sie haben sich im Restaurant kennen gelernt.«

»Wirklich? Er war ein Gast?«

»Er lebte in Baltimore und reiste als Vertreter durch die Lande. Er hatte einige Kunden in der Stadt, und eines Tages kam er zum Mittagessen.«

»Und da haben sie miteinander geredet?«

»Ja«, erwiderte Rose nach kurzem Schweigen. »Lily empfing an diesem Tag die Gäste, und so kamen sie miteinander ins Gespräch.« Ihr Gesicht wurde weicher. Sie lächelte. »Dein Vater trug ein bunt kariertes Hemd und ein Cordsakko. Und er hatte diesen New-Jersey-Akzent, der damals sogar noch stärker ausgeprägt war. Er sah wie Anthony Perkins aus – fand Lily. Fanden wir beide.«

»Du hast ihn auch gesehen?« Rose, in der Küche arbeitend – diesen Platz hatte Anna ihr in der Geschichte zugewiesen.

»Ich habe ihn gesehen, ja. Es war so lustig – er stand auf, um zu zahlen, und konnte seine Brieftasche nicht finden. Du hättest sehen sollen, wie er rot wurde und zu stottern anfing – von dem charmant flirtenden Mann war nichts mehr zu sehen. Am Ende haben wir ihm fünf Dollar geliehen, damit er tanken und nach Hause fahren konnte.«

»Das ist wirklich witzig.«

»Er ist gegangen, aber fünf Minuten später kam er wieder, triumphierend und strahlend vor Erleichterung, weil er die Brieftasche im Auto auf dem Boden gefunden hatte.«

»Und dann …? Hat er Lily angerufen, und sie sind miteinander ausgegangen?«

Rose wandte Anna den Kopf zu. Sie lächelte, aber ihr Blick war wie verschleiert. »Ja, so war's. Um es kurz zu machen.«

Anna tat es Leid, dass diese Erinnerung für Rose offenbar schmerzlich war. Und wenn sie sich an jenem Tag in Paul verliebt hatte, während er sich in Lily verliebte, fand Anna das ebenfalls traurig. Aber angesichts der Wendung, die die Dinge danach genommen hatten, hatte ihr Mitgefühl seine Grenzen.

Sie wechselte das Thema, begann über das Restaurant zu reden. Auch die letzte Woche und das vergangene Wochenende waren gut gelaufen. »Das ist fantastisch«, sagte Rose, und ihr Gesicht hellte sich auf. »Ich kann gar nicht fassen, dass es nach so kurzer Zeit schon steil aufwärts geht.«

»Ja, es entwickelt sich recht gut. Aber zu dieser Jahreszeit ist immer am meisten los, das darfst du nicht vergessen.«

»Aber auf einmal klappt einfach alles. Dieses Gefühl habe ich seit langem nicht mehr gehabt.«

»Aber denk daran, dass wir perfektes Wetter hatten und dass die allgemeine Konjunktur gut ist – das heißt, *alle* machen gute Geschäfte.«

»Du hast Recht«, sagte Rose. »Wir sollten nicht zu optimistisch werden.«

Anna wollte ihr gerade beipflichten, als sie merkte, dass Rose sie aufzog. »Hast du dich schon entschieden, was mit dem Boden geschehen soll? Du kannst das Thema nicht ständig vor dir herschieben, wir müssen etwas *unternehmen*.«

»Meinst du? Ich bin so unschlüssig! Ich weiß nicht, ob ein blanker Boden so viel besser ist.«

Blanker Boden. Bei ihr klang es immer nach Gefängniszelle und Einzelhaft. »Wir müssten ihn neu versiegeln lassen. Es liegen schöne Kiefernbretter unter diesem Teppich, Rose, das könnte wunderbar aussehen.«

»Aber es wäre so teuer! Und wir müssten tagelang schließen, das können wir uns gerade jetzt nicht leisten. Es ist der falsche Zeitpunkt.«

»Es wird nie der richtige sein. Du könntest es unter der Woche machen lassen, an einem Montag und Dienstag, und am Mittwochabend vermutlich schon wieder öffnen.«

Rose seufzte. »Aber denk doch nur, wie laut es dann im Speisesaal wäre! Meine Stammgäste, die schon seit zehn oder fünfzehn Jahren kommen, meine *Freunde*, Anna, die würden das schrecklich finden.«

»Du musst die Sache abwägen. Sicher, du verlierst ein paar von den Stammgästen, aber dafür kommen sicherlich mehr Familien und junge Leute. *Junge* Leute, Rose, die mit dem Geld.«

Rose seufzte erneut. »Ach, ich weiß nicht, ich weiß wirklich nicht.«

»Sieh es doch einmal so: Die Stammgäste werden sowieso nicht mehr kommen können, wenn du alles genauso lässt, wie es ist, und dann irgendwann zumachen musst.«

»Ich würde nicht gerade behaupten, dass wir alles genauso lassen, wie es ist.«

»Nicht alles. Ich habe übertrieben.« Aus Annas Sicht jedoch ging der Wandel noch lange nicht rasch genug vor sich. Rose war zum Glück anders als die erzkonservative Carmen, sie versuchte nicht grundsätzlich Veränderungen zu torpedieren. Wenn man aber genauer hinsah, wurde klar, dass die beiden mehr oder weniger am selben Strang zogen.

»Ja«, sagte Rose, »das war übertrieben. Diese Bilder!« Ihr Lachen klang allzu heiter, wie das einer Mutter, die vorgibt, sie würde das Tattoo ihrer Teenager-Tochter ganz reizend finden. »Durch die Bilder hat sich der Speiseraum völlig verändert.«

»Na ja, das war doch auch die Absicht, oder nicht? Ich dachte, sie würden dir gefallen.«

»Oh ja, oh ja. Aber ich hatte *nie* etwas gegen die Landkarten. Du …«

»Die Landkarten? Soll das ein Witz sein?«

»… aber ich fand, sie hatten etwas Heimeliges.«

»Sie waren *vergilbt*! Weißt du, letzten Endes geht es allein um die Frage, was für eine Art Restaurant du willst, welchen Stil es haben soll, und wenn ich mich recht entsinne, hatten wir uns darüber schon vor langer Zeit verständigt.«

»Hatten wir.«

»Anscheinend aber doch nicht, denn meine Vorstellung geht in Richtung sauber, hell und anspruchsvoll – du dagegen willst es lieber schmuddelig, behaglich und familiär haben.«

»Nein, das stimmt nicht.«

»Doch, Rose. Sonst würdest du dich nicht gegen jede Veränderung sträuben, als ob man dir einen Zahn ziehen wollte.«

»Das ist jetzt aber *völlig* übertrieben!«

Hatte Rose Recht? Vielleicht waren die Diskussionen über das Restaurant eine ungefährliche Methode, unterschwellig über etwas anderes mit ihr zu streiten. Dieser Gedanke kam Anna nicht zum ersten Mal. Aber vielleicht wollte sie sogar noch mehr: das Bella Sorella völlig umkrempeln und aus Roses Restaurant ihr *eigenes* machen, um es ihr heimzuzahlen. Es ihr fortnehmen, so wie sie Lily Paul fortgenommen hatte.

Nein, unmöglich. Sollte sich in ihrem Unbewussten dennoch tatsächlich ein derart hinterhältiger Plan eingenistet haben, würde sie nicht lange genug an Ort und Stelle sein, um ihn auch umzusetzen. Das brachte sie auf etwas anderes.

»Rose, erinnerst du dich an meine Freundin Shelly?«

»An wen?«

»An die Frau, von der ich dir erzählt habe. Wir haben im Café zusammengearbeitet. Sie ist nach San Diego gezogen. Die, die ein Restaurant aufmacht und gern hätte, dass ich das Management übernehme.«

»Ja, ich erinnere mich.«

»Also, es sieht plötzlich nicht mehr so aus, als ob etwas daraus werden würde. Anscheinend machen die Leute, mit deren Unterstützung sie gerechnet hatte, doch nicht mit.«

»Ach du liebe Zeit!« Roses mitfühlende Miene war wenig überzeugend.

»Diese Option ist also möglicherweise passé, aber da gibt es noch Joel. Er ist ein alter Freund von mir, ich kenne ihn, seit ich in Hudson gewohnt habe.« Dort hatte sie mit Ende zwanzig ein paar Jahre mit einem Mann namens Tyler gelebt. Tyler hatte es aufs Land gezogen, aber was er auf ihrer gepachteten Farm in Upstate New York dann in erster Linie anbaute, war Marihuana. »Jedenfalls ist er immer noch dort und hat jetzt ein vegetarisches Restaurant, das er umbauen und aufpeppen will, damit es etwas für Gourmets wird.«

Rose starrte sie mit offenem Mund an. »Ist das dieser … Mensch, der Haschisch anbaut, der Mann, den du …«

»Nein, nein, das war Tyler, ich meine Joel. Ein ganz anderer Typ. Jedenfalls will er, dass ich komme und ihm helfe, das neue Konzept umzusetzen. Ich habe noch nicht zugesagt, aber wenn Shellys Projekt tatsächlich im Sand verläuft, wäre das eine Ausweichmöglichkeit. Es steht noch nichts fest, ich wollte nur, dass du Bescheid weißt.« Das war mehr als fair.

»Danke«, sagte Rose leise. »Eventualitäten, Optionen, Ausweichmöglichkeiten … Ich weiß es wirklich zu schätzen, dass du mich über all das auf dem Laufenden hältst.«

Anna versuchte in ihrem unbewegten Profil zu lesen. Rose blickte über den schwarzen Teich hinweg auf den mit Gräbern überzogenen Hügel. Die zwei kleinen Enten plantschten am Ufer herum und waren so nahe, dass Anna ihre gelblich orangenen Füße sah, die in einem fort paddelten, während die schwarzen Schnäbel im Ufergras herumstocherten.

»Ich wollte es dir nur sagen«, fuhr Anna in nüchternem Ton fort. »Wir haben eine Vereinbarung getroffen, und sie scheint für uns beide gut zu funktionieren. Das ist doch toll, oder nicht? Es war aber nie als lebenslängliche Verpflichtung gedacht, Rose, es war immer klar, dass das Ende offen ist.«

Rose hielt die Augen in die Ferne gerichtet. Sie nahm die Hände vom Knie, stellte die Beine nebeneinander und rieb sich die Oberschenkel, als seien sie eingeschlafen. Sie hielt sich an der grobkörnigen Lehne der Betonbank fest und lehnte sich zurück, um zu den hoch oben dahintreibenden Wolken aufzublicken. »Theo geht es schlechter. Mason und ich bleiben jetzt abwechselnd bei ihm auf dem Boot, weil er sich weigert, zu ihm oder zu mir zu ziehen. So kann es nicht weitergehen. Wir haben ihm noch nichts gesagt. Er hat eine Krankheit, die man corticobasale Degeneration nennt.«

»Ach, Rose …«

»Das bedeutet, dass es nur noch etwa ein Jahr dauert, bis er völlig bewegungsunfähig ist. Danach hat er vielleicht noch zwei Jahre zu leben. Mehr nicht.«

»Das tut mir sehr Leid.«

Rose blickte sie an. »Nein, *mir* tut es Leid«, sagte sie und blinzelte ein paarmal rasch. »Ich hätte es dir nicht erzählen sollen. Ich hab's aus dem falschen Grund getan.« Sie drückte Anna kurz und fest am Unterarm und stand auf.

Anna blieb sitzen und sah ihr nach, wie sie über den Rasen auf das Teichufer zuging. Die Enten paddelten rückwärts, machten dann ohne Panik in Halbkreisen kehrt und glitten mit leisem, gereiztem Schnattern davon. Nach drei Metern drehten sie wieder zu Rose um, die anmutig gebeugt dastand und die Finger aneinander rieb, als hielte sie Futter in der Hand. Die Enten kamen aber nicht näher. Sie trauten ihr nicht.

Ein Geständnis bedeutete nicht automatisch, dass alles vergeben und vergessen war. Und Manipulation blieb, auch wenn man hinterher ganz unschuldig tat, immer noch Manipulation. Sollte ihr Eingeständnis, dass sie etwas »aus dem falschen Grund« getan hatte, etwa alles wieder ins Lot bringen? Anna schlang die Arme um sich, stand auf und ging, um Rose nicht länger im Blickfeld zu haben, zurück zu den Gräbern ihrer Eltern. Sie fing an, die Fingerhirse von den Grabplatten zu rupfen, sodass ringsum ordentliche Ränder entstanden.

Mason hatte ihr nie geschrieben, was sie falsch gemacht hatte. In Buffalo hatte sie ihn am Morgen nach dem One-Night-Stand in seinem Zimmer anzurufen versucht, aber er war bereits abgereist. Sie wusste noch immer nicht, wie er nach Hause gekommen war, ob mit dem Flugzeug, im Zug oder mit einem Mietwagen. In den folgenden Tagen vermischte sich ihre Wut, die ohnehin ein kompliziertes Gefühl war, mit so vielen anderen Empfindungen, dass sie keine Befriedigung mehr daraus ziehen konnte, und schließlich verebbte sie ganz, sodass Anna alles am Ende nur noch schrecklich unangenehm war. Den ganzen restlichen Juli hatte sie sich gefühlt wie eine dumme Gans.

Ihre Wut war aber wieder aufgeflammt, als Mason sie nicht zum Stapellauf der *Windrose* einlud. Er veranstaltete eine kleine Freiluftparty auf seinem Dock, mit Rose und Theo und ein paar Freunden, sogar Frankie und Vince waren dabei. Nur Anna nicht. Und er hatte noch eins draufgesetzt, indem er nicht auf ihre beiläufige E-Mail reagiert hatte, die einfach lautete: »M: Lust, ins Kino zu gehen oder so? A.« Keine Antwort, nicht einmal ein »Nein«, nur Schweigen. Als Rose erwähnte, dass er nach Maine auf eine Insel gefahren sei, um Papageientaucher zu fotografieren, hatte Anna *Ach so, kein Wunder!* gedacht und gewartet, bis er zurückkam. Aber auch danach herrschte Funkstille. Von da an war sie nicht mehr wütend gewesen, nur noch enttäuscht. Leer.

Ihr Benehmen in Buffalo war dumm gewesen, und im Nachhinein war sie zu dem Schluss gelangt, dass Jay daran schuld trug. Das Wiedersehen mit ihm hatte das Gift in ihr aufgerührt, das vorher unschädlich, überdeckt von normalen, gesunden Empfindungen, auf dem Grund ihrer Seele geruht hatte. Wenn sie in Jays Nähe geriet, wurde sie ungenießbar, und so hatte sie Mason gequält. Er hatte nichts getan, hatte nicht etwa hinter ihrem Rücken mit ihrer Freundin geschlafen, verdiente es nicht, dass man ihn mit Leuten, die das getan hatten, in einen Topf warf. Diese Einsicht wirkte wie ein »Durchbruch« in einer Psychotherapie, nach dem Motto: Aha, mein kleiner Bruder hat mich damals gehauen, als wir oben auf dem Empire State Building standen, daher meine Höhenangst! Aber das Wissen um die Ursache dummer Handlungen machte noch lange nicht die Dummheit ungeschehen.

Zumindest hatte Mason nie versucht, sie zu manipulieren. Auf jeden Fall hatte er gewusst, wann es Zeit war, auszusteigen. Rose dagegen ließ nicht locker.

Die Sonne war wieder durchgekommen und warf ein Glitzern aufs Wasser. Rose kam auf Anna zu, langbeinig, mit schwingenden Armen. Ihr Gesicht war wieder klar, beherrscht und heiter. »Die Sonne setzt sich durch. Das ist gut, dann können wir draußen essen.«

»Draußen essen?«

»Hast du das vergessen? Es hat heute noch jemand anders Geburtstag.«

»Oh, stimmt.« Anna stand auf und klopfte sich am Hosenboden ihrer Jeans die Erde von den Händen. »Katie. Hätte ich fast vergessen.« Für Frankies kleine Tochter wurde an diesem Nachmittag im Restaurant einer Party veranstaltet – Roses Idee.

»Gut, ich mache mich auf den Weg. Du kannst ja noch bleiben, wenn du möchtest, es ist noch viel Zeit. Ich habe dich hier gestört.«

Anna blickte zu den hübschen Rosen und Lilien auf dem Grab ihrer Mutter und zu dem welken Büschel Petunien auf dem Grab ihres Vaters. »Ist schon gut. Ich fahre mit dir zurück.«

Sie gingen zusammen über den gewundenen Asphaltweg zum Parkplatz hinauf. Auf halbem Weg mussten sie zur Seite treten, damit ein älterer Mann an ihnen vorbeikam. Rose legte fürsorglich die Hand um Annas Hüfte. Als der Mann vorbei war, gingen sie weiter, aber Rose ließ die Hand liegen. Anna rückte nicht zur Seite und schüttelte die Hand auch nicht ab. Der leichte Druck auf Taillenhöhe fühlte sich angenehm an. Vertraut. Warm. *Schön*, dachte sie, *aber ich werde trotzdem nicht bleiben.*

Sie hatte Fotos von Katie gesehen, aber im Grunde erwartet, in natura würde sie wie eine kleinere Ausgabe von Frankie ausschauen. Doch weit gefehlt. Frankie wirkte mit dem fast kahlen Kopf, der flachen Brust und vor allem den langen, ausgebeulten Shorts und dem ärmellosen Trikot wie der kleinste Basketballprofi der Welt. Die sommersprossige Katie sah nicht einmal aus, als sei sie mit ihr verwandt. Sie trug einen gelben Trägerrock, eine gestärkte weiße Bluse, gelbe Lacklederschuhe und ein dazu passendes gelbes Täschchen am Schulterriemen. In der Handtasche befanden sich, wie sie stolz vorführte, all die Dinge, die eine junge Dame so brauchte – Kamm, Spiegel, ein Spielzeug-Lippenstift, ein winziges Fläschchen Eau de Cologne, ein seidenpapierdünnes Taschentuch. Murmeln. Katie hatte den Kopf voller Locken, die in wunderschönen langen, karottenroten Korkenziehern bis zu den Schultern herabfielen. Wenn Katie und ihre Mutter nebeneinander saßen, dachte man unwillkürlich an Shirley Temple und Eminem.

Die Party begann um drei Uhr, weil zu dieser Zeit im Restaurant am wenigsten los war, an einem der neuen Tische auf dem Gehsteig. Es war ein klarer, makelloser Nachmittag geworden, wie er Anfang August nur selten vorkam. Es war nicht heiß, die Luft roch sauber, und der Himmel sah wie frisch gewaschen aus. Rose hatte Partyhütchen und Luftschlangen gekauft, obwohl Carmen geunkt hatte, Passanten würden das Bella Sorella dann für ein lausiges Fast-Food-Restaurant halten, und Frankie hatte Katies drei Lieblingsspeisen vorbereitet – Hot Dogs, Spaghetti mit Fleischklößchen und gedünstete Maiskolben. Die Besetzung des Tisches wechselte ständig, Leute aus der Küche und dem Service kamen und gingen, sprangen auf, um etwas zu erledigen, und kehrten danach wieder zurück, aber Katie war zu aufgeregt, um das alles mitzubekommen. Sie war in Mamis Restaurant.

»Meine Mami ist eine Köchin!«, erklärte sie allen, denen sie begegnete, und alle reagierten mit einem entzückten »Ich *weiß*!« Alle waren bezaubert von ihr, sogar Carmen – die noch am Morgen Frankies Tagesgericht zu sabotieren versucht hatte, indem sie sich die Hauptzutat »ausborgte« – und sogar der furchterregende Dwayne, der Katie am Tisch mit dem Ausbeinmesser aus einem Stück Seife ein Püppchen schnitzte. Auf seinen dicken Ringerarmen prangten viele höchst vulgäre Tätowierungen, aber die Details wurden glücklicherweise von seiner borstigen, schwarzen Körperbehaarung verdeckt. Gut, dass Katie noch nicht lesen konnte! Sie bekam viele hastig gekaufte Geschenke und war von allen begeistert, von den Puzzles und den Spielen und den Stofftieren, von der Mundharmonika und dem Kartenspiel. Rose jedoch traf mit ihrem Geschenk ins Schwarze: Ihre Ballerina-Barbie war der Clou.

Frankie saß neben Katie und sagte nicht viel, half ihr beim Auspacken der Geschenke, staunte und jauchzte mit ihr und wies sie gelegentlich sanft darauf hin, sich zu bedanken. Sie strahlte geradezu von innen heraus. Für das Dessert hatten sie und Fontaine zusammen einen dreistöckigen Schokoladenkuchen gebacken. Sie zündeten Katies vier Kerzen darauf an, und alle sangen und aßen Kuchen mit Vanille-Eis.

Luca verlor sein Herz an die Kleine. Zwei Jahre zuvor, das wusste Anna von Rose, hatte er seine Familie auf Sardinien durch einen Unfall verloren. Wenn ein Kindergeburtstag im Restaurant stattfand, kam er immer aus der Küche und sang »Happy Birthday« auf Italienisch. »*Tanti auguri a te*«, sang er der kichernden Katie vor, »*tanti auguri a te. Tanti auguri, carissima* Katie, *tanti auguri a te.*«

»Rose, was hältst du von folgendem Namen«, fragte Fontaine, als Luca fertig war. »Das Sahnetörtchen.«

Rose wurde inzwischen jedes Mal, wenn das Team des Bella Sorella zum Essen zusammenkam, mit Vorschlägen für einen neuen Namen für das Restaurant bombardiert. Das Spiel wurde allmählich etwas nervig, weil ihr nie ein Name gefiel. »Das Sahnetörtchen«, sagte sie langsam. »Hmm.« Sie nahm jeden Vorschlag höflich auf, darauf war immerhin Verlass. »Nun ja, wenn wir nur Desserts servieren würden …«

»Ach ja, du hast wahrscheinlich Recht.« Fontaine zuckte gutmütig die Achseln. Sie war jetzt im siebten Monat, schätzte Anna. Sie hatte maisblondes, seidiges Haar, blaue Augen und ein liebes, kindliches Gesicht, das immer weniger zu ihrem wachsenden Körperumfang passen wollte. Rose brauchte keinen Vollzeit-Patissier, ließ Fontaine aber trotzdem achtstündige Schichten arbeiten, damit sie Geld verdienen konnte, bevor sie aufhören und sich um das Baby kümmern musste. In letzter Zeit kam sie nicht mehr mit blauen Flecken zur Arbeit, aber das war das einzig Gute, was in ihrem Leben geschah. Sie hatte Rose schließlich anvertraut, wer der Vater des Kindes war. »Rate mal«, hatte Rose zu Anna gesagt. »Nimm den Schlimmsten, den du dir überhaupt nur denken kannst.« »Einer, den wir kennen?« »Einer, den wir *kannten*.« Da war es einfach. »Eddie!« Ja, Eddie, der betrügerische Nichtsnutz von Barmann, den Anna im Monat zuvor gefeuert hatte. Er konnte Fontaine allerdings nicht das Veilchen verpasst haben, denn da war er schon lange weg gewesen – in Kalifornien, meinte jemand, in Las Vegas, behauptete ein anderer. Jedenfalls war er aus dem Spiel. Warum ließ ein liebes, argloses Mädchen wie Fontaine es geschehen, dass ein mieser Lover nach dem anderen sie misshandelte? Was für eine Art Befriedigung mochte sie daraus ziehen? »So was passiert doch ständig«, hatte Carmen getönt, als könne sie in solchen Dingen mitreden.

Rose hörte sich geduldig weitere Namensvorschläge an. Vonnie sagte: »Wie wär's mit Offene Tür? Klingt das nicht freundlich und einladend? Oder Herzenslust. Ich dachte auch an Gaumenkitzel.«

Rose spitzte den Mund und legte ihr Gesicht in grüblerisches Falten.

»Gute Stube«, meldete sich Vince zu Wort. »Gefällt dir das? ›Komm, wir gehen in die Gute Stube.‹«

»Klingt nach Hausmannskost«, warf Frankie ein.

Luca sagte, er finde Fontaines Vorschlag sehr gut, und brachte dann schüchtern einen eigenen vor. »*Il Caffé Delle Tre Forti Donne*. Eh? Zu lang?«

»Das Café der Drei Starken Frauen«, übersetzte Anna unter allgemeinem Gelächter. »Und wer sollen denn diese drei starken Frauen sein, Luca?« Als wüsste sie das nicht …

»Du natürlich«, erwiderte er galant, »und Carmen und Chefin Rose.«

Rose warf Anna verstohlen einen schelmischen Blick zu. »Gar nicht schlecht«, sagte sie in ermutigendem Ton, »wirklich gar nicht schlecht.« Doch als Luca freudig strahlte, musste sie doch hinzufügen: »Allerdings ein bisschen lang.«

»Sie findet alles scheiße«, brummte Dwayne. Das war derzeit sein Standardkommentar.

»Das stimmt, Rose«, sagte Anna, um sich für den schelmischen Blick zu revanchieren. »Bis jetzt hatte kein Vorschlag bei dir auch nur die geringste Chance. Ist das nun ein echter Wettbewerb oder nicht?«

»Nein, nein, es sind alles ganz wunderbare Vorschläge«, wehrte Rose lachend ab, »aber wenn wir den Namen wirklich ändern wollen, dann muss der neue *perfekt* sein, und ich weiß, das ist fast unmöglich. Ganz gleich, welchen wir nehmen würden, es würde etwas fehlen, etwas Wichtiges. Etwas Wesentliches.«

»Aber das gilt doch für jeden Vorschlag.«

»Ich weiß, aber – wenn wir es Offene Tür oder Herzenslust nennen, verspricht das Wärme und Behaglichkeit, aber es sagt nichts über das *Essen* aus. Und wenn wir es Pasta Pasta nennen« – Kellys Vorschlag –, »ist es genauso, nur andersherum. Wenn wir Con Brio nehmen, was ein wirklich hübscher Name ist, sagen wir damit, bei uns geht es fröhlich und lebhaft zu, aber auch *laut*. Der Name klingt nicht dunkel und romantisch genug. Versteht ihr? Chesapeake gefällt mir auch sehr gut, aber klingt das nicht nach Männerclub? Ich sehe da alte Stiche mit Fischermotiven an den Wänden von mir, aber keine Frauen an den Tischen. Ähnlich geht es mir mit Capriccio, A Capella, Con Gusto, Cin-Cin, Da Capo – alles sehr hübsch, aber irgendetwas fällt dabei *immer* unter den Tisch.« Sie hob als Geste der Ratlosigkeit die Hände. »Es tut mir Leid. Lasst euch nicht entmutigen. Ich finde die Namen wirklich alle ganz wunderbar!«

Anna sagte: »Gut, wie wäre es denn mit Liebe-und-Glück-Restaurant? Oder Café für Liebe und Glück? Komm schon, da ist doch alles drin! Nennen wir's Liebe und Glück.«

Rose lachte nur.

»Das gefällt dir auch nicht? Nicht umfassend genug?«

»Nicht umfassend genug.«

»Außerdem«, sagte Frankie, »klingt's nach Chinarestaurant.«

»Gut, dann das Liebe-Verzweiflung-Glück-und-Tod-Restaurant. Wie wär's damit?« Anna machte es großen Spaß, Rose zum Lachen zu bringen. »Zu lang? Luca sagt, ist zu lang. Dann such dir nur die zwei besten Begriffe davon raus. Komm schon, Rose, du bist der Boss, du kannst die zwei nehmen, die dir am besten gefallen.«

Rose aber wedelte mit der Hand und verdrehte die Augen, und damit war das Thema vorerst erledigt.

Katies Party dauerte bis vier Uhr, weil dann für manche die Schicht endete und die anderen an die Arbeit mussten. Mike, Frankies Ex-Mann, sollte Katie um viertel nach vier abholen, und einige, die gewöhnlich um vier nach Hause gingen, blieben noch für ein Weilchen, weil sie einen Blick auf ihn werfen wollten. Frankie hatte in der Küche etwas vorzubereiten, das keinen Aufschub duldete, also setzte Vince Katie auf einen Barhocker, auf den er zwei Telefonbücher gelegt hatte, und führte ihr Zauberkunststückchen vor, während sie auf ihren Papa wartete. Er ging wunderbar mit ihr um, und das war für Anna eine kleine Offenbarung: Frauenschwarm Vince war die Herzlichkeit in Person, wenn er Kinder oder zumindest dieses Kind hier vor sich hatte. Er hatte große, schöne Augen und ein bewegliches, ausdrucksvolles Gesicht. Ein Clowngesicht, wie sich nun zeigte, das bei Katie stürmische Lachsalven auslöste.

»Papi!«, rief Katie, als sie Mike erblickte. Vince trat hinter sie und hob sie von dem Hocker herunter. Einen Moment lang hatte er die Wahl, sie entweder ihrem Vater zu reichen, der lächelnd die Arme nach ihr ausstreckte, oder sie auf dem Boden abzusetzen. Er setzte sie auf dem Boden ab.

»Hallo, ich bin Anna. Sie müssen Mike sein.«

»Sehr erfreut.«

»Schade, Sie haben Rose knapp verpasst. Sie musste früher weg.«

Mike sagte, auch er finde das schade, er habe viel von Rose gehört. Er hatte ein nettes Lächeln, trug eine zerknitterte Khakihose und ein blaues, legeres Hemd und hatte ein Tweedjackett über die Schulter geworfen.

Vince stellte sich vor, und die beiden Männer gaben sich die Hand. Anna sagte, sie gehe Frankie holen.

»Mike ist da.«

»Oh, gut.« Frankie bereitete *ribollita* zu, eine Art püriertes

Ragout nach toskanischer Art. Das sei etwas für Kenner, hatte sie gesagt. Carmen nannte es Pampe. »Also, das hier ist fertig, bis auf die Gewürze, die als Letztes reingehören. Luca weiß Bescheid, ich hab's ihm genau erklärt.«

»Gut, alles klar. Ich wünsche dir viel Spaß.« Frankie hatte sich, was selten vorkam, den Abend freigenommen. Sie, Katie und Mike wollten zuerst Verschiedenes für das bevorstehende neue Kindergartenjahr kaufen und dann essen gehen, um den Geburtstag gemeinsam ausklingen zu lassen. Frankie hatte den ganzen Morgen begeistert und voller Vorfreude davon geredet, als hätte sie ein Flugticket für die Concorde nach Paris gewonnen.

Sie zog die schmutzige Schürze aus und warf sie quer durch den Raum auf den Wäschehaufen. Aus dem Kleiderschrank für die Angestellten holte sie ein hauchdünnes rotes Hemd und zog es über ihr Top und die ausgebeulten Shorts. »Wie findest du's?« Sie blieb vor dem Spiegel an der Tür stehen, in dem das Service-Personal Make-up oder Frisur prüfte. Aber was wollte Frankie prüfen?

»Sieht prima aus«, sagte Anna nach einer kurzen Kunstpause.

»Ja? Ich weiß nicht, ob er mit uns in ein feines Lokal geht oder nicht. Könnte auch bloß ein McDonald's sein. Kann ich so bleiben?«

»Kannst du.«

Frankie zog eine Grimasse, sagte mit einem nervösen Schulterzucken: »Ach, scheiß drauf«, und ging hinaus.

Vonnie und Kris tauchten auf, angeblich nur, um sich von Katie zu verabschieden, in Wahrheit aber, um Mike zu begutachten. Dwayne, Jasper und Shirl schlenderten aus demselben Grund aus der Küche herbei.

»Hi«, sagte Frankie.

»Hi«, erwiderte Mike. »Wie war's?«

»Toll.« Sie ist *schüchtern*, fiel Anna auf. Sie sah Mike nur an, wenn sie meinte, dass er sie gerade nicht anschaute. »Alle haben sich prächtig amüsiert.«

Mike legte Katie die Hand auf den Kopf. »Ich hoffe, sie hat nicht zu viel gefuttert.«

»Da hast du Pech, sie hat alles gegessen, was in der Küche war. Ich glaube, Carmen kann heute Abend den Gästen nichts mehr vorsetzen. Stimmt's?«

»Ich hab alles aufgegessen«, bekräftigte Katie. »Das macht mir aber nichts aus«, erklärte sie Vince, »meinen Stoftwetzel hab ich nämlich von Mami.«

»Stoffwechsel«, sagte Mike. Alle lachten.

»Gut, können wir los? Lass Papi die Tasche mit den ganzen Sachen, die du hier abgeräumt hast, tragen, sie ist zu schwer für mich.«

Mike legte die Hand auf Frankies Arm. »Äh, wir müssen ein wenig umdisponieren. Ich wollte dich eigentlich anrufen, um es dir zu sagen, aber ich hab's erst vorhin erfahren.«

»Musst du arbeiten? Kein Problem, wir ...«

»Nein, mmh ...« Er lächelte die Umstehenden matt und verlegen an, und sie verzogen sich unauffällig. »Muss kurz mit dir reden«, murmelte er und zog Frankie in die andere Richtung. Katie lief ihm hinterher. »Moment«, sagte er, als er es bemerkte. Er beugte sich zu ihr hinab. »Das ist ein Geburtstagsgeheimnis, ja? Ich muss zwei Sekunden ...«

»Ein Geburtstagsgeheimnis!«

»... zwei Sekunden mit Mami reden. Warte bitte so lange dort drüben.« Er zeigte zur Bar.

»Ein Geheimnis!«

»Geh.« Er drehte sie herum, gab ihr einen kleinen Schubs, und Katie rannte geradewegs auf Vince zu.

Anna brauchte nicht zu hören, was Mike mit Frankie besprach, um zu wissen, dass es etwas Schlimmes war. Frankies steife Haltung verriet alles. Die Unterhaltung dauerte nicht zwei Sekunden, sondern zwei Minuten und wäre wohl noch weitergegangen, wenn Katie nicht die Geduld verloren und sie unterbrochen hätte. Sie rannte zu ihrem Vater, schlang die Arme um seine Beine und wollte *jetzt sofort* das Geburtstagsgeheimnis von ihm erfahren.

Anna versuchte nicht hinzuhören. Bei aller Neugier konnte sie Frankies gerötetes, aufgesetzt fröhliches Gesicht kaum ertragen. »Die Überraschung ist bei Colleen«, sagte sie zu Katie, »deshalb gehen du und ich *nächste* Woche einkaufen.

Nächsten Montag, nur wir beide, das wird ganz toll. Ich versprech's dir.«

»Bei Colleen?«

»Genau, die Überraschung ist bei Colleen.«

»Kommst du mit zu ihr?«

Frankie ließ sich auf ein Knie nieder, zog den schiefen Kragen von Katies Bluse gerade und fuhr ihr mit der Hand durchs Haar. Sie unterhielten sich leise, während Mike von einem Fuß auf den anderen trat und mit den Münzen in seiner Hosentasche klimperte. Zuerst hatte Anna ihn unwillkürlich sympathisch gefunden. Jetzt konnte sie ihn nicht mehr ausstehen. Colleen war die Frau, mit der er mehr oder weniger zusammen war – Frankie hatte ihr alles, was sie wusste, erzählt. Colleen unterrichtete Kunst an Mikes College, sie wohnte auf einer kleinen Farm, sie hatte ein Pony, Katie mochte sie sehr.

Frankie nahm Katie ein letztes Mal in den Arm, winkte ihr und Mike an der Tür nach und stürzte dann in die Küche, ohne irgendjemanden anzusehen.

»Na großartig«, sagte Vince, »einfach großartig.«

»Ganz übel«, pflichtete Anna bei.

»Mach doch was!«

»Zum Beispiel?«

»Weiß nicht, red mit ihr.«

»Oh, das würde sie bestimmt super finden. Nichts mag Frankie lieber als ein Schwätzchen von Frau zu Frau über ihr Liebesleben.«

Vince wurde rot. Anna rieb ihm tröstend den Nacken. »Ich muss an die Arbeit«, sagte er. Sie wechselten erst wieder ein Wort miteinander, als die Abendschicht vorüber war.

✳

Am Abend war viel los, aber es gab keine Katastrophen, wie zum Beispiel die, dass um halb acht sämtliche Tagesgerichte aus waren. Alle Rädchen der großen Maschine griffen reibungslos ineinander: die Menschen, die das Essen zubereiteten, die es servierten, die es verzehrten, das Essen selbst, und eine gewissenhafte Koordinatorin konnte sich aufs Koordinieren beschränken. Es blieb viel Zeit für den angenehmen Teil, der für Anna darin bestand, mit den Gästen zu plaudern und bei den Stammgästen an der Bar ihren Charme spielen zu lassen. Sie war die Gastgeberin. Das war ihre Aufgabe, und um herauszufinden, dass sie sie beherrschte, hatte sie nur ungefähr zwanzig Jahre gebraucht. Eine echte Spätzünderin.

Rose hatte ihre Aufgabenliste auf dem Schreibtisch liegen lassen. Sie schien niemals kürzer zu werden. Als Anna einen Blick darauf warf, sprang ihr zwangsläufig ins Auge, dass sie selbst diejenige war, die sich um die meisten Punkte kümmerte. »Bestellen: Strohhalme, Cocktail-Spieße, P.-Handtücher für Toiletten, Aspirin, Klebeband« – das hatte Anna erledigt. »Louis: Messer schleifen, Capp.-Maschine saubermachen, vorderes Fenster putzen« – das hatte sie delegiert. »Neue Arbeitspläne und Terminblätter kopieren, Handwerker wegen Spülmaschine anrufen, Dwayne sagen: Motorverdichter staubsaugen, Fettfilter sauber machen« – Anna hatte sich darum gekümmert. Es blieb noch übrig: »Wegen Grillofen neuen Termin mit Kontrolleur vereinbaren, Vertreter von Unfallversicherung anrufen, Anzeige fürs Telefonbuch umformulieren, Müll weg Dienstag?« Nebenbei hatte Anna noch einen Stapel alter Rechnungen beglichen und die Telefongesellschaft, den Wäscheservice, den Wasserenthärtungs-Service, den Vermieter und acht oder neun verschiedene Lieferanten für Lebensmittel und Getränke bezahlt.

Anna nahm Rose nicht übel, dass sie häufig nicht im Restaurant, sondern bei Theo war. Wie hätte sie auch etwas dagegen haben können? Er war krank, und Rose liebte ihn. War es dann aber nicht auch sinnvoll und gerecht, wenn diejenige, die die meiste Arbeit erledigte, auch die meisten Entscheidungen traf?

Sie rechnete gerade Belege zusammen, als Vince ins Büro schlurfte und sich mit ausgebreiteten Armen und Beinen, als stürze er aus großer Höhe herab, auf die Couch plumpsen ließ. »Ich dachte, du bist schon weg«, sagte Anna. »Du warst doch verabredet.«

»Stimmt.« Er sah ihr eine Weile zu, wie sie Zahlen in die

Addiermaschine tippte. »Ich hab Frankie gefragt, ob sie mit mir ins Kino will.«

»Und?«

»Sie will nicht. Also hab ich sie gefragt, ob sie Lust auf einen Spaziergang hat. Es ist schwer, sich was auszudenken, bei dem kein Alkohol ins Spiel kommt.«

»Kann ich mir vorstellen.«

»Wieder nichts. Ich hab sie gefragt, ob sie zu mir kommen will, Fernsehen oder ein Video gucken. Nein. Ich hab sie gefragt, ob ich zu ihr zum Fernsehen kommen kann. Nein.«

»Und jetzt kriegst du wahrscheinlich das Gefühl …«

»Sie kann mich nicht leiden.«

»Nein, sie will für sich sein.«

»Ich will nicht, dass sie allein ist, nicht heute Abend. Du weißt, wovor ich Angst habe, Anna, tu nicht so, als ob du's nicht wüsstest.«

»Gut, ich weiß es, aber Rose sagt, wir können nichts machen. Wenn sie einen Rückfall hat, dann ist es eben so. Wir können sie nicht aufhalten.«

»Die Hälfte aller trockenen Alkoholiker hat in den ersten sechs Monaten einen Rückfall. Neunzig Prozent haben einen in den ersten vier Jahren.«

Darauf wusste Anna keine Antwort. Frankie war im Jahr zuvor wegen Alkohol am Steuer verurteilt worden. Der Schock hatte sie schließlich dazu gebracht, mit dem Trinken aufzuhören. »Tiefer konnte ich nicht mehr sinken«, hatte sie Anna in einem seltenen Moment der Vertraulichkeit erzählt. »Das war der absolute Tiefpunkt. Schlimmer konnte es nicht mehr werden.« Wusste Vince davon? Frankie knauserte in der Regel mit Auskünften über sich.

»Hat sie dir mal was von ihrer Familie erzählt?«, fragte er.

»Ein bisschen was. Nicht viel.«

»Ihr Vater hat sich davongemacht, als sie sieben war, weil ihre Mutter getrunken hat. Frankie hat sich um sie gekümmert, bis sie gestorben ist. Dieser Typ, dieser Mike …« Er stieß den Daumen in ein Loch in der Couchlehne und bohrte, von unbewusster Aggression getrieben, darin herum. »Wie konnte er sie einfach so rausschmeißen?«

»Ach, Vince, gerade du müsstest doch …« Anna unterbrach sich. Es war nicht sehr freundlich von ihr, ihn jetzt
daran zu erinnern, wie Säufer sich aufführen konnten.

»Ich weiß, aber jetzt hat sie sich *gefangen*, sie ist trocken.
Und er hat sich *Colleen* angelacht.« Seine Lippen kräuselten
sich vor Widerwillen. »Rat mal, was ich gemacht habe. Ich
hab ihr einen Kasten alkoholfreies Bier geschenkt.«

»Das kam nicht gut an?«

»Da ist Alkohol drin. Nur ein winziges bisschen. Wusste
ich nicht. Außerdem, sagt sie, weckt der Geruch wieder das
Verlangen nach Alkohol.« Er hämmerte sich mit den Fäusten
gegen den Schädel. »Cleveres Geschenk, was?«

»Ach, Vince.«

»Ich wollte nur bei ihr sein heute Abend, das ist alles. Keine Annäherungsversuche, ihr einfach nur Gesellschaft leisten.«

»Sie schafft es. Sie ist zäh.«

»Stimmt nicht. Sie ist überhaupt nicht zäh.«

Als er gegangen war, überlegte Anna, ob sie Frankie anrufen sollte. Aber was würde das helfen? Wahrscheinlich gar
nichts, und sie würde sich bestimmt belästigt fühlen.

Trotzdem nahm sie den Hörer ab.

Das leise, tonlose »Hallo?« klang schrecklich, aber nüchtern.

»Oh. Äh … 'tschuldigung – ich bin's – hast du schon geschlafen?«

»Nein. Was gibt's?«

»Nichts, ich wollte nur Hallo sagen.« Anna lachte nervös.
»Katie ist unglaublich süß.«

»Ja, danke noch mal. Dir und Rose« – es war zu spüren,
wie Frankie ihre Kräfte sammelte –, »euch hab ich's zu ver-
danken, dass es heute so schön war.«

»Gern geschehen. Und wie geht's dir?«

»Gut. Ich kann jetzt aber nicht lange reden, ich muss weg.«

»Warte. Kann ich rüberkommen?«

»Was?« Frankie klang ungläubig. »Nein.«

»Gut, aber … willst du darüber reden oder so?«

»Nein, will ich nicht. Das habe ich doch gerade gesagt. Bis
morgen dann.«

»Ja, klar. Bis morgen. Ich komme vielleicht ein bisschen früher, um schon mal mit der Wocheninventur anzufangen. Vielleicht … vielleicht könntest du mir dabei helfen?« Schweigen. »Oder auch nicht, ich wollte nur …«

»Du willst, dass ich früher komme und dir bei der *Inventur* helfe?«

Es hörte sich tatsächlich albern an. Anna konnte nicht sagen, ob Frankie belustigt oder gekränkt war. »Ja.«

»Damit ich einen Grund habe, jetzt die Finger vom Alk zu lassen und früh ins Bett zu gehen? Damit ich morgen einen klaren Kopf für die Inventur habe?«

Also gekränkt. »Tut mir Leid.« Anna fühlte sich erbärmlich und hatte es auch verdient. Das Problem war, dass sie bei Frankie nicht wusste, was sie sagen durfte und wann sie zu weit ging. Ihr Verhältnis war freundschaftlich, aber Frankies Alkoholismus war nie ein Thema gewesen. »Tut mir Leid. Ich wollte nur …«

»Wir sehen uns morgen, Anna«, sagte sie barsch. »Zur üblichen Zeit, wenn's dir recht ist.«

»Ist mir recht.«

Sie legten auf.

Anna horchte in die Stille hinein, in der nur die Maschinen leise brummten, die die Lebensmittel wärmten oder kühlten oder das Geschirr spülten. Rose sagte immer, dass sie diese Zeit, wenn das Restaurant leer und ruhig war, am liebsten mochte. »Wie ein Sorgenkind, das endlich eingeschlafen ist. Und ich bin die Mama, die sich über das Bettchen beugt und denkt: ›Ach, was bist du doch für ein *Engelchen*, ich hatte bei all den Sorgen ganz vergessen, wie lieb ich dich habe.‹« Bei Anna war es umgekehrt. Sie mochte es lieber, wenn das Haus voll und chaotisch war, wenn es drunter und drüber ging. Wenn an einem Abend viele Gäste kamen und sie in voller Besetzung arbeiteten, dann waren sie wie eine Familie, eine große, lärmende, ungebärdige, leidlich intakte Familie. Manchmal hasste einer den anderen, aber die meiste Zeit über kamen sie miteinander aus, und hin und wieder herrschte so viel Liebe zwischen ihnen – kein anderes Wort hätte gepasst –, dass sie sich alle daran berauschten.

Das war etwas Neues für Anna. Sie erinnerte sich schwach daran, dass es auch früher, nach dem Tod ihrer Großmutter, einmal so gewesen war, als Rose das Bella Sorella übernommen hatte. Bei Nicole hatte es das ganz bestimmt nie gegeben. Dort blieben die Küchenhilfen in der Regel gerade mal drei Monate, die Bedienungen ungefähr fünf. Loyalität gegenüber dem Arbeitgeber? Davon konnte keine Rede sein. Außer Nicole selbst identifizierte sich niemand mit der Coffee Factory, Miteinander, Gemeinschaftsgeist und Wir-Gefühl waren Fremdwörter. Bei Rose war selbst dem schlecht bezahlten Vorbereitungskoch das Restaurant nicht gleichgültig. Billy und Shirl und Vonnie stopften Zettel um Zettel in den Kasten für Namensvorschläge, und nicht nur, weil sie für den Rest ihres Lebens Gratisdrinks schnorren wollten. Sie wünschten sich ein florierendes Bella Sorella. Es lag ihnen wirklich am Herzen.

Sie waren also eine Art bunt durcheinander gewürfelte Familie, die sich mit mehr oder weniger vereinten Kräften durch die fieberhafte Hektik des Arbeitstages wurstelte. Dann aber zahlte der letzte Gast, die Kellner rechneten mit Vince ab, die Spüler machten die Küche sauber, Anna zählte Belege zusammen, Rose schloss den Safe – und alle gingen nach Hause. Sie verstreuten sich, brachen wie Speichen aus der Nabe eines Rades heraus. Vince wohnte allein, Frankie wohnte allein. Carmen wohnte allein im Obergeschoss. Vonnie war geschieden, ihr letztes Kind fast aus dem Haus. Louis, Luca, Fontaine – sie alle lebten allein. Die Frauen, mit denen Dwayne, Jasper und Flaco angeblich schliefen, existierten zum größten Teil nur in ihren Köpfen. Nach der Arbeit gingen sie einen trinken, manchmal zusammen, und dann schlich jeder für sich nach Hause – auch Anna.

Bevor es dazu kam, dass sie sich selbst Leid tat, schaltete sie den Computer aus und suchte ihre Sachen zusammen. Als sie die Schreibtischlampe ausknipste, klingelte das Telefon.

»Anna.«

Masons Stimme. Sie ließ das Licht aus, damit sie sie im Dunkeln hören konnte. »Hallo«, sagte sie.

»Ich habe bei dir zu Hause angerufen. Ich dachte, mittlerweile müsstest du dort eingetrudelt sein. Langer Abend für dich.«

»Ja, ich bin die Letzte hier.«

»Wie geht's dir?«

»Bestens, gut. Und dir?«

»Mir geht's …« Eine Pause folgte, als würde er sich den Puls fühlen oder aufs Fieberthermometer schauen. »Ganz gut«, entschied er, »ich würde sagen, ganz gut.«

In ihr lagen so viele Gefühle im Widerstreit miteinander, dass sie nicht recht wusste, wie sie ein Gespräch anfangen sollte. Wie sollte sie sich ihm gegenüber verhalten? Sie hatte einen dummen Fehler begangen, aber er hatte überreagiert – das war noch immer ihre Sicht der Dinge. Und dann hatte er sie links liegen lassen, sodass es zwei zu eins stand, für sie. Nicht dass sie die ganze Zeit mitzählte und aufrechnete, aber … Und dann war da noch dieses törichte Kribbeln in ihrem Bauch, weil sie seine Stimme im Ohr hatte. Sie hatte es zum letzten Mal gespürt, als sie noch regelmäßig E-Mails von ihm bekam. Sein Mail-Name war SchnappSchuss, und wenn Anna ihn in ihrem Posteingangsfenster sah, hatte sie einen wohligen Schauder verspürt und ihr Herz hatte schneller geklopft.

»Du warst in Maine, habe ich gehört«, sagte sie schließlich. »Rose hat es erwähnt.«

»Macias-Insel. Jemand hat in letzter Minute abgesagt, und ich konnte nachrücken.«

»Gab es eine Warteliste?«

»Ja. Fürs Fotografieren von Papageientauchern.«

»Papageientaucher – sind die so etwas wie Papageien?«

Er lachte dunkel, und sie ließ sich gern von seiner Heiterkeit anstecken. »Irgendwie schon. Wenn man einen Papagei mit einem Pinguin kreuzen würde.«

»Hast du gute Aufnahmen machen können?« Seltsam, wie ein riesiger Gefühlsaufruhr sich einfach verflüchtigen und nach kurzem Plaudern zu einer Bagatelle schrumpfen konnte. Wenn man sich darauf einließ.

»Ein paar. Anna, hör zu.« Schweigen.

»Ich bin da«, machte sie sich bemerkbar.

»Es tut mir Leid, dass ich mich … nicht habe blicken lassen.«

»Hm, na ja.« Sie hatte das Gefühl, zu leicht nachzugeben, aber warum eigentlich? Die Fronten zwischen ihm und ihr verwischten sich ziemlich rasch. Je länger sie mit Mason redete, desto mehr Mühe hatte sie, sich überhaupt zu erinnern, wo das Problem lag.

»Du hast mich gefragt, ob ich mit dir ins Kino gehen will.«

»Mhm, und du hast nicht einmal zurückgeschrieben. Wie unhöflich.« Sie lächelte, wenn sie nicht sprach, versuchte aber, ihre Stimme neutral zu halten, damit er es nicht merkte. Sie hatte nicht viel Erfahrung mit Versöhnungen und befürchtete, dass sie womöglich bereuen würde, wie schnell sie wieder Frieden schlossen. Sie hätte sich vielleicht noch ein bisschen zieren sollen, aber das lag ihr nicht. »Glücklicherweise«, sagte sie, »bin ich gewillt, darüber hinwegzusehen.«

»Gut, denn ich rufe an, um zu fragen, ob du mit mir ins Kino gehen willst.«

»Es muss aber kein Drive-in sein, oder?« Wie waghalsig. Mit ihrer Neckerei hatte sie einige Schritte übersprungen. Nervös wartete sie, wie er reagieren würde.

Er lachte.

Mit einem Mal war alles wieder da: warum sie sich so gut verstanden, was sie an ihm mochte, warum es ihr so unsinnig erschienen war, dass sie keinen Kontakt mehr hatten. Aber auch ein kleiner Beigeschmack von Wut stellte sich wieder ein, als sei da etwas noch nicht recht verdaut. Sie wusste noch genau, wie *betrogen* sie sich vorgekommen war, als er sie in diesem Hotelzimmer zurückgelassen hatte. Was war ihnen seitdem nicht alles entgangen! Wann sie wieder fortgehen würde, stand noch nicht fest, aber lange konnte es nicht mehr dauern – und er hatte so viel Zeit vergeudet! Aber sie schob das beiseite, damit sie rascher Frieden schließen konnten. Wie großherzig! Sie war in ausgelassener Stimmung.

»Was machst du gerade?«, fragte sie.

»Äh …« Die Frage schreckte ihn auf, er war verwirrt. »Sitze auf dem Dock, vor mir ist das Boot, Theos Boot …«

»Auf dem ich noch nie war«, stichelte sie.

»Und was machst du?«, konterte er.

»Nichts. Überlegen, ob ich jetzt nach Hause gehe.« In ein leeres Haus, das zu groß für sie war. Die alternde, schindelverkleidete Erinnerung daran, dass sie buchstäblich wieder da war, wo sie angefangen hatte.

»Komm rüber«, sagte Mason.

»Gib mir zwanzig Minuten.«

14

Zu viele Leute. Zu viele Helfer. Rose hatte fast alles, was Theo nach Bayside Gardens mitnehmen wollte, schon gepackt, als Anna und Mason eintrafen, also blieb ihnen nicht viel zu tun. Es passte alles in zwei muffige Matchsäcke, die sich auf dem Kabinenvorraum der *Expatriot* kläglich ausnahmen. »Ist nur vorübergehend«, beharrte Theo. »Ich komme zurück, sobald das geheilt ist.« Er meinte sein Handgelenk.

Er hatte es sich genau so gebrochen, wie Rose befürchtet hatte, nämlich bei einem Sturz auf der Niedergangstreppe. Auf der vorletzten Stufe hatte er sich verkrampft und das Gleichgewicht verloren, und bei dem Versuch, den Aufprall abzufedern, hatte er sich das Handgelenk gebrochen. Ständig wiederholte er: »Hätte auch das Genick sein können«, als sei das ein Trost für sie. Als aber der Schock und die Angst nachließen, war Rose *froh*, dass er gestürzt war, froh, dass er den sperrigen Gips an der rechten Hand hatte, weil der ihn wirkungsvoll lahm legte. Nichts anderes hätte ihn je von diesem verfluchten Boot herunter und an einen Ort gebracht, wo er zumindest in Sicherheit war. Unglücklich, aber in Sicherheit.

Trotzdem wollte er nicht zu ihr oder zu Mason ziehen. Er wollte, so sehr ihm der Gedanke an ein Pflegeheim auch zuwider war, lieber von Fremden versorgt werden als von Menschen, die ihn liebten – »die nicht dafür bezahlt werden, dass sie mir den Arsch abwischen«, wie er sich ausdrückte. Wahrscheinlich war es mittlerweile ohnehin zu spät. Die Krankheit war so weit fortgeschritten, dass er eine qualifizierte Pflege brauchte, die sie oder Mason nicht leisten konnten. Und sein Zustand würde sich nicht mehr bessern.

»Theo, was ist mit denen hier?«, rief Mason von unten und rollte das weiche Tuch auseinander, das Theos Schnitzwerkzeug enthielt. Jedes Einzelne steckte fein säuberlich in seiner Filztasche.

»Was hast du da? Ich sehe nicht, was es ist …«

»Meißel, Feilen, Ahlen …«

»Das ist mein Holzwerkzeug. Lass es da.«

»Gut.«

»Du kannst es mitnehmen, wenn du willst«, sagte Rose so leise, dass Theo es nicht hörte. Mason half ihr unten in der Kajüte, während Anna oben versuchte, Theo bei Laune zu halten. Rose konnte sich nicht vorstellen, worüber sich die beiden unterhielten, und spitzte die Ohren, doch die Stimmen waren zu leise.

»Mitnehmen?«, fragte Mason.

»Wenn du meinst, dass du's brauchen kannst. Das Angelzeug auch.«

Mason tat nicht so, als verstünde er sie nicht. Er fuhr mit den Fingerspitzen über die vom jahrzehntelangen Gebrauch blanken Werkzeuggriffe. »Ich weiß noch, wie er Dinge für mich geschnitzt hat. Flugzeuge, Pferde und so etwas. Ich wünschte, ich hätte sie aufgehoben, aber sie sind weg. Verloren oder weggeworfen.« Er blickte auf. »Ich lasse das Werkzeug da, glaube ich.«

Rose nickte.

»Er hat mir sowieso schon den Hund in Pflege gegeben. Das reicht fürs Erste.«

»Ganz gewiss«, sagte sie und erwiderte sein Lächeln. »Aber Cork ist so gutmütig, mit ihm bekommst du bestimmt keine Schwierigkeiten.« Sie konnte den betagten Hund von hier unten aus sehen. Er hatte sich auf dem Stuhl neben Anna breit gemacht, das Kinn ruhte auf Theos Oberschenkel. »Lieb von dir, dass du ihn nimmst.«

»Ich finde es grauenhaft«, sagte Mason in plötzlich aufwallendem Zorn. »Das Ganze hier … Was übrig bleibt. Sein ganzes Leben in zwei Taschen.«

Sie legte ihm die Hand auf den Arm, weil sie befürchtete, Theo könne ihn hören.

»Rose, tun wir wirklich das Richtige? Es ist schrecklich, dass er denkt, er kommt zurück.«

»Aber warum denn, wenn es ihn glücklich macht?«

»Wir hintergehen ihn. Was ist, wenn wir uns irren und er die Wahrheit doch lieber wüsste?«

Rose nahm die Knie zur Seite, damit sich Mason neben sie auf die schmale Pritsche setzen konnte. Wenn er in der engen Kajüte lange stand, bekam er einen steifen Hals, weil er den Kopf einziehen musste, um nicht an die Decke zu stoßen. Theo, der fünfzehn Zentimeter kleiner war, hatte dieses Problem nie gehabt. »Du bist jemand, der in einer solchen Situation Bescheid wissen wollte. Du würdest es *unbedingt* wissen wollen, und keiner käme auf den Gedanken, dir die Wahrheit vorzuenthalten. Aber Theo ist anders. Es wird nicht immer so sein, aber ich glaube, Mason, dass er es im Moment nicht ertragen könnte, zu wissen, was auf ihn zukommt.«

»Okay.«

»Es ist noch zu früh.«

»In Ordnung.«

»Wir müssen uns nur einig sein.« Sie hatten bereits stundenlang darüber geredet. »Wenn du noch Zweifel hast …«

»Nein, habe ich nicht, ich mache mit. Es gefällt mir nur ganz und gar nicht.«

»Mir auch nicht. Ich bin so froh, dass es dich gibt.« Das sagte sie oft zu ihm.

»Und dich«, erwiderte er dann stets.

Sie fuhr mit der Hand über Theos Kissen, über die kratzige Wolldecke. Sie wollte den Gedanken nicht an sich heranlassen, dass weder er noch sie jemals wieder auf dieser harten, schmalen Pritsche schlafen würden, weder allein noch zusammen. »Schau dir die zwei an«, sagte sie mit einem Nicken hoch zu Theo und Anna. »Ich habe nicht geglaubt, dass ich das noch erleben würde. Du? Was glaubst du, worüber sie reden?«

Sie beobachtete Masons Gesicht, der ihrem Blick folgte,

und wusste, dass nicht der Anblick seines Stiefvaters ihn so fesselte. »Über Hunde vermutlich.«

»Theo hat sich halbwegs zu der Ansicht durchgerungen, dass Anna ganz in Ordnung ist«, sagte sie, weil sie Mason glücklich machen wollte.

Er erwiderte nichts.

Rose seufzte. Wessen Diskretion war entnervender, seine oder Annas? »Er mag sie auch dir zuliebe, weil du sie anscheinend gern um dich hast«, tastete sie sich vor. Das war eine lahme und allzu durchsichtige Bemerkung. Wenn sie aber aus einem der beiden etwas herausbekommen wollte, standen ihre Chancen bei Mason besser. Nichts brachte Anna so rasch dazu, sich wie eine Muschel zu verschließen, als eine Andeutung, sie und Mason seien in irgendeiner Weise liiert. Es war zum Verrücktwerden, denn der einzige Grund für Annas Zurückhaltung war Trotz.

Nun ja, Pech für sie, denn Rose war trotzdem hoch zufrieden. Zwei Menschen, die sie sehr liebte, den einen sogar mehr als alles andere auf der Welt, und die sie ja immerhin, absichtlich oder nicht, *zusammengebracht* hatte, fanden nun tatsächlich zueinander. Sie telefonierten, schrieben sich E-Mails, gingen zusammen aus, machten Spaziergänge und Picknicks, aßen in Masons Haus spät zu Abend. Schon das allein war ein Wunder: Mason bewegte sich unter Menschen, war unterwegs, stand mit beiden Beinen im Leben – »als wär er der King«, meinte Theo. Er flog wieder, unternahm Reisen nach Norden und Westen, um Vögel zu fotografieren, die er noch nie vor die Linse bekommen hatte – die Marmorschnepfe, den Präriefalken. Was für ein Umschwung! Der Flug mit Anna nach Buffalo war der Zündfunke gewesen, aber Rose durfte sich nicht danach erkundigen. Beide waren verändert zurückgekommen, und ihrer Einschätzung nach war es keine Veränderung zum Guten gewesen, aber jetzt schien alles im Lot zu sein, doch was wusste sie wirklich?

Gar nichts. Das war das Ärgerliche daran.

Mason lächelte und sagte unverbindlich: »Ja, ich habe sie gern um mich.«

»Gut, gut«, erwiderte Rose aufmunternd. »Wie schön.«

Schweigen.

Sie gab auf. Nein, ein letzter Versuch. »Ich rechne mir das nämlich als Verdienst an, weißt du. Ich war es, die Anna gesagt hat, du könntest ihr Dach ausbessern.«

Seine Augen glitzerten. Offenbar wusste er, was sie umtrieb. Er würde sich aber keine pikanten Details entlocken lassen, das war mittlerweile klar. Anna zuliebe, er bewahrte ihre Geheimnisse, nicht seine eigenen. Wusste er, worauf er sich da einließ?

Sie stiegen aufs Deck hoch.

Anna erzählte Theo gerade von dem alten Mann, der gestorben war, von Mac, dem Großvater ihres Ex-Freundes. Durch die Gesichtslähmung war Theos Lachen mittlerweile nicht mehr erkennbar, man musste in seinen Augen danach suchen. Bei Annas Geschichte leuchteten sie auf, und der Atem ging leise pfeifend durch die geöffneten Lippen. Dass irgendetwas Theo an diesem Tag zum Lachen bringen würde, hatte Rose nicht erwartet. »Hätte den Kerl gemocht«, sagte er seufzend zu Anna, und sie erwiderte lächelnd: »Er dich auch.«

»Wir sind so weit.« Rose setzte einen Pappkarton, in dem Theos Schachspiel, einige seiner Bücher und seine Lieblingskaffeetasse verpackt waren, neben den Matchsäcken ab und richtete sich auf. »Fällt dir noch etwas ein, was wir vergessen haben könnten?«

»Eine Feile.«

Sie neigte sich stirnrunzelnd zu ihm hin. »Eine was?«

»Damit ich die Stäbe durchsägen kann.«

»Oh.« Sie zerzauste ihm das Haar und half ihm aufzustehen. Der Gips am Handgelenk hatte einen positiven Nebeneffekt: Durch das zusätzliche Gewicht konnte er den rechten Arm, der stärker zitterte, ruhiger halten. »Können wir los?« Mason trat auf der anderen Seite neben ihn. Von beiden gestützt kam Theo wohlbehalten über das Dollbord auf den Steg. Mason ging zurück, um die Matchsäcke zu holen, Anna nahm den Karton, Rose nahm Theo. Angeführt von Cork bewegten sie sich langsam und vorsichtig über den Pier des Segelhafens, an den Segelbooten, Fischerbooten und Motoryachten von Theos Nachbarn vorbei. Je weiter sie sich vom Wasser entfernten und je näher sie dem Land kamen, desto wohler war Rose zumute, auch wenn sie wusste, dass Theo es genau andersherum empfand. Fast ein Jahr lang hatte sie mit der albtraumhaften Angst gelebt, dass er von seinem Boot fallen und ertrinken würde. Zumindest das konnte ihm jetzt nicht mehr passieren.

Am Tor mit dem Kettenschloss blieb er unvermittelt stehen und drehte sich dann mit schlurfenden kleinen Schritten um. Der Spätnachmittag war drückend und wolkig, aber eine frische Brise vom Meer brachte ein wenig Abkühlung. Die Bucht, die vor einer Stunde noch wie tintenschwarzes Glas ausgesehen hatte, war nun geriffelt wie Cord, und die Wellen schlugen flach und monoton ans Ufer. Theo hob langsam den linken Arm und zeigte auf etwas.

»Die Wolken?«, riet Rose. Er schüttelte den Kopf.

»Ein Fischadlernest«, sagte Mason, und Theo nickte. Rose entdeckte ein wirres Gebilde aus Zweigen und Moos auf einer Boje, etwa zwanzig Meter vom Ufer entfernt. Sie meinte einen Kopf herauslugen zu sehen, es konnte aber auch ein Zweig sein.

»Wollte es mitkriegen. Junge fast flügge. Zwei. Kurz davor.«

Mason blickte mit zusammengekniffenen Augen auf das glitzernde Wasser hinaus. »Ich könnte sie für dich fotografieren.« Theo lachte schnaubend.

»Warum nicht? Du hast Recht, es kann jeden Tag so weit sein. Die Eltern werden ihnen weiter Futter bringen, während sie Fische fangen lernen. Ein echtes Schauspiel. Soll ich?«

Doch Theo winkte mit seiner guten Hand ab und drehte sich wortlos wieder um.

Als sie Roses und Masons Autos erreicht hatten, die nebeneinander geparkt waren, sagte Theo, dass er mit Rose fahren wolle, und dass Mason und Anna nicht mitkommen sollten. Rose würde ihm helfen, sich im Bayside-Knast einzurichten – er ließ keine Gelegenheit aus, diese Bezeichnung anzubringen –, und Mason und andere, denen etwas daran lag –

damit war wohl Anna gemeint –, könnten ihn besuchen, falls ihnen danach wäre und sie Zeit hätten.

Mason war verwundert. »Bist du sicher? Ich hatte mich darauf eingestellt, dass ich mitkomme. Dass wir *alle* mitkommen. Stärke demonstrieren, damit sie wissen, mit wem sie's zu tun haben.«

Theo gab wieder sein röchelndes Lachen von sich, schüttelte aber den Kopf. Er sah schrecklich müde aus. Rose versuchte zu erraten, was in ihm vorging. Empfand er den Einzug ins Pflegeheim als Demütigung? Als Endstation, für die er so wenige Zeugen wie möglich haben wollte? Mason half ihm auf den Beifahrersitz und schnallte ihn an. Als er zurücktrat, sprang sogleich Cork auf Theos Schoß. Alle lachten, bestaunten seine Flinkheit und bestätigten einander, dass sie ihm das gar nicht mehr zugetraut hätten. Auch Theo lachte, neigte aber den Kopf und drückte ihn in das borstige Fell an Corks Hals. Als er so verharrte, machte Anna ein paar Schritte rückwärts und wandte sich ab. Mason hielt sich an der Wagentür fest und blickte zu Boden. Rose streichelte Theos Schulter. »Er kann dich besuchen kommen«, sagte sie mit belegter Stimme. »Ich bringe ihn mit, und Mason auch. Wir werden beide …«

Theo hob den Kopf. »Ich will nicht fort«, flüsterte er. In seinen hellen Augen standen die Tränen. Rose nickte, sie brachte kein Wort heraus. »Ich will nicht fort, Rose.«

»Ich weiß.«

»Und ich weiß, dass es sein muss.« Er hob Corks ergrauten Kopf hoch. »Werd ich dir fehlen?« Er küsste seinen Hund zwischen die Augen. »Hier, nimm ihn.« Mason hob den Hund sachte von seinem Schoß. Er behielt ihn auf den Armen, während Rose die Tür zuschlug, auf die Fahrerseite ging und den Motor anließ.

Mason beugte sich zum Fenster hinab. »Ich rufe dich heute Abend an. Um zu hören, wie du dich eingewöhnt hast. Und morgen komme ich. Gleich morgen früh.« Theo nickte und starrte geradeaus. »Und nächstes Wochenende könnten wir das Segelboot rausholen und eine Tagestour runter nach Deal oder Crisfield machen. Klingt das gut?« Theo nickte wieder. »Nimm's nicht so schwer«, sagte Mason leise. »In Ordnung?«

»Mhm.«

»Mach ihnen die Hölle heiß.«

Theo schnitt eine Grimasse, die ein Lächeln sein sollte.

＊

Bayside Gardens lag nicht, wie der Name verhieß, an der Bucht, hatte aber einen Garten mit gepflegten Blumenrabatten aufzuweisen, den Theo von seinem Zimmer im zweiten Stock aus sehen konnte, und in dem Gänseblümchen, Rudbeckien und Sonnenhut in der Hitze schmachteten. Theo fand das Zimmer furchtbar.

»Aber warum denn? Es ist doch hübsch! Es liegt nach Süden, du wirst den ganzen Tag Sonne haben. Und du kannst den Leuten zuschauen, die auf dem Pfad spazieren gehen.«

Theo fluchte. Er lag bereits auf dem Bett.

Rose setzte sich neben ihn auf den Rand. »Jetzt hör mal zu ...«

»Halt mir keinen Vortrag«, wisperte er. »Ich weiß es.«

»Du weißt es, aber ich halte dir trotzdem einen Vortrag. Du fängst auf dem falschen Bein an, mein Lieber. Du kannst hier nicht alles grässlich finden. Nicht nach ...«, sie schaute auf ihre Uhr, »mittlerweile viereinhalb Stunden.« Das Abendessen in dem wirklich hübschen Speisesaal im Erdgeschoss hatte ihm auch missfallen. Ebenso die Durchsagen zu den Mahlzeiten und den Veranstaltungen, die über die Gegensprechanlage in seinem Zimmer ertönten. Er mochte weder seine Nachbarn noch seine Pflegerinnen oder sein Bett, sein Zimmer, die Klimaanlage, den Rollstuhl, den er im Wechsel mit der Gehhilfe benutzen sollte.

»Kann ich doch«, sagte er. »Ist so.«

»Theo.« Rose ergriff seine zuckende Hand und hielt sie an ihre Wange. »Wie oft habe ich dich gebeten, zu mir zu ziehen? Hundert Mal? Und Mason doch auch. Aber du willst nicht.«

»Nein.«

»Ich weiß, hier gefällt es dir nicht, weil kein Wasser unter dir ist. Aber was sollen wir tun?« Sie rieb seine Knöchel gegen ihre Wange. »Lass uns versuchen, das Beste daraus zu machen. Was sonst? Wenn mir irgendetwas einfallen würde …«

»Ich weiß. Geht schon.«

Sie nickte, mit dem Gesicht an seiner Hand. »Ja, es wird gehen. Am Anfang ist es schwer, aber dann wird's besser. Du wirst dich eingewöhnen.«

»Ja.«

»Wenn nicht, ziehen wir um. Das hier ist nicht das einzige Pflegeheim in der Stadt.« Es galt allerdings als eines der besten. »Wenigstens musst du das Zimmer nicht mit jemandem teilen«, fuhr sie fort.

»Das wäre die Hölle«, stimmte er zu.

»Für dich auch.«

Er schubste sie sanft, um zu zeigen, dass der Witz angekommen war.

Rose beugte sich zu ihm hinunter und legte den Kopf auf seine Brust. Das langsame, stetige Pochen seines Herzens war ihr so kostbar wie ihr eigener Herzschlag.

Es war schon spät. Draußen auf dem Gang hallten leise Stimmen wider, und gelegentlich hörte man jemanden vor der Tür vorübergehen. »Will nicht, dass du gehst«, sagte Theo. »Wünschte, du könntest bleiben.«

»Liebst du mich, Theo?«, murmelte sie.

»Das weißt du.«

Sie küsste ihn auf den Mund. Mit dem Küssen war es nicht mehr weit her bei ihm, und es fehlte ihr. Der aktive Part blieb mittlerweile ganz ihr überlassen. Abrupt setzte sie sich auf und ging zu dem kleinen Schreibtisch unter dem Fenster. Sie ergriff den dazugehörigen Stuhl, trug ihn zur Tür und klemmte ihn schräg unter den Türknauf. So wie sie das im Kino machten.

Theo sah ihr staunend zu.

»An der Tür sollte wirklich ein Schloss sein. Wahrscheinlich haben sie Angst, du sperrst sie aus.« In der Mitte des Zimmers stehend, lächelte sie ihn an und begann sich die Bluse aufzuknöpfen.

»Na, na«, sagte Theo und setzte sich auf. »Was machst du denn da, Rosie? Also so was!«

Sie vollführte einen langsamen Strip für ihn, ließ die Bluse zu Boden fallen und kam näher heran, um den BH abzulegen. Es war ein schwarzer – welch glücklicher Zufall. Sie ließ ihn vor ihm hin und her baumeln und warf ihn dann über die Schulter. Wenn du sechzig bist, dachte sie, ist es gut, wenn du deinen Körper einem Mann zeigen kannst, der ihn zu schätzen weiß. Bei Theo war das glücklicherweise immer so gewesen. Sie wiegte sich ein wenig in den Hüften, als sei Musik zu hören, und öffnete den Reißverschluss ihrer Hose. Theo schüttelte fasziniert den Kopf, lächelte fast, die Augen voller Liebe und Entzücken. Wie in alten Zeiten.

Sie schleuderte die Schuhe von sich und schälte sich hüftschwingend aus der Hose. Jetzt hatte sie nichts mehr an als der Slip und die durchsichtigen Kniestrümpfe. Sie lachte, während sie sie abstreifte.

Dann fuhr sie sich durchs Haar, als sei es wieder lang und schwarz, als sei sie wieder jung. »Siehst du etwas, das dir gefällt, Matrose?«

»Gefällt mir alles. Hat mir immer alles gefallen«, sagte er und wischte sich über die Wange. Er weinte.

Sie musste ihm mit der Hose helfen. Seine Erektion war ein zartes, aber hoffnungsfrohes Pflänzchen. Behutsam schürte sie den kleinen Funken, damit er zu einer Flamme wurde. »Das wird nichts«, warnte er sie.

»Oh doch, es wird was.« Sie küsste ihn wieder und wieder und schob sich auf ihn, bettete seinen Kopf in ihre Arme. »Falls jemand reinkommt«, flüsterte sie, »sagen wir, es ist eine therapeutische Massage.«

»Ich krieg's nicht hin, Rosie.«

»Du musst gar nichts tun. Du musst einfach nur daliegen.«

Und eine kleine Weile lang ging es tatsächlich gut, da war er wieder ihr alter Theo, kraftvoll und selbstsicher, alles, was sie brauchte. Sie drückte seine starre Hand an ihre Brust, nannte ihn bei seinen alten Kosenamen, sagte ihm, wie sehr es ihr gefiel, wie sehr sie ihn liebte, wie gut er es machte. Doch dann ächzte er, und Rose spürte, wie er nachließ und in ihr immer kleiner wurde. Sie jammerten gemeinsam, und sie wollte, dass er darüber lachte, aber er konnte es nicht. Er wandte das Gesicht ab, ließ sich nicht von ihr küssen.

»Herrgott, Rosie. Ich hab's dir doch gesagt. Herrgott noch mal!« Er fluchte erbittert, schämte sich seiner Tränen, also tat sie, als würde sie sie nicht sehen. Sie rutschte von ihm herunter an seine Seite und tastete nach dem zerknitterten Betttuch.

»Es macht nichts.« Sie bereute nicht, dass sie es probiert hatte. Sie drückte ihre Hüfte an seine, zog ihn fest an sich.

Er fluchte wieder. »Ich hasse es, wenn eine Frau so was sagt.«

Sie richtete sich auf. »Soll das etwa heißen, so etwas ist *schon mal* passiert?« Er ließ sich aber kein Lächeln entlocken. »Ach, Theo, ich verstehe dich, aber es ist wirklich egal, es ist nicht wichtig.«

»Mir ist es aber verflucht wichtig.«

Sie streichelte seinen Bauch unter dem T-Shirt, zwirbelte die weichen Haare unter dem Nabel. »Tut es dir Leid? Mir nicht. Jedenfalls muss ich nicht mit dir schlafen, um zu wissen, dass ich dich liebe.«

»Würde aber nichts schaden.«

Sie hätte am liebsten auch geweint, hatte das aber noch nie in seiner Gegenwart getan. Sie hätte monatelang weinen können. Sie ging durch die Welt wie eine Hochschwangere, angefüllt, prall – doch in ihr wuchs Trauer statt neues Leben.

»Wenn ich hier rauskomme …« Theo klopfte mit den Fingern, die aus dem Gips herausschauten, gegen ihren Arm. »Dann wird's besser. Wir machen den Ausflug.«

»Auf der *Windrose*.«

»Ich muss hier raus. Das ist kein Ort … für mich. Wir machen die Tour.«

Rose kniff die Augen fest zu. »Ja.«

»Noch nicht so weit. Noch nicht am Ende.«

»Auf keinen Fall. Wir sind noch nicht am Ende.«

Sie hielt ihn in den Armen, bis er eingeschlafen war – welch ein Segen. Schlaflosigkeit war eine der Heimsuchungen, die ihn plagten. Dann stahl sich Rose davon wie ein Geist.

15

Es war heiß. Annas und Masons verschwitzte Hände hatten aneinander geklebt, deshalb schlenderten sie vom Hafen zurück zum Restaurant, ohne sich zu berühren. Es gab nicht viel, was Anna zur heißesten Zeit des Tages am heißesten Tag des Jahres in die brütende Augustsonne hätten hinauslocken können. Sex vielleicht, aber sie hatten sich nicht mal geküsst. Es war ganz einfach zu heiß.

Sie hatte eigenhändig Crostini mit Auberginen und Ziegenkäse für ein Picknick hergerichtet, und sie hatten sich damit auf eine glühend heiße Bank am gleißenden Wasser gesetzt, inmitten einer Schar schwitzender Touristen, die die Segelboote im Hafen beäugten. Hinterher machten sie wegen des Schattens und der Klimaanlage kurz im Buchladen Halt, aber Anna konnte es sich nicht erlauben, zu trödeln, am Nachmittag wartete zu viel Arbeit auf sie.

Vor dem Bella Sorella, wo unter den Sonnenschirmen einige ermattete Gäste noch immer in ihrem Mittagessen herumstocherten, hätten sie sich eigentlich verabschieden und ihrer Wege gehen können, aber Mason sagte: »Lass uns nach hinten gehen«, und Anna erwiderte: »In Ordnung.«

Hinter dem Restaurant war es sogar noch heißer, und es roch schlimm, vor allem in dem kleinen Winkel hinter dem Müllcontainer. Ihrem Schlupfwinkel. Sie waren nicht einmal wirklich für sich, denn das Küchenpersonal trat oft in den Hinterhof, um sich abzukühlen, und Frankie kam zum Rauchen hierher. Alle anderen rauchten in der Küche, ignorier-

303

ten das ausdrückliche Verbot, aber Frankie hätte nicht einmal im Traum daran gedacht. Es verstieß gegen ihren Verhaltenskodex einer Profiköchin.

An die Wand aus groben Backsteinen gelehnt, in den Geruchsschwaden des Abfallgatters, begannen sie sich zu küssen. Sie berührten sich nur mit dem Mund, weil es so heiß war, doch das hielten sie nicht lange durch. »Igitt«, murmelte Anna, schlang die feuchten Arme um Masons feuchten Hals und schmiegte sich an ihn.

»Igitt?«

»Das ist ein Kosewort.«

Um ein Haar wäre mir das hier entgangen, dachte sie. »Du bist«, sagte sie zwischen Küssen, »der netteste Mann, den ich kenne. Ich mag alles an dir. Ich mag deine Nase. Ich mag es, wenn deine Finger nach Fixiermittel riechen.« Die Narben in seinem Gesicht nahm sie kaum mehr wahr, sie waren wie Leberflecken oder Feuermale bei anderen Leuten – sichtbar, aber nebensächlich.

Manchmal überkam sie bei dieser Knutscherei noch größeres Verlangen. Dann blieb ihnen nichts anderes übrig, als sich wieder abzukühlen oder sich nach einem geeigneteren Ort umzuschauen. Einmal machten sie im Büro weiter, bei verriegelter Tür, aber es wollten zu viele Leute herein, und einmal in Masons Wagen, einem Jeep ohne Rücksitz. Anna war nicht erpicht darauf, das zu wiederholen.

Mason lächelte, gab ihr Kompliment aber nicht zurück, sagte nicht: »Ich mag auch alles an dir.« Daran war sie gewöhnt, und es machte ihr nichts aus. Sie war diejenige, die in ihrer Beziehung die Dinge in Worte fasste. So lautete die stillschweigende Abmachung.

»Ich muss verreisen«, sagte er. »Am Montag, für vier Tage.«

»Wohin?«

»Nach Montana.«

»*Montana!* Wozu?«

»Kanadisches Schneehuhn, Felsengebirgshuhn, wilder Truthahn. Für einen Artikel über die Bitterroot Mountains.«

»Meine Güte, was für ein rastloser Geist du geworden bist! Fliegst du?«

»Ja.«

»Und wer wird dir die Hand halten?«

»Der Passagier auf 12-D.«

»Nimmst du deinen Riesenkoffer mit?«

Wenn sie ihn neckte, ging er verschämt und entzückt wie ein kleiner Junge ein wenig in die Knie und zog den Kopf ein. Deshalb neckte sie ihn so gern. »Ich hab ihn schon gepackt.«

»Im Ernst? Du hast ihn wirklich schon gepackt? Hast du auch deinen Glücksvogel dabei?« Sie hatte ihm einen Stoffgeier geschenkt, einen Meter groß, bucklig, drohend, mit dem grimmigen Blick eines Comic-Bösewichts.

»Ich hab ihm einen Platz gebucht.«

»12-F. Dann bist du ja umzingelt.« Mason konnte mittlerweile, wenn auch mit Beklemmungen, im Flugzeug reisen, aber er hatte immer noch Angst vor einer Panikattacke. Angst vor der Angst, nannte er es, das Kernsymptom seiner Störung. Er hielt sich nach wie vor am liebsten im Freien oder in seinem eigenen Haus auf, aber mit einiger Überwindung schaffte er es auch, anderswohin zu gehen, vor allem zu Anna nach Hause oder ins Bella Sorella. So weit, so gut.

»Ich gehe jetzt besser rein«, sagte sie. »Hab einiges zu tun.«

»Ich auch.«

»Für heute Abend sind wir komplett ausgebucht. Das erste Mal in diesem Sommer.«

Der Abschiedskuss dauerte lange und war von liebevollen Berührungen begleitet. Anna war süchtig danach, immer wieder zu spüren, wie gut ihre Körper zusammenpassten, wie sich Kurven und Flächen genau ineinander fügten. Sie fand es wunderbar, dass Mason den Mund beim Küssen erst öffnete, wenn auch *sie* bereit war, zu Zungenküssen überzugehen. Sie summte in sein Ohr, wollte nicht von ihm ablassen. »Fan-tas-tisch«, wisperte sie und merkte, wie er erschauerte.

Sie hatten nie darüber gesprochen, wie sie wieder zueinander gefunden hatten. Warum Mason es nicht ansprach, wusste Anna nicht, sie selbst jedoch schwieg, weil es ihr unfreundlich und geschmacklos vorgekommen wäre, ihn darauf aufmerksam zu machen, dass sie gewonnen hatte. Zum allerersten Mal überhaupt gestaltete sie eine Beziehung ganz nach ihren eigenen Vorstellungen. Verspielt und lustvoll. Sie lebten nur im Augenblick, und genau das war es, was sie wollte. Selbst Mason war mittlerweile sicher dafür dankbar. Anna war eine Geliebte, wie die meisten Männer sie sich erträumten. Hin und wieder gab es zwar Anzeichen dafür, dass ihm das idyllische Provisorium weniger zusagte als ihr, vage kleine Signale, Blicke, Berührungen und Ähnliches, aber diese ignorierte sie souverän. Sie hatte das Gefühl, dass ihre Art der Beziehung optimal war.

»Ciao«, sagte sie bestimmt und machte einen Schritt zurück.

»Ciao.«

»Bis heute Abend? Ich komme rüber. Es wird aber spät.«

»Ich bin zu Hause.«

Sie warf ihm eine Kusshand zu. Im Gehen hörte sie ein Klicken und wusste, dass es seine Kamera war. Eine Marotte von ihm, an die sie sich schon fast gewöhnt hatte. Was für ein seltsamer Mann. Wenn es nur schon Abend wäre.

✳

»Wo ist Frankie?«

Carmen blickte von dem Rotwein-Fischfond auf, den sie am Herd ablöschte. »Draußen. Vorne, redet mit ihrem Ex.«

»Wirklich? Mit Mike?«

»Sie hat die Entenbrust halbfertig stehen lassen. Schau dir das an. Es trocknet alles aus«, klagte Carmen und zeigte mit ihrem großen Löffel auf die fein eingeschnittenen gelblichen Bruststücke auf der Anrichte. »Während sie sich um ihren persönlichen Kram kümmert.«

Anna ging hinaus, ohne zu antworten.

Sie fand Vince am vorderen Fenster. Er stand im Schatten und spähte hinaus. »Soso, wir spionieren«, sagte sie und stellte sich neben ihn.

»Da stimmt was nicht. Schau sie dir an.«

»Ich kann ihr Gesicht nicht sehen.«

»Nicht nötig.«

Mike führte das Wort. Ohne Jackett heute, die Ärmel hochgerollt, die Krawatte auf Halbmast. Der Schweiß bildete dunkle Flecken unter den Armen, und das Hemd klebte an seinem Rücken. Er rieb sich den Nacken, fuhr sich durch den Bart, gestikulierte. Redete und redete. Frankie hatte die Hände in den Taschen ihrer riesigen Zimmermannshose vergraben und die Augen gesenkt. Ihr Profil lag unter dem Schirm der Basketballmütze im Schatten, aber Vince hatte Recht. Hier war etwas Übles im Gange.

Plötzlich richtete sich Frankie auf. Sie fluchte oder sagte zumindest ein sehr kurzes Wort, und als sie sich an Mike vorbeischob, stieß sie mit der Schulter gegen seinen Oberkörper, sodass er sich schräg zur Seite drehte. Sie fegte so schnell ins Restaurant herein, dass Anna und Vince keine Zeit blieb, beschäftigt zu tun. Das war aber auch unerheblich, denn Frankie marschierte in die Küche zurück, ohne sie wahrzunehmen. Mike starrte noch eine Weile lang bekümmert auf die Eingangstür, die Augen hinter der Brille schmerzlich zusammengekniffen. Dann verschränkte er die Hände im Nacken, streckte sich und ging fort.

In einem kurzen, hitzigen Disput überzeugte Anna Vince davon, dass er am besten daran tat, zu schweigen und nichts zu unternehmen. Das Ganze ginge sie alle nichts an, und wenn Frankie reden wollte – was unwahrscheinlich war –, dann würde sie den ersten Schritt tun. Sie würden sie nur gegen sich aufbringen, wenn sie sich ihr aufdrängten.

Eine Stunde später erschien Frankie in der Tür des Büros und verkündete: »Mein Teil ist erledigt, ich habe alles vorbereitet.«

Anna blickte vom Computer auf. »Oh. Prima. Also …«

»Ich geh dann nach Hause. Tut mir Leid, heute Abend kann ich nicht arbeiten, ich bin krank.«

»Ja?« Anna stand auf.

Frankie trat einen Schritt zurück. Sie holte eine Zigarette aus der Tasche ihres T-Shirts und zündete sie mit einem umgeknickten Papierstreichholz an. Dann wedelte sie mit dem ganzen Briefchen, um die Flamme zu löschen, und pustete einen Rauchschwall zur Decke. »Ja, ich hab mir was gefangen, komm mir nicht nahe. Ist ansteckend.«

»Ich habe gehört, dass Mike vorbeigekommen ist, Carmen hat es erzählt. Ich hoffe, es ist nichts Schlimmes …«

»Ja, er war hier, wir haben geredet. Das ist alles. Ich muss nach Hause. Geht das? Carmen sagt, sie kann mich entbehren.«

»Natürlich, klar, wenn du dich nicht gut fühlst …« Frankie hatte noch nie einen Tag freigenommen, war auch kein einziges Mal zu spät gekommen.

»Danke.« Sie wandte sich zum Gehen.

»Frankie?«

»Ja.«

»Äh, alles in Ordnung? Ich meine …«

»Nein, ich bin *krank*. Hab ich das nicht gerade gesagt?« Die Augen blitzten, und das bleiche, angespannte Gesicht lief rot an. »Meine Güte!«

»Schon gut … tut mir Leid …«

»Okay!« Sie verschwand.

Auch am nächsten Tag blieb sie weg. Anna erfuhr es von Carmen, die ihre Genugtuung kaum verbergen konnte. »Behauptet, sie hat einen Bazillus und will die anderen nicht anstecken.« Carmen hielt die dicken Arme vor dem Bauch verschränkt und hatte die Kochmütze tief in die Stirn gezogen. Durch die rötlichen Haare, die an den Seiten abstanden, sah sie aus wie ein boshafter Clown, besonders wenn sie finster blickte und nur mit dem Mund lächelte. »Sie hörte sich nicht gut an.«

»Na ja, wenn sie krank ist …«

»Krank, oh ja, natürlich.«

Anna kehrte ihr den Rücken zu, unfähig, den Spott zu ertragen. Carmen machte sie rasend. »Zumindest hat sie angerufen.«

»Solange sie noch wählen konnte, ja.«

»Das würde dir so gefallen, wie?« Mit Carmen zu streiten war im Grunde aussichtslos, aber Anna konnte sich kaum noch beherrschen. »Du würdest frohlocken, wenn sie unter die Räder käme und ihr Leben ruinierte. *Und* das Leben ihres Kindes.«

308

»Was?« Carmen sah aufrichtig bestürzt aus. »Das ist doch Schwachsinn.«

»Ach, egal.« Anna ließ sie in der Küche stehen und suchte nach Vince.

Ihm fielen an der Bar beinahe die Gläser aus der Hand, so durcheinander war er. »Sie ist nie krank, nie! Der Typ hat ihr was angetan. Ich ruf sie an.« Statt die Zitronen mit dem Kochmesser in Scheiben zu schneiden, hackte er sie in kleine Würfel. »Hast du mit ihr telefoniert?«

»Nein, sie hat Carmen angerufen.«

»Wie klang sie?«

»Nicht gut, sagt Carmen, aber …«

»Ich ruf sie jetzt an.« Er nahm den Hörer an der Bar ab und tippte die Nummer ein. Wie er so mit dem Rücken zu Anna stand, erinnerte er sie geradezu an Frankie: dieselben starren Schultern, wie bei einem Schützen, der den Finger am Abzug hat, dieselbe reizbare, nervöse Anspannung bis in die Zehenspitzen. Es verlangte sie beide nach einem Ziel, auf das sie feuern konnten, aber es gab keines.

»Sie geht nicht dran!« Vince knallte den Hörer hin. »Nicht mal der Anrufbeantworter springt an, dabei hat sie einen.«

»Vielleicht versucht sie zu schlafen. Wenn sie wirklich krank ist, wird sie …«

»Sie ist nicht krank, das weißt du doch! Wenn sie schlafen würde, hätte sie nicht den Anrufbeantworter abgestellt, sodass das Telefon womöglich hundertmal klingelt.«

»Stimmt. Also …«

»Sie steckt in Schwierigkeiten. Sie säuft. Ich gehe hin.«

»Vince, ich glaube nicht, dass das eine gute Idee ist.«

»Warum nicht?«

»Na – wahrscheinlich will sie dich nicht sehen.«

»Dann geh du.«

»Ich?«

»Ja, du bist ihre Freundin. Sie mag dich, mit dir wird sie reden.«

»Dich mag sie auch. Und ihr versteht euch gut.«

So ging es noch eine Weile lang hin und her. Schließlich machten sie sich beide gemeinsam auf den Weg.

Sie sagten niemandem etwas, sie verrieten auch Carmen nicht, wo sie hingingen. Sie sprachen nur von »einer Besorgung«, und alle, die es hörten, nahmen an, es ginge um Wein oder Spirituosen, für die Vince zuständig war, um eine dringende Lieferung oder ein Treffen mit einem Großhändler.

Vince fuhr, als würde er den Weg kennen. Das Viertel, in dem Frankie wohnte, lag im Süden der Stadt und bestand aus einer schäbigen, trostlosen Ansammlung von heruntergekommenen Wohnblocks und ramponierten Zweifamilienhäusern an einer vierspurigen Hauptverkehrsstraße, die für illegale nächtliche Autorennen und Drogenrazzien bekannt war. Frankie hätte in einer besseren Gegend wohnen können. In vier Monaten hatte sie drei Gehaltserhöhungen bekommen und konnte sich eigentlich etwas Anständiges oder zumindest Ruhiges leisten. Sie hatte gesagt, dass sie umziehen wolle, sobald das gemeinsame Sorgerecht für Katie bewilligt war – sobald es auf eine vernünftige Wohnung ankam. Bis dahin wollte sie jeden Cent sparen. Sie hatte sich nur einen Gebrauchtwagen gekauft, alles andere ging auf ein Sparkonto für Katie, obwohl Mike das Geld nicht unbedingt brauchte und bei der Scheidung nicht vereinbart worden war, dass Frankie zahlen musste. Sie sammelte Pluspunkte für das Sorgerechtsverfahren, sagte sie, um zu beweisen, dass sie eine verantwortungsvolle Mutter sein konnte.

Der Parkplatz neben dem gelben Backsteingebäude, in dem Frankie wohnte, war für einen Nachmittag mitten unter der Woche sehr voll. Alle Fenster im Erdgeschoss waren vergittert. Die metallene, grüne Eingangstür war zerkratzt und mit Graffiti besprüht und hatte etwa in Stoßstangenhöhe eine tiefe Delle. Sie war nicht verschlossen, und es gab keinen Summer.

Im Eingangsbereich roch es nach Bratfett, Hundekot und Hasch. O'Malley, 3-F, stand auf einem der Blechbriefkästen. Anna und Vince gingen am Außer-Betrieb-Schild auf der Fahrstuhltür vorbei und nahmen die Treppe. Auf dem ersten Absatz warf eine stillende Mutter, selbst noch ein Kind, Vince ein schläfriges Lächeln zu. Auf dem zweiten drehten drei ungefähr zwölfjährige Jungen ihnen ungerührt den Rücken zu, um zu verbergen, was hier gerade den Besitzer wechselte – ein Joint, eine Schusswaffe, ein Pornoheft? Der Flur im dritten Stock war leer, aber durch die dünnen Türen drangen Fernseh-Stimmen und hohes, klagendes Kindergeschrei.

Vince klopfte bei 3-F und trat dann zurück. Er ließ die Schultern kreisen, glättete die schmalen Bartstreifen am Kinn mit dem Fingerknöchel und versuchte locker auszusehen, obwohl er fahrig und gereizt war. Keine Antwort. Er klopfte noch einmal. Sie legten die Köpfe schief und lauschten auf die Stille hinter der Tür. »Sie ist da drin«, behauptete Vince schließlich. »Frankie?« Er hämmerte mit der Faust gegen die Tür. »He, Frankie, wir sind's, ich und Anna! Mach auf!«

»Damit sie sich auch wirklich komplett belästigt fühlt ...«, sagte Anna und kramte ihr Handy aus der Handtasche. Sie wählte Frankies Nummer. Leises Klingeln in der Wohnung und am Ohr: Stereo. Aber keine Antwort. »Halt, Moment mal«, sagte Anna erschrocken, als Vince anfing, gegen die Tür zu treten.

»Ist mir egal, sie ist da drin.«

»Mag sein, aber wir können trotzdem nicht die Tür demolieren.«

»Warum nicht?«

»Vince!«

Als jemand rasch die Treppe heraufgestapft kam, starrten sie einander verzagt an und drehten sich dann um. Frankie bog keuchend um die Ecke, die Hände auf die Hüften gestützt, den Kopf gesenkt, und sah sie erst, als sie schon fast vor ihnen stand. Sie trug enge, schwarze Laufshorts, ein schweißgetränktes ärmelloses Hemd und um den Kopf ein Frotteeband. »Hallo«, sagte sie, und es klang eher nach Vorwurf als nach Begrüßung. Sie näherte sich gleichmütig, aber argwöhnisch. »Was gibt's?«

»Wir ... wir wollten sehen, wie es dir geht«, brachte Anna heraus. »Anscheinend besser. Das ist gut.«

Frankie bückte sich und angelte ihren Schlüssel aus der Socke. Sperrte die Tür auf, ging voraus in die Wohnung. Sie bat sie nicht herein, ließ aber die Tür hinter sich offen.

Anna und Vince wechselten einen Blick. Anna war die Situation peinlich, aber Vince war einfach nur erleichtert. Nach kurzem Zögern gingen sie hinein.

Die Wohnung bestand aus einem Zimmer und einer Küche. Frankies Bett war eine Schlafcouch, auf der noch das zerknitterte Bettzeug lag. Frankie klappte sie mitsamt dem Bettzeug mit einer Hand um und warf dann Kissen auf die Sitzfläche. Ihre Körpersprache verkündete Unbekümmertheit, Verachtung und Groll. Sie schwitzte aus jeder Pore, wie ein Fliegengewicht-Boxer nach einem harten Kampf über zehn Runden.

»Was zu trinken?« In der winzigen Küche stand ein hüfthoher Kühlschrank. »Ich hab nur Wasser.«

»Nein, danke«, erwiderten ihre Besucher unisono.

Sie nahm eine Flasche heraus und trank sie ohne abzusetzen halb leer. Ohne die beiden anderen eines Blickes zu würdigen, stützte sie sich dann mit den Händen an der Wand ab und machte ihr Stretching, streckte die sehnigen Waden rückwärts aus und dehnte die Muskeln langsam und gekonnt.

Abgesehen von dem ungemachten Bett war der Raum bedrückend ordentlich. Mehr Durcheinander hätte die Trostlosigkeit überdeckt. Der Geruch von kaltem Zigarettenrauch hing in der Luft, aber selbst die Aschenbecher waren sauber. Katie war allgegenwärtig: Es gab Fotos von ihr und selbst gemalte Bilder, die an die Wand geheftet waren, und auf den ebenen Flächen verschiedene Gebilde aus Knetgummi oder Pappmaché. Kein Fernseher, dafür aber ein billiger Ghettoblaster auf dem Heizkörper, umgeben von CD-Stapeln von Rap- und Hip-Hop-Sängern, von denen Anna noch nie gehört hatte. Auf dem hinteren Teil der Couch lagen Kochbücher verstreut, dazwischen ein Taschenbuch mit einem halb entblößten Liebespaar auf dem Umschlag. Anna wandte rasch den Blick ab. Sie hatte etwas gesehen, das nicht für ihre Augen bestimmt war. Es rührte sie auf eine seltsame, schmerzliche Weise.

»Na, schau an, du hast ihm einen größeren Napf gekauft.«

Anna ging zu dem tiefen Fenstersims hinüber, um zu sehen, wovor Vince sich dort niedergekauert hatte. Es war eine Schildkröte, braun mit gelben Tupfen auf dem scharti-

312

gen Panzer. Sebastian, nahm sie an. Vince hob die Schildkröte hoch, die den schläfrigen Kopf halb einzog und mit den schuppigen, scharfkralligen Füßen in der Luft wedelte. »Und Spielzeug«, sagte er erstaunt. »Du hast ihm eine Wasserrutsche besorgt!«

Frankie schnaubte. »Das ist keine Wasserrutsche. Das ist nur – ich habe beim Joggen einen Stein gefunden. Er ist schräg, das ist alles.«

»Mag er das?«

»Herrgott, Vince! Woher soll ich das wissen, verdammte Scheiße?«

Er setzte die Schildkröte vorsichtig auf den schrägen Stein zurück und starrte aus dem Fenster.

»Tut mir Leid, dass wir dich gestört haben«, sagte Anna steif. »Vince und ich, wir wussten nicht, ob bei dir alles in Ordnung ist, also sind wir hergekommen, um nach dir zu sehen. Wir wollten nicht in deine Privatsphäre eindringen.«

Frankies Wangen, die vom Joggen gerötet waren, nahmen einen noch dunkleren Farbton an. »Ja, ist schon recht. Ich … ich freue mich, dass ihr da seid.«

»Wir haben geglaubt, dass du Kummer hast.«

Sie schaute traurig und unentschlossen zwischen ihnen hin und her. »Mike heiratet.« Sie ließ die Schultern sinken. Ganz plötzlich war sie alles andere als hartgesotten.

»Oh nein«, flüsterte Anna.

Vince sagte gar nichts.

»Tja, und das hat mich irgendwie umgehauen, das ist alles. Ich hatte etwas anderes erwartet, deshalb hat mich diese Entwicklung jetzt kalt erwischt. Aber ich hab nichts getrunken. Falls es das ist, was euch beunruhigt.« Der Ton war spöttisch, aber so rasch wie der Trotz aufflammte, erlosch er auch wieder. »Nicht dass ich nicht gewollt hätte. Gestern Abend … na, egal. War ein schlimmer Abend, aber ich nehm's eben, wie's kommt.«

»Tut mir wirklich Leid. Ich weiß, du hattest gehofft …« Jetzt auf Vince Rücksicht zu nehmen war schwierig. Wenn Anna darüber sprechen würde, wie schwer Frankie die Sache mit Mike getroffen hatte, war das sicher nicht sehr lustig für ihn. Sie wünschte, sie wäre allein gekommen.

Schließlich sagte er doch etwas. »Der Typ ist ein Arschloch.«

Frankie runzelte verdutzt und missbilligend die Stirn. Doch plötzlich sagte sie mit schiefem Grinsen: »Ich habe aber auch eine gute Nachricht, Leute – Luca will mich heiraten.« Sie lachte, als Anna und Vince sie sprachlos anstarrten. »Wie findet ihr das? Hätte schlimmer kommen können, oder?«

»Äh«, sagte Anna tastend. »Also, äh …«

»Bist du übergeschnappt?«

»Reg dich ab«, sagte Frankie zu Vince, der kurz davor war, zu explodieren, »ich hab Nein gesagt. Er will sowieso nur Katie haben, nicht mich. Luca will einfach ein Kind, und ich hab zufällig eins.«

Anna glaubte zwar, dass noch etwas mehr dahintersteckte, war aber froh über Frankies Entscheidung. Der arme Luca …

»Also gut«, sagte Frankie, »ich arbeite morgen wieder. Ich würde auch heute Abend kommen, aber ich hab ein Treffen. Das darf ich nicht verpassen.«

»In Ordnung, mach dir keine Gedanken wegen heute Abend. Aber morgen, das wäre super.«

»Okay.«

Es war Zeit zu gehen. Anna schlug vor: »Vielleicht könnten wir morgen Abend nach der Arbeit etwas zusammen unternehmen. Wenn du dann Lust dazu hast, meine ich.«

Frankie sagte: »Ja, vielleicht.«

An der Tür blickte Anna fragend zu Vince, der sich nicht vom Fleck rührte.

»Bin in einer Minute unten«, sagte er.

»Oh, natürlich. Bis dann«, sagte sie zu Frankie und ging eilig hinaus.

Das Auto war verriegelt, und Vince hatte ihr die Autoschlüssel nicht mitgegeben. Sie musste zwar nicht lange auf dem heißen Parkplatz warten, aber die Zeit reichte, um darüber nachzudenken, wie leicht man wohl wieder in schlechte Gewohnheiten verfallen konnte, wenn man in einer

Gegend wie dieser wohnte. Wie viel innere Stärke es brauchte, um nicht abzurutschen. Es war kein Slum, nicht einmal sozialer Wohnungsbau, aber entsetzlich bedrückend. Kein Wunder, dass Frankie nichts gegen Überstunden in der Küche einzuwenden hatte. Auch dort herrschte Chaos, aber sie konnte es bändigen und damit fertig werden. Der einzige Ort, an dem sich ihre Zähigkeit wirklich auszahlte.

Vince kam steifbeinig und mit finsterem Gesicht angestapft. Er legte knirschend den Gang ein und hinterließ auf dem Parkplatz Gummispuren, weil er mit quietschenden Reifen losfuhr.

»Was ist los? Alles in Ordnung? Fährst du bitte ein bisschen langsamer?«

Sie kamen an eine rote Ampel, also musste er ohnehin bremsen. »Sie macht mich wahnsinnig!«

»Was ist denn los?«

Er warf einen Blick zu Anna hinüber und starrte dann wieder auf die Straße. »Ich finde es grauenhaft, wo sie wohnt, also hab ich sie gefragt, ob sie bei mir einziehen will.«

»Wirklich?«

»Nur zusammen wohnen, Unkosten teilen, sonst nichts. Kräfte sinnvoll bündeln.«

»Sie hat Nein gesagt«, vermutete Anna.

»Sie sagte« – er machte Frankies gehässigste Stimme nach – »›Mensch, super, Vince, so kriege ich mein Kind bestimmt zurück! Ich zieh mit einem Barmann zusammen …‹«

Anna schnaubte empört, um ihr Mitgefühl zu zeigen. »Ach, sie hat das nicht so gemeint. Frankie reagiert immer so ungestüm.«

»Dann kam's mir so vor, als würde ich ihr Leid tun oder als hätte sie es satt, sich mit mir abgeben zu müssen. Sie hat gesagt: ›Hör zu, willst du mit mir in die Kiste? Gut, dann los, damit wir's hinter uns haben.‹«

»Ach, Vince.«

»Sie sagte: ›Gib mir fünf Minuten, ich geh schnell unter die Dusche.‹« Er klang heiser, als sei er den Tränen nahe.

»Und was hast du geantwortet?«

»Nichts. Bin gegangen.«

»Gut.«

»Ich kann nichts dagegen machen, ich komm nicht davon los. Mich hat's erwischt. Das musst du dir mal vorstellen – ich glaube, ich bin in sie verliebt.« Er lachte gequält auf. »Es ist nicht mal was Körperliches, verstehst du? Wenn's je dazu kommen sollte, wird es bestimmt furchtbar. Ich finde sie nicht mal erotisch.«

»An der Liebe ist was faul«, sagte Anna. »Ist mir ein Rätsel, wie Leute es schaffen, jemanden dauerhaft zu lieben.«

Vince fuhr für eine Weile schweigend und in gemäßigtem Tempo weiter. »Meine Eltern haben's hingekriegt. Sie waren verrückt nacheinander, bis Papa gestorben ist.«

Anna dachte an Tante Iris und Onkel Tony, die ihr, als sie klein war, jünger als die eigenen Eltern vorgekommen waren. Wenn sie sich stritten, sah es eher nach einem Flirt aus, und sie gaben sich übertriebene Kosenamen wie »Zuckerpuppe« oder »Adonis«, mit denen sie einander zum Lachen brachten. Als Kind hatte Anna fasziniert beobachtet, wie sie Händchen hielten oder die Arme umeinander schlangen, denn so etwas kam zwischen ihren Eltern kaum vor. Tante Iris und Onkel Tony erregten stets ein klein wenig Anstoß.

»Ich geb nicht auf«, sagte Vince, wie um sich selbst Mut zu machen. Anna fand ihren Verdacht bestätigt, dass sie zynischer war als er, wenn es um die Liebe ging. »Frankie kennt mich nicht, das ist das Problem bei ihr. Sie nimmt mich nicht ernst. Aber jetzt, wo Mike aus dem Spiel ist, wird sie vielleicht anfangen, sich auch nach anderen umzusehen. Ich muss nur Geduld haben.« Er lehnte sich zurück und steuerte den Wagen mit einer Hand.

»Ja, das ist die richtige Einstellung. Frankie wird sich noch wundern.«

Man wünscht sich immer das, was man gewöhnt ist, überlegte Anna. Das Spiel, was einem die Eltern in der Kindheit vorgeführt haben. Sie dachte an Mason. Was wollte sie von ihm? Nicht viel. Und so war es gut.

316

16

Du musst wegen Carmen was unternehmen. Nein, Rose, ich mein's ernst, du musst etwas unternehmen.«

»Was ist es diesmal?« Die Kopfschmerzen, gegen die sie den ganzen Morgen angekämpft hatte, fingen hinter der rechten Augenbraue wieder an zu pochen. Ein Migräneanfall? Seit den Wechseljahren hatte sie keinen mehr gehabt.

»Es ist … sie ist …« Mit Anna war ein Schwall vibrierender, negativer Energie ins Büro gekommen. Sie schlug die Tür wahrscheinlich nicht absichtlich zu, aber der heftige Knall durchzuckte Rose wie ein Stromschlag. »Es geht um die Küche. Sie hört einfach nicht zu.«

»Mhm. Kannst du das etwas genauer beschreiben?«

»Frankie hat tolle Ideen, wie man die Küche anders aufteilen kann, damit alles reibungsloser läuft, damit die Leute sich nicht mehr in die Quere kommen, damit weniger Schritte notwendig sind, um von einem zum …«

»Verstehe, ja.« Frankie wollte zum Beispiel den Geschirrkorb, der direkt hinter dem großen Kochherd platziert war, näher an die Spülmaschine rücken, damit Dwayne oder die Hilfskraft der Tagschicht nicht immer gegen die Kellnerinnen stieß, wenn diese Bestellungen weitergaben oder abholten.

»Carmen stellt sich stur! Sie macht jeden Vorschlag nieder. Und sie nimmt alles persönlich – als hätte Frankie vor, die Möbel in ihrem Schlafzimmer umzustellen. Ich habe es satt, mich mit ihr herumzuschlagen! Sie ist stur, sie ist vernagelt, sie ist untragbar.«

Und ich habe es satt, mich mit euch beiden herumzuschlagen, dachte Rose, sprach es aber nicht aus. Manchmal, wenn sie sich besonders leer und ausgelaugt fühlte, argwöhnte sie, dass Anna Spaß daran hatte, sich Dinge auszudenken, über die sie sich streiten konnten. Andernfalls würden sie zu gut miteinander auskommen, und das durfte nicht sein. Es würde die Grundprinzipien ihrer sechzehnjährigen Differenzen infrage stellen.

»Wirst du also mit ihr reden?«

»Ja, gut«, erwiderte Rose, auch wenn sie nicht wusste, woher sie die Kraft dazu nehmen sollte. Sie fühlte sich an ihren Grenzen angelangt, und ihr Gehirn konnte nicht so viel gleichzeitig fassen. Im Augenblick nahm Theo sämtliche verfügbaren Kapazitäten ein. Sie hatte Mühe, diese ganze Küchenfehde ernst zu nehmen und keinen Groll gegen die starke, gesunde Anna zu hegen, die umherstolzierte und ihrem kleinkarierten Ärger über Carmen Luft machte, während Theo kaum noch feste Nahrung schlucken konnte.

»Damit ist es aber nicht getan«, sagte Anna. Sie stützte sich auf den Schreibtisch und beugte sich vor.

Rose lehnte sich zurück. Nur ihre Schuldgefühle hielten sie davon ab, Anna an den Kopf zu werfen: »Ich habe *keine Zeit*, mich damit abzugeben!« Anna brachte gegenwärtig mehr Zeit auf diesem Stuhl zu als sie selbst. Vielleicht wäre es am besten, einfach aufzustehen und den Platz für immer mit ihr zu tauschen.

»Rose«, sagte Anna ernst, »die meisten Küchenchefs würden am liebsten allein arbeiten, so sind sie nun mal, aber eine gute Küchenchefin muss gegen diesen Impuls ankämpfen und mit einem *Team* arbeiten! Meinst du nicht auch?«

»Ja«, antwortete Rose vorsichtig.

»Es reicht nicht aus, kreativ und motiviert und einfallsreich und innovativ zu sein – wobei Carmen, wenn du mich fragst, nichts davon ist, sie kann nur hart arbeiten. Eine echte Küchenchefin muss aus ihren Leuten das Beste herausholen können, muss sie *inspirieren*. Eine Küche ist so gut wie die Chefin, denn sie gibt den Ton vor.«

»Das stimmt.«

»Ob es heiter oder verdrossen zugeht, ob es ein Albtraum oder ein Paradies ist, die Küchenchefin legt die Musik auf, zu der alle anderen tanzen. Drücke ich mich …«

»Ja, Anna, ich …«

»Okay, und außerdem muss ihr wirklich etwas an *Menschen* liegen. Hab ich nicht Recht? Sie muss sie *mögen*. Sie muss von ihrem Wesen her großzügig sein, denn warum bereitet sie sonst Essen zu? Wo soll denn jahraus, jahrein in einer Krise nach der anderen die Leidenschaft herkommen, wenn einem die Leute, für die man kocht, ganz egal sind?«

»Worauf willst du hinaus? Willst du, dass Carmen …? Dass ihr gekündigt wird?«

»Ich will sie nicht mehr als Küchenchefin haben.« Anna richtete sich auf und wirkte auf einmal streng und selbstgerecht. Ein militanter Zug kam zum Vorschein, als sie nun Klartext redete. »Frankie sollte Küchenchefin werden. Falls du Carmen nicht feuern kannst …«

»Carmen feuern!«

»… dann benenne ihre Position um, irgendwie, was weiß ich. Gib ihr einen Titel, der nichts bedeutet, und sag ihr, du machst dir Sorgen um ihre Gesundheit oder so ähnlich, du willst, dass sie eine beratende Funktion übernimmt.«

»Eine beratende Funktion?«

»Schubse sie die Treppe rauf.« Sie machte eine Kopfbewegung zur Decke hin. Das Wortspiel berührte einen weiteren wunden Punkt: Anna hatte etwas dagegen, dass Carmen für die Wohnung im Obergeschoss so gut wie nichts bezahlte. Ihre Pfründe, nannte sie das missbilligend. Rose hatte Carmens Miete seit etwa fünfzehn Jahren nicht erhöht. Da sie momentan so knapp bei Kasse waren, wollte Anna jedoch, dass Rose entweder von Carmen eine angemessene Miete verlangte oder die Wohnung jemandem gab, der einen guten Preis bezahlte.

»Sachte, sachte«, wandte Rose ein, »ein Schritt nach dem anderen. Lass mich zuerst mit ihr reden, vielleicht kann ich die Sache mit der Küchenaufteilung regeln.«

»Wahrscheinlich, aber morgen taucht dann das nächste Problem auf.«

»Dann werden wir …«

»Rose, mit ihr ist einfach nicht auszukommen. Sie ist verbittert, sie ist eine alte Jungfer, sie ist unzufrieden.«

»Sie gehört zur Familie.«

»Das Bella Sorella ist die Familie! Billy Sanchez gehört auch zur Familie, Vonnie gehört zur Familie. Die Menschen, denen das Restaurant am Herzen liegt und die wollen, dass es ihm gut geht, die sind die Familie. Sicher, Carmen weiß viel über das Kochen und arbeitet hart, aber sie hat seit ungefähr zwanzig Jahren nichts mehr dazugelernt!«

»Sie *kann* sich noch ändern. Ich rede mit ihr. Anna … Anna, versetz dich doch mal in ihre Lage. Natürlich hat sie etwas gegen Frankie, weil die das völlige Gegenteil von ihr ist – jung, stark, begeistert von ihrem Metier …«

»Genau! Sie ist begeistert von ihrem Metier. So eine brauchst du als Küchenchefin!«

Rose schüttelte den Kopf. »Ich sagte, ich rede mit ihr, aber, meine Liebe, Carmen bleibt Küchenchefin. Wir müssen das Problem irgendwie anders lösen.«

»Na gut.« Anna steuerte auf die Tür zu.

»Warte doch … sei nicht böse.«

»Bin ich nicht.« Aber das stimmte nicht, und als sie diesmal die Tür zuknallte, geschah es mit voller Absicht.

Rose drückte den Handballen gegen die pochende rechte Schläfe. Früher hatte das immer gewirkt, für ein paar Minuten wenigstens. Migräne in ihrem Alter? Lächerlich. Es war wohl eher eine Stressreaktion. Sie war selbst schuld daran. Wie hatte sie es zulassen können, dass die Beziehung zu Anna einen Punkt erreichte, an dem nur eine von beiden wütend werden durfte?

✳

Iris rief auf dem Handy an, als Rose bei Theo saß und ihm aus der Zeitung vorlas, während er auf seine Kissen gebettet im Halbschlaf zuhörte. Sie plauderten einige Minuten, dann trat Rose mit dem Handy auf den Flur, damit sie Theo nicht störte. Und damit sie Iris erzählen konnte, wie es wirklich um ihn stand.

»Er ist gar nicht mehr wütend, das macht mir am meisten Angst. Er liegt einfach nur da.«

»Was meinst du damit, dass er nicht mehr wütend ist?«

»Er hat immer von einer vorübergehenden Lösung gesprochen. Sobald sein Handgelenk geheilt wäre, wollte er auf sein Boot zurück. Er fand es hier *grauenhaft*. Daran hat sich auch nichts geändert, aber jetzt ist es ihm gleichgültig.«

Eine kurze Pause entstand, und Rose wusste, dass Iris überlegte, wie sie das Gehörte ins Positive wenden konnte. Iris, die Realistin, die offenherzige, die unverblümte – manche würden auch sagen, die taktlose – Schwester, hatte beschlossen, dass sie alles, was Theo betraf, durch eine rosarote Brille betrachten wollte. Rose empfand es als Erleichterung, zur Abwechslung mal die Pessimistin sein und wenigstens einem Menschen die schlechten Nachrichten ohne Beschönigung überbringen zu dürfen. Iris gegenüber durfte sie so hoffnungslos klingen, wie sie sich manchmal fühlte.

»Nun ja«, erklärte Iris standhaft, »Unausweichliches zu akzeptieren hat ja etwas Gutes, nicht wahr? Und du bist doch sicher sehr froh, dass du es nicht mehr vor ihm verheimlichen musst. Es war doch schlimm für dich, dass du ihm nicht sagen konntest, was los ist.«

»Aber wir haben noch nicht darüber geredet.«

»Oh. Immer noch nicht?«

»Mason und ich haben uns entschieden, das erst einmal zu vertagen, also weiß ich nicht, was Theo denkt. Über die Zukunft zum Beispiel. Er spricht immer noch davon, dass wir eines Tages einen Ausflug mit der *Windrose* machen.«

»Das ist doch schön. Er hat etwas, worauf er sich freuen kann.«

»Diese Lethargie ist so ungewohnt! Die Pflegerinnen holen ihn jeden Tag zweimal aus dem Bett, und ich gehe auch immer ein paar Schritte mit ihm auf dem Flur auf und ab. Und Mason nimmt ihn mit nach draußen. Aber wenn wir nicht wären, würde Theo den ganzen Tag lang im Bett liegen und aus dem Fenster starren.«

»Ach je.«

Die Nachtschwester, eine füllige, platinblonde Frau

namens Shirley, ging an Rose vorüber. Mit hochgezogenen Augenbrauen und einem freundlichen Lächeln tippte sie auf das Zifferblatt ihrer Armbanduhr.

»Ich muss gehen, Iris, sie scheuchen mich raus.«

»Aber sie nehmen es mit dem Ende der Besuchszeit um zehn nicht so genau, oder?«

»Nein, sie sind sehr nett. Ich bleibe fast jedes Mal bis elf.« Jetzt war es viertel vor elf.

»Umarme Theo für mich.«

»Gern.«

»Gute Nacht, Rose. Mach dir nicht zu viele Sorgen.«

Theo hatte seine Nachttischlampe ausgeknipst. Glaubte er, sie wäre schon nach Hause gegangen? Das Nachtlicht, das ihm so verhasst war – weil er es nicht ausschalten konnte –, glomm bleich in der Ecke, tauchte den Raum in blaues Licht und warf fahle Schatten. Rose tappte auf Zehenspitzen zum Bett. Falls Theo schon schlief, wollte sie ihn nicht aufwecken, nur um sich zu verabschieden.

Nein, seine Augen waren offen. Er blinzelte sie an. Das war die einzige Art von Lächeln, die er jetzt noch zustande brachte. »Hallo, Schatz«, flüsterte sie. »Ich mach mich jetzt auf den Weg. Es ist schon ziemlich spät.«

Er bewegte die Lippen, um etwas zu sagen. Gegen Abend sprach er immer stockender, und nachts war er oft so müde, dass er keinen Ton mehr herausbrachte. »Jean«, sagte er. Die steife Hand flatterte auf Brusthöhe über der Bettdecke. »Hab mich gefragt, ob du noch kommst.«

Ihre Miene blieb sanft. Das war schon zweimal passiert, deshalb tat es jetzt nicht mehr ganz so weh. »Ich bin's, Rose.« Sie nahm seine Hand zwischen ihre beiden. »Ich bin Rose, Theo.«

»Rose.« Er nickte zustimmend. »Geh jetzt ... lieber. Spät.«

»Ja, ich muss los.« Sie küsste ihn und ließ ihre Lippen für ein Weilchen auf seinem Mund ruhen, und als sie sich wieder aufrichtete, leuchteten seine Augen vor Zuneigung und Zärtlichkeit.

»Liebe dich«, brachte er heraus. Diesmal ohne Anlauf. »Liebe dich, Rose.«

Manchmal konnte er etwas, das er ergriffen hatte, nicht

wieder loslassen und Rose musste jetzt die Finger, die ihre Hand steif umklammert hielten, einen nach dem anderen lösen. Sie hatte schon einmal einen Scherz darüber gemacht: »Du willst mich wohl gar nicht gehen lassen, wie?« Heute Abend brachte sie das nicht über sich.

Auf dem Heimweg ließ sie ihren Tränen freien Lauf, aber nur ein paar Sekunden lang. Dass Theo sie mit dem Namen seiner längst verstorbenen Ex-Frau angesprochen hatte – Jean war Masons Mutter gewesen –, hatte sie getroffen, aber nicht weil sie eifersüchtig war. Auf Jean, eine Frau, die er geliebt hatte, aber nie hätte heiraten sollen, war sie nie eifersüchtig gewesen. Das Erschütternde an der Sache war, dass Theo sie nun zum dritten Mal nicht erkannt hatte. Es hatte andere kleine Vorfälle gegeben, die ihr nahe gingen, etwa wenn er nach dem Abendessen den Weg zu seinem Zimmer nicht mehr wusste oder wenn er sofort wieder vergaß oder nicht begriff, was sie ihm sagte, sodass sie ihm die einfachsten Dinge immer wieder neu erklären musste. Als Rose den Arzt gefragt hatte, ob das an den Medikamenten lag, die Theo wegen seiner Muskelkrämpfe bekam, hatte er geantwortet: »Ja, zum Teil.« Dieses »zum Teil« gefiel ihr gar nicht.

Der Sommer war beinahe vorüber. Am Morgen hatte Rose im trockenen Wind gelbe Pappelblätter wie Leuchtkäfer zu Boden segeln sehen. Das Lärmen der Zikaden in der Nacht war ohrenbetäubend, sie übertönten alles mit ihrem rauen, nervenaufreibenden Summton, den sie am Ende ihres Zyklus, am Ende ihres Lebens von sich gaben. Die Tage waren noch immer heiß, doch in der Luft lag eine Müdigkeit, die unmissverständlich auf den Herbst verwies. Die Bäume wirkten matt und wie unter einer Last gebeugt. Zu schwer beladen, als dass sie noch lange standhalten würden.

Das Handy in Roses Handtasche klingelte. Sie telefonierte äußerst ungern im Wagen. Fast hätte sie es einfach klingeln lassen, aber wenn es nun um Theo ging, einen Notfall im Pflegeheim …

»Hallo?«

»Carmen hat Frankie rausgeschmissen.«

»Was ist los? Anna?«

»Ich habe es gerade gehört. Ich war nicht dabei, ich bin zu Hause.«

»Was ist passiert?«

»Ich werde dir sagen, was passiert ist. Nach der Abendschicht hat Carmen zu Frankie gesagt, sie soll den Fettfilter sauber machen.«

»Nein. Nein, ich bin sicher, dass das ein Missverständnis war.«

»Es war kein Missverständnis. Es war Absicht, denn Carmen hat gewusst, dass Frankie sich weigern würde, weil es nicht ihre Aufgabe ist. Außerdem war es zehn Uhr abends und … und schlichtweg eine Bestrafung, eine *Beleidigung*. Sie hat es getan, damit Frankie kündigt.« Annas Stimme klang stählern und vibrierte vor Wut.

»Gut, wir bringen das morgen wieder in Ordnung«, sagte Rose und nahm die andere Hand vom Lenkrad, um den Blinker zu setzen. »Ich bin sicher, es ist …«

»Ich habe sie bereits wieder eingestellt.«

»Ah. Du …«

»Sie können nicht zusammenarbeiten, Rose, eine von beiden muss gehen.«

»Nun ja, schon möglich. Schon möglich.«

»Ich will, dass du Carmen feuerst.«

Rose hob das Kinn, weil sie nicht wollte, dass Anna durch die Sprechmuschel ihren müden Seufzer hörte. »Das haben wir doch schon durchgesprochen.«

»Ich will, dass du Frankie zur Küchenchefin ernennst.«

»Ja, ich weiß. Aber das geht nicht.«

»Dann wird Frankie kündigen.«

»Ich hoffe, dass sich das vermeiden lässt. Ich weiß, dass ich diesem Problem nicht genügend Aufmerksamkeit gewidmet habe, ich war …«

»Und wenn Frankie geht, gehe ich auch.«

Rose bremste abrupt vor einer roten Ampel, die sie erst im allerletzten Augenblick bemerkt hatte.

»Ich gehe früher als geplant. Du hast gewusst, dass ich sowieso irgendwann wieder verschwinden würde. Das ist dir schließlich nicht neu. Nur eben früher als geplant. Rose?«

»Ist das jetzt der Vorwand … willst du diese Sache mit Carmen vorschieben?«

»Es ist kein Vorwand. Was meinst du damit?«

»Aber warum jetzt? Das begreife ich nicht. Ist es zu gut gelaufen?«

»Wie bitte?«

»Hast du dich dabei ertappt, dass du vergessen hast, warum du so wütend warst? Was du an mir gehasst hast? Das muss dir einen ordentlichen Schrecken eingejagt haben.«

»Hör zu. Das ist … ich habe nicht mal … könnten wir bitte beim Thema bleiben? Wirst du Carmen feuern oder nicht?«

»Nein, das werde ich selbstverständlich nicht tun.«

»Gut. Dann kündige ich hiermit, die Frist beträgt zwei Wochen. Ich bin nicht wütend, Rose. Es geht hier um eine echte Meinungsverschiedenheit. Wie gesagt, es kommt ja auch nur früher als …«

»Aber *ich* bin wütend«, sagte Rose und schaltete das Handy aus.

Was ist die Bilanz meines Lebens? Der Verlust von Theo, sein allmähliches Entgleiten, hatte den Nebeneffekt, dass verstaubte Ecken ihres Lebens zum Vorschein kamen, dunkle Stellen, die sich Rose normalerweise nicht anschaute. Sie waren nicht ganz versteckt oder zugeschüttet, sondern dezent aus dem Blickfeld gerückt, und sei es auch nur, weil sie nicht von Nutzen oder von Vorteil waren. *Was ist die Bilanz meines Lebens?* Sie hatte zwei Liebhaber gehabt, einen ausgedehnten Freundeskreis, die Leute in ihrem Restaurant. Sie hatte eine Schwester. Aber am meisten hatte Rose Anna geliebt, die ihr den größten Schmerz zugefügt hatte. Sie hatte ihren Vater, ihre Schwester, ihre Mutter und Paul verloren und verlor jetzt Theo, aber die eigentliche Wunde, die nicht heilen wollte, waren Annas Groll und ihre eigene Enttäuschung. Rose hatte Anna ihre Grausamkeit nie verübeln können, bei ihrem schlechten Gewissen wäre ihr das als Heuchelei erschienen. Aber das war jetzt zu viel. So groß war ihr Verbrechen nicht, dass sie dieses Verhalten verdiente.

An der Harvard Street bog sie nicht nach rechts, sondern nach links in Richtung Stadt ab. Wetterleuchten durchzuckte den rosaroten Dunst über den schwarzen Umrissen der Baumreihen. Annas Wohngegend mit ihren von Eichen umstandenen weißen Holzhäusern und den bescheidenen Bauten im Kolonialstil hatte sich in den vergangenen Jahren wenig geändert. Rose fuhr an dem Haus, Pauls Haus, nur ganz selten vorbei, wenn Sehnsucht oder Heimweh sie trieben. Doch betreten hatte sie es seit seinem Begräbnis nicht mehr, seit dem Tag, an dem sie und Anna sich zum letzten Mal gestritten hatten. Demnach war es für das, was sie vorhatte, ein passender Schauplatz.

Sie parkte an der Straße nahe der winzigen Auffahrt und löste damit beim Nachbarshund ein aufgeregtes Kläffen aus. Unten war Licht, oben nicht. Gut, Anna war also noch auf. Allerdings hätte Rose auch keine Skrupel gehabt, sie zu wecken.

Sie hatte nicht vor, sich von Erinnerungen ablenken zu lassen. Entschlossen klopfte sie an die frisch gestrichene rote Tür, und als Anna öffnete, sagte sie rasch: »Hast du vergessen, dass du erst aufmachen sollst, wenn du weißt, wer vor der Tür steht?«

»Rose. Was für eine …«

»Unverhoffte Freude.« Als Anna außerstande schien, sich die Worte »Komm doch herein« abzuringen, trat Rose unaufgefordert ein. Das Haus wirkte vernachlässigt, geradezu unbewohnt. Anna redete ständig davon, dass sie es renovieren und dann verkaufen wollte, unternahm aber nie etwas. Es sah anders aus als früher und doch erkennbar: die kleine Diele, links das Wohnzimmer, rechts das Esszimmer, wo auf dem Tisch immer noch volle Umzugskartons standen. Vielleicht hatte Anna sie nie ausgepackt, vielleicht reisten sie mit ihr im Laufe der Jahre von Stadt zu Stadt, als sperriger Tribut an die Unbeständigkeit.

»Ich war gerade dabei, Tee zu machen«, sagte sie und starrte Rose misstrauisch an, um herauszufinden, was sie vorhatte. Sie war barfuß, trug aber noch dieselben Kleider wie vorher, einen zerknitterten, gerade geschnittenen Rock und eine enge, weiße Bluse. In ihrem Gesicht spiegelten sich Erschöpfung und angespannte Wachsamkeit. »Trinkst du auch eine Tasse?«

»Ich bin wirklich nicht zum Teetrinken hergekommen.«
Anna hörte diese Worte entweder wirklich nicht oder tat
zumindest so. Rose zuckte die Schultern und folgte ihr in die
Küche.

Auch hier war alles wie früher und doch anders. Kein zer-
kratzter Eichentisch mehr, sondern eine Tisch mit einer ange-
schlagenen Emailleplatte, der sich aber immer noch an dem
einzigen Platz befand, an dem er in einem so kleinen Raum
stehen konnte, nämlich an der rückwärtigen Wand neben der
Tür zum Arbeitszimmer. Hier am Tisch hatte sie Anna bei
den Hausaufgaben geholfen. Hatte mit ihr geredet, ihr zugehört, mit ihr um Lily geweint. Auch mit Paul hatte sie geweint
und ihm um Mitternacht etwas zu essen vorgesetzt, wenn er
müde von der langen Autofahrt nach Hause kam. Hatte sie
Lily die Familie gestohlen? War es das, was Anna glaubte?

Anna hantierte mit Tassen und Untertassen, Teebeuteln
und Zucker. Rose nahm die dampfende Tasse, die ihr gereicht
wurde, und setzte sie demonstrativ auf der Anrichte ab, ohne
auch nur daran zu nippen. »Ich glaube, es ist Zeit, dass wir
miteinander reden.«

»Worüber?«

»Über deine Mutter und deinen Vater.«

»Oh, daran habe ich kein Interesse.«

»Ich aber. Du wirst bald weggehen, und ich will, dass du
vorher etwas erfährst.«

»Du wirst mich nicht umstimmen.«

»Natürlich nicht. Sonst könnte sich ja herausstellen, dass
du erwachsen geworden bist.«

Leidenschaftliche Wut flammte zwischen ihnen auf. Anna
hob ungestüm den Kopf, sie bebte vor Zorn. Doch ebenso
rasch hatte sie sich wieder unter Kontrolle. Rose folgte ihrem
Beispiel. Geschrei und bittere Vorwürfe täten ihnen zwar gut,
würden sie aber nicht weiterbringen.

Sie lehnte sich mit dem Rücken gegen die Anrichte. »Du
hast mich gefragt, wie Lily und Paul sich kennen gelernt
haben.«

»Im Restaurant. Das hast du mir erzählt. War das gelogen?«

Rose fixierte sie, bis Anna, die unablässig in ihrem dunkelroten Tee rührte, die Augen senken musste.

»Er hatte gedacht, ich sei für seinen Tisch zuständig«, sagte sie langsam. »Er hatte mich gebeten, ihm Ketchup zu bringen. Das habe ich getan und ihm gesagt, dass ich Küchenchefin bin und gerade eine Pause mache. Dass ich Köchin war, hat ihm gefallen. Er fing an, über italienisches Essen zu reden und dass seine Mutter überhaupt nicht kochen könne. Er saß an einem der vorderen Fenster, an dem Tisch in der Ecke. Er hat viel geredet, aber er war schüchtern. Er sah sehr gut aus. Ich sagte, dass mir sein Akzent gefällt, und er stritt ab, einen zu haben. Als er dann seine Brieftasche nicht finden konnte, war ihm das schrecklich peinlich. Ich habe ihn ein bisschen geneckt. Ich habe ihm sein Drei-Dollar-Essen spendiert und Benzingeld geliehen, damit er nach Hause fahren konnte. Er hat mir versprochen, dass er wieder vorbeikommt, wenn er in der Stadt ist, und mir das Geld zurückgibt.«

»Wo war meine …«

»Lily war am Empfang. Als er mit seiner Brieftasche zurückkam – er hatte sie im Wagen gefunden, du erinnerst dich –, habe ich sie einander vorgestellt.«

»Ja? Und dann?«

»Er hat mich gefragt, ob ich mit ihm essen gehe.«

»Dich?«

»Nicht Lily.«

Annas Blick war undurchdringlich, die Lippen zu einem knappen, skeptischen Strich zusammengepresst.

»Mama hat mir erlaubt, die Abendschicht auszulassen, und er ist mit mir zum Hafen gegangen, wo eine Musikkapelle spielte. Er hat die ganze Zeit geredet. Er war ein Hobby-Erfinder, er spielte Posaune und Banjo, er las gute Bücher, er hatte einen Fernkurs belegt. Er wollte einen Buchladen aufmachen, er wollte auf einem Hausboot den Mississippi hinunterfahren, er wollte in San Francisco wohnen, durch Europa reisen, Collies züchten. Als er mich nach Hause brachte, blieben wir auf der Vordertreppe sitzen und redeten noch mal zwei Stunden lang. Er konnte vielleicht erzählen!

Mama mochte ihn. Sie hat gesagt, dass er sie an Papa erinnerte.«

»So, so. Erzähl nur weiter«, sagte Anna, als Rose verstummte. »Es ist hochinteressant.«

Rose ignorierte die Unterstellung, sie habe die Geschichte erfunden. Anna sollte ruhig in ihrer Abwehrhaltung verharren, wenn sie sich dabei wohler fühlte.

»Wir haben uns ineinander verliebt«, fuhr sie ohne Umschweife fort. »Ich war noch jung, ich weiß, aber es hat sich wie Liebe angefühlt. Und es *war* Liebe. Lily hat behauptet, sie könne ihn nicht leiden. Sie hat sich darüber lustig gemacht, dass er so dünn war, dass er zu viel geredet hat, dass er niemals all seine Pläne verwirklichen würde, und wenn er sechs Leben hätte. Das war ich allerdings schon gewohnt. Lily hat es nie gepasst, wenn ich etwas hatte und sie nicht.«

»Meine Mutter war eifersüchtig *auf dich*?«

»Kaum zu glauben, ja. Sie war die Hübsche, die Temperamentvolle, das sagten alle. Aber sie konnte trotzdem eifersüchtig sein. Und selbstsüchtig, besitzergreifend. Sie war unsicher. Weißt du das wirklich nicht? Sie konnte nie lange glücklich sein. Ich habe sie geliebt, weil sie lustig und liebenswert und großzügig war. Solange es nur uns zwei gab, und sie nichts anderes begehrte oder unbedingt haben wollte, war sie eine ganz wunderbare Schwester. Aber sie konnte nicht ertragen, dass Paul mich liebte, und sie hat ihn mir weggenommen.«

»Das glaube ich dir nicht.«

»Das kann ich mir denken. Es passierte an einem langen Wochenende am Meer. Wir hatten zu sechst ein Häuschen in Bethany gemietet, Iris und Tony und die kleine Theresa – sie war vier, ihr einziges Kind damals – und Paul und ich. Und Lily. Iris und Tony waren die Aufpasser, damit der Anstand gewahrt blieb. Es gab drei Zimmer …«

»Ich will das nicht hören.«

»Und ich will eigentlich nicht davon sprechen.«

»Blödsinn. Du *gierst* danach, es mir zu erzählen.«

Stimmte das? Sie gierte jedenfalls nicht danach, Anna zu

erzählen, wie Lily das ganze Wochenende über mit Paul auf merkwürdige, verwirrende Weise gespielt und geflirtet hatte. Sie berührte ihn im Vorübergehen, ließ eine Hand über seinen Rücken oder seine Schultern gleiten, zwickte ihn scherzhaft, lehnte sich an ihn und lachte über Dinge, die er sagte. Rose beobachtete Paul, wie er Lily beobachtete – sie war reizend, blond und feminin und wohlproportioniert, nicht flach und groß und dunkel wie sie selbst. Lily war kokett, hatte eine starke erotische Ausstrahlung und war, im Gegensatz zu Rose, keine Jungfrau mehr. Aber Rose hatte sich nur geärgert, nicht gesorgt. Und ihre Wut hatte sich nur gegen Lily, nicht gegen Paul gerichtet.

»Sie hat ihn verführt. In der letzten Nacht.«

»Ich kann Tante Iris fragen, ob auch nur ein Wort davon wahr ist.«

»Bitte, dann frag sie.«

In Annas Augen loderte der pure Widerwille. »Warum erzählst du mir das jetzt?«

»Weil ich es satt habe, es dir zu verschweigen.«

»Ich weiß, warum. Und aus demselben Grund hast du mir auch erzählt, dass es Theo schlechter geht, dass Theo stirbt. Damit ich Mitleid mit dir habe. Damit ich bleibe.« Anna kam näher und artikulierte betont deutlich: »Falsch gedacht!« Sie setzte die Teetasse scheppernd ab und verließ die Küche.

Rose folgte ihr. »Lily und ich waren zusammen in einem Zimmer. Sie hat gewartet, bis ich eingeschlafen war, und ist dann zu ihm gegangen. Er hatte nichts zu seiner Entschuldigung vorzubringen. Er hat ihr hinterher nie die Schuld gegeben, aber sie hat ihn überrumpelt – so war das.«

Anna lachte. »*Ihn überrumpelt?*« Ruhelos tigerte sie im verstaubten Wohnzimmer umher, nahm Gegenstände in die Hand und stellte sie wieder hin.

»Am nächsten Tag hat sie es mir erzählt. Sie konnte es kaum erwarten. Sie hat gesagt, dass sie einander lieben. Dass sie mir wehgetan hat, täte ihr Leid, aber das Gefühl sei zu stark, sie kämen nicht dagegen an. Paul … Paul …«

»Ja? Nur weiter.«

»Paul konnte mir nicht etwas erklären, was er selbst nicht

begriff. Ich habe mit ihm Schluss gemacht. Seine Entschuldigungen wollte ich nicht hören, sie waren« – Rose lachte dünn – »nicht sehr erfreulich. Und so hat Lily ihn bekommen. Sechs Wochen später haben sie geheiratet.« Sie hätte es vielleicht dabei bewenden lassen, aber Annas Gesicht hatte einen missgünstigen, triumphierenden Ausdruck angenommen, als sei Lilys Sieg *ihr* Sieg, und das ärgerte Rose maßlos. Sie hatte keine Lust mehr, Anna zu schützen. »Sie haben geheiratet, weil Lily schwanger war. Mit dir.«

Anna wurde kreidebleich. Sie ließ sich jäh auf die Armlehne des Sofas fallen.

»Mama war nicht mal böse darüber. Für mich war das ein doppelter Verrat, aber *sie* hatte Paul mittlerweile ins Herz geschlossen. Es sei *richtig*, hat sie gesagt, dass Lily vor mir heiratet, denn sie sei ja die Ältere.«

»Komm endlich zur Sache.« Annas Stimme klang hoch und kindlich. »Wann habt ihr angefangen, sie zu hintergehen?«

»Das weißt du doch.«

»Nein, das weiß ich nicht.«

»An dem Abend, als du uns gesehen hast. Hier. In diesem Raum, am Fenster.«

»Das behauptest du.«

»Glaubst du, dass ich lüge?«

»Dreizehn Jahre habt ihr euch nur – *nacheinander verzehrt*?«

»Ja.«

Anna schnaubte. »Warum sollte ich dir glauben? Es könnte genauso gut sein, dass ihr es jahrelang hinter ihrem Rücken getrieben habt! Vielleicht schon von Anfang an … deine eigene Schwester! Vielleicht hast du ihre ganze Ehe zu einer Lüge gemacht.«

»Nein. Glaub, was du willst, aber bis zu jener Nacht haben wir einander nie berührt. Zuerst war das ganz einfach. Ich war so *wütend* – ich wollte ihn gar nicht! Und wir konnten uns gut verstellen, wir drei. Es war eine Verschwörung des Schweigens, um des lieben Friedens willen. Jahre vergingen, bis mir klar wurde, dass sich zwischen Paul und mir nichts geändert hatte – nein, das stimmt nicht, es war alles viel schlimmer, weil wir inzwischen älter waren. Ich war eine

Frau und kein junges Mädchen mehr, und hatte Angst, dass ich keinen Mann außer ihm mehr würde lieben können. Lily hatte einen Mann und ein Kind, aber sie war nicht glücklich, weil sie nicht glaubte, dass sie diese beiden Menschen würde halten können, dass sie sie verdiente.

Als du ganz klein warst, noch ein Baby – da hatte sie einmal etwas dagegen, dass ich dich im Arm hielt. Wir konnten nicht über die ganze Geschichte sprechen, wir haben *nie* darüber gesprochen, aber bei diesem einen Mal habe ich gesagt: ›Lily, du hast doch Paul. Kannst du mich nicht dieses kleine Mädchen lieben lassen?‹ Danach ließ sie zu, dass sich eine Beziehung entwickelte – zwischen dir und mir. Das war das Gütigste, was sie je getan hat. Ich habe es immer als … eine Art Wiedergutmachung betrachtet.«

Anna schossen die Tränen in die Augen und rannen über ihre Wangen hinab. Ärgerlich wischte sie sie mit dem Handrücken weg. »Sag, was du willst, dreh es, wie du magst: *Sie lag im Sterben!* Der grausamste, der schäbigste Zeitpunkt, der sich denken lässt – warum konntest du nicht warten?« Zitternd stand sie auf. »Hat meine Mutter zu lange gelebt?«

»Ist dir nicht klar, dass die Welt sich nicht allein um dich dreht? Dass das, was zwischen deinem Vater und mir geschehen ist, *nichts mit dir zu tun hatte*? Wirst du das *jemals* begreifen können?«

»Warum konntet ihr nicht warten, bis sie gestorben war?«

»Du bist nicht ich, du bist nicht meine Mutter. Du kannst nicht wissen, wie es war, eine Schwester zu verlieren, um sie zu trauern …«

»Trauern, ha!«

»Ich hatte Paul an sie verloren und musste zusehen, wie ihn die Lüge bedrückte, zu der sein Leben geworden war …«

»Warum konntest du nicht warten? Warum?«

»Weil ich nicht wollte! Ich wollte ihn zurückhaben! *Noch während* sie am Leben war – ja!«

»Um dich zu revanchieren.«

»Ja! Sie hat ihn mir gestohlen, und ich habe ihn zurückgestohlen!«

»Menschen *stehlen* einander nicht. Du hast deine eigene Schwester hintergangen, *das* ist die Wahrheit.«

»Ja, richtig, das habe ich getan.«

»Und ich komme nicht darüber hinweg. Es tut zu weh.« Annas Züge verzerrten sich wie bei einem weinenden Kind.

»*Das Leben* tut weh. Und du hast Recht, Menschen stehlen einander nicht. Diese Frau, die du so hasst, diese Nicole, sie hat dir Jay genauso wenig gestohlen.«

Anna erbleichte. *Das war unter der Gürtellinie*, sagten ihre dunklen, weit aufgerissenen Augen, aber Rose war anderer Meinung.

»Ich verzeihe dir nicht. Ich werde dir nie verzeihen!« Anna wirbelte herum. Ihre Handtasche lag auf dem Klapptisch im Flur, sie kramte darin. Klirrend fielen Schlüssel zu Boden.

»Wenn ich von jemandem Vergebung nötig hätte, dann nicht von dir, sondern von deiner Mutter.«

»Das stimmt nicht. Du brauchst meine Vergebung, aber du bekommst sie nicht.«

»Du *gehst*? Na großartig. Großartig!«

Die Trageriemen von Annas Handtasche hatten sich ineinander verheddert. Sie zog und zerrte daran und versuchte, sie über die Schulter zu heben.

»Du könntest verlangen, dass *ich* gehe. Aber das würde dir wohl weniger Genugtuung verschaffen.«

Anna gab den Versuch auf, die Trageriemen zu entwirren, und lief zur Tür.

»Und ich hatte allen Ernstes schon überlegt, deinetwegen Carmen zu feuern!«

Anna warf ihr einen finsteren Blick zu und riss die Tür auf.

Rose lief ihr nach und rief in den dunklen Garten hinaus: »Apropos ›Familie‹! Carmen weiß, was Loyalität bedeutet, sie würde nie so weggehen – wegen nichts, wegen einer anderen Stelle, die noch nicht einmal existiert, wegen fremder Leute – wegen *nichts*!«

Der Nachbarhund schlug wieder an. Anna hatte Mühe, die Wagentür aufzubekommen. Als sie im Auto saß, musste sie die Tür mehrfach zuziehen, bevor sie richtig schloss, und beim letzten Mal schlug sie sie mit solcher Wucht zu, dass sogar der Hund verstummte. Sie setzte zurück, ohne nach hinten zu schauen, und fuhr mit quietschenden Reifen über die verschlafene Day Street davon, als seien ihr Ungeheuer auf den Fersen.

»Prima gelaufen«, sagte Rose laut. Doch ihr Versuch, sich mit einer Prise trotziger Unbekümmertheit aufzumuntern, schlug fehl.

Die Wahrheit, wie immer sie aussah, war ihr noch nie zuvor so belanglos erschienen. Die Wahrheit änderte nichts, wenn der Schaden bereits angerichtet war. Sie hatte geglaubt, sie könne nichts verlieren, wenn sie sie aussprach, und alles gewinnen, falls das Wagnis gelang. Die Rechnung war nicht aufgegangen, und jetzt besaß sie weniger als zuvor. Sobald die Hochstimmung, dieser selbstgerechte, von Zorn gespeiste Taumel, verebbt war, würde die Erkenntnis, wie wenig ihr geblieben war, sie in ein tiefes Loch stürzen.

17

Sie fühlte sich überrumpelt, bedrängt. Zum Opfer gemacht, aber diesmal nicht wie Sylvia Plath. Eher wie der heilige Sebastian, von Pfeilen durchbohrt. Warum aber war sie so schockiert, warum so überrascht? Rose hatte es schon immer verstanden, sie zu verletzen, das war nichts Neues. Und doch fühlte sie sich wie hinterrücks attackiert. Ein Schlag in die Kniekehlen. Anna schaltete das Radio ein, um sich abzulenken, aber die von Knistern untermalte Rockmusik steigerte ihre Anspannung nur noch mehr. Sie fühlte sich bedroht. Sie brauchte einen sicheren Hafen.

In der Highschool war sie eine Zeit lang oft zu einer kleinen Bucht am Severn gegangen, um mit einem Jungen namens Scottie McGrady zu knutschen. Baldwin's Cove hieß die Bucht, die aus nichts als einer kleinen, spitz zulaufenden Sandbank zwischen Kiefern, einem Stückchen Strand und einigen Felsblöcken bestand. Ab und zu war sie sogar allein hingegangen, um ihren Gedanken nachzuhängen, auf einem Felsen zu sitzen und Kiesel ins Wasser zu werfen. Um Pläne für ihr Leben zu schmieden.

Der idyllische Platz war mittlerweile völlig verändert. Er hieß jetzt Trelawny Landing und war eine umzäunte Wohnsiedlung mit bewaldeten, millionenschweren Anwesen direkt am Fluss. Am Wendehammer neben dem Wachhäuschen machte Anna kehrt und fuhr in Richtung Norden. In ihrer Highschool-Zeit war es üblich gewesen, auf der Umgehungsstraße von Baltimore Schleifen zu drehen, aber damals war es um das Autofahren selbst gegangen. Im Wagen der Eltern kurvte man hin und her, weil es Spaß machte, allein unterwegs zu sein. Anna fuhr bis zur Ausfahrt Pikesville, dann drehte sie um und fuhr zurück.

Sie hasste dieses Gefühl, mit sich im Unreinen zu sein. Es war, als läge sie in den Wehen, nur dass sie nicht die Mutter, sondern das Kind war. Nach Hause konnte sie jetzt nicht. Sie wusste nichts mit sich anzufangen.

Sie würde zu Mason fahren. Das war ihr erster Impuls gewesen, aber sie fühlte sich stachelig und kratzbürstig, wie eine Kaktus-Frau, der sich niemand nähern sollte, nicht einmal er. Oder ahnte sie womöglich, dass er nicht so mitfühlend sein würde, wie sie es gern hätte? Aber sie liebte seine Großzügigkeit, er ließ sich normalerweise klaglos von ihr in Beschlag nehmen. Er war bereits ein selbstverständlicher Bestandteil ihres Lebens geworden, und das irritierte sie – bislang waren ihr nicht viele Männer wie er untergekommen. Irgendetwas in ihr nahm offenbar an, dass sie ihn verdient hatte.

Das Haus war dunkel. Wie spät war es? Himmel, schon Mitternacht! Mason hielt einen gesunden Rhythmus ein, ging um halb zwölf zu Bett, stand um sieben auf. Wenn Anna bei ihm übernachtete, durchbrach sie diesen Rhythmus, aber er hatte nichts dagegen. Er sagte, sie sei es ihm wert.

Die Wagenreifen knirschten laut auf dem Schotter, und das Zuschlagen der Tür durchbrach die Stille wie eine Explosion und verschreckte die Grillen. Theos alter Hund schlug nicht an. Er war taub. »Au, au, au!«, stieß Anna hervor, während sie vorsichtig über die scharfkantigen Steine hüpfte. Wie dumm, ohne Schuhe wegzulaufen, aber sie hatte es eben eilig gehabt.

Sie benutzte den Klopfer an der Vordertür und hörte, dass sich drinnen etwas rührte. Mason sollte einen Spion in die Tür einbauen. Weil vorn keine Fenster waren, wusste er nie, wer vor der Tür stand.

»Hallo!«

»Hallo.« Sein schläfriges Grinsen war der netteste Anblick des ganzen Tages. Er hatte eine abgeschnittene Trainingshose an, sonst nichts, und auch das sah nicht schlecht aus. Cork schob sich an Masons Beinen vorbei, sah, wer da war, und wedelte mit dem Schwanz.

»Tut mir Leid, dass ich so spät noch vorbeikomme. Ich hab dich geweckt, oder? Lässt du mich rein?«

»Klar.« Er betrachtete sie genauer. »Was ist los?«

»Ach … Ich brauche nur jemanden, der mir sagt, dass ich kein selbstsüchtiges, herzloses Miststück bin.« Hoffentlich fing sie jetzt nicht wieder zu weinen an.

»Das schaffe ich schon.«

»Und mich dabei möglichst noch umarmt.«

Er legte die Arme um sie, und sie ließ sich in seine schläfrige Wärme sinken. Sie mochte seine Haut, sein zerzaustes Haar, das freundliche Kratzen seines Schnurrbarts. *Jetzt ist es wieder gut*, dachte sie und fragte sich plötzlich, ob sie in ihn verliebt war. Sie wollte mit ihm ins Bett, gar keine Frage. Es verlangte sie nach Sex, nach diesem hitzigen Ritual, und vor allem nach dem Vergessen, in das der Sex mündete.

»Was ist los?«, fragte Mason noch einmal. »Was ist passiert?«

»Es geht um Rose.«

Er schob sie von sich weg, damit er ihr Gesicht sehen konnte. »Ist alles in Ordnung mit ihr?«

»Ja doch.« Anna schüttelte seine Hände ab. »Ihr fehlt nichts.«

Sie ging an ihm vorbei durch das dunkle Wohnzimmer in die Küche, machte die helle Deckenlampe an, nahm ein Glas aus dem Schrank und füllte es an der Spüle. Mason lehnte in der Tür und sah ihr zu, wie sie lauwarmes Leitungswasser trank.

»Du hast keine Schuhe an«, stellte er fest.

»Ich hatte es eilig.« Sie tapste in der aufgeräumten, blitzblanken Küche umher. »Was ist das da?« Auf dem Küchentisch lag in breiten Bahnen Nylonstoff in Tarnfarben, der auf große Plastikringe gespannt war. Das Gebilde erinnerte sie an Hula-Hoop-Reifen.

»Ich bastle etwas.«

»Was denn?«

»Eine Art Tarnschlauch.«

»Wozu ist der gut?«

Mason kam herüber und nahm ihr den Schlauch aus den Händen. »Man schlüpft rein. Dann ist man ganz verdeckt. Das Loch hier ist für das Teleobjektiv. Ich kann damit aus dem Wasser heraus Fotos schießen – wenn ich ins Wasser wate, schieben sich die Reifen immer weiter zusammen. Ich kann reingehen, bis mir das Wasser bis ans Kinn reicht.«

»Das muss ziemlich albern aussehen.«

»Ja, aber das ist ja auch der Zweck der Übung. Die Vögel werden lockerer, weil sie so schrecklich lachen müssen.«

»Rose und ich haben uns zerstritten. Das hat sich wohl schon eine ganze Weile angebahnt. *Mir* war es allerdings nicht klar – ich dachte, wir kämen ganz gut miteinander aus.«

»Worum ging es?«

»Um meine Mutter. Und um meinen Vater.«

Mason setzte sich auf die Tischkante, schlug die Beine übereinander und verschränkte die Arme. Er wartete ab, was sie zu erzählen hatte. Gut möglich, dass er sich nicht automatisch auf ihre Seite schlagen würde. Bei diesem Gedanken wurde ihr mulmig.

»Ich will die Geschichte jetzt nicht ewig ausbreiten«, erklärte sie, »ich erspare dir die peinlichen Einzelheiten. Sie würden dich zu sehr langweilen. Nur so viel: Rose hat die Vergangenheit umzuschreiben versucht, und das hat bei mir nicht gewirkt. Ich mag meine Mutter immer noch.«

Anna hatte einen Schatz von Erinnerungen an die guten, die schönen Momente. Zum Beispiel diese: ihre Mutter mit den Händen vor dem Gesicht und bebenden Schultern, weil sie in der Kirche versuchte, nicht laut loszulachen – ihre Mutter, wie sie Anna erlaubte, am nächsten Tag nicht zur Schule zu gehen, damit sie lange aufbleiben und im Fernsehen die Oscar-Verleihung anschauen konnte – ihre Mutter, wie sie die Nachbarsfrau anschrie und ihr herrlich vulgäre Ausdrücke an den Kopf warf, weil deren widerwärtiger Sohn Anna so grob von der Wippe gezerrt hatte, dass sie sich die Nase blutig geschrammt hatte. Im Bella Sorella trug Lily gerade geschnittene Röcke und adrette, maßgeschneiderte Blusen, und das Klappern ihrer hohen Absätze klang flott und entschlossen, sachlich und keinen Widerspruch duldend. Ihr Lachen war fröhlich, beherrscht, leicht theatralisch. Anna freute sich daran und versuchte es ihr immer wieder zu entlocken, was ihr aber nicht oft genug gelang.

Ihr kamen auch andere Momente in den Sinn, weniger schöne, und es wurmte sie, dass Roses so genannte *Enthüllungen* auch zu diesen Erinnerungen die Tür aufgestoßen hatten. Sie dachte daran, wie ihre Mutter, meist nach einem Streit mit ihrem Vater, für die Tochter nicht verfügbar, buchstäblich nicht mehr da war, weil sie sich in ihr Schlafzimmer zurückgezogen und die Tür abgeschlossen hatte. »Sie ist nur müde«, erklärte Paul Anna in solchen Fällen, wenn sie am Küchentisch vor improvisierten Chili con carne aus der Dose oder Rühreiern saßen und verstohlen lauschten, ob sich ein Stockwerk höher etwas regte. Sie behandelten einander mit angespannter Rücksichtnahme und ausgesuchter Höflichkeit, und er spielte die letzte lautstarke Auseinandersetzung herunter und sagte, ihre Mutter sei nun mal »reizbar« oder »nicht ganz auf der Höhe«. Ihre Mutter war weniger zurückhaltend: »Du blöder *sciocco*, dieses Leben ertrage ich nicht, ich werde noch verrückt!« – und dann das unvermeidliche Türenknallen. Anna schlich durch das Haus, als könne es durch einen falschen Schritt explodieren, wusste aber nie, welches Verhalten ratsam war, ob sie Lärm machen, leise sein, sich ganz normal oder wie ein Trauergast bei einer Totenwache benehmen sollte. Ohnehin funktionierte keine Strategie ein zweites Mal. Ihre Mutter hatte ihren eigenen Rhythmus, und wann sie sich wieder fangen würde, war ebenso wenig abzusehen wie das nächste Stimmungstief.

Mason sagte in irritierend vernünftigem Ton: »Glaubst du wirklich, dass Rose deine Mutter in ein schlechtes Licht rücken wollte? Dir die Erinnerung an sie verleiden …«

»Ja, Mason. Das glaube ich.«

»Denn ich weiß, dass sie normalerweise…«

»Ich hab dir doch gesagt, es war ein Streit. Mit harten Bandagen. Sie hat behauptet« – wenn er das hörte, würde ihm dieser *geduldige* Blick schon vergehen – »sie hat behauptet, dass mein Vater sich zuerst in sie verliebt hat, und dass meine Mutter ihn ihr weggenommen hat. Ihn *verführt* hat, sagt sie.«

»Du glaubst ihr nicht?«

»Und wenn es wahr wäre? Was dann? Auch wenn jedes verfluchte Detail, das sie mir erzählt hat, wahr wäre, was würde das ändern? Was will sie denn von mir, Mason? Soll ich sagen: ›Ach, *so* war das damals, ja dann ist es ja kein Wunder, arme Rose – alles vergeben‹? Gar nichts hat sich geändert! Sie hat trotzdem Unrecht getan.«

Mason schaute zur Seite. Vermutlich wollte er seine Enttäuschung verbergen. »Anna.« Er zupfte sanft an ihrem Ärmelaufschlag. »Hast du denn nie einen Fehler gemacht?«

Sie zog den Arm weg. »Klar doch. Indem ich wieder hergezogen bin.«

»Das meinst du nicht ernst.«

»Ich habe schon bei Rose gekündigt, mit einer Frist von zwei Wochen. In New York wartet ein Job, den ich jederzeit haben kann. Also habe ich beschlossen, ihn jetzt anzunehmen.«

Mason stand auf und wich zurück. Sein bestürztes Gesicht sah in dem grellen Licht so schutzlos aus, dass Anna den Impuls verspürte, aus Scham den Blick abzuwenden. »Warum?«

»Warum? Es gibt viele Gründe, nicht nur die Geschichte mit Rose. Carmen hat Frankie rausgeworfen, und Rose unternimmt nichts, das ist der Hauptgrund. Vor allem aber, weil es Zeit ist. Ich habe Rose am Anfang versprochen, dass ich den Sommer über bleibe. Das habe ich getan. Das Restaurant ist auf einem guten Weg, entweder kommt jetzt der Durchbruch oder nicht, aber ob ich bleibe oder nicht, hat darauf keinen Einfluss mehr.«

Mason sagte nichts.

»Ich gehe nicht gern. Du … wirst mir fehlen. Ich will nicht von *dir* fort. Ich habe nur das Gefühl, als hätte mir Rose keine andere Wahl gelassen. Aber dich werde ich vermissen.« Sein Blick machte es ihr unmöglich, das genauer zu erklären, aber so klang es ziemlich dürftig. Es war nicht die ganze

Wahrheit. »Auch noch ein paar andere Dinge werden mir fehlen, aber … ich bin hier nicht mehr zu Hause. Das weiß ich jetzt.«

Die roten Narben hoben sich gegen Masons fahle Wange ab wie eine Kriegsbemalung. »Du gehst also weg.«

»Ich gehe einfach nur früher als …«

»Der Ortswechsel als praktischer Trennungsgrund.«

»Oh.« Sie erstarrte. »So siehst du das? Tut mir Leid.«

»Warum bist du hergekommen?«

»Sei nicht verärgert. Ach, Mason …«

Er packte ihr halb volles Wasserglas und schleuderte es quer durch den Raum. Sie kreischte auf, warf den Arm hoch, um ihre Augen zu schützen, und stolperte rückwärts gegen den Küchentisch. Das Glas zersplitterte an der Spüle, zu weit entfernt, um Schaden anzurichten.

»Geh nicht.« Masons Stimme klang gefasst, aber Anna spürte seine kalte Wut.

»Ich muss. Ich kann nicht bleiben. Rose hat es mir unmöglich gemacht.«

»Das bezweifle ich. Geh nicht.«

»Du bezweifelst das? Heißt das, du behauptest, dass ich lüge?« *Ihre* Wut war alles andere als kalt, sie war siedend heiß. »Rose *kann* ja keine Fehler machen, das hatte ich ganz vergessen – und ich vergesse immer, auf wessen Seite du stehst.«

»Du hörst dich an wie ein Kind.«

Jetzt wünschte sie, *sie* hätte ein Wurfgeschoss in der Hand. Sie fegte seine dämliche Reifentarnung mit einem Arm vom Tisch und ging in großem Bogen um die glitzernden Glasscherben herum, die vor der Spüle auf dem Boden lagen. Vom Wohnzimmer aus rief sie ihm über die Schulter zu: »Weißt du was, ich habe es wirklich satt, dass Leute mir sagen, ich höre mich an wie …«

Er packte sie mit festem Griff von hinten und schlang einen Arm um ihre Taille und den anderen um die Brust. Sie schnappte erschrocken nach Luft – das war kein Spiel. Sie versuchte sich loszureißen und zerrte an seinen Fingern, um den Griff zu lockern. Stumm und verbissen rangen sie in enger Umklammerung miteinander. Anna trat wild nach hinten, ohne irgendetwas zu treffen, dann erwischte sie ihn schließlich mit der Ferse am Schienbein. Sie taumelten gegen den Couchtisch und warfen die Schachfiguren um. Der Hund rappelte sich schlaftrunken auf, fing an zu bellen und wedelte aufgeregt mit dem Schwanz. Annas Bein verhakte sich mit Masons Bein, und sie fiel unsanft zu Boden und riss ihn mit sich. Sie landeten halb auf den Fliesen, halb auf dem Teppich. Ihr Ellbogen traf auf etwas Spitzes, und sie schrie auf vor Schmerz.

Er ließ sie los.

Es gelang ihr, ein Knie unter den Körper zu schieben, aber als sie aufspringen wollte, hielt Mason sie an ihrem bloßen Fuß fest und zog das Bein mit einem Ruck zurück. Sie stieß einen wilden Fluch aus und trat gegen ihn, strampelte sich frei und hüpfte rückwärts außer Reichweite. Dann rannte sie zur Tür, so schnell sie konnte, stieß das Fliegengitter auf und stürzte hinaus. Als sie zurückschaute, stand er langsam vom Boden auf.

Finster und schwer atmend starrten sie einander in einiger Entfernung durch das Fliegengitter hindurch an. Aber Mason blieb, wo er war, und kam nicht näher. Es war vorüber.

Das abgerissene Schulterstück von Annas Bluse baumelte am Ellbogen. Sie fühlte sich ramponiert und übel zugerichtet und war gleichzeitig in einer absurden Hochstimmung, fast wie in freudiger Erwartung. Am ganzen Körper bebend, ging sie zwei Schritte auf Mason zu. »Okay, ich habe dir wehgetan, und das wollte ich nicht. Ich habe das nicht kommen sehen. Ich finde es schrecklich. Aber ich kann kein … Ersatz für Theo sein, weder für dich noch für Rose. Versteh doch, Mason, immer mal wieder verschwinden Menschen aus unserem Leben, daran kann man nichts ändern. Denkst du, es liegt an dir, weil du es nicht wert bist, dass man bei dir bleibt? Weil dich schon so viele verlassen haben? Das kannst du nicht im Ernst glauben.« Sie hätte ihn gern berührt, nahm sich aber doch lieber vor ihm in Acht. »Du bist ein netter Mann … bitte miss dieser Sache nicht mehr Bedeutung zu als nötig.«

Sie verstummte, als er auf sie zutrat, weil sie wieder Angst vor ihm bekam, aber er blieb auf der anderen Seite des Gitters stehen. »Bezieh das Ganze nicht auf dich.« Er stützte die Hände im Türrahmen ab. Im Gegenlicht sah er aus wie Christus am Kreuz, mit gesenktem Kopf, den hageren Körper zur Seite geneigt. »Gut«, sagte er. »Ich will's versuchen.« Sorgfältig darauf bedacht, die Tür nicht zuzuknallen, schob er sie ihr vor der Nase zu.

＊

Mason rief an, aber erst eine Woche später.

In der Zwischenzeit teilte Anna Joel mit, sie wolle sein Stellenangebot nun tatsächlich annehmen. Sie würde ungefähr einen Monat brauchen, um alles zu regeln, aber sie freue sich darauf, bereits vor Ende September in New York einzutreffen. Auf seine mürrische Art schien er darüber froh zu sein. Anna mochte Joel, weil er vernünftig und gewitzt war, aber sein Pessimismus war kaum zu übertreffen. Er war zum dritten Mal verheiratet. Seine beiden Ex-Frauen hatte seine düstere Lebensphilosophie, laut der alles, was überhaupt nur schief gehen kann, auch unweigerlich schief gehen muss, in die Flucht geschlagen. In der Gastronomie hatte seine Einstellung einiges für sich, aber natürlich machte Joel in der Küche eine wesentlich bessere Figur als vorn im Lokal. Der vordere Bereich war Anna zugedacht. Vielleicht würden sie ein gutes Gespann abgeben, aber nur, wenn von ihr nicht erwartet wurde, dass sie den Part der unermüdlich Hoffnungsfrohen übernahm. Was sie zusammen an Optimismus aufbrachten, hätte in eine Espressotasse gepasst.

»Komm mit nach New York«, bat Anna Frankie. »Joel ist keine Primadonna, er macht dich zum *sous-chef*, sobald er merkt, wie gut du bist. Und wahrscheinlich könnte ich ihn sogar gleich dazu überreden. Vegetarische Küche für Feinschmecker. Denk darüber nach. Glaub mir, das wäre toll.«

Frankie wollte aber nicht so weit von Katie weg, und das hatte sich Anna im Grunde schon gedacht. Rose hatte sie wieder eingestellt, doch es war alles wie gehabt, das Verhältnis zu Carmen hatte sich weder gebessert noch verschlechtert. Anna riet Frankie dringend, sich nach einer anderen Stelle umzusehen. »Sobald ich weg bin, wird Carmen einen Weg finden, dich loszuwerden. Sie legt es drauf an, das weißt du, und dann bist du endgültig draußen.« Frankie gab ihr Recht. Sie hielt die Augen nach einer Stelle in der Stadt offen.

Es neigte sich also alles dem Ende zu. Neben Trauer und Verwirrung empfand Anna eine große Leere, als sei ihr etwas Wesentliches genommen worden. So hart wie in den vergangenen vier Monaten hatte sie noch nie in ihrem Leben gearbeitet. Ihr war, als hätte sie an einem sportlichen Wettkampf teilgenommen, einem Zehnkampf, und sei in der Schlussdisziplin knapp vor der Ziellinie ausgeschieden – durch irgendetwas Albernes, einen gerissenen Schnürsenkel, einen Krampf. Sie war ausgelaugt und hatte dennoch keinen Erfolg vorzuweisen. Sie hatte nicht gewonnen oder verloren, sondern war einfach – stehen geblieben.

Jeden Morgen schleppte sie sich zur Arbeit, war müde, ehe der Tag überhaupt angefangen hatte, und wie erschlagen, wenn die Abendgäste eintrafen. Dabei hätte sie *mehr* Energie verspüren sollen, nicht weniger, wo sie doch eine völlig neue Aufgabe, eine neue Chance in Aussicht hatte. Doch das Gefühl, dass etwas unfertig geblieben war, erstickte jede Vorfreude.

Dass alle wütend auf sie waren, machte die Sache auch nicht besser. Sie zeigten es, abgesehen von Vince, nicht offen. Und »wütend« war eigentlich auch zu viel gesagt. Wahrscheinlich bildete sie es sich nur ein. Sie gehörte einfach nicht mehr dazu. Dwayne bezog sie nicht mehr ein, wenn er Flaco einen seiner vulgären Streiche spielte – ein albernes Beispiel, aber Anna war dennoch gekränkt. Louis strahlte nicht mehr, wenn er sie erblickte, und kam nicht mehr herübergeschlendert, um morgens im Schatten der Markise mit ihr zu plaudern und eine Zigarette zu rauchen. Shirl fragte wegen des neuen Logos für die Fassade nicht mehr Anna, sondern Rose um Rat. Wenn Luca eine Kränkung zu verkraften hatte, vertraute er sich jetzt Fontaine an, und neuerdings wollte sogar Vonnie nach ihrer Schicht gleich nach Hause, anstatt noch eine Weile mit Anna und einer Flasche Peroni dazusitzen und über den Abend zu schwatzen. Das Familienessen war auch nicht mehr dasselbe. Niemand schnitt sie, niemand war grob zu ihr, sie wurde nur einfach nicht mehr einbezogen. Sie hatten sie abgehakt.

Vince konnte nicht fassen, dass sie wegging. »Legst du's auf eine Gehaltserhöhung an, oder was?« Und als sie ihn endlich überzeugt hatte, dass sie es ernst meinte, machte er aus seiner Feindseligkeit keinen Hehl. »Nach Upstate New York? Hast du sie noch alle?«

»Es ist eine hübsche Stadt. Ich dachte, du würdest gern … nicht weit entfernt gibt es eine Weinkellerei, ich dachte, du hättest vielleicht Lust, mich dort mal …«

»Warum ziehst du nicht gleich nach Kanada? Oder nach Japan? Dort stehen sie auf Tofu, da würdest du gut hinpassen. Was zum Teufel ist bloß in dich gefahren? Du hast dich mit Rose gestritten, na und?«

Es hatte keinen Sinn, ihm zu erklären, dass sie nie vorgehabt hatte, für immer zu bleiben, dass sie sich nur für den Sommer festgelegt hatte, um erst einmal zu sehen, wie die Lage sich entwickelte, und dann gegebenenfalls weiterzuziehen. »Du solltest hierbleiben«, stellte Vince kategorisch fest. »Wenn du gehst, heißt das, dass du kneifst. Das ist dumm.« Und als letzten Seitenhieb: »Schließlich wirst du auch nicht jünger.«

Dass sie sich elend fühlte, hieß noch lange nicht, dass sie im Unrecht war. Das prägte sich Anna am Ende eines jeden aufreibenden Tages ein. Nichts war schlimmer, als von Menschen missverstanden zu werden, die einen einmal gemocht hatten. Seltsamerweise behandelte Rose sie am freundlichsten. Zunächst traute Anna ihrer Sanftmut nicht. *Das ist eine Falle*, dachte sie, *sie will mich durch ihre Liebenswürdigkeit fertig machen.* Keine von beiden kam je auf die Nacht zu sprechen, in der Anna aus ihrem eigenen Haus gestürmt war, oder auf die schmerzlichen Enthüllungen jenes Abends. Das hatte sich erübrigt. Sie hatten beide kein Wort vergessen, doch was hätte man noch dazu sagen sollen? In der Zeit, die Anna noch blieb, behandelten sie einander mit einer wehmütigen, unpersönlichen Wärme, die entmutigender war, als

Wutausbrüche, Schuldzuweisungen oder Bosheiten je hätten sein können.

Anna versuchte, nicht an jene Nacht zu denken, aber das fiel ihr schwer. Der Ausdruck »Ortswechsel als Trennungsgrund« löste in ihr einen abgrundtiefen, an Übelkeit grenzenden Widerwillen aus. Wenn sie sich stark fühlte, warf sie Rose und Mason in einen Topf und betrachtete sie als »den Feind« – sie steckten unter einer Decke und legten es darauf an, dass sich Anna schuldig fühlte, weil sie so war, wie sie war, und nicht so, wie die beiden sie aus selbstsüchtigen Motiven gern gehabt hätten. Wenn sie sich schwach fühlte, war sie einfach nur fassungslos.

Als Mason anrief, telefonierte sie gerade mit dem Fischlieferanten. Sie hielt Mason in der Leitung und erklärte dem Lieferanten, sie werde ihn zurückrufen.

Dann setzte sie sich kerzengerade hinter den Schreibtisch, als könne Mason sie sehen. Sie rückte die Papiere und Rechnungen zurecht und verschob den Hefter, sodass er genau vor der Lampe stand. Sie wischte sich einen Mehlfleck von der Bluse. Jetzt war sie sauber und gepflegt, doch in ihrem Inneren herrschte blankes Chaos, eine einzige blauschwarze, wirbelnde Finsternis mit sturmgepeitschten Wellen. Doch in Kürze würde sich durch einen Knopfdruck am Telefon alles ordnen. Ganz gleich, was Mason sagte, es würde all diesen Qualen, diesen Mutmaßungen und Wirrnissen ein Ende setzen. Gott sei Dank, denn sie hatte Hilfe dringend nötig.

»Mason? Jetzt kann ich reden. Tut mir Leid, ich musste erst noch jemanden loswerden, den …«

»Ist Rose da?«

»Nein. Ich meine ja, sie ist in der Küche, wir können also …«

»Kann ich sie sprechen?«

Anna hielt den Hörer einen Augenblick lang von sich weg, als hätte er ihr das Ohr versengt. »Du willst mit Rose sprechen?«

»Ja, rasch. Es ist wichtig.«

»Ist gut. Einen Moment, bitte.«

Sie legte den Hörer auf den Schreibtisch und starrte ihn an.

Für eine Sekunde sah sie sich den Hörer gegen die Schreibtischkante knallen und so lange darauf einhämmern, bis die
Kante splitterte.

Rose stand lachend mit Carmen in der Speisekammer.
Frankie war noch nicht da, denn sie arbeitete jetzt nur noch
die normalen Abendschichten und machte sich nicht mehr
die Mühe, morgens neue Specials auszuprobieren oder schon
früh mit Vorbereitungen anzufangen. Der Mittagsbetrieb
würde in einer halben Stunde beginnen, und in der Küche
ging es entsprechend heiß, laut und turbulent zu.

Rose sah Anna und kam auf sie zu.

»Ein Anruf«, sagte Anna. »Von Mason.«

»Danke.« Rose nahm den Hörer des Wandtelefons neben
der Eismaschine ab. »Hallo?«

Verdrossen wie ein eifersüchtiges Kind schwankte Anna,
ob sie hinausstolzieren oder bleiben und zuhören sollte. Sie
wählte den Mittelweg und tat, als interessiere sie sich für die
Farfalle, die Shirl auf der bemehlten Arbeitsfläche ausstach
und zu Schleifen formte. Rose stieß mit tiefer, angsterfüllter
Stimme »Oh, mein Gott« hervor.

»Was ist passiert?«, fragte Anna und trat näher.

»Wir treffen uns dort. Ich fahre gleich los.« Rose hängte auf
und schoss an Anna vorbei auf das Büro zu.

»Rose, was ist los?«, fragte Anna, ihr auf den Fersen.

Rose riss die untere Schreibtischschublade auf und nahm
ihre Handtasche heraus. »Theo. Er ist verschwunden.«

»Verschwunden?«

»Sie waren draußen … Mason ist reingegangen, um mit der
Stationsleiterin über seine Medikamente zu reden, und als er
wieder nach draußen kam, war Theo weg. Und Cork auch,
und Masons Wagen.« Sie war aschfahl und bewegte beim
Sprechen kaum die Lippen. Als sie in der Tür an Anna vor-
beilief, stießen ihr Schultern gegeneinander. »Entschuldi…«

Rose eilte hinaus.

Anna stand mit weit aufgerissenen Augen und offenem
Mund da. Als sie wieder zur Besinnung kam, stürzte sie hinter Rose her. »Ich komme mit!« Rose hörte sie nicht, und Anna
musste rennen, um sie einzuholen.

18

Als Rose auf den Parkplatz von Bayside Gardens einbog, sah sie Mason, der an dem dekorativen Riegelzaun lehnte. Als er dann leicht gebeugt mit seinen langen Beinen auf sie zustakste, beruhigte sie sich ein wenig. Er wirkte besorgt, aber nicht verzweifelt, nicht in Panik. Trotz Annas Protest – »Nein, setz dich nach vorn, Mason, ich geh nach hinten« –, rutschte er auf die Rückbank und drückte beruhigend Roses Schulter.

Er sagte: »Ich habe die Polizei angerufen, ihnen die Autonummer gegeben und so weiter. Und ihnen beschrieben, wie er aussieht.«

»Was haben sie gesagt?« Rose fuhr aus dem Parkplatz hinaus, obwohl sie noch nicht wusste, wohin. Aber sie ertrug es nicht, stillzustehen, zu verharren, nichts zu tun. Mason mochte gelassen sein, sie war es nicht. Der Fuß auf dem Gaspedal zitterte, die Hände auf dem Lenkrad waren feucht. Sie hätte Anna fahren lassen sollen. »Was hat die Polizei gesagt?«

»Nicht viel. Sie wollten wissen, ob er einen gültigen Führerschein hat. Sie haben mich immer wieder gefragt, ob er meinen Wagen gestohlen hat.«

»Du hättest Ja sagen sollen!«

»Das habe ich am Ende auch.« Mason fing im Rückspiegel ihren Blick auf, und sie lachten. Es klang schrill. »Nur so konnte ich sie dazu bringen, dass sie etwas unternehmen. Sie suchen also jetzt nach ihm. Behaupten sie zumindest.«

»Kann er mit deinem Auto denn überhaupt fahren? Es hat

Gangschaltung, oder?« Die ganze Fahrt über hatten Rose albtraumhafte Visionen geplagt, in denen Theo mit dem Wagen gegen irgendetwas prallte. Er konnte kaum gehen, kaum allein essen, wie sollte er dann einen Jeep mit Vierradantrieb und Gangschaltung fahren?

Mason schüttelte den Kopf und antwortete nicht.

»Wohin?«, fragte sie am Stoppschild vor der ersten Kreuzung. Es fing an zu regnen. Rose stellte den Scheibenwischer an, der die Windschutzscheibe verschmierte. »Ich weiß nicht, wohin ich fahren soll.«

»Könnte er nicht am Yachthafen sein?«, sagte Anna. »Wo er gewohnt hat? Vielleicht ist er einfach dorthin zurück …«

»Warte mal«, unterbrach Mason sie, »mir fällt etwas ein. Theo hat heute ständig über die *Windrose* gesprochen. Noch mehr als sonst. Über einen Ausflug zur Tangier-Insel, er wollte mit dir und mit mir irgendwohin segeln, vielleicht auch mit ein paar von seinen alten Kumpels.«

»Ja, du lieber Gott, die *Windrose*, er redet über nichts anderes mehr. Mason, du glaubst doch nicht, dass er mit ihr losgesegelt ist?«

»Ich kann mir nicht vorstellen, wie er das schaffen sollte, aber vielleicht ist er hingefahren. Bloß um sie anzuschauen.«

»Oder er ist zum Restaurant gefahren«, sagte Anna. »Um dich zu sehen, Rose.«

Rose trommelte unentschlossen und fahrig mit den Fingern auf das Lenkrad.

»Ich rufe im Restaurant an«, sagte Anna, in ihrer Handtasche kramend, »während du zu Mason fährst.«

Gut. Klare Anweisungen waren jetzt genau das Richtige für Rose. Sie bog nach links ab und fuhr durch den stärker werdenden Regen zu Masons Haus.

Sein Jeep stand schräg in der Auffahrt, die Hinterreifen hatten zwei parallele Furchen in den Kies gefräst. Als Rose die Fahrertür offen stehen sah, lief es ihr kalt den Rücken hinunter. Sie stieg aus und trat näher. Der Ton des Warnsummers – Theo hatte den Zündschlüssel stecken lassen – fuhr in sie hinein wie der Bohrer eines Zahnarztes. Sie rannte los.

Die nassen Schieferplatten im abschüssigen Rasen neben

Masons Haus waren rutschig. Sie hatte Mason hinter sich gelassen, doch jetzt holte er sie ein, nahm fürsorglich ihren Arm und passte sich ihrem Tempo an. »Es ist weg«, keuchte sie im Weiterlaufen. Das Segelboot hätte am Ende des Stegs vertäut sein müssen. Aber vielleicht war es nur ein wenig vom Liegeplatz abgetrieben und lag hinter dem Bootsschuppen, sodass es von hier aus nicht zu sehen war …

»Es ist weg.«

Sie blieben auf der Hälfte des rutschigen Holzpiers stehen, dort wo es in einem Winkel abbog. Der Regen wurde heftiger, schlug dumpf auf das Holz und prasselte in den graugrünen Fluss. Rose kniff die Augen zusammen und versuchte, die *Windrose* aus dem Nichts hervorzuzaubern, aber die Leinen, die von den hölzernen Klampen am Rand des Docks herabbaumelten, gingen ins Leere. Nichts, kein Fingerzeig, kein Benzinkanister, kein herrenloser Arbeitshandschuh, kein Ködereimer, keine zerschlissene Mütze. Keiner der harmlosen, alltäglichen Gegenstände, die sie mit der *Windrose* verband. Nichts, nur Regen, der die Indizien fortwusch und ihr die Sicht nahm.

»Komm ins Haus«, sagte Mason. »Ich rufe noch mal die Polizei an. Und die Küstenwache.«

»Geh nur. Ich bleibe hier.«

»Komm mit. Hier draußen wirst du patschnass.«

»Nein, ich bleibe.«

Er zögerte und lief dann zum Haus.

Anna nahm seinen Platz ein. Wie schon im Auto auf dem Weg zum Pflegeheim bemühte sie sich, die Lage optimistisch zu betrachten, um Rose damit aufzumuntern. Diesmal sagte sie, Theo habe sich das Segelboot sicher nur geschnappt, um eine Spritztour auf dem Fluss zu machen, und er benutze den Motor, denn er sei ja keinesfalls in der Lage, die Segel zu setzen. Er habe sich davongestohlen, weil er wisse, dass Rose und Mason und alle anderen ihn nie allein hätten hinausfahren lassen. »Er ist uns entwischt, Rose, er amüsiert sich, und sobald er müde wird, kommt er zurück.«

Rose tätschelte ihr geistesabwesend die Hand.

Mason kam wieder. Er drängte Rose seine schwere graue

Regenjacke auf und öffnete über ihrem Kopf einen großen schwarzen Schirm, den der Wind ihm fast aus der Hand riss. Sie legte die Hand über seine und zog ihn näher zu sich heran.

»Anna«, sagte sie, »würde es dir etwas ausmachen …«

»Was denn, Rose?«

»Würdest du ins Haus gehen, für den Fall, dass ein Anruf kommt?«

Anna zog ein langes Gesicht. »Ja. Sicher.«

Die Windböen bliesen Rose den Regen ins Gesicht. Mason schob sie hinter sich, um das Schlimmste von ihr abzuhalten. Mit der einen Hand hielt sie sich an seiner Taille, mit der anderen am Schirm fest. Der Sommer war vorüber. In die brackige, würzige Flussluft hatten sich Herbstgerüche gemischt. Was hatte Theo an? Ob ihm kalt war? Nein, er fror nie. Und er war immer noch stark. Aber was würde dieser schonungslose Wind mit seinem kleinen Segelboot anstellen?

»Wir sollten lieber hineingehen«, sagte Rose schließlich zu Mason, und er nickte, aber sie brachten es beide nicht fertig, die Fährte zu verlassen, die Spur, den letzten bekannten Ort, an dem er sich aufgehalten hatte. Das wäre ihnen zu sehr wie eine Kapitulation erschienen. Als würden sie ihn hier draußen allein lassen.

»Mason, warum hat er das getan?«

»Ich weiß nicht.«

»Ist es ein gutes oder ein schlechtes Zeichen, dass er Cork mitgenommen hat?«

Mason schüttelte den Kopf. »Keine Ahnung.«

»Du weißt, in welcher Verfassung er war. Dass er nicht immer ganz er selbst war … Geistig, meine ich. »

»Ja.«

»Wie ging es ihm heute? Wie hat er auf dich gewirkt?«

»Es ging ihm recht gut, er war guter Laune. Aber still. Zurückhaltend. Wir haben hauptsächlich über das Boot geredet.«

»Hat er etwas gesagt, irgendetwas …«

»Er hat gesagt, dass du letzte Nacht bei ihm warst. Dass du ihm Pudding gebracht hast.«

Ricotta-Pudding. Seine Lieblingsspeise. Aber das Schlucken war ihm schwer gefallen.

»Immer, wenn er von dir spricht, entspannt sich sein Gesicht. Du bist für ihn wie Medizin, Rose.«

Sie legte die Wange an Masons Schulter.

Der Regen ließ nach, bis er nur noch ein dunstiges Nieseln war, und der Wind legte sich. Von einer der winzigen Marschinseln im Fluss flog ein Vogel auf. Ein Wasserhuhn, erklärte Mason. Unbeholfen flatternd, beschrieb es vor den tief hängenden grauen Wolken einen Bogen, bis es jäh hinabstürzte und nicht mehr zu sehen war.

»Es ist falsch«, murmelte Rose, »es ist zu früh. Ich bin noch nicht bereit, ihn zu verlieren. Ich habe versucht, mich darauf vorzubereiten …«

»Ich weiß.«

»Aber das ist zu früh. Ich will ihm noch ein paar Dinge sagen. Ich dachte, es wäre noch Zeit dafür.«

Der Regen hörte ganz auf. Mason klappte den Schirm zu, und sofort fehlte ihr sein dunkler, bergender Schutz. Sie waren hier draußen wehrlos, dem gefährlichen, sich aufhellenden Himmel völlig ausgesetzt. Etwas würde geschehen, und sie konnten es nicht aufhalten.

Noch ehe sie Annas Gesicht sah, wusste sie es. Es waren die steifen Schultern und der vorsichtige Gang, die ein wenig vom Körper weggestreckten Arme, die den Eindruck vermittelten, als würde sie auf einem Grat balancieren. Sie kam auf den Pier hoch, dessen Planken unter ihren leichten Schritten vibrierten, und hielt den Blick noch immer auf den Boden gerichtet. Rose spürte, wie sich Mason hinter ihr mit einem tiefen Atemzug wappnete.

»Die Polizei hat gerade angerufen.« Annas Stimme war klar und fest, aber den hilflosen, flehenden Gesichtsausdruck konnte Rose kaum ertragen. »Leute auf einem Boot, eine Familie, sind draußen in der Bucht auf die *Windrose* gestoßen. Sie wollten in den Hafen zurück, wegen der Sturmwarnung, gefährliche Böen …« Sie machte eine Handbewegung zum Fluss, zum Himmel hin. »Sie hatten das Gefühl, dass etwas mit dem Boot nicht stimmt, deshalb sind sie längsseits gegangen, um zu sehen, warum sich nichts regt, warum niemand an Deck war. Nur ein bellender Hund.« Ihre Augen füllten sich mit Tränen.

Mason fragte: »Ist er tot?«

»Sie haben ihn gefunden. Er lag im Wasser, neben dem Boot. Sein Fuß hatte sich in einer Leine verfangen. Ja, er ist tot.«

»Ertrunken.«

»Ja.«

Rose vergrub das Gesicht in Masons Hemd und krallte die Hände in den feuchten Stoff. Sie schmeckte Baumwolle und Salz, bitter, nicht zu unterscheiden von ihren Tränen. Gestorben. Tot. Ertrunken. Die Worte ergaben keinen Sinn. Es waren traurige Worte, aber sie wusste noch nicht, weshalb, es war alles so unwirklich. Sie war nicht überrascht, aber sie glaubte es nicht.

»Wo ist er?«, fragte Mason.

»Sie haben ihn an Bord geholt. Sie kommen jetzt an Land, mit dem Segelboot im Schlepptau. Der Polizist hat gesagt, sie steuern auf eine Stelle namens Dutchman Point zu. Das ist …«

»Ich weiß, wo das ist«, unterbrach Mason sie.

»Ich will ihn sehen.«

»Oh, Rose, nein!« Anna streckte die Hand aus.

»Ich bringe dich hin«, sagte Mason.

∗

Man hatte eine blaue Persenning über ihn gebreitet. Mason sprach mit den beiden Polizisten an Deck der Yacht und kam dann zurück, um Rose zu holen und ihr an Bord zu helfen. Einer der Polizisten zog die Plane weg. Rose ließ sich auf die Knie sinken.

Niemand hatte ihm die Augen geschlossen. Zunächst hatte sie Angst, ihn zu berühren, doch sobald sie sich überwand, war es in Ordnung. Es war Theo. Sie strich mit den Fingern über seinen struppigen Schnurrbart und liebkoste die leicht geöffneten Lippen. Seine Wange war eiskalt, und Rose legte ihre daran, um ihn zu wärmen. Was sie dann zum Weinen brachte, war der tropfnasse grüne, an der Taille verdrehte Wollpullover, ihr Weihnachtsgeschenk. Ein Schuh fehlte, die Socke war halb heruntergerutscht. Theo sah zerzaust und verwegen aus, das graue Haar hing wirr auf das Deck hinab.

»Er sieht ganz wie er selbst aus«, sagte sie an Mason gewandt. Und meinte damit, dass er seit langem nicht mehr so sehr wie er selbst ausgesehen hatte. Der Tod hatte die Steifheit der Gesichtsmuskeln gelöst und die altvertrauten Züge, die Liebenswürdigkeit und Herzlichkeit darin, wieder zum Vorschein gebracht. Jetzt war es für Rose zur Wirklichkeit geworden. Theo war tot, dieser Theo, den sie am besten kannte. Sie verschränkte ihre Finger mit den seinen und drückte seine große, klobige Hand an ihr Herz. *Hast du es mit Absicht getan?* Sie hoffte es – und auch wieder nicht. Weder das eine noch das andere konnte sie ertragen. Mason berührte sie an der Schulter, und sie dachte, *Ganz gleich, was du sagst, ich werde es glauben. Du entscheidest das. Ich kann es nicht.*

»Liebst du mich, Theo?«, flüsterte sie. Sie hielt das Ohr an seine Lippen und horchte auf die Antwort.

19

Bei Theos Beerdigung brach Anna zusammen. Sie erschrak über sich selbst und wäre am liebsten im Boden versunken. Eben noch hatte sie ruhig hinter Rose und Mason in der Kirchenbank gesessen, hatte mit halbem Ohr der Orgelmusik zugehört und sich gefragt, wie Mason wohl reagieren würde, wenn sie an dem kleinen Faden zog, der hinten aus dem Kragen seines dunkelblauen Anzugs herauslugte. Und im nächsten Moment krümmte sie sich zusammen, im verzweifelten Bemühen, ein heiseres, krampfhaftes Schluchzen zu unterdrücken, und fühlte sich wie zermalmt von maßloser Trauer. *Was war denn das?* Es war ihr ein Rätsel, aber sie konnte nichts dagegen tun. Dass Tante Iris ihr den Rücken tätschelte, machte alles nur noch schlimmer. Nicht einmal Macs Tod hatte sie so mitgenommen. Es war, als stehe Theos Beerdigung für alle Beerdigungen in ihrem Leben, als trauere sie gleichzeitig um ihn und alle anderen Menschen, die sie je verloren hatte. Als der Gottesdienst beendet und es an der Zeit war, ans Grab zu treten, bat sie Rose, sie zu entschuldigen.

»Oder brauchst du mich?«, fragte sie, den Blick auf die Autos gerichtet, die sich für die Prozession zum Friedhof aufreihten. »Ich komme mit, wenn es dir hilft.« Sie war zu durcheinander, um passendere Worte zu finden. »Wirklich, ehrlich, ich komme mit, wenn du mich brauchst.«

Rose legte die Hand an Annas heiße, geschwollene, fleckige Wange und sagte: »Nein, ich brauche dich nicht.« Immerhin milderte sie den Satz mit einem Lächeln ab.

Nein, sie brauchte sie nicht, sie hatte ja Mason, der seit Theos Tod kaum von ihrer Seite gewichen war. Sie hatten einander.

Soweit Anna wusste, hatte Rose nur einmal in der Öffentlichkeit geweint, und zwar am Abend vorher, in der Leichenhalle. Sie hatte gesehen, wie Rose am Kopfende von Theos offenem Sarg stand, plötzlich schwankte und sich vornüber beugte. Anna war aufgestanden und wollte zu ihr, um sie notfalls aufzufangen, aber Mason war schneller und stützte Rose, bis sie sich wieder gefasst hatte. Ansonsten wirkte Rose ruhig und beherrscht, fast gelassen. Vielleicht wollte sie Anna einfach nicht an ihrem Gram teilhaben lassen. Im Kontrast zu Roses Gefasstheit wirkte Annas Weinkrampf während der Trauerfeier jedenfalls noch unangemessener und übertriebener.

Mason stand neben Rose auf den Kirchenstufen und fixierte Anna mit einem Blick, den sie nicht zu entschlüsseln vermochte. *Typisch weibliche Hysterie*, dachte er vermutlich. Vielleicht verübelte er ihr sogar, dass sie so erschüttert war, vielleicht hielt er das für Show. Sie hätte gern mit ihm gesprochen, aber ihr fiel nichts ein. Wie Leid ihr das alles tat, hatte sie ihm bereits gesagt, und auch gefragt, ob sie irgendetwas für ihn tun könne. Sie hatte all die Worte gesagt, mit denen man jemandem zu zeigen versucht, dass man Anteil nimmt und mit ihm fühlt und sich wünscht, man könne ihn trösten.

Zwischen ihnen war jetzt nur noch eine distanzierte Höflichkeit möglich, wie sie zwischen Fremden herrscht, nur quälender, und Anna drang nicht mehr zu ihm durch, ganz gleich, was sie tat. »Danke«, antwortete er immer nur. Es war fast schon zum Lachen. Und er sagte es in solch *liebenswürdigem* Ton! Rose sprach in demselben Tonfall mit ihr, mit einer leicht distanzierten Sanftmut, die zunächst gut getan hatte, dann entmutigend und schließlich unerträglich geworden war. Es war eine passive Art von Bestrafung, die sie völlig rasend machte – auch wenn sie den beiden nicht ernsthaft eine Absicht unterstellte. Doch ein Ringkampf mit Mason wäre ihr allemal lieber gewesen als diese grässliche, zermürbende Liebenswürdigkeit.

Tags zuvor hatte sie, erpicht auf ein offenes und ehrliches Gespräch, am späten Abend auf dem Parkplatz der Leichenhalle auf Mason gewartet. Sie hatte vergessen, dass er und Rose wie siamesische Zwillinge nur noch gemeinsam aufkreuzten. Auch diesmal traten sie zusammen ins Freie und erblickten sie gleichzeitig. Sie standen neben ihren Seite an Seite geparkten Autos und sahen neugierig, möglicherweise mit Unbehagen und sicher mit Argwohn, zu Anna herüber, als sie über den leeren Parkplatz auf sie zuging. Ihr war schon nicht klar gewesen, was sie eigentlich zu Mason sagen wollte, und wie sie nun *beide* ansprechen sollte, war ihr vollends rätselhaft. Zumal sie ihnen gerade erst eine gute Nacht gewünscht hatte.

»Ich wollte nur noch einmal sagen, wie Leid es mir tut.«

Sie nickten müde. Sie waren erschöpft, und in den letzten Stunden hatten sie diesen Satz wohl hundertmal gehört.

»Und wenn es etwas gibt, das ich tun kann …«

Sie murmelten etwas und warteten, dass Anna zum Ende kam und wegging.

»Ich habe ihn wirklich gern gehabt«, hörte sie sich als Nächstes stammeln.

Rose ließ den Kopf matt an Masons Schulter sinken.

»Er hat mich nicht sonderlich gemocht, ich weiß. Er hatte Angst, ich könnte …« Sie war drauf und dran, sich bis auf die Knochen zu blamieren. Aber immerhin war es ehrlich gemeint. »Ich könnte etwas tun, das dich verletzen würde«, sagte sie mit einem Blick zu Rose. »Er wollte dich unbedingt beschützen. Er hat dich wirklich sehr geliebt.« Klang das herablassend? Anmaßend? Als müsse sie Rose erläutern, wie sehr Theo sie geliebt hatte? Sie wurde rot.

»Jedenfalls«, quälte sie sich weiter, »glaube ich, dass er mich gegen Ende vielleicht doch ein bisschen gemocht hat. An diesem Tag auf dem Boot, als wir seine Sachen ins Pflegeheim brachten … hat er zu mir gesagt, sinngemäß … Nun, wir haben über Cork geredet, und er hat gesagt: ›Du kannst anscheinend gut mit Hunden umgehen.‹ Ich wusste, das er das als Kompliment gemeint hat. Also, das war immerhin etwas. Es war ein gutes Gespräch …« Sie wusste nicht mehr weiter.

»Anna«, sagte Rose, in *liebenswürdigem* Ton. »Theo hatte überhaupt nichts gegen dich.«

Wieder stieg Anna die Röte in die Wangen. Ach, es war ein Fiasko. Sie hatte irgendwie Kontakt zu Mason finden wollen und stattdessen nun Theos Tod als einen Schicksalsschlag hingestellt, bei dem es allein um *sie selbst* ging. Sie mussten sie ja für völlig borniert halten.

»Gute Nacht«, hatte sie schließlich, den Tränen nahe, gerade noch hervorgebracht. »Bis morgen.« Sie hatte all ihren Mut zusammengenommen und Mason am Jackettärmel angefasst.

»Danke«, hatte er gesagt. »Gute Nacht.«

Jetzt sah Anna die beiden Arm in Arm auf die Limousine zugehen, die Rose gemietet hatte, um darin dem Leichenwagen zum Friedhof zu folgen. Sie wollte hinter ihnen herrennen und sagen, sie habe es sich anders überlegt, sie wolle doch lieber mitfahren. Sie war wirklich nicht ganz bei Trost – sie ging sich selbst mindestens ebenso auf die Nerven wie den beiden. Es wäre ihr lieber gewesen, wenn sie sie angeschrien hätten. Oder sich auf sie gestürzt. *Bleibt da, bleibt da!* Doch sie hatte sich so gründlich aus allen Bindungen herausgewunden, dass es jetzt allen gleichgültig war, ob sie blieb oder nicht. Folglich fühlte sie sich nicht etwa befreit, nicht wie eine Frau, die sich alle Türen offen hält und erfrischend klare Perspektiven hat. Sie fühlte sich vielmehr abgewiesen.

✳

Nach dem Begräbnis nahm Rose sich einige Zeit frei. Labor Day und das Saisonende standen bevor. Danach waren sinkende Umsätze zu erwarten, und die Aushilfskräfte gingen wieder in die Schule, auf das College oder sonst wohin. Anna bot Rose an, sie könne gern noch eine Weile bleiben, um in der Übergangsphase zu helfen. *Noch eine Weile*, so hatte sie sich ausgedrückt. Hinterher fragte sie sich, warum sie offenbar von Natur aus unfähig war, feste Zeitangaben zu machen. Rose hatte jedoch geantwortet: »Warum nicht, wenn du meinst, dass du das mit deinem Freund in New York regeln kannst. Setz aber unsertwegen dort nichts aufs Spiel.« Das hatte sie in ernsthaftem Ton und ohne Sarkasmus geäußert. »Wir kommen schon zurecht.«

Anna rief Tante Iris an und erkundigte sich: »Wie geht es Rose? Sie scheint ganz gut zurechtzukommen, aber ich sehe sie zurzeit kaum.«

»Ach, ich denke, sie hat sich im Griff.«

»Ich weiß, aber redet sie denn mit dir? Wir geht's ihr wirklich? Sie kommt nur zwei, drei Stunden am Tag ins Restaurant.«

»Nun, alles braucht seine Zeit.«

Dass ihre zuverlässige Informationsquelle in Bezug auf Rose je versiegen würde, hatte Anna ganz und gar nicht erwartet. »Ja, aber ist sie niedergeschlagen? Weint sie? Wie geht es ihr deiner Meinung nach *wirklich*, Tante Iris?«

»Den Umständen entsprechend, würde ich sagen. Und du, Liebes, hast du dein Haus schon zum Verkauf angeboten?«

Und damit war das Thema erledigt. Nach all den Jahren als Mittlerin hatte Tante Iris sich für eine Seite entschieden. Es fiel Anna schwer, das nicht als Verrat zu interpretieren, und noch schwerer, sich nicht selbst zu bedauern. Es überstieg ihre Kräfte. *Warum buchen sie mir nicht gleich den Flug*, fragte sie sich, *und fangen an, mir meine Taschen zu packen?*

Im Bella Sorella fühlte sie sich weniger verstoßen als entbehrlich. Sie hatte bisher immer das Familiendinner organisiert und es ein bisschen extravaganter als unter Roses Führung gestaltet, indem sie für alle Angestellten Wein, Olivenöl, Eiskrem und Sardellenhappen einführte und die Köchinnen abwechselnd den Hauptgang zubereiten ließ, der beliebig experimentell, »ethno« oder bizarr sein durfte. Anna hatte sie sogar ermuntert, aus Spaß ausgeflippte Experimente aufzutischen, und manchmal kamen am späten Sonntagabend äußerst sonderbare und eigenwillige Gerichte auf den Tisch. Der Teamgeist sei nie besser gewesen, hatte Vonnie ihr vor einigen Wochen, noch vor Annas Kündigung, verraten. Sie hatte das bereits selbst vermutet, aber es von Vonnie zu hören, hatte ihr viel bedeutet – mehr noch als von Rose, denn deren Motive waren natürlich verdächtig.

Jetzt war es Frankie, die an Annas Stelle das letzte Familiendinner vor dem Labor Day organisierte. Es war alles bereits geplant, ehe Anna überhaupt etwas davon mitbekommen hatte. Als sie hinten am großen Tisch zwischen Dwayne und Flaco saß, an einem australischen Chardonnay nippte, überbackene Käseschnitten nach dem Rezept von Lucas sardischer Mutter aß, dazu geräucherten Kabeljau in Kapernsauce und sautiertem Senfgemüse, und auf das bevorstehende bedauerliche Ausscheiden von vier Teilzeitkellnerinnen und zwei Köchen das Glas erhob, fühlte sie sich sehr überflüssig.

Shirl gab bekannt, dass sie sich wieder mit ihrem Ex-Mann Earl, dem Stalker, zusammengetan hatte. Er war eigentlich gar nicht ihr Ex, stellte sich heraus, weil nie eine Scheidung ausgesprochen worden war. Deshalb wollten sie, anstatt noch einmal zu heiraten, nach Atlantic City fahren, um in einer einfachen Zeremonie ihr Heiratsversprechen zu erneuern. Nichts, was Shirl von sich gab, konnte noch irgendjemanden schockieren, und als sie verkündete: »Earl junior ist so aufgeregt, dass er die Trauringe tragen darf, und hat deswegen die Klage fallen lassen«, nickten alle nur, brummelten etwas und aßen weiter.

»Luca, das schmeckt toll«, sagte Frankie und wedelte mit der Gabel über ihren Teller. »Wie hast du die Käsesauce so sämig hingekriegt?«

Luca, der gerade noch gekränkt dreingeschaut hatte, weil Jasper lauthals bedauert hatte, dass kein Hund unter dem Tisch saß, dem er das Senfgemüse verfüttern könnte, lächelte selig. »Geheimrezept«, antwortete er, und alle ächzten. »Dir ich erkläre später«, sagte er leiser zu Frankie, die ihm zuzwinkerte.

Vince war immer noch verliebt. Anna beobachtete, wie er Frankie anhimmelte. Wann immer Frankie etwas sagte, warf er ihr verstohlene Blicke zu und spitzte die Ohren, um auch die leiseste Bemerkung aufzuschnappen. Sie behandelte ihn nicht wirklich schlecht, oder zumindest nicht schlechter als gewöhnlich. Als Anna einmal auf seine Verliebtheit angespielt hatte, hatte Frankie ihr geantwortet: »Tja, zu dumm, dass ich nicht daran interessiert bin, die Freundin von irgendeinem Typ zu sein. Ich bin Mutter und Köchin, und für mehr habe ich keine Zeit.«

Rose stand auf, als sich alle gerade über Dwayne amüsierten, der entdeckt hatte, dass Fontaine seine Portion Tiramisu mit Spachtelmasse anstatt Mascarpone zubereitet hatte. Augenblicklich wurde es still am Tisch. Seit Theos Tod behandelten selbst die größten Küchenrowdys Rose mit außerordentlicher Behutsamkeit – unbeholfen zwar, aber auch rührend anzusehen, denn die einzige Erklärung dafür war, dass sie sie sehr gern hatten.

»Ich möchte einen Toast ausbringen auf Kelli und Marco, Popper, Diego, Lorraine und Bobbie. Wir werden euch sehr vermissen. Danke für euren großen Einsatz. Wir trinken darauf, dass euch alles gelingt, was ihr in Zukunft anpackt. Und auf euer Glück.«

Sie erhoben die Gläser. Dann trug Jasper zu diesem besonderen Anlass als neu kreiertes Dessert Carmens *torta delizia* auf. Weitere Toasts, Witze und Neckereien folgten. Mitten in der unerwartet tränenreichen Abschiedsrede einer Kellnerin sah Anna, wie Rose aufstand und unauffällig hinaushuschte. Bestimmt ging sie nach Hause und würde erst spät am Dienstag wiederkommen. Was fing sie nur die ganze Zeit mit sich an? In Annas düsteren Fantasien igelte sie sich in ihrer kleinen Wohnung ein oder starrte nachts, übers Terrassengeländer gebeugt, auf die dunkle Bucht hinaus. Immer allein, immer in einsamem Schmerz versunken. Das war nicht gut. Iris hielt es für natürlich und meinte, sie würde Zeit brauchen, aber Anna kam es so vor, als hätten alle sie im Stich gelassen.

Nach dem Essen wartete Frankie, bis Carmen außer Hörweite war und sie Anna in der Küche unter vier Augen sprechen konnte. »He, hör mal zu«, begann sie und fingerte an einer Schnalle des alten Militärtornisters herum, den sie als Handtasche benutzte. »Ich wollte es dir zuerst sagen, noch vor Rose.«

Oje, dachte Anna. Aber schließlich hatte sie selbst Frankie seit Wochen gedrängt, sich etwas anderes zu suchen. »Du gehst weg.«

»Ich hab da ein Angebot vom Rio Grande, das ist so ein gehobenes Café in einem Vorort …«

»Ich kenne es.«

»Ah ja. Klar, das Essen ist zwar hauptsächlich Texmex, aber sie wollen mich als Küchenchefin, deshalb … Und die Bezahlung ist ein bisschen besser, nicht viel, aber an so was muss ich nun mal auch denken.«

»Natürlich.«

»Und dort kann ich noch ein bisschen mehr Schliff kriegen, und nach einem Jahr oder so suche ich mir was Interessanteres. Aber bis dahin lerne ich noch was dazu, und in meinem Lebenslauf wird das extra-ordinär aussehen.« Sie grinste, als sie *extraordinär* so aussprach, als wären es zwei Wörter, aber sie wirkte alles andere als glücklich. Ihr Gesichtsausdruck hatte sogar dann, wenn es ihr gut ging, etwas Bekümmertes, aber jetzt kam noch Unzufriedenheit dazu.

»Ach, das wird bestimmt toll.« Anna gab sich Mühe, heiter zu klingen. »Es ist hier am Ort und mal was ganz anderes, und du bist der Boss. Ich sehe da keinen Haken.«

»Tja, nur dass ich lieber hier bleiben würde, wenn ich könnte. Wenn Carmen nicht wäre. Wenn du nicht gehen würdest.«

Zwei große Hürden. »Und wie läuft es sonst?«, fragte Anna. »In deinem wirklichen Leben?«

»In meinem wirklichen Leben …« Frankie grinste und senkte den Blick auf ihre Füße. »Gar nicht so übel, ob du's glaubst oder nicht.«

»Im Ernst?«

»Ich und Mike, wir sind zu so was wie 'ner Übereinkunft gekommen. Wir sind nicht wieder zusammen, nein«, sagte sie rasch, als Annas Miene sich aufhellte. »Es war mehr so eine … tja, mehr so eine Art Krisenintervention, nur dass es diesmal nicht um den Alkohol ging.«

Anna verschränkte die Arme und lehnte sich gegen das Regal der Speisekammer, um zu zeigen, dass sie alle Zeit der Welt hatte. Frankie öffnete sich nur selten, sie gab sich normalerweise abgebrüht, und das Letzte, was jemand ihr gegenüber zeigen durfte, war Mitgefühl.

»Wir haben lange geredet, einfach so. Er hat gesagt, er

weiß … na ja, wie weh mir das tut, das mit Colleen und so. Er will, dass ich ein Teilsorgerecht für Katie kriege.«

»Frankie, das ist ja fantastisch, ich freu mich so für dich!«

»Mhm. Das verändert alles.« Frankie schaute hoch und ihr Gesicht leuchtete. »Die Sache ist die, er hat mir verziehen. Und Katie auch. Ich wusste nicht, wie das ist, bis es passierte. Du bist katholisch, oder?«

Anna sah sie erschrocken an. »War ich mal.«

»Ja, ich eben auch. Das Beichten hab ich immer gehasst, das war eigentlich das Schlimmste, irgendwie demütigend oder so, es ging mir nie besser, bloß weil so ein Typ ein Gebet durch ein Gitter gemurmelt hat. Aber …« Sie steckte die Hände in die Gesäßtaschen ihrer Tarnhose und studierte wieder den Boden. »Ich hab so viel Scheiße gebaut, als ich gesoffen hab! Du hast keine Ahnung. Ich dachte, ich würde mich bis an mein Lebensende mies und dreckig fühlen. Aber dann hat Mike gesagt, dass jetzt alles in Ordnung ist. Und das war wie … ich weiß nicht.« Ihre Ohren färbten sich rosa. »Die Letzte Ölung oder so.«

Anna hätte gern die Hand um Frankies mageren Nacken gelegt und sie einfach dort ruhen lassen. Doch sie ließ es lieber sein.

»Die ganze Zeit hab ich versucht, mich an ›die Schritte‹ zu halten, du weißt schon, die von den Anonymen Alkoholikern, und hab versucht, mich mit den Leuten zu versöhnen, die ich enttäuscht hab. Und jetzt war es … als würde Mike ein paar Stufen überspringen oder die Sache umdrehen oder so. Er ist auf *mich* zugekommen, *er* hat's wieder eingerenkt.«

»Klasse Typ«, sagte Anna leise.

»Klasse Typ. Kann mir was drauf einbilden, dass ich mir den ausgesucht hab.« Ihr Lachen klang angestrengt. »Und Katie ist so lieb, sie trägt mir nichts nach. Dabei hätte sie allen Grund. Aber sie hat mich einfach nur lieb.« Sie wischte sich die Augen. »Jedenfalls, das war die ausführliche Antwort auf deine Frage, wie's mir in meinem wirklichen Leben geht.«

»Klingt ziemlich gut.«

»Na ja. Ist mal ein Anfang.«

Anna kannte die Kniffe und Tricks, mit denen man sich vor dem gefährlichen Feind Optimismus schützt, selbst zu gut, als dass sie zu Frankie gesagt hätte: Das ist viel mehr als nur ein Anfang.

∗

Der Abend ging dem Ende entgegen. Die Service-Crew saß mit Vince bei der Schlussabrechnung, die Köchinnen und Köche gingen nach Hause, die Spüler räumten die Küche auf. Wieder war eine Woche vorüber. Anna konnte sich nicht entscheiden, ob sie am nächsten Tag hereinschauen sollte oder nicht. Das Restaurant war geschlossen, aber bis jetzt war sie kaum einen Montag fortgeblieben, es hatte immer so viel zu erledigen gegeben. Eigentlich musste sie sich um ihr eigenes Haus kümmern. Der Makler wollte es erst zum Verkauf anbieten, wenn wenigstens neuer Teppichboden gelegt war und sie es außen ordentlich gestrichen hatte. Aber das schob sie vor sich her. Sie öffnete die Tür zum Büro.

»Rose! Mein Gott, du hast mich zu Tode erschreckt, ich dachte, du wärst nach Hause gegangen! Du warst doch schon weg, oder?«

»Ja, aber ich bin noch mal hergekommen. Ich hatte das hier vergessen.«

Anna trat zögernd in das halbdunkle Büro und versuchte Roses Stimmung zu erspüren. Sie saß hinter dem Schreibtisch, mit heruntergedimmter Lampe, vor sich ausgebreitet einen Wust von Papieren, neben sich ein Glas. »Was ist das?«

»Unterlagen von Theo, Versicherungen und so weiter. Ich verwalte seinen Nachlass.«

»Tatsächlich? Das wusste ich nicht. Ist es kompliziert?«

»Nein. *Nachlass* ist auch leicht übertrieben.« Rose lächelte matt. Sie wirkte zierlich und hager, das Kinn ungewohnt spitz – eine alternde Frau in einem schwarzen Kleid auf einem großen schwarzen Sessel. Sie lehnte sich zurück und faltete die Hände im Schoß. »Er hatte gerade noch genug Geld für die Beerdigung auf seinem Konto. Das hätte ihm gefallen – wenn er es gewusst hätte. Vielleicht hat er es gewusst.«

Anna wartete gespannt, ob Rose sich in diesem Zusammenhang dazu äußern würde, wie Theo gestorben war. Als offizielle Todesursache hatte man Ertrinken infolge eines Unfalls festgestellt, aber Anna hegte Zweifel und konnte sich nicht vorstellen, dass es Rose anders erging.

»Zum Glück gibt es sonst nicht viele Rechnungen. Er hatte keine Kreditkarte. Ihm lag nie etwas an Besitz – was nicht auf seine kleine *Expatriot* passte, konnte er nicht gebrauchen.«

Anna trat näher. Sie setzte sich zaghaft auf die Kante des Schreibtischs und achtete darauf, dass sie Theos Papiere nicht berührte. »Wie geht es dir?«, fragte sie vorsichtig.

Ein melancholisches Lächeln huschte über Roses Gesicht. »Ganz gut.«

»Vielleicht solltest du eine Weile wegfahren. Urlaub machen in einer exotischen Gegend.« Noch während sie die Worte aussprach, kam ihr der Gedanke albern vor.

»Ich bin hier besser aufgehoben. Bei der Familie. Das Restaurant ist die Familie.«

»Aber es muss doch sehr schmerzlich für dich sein.«

Rose lehnte den Kopf zurück und ließ die schweren Augenlider zufallen. »Am meisten fehlt er mir nachts. Wenn wir nicht zusammen waren, haben wir telefoniert. Am Ende des Tages lagen wir immer beide im Dunkeln in unseren Betten. Mir fehlt der Klang seiner Stimme im Dunkeln. Diese Nähe. Manchmal reißt mich das Telefon aus einem Traum, und ich denke, er ist es.« Sie öffnete die Augen. »Aber dann ist es Carmen. Oder du, oder jemand, der mich für eine andere Telefongesellschaft werben will.«

»Ach, Rose.«

»Ich kann mich nur schwer daran gewöhnen, wieder allein dazustehen. Nach Pauls Tod habe ich es schon einmal mitgemacht, aber diesmal kommt es mir schwerer vor. Vermutlich, weil ich älter bin.«

»Du stehst nicht allein da.«

»Nein.«

»Du *bist* nicht allein.«

»Ich weiß. Ich tue mir nur gerade selbst Leid.«

Auch das stimmte nicht. Anna war diejenige in der Familie, die sich gern selbst bemitleidete.

»Also dann.« Rose trank ihr Glas aus, stand auf und begann Theos Unterlagen in eine Aktenmappe zu schieben. »Musst du hier noch arbeiten? Ich gehe, ich bin dir gleich nicht mehr im Weg. Du solltest aber auch nach Hause gehen, es ist schon spät.«

»Rose?«

»Ja?«

»Was kann ich tun?« Beschämt merkte Anna, dass ihr die Tränen kamen. »Wie kann ich dir helfen?«, fuhr sie mit erstickter Stimme fort. »Ich würde alles tun.«

»Lieb von dir«, murmelte Rose. »Aber ich weiß nichts.«

»Es ist mir ernst. Frag mich einfach. Ich würde wirklich alles tun.«

Rose kam hinter dem Schreibtisch hervor. Ihr Lächeln wirkte jetzt nachsichtig. »Das ist sehr nett von dir – und das meine ich auch ernst! Ach, Anna, ich würde so gerne die Zeit anhalten, aber mein Leben geht weiter. Und dein Leben geht auch weiter. Wir waren eine Zeit lang zusammen, und dafür werde ich immer dankbar sein. Aber hab keine Angst, ich werde dich nicht bitten zu bleiben.« Sie legte die Hand auf Annas Schulter, beugte sich vor und streifte ihre Wange mit den Lippen. »Geh bald nach Hause«, flüsterte sie, »ich hab dich lieb.«

Anna hörte, wie sich ihre Schritte entfernten, die Hintertür zuschlug und auf der Straße ein Motor ansprang. So lange sie es ertrug, lauschte sie der wieder einsetzenden Stille, dann machte sie sich an die Arbeit, ging die letzten Belege durch, bereitete die Bankeinzahlung für den Dienstagmorgen vor und verschloss alles im Safe.

Sie war zu früh fertig. *Geh nach Hause*, hatte Rose gesagt, aber sie wollte nicht. Sie redete sich ein, ihr Widerwille habe mit dem Bad im Obergeschoss zu tun, das sie am Abend zuvor gestrichen hatte und das noch nach Farbe riechen würde. Der Geruch würde sie am Schlafen hindern. Rose hatte den Computer angelassen. Trotz der dumpfen Ahnung, dass sie enttäuscht werden würde, rief sie ihre E-Mail ab. Ihr Gefühl hatte sie nicht getrogen. Nichts von Mason.

Sie hatte seine gesamten Mails in einem eigenen Ordner gespeichert. Die letzten waren aus Montana gekommen, wohin er geflogen war, um eine Fotoserie über die Bitterroot Mountains zu machen. Sie klickte die zweite an, ihre Lieblingsmail. Er hatte sie in einer Bar auf seinem Laptop geschrieben.

Liebe Anna,
ich bin hier in Schluck's Tavern in der Stadt Stevensville, etwa zwanzig Meilen südlich von Mis-
soula, und warte darauf, dass der Regen aufhört.
Kann im Regen nicht fotografieren. In Stevensville gibt es nur eins, was man bei Regen tun kann
— Bier trinken im Schluck's. Es sind nicht so viele Fotografen hier, dass wir uns gegenseitig über
die Stative stolpern würden, nicht wie auf der
Macias-Insel letzten Monat. Ich glaube, mir sind
ein paar gute Fotos gelungen, gestern und heute
morgen, bevor es zu schütten anfing. Wie üblich
habe ich zu viele gemacht, aber wenn man auf das
perfekte Bild wartet, hat man am Ende kein einziges. Schnell und oft abdrücken, das ist mein
Motto.
Folgende Vögel habe ich bisher im Lee-Metcalf-
Wildreservat gesichtet: wilder Truthahn, Felsengebirgshuhn, Schwarzspecht, kanadisches Schneehuhn, Kappenkleiber, Rostscheitelammer, Fischadler, Waldohreule, diverse Enten, Gänse, Reiher,
Schwäne. Keine Überraschungen bislang, das sind
die Vögel, die man um diese Zeit des Jahres in den
Bitterroots erwartet. Am aufregendsten für mich
war — und ich weiß, das wird dich in helles Entzücken versetzen, du wirst eiligst in ein Flugzeug steigen, um sie selbst zu besichtigen — eine
Ponderosa-Eule. Ja. Zum allerersten Mal. Es gibt
Fotos von diesem winzigen Geschöpf, das nur 15 cm
groß ist, aber in natura sieht man es selten, weil

es genau wie ein Stück Rinde aussieht. Ich habe schnell abgedrückt, aber wenn überhaupt irgend-etwas auf dem Film ist, dann so dunkel und unscharf, dass es sich nicht verkaufen lässt. Sehr schade, aber wenigstens kann ich die Eule auf meine lange Liste setzen. Anlass zu Jubel und Freudenge-heul. Apropos Listen: Du weißt, dass wir Vogel-typen einen an der Waffel haben, was Listen angeht. Manche von uns — ich nicht — haben mehr für Lis-ten als für Vögel übrig. ›Auflister‹ nennen wir die. Ihnen geht es nur um den Wettbewerb, sie könn-ten ebenso gut Verkehrsampeln oder Telegrafen-masten zählen. Sie führen Listen für alles: Vögel im Fernsehen, Vögel, die sie aus dem Busfenster sehen, der jeweils erste Vogel des Tages, tote Vögel. Ein Bekannter von mir listet alle Vögel auf, die er aus dem Badfenster sieht, während er auf dem Klo sitzt. Wenn er sie beim Zähneputzen oder Duschen sieht, zählt es nicht, er muss wirk-lich auf dem Örtchen sitzen. Er sagt, dass es eine kurze Liste ist, jedes Jahr sichtet er dieselben Finken und Haussperlinge. Er überlegt, ob er unter das Fenster eine Trompetenblume setzen soll, um Kolibris anzulocken.

Wie geht es dir? Heute morgen rief ich Theo an, wir haben nicht lange geredet. Du fehlst mir. Ich denke jedes Mal an dich, wenn ich in einem Res-taurant bin. Sonst auch, aber in Restaurants besonders, und ich sehe mir dort alles viel auf-merksamer an als früher. Die Kellnerinnen halten mich wahrscheinlich für einen Restaurantkriti-ker. Was ich schon immer wissen wollte: Wie hält man eigentlich immer sämtliche Zutaten bereit, die man für die Gerichte auf der Speisekarte braucht? Vor allem für die, die nie einer bestellt? Hier im Schluck's steht zum Beispiel ein Zungen-Sandwich auf der Speisekarte. Wer mag wohl einen Zungen-Sandwich bestellen? Soweit ich weiß, ist das hier in Stevensville das beliebteste Sandwich, aber lass uns rein theoretisch mal annehmen, dass die überwiegende Mehrheit der Leute hier zu einem Zungen-Sandwich steht wie ich, d. h. das kalte Grausen kriegt. Aber es steht nun mal auf der Speisekarte, also müssen sie es jederzeit verfügbar haben. Monate vergehen, das Personal wechselt, und eines Tages bestellt jemand das Zungen-Sandwich, aber inzwischen weiß von denen, die im Schluck's arbeiten, keiner mehr, wie man es macht oder wo überhaupt die Zutaten sind. Wie schwierig es ist, ein Restaurant zu führen, weiß ich erst zu würdigen, seit ich dich kenne. Es regnet immer noch. Noch ein Bier vielleicht? Ich hab's nicht so mit dem Trinken. Wenn ich viel trinke, werde ich redselig.

Ich habe zwei Männer an der Bar beobachtet. Einheimische, keine Vogeltypen oder Jäger — das merkt man daran, dass sie nicht alle fünf Minuten aus dem Fenster schauen, um zu sehen, ob der Regen aufgehört hat. Der eine ist um die fünfzig, wird langsam kahl, geht schon etwas in die Breite, trägt eine karierte Flanelljacke. Der andere ist Ende zwanzig, größer, hält sich gerader, ist rotblond, hat einen Bürstenschnitt und Geheimratsecken. Sie haben dieselbe Nase, fast dasselbe kantige Profil. Sie rauchen beide Camels und trinken Pabst. Sie reden nicht viel miteinander, und wenn, dann lassen sie dabei das Autorennen im Fernseher nicht aus den Augen. Vorhin hat der Ältere dem anderen die Hand auf die Schulter gelegt, und ich höre ihn zum Barkeeper sagen: ›Also mein Junge ...‹ Den Rest bekam ich nicht mit. Der Ältere sah selbstgefällig und stolz drein, der Jüngere verlegen und froh.

Ich dachte über meinen Vater nach, was ich nicht oft tue, weil ich mich nicht besonders gut an ihn erinnern kann. Nach seinem Tod habe ich oft davon

geträumt, dass er zurückkommt. Ich hab mir ausgemalt, dass in dem Wrack der F-14 Tomcat der ver-
kohlte Körper von jemand anderem lag, nicht seiner. Dass er ein Geheimagent war, und die
Regierung deshalb seinen Tod vortäuschen musste.
Ich hab mir vorgestellt, dass er mich im Garten
oder auf dem Spielplatz bei der Schule beobachtet, immer verkleidet, und dass es ihm untersagt
ist, sich mir zu nähern. Obwohl er sich das sehr
gewünscht hätte. Er blieb auch in meinem Hinterkopf, als Theo in mein Leben trat, so wie wahrscheinlich jedes fromme katholische Kind Gott im
Hinterkopf behält. Genau so: Mein Papa war überall, und er konnte meine Gedanken lesen. Ich über-
lege gerade, wie es wäre, in einer Bar mit ihm zu
sitzen, Bier zu trinken und im Fernsehen Autorennen anzuschauen.
Schreib mir, wenn du Zeit hast. Du fehlst mir.
Den Tag heute kann ich wohl abhaken. Ich denke,
ich muss mir das Zungen-Sandwich bestellen, um
wieder nüchtern zu werden. Soll ich dich heute
Abend anrufen? Nein, ich werde früh schlafen. Ruf
du mich aber an, ganz gleich, wie spät es ist.
Ich wünschte, du wärst hier. Ich sehe dich vor
mir in Tarnkleidung und Fischerstiefeln, mit
kiloschwerem Fernglas um den Hals. Und dann sehe
ich dich ohne das alles.

Mason

Ach, Mason ... Warum konnte sie ihm jetzt nicht schreiben?
Anna hatte das Gefühl, in etwas gefangen zu sein, das sie
einmal im Griff gehabt hatte und das jetzt ihrer Kontrolle ent-
glitten war. Sie glaubte nicht an das Schicksal, aber in letzter
Zeit hatte ihr Leben eine merkwürdige Wendung genommen.
Alles schien vorherbestimmt, als würde sie einem Plan folgen, den jemand vor langer Zeit ersonnen hatte, nur dass es
kein anderer gewesen war, sondern sie selbst. Der Plan war

ihr einmal lebenswichtig erschienen, aber inzwischen war er nur noch eine Tortur.

Lieber Mason,
denkst du, wir könnten zusammenbleiben, auch wenn ich nicht hier wohne? In einer Beziehung auf die Ferne? Ich zermartere mir das Gehirn, um einen Weg zu finden, wie ich dich nicht verliere.

Sie löschte den Text.

Lieber Mason,
du bist sozusagen aus Versehen in die Schusslinie geraten, du warst nie derjenige, den ich treffen wollte. Es ist trotzdem passiert. Ich habe dieselbe Dummheit gemacht wie die Leute im Film, ich habe dich mit allen miesen Typen in einen Topf geworfen, weil ein mieser Typ mich hereingelegt hat. Einmal habe ich dich angeschaut — wir saßen draußen auf deinem Steg, weißt du noch, die Nacht, in der wir zwei Sternschnuppen sahen — und ich dachte, wer weiß, er könnte wie Jay sein. Auch er könnte mir so etwas antun, alle könnten mir das antun. Ich hab mich wieder gefangen, aber der Gedanke war da, wie ein Steinchen im Schuh. Tut mir Leid, ich bitte dich um Verzeihung. Ich war auf Angst programmiert. Wie ein Kriegsveteran, der noch Jahre später zusammenzuckt, wenn ein Auto eine Fehlzündung hat. Du warst das Auto, das eine Fehlzündung hat, und ich dachte, du wärst eine Bombe. Ich wünschte, wir könnten ...

Auch lieber löschen.

Lieber Mason,

die Sache reicht viel weiter zurück als bis zu Jay. Er ist nicht der Grund, warum es manchmal bei mir aussetzt. Mittlerweile ist das alles ineinander verstrickt, Jay und Nicole, Rose und mein Vater, du und ich. Ich glaube, mir bleibt keine Wahl, als wegzugehen, aber ich will dich nicht verlassen. Es tut mir schrecklich Leid, dass ich dein schlimmster Albtraum bin. Es tut mir schrecklich Leid, dass deine Mutter gestorben ist, während du schliefst. Ich glaube, die Art, wie sie dich verlassen hat, war schlimmer als alles andere, schlimmer als der Flugzeugabsturz deines Vaters oder sogar Theos Tod. Ich wünschte, ich könnte die sein, die bei dir bleibt. Ach, Mason

Anna schaltete den Computer aus.

Sie war selbstsüchtig. Mason kam gut zurecht. Das Gift hatte sich am Boden abgesetzt, und sie besaß die Frechheit und den Egoismus, es wieder aufzurühren. Wie rücksichtslos, wie boshaft von ihr! Sie konnte sich selbst nicht ausstehen.

Sie räumte einen Karton Tomatenmark-Dosen beiseite und legte sich im Dunkeln auf das Sofa. Es war ganz und gar ungeeignet als Schlafcouch, durchgesessen und nicht lang genug. Es zeigte jedoch den flachen, S-förmigen Abdruck von Roses Körper, der sich durch tausend Nickerchen und kleine Pausen eingedrückt hatte, und Annas Körper passte in den Umriss genau hinein. Sie blickte zu dem Rechteck aus körnigem Licht, das die Straßenlampe im Hinterhof rings um den Fenstervorhang zeichnete. Sirenengeheul schwoll an, erreichte den Höhepunkt und verebbte wieder.

Anna schlief ein und träumte von einem kleinen Mädchen in einem offenen Eisenbahnwaggon, der durch den Wilden Westen sauste. Zerklüftete Berge ragten am Horizont auf, im Vordergrund erstreckte sich eine von Kakteen übersäte Wüste, der Wind wehte stachelige Kugeln aus Beifußgestrüpp vorbei. Die Erde war hellgelb, und der Eisenbahnwaggon wirbelte Staubwolken auf, die einem den Atem nahmen. »Nein, er hält nicht an«, sagte das Mädchen. Seine Hände klebten an den Griffen der Stange, die man drücken und ziehen konnte – es war jetzt kein Eisenbahnwaggon mehr, sondern eine Draisine, und der Rücken des Mädchens beugte und streckte sich, beugte und streckte sich, während es die Draisine durch den Wilden Westen vorwärtspumpte. Einer der zerklüfteten Berge rückte näher. Die Gleise verschwanden in einem Loch an seiner Flanke, in einem schwarzen, umgekehrten U, das wie ein Mauseloch in einem Zeichentrickfilm aussah. »Nein, er hält nicht an«, sagte das kleine Mädchen, das Anna war, und die Draisine sauste geradewegs in das Loch hinein und wurde verschluckt.

Sie wachte mit dem Geruch von Staub in der Nase auf. Er war täuschend echt. Nein, nicht Staub, Farbe. Aber – sie war doch *hier*, im Büro, nicht zu Hause! Benommen setzte sie sich auf.

Rauch.

Anna sprang vom Sofa herunter und stürzte zum Lichtschalter. Kam der Rauch aus diesem Raum? Wo waren ihre Schuhe? Unter dem Schreibtisch. Sie stieß die Füße hinein und rannte auf den Gang. Dichte Rauchschwaden drangen durch die Küchentür und stiegen langsam zur Decke auf. Sie stürmte in die Küche und sah orangerote Flammen an der vorderen Wand emporzüngeln. Der Rauch verströmte einen scharfen Geruch wie von verschmorenden Kabeln. Die Eismaschine war völlig von fauchenden, zischenden Flammenzungen verdeckt.

In Annas Kopf herrschte einen Moment lang Leere. Sie wusste nicht mehr, wo der Feuerlöscher stand. Es gab zwei. *Aber wo?* Der Hauptlichtschalter lag hinter der Stelle, wo das Feuer am stärksten wütete. Schwaches Licht drang durch die Glastür des Kühlschranks. Da – der Feuerlöscher, an der Wand neben dem Kochherd. Natürlich, wo sonst! Sie packte ihn, fingerte für eine Weile an dem roten Bolzen herum und zielte dann auf die höchsten Flammen, die unter und hinter der Eismaschine loderten.

Das half ein paar Sekunden lang, der Schaum erstickte das Feuer am Boden. Aber als Anna auf die Flammen zielte, die hinter der Maschine die Wand emporkrochen, loderten darunter gleich neue auf. Sie sprühte weiter, aber Hitze und Rauch setzten ihr immer mehr zu, und sie musste zurückweichen.

Der Rauchmelder im Speiseraum sprang an, dann schaltete sich die Sprinkleranlage an der Decke ein. Bis dahin hatte Anna keine Angst gehabt. Als aber das ohrenbetäubende Schrillen des Rauchmelders einsetzte und ihr wie eine Messerklinge ins Gehirn schnitt, bekam sie Angst. Ihr Herz raste und pochte wie wild. *Was mach ich nur? Was mach ich nur?*

Carmen aufwecken.

Sie rannte zur Hintertür, dann fiel ihr ein, dass es schneller ging, wenn sie oben anrief. Sie drehte sich um, rutschte dabei fast aus, raste zurück in die raucherfüllte Küche und nahm den heißen Telefonhörer von der Wand neben dem Wäscheschrank. Sie musste nur eine Taste drücken – zum Glück, denn die Nummer wäre ihr jetzt bestimmt nicht eingefallen.

»Hallo?« Carmen war schläfrig und benommen, schaffte es aber dennoch, ihre Stimme gereizt klingen zu lassen.

»Hörst du den Rauchmelder nicht? In der Küche brennt es! Steh auf und mach, dass du rauskommst, ich weiß nicht, wie schlimm es wird!«

»Hast du die Feuerwehr gerufen?«

Anna gefror das Blut in den Adern. Doch einen Moment später kam wieder Leben in sie, als sie sich erinnerte. »Nein, die wird automatisch angerufen. Sobald sich die Sprinkler im Lokal anschalten, klingelt es bei der Feuerwehr.«

»Gut.« Carmen legte auf.

Anna drehte sich in der Mitte der Küche hustend einmal um die eigene Achse. Sie sah, dass über der Tür Flammen züngelten, zögernd, als könnten sie sich nicht entscheiden, ob sie die große Uhr verschlingen oder einen Bogen um sie machen sollten. Im Lokal sprühte aus fünfzehn oder zwanzig Stellen der rauchverhangenen Decke ein dünner, deltaförmiger Wasserstrahl herab und durchnässte Tische, Stühle und Boden. Im blauen Schein der Nische hinter der Bar sah der nasse Raum irgendwie exotisch aus. Tropisch. Eine Nacht im Regenwald.

Mist, Mist, Mist. Der Rauch und das Wasser würden mehr Schaden anrichten als das Feuer. Zur Sicherheit sauste Anna zurück ins Büro, öffnete den Bodensafe und holte die Segeltuchtasche mit dem Bargeld und den Belegen heraus, die sie vor einer Stunde dort deponiert hatte. Sie nahm auch ihre Handtasche mit. Papiere, Dokumente? Nein, Unsinn, so schlimm war das Feuer gar nicht. Auf dem Weg hinaus nahm sie noch schnell ein gerahmtes Foto von der Wand – Rose und Theo, Hand in Hand an Deck der *Windrose* – und klemmte es sich unter den Arm.

Die gesamte vordere Wand der Küche stand jetzt in Flammen. Anna konnte die Geschirrspülmaschine und die Vorratskammer nicht mehr sehen, weil sie durch Flammen verdeckt waren, die sich zum Wäscheschrank hin vorarbeiteten. »Du lieber Gott!«, entfuhr es ihr. Die ganze saubere und schmutzige Wäsche würde wie Zunder brennen.

Carmen kam durch die Hintertür hereingestürzt. »Heilige Mutter Gottes!« Sie hatte Gummilatschen und ein gelbes, bauschiges, ärmelloses Nachthemd an. »Was stehst du da rum? Mach, dass du rauskommst!« Sie ging zum Wartungsschrank über dem Warmhaltetisch, riss ihn auf, stöberte darin herum und holte einen Akku-Schraubendreher heraus.

»Was hast du vor?«

Der brandneue Fleischwolf, Carmens Lieblingsgerät, war auf einer Arbeitsplatte aus rostfreiem Stahl beim Vorbereitungsposten befestigt. Sie kniete sich hin und fing an, die Schrauben zu lösen. Ihr orangerotes Haar stand von ihrem Kopf ab wie ein Hahnenkamm.

»Carmen, was machst du denn da?«

»Geh hinten raus, warte auf die Feuerwehr!«

Anna starrte sie einige Sekunden lang sprachlos an. Dann blickte sie sich um. »Ich nehme die Mikrowelle.«

»Nein!«

Sie zog den Stecker heraus und besah sich das Gerät genauer. Es war zu groß zum Tragen. Ein Karren – Dwayne hatte einen an seinem Posten stehen. Auf dem Weg dorthin brachte sie einen Berg saubere Teller und Tafelsilber zum Kippen. Sie rollte den Karren zur Mikrowelle und lud sie unbeholfen auf. Auf dem Weg zur Hintertür rammte sie sechs- oder siebenmal gegen die Wand.

Was ließ sich noch hinausschaffen? Die Nudelmaschine. Messer. Den Messerschärfer? »Die Cappuccino-Maschine! Carmen, hilf mir.«

»Nein, die ist hin, das Feuer ist zu nahe dran.« Sie war noch immer mit dem Fleischwolf beschäftigt. »Anna, zum Teufel, *raus mit dir*!«

Das Feuer griff nun auf den riesigen Grill über. Abgesehen von Lichtern und Ventilatoren hatte die Abzugshaube auch eine eingebaute Feuerschutzvorrichtung. Sie wurde von Hitzesensoren ausgelöst – mit einem Mal schoss aus der Haube nasser, schleimiger Schaum heraus, legte sich oben auf den Grill, tropfte an den Seiten hinunter und bildete Pfützen auf dem Boden.

Carmen brüllte Anna durch den wachsenden Lärm und Qualm zu: »Bist du sicher, dass die Sprinkler die Feuerwehr gerufen haben?«

Das Feuer an der Vorderwand war inzwischen um die Ecke gebogen und hatte das Lokal erreicht. Das Telefon war unbrauchbar, geschmolzen. Anna stürmte durch die Reste der Tür, stellte sich unter einen der unzulänglichen Sprinkler und wandte das glühende Gesicht nach oben. Sie schluckte Wasser, atmete keuchend die rauchgesättigte Luft ein und kämpfte gegen ein Schwindelgefühl an. Was, wenn Vinces sämtliche Weine vernichtet wurden? Er hatte jede einzelne Flasche sorgfältig ausgesucht. Sie brauchten einen Weinkeller, die Flaschen hier oben zu lagern war dumm. Anna hustete und keuchte. Was, wenn der Kühlraum Feuer fing? Jemand sollte wenigstens das teure Fleisch retten, und diese neue Lieferung Krabben …

Die Vitrine! Die würden die Feuerwehrleute ganz bestimmt nicht retten. Wenn Carmen den Fleischwolf losschraubte, würde sie die antike Eichen-Vitrine mit den facettierten Glasscheiben durch die Vordertür hinausrollen.

Anna stemmte sich mit der Schulter gegen das nasse, glitschige Riesenmöbel und schob. Es bewegte sich ein Stück, dann blieb es an einer Bohle hängen. Das unablässige Kreischen des Rauchmelders machte sie taub für alles andere. Sie schob erneut, kam wieder ein Stück weiter. Der Rauch senkte sich, er hing nicht mehr an der Decke, sondern schon auf Kopfhöhe. Auf Nasenhöhe. Anna ging in die Knie, aber die Hebelwirkung reichte nicht, die verdammte Vitrine rührte sich nicht vom Fleck. Hinter ihr ertönte ein lautes Knallen – berstende Flaschen. Die Muskeln versagten ihren Dienst. Es war zum Heulen. Wo war ihre Handtasche, wo war das Bild von Rose und Theo? Sie würde sie jetzt einfach holen und dann rauslaufen.

»Carmen!«, schrie sie durch die Tür. Zumindest glaubte sie, dass es die Tür war. Es sah wie das Tor zur Hölle aus. Sie roch den Gestank ihrer eigenen versengten Haare.

»Anna!«

Sie riefen sich gleichzeitig irgendetwas zu. Anna hielt inne, damit sie Carmen verstand.

»Raus mit dir!«

Gute Idee. Sie versuchte dasselbe zurückzurufen, bekam aber nicht genug Luft. Sie hatte das Gefühl, als seien ihre Lungen verbrüht. Sie röchelte, anstatt zu atmen. Als sie sich umdrehte, explodierte etwas hinter ihr. Die Druckwelle traf sie zwischen den Schulterblättern und schleuderte sie vorwärts. Sie rutschte mit der Brust voran über einen Tisch. Das Letzte, was sie hörte, war das Splittern von Glas. Hoffentlich waren das Männer, die mit Äxten die Fensterscheiben einschlugen.

20

Es war unmöglich, einen Arzt aufzutreiben. Die einen waren gerade gegangen, die anderen sollten angeblich jeden Moment eintreffen, aber keiner tauchte je auf. Erst am Nachmittag machte Rose schließlich eine Krankenschwester ausfindig, die kurz Zeit hatte, auf dem Gang vor Carmens Zimmer mit ihr zu sprechen.

»Es ist ein ziemlich klarer Fall von Rauchvergiftung. Wir haben die Blutgaswerte analysiert, und jetzt bekommt sie Albuterol. Das weitet einfach nur die Bronchien, entspannt die Muskeln, damit mehr Sauerstoff in die Luftwege strömt. Wir geben ihr feuchten Sauerstoff und lassen sie ruhen. Zum Glück hat sie keine ernsten Verbrennungen. Wir werden sie über Nacht dabehalten, um sicher zu gehen, dass keine Infektionen oder irgendwelche Komplikationen auftreten, dann kann sie nach Hause und sich dort weiter ausruhen. Sie wird vor allem sehr erschöpft sein.«

Carmen schlug die Augen auf, als der Stuhl, den Rose näher ans Bett zog, über den Fliesenboden schrammte. Sie hatte tatsächlich keine Verbrennungen, aber die Spitzen ihrer Augenbrauen und Wimpern waren braun angesengt und stachelig wie kleine Drähte. Sprechen war ihr untersagt. Eine durchsichtige Plastikmaske lag über Mund und Nase. Durch das Kondenswasser sah Rose ihr schiefes Lächeln. Das war schon ein Fortschritt. In der Notaufnahme hatte sie nur eine Grimasse zustande gebracht.

Sie nahm Carmens große, fleischige Hand, die träge auf

der Bettdecke lag, und wurde mit einem kräftigen Gegendruck belohnt. Seit Roses letztem Kurzbesuch hatten sie ihr die Haut gesäubert. Sie war von oben bis unten aschgrau gewesen, mit Ruß und Rauch verschmiert, vor allem um Mund und Nase herum. Durch das Medikament hatte der krampfartige Husten aufgehört. Carmen wirkte entspannt, fast zufrieden.

»Wie fühlst du dich? Du siehst ganz fidel aus. Nach allem, was passiert ist, siehst du sogar verdammt gut aus.«

Carmen rollte die tränenden Augen.

»Es heißt, dass du morgen nach Hause kannst. Im Obergeschoss sind einige Rauchschäden, deshalb wohnst du, solange wir da sauber machen, bei mir. Du sollst dich nur ausruhen, und das kannst du bei mir genauso gut wie bei dir. Mach dir vor allem keine Sorgen. Werde einfach nur gesund.«

Carmen nickte müde. Es tat weh, sie so zu sehen, schwach, hilflos, Anweisungen von anderen hinnehmend. Es passte nicht zu ihr. Hinter der Maske murmelte sie etwas, das Rose nicht verstand.

»Wie es im Restaurant aussieht?«, riet sie. »Nun ja, die gute Nachricht ist, dass die Mauer, die gebrannt hat, keine tragende ist, das Gebäude an sich hat also keinen ernsthaften Schaden genommen. Zum Glück! Wir haben einiges eingebüßt«, fuhr sie vage und ausweichend fort, »Geräte und so weiter, aber im Lokal lässt sich fast alles retten. Ich habe gerade mit dem Versicherungsvertreter geredet. Er will sich nicht recht festlegen, aber das ist nun mal sein Job. Es hätte viel schlimmer ausgehen können«, sagte sie, und Carmen nickte und blinzelte. »Und«, fügte Rose hinzu, »wir haben *Gott sei Dank* noch unseren Fleischwolf, denn ohne den …« Sie hob theatralisch die Schultern und verdrehte die Augen zur Decke. Carmen, deren Wangen ohnehin schon eine kräftige Farbe hatten, wurde noch einen Ton dunkler. Sie streckte die Zunge heraus und brachte Rose damit zum Lachen. Das erste Lachen an diesem höllisch langen Tag.

»Einen herzlichen Gruß von Iris soll ich dir ausrichten. Ich habe ihr gesagt, sie soll nicht anrufen, weil du nicht reden kannst, deshalb soll ich dir sagen, dass sie an dich denkt.«

Carmen lächelte und nickte.

Rose beugte sich vor. »Gut, dann lasse ich dich jetzt schlafen. Mach dir keine Sorgen, ja? Es gibt keinen Grund dazu. Kann ich noch irgendetwas für dich tun, bevor ich gehe? Kann ich dir etwas mitbringen? Nein?« Sie küsste Carmen ganz sachte und unbeholfen auf die Wange, weil sie die Sauerstoffmaske nicht verschieben wollte, und flüsterte: »Verrücktes Weib. Ich weiß nicht, was ich ohne dich täte. Ist dir das klar?«

Carmen wisperte etwas.

»Was? Nein, nicht reden …«

Doch sie wiederholte es, und diesmal verstand Rose durch die Plastikmaske: »Dito.«

✳

Anna war, anders als Carmen, eine miserable Patientin.

»Warum kann ich nicht gleich nach Hause?« Auch sie sollte eigentlich nicht sprechen. Doch sie hatte keine Maske vorm Gesicht, sondern eine Kanüle in der Nase, und somit gab es nichts, was sie zum Schweigen gebracht hätte. »Sie geben mir nicht mal Medikamente, also warum kann ich nicht heim?« Von ihrer Stimme war nur ein heiseres Krächzen übrig, sie klang wie eine Krähe mit Halsweh.

»Ich glaube, sie müssen noch dein Blut untersuchen, um sicherzugehen, dass genügend Sauerstoff drin ist.«

»Das haben sie doch schon. Hat eklig weh getan. Schau dir diesen Bluterguss an.« Anna streckte den Arm aus. »Ich will nach Hause.«

»Außerdem sollst du nicht reden.«

Anna schluckte und zog eine Grimasse, weil es Schmerzen im Hals verursachte. »Das Schlimmste ist die Brust«, klagte sie.

»Die Lungen? Das kann ich mir den…«

»Nein, die Brust. Schau!« Sie zog das verschossene Seersucker-Krankenhaushemd am Hals nach unten und zeigte einen großen, blauschwarzen Bluterguss über dem Brustbein.

»Ach je, Liebes, das sieht ja schrecklich aus! Tut es weh?«

»Ja, ziemlich.« Sie versuchte, sich aufrechter hinzusetzen,

und zuckte dabei wie zum Beweis zusammen. Rose sprang auf, um ihr das Kissen zurechtzurücken. »Ich bin mit dem Kopf voran auf einen Tisch geflogen, als in der Küche etwas explodiert ist.«

»Die Gasleitung zum Kochherd. Da war Carmen zum Glück schon draußen. *Würdest du jetzt bitte aufhören zu reden?*«

»Pfff. Mir ist so schlecht, ich muss gleich spucken.«

»Das kommt von dem vielen Rauch. Carmen lutscht Eisstückchen gegen die Übelkeit.«

»Ich hab keine mehr. Könntest du mir neue holen?«

Rose hatte ganz vergessen, dass Anna, wenn sie krank war, weinerlich wurde, quengelte und vor Selbstmitleid zerfloss, aber die Erinnerung kam rasch zurück. Sie seufzte. »Bin gleich wieder da.« Sie ging Eis holen.

Als sie zurückkam, versuchte Anna gerade aus dem Bett zu steigen. »Aber ich muss zur Toilette«, maulte sie, als Rose sie daran hindern wollte.

»Warte auf die Krankenschwester, du ziehst sonst die Infusion raus.«

»Das ist sowieso nur Salzlösung. Du könntest mir helfen. Diese Krankenschwester ist unfähig. Wenn sie mir noch einmal Blut abnimmt, garantiere ich für nichts.«

»Ich hatte vergessen, wie schlecht du das kannst.«

»Was denn?«

»Krank sein.«

Anna schob trotzig die Unterlippe vor. Sie hatten sie nicht so gründlich sauber gemacht wie Carmen. Um die Augen herum klebten immer noch schwärzliche Rußspuren. Das Schmollen rief bei Rose eine Erinnerung wach. »Weißt du noch, wie du die Masern hattest? Wir saßen abwechselnd bei dir – Lily, Mama und ich.« Anna schüttelte den Kopf. »Du erinnerst dich nicht mehr? Oh, mein Gott, du warst unausstehlich! Als müsste man einen Foxterrier-Welpen ruhig halten. Das Einzige, womit man dich bändigen konnte, war ...«

»*Der kleine Hobbit.*«

»Ja, *Der kleine Hobbit.* Den hast du geliebt.«

»Tu ich immer noch. Ich lese ihn alle zehn Jahre wieder. Du hast ihn mir vorgelesen – das hatte ich ganz vergessen.«

Sie hatte vieles vergessen. Rose war schon daran gewöhnt, dass Anna sich oft nicht erinnern konnte, Dinge durcheinander warf, Situationen mit Lily anstatt mit ihr in Verbindung brachte oder manchmal auch umgekehrt. Freilich kam es auch oft vor, dass Rose Anna beinahe für ihre eigene Tochter hielt. Eine echte Mutter hätte in der vergangenen Nacht nicht mehr durchmachen können. Um zwei Uhr der Anruf der Polizei. Feuer im Restaurant, erheblicher Sachschaden, zwei Frauen im Krankenwagen abtransportiert, Gesundheitszustand unbekannt. Dennoch hatte sie ihren Glauben nicht verloren – was ihr jetzt wie ein Wunder vorkam. Als sie im Auto über die zum Glück leeren Straßen zum Krankenhaus gerast und verzweifelt und todesmutig die Kurven geschnitten hatte, hatte sie Gott immer wieder gefragt: *Was soll jetzt werden, was soll jetzt werden, was soll jetzt werden?* Ihr graute vor einem weiteren Verlust, einem noch schlimmeren, einem, der sie sicher umbringen würde. Aber sie war nicht *zornig* gewesen. Sie hatte Ihn nicht beschimpft.

Ihr fiel etwas ein, das sie Anna erzählen wollte. »Ich habe noch eine gute Nachricht – Fontaine hat heute früh ihr Kind bekommen. Es ist ein Mädchen, und beide sind wohlauf.«

»Wie schön. Aber Rose, wie um alles in der Welt …«

»Ich habe keine Ahnung.« Rose konnte sich nicht vorstellen, wie Fontaine ohne Unterstützung von ihrer Familie und nur mit ihrem Lohn als Teilzeit-Konditorin mit einem kleinen Kind durchkommen sollte. »Übrigens«, sagte sie, »du und Carmen, ihr seid die Heldinnen des Restaurants. Den ganzen Tag kamen Leute von der Crew, um sich den Schaden anzuschauen, Louis und Billy, Dwayne, Shirl … Und Vince und Frankie.«

»Wir waren keine Heldinnen, wir waren verrückt.«

»Hm, na ja, wo du Recht hast, hast du Recht.« Rose legte die Hände an die Wangen. »Was in Gottes Namen habt ihr euch nur dabei gedacht? Alle beide! Nein – sag's mir nicht, nicht sprechen.«

»Ist die Vitrine heil geblieben?«

Rose ließ die Arme sinken.

»Na?«

»Ja. Keine Schramme, nichts.«

Anna nickte zufrieden. Eis lutschend, krächzte sie kaum verständlich: »Also, was ist alles kaputt?«

»Die Bar hat's überlebt, dank der Sprinkleranlage. Vince ist schwer enttäuscht – er hätte gern eine neue mit einem Messingtresen gehabt.«

»Ich habe Flaschen bersten hören.«

»Das waren nur die im Schauregal. Die hat es erwischt, aber die Weinflaschen und Spirituosen in der Bar sind heil geblieben. Schmutzig, aber unversehrt.«

»Was noch?«

»Na ja, die Küche sieht übel aus. Die Gummimatte ist geschmolzen und klebt am Boden, das wird ein Vergnügen! Ungefähr die Hälfte der größeren Geräte ist kaputt, entweder vom Feuer zerstört oder so stark durch Rauch und Wasser beschädigt, dass sie unbrauchbar sind. Die Geschirrspülmaschine, der Salamander, der kleinere Kochherd, der kleinere Kühlschrank – alle komplett ruiniert. Aber der große Kochherd und der Grill haben es wie durch ein Wunder überstanden, und der Kühlraum ist wahrscheinlich wieder in Ordnung, sobald er gesäubert ist. Zwei große, teure Geräte müssen wir also nicht neu anschaffen. Sie untersuchen immer noch, was mit den Luftschächten ins Obergeschoss passiert ist. Das könnte eine sehr kostspielige Angelegenheit werden.«

»Und Carmens Wohnung?«

»Kein Brandschaden, aber es sieht schlimm aus. Der Ruß hat alles mit einer klebrigen Schicht überzogen. Sie weiß noch nichts davon, also sag nichts, wenn du mit ihr sprichst.«

»Was ist mit der Versicherung? Sind die ganzen Schäden abgedeckt?«

Das war der andere Punkt, den Rose Carmen verschwiegen hatte. »Unter Umständen nicht. Ich durchschaue das nicht so recht, aber was der Vertreter sagte, war nicht sonderlich ermutigend. Alle gehen davon aus, dass ein Kurzschluss den Brand ausgelöst hat, wahrscheinlich in der Eismaschine.«

»Genau. So war es.«

»Die Sache ist nun die, dass die Feuerschutzvorrichtung in

386

der Dunstabzugshaube des Grills jedes halbe Jahr gewartet werden muss, und im August haben wir die Wartung ausgelassen. Formal betrachtet, wurden also die Vorschriften nicht eingehalten.«

»Du hast das Gerät nicht warten lassen?«, fragte Anna zu laut, zuckte zusammen und legte die Hand an den Hals.

»Ja, es war meine Schuld. Wir haben die letzte Inspektion übersprungen, weil ich schlicht und einfach das Geld für die Brandschutzfirma, die für die Wartung zuständig ist, nicht ausgeben wollte. Ich war nicht liquide. Der Inspektor der Restaurant-Aufsichtsbehörde hatte sich erst für Ende des Monats angesagt, also dachte ich, dass wir noch reichlich Zeit hätten.«

»Aber wenn die Ursache doch sowieso ein Kurzschluss war ...«

»Ja, genau darum geht es. Das Ganze ist eine reine Formalität. Es hat sogar *funktioniert* – dieses Schaumzeug, das Flammschutzmittel oder wie man es nennt, ist tatsächlich herausgequollen, und dadurch ist der Grill verschont geblieben. Mason sagt aber, sie werden alles versuchen, die Entschädigungssumme zu drücken. Außerdem meinte der Versicherungsvertreter, dass die Dichtungsringe in den Sprinklerdüsen korrodiert waren, also besteht für sämtliche Rauchschäden im Speiseraum möglicherweise kein Haftungsanspruch.«

»Du liebe Güte.«

»Genau.«

»Was ist, wenn sie nicht zahlen?« Annas tränende, blutunterlaufene Augen waren weit aufgerissen. »Was machst du dann?«

Rose schüttelte den Kopf. »Daran wage ich nicht mal zu denken.«

Annas Zimmergenossin war eine gebrechliche alte Frau, die über Nacht zur Beobachtung eingeliefert worden war, weil sie in der Badewanne gestürzt war und sich den Arm gebrochen hatte. Sie horchten auf das leise Schnarchen, das durch den gelben Vorhang zwischen den zwei Betten drang.

»Zuerst war ich wie betäubt«, sagte Rose leise in die Stille hinein. »Es wollte mir nicht in den Kopf, nicht einmal, als ich durch die Räume lief und mir alles anschaute.« Sie dachte an die trostlose, mit Brettern vernagelte Vorderfront des Hauses, den Albtraum eines jeden Geschäftsinhabers, an den Gestank im Inneren, die schrecklichen Verwüstungen. Alles war verkohlt, übelriechend, nass, verzogen. Das Restaurant, das sie zwei Drittel ihres Lebens geliebt und gehasst, gehätschelt und verflucht hatte, kam ihr vor wie geschändet. »Es war so unwirklich, als würde ich mich selbst in einem Film sehen.«

»Du hattest einen Schock«, befand Anna.

»Iris hat gemeint, ich solle mich zur Ruhe setzen. Das hat mich aufgerüttelt. Sie hat gesagt, ich soll aussteigen, ehe der Schaden noch größer wird. Weil ich alt und müde bin – das hat sie so nicht gesagt, aber gemeint. Ich solle alles verkaufen und nach Florida ziehen. Einen Augenblick lang, muss ich sagen, hat mir die Idee durchaus zugesagt.«

»Nein!« Annas entrüstete Miene tat gut.

»Doch. Es wäre so ähnlich wie einschlafen, wenn man am Erfrieren ist. Einfach loslassen. Wie viel einfacher das doch wäre! Ich *bin* alt und müde.«

»Blöds…« Anna musste husten.

Rose lachte. Sie hob ihre Handtasche vom Boden auf und nahm ihren Pullover von der Stuhllehne. »Aber weißt du, wie ich mich jetzt fühle? Nun, nicht mehr wie betäubt. Es bricht mir vielmehr das Herz. Ich bin unglücklich, wie wenn jemand krank wäre, wie wenn einem geliebten Menschen etwas zugestoßen wäre, und ich will ihn unbedingt gesund pflegen. Jetzt bringen mich keine zehn Pferde mehr von dort weg. Denn das ist ein Unglück, gegen das ich endlich etwas unternehmen kann.«

Anna grinste. Sie blickte Rose erwartungsvoll an.

Rose beugte sich vor, um Anna eine schmutzige Locke aus der Stirn zu streichen. »Ich gehe jetzt. Tut mir Leid, dass ich so lange geblieben bin. Brauchst du irgendetwas?«

»Oh, du musst noch nicht gehen.«

»Doch, du bist erschöpft. Und ich bin's auch. Ich rufe morgen früh an, um zu hören, wann sie dich und Carmen rauslassen. Vince wird euch wahrscheinlich abholen und nach Hause bringen.«

»Rose?«, sagte Anna schnarrend.

Sie drehte sich an der Tür um. »Hm?«

Doch Anna blieb stumm und starrte sie nur quer durchs Zimmer aus rot geränderten Augen an.

»Was ist?«, fragte Rose noch einmal.

»Nichts. Danke fürs Kommen.« Mit einem rasselnden, unzufriedenen Seufzer sank Anna in die Kissen zurück.

✳

Viel später, kurz vor Mitternacht, rief Anna an.

Rose war noch wach. Sie schlief schon seit Wochen schlecht, schon seit der Zeit vor Theos Tod. Jede Nacht sagte sie sich, dass sie genauso gut aufstehen und etwas erledigen konnte, einen Schrank putzen, einen Brief schreiben, damit die Schlaflosigkeit wenigstens produktiv genutzt wurde. Sie war aber so müde und kraftlos, dass sie in der Dunkelheit liegen blieb und ihre Gedanken von Erinnerung zu Erinnerung, von Sorge zu Sorge trieben. Heute Nacht waren die Sorgen in der Übermacht, und als das Telefon läutete, schrak sie zusammen. Ein Anruf um diese Zeit – das konnte doch nur die nächste schlechte Nachricht sein.

»Hallo, ich bin's«, sagte Anna, als würde das Rabenkrächzen sie nicht verraten. »Tut mir Leid, wenn du schon geschlafen hast.«

»Nein, ich bin wach. Ist alles in Ordnung bei dir?«

»Ja, mir geht's gut. Es ist nur, ähm …«

Mit einem Blick auf die Uhr setzte Rose sich auf und massierte sich die Kopfhaut, um ganz zu sich zu kommen. »Kannst du nicht einschlafen?«

»Na ja, hier ist es hell wie auf einem Busbahnhof, außerdem denken sich die Schwestern nichts dabei, die ganze Nacht im Gang draußen vor der Tür zu tratschen.« In dieser Art lamentierte sie für eine Weile weiter, über dieses und jenes, bis Rose sie unterbrach.

»Hör mal, du sollst doch eigentlich gar nicht sprechen. Wie kommt es überhaupt, dass du anrufst? Du solltest kein Telefon haben.«

»Ach, zum Teufel, natürlich kann ich sprechen, es kratzt nur im Hals. Bei Carmen ist Funkstille – sie geht nicht mal ans Telefon. Das übernimmt ihre Zimmergenossin, eine sehr unangenehme Frau, klingt sehr unglücklich.«

Rose ließ sich wieder in die Kissen zurücksinken. Sollte das ein Plauderstündchen werden? Na gut, warum nicht.

»Tante Iris rief an, nachdem du weg warst. Sie wollte nur wissen, wie's mir geht.«

»Sie kommt morgen her.«

»Ja, das hat sie gesagt. Heute konnte sie nicht kommen, weil einer der Hunde einen Bruch hatte oder so was. Ich hab ihr gesagt, dass es für sie sowieso nichts zu tun gibt.«

»Sie macht sich Sorgen um dich. Und um Carmen.«

»Ich weiß.«

Pause.

»Und, ähm, Mason ist vorbeigekommen«, sagte Anna beiläufig.

»Mason ist ins Krankenhaus gekommen?«

»Mhm. Nur ganz kurz.«

»Wirklich? Er hasst Krankenhäuser. Ich glaube, er hat seit fünf Jahren keines mehr betreten.« Die Ärzte hatten weitere Gesichtsoperationen vorgeschlagen, aber er hatte sich nie darauf eingelassen.

»Beachtlich«, sagte Anna. »Ihm war nicht wohl in seiner Haut, das hat man schon gemerkt, aber ich dachte, das würde einfach … du weißt schon, an der ganzen Situation liegen. Und daran, was er mir sagen wollte.«

»Was er dir sagen wollte?« Normalerweise hätte Rose nicht nachgefragt, aber Anna schien in ungewöhnlich mitteilsamer Stimmung zu sein.

»Ach, du weißt schon. Dass ich nicht gehen soll und so.«

»Ich verstehe.« Rose lächelte in sich hinein. »Das hatte er vorher noch nicht gesagt?«

»Schon, aber jetzt seit einer Weile nicht mehr. Nicht in letzter Zeit.«

Rose unterdrückte ein Gähnen. »Und was hast du geantwortet?«

»Nichts.« Anna klang niedergeschlagen. »Ich hab ihm gesagt, dass ich nicht reden kann. Das stimmt ja auch – mir hat wirklich der Hals weh getan.«

»Irgendwann wirst du wohl mit ihm reden müssen.«

Noch eine lange Pause.

»Ich muss morgen früh raus«, ließ Rose durchblicken. »Ich treffe mich noch mal mit dem Versicherungsvertreter.«

»Oh. Klar, tut mir Leid. Ich lass dich jetzt schlafen.«

»Sieh zu, dass du auch ein bisschen zum Schlafen kommst.«

»Rose?«

»Ja?«

»Wie kommt es …«

»Wie kommt was?«

Es war unklar, ob Anna lachte oder hustete. »Na, dass alle mich bitten zu bleiben. Alle außer dir. Deshalb habe ich mich einfach gefragt – vielleicht willst du es ja gar nicht und fragst mich deshalb nicht.«

Rose schloss die Augen. »Du willst wissen, warum ich dich nicht bitte zu bleiben?«

»Hm … ja, schon.«

»Weil das überhaupt nichts helfen würde. Du würdest nur böse.«

»Nein, das stimmt nicht.«

»Anna …«

»*Vorher*, ja, vorher vielleicht schon. Aber warum hast du mich nicht noch mal gefragt? Heute Abend, als du davon gesprochen hast, alles wieder aufzubauen und einen neuen Anfang zu machen, da hättest du mich fragen können.«

»Da hast du wohl Recht.«

»Warum hast du's nicht getan?«

»Weil es da bereits entschieden war. Ehrlich gesagt, bin ich verwundert, dass Mason das nicht gemerkt hat. Er hat normalerweise eine Antenne für solche Dinge.«

»Was meinst du damit? Was ist bereits entschieden?«

»Dass du bleibst.«

»Woher willst du das wissen?«

»Ach, Anna, du gehst nirgendwohin. Du bist letzte Nacht fast gestorben.«

»Ja, und? Ich bin aber nicht gestorben, es war nie ...«

»Du bist fast gestorben wegen eines Möbelstücks, das tausend Dollar gekostet hat.«

»Es waren vierzehnhundert, und ich habe nie ...«

»Du hast dein Leben aufs Spiel gesetzt, um so viel wie möglich aus dem Bella Sorella zu retten. Wie Carmen. Es war eine unglaubliche Dummheit, und ich weiß, ihr konntet nicht klar denken, aber ihr habt es getan.« Schweigen. Eigentlich erübrigte es sich, aber Rose formulierte den logischen Schluss: »Ist das für dich die typische Handlungsweise einer Person, die nur auf der Durchreise ist?« Anna nuschelte etwas. Rose sagte: »Ich verstehe dich nicht.«

»Ich weiß nicht.« Noch mehr trotziges Gekrächze.

»*Was?*«

»Du hättest mich trotzdem fragen können.«

Rose lachte hilflos. »Würdest du dich dann besser fühlen?«

»Ja.«

Sie seufzte. »Willst du bleiben und mir helfen, mein armes, ausgebranntes, unterversichertes Restaurant wieder auf die Beine zu bringen? Ein zweites Mal?«

»Ja.«

»Obwohl es vielleicht nicht gelingen wird? Obwohl wir dieses Mal wahrscheinlich scheitern und Schiffbruch erleiden und pleite gehen und uns hoffnungslos verschulden und vorzeitig altern werden?«

»Da kannst du Gift drauf nehmen. Ich kann's kaum erwarten.«

Sie mussten beide kichern. »Eine Partnerin wie dich kann ich gebrauchen.«

»Eine Verrückte, meinst du. Liegt in der Familie.«

Rose lächelte im Dunkeln. »Gute Nacht, Anna.«

»Das hättest du früher sagen können, weißt du.«

»Gute Nacht?«

»Nein, das andere. Ich könnte jetzt schon tief und fest schlafen.«

»Ich auch«, stellte Rose fest.

21

Seit es im vorhergehenden Winter die einfachste Methode gewesen war, sich warmzuhalten, war Anna nicht mehr so lange ohne Unterbrechung im Bett geblieben. Sie hatte es satt, zu schlafen, satt, in der Horizontalen zu liegen. Nachmittags um drei schlug sie die Bettdecke zurück und tapste nach unten. Tante Iris hatte bei ihrem Besuch am Morgen einen Topf Suppe dagelassen. Hühnersuppe? Gemüsesuppe? Schwer zu sagen, Kochen war nicht gerade ihre Stärke. Anna wärmte sich ein Schälchen Suppe in der Mikrowelle auf, aß gegen die Anrichte gelehnt und blickte dabei durch das Fenster zum Futterhäuschen hinaus. Angeblich war der Inhalt sicher vor Eichhörnchen, aber gerade eben hing ein großes buschiges Tier kopfüber von der Schnur, an der das Häuschen befestigt war, und stopfte sich die Backen voll. Anna klopfte an die Scheibe, aber das Tier schaute sie nur aus seinen glänzenden Augen groß an und kaute weiter an einem Sonnenblumenkern. Sie klopfte energischer und wedelte mit den Händen. »Zieh Leine!« Schließlich trollte sich das Eichhörnchen, aber nicht ohne vorher noch frech und anzüglich mit dem Schwanz zu zucken. »Du mich auch!«, knurrte Anna. Sie hatte Eichhörnchen früher gemocht, aber jetzt waren sie eine Plage, weil sie das Futter wegfraßen, das für ganz spezielle Vögel bestimmt war und dessen Auswahl sie nicht wenig Mühe und Geld gekostet hatte, zum Beispiel Hirse für Singammern und Rosinen und Erdnussbutter für Spottdrosseln. Der interessanteste Vogel, den sie bislang – mit einer Banane – angelockt hatte, war eine Scharlachtangare. Sie hatte sie allerdings in der Zeit gesichtet, als zwischen ihr und Mason Funkstille herrschte, und so hatte sie ihn nicht anrufen können, um damit anzugeben.

Müdigkeit war das einzige Symptom, das nach dem Unglück noch geblieben war, der Husten und die Übelkeit vom Rauch hatten sich gelegt. Bei den letzten Löffeln Suppe konnte Anna kaum noch aufrecht stehen. Sie schaffte es bis zur Couch im Wohnzimmer und ließ sich darauf fallen.

Die arme Carmen musste noch eine zweite Nacht im Krankenhaus bleiben, sie hatte Bronchitis. Anna lechzte danach, mit ihr zu reden, aber Rose und Iris hatten gebeten, man solle sie nicht anrufen, sie brauche Ruhe. Das Warten fiel ihr schwer. Anna fieberte danach, ihre griesgrämige Stimme zu hören und sie zu fragen, ob sie es nicht verdammt komisch fand, dass sie noch am Leben waren. Wo sie sich doch wie Idiotinnen benommen hatten. Dieser Irrsinn hat so etwas wie eine neue Bindung geschaffen, dachte Anna. Sie sah immer noch Carmen in ihrem schlotternden gelben Nachthemd vor sich, ein einziges, wandelndes Brandrisiko, wie sie unter der metallenen Arbeitsplatte kauernd versuchte, den Fleischwolf loszuschrauben. Sie hatte es auch tatsächlich geschafft – laut Rose hatte sie ihn gerettet, und darüber hinaus Kochmesser, Spezialtöpfe und Spezialpfannen im Wert von tausend Dollar. Im Grunde rangierte Carmen auf der Irrsinnsskala viel höher als Anna, die einfach nur versucht hatte, einen Raumteiler zu retten. Sie hätte sie gern angerufen, um ihr das zu sagen.

Sie fragte sich, ob Carmen genauso viel grübelte wie sie selbst. Vierzig Stunden im Bett konnte man nicht verschlafen, also blieb viel Zeit zum Nachdenken. Zeit genug, um zu begreifen, wozu ihre rechtschaffene Empörung führte: zu nichts. Diese hockte da wie ein Ungetüm, nährte sich nur von sich selbst und wurde dabei fetter und fetter. Ihre ungesunde Kost bestand aus Erbitterung, Groll und Hilflosigkeit, und drei weniger appetitliche Zutaten konnte man sich kaum vorstellen. Und doch hatte Anna sie sich einverleibt, seit sie zwanzig war – eine schrecklich lange Zeit, um auf Gefühlen herumzukauen, die ohnehin ungenießbar waren.

Am schwersten fiel es ihr, zuzugeben, dass nicht etwa Rose, sondern sie selbst zu verantworten hatte, was in ihrem Erwachsenenleben schief gegangen war: dass sie bindungslos war und nirgendwo richtig dazugehörte, dass keine Beziehung mit einem Mann länger als zwei Jahre gehalten hatte, dass sie keine beste Freundin hatte und kein Zuhause. Für all das hatte sie Rose die Schuld gegeben und überdies so getan, als seien es keine Mängel, sondern das Resultat ihres freien Willens. Sie hatte fast ihr halbes Leben lang anderen zu Unrecht eine »schwere Verfehlung« nachgetragen. Wie herzlos. Wie kleinlich. Die vierjährige Katie verzieh ihrer Mutter *wirkliche* Verfehlungen, während die zwanzigjährige Anna sich auf ihr hohes Ross geschwungen hatte und fast weitere zwanzig Jahre dort sitzen geblieben war. Wie borniert.

Doch genug der Selbsterforschung. Anna sah sich nach etwas um, womit sie sich beschäftigen konnte, um nicht die ganze Zeit bei ihren Mängeln zu verweilen. Außer der Suppe hatte Iris ihr zum Zeitvertreib alles Mögliche vorbeigebracht, Zeitschriften und Taschenbücher, Kreuzworträtselhefte, eine Schachtel Pralinen, ein Fotoalbum. Offenbar stellte sie sich vor, Anna müsse noch Tage im Bett verbringen. Anna wählte das geistig am wenigsten Anspruchsvolle, die Pralinen und das Fotoalbum, ließ sich auf der Couch unter dem gestrickten Überwurf nieder und packte sich beides auf den Bauch. Es war ein altes Familienalbum mit einem aufgequollenen und vergilbten weißen Pappeinband, auf dem vorn in goldener Schrift das Wort »Erinnerungen« eingeprägt war. Sie fing neugierig an, die ausgebleichten Seiten umzublättern. Warum Iris ihr das wohl vorbeigebracht hatte? Die meisten der alten Schnappschüsse kannte sie schon aus den Fotoalben ihrer eigenen Familie.

Sie war immer wieder verwundert, wie dünn ihre Großmutter Fiore auf diesem an die hundert Jahre alten Bild war. Sie hatte Nonna als breite, rosige Frau in Erinnerung, die nie lächelte und immer am Herd stand, so kräftig gebaut wie Carmen und nur um ein weniges verträglicher. Hier jedoch trug sie ein leichtes, ausgeschnittenes Sommerkleid und Sandalen mit Keilabsätzen und hielt sich anmutig wie eine Tänzerin. Und Nonno sah aus wie ein Gigolo! An ihrem Hochzeitstag posierten sie stolz und fröhlich in ihrem schwarzen und weißen Festtagsstaat vor einer alten, geradezu antiken Klapperkiste, die dem Model T von Ford ähnelte. Sie hatten aber auch etwas Geheimnisvolles an sich, wie Stummfilmstars. Als Nächstes kamen die Babyfotos, die von Iris zuerst, die auch hier schon den Hund der Familie knuddelte, der größer war als sie selbst. Dann sah man sie mit drei oder vier Jahren an der Hand der Eltern vor deren erstem Restaurant, dem winzigen Krabbenimbiss auf East Island. Fiores Krabben & Bier stand auf dem handgemalten Schild im Fenster. Danach kamen Lily, dann Rose. Auf einem Foto spielten sie zusammen im Sandkasten, zwei süße kleine Mädchen in Cord-Trägerkleidchen, Söckchen und Sandalen. Die Jahre zogen vorüber, mit Bildern von Geburtstagsfeiern, Erstkommunionen und Firmungen, Picknicks und Familientreffen der Fiores. Zwei weitere Restaurants, die Pizzeria Luigi's – so hieß niemand in der Familie, Nonno war es nur um den italienischen Klang gegangen – und dem Spaghetti-Lokal Banchetto, in dem sie durch ein Schiebefenster neben der Tür auch selbst gemachtes Eis an Straßenpassanten verkauft hatten.

Jetzt kamen die Hochzeitsbilder von Tante Iris und Onkel Tony, mit den Teenagern Lily und Rose als hübschen Brautjungfern. Der Empfang fand, wo auch sonst, im Flower Café statt, dem damals brandneuen Restaurant von Nonno und Nonna an der Severn Street – der Urform des Bella Sorella. Anna blätterte weiter und wartete auf die Pointe, aber das Album endete in den späten Fünfzigern, mit einem Farbfoto von Onkel Tony, der Annas Cousine Theresa, Tante Iris' erstes Kind, auf den Armen hielt, auf der Treppe der Sankt-Lukas-Kirche.

Zwischen dem letzten Blatt und dem hinteren Einband entdeckte Anna einen losen Stapel Fotos. Noch mehr Familienfotos, diesmal in Farbe. Die Fiores am Strand. Sie betrachtete sie genauer.

Theresa war jetzt ungefähr vier, baute mit einem roten Plastikschäufelchen nahe der Brandung eine Sandburg, während die etwa dreißigjährige Tante Iris strahlend über sie wachte. In ihrem stahlblauen einteiligen Badeanzug wirkte sie noch dünner als sonst. Dann ein Bild von Lily, die auf einem gestreiften Badetuch auf der Seite lag. Eine Hand ruhte auf der hoch gewölbten Hüfte, und sie blickte mit einem schläfrigen, rätselhaften Lächeln in die Kamera. Wie elegant sie aussah, und wie viel älter, als sie tatsächlich war – erst zweiundzwanzig, laut dem Datum auf der Rückseite. Ob sie ihr Haar gebleicht hatte, fragte sich Anna, oder ob das die Sonne gewesen war? Ihr kamen alte Fotos von Julie Christie in den Sinn – ihre Mutter hatte dieses gewisse Etwas, sie war sexy und hatte Köpfchen.

Dann die Muskelprotze: Onkel Tony und Annas sehr junger Vater blickten in die Kamera, breitbeinig, die Arme in die Hüften gestemmt. In ihren hautengen Nylon-Badehosen sahen sie geradezu schockierend unbekleidet aus. Echte Männer. Tony war größer, stärker behaart, ein Bild von einem Mann für die, denen das gefiel, und Tante Iris gehörte offensichtlich dazu. Anna fand allerdings, dass ihr schmaler, schwarzhaariger Vater viel besser aussah. Sie starrte auf das sonnengebräunte, lächelnde Gesicht und staunte, dass er jemals so jung gewesen war. Entweder hatte er sich einfach einige Tage lang nicht rasiert, oder er wollte sich einen echten Bart zulegen. Er gefiel Anna gut, mit seiner Drahtgestell-Brille, dem zotteligen Haar und der lässig zwischen die Zähne geklemmten Zigarette.

Das erste der zwei verbleibenden Bilder bestätigte Anna, was sie bereits vermutete hatte – dies war das lange Wochenende in Bethany, das das Leben von drei Menschen verändert hatte. Möglicherweise das Wochenende, an dem sie gezeugt worden war. Ihr Vater und Rose saßen, ohne auf die Kamera zu achten, nebeneinander auf einer weißen Decke, Paul im Schneidersitz, Rose mit sittsam zur Seite abgewinkelten, langen braunen Beinen. Sie hatte einen schwarzen Badeanzug an, wie ihn Wettkampfschwimmerinnen trugen. Er brachte ihre Figur nicht sonderlich vorteilhaft zur Geltung, aber sie war mit Begeisterung geschwommen und tat es immer noch gern. Das lange Haar klebte ihr triefend nass und gewellt am Kopf, keinem bestimmten Stil entsprechend und daher zeitlos. Alle anderen waren eindeutig den Sechzigerjahren zuzuordnen, nur Rose hätte aus jeder beliebigen Epoche kommen können. Sie hatte die Hand auf Pauls bloßes Knie gelegt, ihm den Kopf zugewandt und hörte aufmerksam zu. In dem leichten Lächeln und den gesenkten Augen lag sehr viel Zärtlichkeit. Er sprach offenbar von irgendetwas Ernstem und Gewichtigem und schaute sie dabei direkt an. Vielleicht redete er über den Weltfrieden, vielleicht über die Biersorte, die sie für das abendliche Muschelessen kaufen sollten – jedenfalls war beim Betrachten des Fotos einfach nicht zu übersehen, dass sie verliebt waren. Und es war zweifellos eine starke, echte Liebe. Sie vertrauten einander. Sie dachten, sie hätten etwas gefunden, das andauern würde.

Auf dem letzten Bild posierte Paul mit Rose und Lily im grellen Sonnenlicht. Der blau-weiße Atlantik umspielte ihre Waden. Paul stand zwischen den beiden Schwestern und hatte den Arm um Roses Taille gelegt, aber Lily hielt seinen anderen Arm, drückte ihn an ihren Körper, an ihre Brust. Auf diesem Foto sah sein Lächeln nicht lässig und souverän, sondern verlegen aus. Unsicher.

Anna schaute sich noch einmal das Foto von ihrer Mutter an, auf dem sie allein auf dem gestreiften Badetuch lag. Sie erforschte genau, wie eine Hand auf der Hüfte ruhte und die andere die Sonnenbrille von der Nase herunterzog, sodass sie mit trägem Blick den Fotografen mustern konnte. Die Haut war zartgolden, makellos. Das Bikinioberteil schob die Brüste hoch und stellte ihre Üppigkeit zur Schau. Anna war sich nicht sicher, was das Lächeln zu bedeuten hatte, ob es kokett oder gelangweilt oder beides war. Sie konnte sich kaum von dem Foto losreißen.

Erneut fragte sie sich, was Iris wohl dazu bewogen hatte, ihr diese Bilder dazulassen. Es ging ihr sicher nicht darum, zu dokumentieren, dass Roses Anspruch auf Paul eindeutig und unwiderlegbar der ältere war, oder ihre Mutter als eine eifersüchtige, männerraubende Femme fatale zu entlarven.

Iris konnte unmöglich glauben, dass diese Fotos in Anna irgendeine Art von Aha-Erlebnis auslösen würden. Außerdem musste ihr mittlerweile klar sein, dass das überflüssig gewesen wäre: Anna und Rose hatten sich versöhnt, der Streit war beigelegt, war Geschichte.

Vielleicht ging es ihr nur darum, Anna ein Bild der Vergangenheit zu präsentieren. Diese Fotos waren ihr bislang vorenthalten worden. Vielleicht wollte Iris nur, dass sie *sah*, wie verliebt Rose und Paul gewesen waren, dass sie in ihre Gesichter schaute und dabei einen Blick zurück warf. Dass sie es glaubte und froh darüber war. Dass sie die letzten Zweifel hinter sich lassen konnte. Dass sie die schmerzliche Wahrheit der Erwachsenenwelt akzeptierte: Die Wahl ihres geliebten Vaters war nicht auf ihre geliebte Mutter gefallen.

Gut, das war angekommen. Ziel erreicht.

Anna wurde aber das Gefühl nicht los, dass da noch etwas anderes lauerte. Eine letzte Lektion. Lange Zeit hatte sie sich gegen die lästige, unerquickliche Vorstellung gewehrt, ihre vornehmste und fruchtbarste Lebensaufgabe könnte darin bestehen, Rose zu vergeben. Jetzt musste sie eine weitere schwer zu verkraftende Möglichkeit in Betracht ziehen: dass sie erst dann wirklich frei sein würde, wenn sie ihrer Mutter vergeben hatte.

✳

Am späten Nachmittag fuhr sie zu Mason. Theoretisch hätte sie erst am folgenden Tag aufstehen dürfen, aber nachdem sie die meiste Zeit des Tages geschlafen hatte, fühlte sie sich kräftig genug. Der Gedanke, ihn anzurufen oder, schlimmer noch, ihm eine E-Mail zu schicken, ließ sie frösteln. Sogar buchstäblich: Aus der Richtung, wo Mason wohnte, schien ein leichter, aber deutlich spürbarer, frostiger Hauch herüberzuwehen. Vielleicht lag ihm das Schreiben von E-Mails mehr als das Reden, aber bei ihr war das anders. Sie glaubte nicht, dass körperlose Worte das geeignete Mittel waren, um Eis zum Schmelzen zu bringen.

Sie fuhr in seine Auffahrt und parkte neben einem ihr

unbekannten Auto. Es war ein Sportwagen, ein jagdgrünes Cabrio mit heruntergeklapptem Verdeck. Wer zum Teufel war hier, und wie konnte er oder sie es wagen? Anna war tief gekränkt. Cork schlief fest im Schatten auf der Veranda, er taugte nicht viel als Wächter der weit offenen Haustür. Er bemerkte Anna erst, als sie ihn am Kopf berührte. Dann fuhr er hoch, als hätte ihn jemand angeschossen. Auch sie zuckte unwillkürlich zusammen, aber nicht aus Angst – in Corks arthritischem Körper steckte kein Fünkchen Aggression. Sie beruhigten sich gegenseitig – sie, in dem sie ihn streichelte, er durch Schwanzwedeln –, während sie auf das entfernte Auf und Ab von Stimmen im hinteren Teil des Hauses lauschte. Mason und eine Frau. Mattigkeit durchflutete Anna, und sie musste sich auf die oberste Treppenstufe setzen. Die Stimmen kamen näher.

Die Fliegengittertür ging auf. Anna drehte sich im Sitzen um, als eine attraktive, etwa vierzigjährige, teuer gekleidete Blondine, gefolgt von Mason, heraustrat. Weder sie noch er schienen sonderlich überrascht, sie zu sehen. Die Frau lächelte kurz, sprach aber weiter. Mason tat, als höre er ihr interessiert zu, aber Anna konnte erkennen, dass seine Aufmerksamkeit nicht mehr der Frau galt. Als sie eine Pause machte – sie redeten über etwas Geschäftliches, trafen irgendeine Vereinbarung –, schaute Mason mit einem »Hallo!« zu Anna hin. »Hallo«, antwortete sie. Er sagte: »Das ist Cathy Doran – Anna Catalano«, und die Frauen begrüßten einander.

»Ich weiß, es ist genau das Richtige, ich meine genau das, was er will, ich bin mir absolut sicher.« Cathy klang aufgeregt. Noch immer redend, ging sie über den Steinplattenweg zur Auffahrt. Mason folgte ihr, aber auf halbem Weg blieb sie stehen, um das Gespräch zu Ende zu führen. »Ganz ehrlich, ich habe überhaupt keine Bedenken, das auf eigene Faust zu machen.«

»Aber nur für den Fall …«, setzte Mason an.

Sie unterbrach ihn, als hätten sie diesen Punkt bereits schon einmal durchgesprochen. »Nein, ich habe da jemanden, ich hab's Ihnen doch schon erzählt. Ich kenne jemanden, der es am Wochenende runter nach St. Michael's bringt. Ich muss das nur noch arrangieren. Ach, es ist perfekt – Frank hat am Sonntag Geburtstag, das wird eine sagenhafte Überraschung.« Sie lachte fröhlich. »Wir haben eine Art Wettbewerb laufen, und das hier wird er *niemals* überbieten.«

Sie besiegelten ihre Abmachung mit einem Handschlag. Cathy sagte, sie werde Mason am folgenden Morgen anrufen, dann ging sie zu ihrem Wagen. Sie setzte keck eine Footballmütze der Baltimore Ravens auf, ließ den Motor an, stieß zurück und fuhr davon.

»Wer war das?«, fragte Anna naseweis. Es ging sie zwar nichts an, aber genau deshalb fragte sie. Sie hatte vor, sich wieder in Masons Leben einzuschleichen und musste ihm deshalb wie selbstverständlich zu verstehen geben, dass sie ein Teil davon war.

Lieber hätte sie allerdings gesagt: »Ach, ist das schön, dich zu sehen!« Mason kam herübergeschlendert, stellte einen Fuß neben Anna auf die Stufe und schob die Hände in die Gesäßtaschen. Am Abend zuvor im Krankenhaus war er ein bisschen blass um die Nase gewesen, aber heute, in der schräg einfallenden Abendsonne, sah er gut aus, gesund, braun gebrannt und mit zerzausten Haaren, als habe er im Freien gearbeitet. Was wohl auch stimmte. Laut Rose war er gerade von einer Reise nach Cape May zurückkehrt, wo er Zugvögel auf dem Weg nach Süden fotografiert hatte. Anna verspürte den machtvollen Drang, ihn zu berühren, ihm von unten ins Hosenbein zu greifen und seine Wade zu massieren, mit den Fingern auf den harten Knochen vorn zu drücken und an ihm auf und ab zu fahren.

»Sie will die *Windrose* kaufen«, antwortete er auf ihre Frage. »Für ihren Mann.«

Anna sagte entgeistert: »Du verkaufst sie? Ich dachte … ich wusste nicht mal …« Ihr war neu, dass es *sein* Segelboot war. Aus irgendeinem Grund hatte sie angenommen, es gehöre Rose.

»Es gehörte Theo und mir zusammen, und er hat mir seine Hälfte vermacht«, beantwortete Mason ihre unausgesprochene Frage. »Aber ich bezweifle, dass er das eigentlich wollte. Er hätte es lieber Rose hinterlassen, wenn er gekonnt hätte.«

»Warum konnte er es nicht?«

»Es wäre unfair gewesen, aus seiner Sicht. Im letzten Jahr konnte er nicht mehr viel an dem Boot arbeiten, immer weniger, je kränker er wurde. Ich glaube, er wollte sich bei mir revanchieren, indem er es mir hinterließ.«

»Aber du willst es nicht mehr haben?« Angesichts der Art, wie Theo gestorben war, konnte sie ihm das nicht verdenken.

»Ich habe eine bessere Verwendung für das Geld.«

Und Anna begriff schlagartig, welche das war. »Du willst es Rose geben.«

Mason setzte eine undurchdringliche Miene auf. Er nahm den Fuß von der Stufe und machte einen Schritt rückwärts.

»Das stimmt doch, oder? Du gibst es Rose, weil das Geld von der Feuerversicherung möglicherweise ausbleibt. Oder mit Verzögerung kommt, weil die Anwälte darum streiten. Ist schon in Ordnung«, sagte sie hastig, »du brauchst es mir nicht zu erzählen, es geht mich nichts an. Aber glaubst du, dass sie es annehmen wird? Vielleicht als Darlehen. Na ja, egal. Puh, das ist … Okay, wir brauchen nicht drüber zu reden.«

Er zog eine Grimasse, weil sie ihn durchschaut hatte. »Willst du reinkommen?«

Gelungener Themenwechsel. Als Anna aufstand und ihm ins Haus folgte, fiel ihr auf, dass sie überhaupt nicht mehr müde war. Im Wohnzimmer zögerte er, als würde er überlegen, wohin er mit ihr gehen sollte, dann trat er in die Küche. »Willst du eine Tasse Kaffee oder irgendetwas anderes? Einen Drink? Wie fühlst du dich?«

»Hast du einen Fruchtsaft? Mir geht's gut. In meiner Nase hängt noch der Geruch von Rauch, aber das ist eigentlich alles. Danke«, sagte sie, als er ihr ein Glas Orangensaft reichte.

Er verschränkte die Arme und lehnte sich gegen den Kühlschrank. Er sah ihr zu, wie sie trank, und sagte: »Tut mir Leid wegen gestern Abend.«

»Warum? Ich fand es sehr nett von dir, dass du gekommen bist.« Zumal er solche Angst vor Krankenhäusern hatte.

»Ich war nicht sehr freundlich.«

»Nicht?« Wenn sie ehrlich war, konnte sie sich nicht sehr

gut an seinen Besuch erinnern. *War das wirklich gerade Mason?*, hatte sie sich gefragt, da die Krankenschwester ihr kurz zuvor eine Schlaftablette gegeben hatte. Sehr wohl eingeprägt hatte sich ihr allerdings der Moment, als Mason fort war und sie ans Waschbecken ging, wo sie sich zum ersten Mal wieder im Spiegel sah. Sie krächzte etwas Unflätiges und verschreckte damit ihre Zimmergenossin. In *diesem* Zustand hatte Mason sie zu Gesicht bekommen? Mit blutunterlaufenen Augen, rußiger Nase und Asche im Haar?

»Ich hätte nicht sagen sollen, dass du dumm bist.«

Richtig – er hatte sie *dumm* genannt. Jetzt fiel ihr alles wieder ein. »Nein«, stimmte sie ihm zu, »das hättest du ganz sicher nicht tun sollen. Sehr schlechtes Benehmen an einem Krankenbett.«

Er hatte gesagt, es sei dumm von ihr, davon überzeugt zu sein, sie werde weggehen. Das waren seine genauen Worte gewesen. Er hatte es nicht wütend oder voller Groll, sondern sogar in ziemlich nettem Ton gesagt, aber jemanden in dieser Situation als dumm zu bezeichnen, war wirklich nicht gerade liebenswürdig. Sie hatte sich Warmherzigkeit und Mitgefühl von ihm gewünscht, und er hatte sie nicht einmal berührt. Ihm war offenbar dieselbe Unstimmigkeit wie Rose aufgefallen, dass sie nämlich im Krankenhaus lag und Sauerstoff bekam, nachdem sie unter Einsatz ihres Lebens einen Ort zu retten versucht hatte, an dem sie, wie sie beharrlich behauptete, nichts mehr hielt. Ihm und Rose war dieser Widerspruch offenbar viel schneller aufgegangen als ihr selbst.

»Warum hast du mich überhaupt besucht, wenn du mich nur beschimpfen wolltest?«

Er schüttelte den Kopf, als könne er diese Frage nicht ernst nehmen, wolle aber kein Spielverderber sein und trotzdem antworten. »Um sicherzugehen, dass Rose mir keine Märchen erzählte. Ich wollte mit eigenen Augen sehen, dass du's heil überstanden hast.«

Anna schmolz dahin.

Dann hörte sie ein hölzern klingendes Schnarren oder Quaken von der hinteren Veranda her. »Was ist das?«, fragte sie. »Ein neuer Patient? Ist die Vogelklinik wieder in Betrieb?«

Er lächelte. »Komm und sieh's dir an.«

Auf der Veranda saß ein mittelgroßer, schwarz-weißer Vogel am Boden eines großen Metallkäfigs. Anna folgte Masons Beispiel, so gut sie konnte, und näherte sich mit langsamen, möglichst gleitenden Bewegungen. »Was ist das für einer?«, flüsterte sie und ging neben ihm in die Hocke. »Was ist mit ihm? Das arme Ding. Ist das eine Seeschwalbe?«

Mason schaute sie mit wenig schmeichelhaftem Staunen an. »Was für eine Art?«

»Was für eine Art? Eigentlich müsstest du mich dafür loben, dass ich weiß, *dass* das eine Seeschwalbe ist!« Der Vogel saß still da, er hatte offenbar keine Angst. Die Knopfaugen blinzelten, und er wippte mit dem langen, gegabelten Schwanz. Er hatte einen dünnen Gazeverband über der hellweißen Brust und eine Schiene, eine echte Schiene am Fuß – in jedem Zwischenraum der krallenbewehrten, orangefarbenen Zehen war mit Klebeband eine winzige Kartonplatte befestigt. »Was ist mit ihm passiert?«

»Es ist eine Sumpfseeschwalbe«, sagte Mason. »Warte einen Augenblick.« Er ging in die Küche und kam mit einem Plastikbehälter zurück. Was sich darin befand, wurde sofort klar, als Mason den Deckel abnahm. Stinkender Fisch. »Heringe«, erklärte er und legte einige Stücke in eine flache Schale im Käfig. »Er mag auch Venusmuscheln aus der Dose.«

»Was hat ihn verletzt, eine Katze?«

»Eher eine Eule oder ein Waschbär. Cork und ich haben ihn am Flussufer gefunden. Sie brüten auf der Marschinsel, die man vom Pier aus sehen kann. Irgendein nachtaktives Tier hat ihn verletzt.«

»Junge, Junge, es sieht aus, als wärst du gerade noch rechtzeitig gekommen. Ist der Fuß gebrochen?«

»Nur eine Zehe. Deshalb kann er nicht auf einer Stange hocken. Auch der Schnabel war angeknackst, aber das ist schon wieder verheilt. Allerdings wird ein leichter Überbiss zurückbleiben.«

Mason blieb ernst, also war es kein Witz. »Hast du's genäht?«

»Ja.«

404

Jetzt hatte *sie* einen Witz machen wollen. »Wirklich? Nein, das kann doch nicht sein. Oder?«

»Ich hatte keinen Seidenfaden mehr, also musste ich Zahnseide nehmen. Willst du's sehen?«

»Nein, ist schon gut.« Falls er Anna beeindrucken wollte, war ihm das gelungen. Sie beschloss, ebenfalls aufzutrumpfen. »Seeschwalben«, sagte sie, »sind neotropische Zugvögel. Das heißt, sie sind den Sommer über hier und ziehen dann zum Überwintern nach Südamerika. Der hier sollte in ein paar Wochen losfliegen. Glaubst du, er ist dann so weit?«

Mason warf ihr einen verschmitzten, anerkennenden Blick zu. Anna folgte ihm in die Küche und beobachtete, wie er sich am Spülbecken die Hände wusch.

»Manche Zugvögel legen unglaubliche Distanzen zurück«, bemerkte sie. »Nehmen wir zum Beispiel den Streifenwaldsänger. Er kann ohne Pause in zweiundsiebzig Stunden von Kanada nach Südamerika fliegen. Eine Strecke von ungefähr zweitausend Kilometern. Das ist, als wenn ein Mensch achtzig Stunden lang einen Kilometer nach dem anderen in zweieinhalb Minuten rennen würde.«

»Erstaunlich.«

»Der Flug der Vögel ist voller Gefahren. Viele kommen nicht durch, sie werden von Stürmen aufs Meer hinausgetrieben. Oder sie wollen an einer Stelle landen, wo sie seit Jahren Halt gemacht haben, um zu rasten und zu fressen, und müssen feststellen, dass dort jetzt ein Einkaufszentrum steht. Oder sie fliegen nachts gegen Bürogebäude – vor allem Singvögel, tausende und aber tausende von ihnen fliegen auf die Lichter von hohen Bürogebäuden zu und sterben. Die Städte sollten Gesetze erlassen, damit in diesen Gebäuden nachts die Lichter ausgeschaltet werden. Es ist ein Unding.«

Mason trocknete sich die Hände mit einem Papierhandtuch ab und warf es in den Abfall. Er beobachtete sie.

»Ich bin gegen größere Ortswechsel«, sagte sie.

»Wie bitte?«

»Zu gefährlich. Es ist viel sicherer, zu bleiben, wo man ist. Zu bleiben, wo man hingehört.«

Er ging zum Kühlschrank, holte eine Wasserflasche heraus,

öffnete sie und trank einige Schlucke. Dann starrte er Anna wieder an.

Die Anspielung mit dem Ortswechsel schien nicht anzukommen. Anna beschloss, nicht länger um die Sache herumzureden.

»Ich habe mich schlecht benommen. Vor allem dir gegenüber war ich nicht fair. Ich habe mich sogar völlig bescheuert aufgeführt. Ich bin nicht hergekommen, um zu fragen, ob wir trotzdem Freunde bleiben können. Du tust immer wieder etwas, was mich ahnen lässt, dass dir wirklich was an mir liegt, denn ich kann mir nicht vorstellen, warum du es sonst tun würdest. Nur deshalb traue ich mich überhaupt, dir das jetzt zu sagen. Denn wie du weißt, bin ich nicht sonderlich mutig – in solchen Dingen.«

Mason unterbrach sie nicht. Er stützte sich mit den Händen hinten auf der Anrichte ab, hielt den Kopf gesenkt und musterte seine Tennisschuhe.

»Ich schlage vor, dass wir's noch mal versuchen. Doch selbst wenn es nicht funktioniert, werde ich danach nicht fortziehen. Und wenn es funktioniert, werde ich erst recht nicht weggehen, ganz gleich, wie viel Angst mir das macht. Ich bin gelandet. Ich bin wie der Blaureiher«, sagte sie beherzt, »ich lebe jetzt hier. Rund ums Jahr.«

»Eigentlich ist der Blaureiher hier im Spätsommer selten«, bemerkte Mason. »Im Winter haben wir manchmal welche aus Neuengland, und in South Carolina landen welche von hier. Überschneidende Winterquartiere nennt man das. Es stimmt also, dass wir sie rund ums Jahr hier haben, aber es sind nicht unbedingt immer die gleichen ...«

»Ach, zum Henker, ich mache hier gerade einen Versöhnungsversuch!« Anna ergriff seinen Arm. »Tut mir Leid, dass ich eine so miserable Freundin war. Ich glaube, ich kann das viel besser.« Sie stellte sich auf die Zehenspitzen und küsste ihn.

Er sagte: »Dann solltest du das mal beweisen.«

✳

Das war es, was sie brauchte. Aktive Vergebung, von jemandem in die Arme genommen werden. Mit Rose am Telefon Frieden zu schließen hatte gut getan, aber nicht auf dieselbe Weise wie die Versöhnung mit Mason im Bett. Anna hatte das Gefühl, als habe sie ihn nicht Wochen, sondern Jahre entbehrt. Selbst als sie mit ihm zusammengewesen war, hatte sie ihn auf Distanz gehalten, weil sie glaubte, auf diese Weise freier zu sein: eine Reisende mit leichtem Gepäck.

»Ich muss dich was Dummes fragen«, sagte sie, während sie in seinem Schrank nach seinem Flanellbademantel fahndete. Sie fand ihn, zog ihn über ihren nackten Körper und vergrub die Nase in der Schulterpartie. Wie hatte sie diesen Geruch vermisst! »Na ja, die Frage ist nicht unbedingt dumm, aber lästig. Für dich.«

Sie ließ sich aufs Bett plumpsen und setzte sich Mason im Schneidersitz gegenüber. »Mason, was magst du an mir? Warum willst du mit mir zusammen sein? Aber warte – erst sage ich dir, was ich an dir mag, denn ich will nicht, dass das eine Einbahnstraße wird und es wieder nur um mich geht. Aber danach bist du dran, denn ich würde es wirklich gern wissen. Warum dir überhaupt was an mir liegt, wo ich doch so widerlich war.«

»Aber das warst du doch gar nicht.«

»Siehst du, genau das liebe ich so an dir. Du bist so nett.« Sie strich sachte mit den Fingerkuppen über die lange Narbe, die von seinem Brustkorb bis zum Hüftknochen reichte. »Du bist einfach ... nett. Und außerdem habe ich noch nie jemanden wie dich kennen gelernt. Du bist geheimnisvoll – aber das ist nicht besonders wichtig«, schwächte sie ab, »das ist so, wie wenn einer gut aussieht, es bedeutet nichts, denn am Ende werden alle Geheimnisse gelüftet. Was noch? Ich mag es, dass du über Dinge Bescheid weißt, von denen ich keine Ahnung habe. Das finde ich sexy. Und ich habe Vertrauen zu dir. Selbst als du dich von hinten auf mich gestürzt hast, hatte ich nicht wirklich Angst, tief drinnen nicht.«

»Das war ein bisschen verrückt«, gab er zu.

»Stimmt. Du redest nicht viel. Ich weiß nicht, ob mir das gefällt oder nicht. Aber du bist ein Mann der Tat, und das mag ich auf jeden Fall. Am meisten bewundere ich aber deine Tapferkeit.« Sie wusste, das würde ihn verlegen machen, und tatsächlich verschränkte er die Arme, schlug die Beine übereinander und setzte eine spöttische Miene auf. »Doch, ehrlich, du tust Dinge, vor denen du eine fürchterliche Angst hast. Natürlich ist sie irrational, ich meine, eigentlich ist die Angst unbegründet, aber du bist vor Entsetzen wie gelähmt und tust es dann trotzdem. Das liebe ich an dir.« All dieses »Mögen« und »Lieben« von diesem und jenem wurde allmählich albern. Wie schwer war es wohl, einfach »Ich liebe dich« zu sagen? Unüberwindbar schwer?

»Gut, und jetzt sagst du mir, was du an mir magst. Das heißt aber nicht, dass das schon meine ganze Liste war. Ich habe noch mehr auf Lager, ich mache nur eine Pause.«

Er seufzte. Wie sehr sie es vermisst hatte, ihn lächeln zu sehen! Ihr gefiel der Gedanke, dass sie Mason glücklich machen konnte, dass sie seine Stimmung hob und einen guten Einfluss auf ihn hatte.

»Dann also zu dir«, sagte er. »Was mag ich an Anna? Ich sag lieber nicht: Rose – das bringt mich immer nur in Schwierigkeiten.«

»Du kannst sagen, was du willst. Ich bin in dem Punkt jetzt nicht mehr empfindlich.« Anna legte sich neben ihn und schob den Kopf neben seinen auf das Kissen.

»Ich habe nie sagen wollen, dass ihr einander ähnlich *seid*. Nur dass ihr euch ähnlich *seht*.«

»Warum steht bei Männern das Aussehen immer an erster Stelle?«, hakte sie ein. »Bei uns ist das nie so, aber ihr sagt immer als allererstes ›Sie ist hübsch‹ oder ›Sie ist attraktiv‹, wenn ihr eine Frau beschreibt. Immer. Wie kommt das?«

»Weil wir oberflächlich sind?«

»Egal.« Sie kuschelte sich an ihn, denn sie wollte nicht gerade dann unleidlich sein, wenn er zum interessanten Teil kam. »Ich höre.«

Mason nahm ihre Hand, runzelte die Stirn und ließ den Daumen zwischen ihren Fingern auf und ab wandern. Er machte das auch an seiner eigenen Hand, wenn er angestrengt nachdachte.

»Na?«, drängte Anna. Entweder wählte er seine Worte sehr sorgfältig, oder er musste schrecklich tief graben, um auf Gründe zu stoßen, warum er sie mochte. Oder liebte.

»Bevor ich dich kennen lernte, habe ich alles am liebsten durch meine Kamera betrachtet. Kadriert.« Er hielt die Hände in die Luft, bildete mit den Fingern ein Rechteck und spähte hindurch. »Ich konnte dort hineinschlüpfen, zwischen die schwarzen Seiten der Linse, in den dunklen Kasten, und mit dem allein sein, was ich gerade fotografierte. Ich fühlte mich geborgen, wie in einem leeren Kino. Ich hatte alles im Griff, denn ich konnte einen Gegenstand genau so kadrieren, wie ich ihn haben wollte, und ihn dann reproduzieren. Ihn zu einem Bild machen. Was immer ich als schön empfand, es gehörte mir und konnte nicht mehr wegfliegen, ich hielt es fest. Nicht nur Vögel – auch Landschaften hielten für mich still. Ich fing sie ein. Und Menschen.«

Sie dachte an die Fotos, die er so oft von ihr gemacht hatte – von Anna, die wegging, Anna, die ihn verließ. Von Anfang an war es sein Wunsch gewesen, dass sie blieb.

»Man kann Menschen aber nicht einfangen«, sagte sie mit Nachdruck. »Sie gehen oft weg. Das habe ich dir bei unserem Streit zu sagen versucht, aber ich habe mich nicht richtig ausgedrückt. Menschen gehen weg, und es ist nicht deine Schuld, es liegt nicht daran, dass du etwas Falsches getan hast.« Sie legte die Hand auf sein Herz und wünschte, sie könnte ihn heilen. »Wenn ich gegangen wäre, hätte das nicht das Geringste mit dir zu tun gehabt. Es wäre mein Versagen gewesen, nicht deines.«

Mason erwiderte: »Du hast in mir den Wunsch geweckt, aus dem schwarzen Kasten herauszukommen. Ich wusste nicht, ob ich dazu imstande sein würde, ich hatte mich darin so behaglich eingerichtet. Ich habe sehr liebe Freunde, und sie ertragen vieles an mir und haben mein Verhalten nicht infrage gestellt. Sie haben mich einfach so genommen, wie ich war. Rose ist eine von ihnen.«

»Ich dagegen …« Anna war sich nicht sicher, ob ihr die Richtung gefiel, die das Ganze jetzt nahm.

»Du hast nicht gewusst, was mit mir los war. Wir hatten

keine gemeinsame Vergangenheit. Aber ich wollte dich kennen lernen.«

Sie hatten etwas gemeinsam. Das wurde Anna jetzt, zu ihrem großen Erstaunen, zum ersten Mal klar. Wie blind sie doch gewesen war. Mason beschrieb das, was sie gemeinsam hatten – auf das Wesentliche reduziert, nannte man es Angst –, als eine seelische Störung, während sie es immer »Anna« genannt hatte. Annas Art zu leben.

»Ich muss den Vogel füttern«, sagte er. »Alle zwei oder drei Stunden …«

»Ich weiß, aber zuerst …«

»Richtig, du willst wissen, *warum*. Und ich kann's dir nicht sagen. Es ist ein Rätsel. Vielleicht dachte ich, du könntest einen wie mich gebrauchen. Bei unserer ersten Begegnung warst du so …«

»Gehässig?«

»Kratzbürstig. Als würdest du eine Verletzung überspielen. Vielleicht habe ich etwas in dir wiedererkannt. Oder vielleicht war einfach die Zeit gekommen, mich aufzurappeln«, spekulierte er, »vielleicht …«

»Vielleicht hatte das überhaupt nichts mit mir zu tun. Ich war einfach nur zur richtigen Zeit am richtigen Ort. Es hätte jede Beliebige sein können. Es hätte auch Cathy Doran sein können.« Sie musste selbst lachen: Es war so offensichtlich, dass sie alle diese Dinge nur sagte, damit er widersprach.

Er räusperte sich. »Dinge, die ich an Anna liebe …« Er hielt einen Finger hoch. »Die Haare.«

Sie knuffte ihn.

»Die Liste ist nicht nach Wichtigkeit geordnet. Du hast wirklich schöne Haare.«

»Ich finde meine Haare schrecklich. Sie sehen aus wie ein Vogelnest – aber deswegen magst du sie ja wahrscheinlich, für dich ist das ein Horst.«

Er schob seine Hände in ihre Haare, und natürlich fand sie sie gleich gar nicht mehr so schrecklich. Mason kam nicht dazu, seine Liste zu Ende zu führen. Auch das Füttern der Sumpfseeschwalbe musste geraume Zeit warten. Dafür, dass

Anna gerade eine Rauchvergiftung hinter sich hatte, bewies sie großes Durchhaltevermögen.

Viel später gingen sie mit Cork spazieren und saßen schließlich am Ende des Piers im klaren Mondschein. Sie lauschten dem Wasser und den Zikaden und dem Rascheln der Blätter. Die *Windrose* wippte in der sanften Strömung des Flusses, und auf den weiß gestrichenen Spieren schimmerte das silbrige Licht des Mondes. In seinem Schatten war Theo plötzlich ganz nahe, und Mason konnte nicht mehr umhin, von ihm zu sprechen. Anna hatte sich diese Intimität mit ihm seit langem gewünscht, selbst zu der Zeit, als sie kaum miteinander redeten und sie am wenigsten Recht dazu gehabt hätte. Jetzt endlich vermochte er seinen Kummer mit einem anderen Menschen zu teilen, ihn an all den Schmerzen und Qualen teilhaben zu lassen, die ein schwerer Verlust mit sich brachte. Anna nahm diese Offenheit sehr ernst. Sie konnte Theo nicht ersetzen, doch zumindest hatte sie Mason jetzt außer Mitgefühl etwas zu geben, das mehr wert war als Worte. Und Mason, der Großherzige, schien für das Geschenk dankbar zu sein.

22

Warme Schokolade und Haselnuss, oh, was für ein köstlicher Duft! Rose piekste mit einem Zahnstocher in das erste
ihrer vier Soufflés. Perfekt. Es war in der Mitte noch ein wenig
flüssig, und über die Kruste schlängelten sich flache Risse,
während das ganze Gebilde sich bereits mustergültig zu senken begann. Manchmal gelang einfach alles. Die anderen
würden staunen, und sie würde bescheiden lächeln. Und
denjenigen, die es noch nicht wussten – davon gab es unter
den Anwesenden nicht mehr viele –, würde sie ganz im Vertrauen sagen, dass die Zubereitung eines Soufflés eine der
einfachsten Sachen der Welt sei.

Die Soufflés waren schon so weit abgekühlt, dass sie in den
Kühlschrank konnten. »Billy, die Garnierung mit Schlag-
sahne überlasse ich dir. Nimm ein heißes Messer zum Schneiden, und vergiss nicht, dass auf jede Portion zusätzlich noch
gehackte Haselnüsse kommen. Ein Soufflé sollte wohl zehn
Portionen ergeben.«

»Gut, Boss.« Billy Sanchez war dabei, blanchierte Spargel-
stangen zu schneiden, hielt kurz inne und grinste Rose an.
»Gutes Gefühl, wenn man wieder richtig loslegen kann,
was?«

»Ein herrliches Gefühl.« Sie warf einen prüfenden Blick auf
die ordentlichen Häufchen von gehobeltem Parmesan und
gehackter Minze und auf die Schüssel mit geschlagenen
Eiern. Billy machte Spargel-Frittatas als Vorspeise. »Aber Vorsicht mit den Peperoni«, warnte Rose scherzend. Beim Fa-

miliendinner hatte Billy Dwayne einmal pürierte Jalapeño-Schoten vorgesetzt und gesagt, es sei Olivenpaste.

Billys Posten lag neben der neuen Schwingtür zum Lokal. Rose sah, dass Anna an die Wand neben der Tür eine neue Liste mit Regeln für das Service-Personal geheftet hatte; unübersehbar für jeden, der in den Speiseraum ging.

1.) Den Speiseraum nie mit leeren Händen verlassen.
2.) Zu einem Gast niemals Nein sagen. Sag: »Wenn wir die Zutaten haben, können Sie alles bekommen, was Sie möchten.«
3.) Komplimente an die Küche sofort weitergeben. Beschwerden allein abwickeln.
4.) Nicht rennen, sonst denken die Leute, es brennt.
5.) Nicht lachen, sonst denken die Leute, wir lachen über sie.
6.) An einem Tisch bekommt derjenige die Rechnung, der zuerst danach fragt.
7.) Wenn wenig Betrieb ist und du das ändern willst, setz dich hin und iss etwas, zünde dir eine Zigarette an.
8.) Lächeln! Lächeln! Lächeln!

Jemand hatte unten mit Kugelschreiber eine neunte Regel dazugekritzelt. Das konnte nur Vonnie gewesen sein.

9.) Denk nicht dauernd über dein Trinkgeld nach. Am Ende gleicht sich alles aus.

Die Diskussion am großen Herd wurde lauter und war zunehmend schwerer zu ignorieren. Rose hätte gern einen großen Bogen darum gemacht, aber sie wollte nach der Polenta sehen, die sie in – sie warf einen Blick auf die nagelneue Wanduhr – etwa zehn Minuten mit geschmortem Schweinefleisch und Olivensauce servieren würde. Als Letztes musste sie dann den Käse und die Kräuter einrühren, und dabei kam es auf den richtigen Zeitpunkt an.

»Rose, komm her und probier mal!«, rief Carmen herüber. Sie saß in der Falle.

Billy hielt den Kopf gesenkt und gab einen tiefen, kehligen

Grunzlaut von sich. Rose trat ihm auf den Fuß und tat, als sei es ein Versehen gewesen.

Kaum zu glauben, aber Carmen und Frankie stritten sich noch immer wegen der Minestrone. Cannellini- oder Kidney-Bohnen, Makkaroni oder Ditalini, Kohl, grüne Bohnen oder Erbsen. Seit Tagen, ja Wochen hörte man ihr leidenschaftliches Gezanke um die Frage, ob man nur Brühe oder aber Brühe und Wasser verwenden sollte. Warum hackten sie jetzt wieder aufeinander herum?

»Probier«, befahl Carmen und hielt Rose einen dampfenden Löffel hin. Dicht neben ihr stand Frankie, die Fäuste in die Hüften gestemmt, unter Spannung wie ein Fangeisen. Auf einem Werbefoto würden sie ein tolles Paar abgeben, dachte Rose: massig, rund und rosig neben blass und winzig. *Die Chefköchinnen des Bella Sorella.*

Was immer sie sagte, konnte nur falsch sein. Vorsichtig schlürfte sie ein wenig von der dicken Suppe und summte ein »Mmm«, das unbestimmt und zugleich anerkennend klang – sie hatte Jahre gebraucht, um diese Mehrdeutigkeit zu vervollkommnen. Die Suppe schmeckte wirklich köstlich. Aber auf welche Seite sollte sie sich diesmal schlagen? Sie wurde allmählich zu alt für diese Spielchen.

»Gut, oder?«

Sie betrachtete wachsam Carmens vorgerecktes Kinn und sagte: »Ja.«

»Da fehlt nichts mehr, oder?«

»Fehlen«, wiederholte Rose gedankenvoll. »Nun ja, *fehlen*, du weißt ja, das lässt sich nicht so …«

»Es fehlt kein Basilikumpesto, um die Suppe abzurunden«, erklärte Carmen und legte damit die Karten auf den Tisch.

»Ah. Und was meinst du?«, fragte Rose Frankie rundheraus – das war schließlich ihr gutes Recht. Carmen war Küchenchefin, und Frankie war *sous-chef*. Rose allerdings umschiffte diese Titel, die sie ihnen selbst zugewiesen hatte, wann immer es ging.

»Die Pancetta war nicht meine Idee«, warf Carmen ein, bevor Frankie antworten konnte. Das stimmte. Carmen

415

hatte sich vehement dagegen ausgesprochen, italienischen Speck hinzuzufügen, weil in eine echte Minestrone nun einmal kein Fleisch gehöre. Unsinn, hatte Frankie dagegengehalten, die Minestrones der Lombardei enthielten immer Pancetta, und außerdem sei das doch überhaupt der Witz der Minestrone, dass man hineingeben könne, was man wolle, je nachdem, was frisch und zur Hand sei, also ruhig auch Fleisch. »Und jetzt will sie auch noch *Pesto* dazugeben«, sagte Carmen und kräuselte angewidert die Lippen, als hätte sie »Und jetzt will sie auch noch *Würmer* dazugeben« gesagt. »Aber dann wird es zu salzig. *Troppo salato!*«

»Nein, das stimmt nicht.«

»Doch.«

»Nein! Mein Pesto *ist nicht* salzig.«

»Pesto *kann* gar nicht anders als salzig sein.«

»Hast du's probiert?«

»Hast du Parmesan reingetan?«

»Ja.«

»Also dann!« Carmen verschränkte die strammen Arme. Der Fall war erledigt.

Frankie starrte sie zornig an. Die beiden waren einander bei ihrem hitzigen Wortwechsel Stückchen um Stückchen näher gerückt. Wären sie gleich groß gewesen, dann hätten sie sich jetzt Nase an Nase gegenübergestanden. So aber war es Nase an gewaltigem Busen. Plötzlich trat Frankie einen Schritt zurück. »Okay.«

Carmen blinzelte verwirrt. »Okay?«

»Du hast Recht, es wäre ein bisschen zu salzig. Ich dachte, das würde dem Ganzen ein wenig Tiefe geben, ein wenig Pep, aber manchen wäre das dann zu salzig, stimmt.«

Carmen legte entgeistert den Löffel hin. Sie und Frankie schauten Rose an, die nicht weniger überrascht war. Sie war es gewohnt, die Schiedsrichterin zu spielen, wenn sie stritten, und dass sie nun ein Einvernehmen zwischen ihnen absegnen sollte, kam völlig unerwartet. »Wie wäre es mit ein bisschen Zitronensaft?«, fragte sie vorsichtig. »Ganz zum Schluss.«

»Zitronensaft«, wiederholten die beiden und schauten einander zweifelnd an.

»Einverstanden«, willigte Carmen ein.

»Etwas Frische«, sagte Frankie. »Ein Hauch Säure.«

»Zum Abrunden.«

»Setzt noch mal einen Akzent.«

»Gibt dem Ganzen mehr Biss.«

Die nach dem Brand sanierte Küche hatte strahlend weiße Wände, hellere Lampen, ein schönes Stabparkett und blitzblanke neue Geräte und Utensilien aus rostfreiem Stahl. Außerdem stand vieles nicht mehr am gewohnten Platz. Der Grundriss und die Anordnung der Posten waren so verändert worden, dass die verschiedenen Abläufe leichter, schneller und logischer ineinandergreifen konnten. Zum Beispiel befand sich der kleine Kühlschrank nicht mehr unterhalb des Postens der Chefköchin, sondern *daneben*. Folglich mussten Carmen und Frankie nicht mehr drei- oder vierhundertmal am Tag in die Knie gehen und sich nach vorn beugen. Rose stellte sich gern vor, dass der neue Geist der Kooperations- und Kompromissbereitschaft, der zwischen Carmen und Frankie wehte, dem edlen Charakter der beiden entsprang, aber wenn Ästhetik oder Ergonomie oder ihretwegen auch Fengshui dahinter steckten, sollte es ihr auch recht sein. Dwayne hatte jetzt einen Spültisch mit drei Becken zur Verfügung und war ein neuer Mensch.

»Es ist Zeit, die Teller zu richten«, sagte Rose nach einem weiteren Blick auf die Uhr. Die Speisenfolge war einfach – glücklicherweise, denn das Servieren blieb nur wenigen überlassen. Vince schenkte die Getränke aus, Anna reichte die Horsd'œuvres herum. Alle anderen ließen es sich gut gehen, und so sollte es auch sein. Sie lagen gut in der Zeit. Billys Frittatas waren so weit, die Polenta war perfekt gelungen. Das Fenchelgratin vom Grill war ein Experiment, ebenso wie Carmens Rosmarin-Grissini. Rose löffelte, während Frankie ihr flink die Teller anreichte, Olivensauce über Schweinebraten und Polenta. Anna rauschte schwungvoll mit zwei leeren Tabletts durch die Tür. Sie sah gestresst, aber blendend aus, fand Rose – ganz objektiv betrachtet natürlich.

Am Abend zuvor hatte Anna angerufen und gefragt, was sie anziehen würde. Das dunkelrote Kleid, hatte sie geantwortet. »Ich weiß nicht, ob du es kennst, es hat …« »Hah«, hatte Anna sie unterbrochen, »ich hab's gewusst! Ich wollte nämlich *mein* dunkelrotes Kleid anziehen.« Rose hatte gelacht und gemeint, sie solle es trotzdem tragen – aber nein, sie hatte sich für einen langen, heidegrauen Rock, einen tief ausgeschnittenen roten Pullover und hochhackige Stiefel entschieden, die sie später zum Tanzen ausziehen würde. *So muss ich zwischen dreißig und vierzig ausgesehen haben*, dachte Rose mit leichter Wehmut. *Ich wünschte, ich hätte es damals gewusst. Dann hätte ich mein Leben mehr genossen.*

»Die Crostini und die Muscheln sind weggegangen wie warme Semmeln«, verkündete Anna der ganzen Küche. »Die werden sich bestens als Tapas eignen.«

»Und die gebackenen Auberginen?«, fragte Frankie, die den Schmorbraten mit Lichtgeschwindigkeit in Portionsscheiben teilte.

»Ganz ordentlich, aber nicht ganz so gut. Doch sie halten sich ja auch zurück, weil sie wissen, dass noch Hochgenüsse auf sie zukommen. Wie steht's hier bei euch?«

»Gut«, sagte Rose, die sich an der Spüle die Hände abtrocknete. »Falls ihr nicht meint, wir sollten alles auf die Bar stellen …«

Ein vielstimmiges »Nein!« war die Antwort. Sie hatten das schon mehrmals diskutiert, und Rose war jedes Mal unterlegen. Die Mehrheit hatte beschlossen, dass die Gäste in die Küche kommen sollten, um sich die Teller selbst zu holen.

»Also gut«, sagte Anna, »sind wir so weit?«

»Nein!« Carmen, Frankie und Billy legten noch letzte Hand an und zogen dann ihre Arbeitskleidung – Schürzen, Kittel und Clogs – aus, um in ihre festliche Garderobe zu schlüpfen. Frankie war als Letzte fertig. Als Anna und Billy anerkennend pfiffen, wurde sie rot. »Kriegt euch wieder ein, verdammt, es ist nur ein Rock. Wie wär's, wenn ihr euch um euren eigenen Kram kümmert?«

»Sind wir *jetzt* so weit?«

»Ja!«

Anna hielt Rose die Tür auf und klatschte in die Hände, um die Feiernden im Speiseraum zum Schweigen zu bringen, damit Rose verkünden konnte: »Es ist angerichtet.«

*

Sie hatten die Tische zu einem großen U aufgestellt, die lange Tafel an einer Seite und daran anschließend zwei weitere Tische. Der Platz dazwischen war als Tanzfläche gedacht. Man hätte dieses Festmahl für ein besonders feierliches Familiendinner halten können, nur dass auch einige der ältesten und liebsten Gäste des Bella Sorella dazu eingeladen worden waren, zusammen mit dem Küchen- und Service-Personal die bevorstehende Neueröffnung zu feiern. »Das ist eine gute Werbung«, fand Anna, die darin einen klugen Schachzug sah, sich die Treue und das Wohlwollen der Stammgäste zu sichern, damit diese sich von Anfang mit dem neuen Restaurant verbunden fühlten. Das stimmte vermutlich, aber für Rose war der Abend eher eine Zusammenkunft mit alten Freunden. Nach dem Hauptgang stand sie auf, um genau das zu verkünden.

»Ich werde es kurz machen«, begann sie, nachdem sie mit ihrem Messer leicht gegen ein Glas geschlagen hatte und Stille eingekehrt war. »Danke – ich danke euch allen, dass ihr gekommen seid. Es ist schön, sich umzuschauen und die Gesichter von so vielen Freunden zu sehen, von euch, die ihr zu meiner Freude bei mir arbeitet, und von euch, die ihr zu meiner Freude hier Gäste seid. Ihr kommt seit – nun, seit so vielen Jahren, dass ich die Zahl nicht nenne möchte, denn sonst würden wir uns alle uralt vorkommen. Danke, dass ihr gekommen seid, danke, dass ihr uns helft, unser Überleben zu feiern. Ohne euch wäre das niemals möglich gewesen, und ich muss vor allem denjenigen unter euch danken, die so viele Überstunden gemacht haben, *unbezahlte* Überstunden, um bei den anstrengenden, unangenehmen Aufräumarbeiten zu helfen, die sich so lange hingezogen haben. Schließlich war es dann aber so weit, und jetzt, dank euch, werden wir es schaffen, und zwar besser als zuvor. Ja! Schaut euch nur um, schaut euch unser prächtiges neues Restaurant an. Und schnuppert mal – hättet ihr gedacht, dass der Rauchgestank jemals wieder verschwinden würde? Wenn dieses fabelhafte Mahl, das Carmen und Frankie und Billy heute Abend für uns zubereitet haben, ein Testlauf, eine Art Generalprobe für den Dienstag ist, damit wir sicher sein können, dass in unserer nagelneuen Küche auch alles funktioniert, wenn das also ein kleiner Blick in die Zukunft ist, seid ihr dann nicht *noch* zuversichtlicher, dass unser Restaurant ein voller Erfolg werden wird? Wir wollen also unseren Chefköchinnen danken und das Glas auf sie erheben – und ich trinke auf euch, auf alle meine Freunde, auf meine Familie. Ich liebe euch alle. *Salute*.«

Dann standen andere auf, sagten viele schmeichelhafte Dinge und bekundeten ihren Dank – Anna, Vonnie, Roxanne, die Besitzerin des Juweliergeschäfts gegenüber und der alte Mr Kern, ein Blumenhändler im Ruhestand, der in den vergangenen zwanzig Jahren keinen Freitagabend im Bella Sorella ausgelassen hatte. Auf Rose wurden so viele Toasts ausgebracht, dass sie sich wie eine Braut beim Hochzeitsempfang vorkam. Ihre Schokolade-Haselnuss-Soufflés wurden ein Triumph.

Beim Kaffee – aus der neuen Cappuccino-Maschine, einem komplizierten Wunderwerk aus glänzendem Kupfer und rostfreien Stahl, groß wie eine Orgel und fast so teuer – begann eine neue Runde der Namenssuche für das Restaurant. Niemand ließ sich davon entmutigen, dass es nun ganz offensichtlich zu spät für eine Umbenennung war: In vier Tagen würden das Bella Sorella wiedereröffnen. Rose hörte sich die Vorschläge geduldig an – Bella Rosa, Casa Rosa, Mamma Rosa, Zia Rosa, Il Giardiniere, Giardiniere di Fiori, Giardiniere di Rosas – und bedachte alle sorgfältig – auch wenn ihr niemand mehr abnahm, dass sie ernsthaft eine Änderung in Betracht zog. »Sie findet alles scheiße«, schmollte Dwayne. Frankie fragte: »Warum nennst du es nicht einfach Roses und Annas Restaurant?« Anna lachte, aber Rose strich sich nachdenklich über das Kinn.

Vince und Frankie hatten tagelang darüber diskutiert, welche Musik nach dem Essen gespielt werden sollte. Er war für eine Band mit klassischen Oldies, sie für eine Hip-Hop-Gruppe. Als Kompromiss waren die Honey Lickers engagiert worden, die Rhythm and Blues spielten.

»Sieh dir das an«, sagte Carmen und zeigte mit ihrem Weinglas auf Vince und Frankie, die zusammen tanzten. »Schau nur, wie steif sie sich bewegt! Als hätte sie noch nie im Leben Blues getanzt.«

Rose musste ihr Recht geben. Man konnte sich gut vorstellen, wie Frankie zu Techno-Musik auf einer Tanzfläche herumhüpfte. In Vinces Armen zu einem verträumten Liebeslied von Anita Baker zu tanzen war offensichtlich nicht ihr Fall. »Aber sieht sie nicht hübsch aus?« Sie trug eine lockere, weiße Rüschenbluse, die sie in einen stufigen Rock in hellen, luftigen Farben gesteckt hatte. Sie sah feminin und verführerisch aus, ganz anders als sonst. Außerdem trug sie Reifenohrringe und hatte einen fröhlichen fuchsiafarbenen Schal um den kahlen Kopf geschlungen.

Als der Tanz zu Ende war, wirkte Frankie erleichtert. Sie wand sich aus Vinces Armen, als wolle sie so schnell wie möglich flüchten, und trat zu Rose und Carmen an den Tisch, um etwas zu trinken. »Hey«, grüßte sie, goss Eiswasser in ein Glas und trank es aus, ohne abzusetzen. Es war heiß, und sie schwitzte – sie hatte mit allen anderen getanzt, ehe Vince an die Reihe kam –, aber ihren hübschen Schal behielt sie an. Ein *bisschen* eitel ist sie doch, stellte Rose erfreut fest. »Hey, Carmen«, sagte sie, »willst du auch tanzen?«

»Ja, sicher doch«, schnaubte Carmen sarkastisch, aber insgeheim belustigt. »Also, was läuft zwischen dir und Vince?«

»Zwischen mir und wem?« Frankie fächelte sich Luft zu.

»Jetzt komm. Seid ihr jetzt zusammen oder was?«

»Zum Geier, Carmen! Nein! Scheiße, nein, wir sind *nicht* zusammen. Erstens, und das ist nur einer von hundert Gründen, ist er mir zu jung. Ich mag ältere Männer.«

»Und was hattest du bisher davon?«

Frankies harte Augen bohrten sich in Carmen, versuchten zu ergründen, ob das gehässig gemeint war. Nein, entschied sie und zuckte die Schultern. »Hey, Vince ist in Ordnung.

Und ich hab Neuigkeiten für dich: Ich hab grade eben zugestimmt, dass ich mal mit ihm ausgehe. Einmal, als so 'ne Art Experiment, ein einmaliger Versuch, ziemlich unwahrscheinlich, dass es gut geht.«

»Ach, Frankie«, sagte Rose und klopfte sich mit der Hand aufs Herz. »Du heillose Romantikerin.«

Die Party wurde lauter und turbulenter. Vince öffnete noch eine Kiste Rubesco di Torgiano. »Ich hab dir ja gesagt, wir hätten für die Getränke Geld nehmen sollen«, flüsterte er, halb im Ernst, Rose zu. Gut, dass es keine Nachbarn gab, die sich über den Lärm hätten beschweren können, und dass Carmen nicht oben war und schlafen wollte. Sie hatte sich inzwischen sogar auf die Tanzfläche begeben und tanzte Twostepp mit Dwayne. Nun sieh dir *das* an, dachte Rose fasziniert.

Die Band machte eine Pause, und als es nun vergleichsweise still wurde, trat Luca auf der provisorischen Bühne ans Mikrophon und bat um Ruhe. Er hatte sich mehr herausgeputzt als alle anderen, mit schwarzem Anzug, blitzblanken schwarzen Schuhen und einer dazu passenden Rudolph-Valentino-Frisur. »*Scusi, scusi. Prego*, meine Freunde. *Scusi!* Bitte eure Aufmerksamkeit. He! *Zitto!*«

Stille.

»*Grazie*. Ich habe Mitteilung, ganz besondere für euch. Heute, ist noch mehr zu feiern als das großartige Neueröffnung – heute Abend *miracolo*, Wunder, weil – ihr könnt nicht erraten – Fontaine, die ihr alle habt so lieb, hat eingewilligt zu werden meine Frau! *Si*, ein Wunder – Fontaine, *cara*, komm, sei hier mit mir …«

Oh nein. Rose rang sich ein Lächeln ab und applaudierte mit den anderen, aber Anna fing ihren Blick auf, und sie waren sich einig in ihrer Reaktion: *Oh nein.*

Blond und strahlend und wieder rank und schlank wie früher schritt Fontaine unter dem überraschten Applaus in ihrem dünnen blauen Hängerkleid mit dem Baby auf dem Arm über die Tanzfläche. Unter ihrem scheuen Lächeln sah sie wie benommen aus, als würde Lucas Ankündigung auch ihr noch immer einen Schock versetzen. Gracie hatte sie ihre Tochter genannt. Die Kleine hatte Fontaines seidiges, helles

Haar und ihr feines Gesicht, nichts von Eddie, wie alle erfreut festgestellt hatten, zumindest jetzt noch nicht.

Luca legte den Arm um Fontaines Taille, zog sie an sich und strahlte auf das schlafende Kind hinab. »Ich hab solche Gluck«, sagte er ins Mikrophon. »Jetzt ich hab nicht nur Bella Sorella, die ich so sehr liebe, sondern auch wundervolle neue *bella famiglia*, meine Frau, mein eigenes kleines Baby.« Er zog ein gewaltiges weißes Taschentuch aus der Brusttasche seines Jacketts und wischte sich damit übers Gesicht. Niemand lachte oder neckte ihn, nicht einmal Jasper, nicht einmal Dwayne. »Heute ist schönster Tag von allen Tagen. Heute ich liebe wieder mein Leben. Danke euch allen, *grazie di tutta la sua gentilezza*. Ich bin sehr glücklich. Sehr glücklich.«

Vielleicht würde es ja funktionieren. *Un miracolo.* Ohnehin war, selbst unter den besten Voraussetzungen, nur die Hälfte aller Ehen von Dauer – besagte das nicht die Statistik? Und dennoch, der arme Luca, dachte Rose, und sah zu, wie er die Hände seiner Kumpels aus der Küche schüttelte, ihre gut gemeinten Fausthiebe gegen seine schmächtigen Schultern über sich ergehen ließ und unter ihren derben Scherzen rot wurde. Seiner Meinung nach *rettete* er Fontaine und bekam im Gegenzug eine prächtige *bambina*. Eine komplette Familie. Fontaine würde sich zunächst glücklich schätzen, sicher und geborgen, aber was dann? Sie war selbst noch ein Kind und Luca beinahe doppelt so alt wie sie. Ganz zu schweigen davon, dass sie bislang nie irgendein Interesse an einem Mann wie ihm gezeigt hatte, an einer solchen Seele von Mensch mit einem sanften, fürsorglichen, gutmütigen Wesen. Wie sollte das gut gehen?

Eigentlich hätte Rose lieber tanzen und sich aus dieser trüben Stimmung herausreißen sollen. Aber sie blieb, wo sie war, fühlte sich wie eine altmodische Anstandsdame, und wies Aufforderungen zum Tanz mit einem Lachen oder einem Scherz ab. Anna blinzelte ihr über Masons Schulter zu. Rose beobachtete hingerissen, wie elegant sie eng umschlungen miteinander tanzten, wie leidenschaftlich und doch kontrolliert. Theo hatte für sein Leben gern getanzt. Er hielt Rose gern eng an sich gedrückt und wirbelte sie herum, er hob sie in die Luft, als sei sie ein junges Mädchen. Er hatte sich durchaus mit Eleganz bewegt, obwohl er ein solcher Bär von einem Mann war. Rose vermisste ihn unsäglich.

Ach, sie sollte jetzt wirklich nicht in Melancholie versinken und, während die Band »Let's Stay Together« spielte, über Paul oder Theo oder die Unausweichlichkeit von Verlust und Leiden nachdenken. Doch unwillkürlich dachte sie: Vielleicht ist das nicht mehr meine Welt. Vielleicht ist es besser, sie jetzt den Jungen zu überlassen. Sie hatte ihr Leben gelebt. Vielleicht waren Erinnerungen das Beste, was die Zukunft für sie bereithielt. Sie fühlte sich zerbrechlich, als seien ihre Knochen spröde geworden.

»Rose, könntest du sie einen Moment halten? Nur für dieses eine Stück? Luca sagt, wir müssen jetzt tanzen.« Sehr behutsam legte Fontaine ihr das Baby auf die Knie.

Gracies stahlblaue Augen waren weit geöffnet. Sie schaute Rose unverwandt an, als diese sich über sie beugte, »Hallo, Baby« murmelte und das zarte, durchscheinend rosarote Öhrchen streichelte. »Hallo, meine Schöne.« Gracie erwiderte den Gruß mit einem eifrigen Blinzeln. Wie hätte Rose mit einem vier Wochen alten Baby in den Armen traurig oder distanziert bleiben können? Das Leben war dazu da, dass man sich lebendig fühlte, dass man bei Menschen war, die man bereits liebte oder vielleicht eines Tages lieben würde. Essen, tanzen, lachen … Das warme, rege Leben spielte sich hier ab, hier, direkt vor ihr. Gracies gespitzter Mund suchte die Brust ihrer Mutter. Rose drückte die Lippen auf die satinweiche Schläfe des Babys und ließ sich von ihm trösten.

Schließlich spielten die Honey Lickers ihr letztes Stück, und die Gäste machten sich nacheinander auf den Heimweg. Rose wehrte das halbherzige Ansinnen des Teams ab, in der Küche noch aufzuräumen. »Nein, nein, morgen ist auch noch ein Tag«, beharrte sie, obwohl das gegen ihre eherne Regel verstieß, das Saubermachen nie auf den nächsten Morgen zu verschieben. »Aber das öffnet dem Ungeziefer Tür und Tor«, hielt Vonnie ihr vor, »das sagst du doch immer, Rose.« Das stimmte, doch es war ein besonderer Abend, und außerdem war es ein Unding, wenn eine Gastgeberin ihre festlich gekleideten Gäste bat, länger zu bleiben, sich Schürzen umzubinden und sich höchstpersönlich ans Aufräumen zu machen.

Sie wünschte ihren Freunden und Angestellten nacheinander Gute Nacht. Carmen war bereits nach oben gegangen, sie hatte über brennende Füße geklagt. Rose wollte als Letzte gehen und abschließen, sah jedoch nach einem letzten Blick in die Küche Anna an der Bar sitzen. Sie winkte Tony und Suzanne, die etwas wackelig auf den Beinen davonwankten, einen Gutenachtgruß zu.

»Ich habe ihnen ein Taxi gerufen«, erklärte Anna. Sie klopfte einladend auf den Hocker neben sich. »Setzt du dich für einen Moment?«

Rose gehorchte und konnte nicht umhin, im weichen Licht der Bar den neuen Boden zu bewundern. Auf die alten Kieferndielen waren imitierte Fliesen gemalt, helle lehmfarbene, gelbe und blassblaue Quadrate. Der Wasserschaden hatte zu Annas Freude den alten Teppichboden ruiniert. Sie hatte dafür plädiert, im gesamten Restaurant den alten Holzboden freizulegen und völlig auf Teppiche zu verzichten, während Rose gern überall neuen Teppichboden verlegt hätte. Der Kompromiss lautete: fröhliche bemalte Dielen um die Bar herum und am Empfangspult, ein prächtiger pfirsichfarbener neuer Teppichboden im Speiseraum. So hatten sich beide durchgesetzt.

»Wo ist Mason?«, fragte Rose.

»Oh, er ist nach Hause gefahren, er muss morgen früh raus. Er fliegt nach Kanada.«

»Nach *Kanada*?«

»Ja, hat er dir das nicht erzählt? Irgendein Ort in Saskatchewan, der Last Mountain Lake heißt. Er fotografiert Kraniche.«

»Du liebe Zeit.«

»Ja. Es kommt mir vor, als wolle er die Zeit nachholen, die er verloren hat.«

»Die ganzen Flugstunden, die er versäumt hat«, bestätigte Rose scherzend, obwohl ihr eigentlich nicht zum Lachen zumute war. Zwei Wochen zuvor hatte Mason aus heiterem Himmel einen Rückfall gehabt und war nicht in der Lage gewesen, einen Hörsaal zu betreten, um dort einen lange geplanten Diavortrag über die Sumpfvögel der Chesapeake Bay zu halten. Nicht das Sprechen vor vielen Menschen hatte die Panik ausgelöst, sondern einfach die Vorstellung, *drinnen zu sein*, an einem Ort, den er für eine unbestimmte Zeitspanne nicht ohne guten Grund verlassen konnte. Seltsamerweise hatte er am nächsten Tag einen Vortrag für die Ortsgruppe des Vogelschutzvereins mit Bravour gemeistert. Auch diese Veranstaltung hatte in einem Innenraum stattgefunden, unter ähnlichen Bedingungen. Seine Panikattacken warfen ihn deshalb so um, sagte er, weil sie so unberechenbar waren.

»Glaubst du, er wird zurechtkommen?« Rose wusste selbst nicht recht, ob ihre Frage sich nur auf Kanada bezog oder umfassender gemeint war.

»Ja«, sagte Anna. »Früher oder später schon. Denn er sieht das alles immer gelassener, und das bedeutet, er schämt sich immer weniger. Er sagt, wenn die Scham verschwindet, verschwindet auch die Furcht. Er wollte, dass ich mitkomme«, fügte sie lächelnd hinzu. »Nicht, damit ich ihn rette oder so, sondern nur zum Spaß.«

»Dann fahr doch mit! Warum machst du es nicht?«

»Ach, es gibt zu viel zu tun, und außerdem würde ich die Wiedereröffnung verpassen. Er kommt erst am Mittwoch zurück.« Dabei fiel ihr etwas ein. Sie stand auf, ging hinter die Bar und fing an, in der indirekt beleuchteten Pyramide von Spirituosen und Likören etwas zu suchen.

»Aber du wärst mitgefahren, wenn es zeitlich besser gepasst hätte? Zum Last Mountain Lake? Du hättest dich nicht gelangweilt?«

»Ich weiß, es ist verrückt. Ich müsste den ganzen Tag in einem nassen, kalten Unterstand stehen und ihm Teleobjektive reichen.«

»Aber du wärst trotzdem mitgefahren?«

»Was soll ich dazu sagen?« Anna zog eine Grimasse. »Wir sind nun mal in diesem Stadium.«

Ein freudiger Schauer durchlief Rose, eine Art übertragener Erregung. Sie wurde zwar alt, aber sie konnte sich glücklicherweise noch immer daran freuen, wenn die Menschen, die ihr am Herzen lagen, ein erfülltes Liebesleben hatten. »Glaubst du, es wird gut gehen?« Inzwischen konnte sie solche Fragen stellen, und Anna antwortete darauf, wenn auch mit einer gewissen Scheu. Sie musste erst wieder lernen, Geheimnisse preiszugeben. Nicht das Geringste deutete aber darauf hin, dass sie die Fragen als zu persönlich empfand oder dass die Sache ihrer Meinung nach Rose nichts anging. Es war eine Kehrtwendung um hundertachtzig Grad.

»Na ja, das hängt wohl davon ab, was du mit *gut gehen* meinst.«

»Ich meine, ob es *halten* wird.«

»Ach, Rose, das weiß ich nicht. Ich wünsche es mir, aber ich habe es mir immer gewünscht, und es ist nie so gekommen. Ich wage es nicht zu hoffen.«

»Aber was bringt dir das? Du solltest nie Angst vor der Hoffnung haben. Ich sage das selbst auf die Gefahr hin, kitschig zu klingen.«

Anna zog zweifelnd die Augenbrauen hoch. »Das ist alles schön und gut, aber erstreckt sich dein Optimismus zum Beispiel auch auf Fontaine und Luca?«

Rose ächzte. »Ich weiß nicht, warum ich das nicht habe kommen sehen.« Sie schob den Ellbogen auf den Bartresen und stützte die Wange in die Hand.

»Wie – du glaubst nicht, dass sie bis an ihr Lebensende miteinander glücklich werden?«

»Du lieber Himmel! Ich hoffe, sie verleben wenigstens glückliche Flitterwochen.«

»Ich *staune*. Ach, ich glaube, sie haben durchaus eine Chance. Sie ist jung, er ist vernünftig. Sie ist süß, er ist ein Schatz. Und das Baby ist ein Engel. Was soll da schief gehen?«

Rose lächelte. Anna widersprach ihr wohl nur, weil es ihr gefiel, die Rollen von Optimistin und Pessimistin einmal zu vertauschen. »Ich hoffe und bete«, sagte Rose mit Inbrunst, »dass du Recht hast und ich Unrecht.«

»Ah, da ist sie ja! Schau mal, was ich hier habe. Die habe ich vor Vince versteckt.«

»Warum?« Es war eine Flasche Jacopo Poli. Sie sah pracht-
voll aus, der Miniaturglobus aus mattiertem Glas war ein
kleines Kunstwerk.

»Weil sie nur für uns beide reserviert ist. Zum Anstoßen.«
Anna nahm zwei Kognakschwenker aus dem neuen Mes-
singgestell. Das alte, hölzerne, war zu sehr vom Rauch
geschwärzt gewesen und hatte ersetzt werden müssen.
»Willst du einen Eiswürfel? Ich nehme einen, mir ist das egal.
Wie kann man dieses Zeug nur bei Zimmertemperatur trinken?«

»Ich dachte, du kannst Grappa nicht ausstehen.«

»Das legt sich allmählich. Er ist etwas für Kenner, und das
will ich werden.« Sie füllte die beiden Gläser und reichte Rose
eines. »Gut, also, hm …« Mit einem Mal war sie befangen.
»Auf das neue Bella Sorella. Das besser denn je sein wird.
Auf die große Wiedereröffnung. Und – auf uns.«

»Auf uns.«

Sie nippten an dem scharfen, gehaltvollen Trester, summten anerkennend, hielten die Gläser gegen das Licht, sprachen über Großhandelspreise und darüber, dass es laut Vince
bei jungen Leuten in Mode kam, nicht mehr Wodka pur, sondern eiskalten Grappa zu trinken.

Dann sagte Rose: »Apropos Angst vor der Hoffnung … Ich
habe auch nicht gewagt zu hoffen, dass es mal so kommen
würde.«

»Wie meinst du das?«

»Dass wir hier zusammen sitzen, du und ich, und auf ein
gemeinsames Vorhaben trinken. Nicht nur ohne Feindseligkeit, sondern auch mit …« Sie hielt inne, suchte nach einem
Wort, das Anna nicht zu Tode erschrecken würde.

Bevor sie es fand, sagte Anna: »Stimmt«, und kam hinter
der Theke hervor. Sie schob den Hocker mit dem Fuß zur Seite und lehnte sich gegen den glänzenden Holztresen. Ihre
Unterarme berührten sich. »Ich auch. Um ehrlich zu sein,
habe ich mir das aber auch nie so recht ausgemalt. Ich wollte es vielleicht, aber ich hätte nie darauf zu hoffen gewagt.
Ich dachte immer, dass die Chancen dafür sehr schlecht stehen, und ich hasse es, zu verlieren.« Sie beugte sich vor und

schnupperte an einer Schale mit Chrysanthemen, die zum
Festschmuck gehört hatten. »Rose?« Sie ließ den Eiswürfel in
ihrem Glas kreisen und nippte noch einmal an dem Grappa.
»Danke.«

»Wofür?«

»Dass du mich hast nach Hause kommen lassen.«

Rose lachte. »Kommen *lassen*?«

»Danke, dass du nicht schon vor langem aufgegeben hast.
Obwohl ich dir eine Menge guter Gründe geliefert habe.«

»Aber nein.«

»Du hättest mich hundertmal aufgeben können. Niemand
hier hätte dir das übel genommen.«

Rose freute sich über Annas Worte, wollte aber keine Entschuldigungen hören. »Sei nicht so streng mit dir.«

»Sei du nicht so nett zu mir! Ich habe nichts von dem vergessen, was du gesagt hast – in jener Nacht bei mir zu Hause. Du hast viele wahre Dinge gesagt.«

Das schien schon so lange her zu sein … »Das Einzige, was
ich bedauere«, sagte Rose seufzend, »ist die Zeitvergeudung.
Ich werde immer geiziger, wenn es um Zeit geht.« Sie erblickte Anna und sich im Spiegel, Seite an Seite. Das Bild gefiel
ihr. Ohne Brille sah sie nur zwei dunkelhaarige Frauen mit
schmalen Gesichtern und großen schwarzen Augen. Eine
jung, eine alt. »Mir ist der neue Name für das Restaurant eingefallen«, sagte sie.

»Dir ist *was*?« Anna wandte sich zu ihr hin. »Das darf doch
nicht wahr sein! *Jetzt*, wo die Wiedereröffnung bevorsteht?
Rose, wir haben keine Zeit mehr! Ach so, das war ein Witz.
Stimmt's?«

»Ich weiß, es ist schrecklich. Ja, wir werden es erst *danach*
umbenennen können, der Zeitpunkt könnte also nicht unge-
schickter sein. Aber ich kann nichts daran ändern, ich bin erst
heute Abend darauf gekommen. Wie es heißen *muss*, wie es
unbedingt heißen muss …«

»*Wie?*«

»Aber«, fuhr sie hastig fort, »wenn dir der Name nicht
gefällt, ist das auch in Ordnung – dass er mir eingefallen ist,
heißt nicht, dass wir ihn nehmen müssen.«

»Schon gut, schon gut – also *wie*?«

Rose wollte den Namen nicht laut aussprechen. Vielleicht aus Aberglauben. Sie griff nach einem Bleistift, der auf der Bar lag, und schrieb auf eine Cocktailserviette: ROSEANNA.

Und Anna? Sie lachte. Überrascht zunächst, überrascht und entzückt, doch dann klang das Lachen tief und wissend, als würde sie sich an einem alten Witz freuen, den sie gut kannte, aber noch immer mochte. Ein Lachen des Wiedererkennens.

Merkwürdig, dachte Rose. Ich habe dasselbe empfunden, als mir der Name in den Sinn kam. Als sei er alles andere als neu. Als sei er die ganze Zeit schon da gewesen.

»Und?«, fragte sie, als Annas Lachen schließlich in einem Seufzen mündete. Die Anspannung ließ nach, aber sie wollte das Urteil dennoch hören.

Anna tupfte sich die Augen mit der Serviette ab. »Er ist perfekt. Und so nahe liegend!«

»Nahe liegend, genau. Früher wäre er mir aber nicht eingefallen.«

»Früher wäre er auch nicht so passend gewesen.«

Er hatte erst wachsen müssen. *Sie* hatten in ihn hineinwachsen müssen. Keimen, reifen und erblühen, dachte Rose. Sie fühlte sich ein wenig beschwipst.

»Roseanna. Roseanna …« Anna ließ sich das Wort auf der Zunge zergehen. »Toll. Es hat etwas Erotisches. Es ist Italienisch. Es klingt sehr fraulich. Elegant, aber irgendwie auch … anheimelnd. Nicht wahr? Warm. Roseanna wird sich um dein Wohl kümmern.«

»Es ist alles darin enthalten.« Das war der Punkt.

»Und denk dir nur, Rose, du bekommst Gratisdrinks auf Lebenszeit! Ist es das Roseanna-Restaurant? Das Roseanna-Café?«

»Einfach nur Roseanna.«

»Ja. Einfach nur Roseanna. Das müssen wir begießen.«

Sie stießen noch einmal an. »Roseanna«, sagten sie und tranken auf sich selbst.

Danksagung

Mein Dank geht an Sally McCarthy, Ralph Reiland, Chris, den Barkeeper, Tony, den hübschen Kellner, und all die anderen hilfreichen Geister in Amel's Restaurant, die mir erklärten, wie alles läuft. Und an Gregory Pearson für viele unterhaltsame Jahre.

Ich danke allen, die für das Restaurant im Buch Namen vorgeschlagen haben, besonders E. P., Jenny Smith, Beth Harbison, Kimberly Payne und den Lesern des *Hartford Courant*. Wenn ich die Namen nicht verwendet habe, bedeutet das nicht, dass sie nicht gelungen waren.

Alle Irrtümer hinsichtlich Restaurants und Restaurantküchen gehen zu meinen Lasten und sicher nicht zu denen der entzückenden Debra Ginsberg, Autorin des Buches *Bekenntnisse einer Kellnerin*, die meine naiven Fragen freundlich und unermüdlich beantwortete und dabei zur Freundin wurde.

Mike Gaffney danke ich unter anderem für Bücher, Ratschläge und Wissenswertes über Boote.

Last but not least gilt mein längst überfälliger herzlicher Dank Marjorie Braman, meiner großartigen Lektorin, der ich mehr verdanke, als ich hier ausdrücken kann. Danke, dass du das Beste in mir entdeckt hast und wusstest, was damit anzufangen ist.

Amelie Fried

Amelie Fried schreibt
   »mit dieser Mischung aus Spannung,
Humor, Erotik und Gefühl
   wunderbare Frauenromane.« **Für Sie**

01/13657

*Am Anfang
war der Seitensprung*
01/10996

Der Mann von nebenan
01/13194

*Geheime Leidenschaften
und andere Geständnisse*
01/13361

Glücksspieler
01/13657

*Verborgene Laster
und andere Geständnisse*
01/13869